Über die Autoren:
Hinter dem Namen Iny Lorentz verbirgt sich ein Münchner Autorenpaar, dessen erster historischer Roman, *Die Kastratin*, die Leser auf Anhieb begeisterte. Mit der *Wanderhure* gelang ihnen der Durchbruch; der Roman erreichte ein Millionenpublikum. Seither folgt Bestseller auf Bestseller. Die Romane von Iny Lorentz wurden in zahlreiche Länder verkauft. Die Verfilmungen ihrer *Wanderhuren*-Romane sowie die Bestseller *Die Pilgerin* und *Das goldene Ufer* haben Millionen Fernsehzuschauer begeistert.
Im Frühjahr 2014 bekam Iny Lorentz für ihre besonderen Verdienste im Bereich des historischen Romans den *Ehrenhomerpreis* verliehen. Die Bühnenfassung der *Wanderhure* in Bad Hersfeld hat im Sommer 2014 Tausende von Besuchern begeistert und war ein Riesenerfolg.
Besuchen Sie auch die Homepage der Autoren:
www.inys-und-elmars-romane.de

INY LORENTZ

Der rote Himmel

Roman

Besuchen Sie uns im Internet:
www.knaur.de

Originalausgabe April 2016
Knaur Taschenbuch
© 2016 Knaur Taschenbuch
Ein Imprint der Verlagsgruppe
Droemer Knaur GmbH & Co. KG, München
Alle Rechte vorbehalten. Das Werk darf – auch teilweise –
nur mit Genehmigung des Verlags wiedergegeben werden.
Redaktion: Regine Weisbrod
Umschlaggestaltung: ZERO Werbeagentur, München
Umschlagabbildung: AKG images / North Wind Picture Archives,
© Richard Jenkins
Satz: Adobe InDesign im Verlag
Druck und Bindung: CPI books GmbH, Leck
ISBN 978-3-426-51171-8

ERSTER TEIL

Feindschaft

1.

An einem Spätsommertag des Jahres 1860 hielt Edward Montgomery eine Rede, die nun bereits zwei Stunden währte, und Walther Fitchner, Rancher und Mitglied des Senats von Texas, ärgerte sich seit dem ersten Wort über ihn.

Nun hob Montgomery in einer theatralischen Geste die Faust. »Wir müssen uns von diesen Krämerseelen des Nordens trennen, sonst haften sie wie ein Geschwür an uns und werden den gesunden Leib des Südens verderben. Wollt ihr das?«

»Nein!«, hallte es von den meisten Senatoren-, aber auch von den Zuschauerplätzen zurück. Dort hatten sich Montgomerys Anhänger versammelt und bejubelten seine Rede mit derselben Begeisterung, mit der sie die wenigen Männer niederschrien, die es wagten, sich gegen ihr Idol zu stellen.

Zu den Angefeindeten gehörte auch Walther. Bis vor wenigen Wochen hatte er noch gehofft, die Vernunft würde siegen, doch mittlerweile zweifelte er daran.

Montgomerys nächste Worte gingen im Lärmen seiner Parteigänger unter, aber kurz darauf gewann seine durchdringende Stimme wieder die Oberhand.

»… hat es Texas gebracht, nach Washington zu schauen und wie ein Bittsteller dort vorstellig zu werden? Nichts, sage ich euch! Unsere gerechten Ansprüche auf das Land am Oberlauf des Rio Grande wurden uns schmählich verweigert, weil man dort neue Territorien einrichtet, in denen die Handlanger des Nordens das Sagen haben!«

Nun hielt es Walther nicht mehr auf seinem Sitz. Er stand auf und stemmte zornig die Arme in die Seiten. »Sie haben wohl vergessen, dass die Bundesregierung dafür die gesamten Schulden der ehemaligen Republik und des jetzigen Bundesstaats Texas übernommen hat, die sonst noch unsere Enkel und Urenkel hätten abtragen müssen!«

»Diese Schulden hätten wir durch den Verkauf von Landrechten längst hereingebracht und besäßen die Aussicht, weiteres Land im Westen und im Süden für Texas zu gewinnen!«, trumpfte Montgomery auf.

Er hielt kurz inne und ließ seinen Blick Beifall heischend über die Senatoren und Zuschauer schweifen. »Diese Niggerfreunde im Norden haben alles getan, um Texas schwach zu halten. Doch sind wir schwach, Freunde?«

»Nein!« Diesmal ließen das Schreien und Trampeln seiner Anhänger die Wände erzittern.

»Was auch immer kommt: Texas muss für uns alle an erster Stelle stehen«, fuhr Montgomery fort, als es etwas ruhiger geworden war. »Dies bedeutet aber auch, dass jeder Texaner seinen Besitz in die Territorien und in den Norden mitnehmen kann, ohne dass bestechliche Richter und diese von Gott verfluchten Abolitionisten ihm seine Sklaven wegnehmen können. Erinnert euch an Kansas und an die Morde, die dieser Lumpenhund John Brown dort begangen hat!«

»John Brown wurde wegen seiner Verbrechen von den Bundesbehörden gefangen genommen und von einem ordentlichen Gericht zum Tode verurteilt!«, rief Walther in die kurze Pause hinein, die der Redner machte, um seine Anklage besser wirken zu lassen.

»Aber diese verdammten Yankees bezeichnen ihn als Märtyrer, ja, als Wiedergeburt Christi!«, brüllte Montgomery ihn an.

»Dafür halten viele Leute im Süden einen Mann für einen Helden, der einen anderen hinterrücks mit dem Metallknauf seines Spazierstocks niedergeschlagen hat!«, konterte Walther nicht weniger aufgebracht.

»Diese von Gott verdammten Sklavenfreunde haben es nicht besser verdient! Ein echter Gentleman aus dem Süden sollte jeden Tag einen dieser Schurken mit seinem Gehstock züchtigen«, spottete Montgomery unter dem Johlen seiner Parteifreunde und Anhänger.

Dann bedachte er Walther mit einem höhnischen Blick. »Aber das können Sie nicht begreifen, denn Sie sind nur ein lumpiger Ausländer, der nach Texas eingewandert ist. Wenn ich eines mit den Yankees teile, so ist es die Abscheu vor katholischen Iren und Deutschen, die als Speerspitze des Vatikans in unser Land kommen und uns nach Jahrhunderten der Freiheit wieder unter das Joch Roms zwingen wollen!« Montgomery lachte, denn diesem Trumpf, so sagte er sich, hatte Walther Fitchner nichts entgegenzusetzen.

Mit einer energischen Bewegung verließ dieser seinen Platz und trat vor die Rednertribüne. »Ich war am San Jacinto River dabei, als wir für Texas die Freiheit erkämpften. Dort aber habe ich weder Ihren Vater noch Ihre älteren Brüder gesehen! In jenen Tagen war Texas ein Land ehrlicher Farmer, die sich und ihre Familien mit ihrer eigenen Hände Arbeit ernährten. Keiner der reichen Plantagenbesitzer aus Louisiana, Georgia oder den anderen Bundesstaaten des Südens dachte damals daran, auch nur einen Finger für die Freiheit von Texas zu rühren. Erst als wir diese errungen hatten, kamen die Herren mit ihren dicken Geldbündeln und ihren Sklavenscharen und rissen das beste Land an sich.«

Walthers Hoffnung, den Stolz der Texaner zu wecken und einige der Männer, die er einst Freunde genannt hatte und die nun in Opposition zu ihm standen, wieder auf seine Seite zu ziehen, erfüllte sich nicht. Sie schrien ihn nieder, Pflanzer und Sklavenbesitzer drohten mit den Fäusten, und Montgomery heizte die Stimmung weiter an.

Mit höhnischer Miene wandte er sich an Walther. »Mister, Sie haben eben meinen Vater und meine Brüder beleidigt. Dafür verlange ich Genugtuung! Außerdem steht noch eine weitere Rechnung offen. Sie haben meinen Parteifreund und wahren Gentleman des Südens, Thierry Coureur, durch Betrug und mit der Hilfe Ihrer deutschen und irischen Katholiken um seinen Senatssitz gebracht. Auch dafür werden Sie mir geradestehen!«

»So ist es richtig!«, vernahm Walther die durchdringende Stimme von Rachel Coureur, der Ehefrau seines einstigen Freundes Thierry.

Er sah nicht einmal hin. Seit der von ihm gewonnenen Wahl hasste die Frau ihn mit jeder Faser ihres Herzens und hatte mit ihren Hetzereien dafür gesorgt, dass jede Versöhnung mit Thierry unmöglich geworden war.

Walther streifte den Gedanken an Thierry und dessen Ehefrau ab und musterte Montgomery mit kaltem Blick. »Wenn Sie mich zur Rechenschaft ziehen wollen, sollten Sie es nicht mit einem Spazierstock tun. Männer, die das hier in Texas versuchen, werden ohne Zögern niedergeschossen.«

Einige der Senatoren und Zuschauer zogen die Köpfe ein. Immerhin waren wilde Geschichten über Walther Fitchner im Umlauf, und keine davon besagte, dass man ihn ungestraft beleidigen konnte. Er mochte fast sechzig Jahre alt sein, doch er hielt sich noch immer aufrechter als manch Jüngerer und konnte tagelang im Sattel sitzen, ohne zu klagen. Auch hatte sich die Zahl jener Unglücklichen, die auf seinen Befehl hin aufgehängt worden waren, im Volksmund verdoppelt und verdreifacht. Zwar war er hier im Senat von Texas nur einer der wenigen Vertreter der Opposition, aber sein Wort galt in seinem Heimatbezirk so viel wie ein geschriebenes Gesetz.

Edward Montgomery durchlebte einige unangenehme Augenblicke, denn er musste an die Duelle denken, die sein Gegner gewonnen haben sollte. Bei dem Gedanken, nur wenig älter als dreißig zu sein und als guter Schütze zu gelten, straffte er jedoch die Schultern und warf Walther seinen zusammengeknüllten rechten Handschuh hin.

»Ich werde Texas von Ihrer Anwesenheit befreien, Fitchner.«

»Jawohl, tun Sie das!«, rief Rachel Coureur triumphierend. Fast sechs Jahre lang hatte sie ihren Hass gehegt und sah nun die ersten Früchte wachsen.

Ihre Tochter Thamar hingegen, die neben ihr auf den Zuschauerrängen Platz genommen hatte, starrte hilflos zu Boden. Viele Jahre lang hatte sie Walther Fitchner und dessen indianische Ehefrau Nizhoni wie nahe Verwandte geliebt und war vor Scham fast gestorben, als ihre Schwester Abigail Walthers Sohn Josef mit einem anderen Mann betrogen hatte, obwohl die beiden verlobt gewesen waren. Bei dem Gedanken an Josef suchte ihr Blick das andere Ende der Zuschauerränge. Dort saßen die beiden ältesten Fitchner-Söhne, Josef in einem dunkelgrauen Jackett und karierten Hosen, sein Bruder in der Uniform eines Kadetten der Militärakademie von Westpoint, von der er vor wenigen Tagen zurückgekehrt war.

Während die junge Frau ihren Gedanken nachhing, warf Montgomery Walther etliche Beleidigungen an den Kopf und forderte ihn auf, ihm jetzt und sofort zum Duell zur Verfügung zu stehen.

Bislang hatten Josef und Waldemar sich zurückgehalten. Doch als Montgomery ihren Vater einen dreckigen Squawman nannte, der es gar nicht wert sei, in den Pistolenlauf eines echten Gentleman zu blicken, fuhr der Ältere auf.

»Sie wollen ein Gentleman sein, Montgomery? Ein kläffender Pinscher und ein Feigling sind Sie! Einen Mann herauszufordern, der fast doppelt so alt ist wie Sie, ist schändlich! Ich werde nicht zulassen, dass Sie meinen Vater und meine Familie länger schmähen. Daher fordere ich Sie zum Zweikampf. Sie können sich aussuchen, ob mit Pistolen, Säbeln oder was auch immer. Es soll nur schnell gehen, denn ich will morgen wieder zu unserer Ranch reiten und möchte mich daher nicht länger in Austin aufhalten als nötig.«

Thamar klatschte Josef in Gedanken Beifall, während Rachel erneut keifte.

»Am besten sollte Mister Montgomery beide erschießen. Dann wäre auch die Schmach gerächt, die Josef Fitchner meiner armen Abigail antat, indem er seine Verlobung mit ihr gelöst hat.«

Am liebsten hätte Thamar sie daran erinnert, dass nicht Josef der Schuldige gewesen war, sondern Abigail. Auch die Mutter selbst hatte die Folgen zu verantworten, weil sie Abigail mit Jim Jenkins alleine hatte ausreiten lassen. Solche Worte aber hätten ihr ein paar heftige Ohrfeigen eingebracht – und das vor allen Leuten. Daher wartete sie innerlich zitternd darauf, wie Montgomery reagieren würde.

Die Beleidigungen, die Josef dem Herausforderer seines Vaters an den Kopf geworfen hatte, waren übel. Montgomery wusste selbst, dass man ihn beschuldigen würde, einen alten Mann zum Duell genötigt und getötet zu haben. Doch Walther war ein politischer Gegner, den es zu beseitigen galt. Josef Fitchner hingegen stand noch im Schatten seines Vaters, und sein Tod brachte ihm nichts ein.

Daher schluckte Montgomery seine Wut hinunter. »Ich werde

Sie bei passender Gelegenheit zurechtstutzen, Josef Fichtner. Doch jetzt ist erst einmal Ihr Vater an der Reihe!«

Montgomery fügte noch einige Beleidigungen hinzu und ließ dabei alle Höflichkeit fallen.

Rachel Coureurs klatschte begeistert. »Das ist ein echter Gentleman des Südens!«, rief sie ihrer Tochter zu. »So einen wünsche ich mir als Schwiegersohn.«

Da sie ihrer Stimme keine Zügel anlegte, vernahmen es alle im Saal. Thamars Gesicht wurde puterrot, und sie wünschte sich ans andere Ende der Welt. Montgomery hingegen deutete eine Verbeugung in Rachels Richtung an und wandte sich mit einer herablassenden Geste wieder Walther zu.

»Ich will es gleich und hier erledigen!«

»Im Sitzungssaal des Senats? Ich finde, wir sollten diesen ehrwürdigen Ort nicht durch eine Schießerei entweihen«, antwortete Walther eisig.

»Vater, das …«, begann Josef, doch Walther wies ihn mit einer Geste an zu schweigen. »Dies ist meine Sache! Mister Montgomery hat meine Ehre in den Schmutz getreten und wird dafür bezahlen.«

Walther drehte sich zu Sam Houston um, einem seiner letzten politischen Freunde. »Es wäre mir eine Ehre, wenn Sie mir sekundieren würden, Sam.«

»Das mache ich gerne! Da Sie der Geforderte sind, steht es in Ihrem Ermessen, die Waffen zu wählen«, antwortete Houston.

»Ich bestehe darauf, richtige Duellpistolen zu verwenden. Die neumodischen Revolver der Firmen Colt und Remington schießen mir zu ungenau.«

»Ich werde Ihnen eine Kugel genau zwischen die Augenbrauen jagen!« Montgomery ärgerte sich zunehmend darüber, dass sein Gegner keinerlei Angst zeigte, sondern so kühl blieb, als ginge es um ein alltägliches Geschäft. Außerdem passte es ihm nicht, mit einer Duellpistole schießen zu müssen. In den letzten Jahren hatte er sich an seinen Colt gewöhnt und hätte lieber diese Waffe benutzt.

Da er sich jedoch keine Blöße geben durfte, nickte er hochmütig. »Ich hoffe, einer Ihrer wenigen Freunde besitzt ein passendes Paar Pistolen. Wenn einer meiner Freunde sie von seiner Plantage holen müsste, würden einige Tage vergehen.«

»Ich kann aushelfen«, klang da erneut Sam Houstons markante Stimme auf. Man hatte ihn zwar zum Gouverneur von Texas gewählt, aber in der Zwischenzeit waren ihm durch seine strikte Ablehnung der Sezessionsbestrebungen des Südens die meisten seiner Anhänger verlorengegangen. Zudem war er ein enger Freund von Walther und Männern wie Montgomery auch deswegen suspekt.

Houston schwang seinen Gehstock so durch die Luft, dass einige, die sich zu weit nach vorne gewagt hatten, zurückzuckten. »Ich besitze zwei passende Pistolen«, erklärte er noch einmal. »Sie sollten einen Ihrer Freunde darum bitten, mit mir zu kommen, damit er sieht, dass ich an den Pistolen nichts verändere. Ich will nicht, dass es heißt, General Fitchner habe nur deshalb das Duell gewonnen.«

Houstons Worte trafen Montgomery wie eine Ohrfeige. »Sie werden schon sehen, wer aus diesem Duell als Sieger hervorgeht, Mister Gouverneur«, antwortete er ätzend und drehte sich zu seinen Freunden um. »Würde bitte jemand den Gouverneur begleiten!«

Sofort traten sechs Mann vor, einigten sich dann aber darauf, dass zwei von ihnen mit Houston gehen sollten.

An ein Weiterführen der Senatssitzung war unter diesen Umständen nicht mehr zu denken. Daher hob sich Edward Montgomery das, was er noch hatte sagen wollen, für den nächsten Tag auf. Als er den Saal verlassen wollte, vertrat ihm Rachel Coureur den Weg und ergriff seine Hand.

»Ich danke Ihnen, Senator, dass Sie der Gerechtigkeit zum Sieg verhelfen und diesen elenden Fitchner in die Hölle schicken werden.«

Walther sagte sich, dass Rachel schon immer ein Ekel gewesen war und mit zunehmendem Alter immer schlimmer wurde.

2.

Schlägereien aus politischen Gründen gab es in diesen Tagen häufig, gelegentlich auch eine Schießerei. Ein Duell zwischen zwei Mitgliedern des Senats von Texas hingegen kam nicht oft vor, und aus diesem Grund wuchs die Zahl der Schaulustigen von Minute zu Minute. Einige besonnene Männer warnten bereits, dass eine fehlgehende Kugel Unbeteiligte verletzen könnte, und einer forderte die Damen auf, sich dieses Schauspiel zu ersparen.

Bei Rachel Coureur biss er damit auf Granit. »Ich will sehen, wie dieser elende Fitchner stirbt!«, fuhr sie ihn an und hielt ihre Tochter fest, als diese gehen wollte. »Du bleibst bei mir! Ich will nicht, dass dir das Gleiche passiert wie Abigail.«

Thamar fand diesen Vergleich bösartig, denn sie war nicht willens, wie ihre Schwester ihre Tugend an den nächstbesten Kerl zu verschleudern, selbst wenn sie die Gelegenheit dazu bekommen würde.

Während sie auf die Pistolen warteten, erhielt Montgomery von seinen politischen Freunden viel Lob dafür, dass er mit Walther Fitchner den ungekrönten König des French Settlement aus der Welt schaffen wollte.

»Ist dieser alte Bock erst einmal aus dem Weg geräumt, bringen wir auch die Leute dort dazu, das für Baumwolle geeignete Gebiet an uns zu verkaufen. Sie können ja weiter nach Westen ziehen«, rief sein aus Georgia stammender Schwager, der schon geraume Zeit auf der Suche nach einem geeigneten Stück Land war, auf dem er sich hier in Texas ansiedeln konnte. Am Rio Colorado gab es einige solcher Flächen, doch solange Walther Fichtner dort das Sagen hatte, bekam kein Sklavenhalter die Chance, sich dort festzusetzen.

Montgomery nickte seinem Schwager zu. »Wenn Fichtner erledigt ist, werden wir auch mit seinen Söhnen fertig! Das French Settlement ist fruchtbar genug für mehrere große Plantagen. Vielleicht werbe ich sogar um Coureurs Tochter und richte mir mit seiner Unterstützung dort eine zweite Plantage ein. Die Nigger dazu könnte ich aus Virginia oder North Carolina holen.«

Unweit der beiden, aber durch Welten getrennt, wartete Walther auf Houstons Rückkehr. Er selbst wirkte völlig gelassen, aber seine Söhne waren nervös.

»Du hättest diesen aufgeblasenen Kerl mir überlassen sollen«, erklärte Josef.

»Er hat mich herausgefordert und nicht dich!« Walther lächelte. Schon viel zu lange hatte er sich Montgomerys Hetzreden und die seiner Freunde anhören müssen, und so empfand er tiefen Groll. Auch war ihm klar, dass er diesen Männern im Weg war. Sie träumten von einem Land, in dem weiße Männer über schwarze Männer herrschten und diese mit Peitschen zwangen, die Arbeit für sie zu erledigen. Doch er war nicht willens, dies zuzulassen, zumindest nicht in dem Bereich, in dem er genügend Einfluss besaß.

Er zog seine Söhne mit einer tröstenden Geste an sich. »Es wird schon gutgehen! Und wenn nicht, so trete ich mit reinem Gewissen vor meinen Herrgott. Ich bin in dieses Land gekommen, um der Unfreiheit zu entgehen. Daher will ich auch keine anderen Menschen als Sklaven sehen.«

»Auch du kannst den armen Hunden, die in dieses Land gebracht worden sind, nicht zur Freiheit verhelfen, Vater«, wandte Josef ein.

»Aber ich kann sagen, dass ich es nicht für gut erachte, und an das Gewissen meiner Mitbürger appellieren, dass sie dies nicht weiter zulassen sollen. Geht dies nur durch meinen Tod, dann soll es eben so sein!«

Seinen Worten zum Trotz empfand Walther wenig Lust, an diesem Tag zu sterben. Nicht zuletzt deshalb hatte er darauf bestanden, altmodische Vorderladerpistolen zu benutzen, denn mit diesen kam er besser zurecht als mit den neumodischen Revolvern.

»Ich glaube, Houston kommt zurück«, meldete Waldemar.

»Dann geht zu ihm und seht euch die Pistolen an«, forderte Walther seine Söhne auf. Diese gehorchten, und für einige Augenblicke stand er allein da. Dann trat Andreas Belcher, sein alter Freund seit fast fünfundzwanzig Jahren, neben ihn.

»Das gefällt mir gar nicht! Fast habe ich den Eindruck, Montgomery habe es darauf angelegt, dich herauszufordern, Fichtner.«

Belcher gehörte zu den wenigen, die Walthers Familiennamen noch so aussprachen, wie es in der deutschen Heimat Sitte gewesen war. Die Texaner hatten diesen in Fitchner umgewandelt, da dies für sie leichter auszusprechen war.

Walthers Miene nahm einen ernsten Ausdruck an. »Mir gefällt es auch nicht. Aber da es nun einmal sein muss, werde ich es durchstehen.«

»Montgomery ist gerade mal über dreißig, und du gehst stramm auf die sechzig zu«, wandte Belcher ein.

»Eine ruhige Hand und ein sicheres Auge sind nicht vom Alter abhängig!« Walther sah, wie Houston und die Sekundanten seines Gegners näher kamen, und seine Anspannung kehrte zurück.

»Wir haben die Waffen geprüft. Sie sind in gutem Zustand und von gleicher Art«, erklärte Josef.

Einer von Montgomerys Sekundanten nickte. »Das Gleiche

haben auch wir festgestellt. Jetzt sollen die Pistolen unter Aufsicht geladen werden.«

»Tut das!«, beschied Walther ihn knapp.

»Macht schon!«, rief Montgomery ungeduldig, denn ihm dauerte das Zeremoniell bereits viel zu lange.

Auch ärgerte er sich über die unnatürliche Ruhe, die sein Gegner ausstrahlte. Ihm kamen wieder die Erzählungen in den Sinn, denen zufolge Walther Fitchner schon etliche Männer in einem Pistolenduell besiegt haben sollte. Da war auch von irgendeinem deutschen Grafen die Rede gewesen, der den weiten Weg nach Texas auf sich genommen hatte, um sich wegen einer alten Sache mit Fitchner zu schlagen. Wie es hieß, war der Mann mit zerschossener Schulter auf ein Schiff gebracht worden. Ob er die Heimat lebend erreicht hatte, wusste niemand in Texas zu sagen.

Montgomerys Handflächen wurden feucht vor Schweiß. Er starrte auf die beiden Pistolen, die in tödlicher Schlichtheit in ihrem Kasten lagen. Eben nahm einer seiner Freunde eine Waffe heraus und lud sie unter den wachsamen Blicken der Fitchner-Söhne. Da kein anderer es wagte, seinem Vater offen beizustehen, ergriff Josef die andere Pistole und lud sie mit derselben Genauigkeit.

»Wir haben beschlossen, dass jeder die Pistole erhält, die sein Sekundant geladen hat«, erklärte Houston eben regelgemäß. »Die Entfernung wurde auf zwanzig Schritte festgelegt. Damit keiner einen ungerechten Vorteil erhält, wird kein Mensch das Zeichen zum Feuern geben, sondern das erste Pferd, das zu wiehern beginnt. Habt ihr verstanden?«

»Ich habe verstanden«, antwortete Walther.

»Verstanden!« Montgomery nickte und griff dann zur Pistole, die sein Sekundant ihm reichte. Während er sie kurz überprüfte, lachte er böse. »Jetzt sind Sie an der Reihe, Fitchner!«

Walther kümmerte sich jedoch nicht um den Ausruf, sondern nahm die andere Pistole an sich und sah zu, wie Josef und ein Sekundant seines Gegners die Entfernung ausmaßen.

Als dies geschehen war, stellte Montgomerys Sekundant sich in Positur. »Wir werfen eine Münze! Der Gewinner kann sich den Platz aussuchen, von dem aus er schießen wird. Als Geforderter können Sie wählen, ob Sie Kopf oder Zahl wollen, Mister Fitchner.«

»Zahl!«, entschied Walther.

Der Sekundant zog einen Dollar aus der Tasche, zeigte ihn jedem, der in seiner Nähe stand, damit man sehen konnte, dass es sich um eine neue Münze handelte, und wollte sie dann Josef geben.

»Werfen Sie! Ich vertraue Ihnen«, antwortete dieser.

Mit einer kurzen Bewegung schnellte der andere die Münze in die Luft. Sie drehte sich ein paarmal um die eigene Achse und landete dann auf dem Boden.

»Kopf! Tut mir leid, Mister Fitchner. Ihr Gegner hat die Wahl.«

Der Mann gab sich Mühe, keinen Triumph zu zeigen, denn einer der Duellanten würde die Sonne schräg von vorne haben, und das war nun mit Sicherheit nicht sein Freund Montgomery.

Dieser wies auch sofort auf die günstigere Seite. »Ich wähle diese Stelle!«

Walther nahm es mit einem Achselzucken zur Kenntnis und ging zu seinem Platz. Im Gegensatz zu Montgomery hatte er die Waffe noch nicht gespannt, sondern wartete, bis auch dieser sich aufgestellt hatte.

»Sobald ein Pferd wiehert, könnt ihr schießen«, betonte Sam Houston noch einmal.

Nun erst spannte Walther die Pistole und hob sie hoch. Sein

Gegner zielte bereits auf ihn, um sofort abdrücken zu können, wenn ein Wiehern erklang. Obwohl es in der Umgebung etliche Pferde gab, blieb es jedoch still.

Keiner wusste zu sagen, wie viel Zeit verging. Sekunden dehnten sich zu Minuten und Minuten zu Stunden. Für Walther und seinen Gegner wurde es zunehmend schwer, die Pistole mit dem ausgestreckten Arm zu halten. Während Montgomery die Zähne zusammenbiss und mit dem Zeigefinger den Abzugsbügel umklammerte, atmete Walther ruhig durch und hob den Lauf der Waffe ein wenig, um das Gewicht zu verlagern.

»Langsam müsste doch so ein Zossen plärren«, stieß Rachel Coureur aus, die sich um nichts auf der Welt dieses Schauspiel hätte entgehen lassen. Ihre Stimme hallte wie ein Pistolenschuss über den Duellplatz. Beinahe hätte Montgomery abgedrückt, konnte es aber gerade noch verhindern. Auch er trieb in Gedanken die Pferde an, endlich zu wiehern.

Plötzlich hallte ein misstönender Laut durch die Stadt. Noch während des ersten Tons feuerte Montgomery und sah seinen Gegner kaum merklich zusammenzucken. Walthers Wange und Hals färbten sich rot, und für ein paar Augenblicke hoffte Montgomery, ihn entscheidend getroffen zu haben.

Da senkte Walther den Lauf seiner Waffe ein wenig und zielte auf die Brust seines Gegners, sagte sich aber, dass er mit Montgomerys Tod nichts gewann. Daher zog er die Waffe leicht höher, um den anderen in der Schulter zu treffen. Sein Schuss krachte, doch in dem Moment ließ Montgomery die nutzlos gewordene Pistole sinken und bewegte sich unbewusst zur Seite, um der Kugel seines Gegners zu entgehen. Statt der Schulter traf die Kugel daher den rechten Oberarm. Montgomerys Pistole flog durch die Luft und blieb mehrere Yards entfernt liegen. Blut floss wie ein Bach aus der Wunde, während er bleich und mit einem verwunderten Ausdruck dastand. Offensichtlich konnte er nicht begreifen, was geschehen war.

»Einen Arzt! Einen Arzt!«, kreischte Rachel Coureur und eilte zu Montgomery. »Bei Gott, welch ein Unglück! Sie sind hoffentlich nicht schwer verletzt, Senator?«

Montgomery versuchte, den Arm zu bewegen, ließ es aber mit einem Aufschrei sein. Alle, die in der Nähe standen, hatten jedoch gesehen, dass sich zwar das Schultergelenk, nicht aber der Arm bewegt hatte.

Endlich kam der Arzt, holte ein Skalpell aus seiner Tasche und schnitt damit die Ärmel von Rock und Hemd auf. Ein einziger Blick zeigte ihm, dass es mit einem schlichten Verband nicht getan war. Trotzdem wand er mehrere Leinwandstreifen um den Arm, damit die Wunde nicht mehr blutete, und trat einen Schritt zurück.

»Mister Montgomery muss auf einem Bett liegen, damit ich ihn richtig versorgen kann. Können Sie gehen?«, fragte er den Verletzten.

Dieser nickte mit knirschenden Zähnen, war allerdings so bleich, dass mehrere seiner Freunde ihn stützten. Während der Senatssitzungen lebte Montgomery im Hotel, doch als man ihn dorthin bringen wollte, mischte sich Lucretia Ransom, die Witwe eines Parteifreunds, ein.

»Senator Montgomery braucht bessere Pflege, als er sie im Hotel erhalten könnte. Schafft ihn in unser Haus!«

»Ja, tut das!«, stimmte Rachel Coureur ihr zu.

Da sie ohne ihren Ehemann nach Austin gekommen war, wohnte sie nicht im Hotel, sondern bei dieser Dame, und sie sah dies als gute Gelegenheit an, Montgomery ihrer Tochter Thamar schmackhaft zu machen.

Lucretia Ransom begriff die Absicht ihres Gastes und beschloss, diesen Plan zu vereiteln. Immerhin hatte sie selbst eine Tochter im heiratsfähigen Alter, für die Edward Montgomery der passende Ehemann war. Nicht zuletzt aus diesem Grund hatte sie angeboten, den Verletzten in ihr Haus aufzunehmen. So konnte sie sich die Dankbarkeit des reichen Baumwollpflanzers sichern, ihr Ansehen in der Stadt heben und, wenn alles gutging, ihre Tochter an den Mann bringen.

Rachel warf Walther noch einen hasserfüllten Blick zu und nahm wahr, dass dieser nur ein wenig an der Wange und am Ohr verletzt war. Daraufhin beklagte sie stumm, dass Montgomery nicht besser getroffen hatte.

3.

Sam Houston betrachtete Walthers Verletzung und grinste. »Sieht ja ganz gut aus. Sie haben nur das linke Ohrläppchen verloren und eine Schramme an der Wange. Da Sie wohl kaum mehr auf Freiersfüßen gehen werden, dürfte Sie das wenig stören.«

»Es war unvernünftig, Vater, dem Mann den ersten Schuss zu lassen«, schalt Josef.

»Auf jeden Fall haben Sie gezeigt, dass mit uns alten Texanern nicht zu spaßen ist. Außerdem hat Montgomery sich nicht an die Regeln gehalten!« Sam Houstons Grinsen wurde noch breiter, während er sich einem von Montgomerys Freunden zuwandte, der zurückgeblieben war.

Dieser fuhr sofort auf. »Das ist eine infame Unterstellung!«

»Ich weiß nicht, ob Sie Ihre Ohren heute nicht gewaschen haben, aber für mich war das vorhin kein Pferdewiehern, sondern das Geschrei eines Esels. Na ja, passt irgendwie zu Montgomery!«

Sein Gegenüber stand kurz vor dem Platzen, doch einer der unbeteiligten Zuschauer nickte. »Sie haben recht, Gouverneur! Es war ein Esel. Mister Montgomery mag zwar Senator sein, aber das macht ihn noch nicht zu einem richtigen Texaner. Ein solcher sollte ein Pferd von einem Esel unterscheiden können.«

Einige lachten, und auch Männer, die Walther in der letzten Zeit gemieden oder ihn gar offen kritisiert hatten, klopften ihm auf die Schulter. In dem Augenblick waren sie alle Texaner, und der Streit zwischen den Staaten des tiefen Südens und den Yankees schien fürs Erste vergessen.

Sam Houston schob sich durch die Gruppe, die sich um Walther versammelt hatte. »Kommen Sie, Fitchner! Da Ihr Gegner zu schwer verletzt ist, um ins Hotel zu gehen, sollten Sie das auch nicht tun. Es könnte dort den einen oder anderen Narren geben, der es Ihnen heimzahlen will. Wenn jemand so freundlich sein würde, Doktor Simpson zu holen, sobald dieser Senator Montgomery zusammengeflickt hat. Ihr findet uns in meinem Haus. Ich kann Ihnen ein Glas von dem guten Whiskey Ihres irischen Pfarrers anbieten – den mit dem ey meine ich!«

Er hakte sich bei Walther unter und führte ihn zu seinem Heim. Unterdessen nahmen Josef und Waldemar die Pistolen an sich, reinigten sie und legten sie wieder in ihren Kasten.

Waldemar rieb sich über die Stirn. »Ich wusste zwar, dass es in South Carolina und in Georgia einige Schreier gibt, die nach der Trennung von den Vereinigten Staaten rufen, aber ich hätte niemals für möglich gehalten, dass es hier in Texas genauso sein würde.«

Josef legte seinem jüngeren Bruder die Hand auf die Schulter. »Man merkt, dass du mehrere Jahre in Westpoint verbracht hast. In der letzten Zeit sind immer mehr Sklavenbesitzer nach Texas gekommen, um Land aufzukaufen und Plantagen anzulegen. Jeder von denen bringt hundert und mehr Schwarze ins Land. In einigen Gebieten sieht es jetzt schon genauso aus wie in Alabama, Georgia und South Carolina. Diese Plantagenbesitzer sind hoch angesehen, weil sie Geld haben und vor allem den Willen, sich gegen jedermann durchzusetzen.«

»Auch mit Gewalt?«, fragte Waldemar.

»Ja! Das hast du doch heute gesehen. Einen anderen Mann als unseren Vater hätte Montgomery eiskalt niedergeschossen.

Doch mit einem General Fitchner kann der Kerl sich nicht messen. Vergessen aber werde ich es nicht! Sobald Montgomery wieder auf den Beinen ist, hole ich ihn mir vor den Lauf.«

Josef schloss den Pistolenkasten und schlug den Weg zu Houstons Haus ein. Sein Gesicht wirkte dabei so grimmig, dass Waldemar sich fragte, was in der Zeit seiner Abwesenheit alles vorgefallen sein mochte.

»Nizhoni und die Kleinen werden sich freuen, dich wiederzusehen«, sagte Josef, um dem Gespräch eine andere Wendung zu geben.

»Die Kleinen?« Waldemar lachte. »Gretel muss doch bald eine junge Dame sein.«

»Sag ihr das, und sie wird dir recht undamenhaft ein paar Dornen unter den Sattel stecken.« Josef lachte leise, als er an ihre Schwester dachte.

Auch Waldemar konnte sich diesen Wirbelwind nicht in Krinoline und mit Sonnenschirm vorstellen. Er dachte an seinen jüngsten Bruder. »Was macht eigentlich Diego?«

»Der soll noch heuer bei mir auf der Rinderranch als Vaquero anfangen, denn ich will ihm beibringen, wie man Rinder züchtet«, antwortete Josef. »Einige von Montgomerys Freunden haben versucht, das beste Land im French Settlement an sich zu bringen, und das nicht mit lauteren Mitteln. Doch diesem Vorgehen hat Vater einen Riegel vorgeschoben. Da er alle Farmer rechtzeitig hat eintragen lassen, konnten die Winkeladvokaten der Sklavenhalter die Landrechte der Tejanos im French Settlement und in dessen Umgebung nicht als ungültig hinstellen, wie es in anderen Teilen von Texas geschehen ist. Als die Kerle einige Farmer bedroht haben, ist Vater ihnen mit unserer Miliz in die Quere gekommen, und es gab eine Schießerei. Wir hatten drei Verwundete, die anderen mehrere Tote. Seitdem wagt sich keiner von denen mehr in unser Gebiet.«

Josefs Bericht klang beiläufig, doch Waldemar begriff, dass seine Familie hart kämpfen musste, um sich zu behaupten. Einige Augenblicke lang überlegte er, ob er seine Absicht, beim Militär zu bleiben, aufgeben und lieber mithelfen sollte, Leute wie Montgomery in ihre Schranken zu weisen, kam aber zu keinem Entschluss.

4.

Lucretia Ransom ließ Montgomery in das beste Schlafzimmer ihres Hauses bringen und wies ihre schwarzen Bediensteten an, den Herren, die sie begleitet hatten, Getränke zu servieren. Einige sahen tatsächlich aus, als könnten sie eine Stärkung vertragen. Sie waren von dem Ausgang des Duells schockiert und sorgten sich um ihren verletzten Freund und politischen Verbündeten.

Montgomery war kaum mehr bei Sinnen, als er auf das Bett gelegt wurde.

»Wir müssen ihm Stiefel und Hosen ausziehen«, erklärte Rachel resolut.

»Das soll Harry übernehmen!« Die Hausherrin rief einen ihrer schwarzen Diener herein und scheuchte Thamar und ihre eigene Tochter aus dem Zimmer.

»Es wäre ungehörig für euch, einen Mann in Unterhosen zu sehen«, erklärte sie und wandte sich an den Arzt, der Montgomerys Wunde untersuchte und dabei besorgt den Kopf wiegte.

»Der Senator wird doch gewiss wieder gesund werden?«

Doktor Augustus Simpson antwortete, ohne in seiner Arbeit innezuhalten. »Ich hoffe, ihm das Leben erhalten zu können. Allerdings sieht es schlecht aus. Der Knochen ist zertrümmert, und Sie sollten beten, dass ich den Arm nicht abnehmen muss. Die Verletzung ist nahe an der Schulter, und ob Mister Montgomery eine Amputation überstehen würde, weiß ich nicht.«

»Das hat Fitchner ganz bestimmt mit Absicht gemacht! Er

wollte den Senator zum Krüppel schießen«, rief Rachel wuterfüllt aus.

»Das glaube ich nicht! Mister Montgomery hat sich bei Senator Fitchners Schuss bewegt. Andernfalls wäre er hoch in der Schulter getroffen worden.«

Die beiden Frauen achteten jedoch nicht auf Doktor Simpsons Einwand, sondern ließen ihrem Hass auf Walther freien Lauf. Dabei zog Rachel Coureur so lautstark über dessen Familie her, dass Augustus Simpson verärgert dazwischenfuhr.

»Ich wäre den Damen sehr verbunden, wenn sie ihre Unterhaltung in einem anderen Raum fortsetzen könnten. Hier erschrecken Sie den Verletzten. Außerdem kann ich bei diesem Gekeife nicht arbeiten.«

»Gekeife?« Lucretia Ransoms Stimme klang empört.

»Wir haben nur erklärt, was von diesem Fitchner, der Wilden, die er geheiratet hat, und seiner Brut zu halten ist«, erklärte Rachel mit schriller Stimme.

»Ich muss Sie dennoch bitten, das Zimmer zu verlassen. Noch etwas: Irgendjemand muss bei mir zu Hause mehrere von den Holzschienen holen, die ich vorsorglich angefertigt habe. Außerdem sollte jemand Laudanum besorgen. Mister Montgomery wird es in den nächsten Tagen brauchen, denn der Arm muss vollkommen ruhig liegen, wenn er heilen soll.«

Einen Augenblick sah es so aus, als würde die Hausherrin zu einer heftigen Antwort ansetzen, doch der Gedanke an den Verletzten, der sie nicht als Megäre erleben sollte, brachte sie dazu, die Lippen zusammenzukneifen. Sie schob Rachel Coureur aus dem Zimmer, folgte ihr und wies draußen zwei ihrer schwarzen Haussklaven an, die Holzschienen und das Laudanum zu holen. Danach gesellte sie sich zu Montgomerys Freunden, die eifrig miteinander diskutierten und sich immer wieder nachschenken ließen.

»Wie geht es ihm?«, fragte einer, als Lucretia Ransom mit Rachel im Gefolge hinzutrat.

»Der Arzt befürchtet, dass er ihm den Arm abnehmen muss!«, rief die Hausherrin klagend aus.

»Dieser verfluchte Fitchner hat den armen Montgomery mit Absicht so schwer verletzt«, setzte Rachel giftig hinzu.

»Bei einem Duell kann man nun einmal getötet oder verletzt werden«, sagte einer der Männer, um die übrigen Anwesenden zur Besonnenheit zu mahnen.

Ein anderer schüttelte zornig den Kopf. »Dafür wird Fitchner büßen! Ich lasse nicht meinen besten Freund zum Krüppel schießen.«

»Wollen Sie ihn auch zum Duell fordern? Der Mann ist kalt wie Eis! Er hat nicht einmal gezuckt, als Montgomerys Kugel ihn getroffen hat.«

Sein Gegenüber wackelte missbilligend mit dem Kopf. »Hätte noch nicht schießen dürfen! Montgomery, meine ich. Es hat nämlich ein Esel geschrien und kein Pferd gewiehert. Wird ihm nachhängen, dem armen Kerl! Wird heißen, dass er entweder zu dumm ist, einen Esel und ein Pferd auseinanderzuhalten, oder dass er es mit Absicht getan hat, um Fitchner regelwidrig niederzuknallen. Macht sich nicht gut für uns. Hat immer noch Freunde – Fitchner, meine ich!«

»Mit Fitchner und dessen Freunden werden wir jederzeit fertig!«, rief der Mann, der Walther bereits Rache angedroht hatte.

»So wie vor einem Jahr, als er die Burschen aus Louisiana, die Sie geholt hatten, um seinen mexikanischen Nachbarn das Fürchten zu lehren, über den Haufen schießen und aufhängen ließ?«

Der Sprecher hatte bereits etwas zu viel von dem starken Whiskey getrunken, der in diesem Haushalt ausgeschenkt wurde, und gab seinem Parteifreund kräftig Kontra. Innerhalb kürzester Zeit entspann sich ein Streit, der so laut geführt wurde, dass Doktor Simpson oben auf der Treppe erschien.

»Ist das hier eine Kneipe oder ein ehrliches Haus?«, fragte er zornig. »Von Ihrem Geschrei wird mein Patient ganz unruhig. Wo sind außerdem die Schienen, die geholt werden sollten? Hier stehen ein Haufen Männer herum, aber keiner tut etwas.«

»Ich habe einen meiner Nigger geschickt«, verteidigte sich Lucretia Ransom.

»Dann sehen Sie auch zu, dass er zurückkommt! Bei Gott, wenn Sie sich bei jeder Arbeit auf Ihre Sklaven verlassen, wundert es mich wirklich nicht, dass der Süden stagniert.«
Mit diesen Worten drehte der Arzt sich um und kehrte zu seinem Patienten zurück.

Die Männer ballten die Fäuste und blickten wuterfüllt hinter ihm her.

»Verdammter Yankee!«, fluchte einer. »Wenn der so weitermacht, holen wir ihn eines Nachts aus seinem Haus, stecken ihn in eine Teertonne und wälzen ihn in blutigen Hühnerfedern.«

»Ist der beste Arzt hier in der Stadt. Würde ungern zu einem anderen gehen«, wandte der Betrunkene ein.

»Pah! So gut ist er auch wieder nicht«, blaffte ihn ein anderer an.

Unterdessen kam einer der beiden gesandten Schwarzen mit mehreren schmalen Holzstücken im Arm zurück. Lucretia Ransom nahm es als Gelegenheit, sich von den Herren zu verabschieden und sich wieder in eine fürsorgliche Gastgeberin zu verwandeln. Diese Haltung behielt sie jedoch nur so lange bei, bis Doktor Simpson die geforderten Utensilien in den

Händen hielt. Danach winkte sie Rachel, sie in ihr Nähzimmer zu begleiten, und beäugte sie dort lauernd.

»Liebste Rachel, du weißt, wie sehr ich dich mag und mich freue, wenn du mich besuchst. Aber du wirst verstehen, dass ich mich jetzt, da Senator Montgomery schwer verletzt in meinem Haus liegt, weder um dich noch um Thamar kümmern kann. Auch wird mein Personal mit der Versorgung des Kranken beschäftigt sein. Ich muss dich daher bitten, morgen abzureisen.«

Das war ganz und gar nicht in Rachels Sinn, und sie streckte abwehrend die Arme aus. »Meine liebe Lucretia, ich verstehe deine Sorge um Mister Montgomery sehr gut und bin gerne bereit, sie zusammen mit dir zu tragen. So könnten meine Thamar und ich ihn pflegen und dir damit viel Arbeit und Mühe abnehmen.«

Das könnte dir so passen, besagte Mrs. Ransoms Blick. Sie hatte mit Montgomery ihre eigenen Pläne, und die ließen nicht zu, dass ein anderes Mädchen als ihre Julia die Pflege des Verletzten übernahm.

»Es tut mir leid«, antwortete sie mit falscher Freundlichkeit, »aber es geht nicht anders. Es werden ständig einige Herren zu uns kommen, um nach ihrem Freund Montgomery zu sehen – und diese Besucher wären für Thamars Tugend eine zu große Gefahr.«

Rachel nahm das Gift in Lucretia Ransoms Worten wahr, spielte diese doch auf ihre älteste Tochter an, die überstürzt einen sehr unpassenden Bewerber hatte heiraten müssen. Immer noch verfluchte Rachel Abigail dafür, denn ihr hatte Josef Fitchner als Schwiegersohn ins Auge gestochen. Doch diese Pläne hatte der Leichtsinn des Mädchens ruiniert, und über dieser Angelegenheit war auch die bis dorthin enge Freundschaft ihres Mannes mit Walther Fitchner zerbrochen. Auch wenn sie es sich nur ungern eingestand, so tat es ihr manchmal doch leid, dass Josef nicht ihr Schwiegersohn geworden war. Aber nun ging es darum, sich wenigstens Montgomery für Thamar zu sichern. Daher war sie nicht bereit, kampflos zu weichen.

»Du musst an deine Julia denken, liebste Lucretia. Auch für sie stellt die Anwesenheit vieler junger Herren eine Gefährdung ihrer Tugend dar. Da wäre es doch besser, wenn unsere beiden Töchter während dieser Zeit zusammenbleiben könnten.«

In Mrs. Ransom stieg die Galle hoch, und sie beschloss, deutlicher zu werden. Immerhin winkte als Preis ein reicher Schwiegersohn. »Es ist mein letztes Wort! Meine Niggerinnen werden dir heute noch beim Packen helfen.«

Mit diesen Worten ließ sie Rachel stehen und schwebte davon, um ihre Tochter zu suchen.

Julia Ransom hatte sich zusammen mit Thamar in ihr Zimmer zurückgezogen und saß, die Fingerspitzen gegeneinander gelegt, auf ihrem Lieblingsstuhl. »Mister Montgomerys Verletzung ist eine schlimme Sache. Er war ein so eleganter Kavalier und ein ausgezeichneter Tänzer. Bei dem Gedanken, dass er nun ein Krüppel sein wird, kommen mir die Tränen.«

»Noch ist es nicht sicher, ob er einen bleibenden Schaden davontragen wird«, wandte Thamar ein, erntete aber ein verächtliches Schnauben.

»Du hast doch gehört, was der Arzt gesagt haben soll. Er wird Mister Montgomery den Arm abnehmen müssen. Den rechten Arm wohlgemerkt! Mister Montgomery wird hinterher in vielen Dingen behindert sein – besonders auch im Ehebett.«

»Wieso denn da? An der Stelle hat ihn die Kugel doch gar nicht getroffen«, beantwortete Thamar diese Anzüglichkeit.

Julia beschloss, darüber hinwegzusehen. »Ich hoffe nur, dass meine Mutter mich nicht drängt, Mister Montgomery weiterhin Hoffnungen zu machen. Einen Krüppel will ich nicht als Herrn in meinem Haus!«

»Wenn zwei Menschen sich lieben, wird auch dies sie nicht trennen können«, rief Thamar.

»Meine Liebe hat Mister Montgomery bislang nicht errungen – und als Krüppel wird er das wohl noch viel weniger!« In diese Moment ging die Tür auf, und ihre Mutter trat ein.

Lucretia funkelte sie zornig an. »Rede kein so dummes Zeug! Mister Montgomery ist noch immer ein junger Mann, der das Herz und die Hand jeden Mädchens erringen kann. Sobald der Arzt das Haus verlassen hat, wirst du dich um unseren lieben Verwundeten kümmern. Wage es ja nicht, ihm eine säuerliche Miene zu zeigen, sonst lernst du mich kennen! Und du«, das Letzte galt Thamar, »sollst zu deiner Mutter kommen und ihr beim Packen helfen. Sie will morgen abreisen.«

»Sehr wohl, Madam!« Thamar knickste und verließ erleichtert die Kammer. Damit blieb es ihr zum Glück erspart, Montgomery zu pflegen. Sie wusste genau, was ihre Mutter beabsichtigte. Diese wollte alles so einfädeln, dass der Mann ihr hinterher einen Antrag machen musste. Den hatte nun Julia zu erwarten, und ein wenig vergönnte sie es ihr.

5.

Sam Houston sah dem Arzt zu, der Walthers Verletzung versorgte, und goss dann eigenhändig fünf Gläser mit Whiskey ein. »Öfter sollten Sie einen solchen Scherz nicht mehr machen, Walther«, sagte er lachend. »Immerhin sind seit der Schlacht am San Jacinto River fast fünfundzwanzig Jahre vergangen. Der Jüngste sind Sie wahrlich nicht mehr.«

»Du hättest den Mann mir überlassen sollen, Vater«, setzte Josef hinzu, der innerlich immer noch gegen Montgomery wütete. »Wenn dir etwas passiert wäre, würde Nizhoni mir die Schuld geben.«

»Jetzt reg dich nicht auf!«, wies Walther seinen Ältesten zurecht. »Der Mann hatte es auf mich abgesehen. Daher hättest du ihm ins Gesicht spucken und ihn den Sohn eines räudigen Affen und einer versoffenen Hure nennen können – er hätte trotzdem auf einem Duell mit mir bestanden.«

»Weshalb war Montgomery eigentlich so scharf darauf, dich umzubringen?«, fragte Waldemar. Er war in den letzten Jahren nur selten zu Hause gewesen, und in den wenigen Briefen, die ihn erreicht hatten, hatte nichts Diesbezügliches gestanden.

»Da gibt es mehrere Gründe«, erklärte Houston. »Zum einem ist dein Vater ein entschiedener Gegner einer Abtrennung von den Vereinigten Staaten, die von Montgomery und dessen Freunden vehement gefordert wird, und zum Zweiten herrscht Walther wie ein Patriarch im alten Gamuzana-Gebiet. Selbst die Aufteilung in zwei verschiedene Countys hat daran nichts geändert. Die Farmer des French Settlement und die Tejanos und Deutschen im südlichen Teil halten wie Pech und Schwefel zusammen. Insbesondere sind sie weder bereit, die besten Stücke ihres Landes an Männer zu verkaufen, die dort Baumwollplantagen anlegen wollen, noch dulden sie Sklavenbesitzer unter sich.«

Waldemar erinnerte sich an die üblen Beleidigungen, mit denen Rachel seine Familie bedacht hatte, und sah seinen Vater erstaunt an. »Was ist eigentlich mit Thierry Coureur und dessen Frau los? Ich war ganz entsetzt, Mistress Coureur als keifende Xanthippe zu erleben.«

»Sie hat nicht verwunden, dass Thierry als Senator abgewählt worden ist und selbst alte Freunde dort nichts mehr mit ihm zu tun haben wollen, weil er auf Rachels Betreiben Sklaven hält«, antwortete Josef.

»Coureur ist im French Settlement zu einem Fremdkörper geworden.« In Walthers Stimme klang Wehmut mit. Immerhin waren Thierry und er lange Jahre die besten Freunde gewesen. Doch Rachels Wahn, als etwas Besonderes zu gelten und zu den Spitzen der Gesellschaft zu gehören, hatte alles zerstört.

»Coureur baut auf einem Teil seines Landes ebenfalls Baumwolle an und hat dafür über fünfzig Schwarze, Männer wie auch Frauen, gekauft«, setzte Josef hinzu.

»Er wollte doch Pferde und Rinder züchten!«, rief Waldemar verwundert.

»Das war, bevor er Männer wie Montgomery zu seinen Freunden gemacht hat. Jetzt hat er sich diesen angepasst und behandelt Menschen, die gleich uns von Gott geschaffen wurden, wie Vieh, das er auf dem Markt erwerben und ebenso wieder verkaufen kann.«

Waldemar spürte die Enttäuschung seines Vaters über den

Weg, den Thierry Coureur eingeschlagen hatte, schüttelte dann aber den Kopf. »Ich verstehe nicht, weshalb die Baumwolle von Sklaven gesät und geerntet werden muss. Das könnten freie Arbeiter doch genauso tun.«

»Weißen ist diese Arbeit zu schwer, und von den Schwarzen nehmen die Plantagenbesitzer an, dass sie, sobald sie frei sind, in den Norden strömen würden, um dort leichter ihr Auskommen zu finden«, sagte Walther.

»Genau diese Angst herrscht auch im Norden«, warf Waldemar nachdenklich ein. »Die Arbeiter und Angestellten dort wollen keine Neger haben, die ihnen die Arbeit wegnehmen. Aber genauso wenig wollen sie ein Land, in dem Menschen wie Vieh gehandelt und gehalten werden, obwohl die gesamte zivilisierte Welt mit England an der Spitze dies verachtet.«

Auch in Westpoint waren die Probleme der Vereinigten Staaten Tagesgespräch gewesen, und als Texaner, der für einen Verbleib des Südens in der Union und gegen die Sklaverei war, hatte Waldemar sich die Feindschaft einiger Südstaatler zugezogen. Es war zu einer wüsten Schlägerei gekommen, in deren Folge er vorzeitig die Militärakademie hatte verlassen müssen und nun hoffen musste, sein Offizierspatent doch noch zu erhalten.

»Reden wir von etwas anderem, sonst ist meine Laune beim Teufel!« Mit diesen Worten goss Houston die Gläser noch einmal voll und stieß mit ihnen an.

»Wie steht es eigentlich um Montgomery?«, fragte er den Arzt.

Doktor Simpson seufzte tief. »Nicht gut! Der rechte Oberarmknochen ist zerschmettert, und ich werde ihm wahrscheinlich den Arm abnehmen müssen. Aber das ist an dieser Stelle sehr schwierig und könnte für Mister Montgomery tödlich enden.«

»Für einen Mann wie ihn ist der Verlust seines rechten Arms schlimmer als der Tod«, sagte Houston mit einem boshaften Lachen. »Ich glaube nicht, dass er Ihnen dafür dankbar sein wird, Walther.«

»Seine Freunde schäumen jedenfalls vor Wut und würden Senator Fitchner am liebsten teeren, federn, aufhängen, mit der Peitsche totschlagen und was weiß ich noch alles!«

Der Arzt klang besorgt, denn er hatte die hasserfüllten Reden der Sezessionisten mit anhören müssen.

»Ich schätze, Sie sollten sich einige Zeit auf Ihre Ranch zurückziehen, Walther, zumindest so lange, bis die Aufregung sich ein wenig gelegt hat«, riet Houston seinem alten Freund. »Die Sitzungsperiode des Senats ist sowieso bald vorbei, und den Unsinn, der dort noch beschlossen werden dürfte, können auch Sie nicht verhindern.«

»Du könntest morgen mit Josef und mir nach Hause reiten«, schlug Waldemar vor.

Walther schüttelte den Kopf. »Ich will vor diesen Kerlen nicht den Schwanz einziehen.«

»Wenn es Männer wären, auf deren fünf Sinne wir uns verlassen könnten, würde ich sagen: Bleiben Sie hier! Aber in den Köpfen dieser Schreier ist zu wenig Verstand und zu viel Dummheit. Denken Sie doch nur an den Versuch einiger Narren, Nicaragua für die Vereinigten Staaten zu erobern – oder an die Aktionen gegen Kuba. Jeder vernünftige Mensch würde einsehen, dass man eine Insel nicht mit ein paar hundert Mann erobern kann, wenn die dortigen Truppen ein Vielfaches überlegen sind und die Leute dort sich der Unterstützung anderer Mächte sicher sein können.«

Sam Houston klang ungeduldig, denn er hielt es für einen Fehler von Walther, in Austin bleiben zu wollen. In dieser Stadt besaßen die Feinde der Sklavereigegner die Oberhand, und die gierten offen nach seinem Kopf. Im French Settlement hingegen konnte Fitchner sich auf die Unterstützung seiner Nachbarn und der dortigen Miliz verlassen.

Dieser Gedanke erinnerte Houston daran, dass er noch etwas zu erledigen hatte. »Ich weiß nicht, wie lange man mich noch auf dem Stuhl des Gouverneurs sitzen lassen wird. Daher halte ich es für besser, noch ein paar Anweisungen zu erteilen. Sie, Walther, sind immer noch der Hauptmann der Miliz im French Settlement. Aber Sie sind nicht mehr der Jüngste, und ich will nicht, dass man Sie deswegen absetzt und einem von Montgomerys Speichelleckern das Kommando überträgt.«

»Die Miliz wählt ihren Captain selbst und würde nie einen Mann akzeptieren, der ihnen gegen ihren Willen aufgedrängt wird«, warf Josef ein.

»Es würde trotzdem eine Menge Wirbel geben«, konterte Houston gelassen. »Aus diesem Grund ernenne ich dich mit dem heutigen Tag zum Captain der Miliz von Texas. Damit steht ein Mann an der Spitze eurer Leute, der – verzeih mir, wenn ich das so sage, Walther – kein alter Knacker ist, sondern im Zenit seiner Kräfte steht.«

Walther überlegte kurz und nickte dann. »Ich werde mit den Männern reden, damit sie Josef wählen!«

So ganz gefiel es ihm nicht, zurücktreten zu müssen, denn er hatte die Miliz in seinem Siedlungsgebiet seit mehr als fünfundzwanzig Jahren geführt. Er sah jedoch ein, dass die Zeit reif war, seinem ältesten Sohn einen weiteren Teil der Verantwortung zu übertragen.

»Dann sind wir uns einig!« Houston lachte und ließ diesmal seinen Hausdiener nachschenken. »Auf Captain Josef Fitchner! Eines ist mir aufgefallen, mein Junge. Du wirst bald dreißig und solltest langsam ans Heiraten denken. Es dürfte doch genug Mädels geben, die mit einem Burschen wie dir gerne vor den Traualtar treten würden.«

»Nizhoni und Vater drängen mich auch schon die ganze Zeit, mir eine Braut zu suchen. Doch bis jetzt habe ich nicht das Gefühl, es wäre nötig.« Josef sagte es mit einem freundlichen Lächeln, doch alle merkten, dass es ihm durchaus ernst damit war.

»Das macht Quiques Einfluss! Der alte Hagestolz hält nicht viel von Frauen. Sie würden einen Mann in Fesseln legen, sagt er«, warf Waldemar lachend ein.

»Trotzdem sollte Josef bald heiraten. Er ist immerhin der Älteste, und es ist seine Pflicht, die Familie fortzusetzen.« Walthers Stimme klang so scharf, dass Josef unwillkürlich den Kopf einzog. Dann machte er eine beschwichtigende Geste.

»Keine Sorge, Vater! Wenn es so weit ist, schaue ich mir die Mädchen in unserer Umgebung an und suche mir eines aus, das zu mir passt. Du wirst noch genug Enkel bekommen.«

»Darauf wollen wir trinken!« Auf Houstons Wink schenkte der Diener erneut ein und reichte jedem sein Glas.

»Auf Josef und darauf, dass er Sie bald zum Großvater macht!«, rief Houston und trank sein Glas in einem Zug leer.

6.

Am nächsten Tag brachen Walther und seine Söhnen auf. Als sie an Lucretia Ransoms Haus vorbeiritten, sahen sie dort einen Wagen stehen, dessen Pferde ihnen bekannt vorkamen. Ein Schwarzer in blauer Livree und roten Hosen lud eben mehrere Koffer auf, während ein anderer Sklave das Führpferd am Halfter hielt, weil es sehr unruhig war.

Just in dem Augenblick traten Rachel und ihre Tochter heraus. Kaum hatte Rachel die drei Reiter entdeckt, begann sie zu kreischen. »Du verfluchter Hund! Den armen Senator Montgomery so zuzurichten. Der Satan soll dich holen!«

Bei diesen Beleidigungen atmete Walther tief durch und kitzelte seinen Hengst mit einem Sporn, um die keifende Frau so rasch wie möglich hinter sich zu lassen. Seine beiden Söhne trieben ihre Pferde ebenfalls an. Während Josefs Gesicht sich vor Zorn dunkel färbte, begann Waldemar zu lachen.

»Bei Gott, ist diese Frau übel! Wäre sie nicht das Weib eines reichen Mannes, hätte ihr schon längst jemand einen Stock übergezogen.«

»Das hat Thierry in jenen Zeiten versäumt, in denen es nötig gewesen wäre. Jetzt hat er eine Harpyie am Hals und muss damit glücklich werden«, antwortete Walther mit einem Achselzucken und beschloss, sich die Laune durch Rachels Geschrei nicht verderben zu lassen.

Wenn er es genau nahm, war er der Stadt Austin und des Senats in einer Weise überdrüssig geworden, dass er nicht wusste, ob er sich noch einmal zur Wahl stellen sollte. Durch die

Aufteilung des alten Gamuzana-Gebiets in zwei verschiedene Countys, in denen die Zuwanderer aus den Vereinigten Staaten die Mehrheit besaßen, war es auch nicht sicher, ob er noch einmal eine Möglichkeit dazu erhalten würde.

»Ich freue mich auf zu Hause«, sagte er mit einem sanften Lächeln. »Also lasst uns reiten, damit wir die Ranch bald erreichen.«

Hinter ihnen keifte Rachel noch immer, obwohl sie längst außer Hörweite waren, und Thamar wäre vor Scham am liebsten im Erdboden versunken. Das Mädchen bedauerte, dass ihr Vater die Mutter und sie diesmal nicht nach Austin begleitet hatte. Ihm wäre es gelungen, die Mutter im Zaum zu halten. So aber konnte diese ihre Launen austoben, wie sie wollte.

»Mama, bitte! Joshua ist mit dem Aufladen des Gepäcks fertig.« Der verzweifelte Appell der jungen Frau verpuffte an Rachels Zorn. Erst als einige junge Burschen zu lachen begannen, verstummte ihr Schimpfen, und sie stieg auf den Wagen.

»Was stehst du noch herum?«, herrschte sie die Tochter an.

Thamar beeilte sich, auf den Wagen zu klettern. Noch während sie sich setzte, forderte ihre Mutter den Kutscher auf, loszufahren.

»Und spare nicht mit der Peitsche. Die Gäule ziehen heute nicht richtig«, setzte Rachel giftig hinzu.

»Die Pferde sind frisch und laufen gut, Madam«, wandte der Schwarze ein, dem es wenig behagte, die unruhigen Tiere noch nervöser zu machen.

Rachels Wut war jedoch zu groß, als dass sie vernünftigen Argumenten zugänglich war. Mit einem Griff brachte sie die Peitsche an sich und zog sie dem Kutscher über.

»Das soll dich lehren, mir zu gehorchen, du Abschaum!«, schrie sie und schlug erneut zu.

»Bitte, Mama, die Pferde …«

Etwas anderes fiel Thamar nicht ein, doch sie erreichte, dass ihre Mutter die Peitsche sinken ließ und sich damit zufriedengab, den Kutscher zu beschimpfen. Dieser saß auf seinem Bock und biss vor Schmerz die Zähne zusammen. Die Hiebe waren scharf gewesen, und seine Herrin hatte auf seinen Kopf gezielt. Als er mit der Hand an seine Wange griff und seine Finger anschaute, klebte Blut daran.

»Wollen wir Abigail besuchen? Sie müsste ihr Jüngstes mittlerweile zur Welt gebracht haben«, fragte Thamar, um ihre Mutter auf andere Gedanken zu bringen.

»Ja, das müsste sie!«, fauchte ihre Mutter. »Es ist ja auch erst ihr viertes in fünf Jahren. Dieses Farmergesindel vermehrt sich wie die Kaninchen. Oh, dieses undankbare Ding! Wie hatte ich gehofft und gebetet, dass sie einen passenden Ehemann bekommt. Aber was hat sie uns angeschleppt? Einen Jim Jenkins, der nicht einmal ein eigenes Reitpferd besitzt, sondern seinen Ackergaul satteln muss. Die Jungen, die sie diesem Kerl wirft, kann ich wirklich nicht Enkel nennen. Solche musst du mir gebären! Bei Gott, du bist fast genauso schlimm wie Abigail, nur anderes herum. Während dieses dumme Ding nicht damit warten konnte, unter einem Mann zu liegen, ist dir keiner unserer wohlhabenden Freunde gut genug. Jetzt wirst du bald vierundzwanzig und hast immer noch keinen festen Verehrer. Dabei gibt es etliche Herren, die nur darauf warten, von dir ermutigt zu werden. Wenn du so weitermachst, wirst du noch als schrullige, alte Jungfer enden.«

So ging es längere Zeit, doch Thamar nahm es hin, weil sonst der Kutscher Samuel oder ihr Hausdiener Joshua unter den Launen ihrer Mutter hätten leiden müssen. Bei ihren Sklaven benutzte diese zumeist die Peitsche, um sich abzureagieren.

Als Rachel sich endlich beruhigt hatte, lenkte Thamar das

Thema noch einmal auf ihre Schwester. »Du solltest nicht so böse über Abigail sprechen, Mama. Sie hat es schwer, denn die Jenkins-Farm wirft kaum genug zum Leben ab. Außerdem sind es doch deine Enkelkinder! Willst du, dass sie in Armut und Elend aufwachsen?«

»Abigail hat ihr Leben selbst gewählt. Aber es wäre alles anders gekommen, wenn Josef Fitchner und dessen Halbblutschwester sie damals nicht mit Jim Jenkins gesehen hätten. Dann hätte sie doch Josef Fitchner heiraten können …«

»… und nach sechs Monaten einen Sohn zur Welt gebracht, der niemals von Josef hätte stammen können«, fiel Thamar ihrer Mutter ins Wort. »Stell dir nur den Skandal vor, der dann gefolgt wäre! Josef hätte sich mit Gewissheit sofort von ihr scheiden lassen und in bitterer Feindschaft zu uns gelebt.«

Zwar hatte Thamar recht, doch Rachel war nicht bereit, sich auch nur ein einziges Wort zugunsten von Walther Fitchner oder einem Mitglied seiner Familie anzuhören. »Wegen dieser elenden Fitchners müssen wir auch noch einen Umweg machen, weil keiner aus dem French Settlement uns über Nacht Obdach gewährt aus Angst, dieses hochnäsige Pack zu verärgern. Aber das wird bald anders werden, sage ich dir. Bei der nächsten Wahl wird dein Vater wieder Senator werden. Das weiß ich aus berufener Quelle! Der Wahlkreis ist nicht zufällig geändert worden. Das mexikanische und deutsche Gesindel im Süden kann Fitchner nicht mehr wählen – und im Norden sind seine Anhänger in der Minderheit.«

Dabei stellte Rachel sich vor, wie ihr Mann Walther überflügeln und durch den Anbau von Baumwolle noch reicher und mächtiger werden würde.

»Schon bald wird Fitchner nur noch ein Nichts sein«, prophezeite sie ihrer Tochter.

Thamar fragte sich, wieso ihre Mutter trotz der Überzeugung, der Mann liege bald am Boden, so wütend auf Fitchner war. Dann aber fiel ihr etwas anderes ein. »Mama, hast du schon daran gedacht, dass wir beide ohne männlichen Schutz und nur mit den beiden Sklaven unterwegs sind?«

Dies wurde Rachel nun ebenfalls klar, und sie schimpfte sofort wieder los. »Daran ist nur diese Schlange Lucretia schuld! Sie hätte einen der Herren, die gestern bei ihr waren, darum bitten können, uns zu begleiten!«

»Das hättest du doch auch tun können«, wandte Thamar ein und erntete einen vernichtenden Blick.

»Ich war vor lauter Sorge um den ehrenwerten Senator Montgomery völlig außer mir! Wie hätte ich da an etwas anderes denken können? Es schmerzt mich sehr, den lieben Montgomery allein in der Obhut dieses berechnenden Weibes zurücklassen zu müssen. Gewiss wird Lucretia alles tun, um ihn als Gatten für ihre Julia zu gewinnen. Doch er wird hoffentlich gescheit genug sein, ihr falsches Getue zu durchschauen. Ein Gentleman wie er, der nur noch einen Arm besitzt, braucht ein Weib mit kühlerem Blut in den Adern – so eines wie dich! Und wage nicht, den Antrag, den er dir gewiss machen wird, abzulehnen, sonst lernst du mich kennen!«

Diese Drohung verhieß Thamar versagte Mahlzeiten, Schläge und Zimmerarrest. Dennoch schob sie ihr Kinn kämpferisch vor. »Ich glaube, Mister Montgomery wird sich um Julia Ransom bewerben, denn deren Mutter hat nun viel Gelegenheit, sie ihm schmackhaft zu machen!«

»Du bist nichts als dumm!«, antwortete Rachel und versank in Schweigen. In ihren Gedanken schmiedete sie jedoch einen Plan, wie sie Lucretia Ransom trotz der Vorteile, die diese sich verschafft hatte, ausstechen konnte.

7.

Walther und seine Söhne erreichten gegen Abend den südlichen Teil des einstigen Gamuzana-Gebiets. Mittlerweile gehörten die Menschen, die hier lebten, zu einem anderen County, aber die alten Beziehungen bestanden immer noch. Daher wollten die drei bei einem der aus Mexiko stammenden Farmer übernachten. Als sie sich der ins Auge gefassten Farm näherten, sahen sie bereits von weitem mehrere Pferde im Hof stehen und vernahmen beim Näherkommen rauhe Stimmen.

»Entweder unterschreibst du, oder wir zünden dir deine Hütte an! Wo du und deine Blagen bleiben, juckt uns ganz bestimmt nicht.«

Sofort griff Walther zur Büchse, während seine Söhne ihre Colts zogen.

»Es sieht aus, als kämen wir zur rechen Zeit«, sagte Josef mit einem bissigen Grinsen.

»Ich hätte nicht gedacht, dass sie es noch einmal wagen, nachdem wir die letzte Bande zum Teufel gejagt haben!«

Es erfüllte Walther mit Zorn, dass die Plantagenbesitzer, die neu nach Texas gekommen waren, sich das beste Land mit Gewalt unter den Nagel reißen wollten. Als das Klatschen von Schlägen ertönte, gab es für ihn kein Halten mehr, und er preschte im Galopp in den Hof. Josef und Waldemar folgten ihm mit weniger als zwei Pferdelängen Abstand.

Es waren fünf Männer, die so sehr mit ihrem Opfer beschäftigt waren, dass sie die drei Reiter nicht sofort bemerkten. Als sie herumfuhren, war es zu spät. Erbost starrten sie die Waffen an, die auf sie gerichtet waren, wagten aber nicht, zu ihren eigenen Pistolen zu greifen.

Walther bleckte die Zähne, als er in dem besser Gekleideten der fünf den Verwalter jenes Plantagenbesitzers erkannte, dessen Besitz an mehrere Farmen des alten Siedlungsgebiets grenzte. Die vier anderen waren Kerle, die man mit ein paar Dollars auf der Straße für jede Schandtat anwerben konnte.

»Mister, mischen Sie sich hier nicht ein, sonst…«, begann einer. Der Verwalter brachte ihn mit einer Handbewegung zum Schweigen. »Was wollen Sie, Fitchner? Das hier ist nicht Ihr County. Dort können Sie vielleicht den wilden Mann spielen, aber hier hat Colonel Grady das Sagen.«

»Dies hier mag vielleicht nicht mehr mein County sein, aber dieser Mann hier ist mein Freund«, antwortete Walther eisig. »Ich habe Sie bereits vor einem Jahr davor gewarnt, einen der Farmer zu bedrohen. Da Sie nicht hören wollen, müssen Sie fühlen!«

Der Mann wurde bleich. »Das wagen Sie nicht!«

»Ich wage nicht mehr als Sie.« Nun wandte Walther sich an die vier derb aussehenden Kerle. »Wie viel hat der Mann Ihnen für diesen Job gegeben?«

»Jedem von uns fünfzig Dollar«, antwortete einer.

»Dann gebe ich euch die Gelegenheit, das Geld zu verdienen. Zieht diesem Mister den Rock und das Hemd aus und versetzt ihm zwanzig Peitschenhiebe, aber schön kräftige, wenn ich bitten darf!«

Noch während Walther redete, heulte der Verwalter auf. »Das dürfen Sie nicht!«

»Sie hätten diesen Mann«, Walther deutete auf den Tejano, »auch nicht schlagen lassen dürfen und haben es doch getan. Jetzt erhalten Sie die Quittung dafür. Wird's bald!«

Das Letzte galt den vier verkommen wirkenden Kerlen, die angesichts der vorgehaltenen Pistolen keinen Widerstand wagten. Sie packten den Verwalter, rissen ihm Rock, Hemd und Unterzeug vom Körper und banden ihn trotz seiner Drohungen an einen Pfahl. Dann sahen sie Walther fragend an.

»Jeder von euch schlägt fünfmal zu!«, beschied dieser sie knapp.

»Macht das ja nicht!«, schrie der Verwalter voller Wut und Angst.

»Tut ihr es nicht, müssen wir euch leider erschießen«, setzte Josef hinzu und legte auf den Ersten an.

Dieser packte die Peitsche und schlug zu. Die Angst, aber auch die Wut, so simpel überrumpelt worden zu sein, brachte ihn dazu, seine ganze Kraft in die Hiebe zu setzen. Schon beim ersten Schlag heulte der Verwalter vor Schmerzen auf.

»Nein! Nicht! Bitte, ich … ah!« Der nächste Hieb riss ihm die Worte vom Mund.

Nach dem fünften Schlag wurde die Peitsche an den nächsten Schurken weitergereicht. Dieser schlug ebenfalls mit aller Kraft zu, und auch die beiden anderen wagten es nicht, den Verwalter zu schonen.

Walther sah mit eisiger Miene zu, wie der weiße Rücken des Mannes mit Peitschenstriemen überzogen wurde, und nickte, als der letzte Hieb gefallen war, den vier Kerlen zu.

»Ihr werdet jetzt eure Waffen entladen und eure Munition auf den Boden werfen. Dann könnt ihr abhauen. Lasst euch aber nie wieder in dieser Gegend sehen!«

»Das übernehme besser ich!« Waldemar schwang sich aus dem Sattel und nahm dem ersten Kerl die Pistole und die Munition ab. Dabei bewegte er sich so geschickt, dass weder der Mann noch einer seiner Kumpane eine Chance bekam, zur Waffe zu greifen. Nachdem er auch die anderen entwaffnet hatte, feuerte er sämtliche Läufe ab, verstreute ihr Schießpulver im Wind und warf die Patronen ein Stück vom Farmhaus entfernt in ein Sumpfloch. Dann legte er die Waffen neben den Pferden der Kerle ab.

»Ihr könnt jetzt verschwinden«, sagte Walther.

Das ließen die Kerle sich nicht zwei Mal sagen. Sie eilten zu ihren Pferden, rafften ihre Pistolen und Büchsen an sich und stiegen in die Sättel. Keiner von ihnen wagte es, sich noch einmal umzusehen, als sie ihren Gäulen die Sporen gaben und westwärts davongaloppierten.

»Haben Sie Tequila, Señor Mendez?«, fragte Walther den Farmer.

Dieser war während der ganzen Aktion wie versteinert dagestanden und begann sich nun erst wieder zu regen. »Si, Señor!«

»Dann geben Sie Mister Brooks eine Flasche davon. Es sieht aus, als könnte er eine Stärkung brauchen. Helfen Sie ihm dann, sich anzuziehen und auf sein Pferd zu steigen.«

»Si, Señor!«, wiederholte der Farmer und eilte davon.

Unterdessen entlud Waldemar Brooks' Colt und sammelte sämtliche Patronen ein.

Der Verwalter blickte Walther mit vor Schmerz und Hass verzerrtem Gesicht an. »Das haben Sie nicht umsonst getan, Fitchner!«

»Wenn Sie oder Ihr Herr noch einmal hier auftauchen, schießen wir scharf«, antwortete Walther und schnitt den Mann vom Pfahl los.

Nur mit Mühe hielt Brooks sich auf den Beinen. Während Mendez ihm das Hemd überstreifte, wandte er sich mit schmerzverzerrter Miene Walther zu. »Das haben Sie nicht umsonst getan, Fitchner, das schwöre ich Ihnen!«, wiederholte er.

»Ich schwöre Ihnen auch etwas, nämlich, dass wir Sie beim nächsten Mal aufhängen«, antwortete Josef scheinbar gemütlich, ließ den Mann jedoch nicht aus den Augen.

Waldemar reichte Mendez unterdessen Brooks' Jackett. Der Verwalter riss es dem Farmer aus den Händen und streifte es ächzend über. Dabei wanderte seine Rechte unauffällig in eine Seitentasche.

»Brooks, ich gebe Ihnen einen guten Rat! Verschwinden Sie aus der Gegend. Wenn Sie noch einmal die Farm eines meiner Freunde betreten oder solches Gesindel schicken wie das, das wir eben verjagt haben, hängen wir Sie entweder auf oder schießen Ihnen eine Kugel in den Kopf!«

Walther wollte sich nach diesen Worten umdrehen, da krachte hinter ihm Josefs Colt. Sofort fuhr er herum und sah Brooks zusammensinken. In der Brust des Verwalters war ein schwarzes Loch zu sehen, aus dem es rot herausrann, und ein zweiläufiger Derringer rutschte dem Mann gerade aus der Hand.

»Ich habe gerade noch rechtzeitig gesehen, wie er das Ding herausgeholt hat und dir in den Rücken schießen wollte, Vater«, erklärte Josef. »Er wollte wohl seinen Rock nicht beschädigen. Hätte er durch den Stoff geschossen, hätte ich ihn nicht aufhalten können. Hat ihm aber trotzdem nichts gebracht, denn jetzt ist doch ein Loch im Rock.«

Mit einem angespannten Grinsen lud Josef die abgeschossene Trommel nach, während Waldemar mit bleicher Miene daneben stand.

»Es tut mir leid, Vater«, sagte Waldemar. »Ich hätte die Taschen des Rocks untersuchen müssen. So wäre der Schuft beinahe zum Schuss gekommen.«

Josef wandte sich mit einer beschwichtigenden Geste an seinen Bruder. »Wer hätte ahnen können, dass Brooks so ein Ding bei sich hat? Zum Glück ist nichts passiert.«

»Aber nur, weil du achtgegeben hast. Ich …«, begann Walde-mar, wurde aber von Josef unterbrochen.

»Wozu sind wir Brüder? Damit einer auf den anderen auf-passt. Diesmal war ich an der Reihe, beim nächsten Mal wirst du es sein. Und Sie, Mendez, könnten einen Ihrer Peones zu Gradys Plantage schicken und diesem ausrichten lassen, dass er seinen Verwalter abholen lassen kann. Er soll ihm ruhig sagen, dass ich Brooks erschossen habe, weil er meinen Vater eine Kugel in den Rücken schießen wollte. So ist es dir doch recht, Vater?«

Walther nickte Josef zu. »Es ist mir recht! Sollte Grady es wirklich auf die harte Tour austragen wollen, sind wir dazu bereit.«

»Si, si, Señor, ich werde einen Peon zu Mister Gradys Planta-ge schicken. Aber ich und einige Nachbarn würden gerne mit Ihnen sprechen, General.« Bei diesen Worten sah Mendez Walther bittend an.

Dieser ahnte, worauf der Farmer aus war, und seufzte. Seit 1836 hatten schon viele mexikanische Farmer und Grundbe-sitzer Texas verlassen, und die meisten nicht aus freien Stü-cken, sondern weil sie vertrieben oder zumindest bedroht worden waren. Auch Mendez hatte Angst. Diesmal waren Walther und seine Söhne noch rechtzeitig erschienen, doch bereits morgen konnte Grady neue Schurken schicken.

Er nickte dem Farmer zu. »Wir werden miteinander reden, Mister Mendez, und Sie können Ihre Nachbarn dazuholen. Schließlich geht es darum, wie wir die Farmen im Süden des alten Gamuzana-Landes vor der Gier der Sklavenhalter schützen.«

»Sie werden mir vielleicht böse sein, Señor Fitchner, aber mei-ne Nachbarn und ich würden unsere Farmen gerne verkau-fen, bevor Grady einen von uns erschießen lässt, damit wir anderen aufgeben und ihm das Land für einen Spottpreis überlassen. Wenn Sie uns ein paar Dollar dafür geben würden, könnten wir uns in Mexiko gutes Land kaufen und dort mit unseren Familien ohne Angst leben.«

»Tu es, Vater!«, erklärte Josef mit einem Grinsen, das auf jeden Gegner bedrohlich gewirkt hätte. »Mister Mendez und die anderen Farmer sind brave und ehrliche Männer. Doch auf einen groben Klotz gehört ein grober Keil. Brooks' Tod wird Grady zeigen, dass mit uns nicht zu spaßen ist.«

Walther musterte seinen ältesten Sohn und spürte dessen unbändigen Willen, sich gegen Grady und die anderen Plantagenbesitzer durchzusetzen. In dieser Hinsicht war Josef ein echter Texaner und härter als er selbst. Um in diesem Land zu bestehen, musste man wohl so werden.

»Also gut, Mendez! Ich werde Ihnen und Ihren Nachbarn das Land abkaufen und Ihnen auf jeden Fall mehr dafür bezahlen, als Grady oder ein anderer Plantagenbesitzer es tun würde.«

»Das wissen wir, Señor Fitchner. Doch nun kommen Sie! Meine Frau und meine Kinder werden Ihnen gewiss ihre Dankbarkeit bekunden wollen, weil Sie mich vor diesen Schurken gerettet haben. Die hätten mich mit Sicherheit totgeschlagen.« Der Farmer zeigte Walther dabei seinen von Striemen gezeichneten Rücken.

Der Gedanke, dass Brooks und die anderen den Mann vor den Augen seiner Frau und seiner Kinder gedemütigt hatten, vertrieb die Skrupel, die Walther wegen Brooks' Tod befallen hatten, und er zog Josef kurz an sich. »Danke!«

Dann räusperte er sich. »Wir machen es so, wie du es vorgeschlagen hast, und beweisen Grady damit, dass auch dies hier unser County ist!«

8.

Walther blieb zwei Tage bei Mendez und verhandelte mit dem Farmer und dessen Nachbarn. Insgesamt sechs Männer wollten ihre Farmen verkaufen. Vier davon grenzten an Gradys Plantage, und zwei lagen gleich dahinter. Zwar versuchte Walther, wenigstens ein paar der Männer zum Bleiben zu bewegen, doch die Schikanen durch die Americanos, wie sie sagten, hätten ihnen Texas verleidet. Daher kaufte er ihre Farmen und besaß damit fast fünfzehntausend Acres Land, das er eigentlich gar nicht brauchen konnte.

Noch während die Unterschriften auf den Kaufverträgen trockneten, sah er zu Josef auf. »Und nun sage mir, mein Sohn, was wir mit diesem Land anfangen sollen.«

»Es ist zwar gutes Ackerland, doch hierher gehören keine Knechte, sondern wehrhafte Vaqueros. Daher sollten wir zehn Männer von der Rinderranch und fünfhundert Rinder hierher schicken. Die Verwaltung übernehme ich.«

Es klang so selbstbewusst, dass Walther sich nicht gegen den Vorschlag aussprach. Zwar würde Josef hier ständig in Gefahr sein, doch sein Sohn war ein Kämpfer, der nicht nur von ihrem Vormann Quique, sondern in besseren Zeiten auch von Thierry Coureur gelernt hatte.

»Also gut, machen wir es so!« Walther kam die Erkenntnis, dass er bereits viele Entscheidungen seinem ältesten Sohn überließ. Aber das war gut so. Josef würde bald dreißig Jahre alt sein und damit älter als er zu jener Zeit, in der er und Gisela über den Ozean geflohen waren.

»Morgen reiten wir nach Hause«, setzte er hinzu und fragte dann, ob man schon etwas von Grady gehört habe.

Josef schüttelte den Kopf, doch einer vom Mendez' Nachbarn hob die Hand. »Señor, heute Morgen bin ich einem von Mister Gradys Männern begegnet. Er rief mir zu, wenn wir Brooks schon erschossen hätten, sollten wir ihn gefälligst auch begraben!«

»Grady ist ein freundlicher Mensch!«, spottete Josef. »Da Brooks in seinen Augen versagt hat, ist er für ihn nicht mehr wert als der Kadaver eines krepierten Hundes. Ich bin gespannt, wen er als Nächstes schicken wird.«

»Sollte ich nicht doch besser zu Hause bleiben und Josef helfen?«, fragte Waldemar.

»Nichts da! Du bleibst bei der Armee. Wie Vater immer sagt, macht sich ein Captain, Major oder gar General auf der Visitenkarte besser als ein schlichter Mister.« Josef klopfte seinem Bruder auf die Schulter und wies dann auf Mendez, der zusammen mit seiner Frau und seinem Knecht all ihren transportablen Besitz zusammenpackte.

»Señor Mendez und die anderen Farmer wollen ebenfalls morgen abreisen, damit Grady sich nicht an ihnen rächen kann, weil sie uns ihr Land verkauft haben und nicht ihm.«

»Dann sollten wir uns beeilen, damit die Farmen nicht zu lange unbewohnt bleiben. Sonst kommen unsere Kühe und finden Gradys Neger hier vor, die bereits begonnen haben, Baumwolle anzupflanzen! Außerdem muss einer nach Austin reiten und dieses Land auf uns umschreiben lassen.«

Walthers Worte mochten humorvoll klingen, doch sein Blick war ernst. Auch seine Söhne trauten es Grady zu, das scheinbar verlassene Land an sich raffen zu wollen. Aber das würden sie zu verhindern wissen.

Am nächsten Morgen brachen alle auf. Während Mendez und

die anderen Farmer sich südostwärts hielten, um Mexiko zu erreichen, ritten Walther und seine Söhne im flotten Trab nach Norden. Am frühen Nachmittag überquerten sie die neue County-Grenze und befanden sich bereits auf eigenem Land. Noch bevor die Sonne den westlichen Horizont berührte, erreichten sie ihre Ranch und ritten in den Hof ein. Gerade als sie ihre Pferde anhielten, wurde die Tür des Hauptgebäudes aufgerissen, und Gretel schoss heraus. Ihre Mutter und ihr Bruder Diego folgten etwas langsamer.

»Waldemar! Du bist jetzt schon gekommen!«, rief das Mädchen und fasste nach dem Zügel seines Pferdes.

Ihr Bruder schwang sich aus dem Sattel und sah sie verdattert an. »Bei allen Heiligen, bist du im letzten Jahr aufgeschossen! Du bist ja schon fast so groß wie Mutter.«

»Unsere Schwester wird langsam eine junge Dame«, meinte Josef feixend und fing sich einen bitterbösen Blick von Gretel ein.

»Ich und eine junge Dame? Pah!«, rief sie und sah zu ihrem Vater auf. »Ist die Sitzungsperiode des Senats schon vorbei, oder bist du nur wegen Waldemar mitgekommen?«

Dann erst bemerkte sie den Verband an seinem linken Ohr und deutete darauf. »Was ist das?«

»Das würde ich auch gerne wissen!« Nizhoni klang besorgt, denn sie wusste, dass ihr Mann mit einigen Männern im Streit lag, weil diese Pläne verfolgten, die er keinesfalls guthieß.

»Jetzt lasst mich doch erst einmal absteigen und den Staub aus dem Gesicht waschen. Außerdem würde ich gerne etwas trinken und dann essen. Wir sind nur mit kurzen Pausen von Mendez' Farm bis hierher durchgeritten.«

»Ihr hättet doch bei einem der Nachbarn unterwegs zu Mittag essen können«, rief Gretel verwundert.

»Es gibt Gründe, das nicht zu tun. He, Dave, sattle einen

Gaul und reite zu Lope. Er soll vier seiner Leute zu Mendez'
Ranch schicken, und zwar Männer, die keine Angst haben
und gut schießen können. Außerdem soll er einen Boten zu
Quique senden, damit dieser fünfhundert Rinder in den Süden treiben lässt. Ich reite morgen los, um die sechs Farmen
zu übernehmen, die wir an der Grenze zu Colonel Gradys
Land gekauft haben.«

Nizhoni begriff. Sie trat zu ihrem Mann, der mittlerweile vom
Pferd gestiegen war, und berührte vorsichtig dessen Verband.
»Fahles Haar ist ein großer Krieger und ein großer Häuptling. Doch auch er sollte wissen, wann er das Kämpfen anderen überlassen sollte.«

»Es ging nicht anders.« Josef sprang seinem Vater sofort bei.
»Senator Montgomery wollte sich unbedingt mit Vater duel-
lieren. Ich habe den Mann schlimm beleidigt, damit er sich
mit mir schlägt, doch er hat sich nicht darauf eingelassen.
Zum Glück hat Vater nur eine kleine Schramme davongetragen. Sein Gegner aber wird, wenn er überlebt, den rechten
Arm verlieren.«

»Es gab Zeiten, da hast du besser getroffen«, sagte Nizhoni
tadelnd.

»Vater hatte gut gezielt! Aber Montgomery hat sich bewegt,
und daher ist die Kugel in seinen Arm eingeschlagen. Nun
lasst uns endlich etwas essen und trinken!« Erneut verteidigte
Josef seinen Vater vehement und erntete dafür einen anerkennenden Blick seiner Stiefmutter.

Nizhoni musterte Walther und fand, dass er in der Stadt ein
wenig hager geworden war. Hier, so sagte sie sich, würde sie
dafür sorgen, dass er wieder etwas zunahm. Seine Haare wurden allmählich grau, und in sein Gesicht hatten Sonne und
Wind etliche Furchen gegraben. Dennoch wirkte er noch
immer stark und unerschütterlich. Sie liebte ihn nicht nur

deshalb, sondern auch, weil er der beste Ehemann war, den sie sich vorstellen konnte.

»Kommt herein! Ellen deckt bereits den Tisch.« Sie hakte Walther unter und betrat mit ihm das Haus.

Ellen war die Ehefrau des dunkelhäutigen Vaqueros Jones und Daves Mutter. Früher hatte sie den Namen Singender Mund getragen, war aber von Father Patrick in die katholische Kirche aufgenommen und auf den Namen Ellen getauft worden. So nannte man sie auch – im Gegensatz zu Nizhoni, die den christlichen Namen Maria Amalie erhalten hatte.

Für Nizhoni war Ellen eine unverzichtbare Hilfe. Auch jetzt hatte sie gute Arbeit geleistet, denn es standen sowohl Kaffee wie auch Pfannkuchen auf dem Tisch, und aus der Küche drang der Duft brutzelnder Steaks zu ihnen herein.

Nachdem Walther und seine Söhne sich gewaschen und umgezogen hatten, setzten sie sich an den Tisch und begannen nach einem kurzen Dankgebet zu essen. Obwohl Nizhoni, Gretel und Diego vor Neugier fast vergingen, warteten sie mit Fragen, bis die drei Männer halbwegs gesättigt waren. Währenddessen musterte Nizhoni ihre Stiefsöhne mit Stolz.

Josef war hochgewachsen, hatte breite Schultern und ein angenehm männliches Gesicht, das allerdings auch den Ausdruck höchsten Zornes annehmen konnte. Sein Haar war hell, die Augen blau, und seine kräftigen Hände konnten Lasso und Revolver gleichermaßen führen. Nach Walthers Bemerkungen sollte Josef seinem Großvater Josef Fürnagl ähnlich sehen, nach dem er seinen Namen erhalten hatte.

Sein Bruder Waldemar war etwas kleiner und wirkte nicht ganz so wuchtig. Auch er hatte helles Haar, helle Augen und ein etwas verträumtes Gesicht. Dieser Ausdruck, fand Nizhoni, war jedoch nicht mehr so ausgeprägt wie noch bei seinem letzten Besuch. Offensichtlich war er in der Ferne ein ganzes Stück erwachsener geworden.

Waldemar hatte seinen Vater und Josef bereits in Austin getroffen und musterte nun die restlichen Familienmitglieder am Tisch. Nizhoni hatte sich am wenigsten verändert. Ihr Haar war immer noch schwarz wie die Federn eines Raben, das Gesicht zeigte kaum Falten, und ihre dunklen Augen sprühten vor Leben. Zwar war sie in den letzten Jahren ein wenig fülliger geworden, doch im Vergleich zu der etwa gleichaltrigen Rachel wirkte sie um zehn Jahre jünger.

Gretel wurde bald sechzehn und war nur noch wenig kleiner als die Mutter. Ihre hohen Wangenknochen verliehen ihr ein leicht fremdartiges Aussehen, das aber von ihren blauen Augen und dem kupferfarbenen Haar gemildert wurde. In ein paar Jahren würde sie ein hübsches Mädchen sein, dachte Waldemar, zumindest dann, wenn sie bis dorthin noch ein paar Pfund zugenommen hatte. Der dreizehnjährige Diego hatte die dunklen Haare seiner Mutter und die hellen Augen und den Gesichtsschnitt des Vaters, aber ihm sah man die indianische Abkunft kaum an.

»Zufrieden?«

Nizhonis Frage riss Waldemar aus seinem Gedanken. »Was meinst du?«

»Du hast uns so prüfend angesehen, wie dein Vater es bei den Kühen macht, die er verkaufen will.«

»Verkaufen will ich euch aber nicht«, platzte Waldemar heraus und brachte damit alle zum Lachen.

»Du würdest auch keinen guten Preis für uns erzielen«, warf Gretel trocken ein.

Walther wurde schlagartig ernst. »Mit so etwas scherzt man nicht!«, mahnte er seine Kinder.

»Verzeih! Wenn man hier sitzt, vergisst man leicht, dass an-

derswo Menschen wie Vieh verkauft werden!« Waldemar
senkte den Kopf und atmete mehrfach tief durch. Der Unterschied zwischen dem Staat New York, in dem er die Militärakademie besuchte, und den Sklavenstaaten im Süden hatte
er auf seinen Reisen kennengelernt.

Gretel fauchte leise, wurde aber still, als der Blick des Vaters
sie traf. Stattdessen ergriff nun Nizhoni das Wort.

»Es gibt etwas zu berichten! Doch bevor ich das tue, will ich
wissen, was in Austin passiert ist und weshalb du die Farmen
im Süden gekauft hast.«

»Übernimmst du das, Vater, oder soll ich es tun?«, fragte
Josef.

»Lassen wir Waldemar erzählen und ziehen ihn an den Ohren, wenn er nicht das Richtige sagt«, antwortete Walther,
schob seinen Teller zurück und sah die füllige Dienerin lächelnd an. »Danke, Ellen! Es hat wieder sehr gut geschmeckt.
Ich glaube, ich werde mich nicht mehr zur nächsten Wahl
stellen, denn besser als hier habe ich es nirgends.«

»Danke, Mister General!« Die Indianerin errötete geschmeichelt und verschwand in der Küche, um den Kuchen zu holen,
den Walther so gerne aß.

Inzwischen begann Waldemar seinen Bericht mit militärischer Präzision und ließ weder die Drohungen von Montgomerys Freunden noch den Versuch von Brooks aus, die mexikanischen Farmer im Süden zu vertreiben. Er berichtete auch,
wie Rachel Coureur sie alle wüst beschimpft und beleidigt
hatte.

»Es gab eine Zeit, da habe ich noch gehofft, sie würde sich
ändern«, sagte Nizhoni nachdenklich. »Doch sie ist mit dem
Alter immer schlimmer geworden.«

»Thierry leider auch«, warf Walther grollend ein. »Wenn ich
daran denke, dass er sich weitere schwarze Sklaven gekauft

hat, um seinen Freunden Montgomery und Grady in nichts nachzustehen!«

»Was ich dir zu berichten habe, hat ebenfalls mit Thierry Coureur und dessen Frau zu tun!« Für einen Augenblick huschte ein unwirscher Ausdruck über Nizhonis Gesicht, doch dann hatte sie sich wieder in der Gewalt.

»Thierry hat die Überlebenden der *Loire* zu einer verspäteten Dreißigjahrfeier ihrer Ankunft in Texas eingeladen. Das habe ich von Gertrude erfahren. Sie hat sich gewundert, weil diese Einladung nicht auch an dich gegangen ist, denn sie und auch ihr Mann und alle anderen hoffen, dass ihr beide – du und Thierry – euch wieder vertragt.«

»Nicht, solange er Sklaven hält«, erklärte Walther mit ernster Miene.

»Dies habe ich auch zu Gertrude gesagt. Sie und ihr Mann wollen trotzdem zu Thierry, und die anderen Überlebenden der *Loire* ebenfalls.«

»Dann hoffe ich nur, dass sie sich nicht von ihm beschwatzen lassen, ebenfalls Sklaven zu kaufen.«

»Und wenn sie das doch tun?«, fragte Nizhoni besorgt.

»Sie werden sich entscheiden müssen, entweder für Sklaven – oder für uns!« Damit war für Walther alles gesagt.

9.

Rachel Coureur hatte beschlossen, die lange Heimreise nur in Begleitung ihrer Sklaven doch nicht zu wagen. Daher befahl sie ihrem schwarzen Kutscher Samuel, zur Farm ihres Schwiegersohns zu fahren. Unterwegs übernachteten sie bei einem amerikanischen Siedler, der sich selbst zwar keine Sklaven leisten konnte, aber davon träumte, einmal reich zu werden und seinen kleinen Besitz mit einer großen Plantage zu vertauschen. Er war ein treuer Wähler der Demokratischen Partei, der auch Thierry angehörte, und stolz darauf, dessen Ehefrau und Tochter beherbergen zu dürfen. Noch mehr freute er sich, als Rachel ihm erlaubte, ihren beiden Schwarzen einige Arbeiten aufzuhalsen, mit denen sie erst lange nach Sonnenuntergang fertig wurden. Während Rachel und Thamar das Beste aufgetischt bekamen, was der Farmer bieten konnte, mussten Samuel und Joshua sich mit einer Handvoll kalt gewordenem Maisbrei begnügen.

Früh am nächsten Morgen brach Rachel samt Tochter und den übermüdeten Sklaven auf und erreichte die Jenkins-Farm etwa gegen drei Uhr nachmittags. Ihr Schwiegersohn Jim war gerade beim Pflügen, ließ aber das Pferd stehen, als er den Wagen sah, und trat neugierig näher. Auch sein Vater Sam Jenkins, der mittlerweile an die sechzig Jahre zählte und hager geworden war, trat aus dem Haus, während Abigail es weniger eilig hatte, Mutter und Schwester zu begrüßen. Als sie mit drei Kindern am Rockzipfel und dem Jüngsten auf dem Arm vor ihrer Mutter stand, wirkte ihr Blick trotzig.

»Lässt du dich auch mal wieder sehen?«, sagte sie anstelle eines Willkommensgrußes und ignorierte ihre Schwester scheinbar völlig. Im Stillen aber verglich sie Thamars elegantes Reisekostüm mit ihrem schlichten Baumwollkleid und verging fast vor Neid.

Thamar musterte ihre Schwester und fand, dass Abigail trotz der harten Arbeit auf der ärmlichen Farm und der vier Kinder wie das blühende Leben aussah. Zwar war sie stämmiger geworden als früher und ihr Gesicht trotz des selbst geflochtenen Strohhuts von der Sonne gebräunt. Doch noch hatten sich keine Falten in ihr Gesicht gegraben, und ihr Blick wirkte frisch.

»Hallo, Abigail«, grüßte sie schüchtern.

»Ist das dein Jüngstes?«, fragte Rachel, ohne Abigail Zeit zu lassen, ihrer Schwester zu antworten.

»Mein Jüngster! Es ist der dritte Sohn, den ich geboren habe. Nur mein drittes Kind ist ein Mädchen. Es heißt Rachel!« Abigail klang stolz. Und doch beinhalteten ihre Worte ein Stich gegen ihre Mutter, die nur einmal einen Sohn geboren, ihn aber noch als Kleinkind wieder verloren hatte.

Obwohl Rachel sich ärgerte, dass Abigail sich an einen einfachen Farmer weggeworfen hatte, so freute sie sich doch, dass diese ihre Tochter nach ihr benannt hatte. Die Kleine war ein hübsches Ding, und auch die beiden Buben gefielen ihr, obwohl sie sich vorgenommen hatte, sie nicht zu mögen. Mit dem erst vor kurzem geborenen Säugling wusste sie jedoch nichts anzufangen.

»Wir werden hier übernachten und morgen früh nach Hause weiterfahren. Jim wird uns begleiten, denn ich will nicht allein mit den Niggern zu Hause ankommen«, erklärte Rachel. Abigail kannte ihren Vater gut genug, um zu wissen, dass dieser die Mutter in einem solchen Fall scharf zurechtweisen würde. Aus der Situation wollte sie jedoch einen Vorteil schlagen und streckte fordernd die Hand aus.

»Es ist derzeit viel zu tun! Außerdem wollte Jim bei den Nachbarn mithelfen und ein wenig Geld verdienen«, sagte sie.

Ihr Mann kniff kurz die Augen zusammen, grinste dann aber. Zwar hatte ihn niemand um seine Hilfe gebeten, doch er begriff die Absicht seiner Frau und wollte sie unterstützen.

»Ruffin wird enttäuscht sein, wenn ich nicht zu ihm komme. Dabei könnte ich das Geld gut gebrauchen.«

»Du wirst keinen Verlust erleiden!« Rachel fand, dass fünfzig oder hundert Dollar ein guter Preis waren, um den Vorhaltungen ihres Mannes zu entgehen. Gewiss befanden sich auch Gäste auf der Plantage, und die durften nicht sehen, dass sie nur mit ihren Schwarzen unterwegs gewesen war. So etwas schadete dem Ruf einer Frau.

»Ich werde aber im Wagen mitfahren müssen, denn Vater braucht den Gaul zum Pflügen«, fuhr Jim Jenkins fort, »und ich muss auch wieder nach Hause kommen. Wenn ich das zu Fuß tun muss, dauert es zu lange.«

»Wir werden dir ein Pferd leihen«, versprach Rachel.

Jim Jenkins' Grinsen wurde noch breiter, denn zurückgeben würde er dieses Pferd mit Gewissheit nicht. Nun bat er seine Schwiegermutter und Schwägerin ins Haus und wies dann auf sein Pferd, das noch immer vor dem Pflug gespannt auf dem Acker stand.

»Könnten deine Nigger nicht für mich weiterarbeiten? Wenn schon mal die Verwandtschaft da ist, wäre es unhöflich, wenn ich nicht bei euch bliebe!«

»Joshua, Samuel, geht und pflügt dort weiter!«, befahl Rachel und ließ sich von ihrem Schwiegersohn ins Haus führen.

Abigail, deren Kinder, Thamar und der alte Jenkins folgten

ihnen. Die beiden Schwarzen blieben draußen und sahen ihnen kopfschüttelnd nach.

»Irgendwann bringe ich dieses Mistvieh noch um«, murmelte Samuel. »Gestern mussten wir bereits arbeiten, dass uns die Schwarte krachte, und heute geht es gleich weiter. Wenn dann die Fetzen, die wir tragen müssen, schmutzig werden, ist die Missus gleich wieder mit der Peitsche bei der Hand!«

Joshua war noch gereizter als der Kutscher. Als Haussklave war er zwar an viel Arbeit gewöhnt, aber die verlangte keine allzu großen körperlichen Anstrengungen von ihm. Nun schmerzten seine Muskeln noch vom Vortag so, dass er sich kaum bewegen konnte. Aber wenn er Samuel allein pflügen ließ, würde ihre Herrin es sehen und ihm die Peitsche so überziehen, dass sein Muskelkater ein Zuckerschlecken gegen die Folgen der Hiebe sein würde. Er wartete noch, bis Samuel die Kutschpferde ausgespannt und in den Pferch getrieben hatte, dann ging er mit ihm aufs Feld.

Im Farmhaus setzte Abigail ihrer Mutter unterdessen Gerstenkaffee vor und spottete in Gedanken über das schiefe Gesicht, dass diese beim ersten Schluck zog.

»Habt ihr denn keinen richtigen Kaffee?«, fragte Rachel aufgebracht.

»Womit sollten wir den bezahlen?«, antwortete Abigail mit einer Gegenfrage. »Die Farm trägt kaum genug fürs tägliche Leben. Für Luxus bleibt da kein Geld!«

In Rachels Augen war Kaffee kein Luxus, sondern eine Lebensnotwendigkeit. Da sie weder hinter die Stirn ihrer ältesten Tochter noch in die Blechbüchsen schauen konnte, in denen diese ihre Vorräte aufbewahrte, entdeckte sie auch die Kaffeebohnen nicht, die es entgegen Abigails Behauptung in einer davon gab.

Auch bei dem Essen, das Abigail auftischte, tat diese so, als nage die Familie am Hungertuch. Thamar aß tapfer, während die Mutter sich ihre Abscheu deutlich anmerken ließ. Dabei vergaß Rachel ganz, dass ihre eigene Familie vor fünfundzwanzig Jahren noch schlechter gehaust hatte. Mittlerweile hatte sie sich an das Leben als Ehefrau eines wohlhabenden Mannes gewöhnt und dachte nur noch selten an jene Jahre, in denen sie andere Frauen selbst um ein Kleid beneidet hätte, wie Abigail es nun trug.

»Wie geht es so auf der Ranch?«, fragte Jim Jenkins, der sich mit seiner Schwiegermutter so gut wie möglich stellen wollte. Immerhin waren seine und Abigails Kinder Thierrys und Rachels erste Enkel und würden, falls Thamar unverheiratet blieb, einmal deren Erben sein.

»Wir besitzen eine Plantage! Mit Kühen mag sich ein Mann wie dieser elende Fitchner abplagen. Bei uns wird Baumwolle gepflanzt«, beschied Rachel ihn kühl.

Trotz ihrer scheinbar ablehnenden Haltung genoss sie es, Vater und Sohn Jenkins, aber auch Abigail das Leben aufzuzeichnen, das sie führte. Mit einer gewissen Bosheit sagte sie sich, dass ihre älteste Tochter ruhig neidisch werden sollte. Abigail hätte es ebenso gut haben können, wenn sie nicht so dumm gewesen wäre, sich von ihrem Verlobten beim Liebesspiel mit Jim Jenkins überraschen zu lassen.

»Habe schon gehört, dass ihr einen Haufen Nigger gekauft habt. Wir hätten auch gerne zwei oder drei Sklaven, die uns bei der Arbeit helfen könnten!« Jim Jenkins sah seine Schwiegermutter treuherzig an.

Irgendwann, so sagte er sich, würden sie und ihr Mann weich genug sein, sie zu unterstützen. Vielleicht konnte er dann diese elende Farm verlassen und mit Frau und Kindern in das Herrenhaus der Coureurs umziehen.

Während Rachel sich keine Gedanken über die Absichten

ihres Schwiegersohns machte, las Thamar sie ihm direkt von der Stirn ab. Es berührte sie jedoch nicht, denn die Coureur-Plantage, wie ihre Mutter sie stolz nannte, war schon seit Jahren keine richtige Heimat mehr für sie. Noch wusste sie nicht, was die Zukunft für sie bringen würde, aber eines war ihr klar: Einen Mann wie Edward Montgomery, der Sklaven besaß und auch noch stolz darauf war, würde sie niemals heiraten.

Unterdessen trat Jim Jenkins ans Fenster und sah, dass Samuel und Joshua bereits ein ganzes Stück geackert hatten. »Könntet ihr nicht noch einen Tag bleiben? Dann wären die beiden Nigger mit dem gesamten Feld fertig«, fragte er seine Schwiegermutter.

Rachel wäre auf dieses Ansinnen eingegangen, wenn Abigail ihr richtigen Kaffee und besseres Essen vorgesetzt hätte. So aber schüttelte sie den Kopf. »Wir müssen nach Hause! Ich hatte ganz vergessen, dass mein Mann unsere Nachbarn einladen wollte, um den dreißigsten Jahrestag ihrer Ankunft in Texas zu feiern.«

Dennoch erklärte sie sich bereit, ihre beiden Sklaven bis zum Einbruch der Nacht arbeiten zu lassen, und damit waren Vater und Sohn Jenkins halbwegs zufrieden. Das, was noch übrig blieb, konnte der Alte an den nächsten Tagen fertigpflügen. So gewann der Sohn Zeit, etwas länger auf der Coureur-Plantage zu bleiben und sich bei den Schwiegereltern einzuschmeicheln.

10.

Vor mehr als dreißig Jahren war der französische Schoner *Loire* an den Sandbänken vor der texanischen Küste gesunken. Die Überlebenden des Schiffsunglücks hatten sich von den damaligen mexikanischen Behörden dazu überreden lassen, in diesem Land zu siedeln, und diese Entscheidung bislang nicht bereuen müssen. Auch wenn sie weniger Land besaßen als Walther Fitchner oder Thierry Coureur, verfügte selbst der Ärmste von ihnen über dreimal so viel Land, wie ein Neusiedler es in diesen Tagen von der texanischen Regierung für eine gewisse Summe erwerben konnte. Die gemeinsame Überfahrt, der Schiffbruch und die wundersame Rettung hatten die Menschen der *Loire* zusammengeschweißt, und bis vor gut fünf Jahren hatte es keinen Riss in ihrer Gemeinschaft gegeben.

Auch als Thierry Coureur sich gegen den Willen der Mehrheit politisch den Befürwortern der Sklaverei angeschlossen und selbst schwarze Sklaven gekauft hatte, waren die Verbindungen nicht abgerissen. Zwar sprachen Walther und Thierry seither kein Wort mehr miteinander, doch die Freunde ringsum hofften immer noch, die beiden Männer würden sich irgendwann wieder versöhnen. Einige Überlebende der *Loire* folgten Thierrys Einladung zur Dreißigjahrfeier vor allem deswegen, weil sie glaubten, bei der Gelegenheit würden Walther und Thierry endlich Frieden schließen.

Auch Gertrude Poulain, die mit ihrem Ehemann Albert und ihren drei Kindern erschienen war, fragte bei ihrer Ankunft als Erstes nach Walther.

»Diesen verfluchten Deutschen haben wir erst gar nicht eingeladen!«, stieß Rachel wütend hervor.

Ihr Mann kniff sie mahnend in den Arm, denn mit ihren Ausfällen kam sie seinen eigenen Absichten in die Quere.

»Ich hätte es gerne getan«, sagte er zu Gertrude und denjenigen, die bereits erschienen waren. »Doch solange er nicht bereit ist zu akzeptieren, dass ich in etlichen Dingen grundlegend anders denke als er, ist jede Liebesmüh vergebens.«

»Es ist schade, dass ihr beide solche Sturköpfe seid«, sagte Gertrude seufzend.

»Ich bin bereit, auf Fitchner zuzugehen, aber nicht zu seinen Bedingungen«, erklärte Thierry und wies auf sein neues Herrenhaus. »Kommt herein! Der Tisch ist bereits gedeckt.«

Es schwang viel Stolz in seiner Stimme, denn in den letzten Jahren hatte sich einiges auf seinem Besitz verändert. Neben dem Herrenhaus gab es eine große Scheuer, in der die Baumwolle zu Ballen gepresst und aufbewahrt wurde. Ein Stück dahinter standen die Hütten der Sklaven, die Thierrys neuen Reichtum erwirtschaften sollten, und zwischen dem Fluss und den Grenzen zu Walther Fitchners Rinderranch erstreckten sich Baumwollfelder.

Thierry war zufrieden mit dem, was er bislang erreicht hatte, wollte aber nicht auf halber Strecke stehen bleiben. Nicht zuletzt deshalb hatte er jene Menschen eingeladen, die durch gemeinsame Herkunft und Sprache mit ihm verbunden waren.

Einige Gäste musterten erstaunt das prachtvoll eingerichtete Haus, dessen Möbel, wie Rachel stolz erklärte, aus New Orleans stammten. Die Gastgeberin trug ein Kleid, wie es niemand unter ihren weiblichen Gästen besaß, und um ihren Hals lag eine Goldkette mit Smaragden. Im Gegensatz zu ihr war Thamar so schlicht gekleidet, wie es einer unverheirateten jungen Frau gebührte, und ihr Schmuck bestand aus einer Kette kleiner Perlen.

»Ihr habt euch ja ganz gut eingerichtet«, sagte Thomé Laballe mit kaum verhohlenem Neid. »Dabei dachte ich, die ganzen Anschaffungen und die Neger wären so teuer gewesen, dass ihr euch noch etliche Jahre lang nicht rühren könnt.«

»Ich musste natürlich ein paar Kredite aufnehmen«, bekannte Thierry, »doch bereits die erste Baumwollernte im letzten Jahr hat diese Schulden um fast die Hälfte reduziert. Noch ein, zwei Jahre, dann kann ich es mit den Baumwollbaronen an der Küste aufnehmen.«

»Aber die Gegend hier ist doch für Baumwolle schlecht geeignet«, wandte Albert Poulain ein.

»Das gilt für die Sorten, wie sie in Georgia, Alabama und beiden Carolinas angebaut werden. Die Sorte, die ich anbaue, wurde extra für unser Klima gezüchtet. Sie wird einmal halb Texas reich machen, und damit vielleicht auch euch.«

Nun hatte Thierry den ersten Köder ausgelegt, mit dem er die Gäste auf seine Seite locken wollte.

»Wir?« Thomé Laballe lachte bitter auf. »Wie sollten wir das schaffen? Wir könnten uns nicht einmal einen einzigen Neger kaufen, sondern sind schon froh, dass wir unser Auskommen haben.«

»Arlette und du, ihr habt keine Kinder und seid auch nicht mehr die Jüngsten. Wollt ihr euch bis zum letzten Tag eures Lebens abschinden, wenn ihr es besser haben könntet?«

»Was heißt besser?«, fragte Arlette Laballe mit funkelnden Augen.

Thierry legte die Arme um sie und ihren Mann. »Wenn ich Geld hätte, würde ich euch eure Farm abkaufen. Aber wir könnten es auch auf Leibrente machen. Ich übernehme euer Land, pflanze dort Baumwolle an und gebe euch genug vom

Gewinn ab, dass ihr beide ein angenehmes Leben führen könnt.«

»Wir hatten überlegt, Walther zu fragen, ob er uns die Farm abkauft, so dass wir vom Erlös hätten leben können«, sagte Thomé Laballe mit einem gewissen Zweifel in der Stimme.

»Das solltest du auch tun! Walther hat das Geld, während Thierry, wie er selbst sagt, noch Schulden abtragen muss.« Für diese Worte fing Gertrude einen bitterbösen Blick von Rachel ein, ohne die Laballes überzeugen zu können.

»Es wäre trotz allem ein armes Leben, während wir durch den lieben Thierry reich werden könnten«, sagte Arlette Laballe versonnen.

»Das würdet ihr«, erklärte Thierry mit Nachdruck. »Spätestens 1863 haltet ihr so viel Geld in den Händen, dass ihr nicht mehr wisst, wie ihr es ausgeben sollt.«

»Oh, da wüsste ich schon einige Möglichkeiten«, antwortete Arlette mit einem Seitenblick auf Rachels Kleid.

Auch ihr Mann dachte über den Unterschied zwischen Thierrys Staatsrock und seinem schlichten Jackett nach. »Vielleicht könnten wir uns dann sogar Champagner leisten!«

Thomé hatte es kaum gesagt, da erteilte Thierry Joshua einen stummen Befehl. Dieser trat mit einem Tablett voller Gläser auf die Gäste zu.

»Das hier ist Champagner«, rief Thierry lachend. »Ich finde, nur der ist gut genug, um dreißig Jahre in Texas zu feiern.«

»Bald einunddreißig«, murmelte Gertrude und zupfte ihren Mann am Ärmel. »Du wirst keine Sklaven kaufen, verstehst du!«

Albert Poulain schwankte. Zwar lag ihm viel an seiner Freundschaft mit Walther, andererseits hatte der Gedanke, in ein paar Jahren wirklich reich zu sein, etwas Verlockendes an sich. Sein Blick suchte seine Tochter Cécile. Sie stand mit ihrem Ehemann und ihrem kleinen Sohn bei Thierrys Schwester Marguerite, die eifrig auf die beiden einredete.

»Ich will wissen, was Céciles Mann macht«, antwortete Poulain ausweichend und ging zu seiner Tochter.

»Ihr seid dumm, wenn ihr nicht zu meinem Bruder haltet«, sagte Marguerite gerade ziemlich scharf. »Er wird die nächste Wahl gewinnen und Fitchners Platz im Senat einnehmen. In ein paar Jahren ist er dann so reich, dass dieser ein armer Schlucker gegen ihn ist.«

»Ich bleibe lieber ein armer Schlucker, als dass ich Menschen, die wie ich Gottes Ebenbild sind, wie Vieh kaufe und behandle«, antwortete Céciles Ehemann Guillaume voller Verachtung und fasste seine Frau bei der Hand.

»Komm, wir gehen! Ich dachte, dies wäre ein Anlass, um uns an unsere Lieben zu erinnern, die auf der *Loire* ihr Leben gelassen haben. Doch Monsieur Coureur geht es nur darum, Dumme zu finden, die gleich ihm Sklaven halten wollen.«

»Geht ruhig! Euch brauchen wir ohnehin nicht«, schrie Rachel ihn an. »Und was Gottes Ebenbild betrifft, glaubst du vielleicht, dass Gott ein Nigger ist?«

Diese Blasphemie ließ einige zurückzucken.

Albert Poulain war froh, dass sein Schwiegersohn die Entscheidung für ihn getroffen hatte, und bot Gertrude den Arm. »Wir sollten auch aufbrechen.«

Mehrere Familien schlossen sich ihnen an, und so blieben zuletzt außer den Laballes nur Thierrys Sippe und seine angeheirateten Verwandten zurück. Mit einer gewissen Bitterkeit dachte er daran, dass nun auch die letzten alten Bande zerrissen waren, die die Überlebenden der *Loire* so lange Jahre zusammengehalten hatten. Dann aber schob er diesen Gedanken von sich und bat seinen Schwager und seine Vettern, die

Damen mit den Kindern allein zu lassen und bei einem Glas Whiskey über alles zu sprechen.

»Habt keine Angst!«, sagte er betont fröhlich. »Für uns alle beginnt eine neue Zeit, nämlich die Herrschaft von König Baumwolle! Diese Krämer im Norden werden uns entweder aus freien Stücken unseren eigenen Weg gehen lassen, oder sie werden von England und Frankreich, die unsere Baumwolle dringend brauchen, dazu gezwungen werden.«

ZWEITER TEIL

Heimat

1.

Als der Zug sich Springfield näherte, zupfte Meinrad Freihart nervös an seiner Uniform und nahm seine Reisetasche an sich. Kurz darauf ertönte der schrille Ton der Dampfpfeife, und ein Bahnbediensteter rief mit lauter Stimme: »Springfield, Illinois!«

»Ich muss hier raus!«, sagte Meinrad leise zu sich selbst, um sich Mut zu machen. Er wartete aber, bis eine Dame mit ihrer halbwüchsigen Tochter ausgestiegen war, und stand kurz darauf auf dem hölzernen Bahnsteig. Während die anderen Reisenden zu wissen schienen, wohin sie gehen mussten, blickte er sich hilflos um. Mit einer gewissen Selbstverspottung dachte er, dass dies eines zukünftigen Offiziers der Armee der Vereinigten Staaten unwürdig war.

Kurz entschlossen trat er auf zwei Männer zu, die aus einem Waggon große Pakete entluden, und sprach sie an. »Entschuldigen Sie, wie komme ich zu Mister Lincoln?«

»Zu Abe willste?«, antwortete einer der beiden grinsend. »Da gehste mang die Straße dort runter. Dort links ist's das vierte Haus. Der Name steht an der Tür!«

»Danke, Mister!« Meinrad hob kurz die Hand und sagte sich, dass Abraham Lincoln ein beliebter Mann sein musste, wenn der Bahnarbeiter über ihn sprach wie über seinen besten Freund. Nach einer Weile erreichte er das genannte Haus. Er atmete einmal durch und klopfte an. Kurz darauf wurde ihm geöffnet, und er sah sich einer Frau mittleren Alters gegenüber, die ihn verwundert musterte.

»Entschuldigen Sie, Madam, aber könnte ich Mister Lincoln kurz sprechen? Ich will mich bei ihm dafür bedanken, dass er mir zu dem Stipendium in Westpoint verholfen hat.« In seiner Nervosität redete Meinrad viel zu schnell und verhaspelte sich beinahe.

Die Frau bat ihn lächelnd ins Haus und führte ihn in ein Zimmer. »Warten Sie hier! Ich sage meinem Mann Bescheid.«

»Richten Sie ihm bitte aus, dass ich Freihart heiße und er meinen Vater vor sechs Jahren in Pittsfield kennengelernt hat«, rief Meinrad ihr noch nach und beschäftigte sich wieder mit seiner Uniform. Zwischendurch stellte er seine Tasche in eine Ecke, um Abraham Lincoln, dem Präsidentschaftskandidaten der Republikanischen Partei, nicht wie ein Hausierer entgegenzutreten, der unbedingt etwas verkaufen will.

Wenig später wurde die Tür wieder geöffnet, und ein hochgewachsener, hagerer Mann mit leicht vorstehenden Backenknochen und tiefliegenden Augen trat ein.

»Guten Tag!«, grüßte er und streckte Meinrad die Hand hin. Dieser ergriff sie, ließ sie dann aber wieder los und salutierte, wie er es auf der Militärakademie gelernt hatte. »Ich möchte mich bei Ihnen bedanken, Sir, weil …«

»Mögen Sie Apfelkuchen?«, unterbrach Lincoln den jungen Mann.

Meinrad nickte verwirrt. »Ja, Sir! Weshalb fragen Sie?«

»Weil meine Frau heute Morgen einen gebacken hat und ich eine Möglichkeit suche, jetzt schon an ein Stück zu kommen. Sonst gibt es ihn vielleicht erst morgen.« Lincoln zwinkerte Meinrad zu und wies zur Tür. »Kommen Sie! Ich rieche schon den Kaffee. Wenn Gäste kommen, tischt meine Frau gerne auf.«

»Da muss sie aber sehr viel auftischen, denn Sie haben doch gewiss viele Gäste.« Langsam gewann Meinrad seine Ruhe zurück und folgte Lincoln in ein anderes Zimmer, in dem tatsächlich Kaffee und Kuchen für sie bereitstanden.

»Wie ich es sagte«, meinte Lincoln lächelnd und bat Meinrad, Platz zu nehmen.

»Wie geht es in Westpoint zu?«, fragte er.

Meinrad überlegte, was sein Gastgeber wohl wissen wollte, und begann dann bei sich. »Ich komme im Unterricht gut mit, Sir. Die Dozenten sind kompetent, und meine Kameraden – nun, es sind junge Männer, und da gibt es eben den einen oder anderen kleinen Scherz.«

»Und damit etliche Verweise, meinen Sie!« Lincoln lächelte, um Meinrad zum Reden zu bewegen. Westpoint war wichtig, denn dort wurden die zukünftigen Offiziere der Armee ausgebildet. Wenn er die Präsidentschaftswahlen gewann, war es möglich, dass er auf die dortigen Absolventen und Kadetten zurückgreifen musste, um die Union zu bewahren.

»Es sind wohl viele junge Gentlemen aus dem Süden in Westpoint?«, fragte er.

Meinrad nickte. »Einige, Sir!«

»Und was erzählen diese Kadetten über die andauernden Sezessionsdrohungen, die uns vor allem aus South Carolina erreichen?«, fragte Lincoln weiter.

»Ich muss gestehen, Sir, dass wir sehr selten über politische Themen sprechen. Die Kadetten aus dem Süden haben ihre Meinung dazu und wir die unsere.«

Lincoln nickte nachdenklich. »Ihre Loyalität gehört der Union, während die der Herren aus dem Süden ihren Heimatstaaten gelten.«

»Nicht ganz, Sir! Soviel ich gehört habe, wäre es vor kurzem beinahe zu einem Duell zwischen zwei Kadetten eines älteren Jahrgangs gekommen. Der eine stammte aus Georgia und der andere aus Texas. Die beiden gerieten wegen der Sklavenfrage aneinander. Ihr Vorgesetzter verbot das Duell. Stattdessen mussten sie vier Wochen vor dem Ende ihres Studiums ihre Abschlussarbeit schreiben und anschließend Westpoint verlassen.«

»Wer war für und wer gegen die Sklaverei?«, wollte Lincoln wissen.

»Der Texaner war dagegen und der Kadett aus Georgia dafür.«

»Es gibt also noch vernünftige Leute im Süden. Wollen wir hoffen, dass es diesen gelingt, die dortigen Feuerköpfe von Dummheiten abzuhalten.« Lincoln atmete einmal tief durch und wechselte dann das Thema.

»Ich hoffe, Ihrem Vater und Ihrer Familie geht es gut, Mister Freihart.«

»Danke der Nachfrage, Sir. Dem letzten Brief zufolge, den ich erhalten habe, waren alle gesund. Ich bin auf dem Weg nach Hause und habe hier in Springfield nur Halt gemacht, um mich bei Ihnen zu bedanken.«

»Ihr Vater ist Lehrer an einer Schule deutscher Einwanderer, nicht wahr?«, stellte Lincoln seine nächste Frage.

»So ist es, Sir!«

»Ein bemerkenswerter Mann, denn er lehrt seine Schüler auch die englische Sprache. Nicht alle Deutschen tun dies, teilweise aus Sentimentalität ihrer eigenen Sprache gegenüber, teilweise aber auch, weil die Lehrer zwar Latein und Griechisch in Wort und Schrift beherrschen, das Englische aber nie gelernt haben.«

»Vater sagt, da wir in den Vereinigten Staaten leben, müssen wir auch die Sprache sprechen, die hier gebräuchlich ist«, erklärte Meinrad und fragte dann, ob er seinem Vater Lincolns Worte ausrichten dürfe. »Er würde sich sehr darüber freuen, Sir, denn er verehrt Sie sehr«, setzte er etwas beklommen hinzu.

»Das dürfen Sie gerne«, antwortete Lincoln. »Dafür aber müssen Sie auch den Apfelkuchen meiner Frau loben. Sie wird mich hinterher gewiss fragen, wie er Ihnen geschmeckt hat.«

»Ausgezeichnet, Sir! Meine Mutter könnte ihn nicht besser backen.«

»Das ist ein hohes Lob und wird meiner Frau gefallen«, sagte Lincoln lächelnd. »Doch ich hoffe, Sie sind mir nicht böse, wenn ich Sie jetzt verabschieden muss. Ich erwarte weitere Gäste und werde auch diesen sagen, dass Ihnen der Kuchen geschmeckt hat. Das wird sie hoffentlich dazu bewegen, sich ähnlich zufrieden zu äußern.«

Meinrad schluckte den letzten Bissen seines Kuchenstücks hinunter und schoss hoch. »Verzeihen Sie, Sir, dass ich Ihre Zeit unnötig in Anspruch genommen habe!«

»Es war nicht unnötig, sondern auch für mich wichtig. Ihre Informationen über Westpoint haben mich sehr interessiert«, erwiderte Lincoln mit einer begütigenden Handbewegung. »Sie können mir übrigens noch einen Gefallen tun, junger Mann, indem Sie ein paar Plakate in Ihren Heimatort mitnehmen und dort aufhängen. Immerhin ist Wahlkampf, und da hoffe ich doch, dass meine guten Mitbürger in Illinois mehr zu mir als zu Mister Douglas stehen.«

»Das mache ich mit dem größten Vergnügen, Sir!«

»Warten Sie einen Augenblick! Ich hole die Plakate.« Lincoln verließ kurz das Zimmer und kehrte mit etlichen zu einer Rolle gedrehten Plakaten zurück.

»Hier, Mister Freihart. Es war mir ein Vergnügen, Sie kennengelernt zu haben.«

»Für mich war es eine hohe Ehre, dass Sie mir so viel Zeit gewidmet haben, Sir. Auf Wiedersehen!« Meinrad wollte schon gehen, als Lincolns Ruf ihn zurückhielt.

»Ist das Ihre Tasche, die in dem anderen Zimmer steht?«

»Verzeihen Sie, Sir! Die hätte ich beinahe vergessen.« Rasch holte Meinrad seine Reisetasche, verabschiedete sich noch einmal und verließ Lincolns Haus im Zweifel, ob er sich jetzt gut geschlagen oder eher lächerlich gemacht hatte.

2.

Das Gespräch mit Abraham Lincoln beschäftigte Meinrad auf dem gesamten Rest seiner Heimreise. Als er am Rande seines Heimatdorfs von dem Karren stieg, auf dem er die letzten Meilen zurückgelegt hatte, bedankte er sich bei dem Farmer fürs Mitnehmen und reichte ihm ein Wahlplakat. »Hier! Nehmen Sie es bitte mit und zeigen Sie es Ihren Nachbarn, damit diese auch bestimmt Mister Lincoln wählen.«

»Soll kein übler Mann sein, habe ich sagen hören«, antwortete der Mann, während er das Plakat zusammenlegte und unter seine Jacke stopfte. »Alles Gute, junger Mann«, wünschte er Meinrad noch, dann ließ er die Peitsche über den Köpfen seiner beiden Pferde knallen und fuhr weiter.

Meinrad sah ihm einen Augenblick lang nach und wandte den Blick zu seinem Heimatdorf. Ein besonders großer Ort war es nicht. Nachdem er fast zwei Jahre in Westpoint verbracht hatte, fiel es ihm nun noch stärker auf. Es gab eine weißgestrichene Kirche, das Schulhaus, einen Laden, das Büro der zweisprachigen Zeitung, für die sein Vater manchmal Artikel schrieb, sowie ein knappes Dutzend Häuser von Handwerkern, die für die Farmer der Umgebung arbeiteten. Sein Elternhaus lag direkt neben der Schule und wirkte mit seinem Blumenschmuck wie ein Gruß der verlorenen Heimat.

Manchmal dachte Meinrad noch an jenen Ort am Rande des Schwarzwalds, den er mit acht Jahren hatte verlassen müssen. Nun lebte er bereits seit elf Jahren in den Vereinigten Staaten und vermisste im Grunde nichts. Mit diesem Gedanken ging er durch das Dorf. Dabei kam er am Haus der Schneiderin vorbei und sah diese am offenen Fenster stehen.

Lachend winkte sie ihm zu. »Auch mal wieder zu Hause, Meinrad?«

»Es sind Ferien, Frau Dube!« Ebenso wie die Frau verwendete auch Meinrad die deutsche Sprache, die in diesem und zwei Nachbardörfern gebräuchlicher war als Englisch.

»Und wie lange musst du noch in dieses Westpoint, damit ein richtiger Offizier aus dir wird?«, fragte die Schneiderin.

»Noch zwei Jahre, Frau Dube. Wie geht es Ihnen? Ist Ihr Rheuma besser geworden seit letztem Jahr?«

Die Frau schüttelte den Kopf. »Leider nicht! Aber seit ich eine Nähmaschine habe, ist es nicht mehr so schlimm wie früher. Das ist wirklich ein Wunderding! Jede Naht wird wie die andere, und es geht so schnell, dass ich mit dem Schauen kaum mitkomme.«

Danach winkte sie noch einmal und schloss das Fenster.

Mit einem Lächeln auf den Lippen setzte Meinrad seinen Weg fort und stand kurz darauf vor dem Haus seiner Eltern. Er wollte gerade klopfen, da wurde die Tür geöffnet und seine Schwester flog ihm entgegen.

»Meini, da bist du ja! Wir haben uns schon Sorgen gemacht«, rief Wigburg und umarmte ihn.

»Ich habe Mister Lincoln in Springfield aufgesucht und mich bei ihm für den Platz in Westpoint bedankt. Vater hatte mir geraten, es zu tun, und ich wollte es nicht hinausschieben.«

Nun betrachtete Meinrad seine Schwester und schüttelte verwundert den Kopf. »Bei Gott, bist du in dem einen Jahr gewachsen! Du wirst ja bald eine junge Dame sein.«

»Ich bin immerhin schon fünfzehn«, antwortete das Mädchen

selbstbewusst. »Zwei meiner Freundinnen im gleichen Alter sind bereits verheiratet.«

»Aber das wirst du doch nicht auch schon tun wollen?«, fragte er erschrocken.

In seinen Augen war Wigburg immer noch das Kind, mit dem er über den Ozean gefahren war, aber als er sie nun musterte, wurde ihm klar, dass er von dieser Vorstellung Abstand nehmen musste. Vor ihm stand ein hübsches Mädchen mit blonden Haaren und blauen Augen. Zwar war Wigburg noch ein wenig schlaksig, aber er hätte gewettet, dass sie bereits jetzt so groß war wie die Mutter.

»Komm herein!«, forderte seine Schwester ihn auf und nahm ihm die Reisetasche und die Rolle mit Lincolns Plakaten ab.

»Bitte vorsichtig damit«, bat er und schloss den obersten Knopf seiner Uniformjacke, um seinen Eltern nicht das Bild eines Liederjans zu bieten.

Seine Mutter stand hinter der Tür und wischte sich mit einem Schürzenzipfel über die feuchten Augen. Einen Augenblick lang sah sie ihn an und schloss ihn dann in die Arme.

»Endlich bist du wieder da, Meini!«

Dem jungen Mann war dieser Empfang ein wenig peinlich. Zwar liebte er seine Mutter und seine Schwester sehr, doch er fragte sich, warum beide so tun mussten, als käme er nach endlosen Zeiten von einer langen und gefährlichen Reise zurück. Vorsichtig löste er sich aus den Armen seiner Mutter und warf einen Blick durch die Tür des Studierzimmers seines Vaters. Dieser saß in seinem Ohrensessel, hielt eine Zeitung in der Hand und tat so, als würde er aufmerksam lesen. Meinrad lächelte jedoch, als er sah, dass die Zeitung auf dem Kopf stand. Wie es aussah, wartete sein Vater nicht weniger angespannt auf seine Ankunft wie Mutter und Schwester, wollte es sich aber nicht anmerken lassen.

Mit ein paar Schritten war Meinrad bei ihm und deutete einen militärischen Gruß an. »Kadett Meinrad Freihart meldet sich zur Stelle, Sir!«

Landolf Freihart blickte auf und musterte seinen. Der Junge ist groß geworden, dachte er, obwohl Meinrad seit seiner Abreise um keinen halben Zoll mehr gewachsen war. Auch war er immer noch schlank und wirkte so geschmeidig wie zu jenen Zeiten, in denen er der Schrecken der Nachbarn gewesen war, die Pflaumenbäume besaßen. Dennoch hatten die beiden Jahre in Westpoint ihn verändert. Meinrad hatte den Weg dorthin als halber Knabe angetreten und war nun dabei, ein erwachsener Mann zu werden.

»Schön, dich zu sehen!«, sagte Landolf Freihart mit betont strenger Stimme. »Hast du auch gut gelernt?«

»Ich hoffe, du wirst mit meinen Noten zufrieden sein. Allerdings habe ich mich leichter getan als viele meiner Kameraden, denn ich besaß einen ausgezeichneten Lehrer!« Meinrad lächelte dankbar, denn sein Vater hatte dafür gesorgt, dass er bestens vorbereitet zur Militärakademie gegangen war.

Landolf Freihart nickte zufrieden. »Ich werde sie mir später ansehen. Jetzt wirst du gewiss Hunger haben. Deine Mutter und Wigburg haben gekocht, als kämest du halb verhungert zurück.«

»Wie war das Essen in Westpoint eigentlich?«, fragte Herlind Freihart ihren Sohn.

»Nicht so gut wie hier«, antwortete ihr Sohn und brachte sie zum Strahlen.

»Den Kuchen habe ich gebacken«, mischte sich Wigburg ein.

»Ich werde es überleben!« Meinrad grinste dabei so, dass seine Schwester eine Ohrfeige andeutete.

»Du! Sag ja nichts gegen meine Koch- und Backkünste!«

»Ich erinnere mich noch mit Schrecken an den ersten Kuchen,

den du gebacken hast. Selbst Vater war der Ansicht, dass wir dafür Hammer und Meißel benötigen würden.«

»Wigburg hat im letzten Jahr sehr viel gelernt«, verteidigte Herlind ihre Tochter.

»Das hat sie wirklich, und ich muss es wissen. Schließlich war ich das Opfer, das ihre Kreationen probieren musste.« Landolf streichelte seiner Tochter über die Wange und zwinkerte ihr liebevoll zu.

Wigburg ging lachend auf das Spiel ein. »In den nächsten paar Wochen wirst du mein Opfer sein, Bruderherz. Aber ich verspreche dir, dass du keinen Hammer und keinen Meißel mehr brauchen wirst.«

»Höchstens eine Axt, um den Sauerbraten kleinzukriegen«, warf Landolf Freihart grinsend ein.

»Für diesen Braten konnte Wigburg nichts! Der Farmer, der uns das Fleisch verkauft hat, behauptete, es stamme von einem jungen Rind. Dabei muss es von einer uralten Kuh gewesen sein und hätte höchstens noch für Suppe getaugt. Darum kaufe ich ungern bei Amerikanern ein. Die wollen einen immer betrügen.« Herlinds Stimme klang scharf.

Ihr Mann legte ihr die Hand auf den Arm. »Bitte, Herlind! Nicht jeder Amerikaner ist ein Gauner, auch wenn manche der Verlockung, auch mit schlechter Ware viel Geld zu verdienen, nicht widerstehen können.«

»Pah!«, stieß Herlind aus. »Ich mag sie nicht, seit sie im letzten Jahr unser Sommerfest gestört und einige von uns verprügelt haben!« Sie wandte sich an ihren Sohn. »Du warst damals schon auf dem Weg nach Westpoint und hast es nicht erlebt. Diese Menschen sind von über zwanzig Meilen hierhergekommen, um unser Fest zu überfallen.«

»Narren gibt es überall«, sagte Landolf mit wegwerfender Geste. »Du kennst doch sicher Mister Lincolns Ausspruch, dass derjenige, der heute etwas gegen die Schwarzen hat, sich morgen gegen Ausländer und übermorgen gegen Katholiken empören wird.«

»So ganz wortgetreu ist deine Version nicht, Vater, doch so in etwa hat er es ausgedrückt!« Meinrad öffnete den oberen Knopf seiner Uniform, da ihm deren Kragen doch etwas einschnürte, und atmete tief durch.

»Ich will mich aber nicht über irgendwelche Narren ärgern, sondern mich freuen, dass ich wieder zu Hause bin. Wenn ich eine Tasse Kaffee und ein Stück Kuchen bekommen könnte, wäre ich euch sehr verbunden. Ich will doch wissen, ob der Kuchen hier ebenso gut schmeckt wie der, den Frau Lincoln gebacken hat.«

Wigburg klatschte begeistert in die Hände. »Du bist von Mister Lincoln zu Kaffee und Kuchen eingeladen worden? Wenn er zum Präsidenten gewählt wird, machst du noch Karriere!«

»Meinrad soll erst einmal einen guten Abschluss in Westpoint schaffen und sich dann überlegen, ob er tatsächlich beim Militär bleiben will«, antwortete Landolf Freihart, der nicht so ganz verstand, was sein Sohn am Soldatenberuf fand.

Meinrad war bei ihrer Flucht nach der gescheiterten Revolution in Deutschland noch sehr jung gewesen, dennoch hatte er begriffen, welche Macht auf den Läufen der Gewehre beruhte. Damals hatte die alte Ordnung gesiegt, die den Bürger zum Untertanen machte. Hier in den Vereinigten Staaten war der Bürger frei, und Meinrad war bereit, mit der Waffe in der Hand dafür zu sorgen, dass dies auch so blieb. In der Vergangenheit hatte er schon öfter mit seinem Vater darüber geredet. Heute sagte er jedoch nichts, sondern trug sein Gepäck in sein Zimmer und zog dort erst einmal die Uniform aus. Als er in karierten Hosen und einer blauen Weste zurückkehrte, nickte sein Vater beifällig.

»Du hast dich in dem einen Jahr gemacht. Bilde dir aber ja nichts darauf ein!«

»Ich werde mich hüten«, antwortete Meinrad lachend und setzte sich an dem Tisch, auf dem bereits eine große Tasse mit Kaffee stand und ein Riesenstück Kuchen lag. Außer Löffel und Gabel hatte Wigburg auch Hammer und Meißel dazu gelegt und fing sich von ihrem Bruder dafür ein von Herzen kommendes »Range!« ein.

3.

Es war fast so wie früher, aber eben nur fast. Hatten die Erwachsenen Meinrad vor seinem Besuch der Akademie mit einer gewissen gutmütigen Nachsicht behandelt, aber nicht wirklich ernst genommen, so fragte man ihn jetzt nach seiner Meinung. Die Nachricht, der bei den deutschen Siedlern beliebte Präsidentschaftskandidat Abraham Lincoln habe ihn zu Kaffee und Kuchen eingeladen, verlieh ihm in den Augen der anderen eine Bedeutung, gegen die er sich vergeblich sträubte.

Die kleine Gemeinde, die fast nur aus deutschstämmigen Siedlern bestand, hatte ihm zu Ehren sogar ihr Sommerfest vorverlegt, damit er daran teilnehmen konnte. Vor einem Jahr wäre dies noch unvorstellbar gewesen. Meinrad fragte sich daher, was ein Jahr in der Fremde ausmachen konnte. Oft war er froh, allein in seinem Zimmer sitzen und durch das Fenster auf die Obstbäume und Felder blicken zu können, die den Ort umgaben.

Meist nahm er dort seine Bücher in die Hand, um zu lernen. Einige seiner Kameraden betrachteten die Zeit in Westpoint als eine Gelegenheit, der väterlichen Zügel ledig zu sein und sich zum ersten Mal richtig austoben zu können. Ein Kadett eines höheren Jahrgangs war dafür berühmt, dass er gerade so viele Verweise sammelte, um nicht von der Akademie ausgeschlossen zu werden. Meinrad wunderte sich, weshalb er ausgerechnet jetzt an George Armstrong Custer dachte, der zu den besten Absolventen des letzten Jahrzehnts zählen würde, kämen seine schulischen Leistungen denen im Schießen und Reiten gleich. In gewisser Weise beneidete Meinrad den Mitschüler um diese Fähigkeiten, denn er selbst war zwar ein passabler Schütze, konnte aber beim Reiten mit vielen anderen Kadetten nicht mithalten. Vor allem jene aus dem Süden waren tollkühne Reiter und jedes Mal stocksauer, wenn sie hinter Custer zurückbleiben mussten.

»Ich sollte die Zeit nutzen, mich hier im Reiten zu üben!« Meinrad zuckte beim Klang der eigenen Stimme zusammen, beschloss dann aber, den Worten Taten folgen zu lassen.

Da sein Vater in Deutschland nie reiten gelernt hatte, besaß er auch hier kein Pferd. Meinrad blieb daher nichts anderes übrig, als zu einem der Farmer in der Umgebung zu gehen und zu fragen, ob ihm nicht jemand eines leihen könnte. Bei dem Farmer, der ihn nach Hause mitgenommen hatte, wurde er fündig.

»Freilich habe ich einen Gaul, den du reiten kannst! Pass aber auf, dass er sich nicht die Beine bricht«, antwortete der Mann.

»Ich gebe schon acht!«, versprach Meinrad.

Seine Begeisterung schwand allerdings ein wenig, als der Farmer den Gaul aus dem Stall holte. Es handelte sich zwar nicht gerade um einen Ackergaul, doch das Tier schien eher geeignet, einen leichten Wagen zu ziehen, als einen Gentleman zu tragen. Da er jedoch Übung brauchte, einigte er sich mit dem Farmer auf eine Mietsumme für das Tier und trabte, nachdem er es gesattelt hatte, halbwegs zufrieden davon.

Sein Vater, die Mutter und Wigburg schüttelten zwar ein wenig die Köpfe über seine Begeisterung fürs Reiten, doch Meinrad fand bald Gefallen daran, zu Pferd rasch von einem Ort zum anderen zu gelangen. Gelegentlich, wenn er allein war, übte er einen Kavallerieangriff mit gestrecktem Säbel, wobei ein Haselnussstecken die Waffe ersetzen musste. Zwar ging sein Gaul nie über einen leichten Galopp hinaus, doch er wurde mit jedem Tag im Sattel sicherer und sagte sich schließlich erleichtert, dass er nach seiner Rückkehr nach Westpoint nicht mehr hinter dem Gros seiner Klassenkameraden zurückstehen würde.

Tagsüber war Meinrad nun viel unterwegs, die Abende widmete er jedoch seiner Familie. Dann boten die Zeitungen ihm und seinen Angehörigen den meisten Gesprächsstoff. Etliche Artikel führten zu hitzigen Debatten mit seinem Vater, aber auch mit seiner Schwester. Meistens ging es um die Sklaverei, die im Süden der Vereinigten Staaten noch betrieben wurde und die von ihren Befürwortern auf die neu gegründeten Bundesstaaten und Unionsterritorien ausgeweitet werden sollte.

»Was bilden diese Leute sich ein?«, empörte Landolf Freihart sich, als er in der Zeitung erneut von Unruhen in Kansas las. »Das hier ist ein demokratisches Land, und das heißt, das Volk beschließt mit Mehrheit, ob es die Sklaverei will oder nicht. Doch die Sklavenhalter haben zu den Wahlen in Kansas Hunderte von Taugenichtsen aus Missouri geholt, die als angebliche Siedler ihre Stimmen abgegeben haben. Dies war auch schon bei der Wahl des Gouverneurs der Fall gewesen, und so haben die Sklavenhalter zweimal durch Betrug gewonnen. Die Unionsregierung muss nun endlich eingreifen, damit das nicht noch einmal geschieht!«

»Darf ich den Artikel auch lesen?«, fragte Meinrad und bekam das Blatt beinahe an den Kopf geworfen.

»Bitte, Landolf, rege dich nicht so auf!«, sagte die Mutter, doch ihr Mann schlug mit der Faust auf den Tisch.

»So kann es nicht weitergehen! Die Sklaverei an sich ist bereits ein Verbrechen und müsste umgehend abgeschafft werden. Zu versuchen, sie durch Hinterlist und Tücke zu verbreiten, ist jedoch der Gipfel der Unverfrorenheit!«

»Ich weiß nicht, weshalb der Präsident die Sklaverei nicht längst abgeschafft hat«, warf Wigburg ein.

»Weil der jetzige Präsident ein Freund der Sklavenhalter ist und alles tut, damit diese weiter ihr Unwesen treiben können. Er hat sogar die Betrügereien in Kansas hingenommen!«

Landolf Freihart ging stramm auf die sechzig zu, doch in ihm glühte noch immer das Feuer, das ihn einst auf die Barrikaden in Rastatt getrieben hatte.

Nun sah er seinen Sohn missbilligend an. »Du sagst ja gar nichts dazu?«

»Weil ich noch lese, Vater! Gleichzeitig lesen und sprechen kann ich nicht.« Meinrad klang nachsichtig, doch gerade damit erregte er Landolfs Zorn.

»Du kannst ja auch einmal beim Lesen innehalten und uns sagen, was du denkst! Oder bist du durch den Kontakt zu den anderen Kadetten aus Virginia, Georgia und wie die Staaten dort unten alle heißen selbst zum Befürworter der Sklaverei geworden?«

Herlind fasste die Hand ihres Mannes und hielt sie fest. »Landolf, bitte! Du kennst unseren Jungen. Er verabscheut die Sklaverei nicht weniger als du oder ich.«

»Dann soll er es gefälligst auch sagen!«

»Ich sage es ja!«, warf Meinrad ein, ohne beim Lesen innezuhalten. »Es ist eine Schande, wie die Neger behandelt werden. Stellt euch nur einmal vor, die Voraussetzungen wären umgekehrt und sie die Herren und wir die Sklaven. Würden wir nicht auch nach Freiheit streben? Doch Präsident Buchanan lässt alle Neger, die in den Norden geflohen sind und von irgendwelchen Sklavenbesitzern als ihr Eigentum bezeichnet werden, an diese ausliefern, ohne dass nachgeprüft wird, ob die Behauptungen stimmen oder nicht. Selbst ein Neger, der hier im Norden frei geboren worden ist, kann auf diese Weise zum Sklaven gemacht werden, wenn nur ein Weißer behauptet, er gehöre ihm.«

»Aber das kann doch nicht sein!«, rief Wigburg entsetzt. »Diese Neger haben doch gewiss Papiere, mit denen sie ihre Freiheit beweisen können.«

»Was helfen Papiere, wenn sie nicht angesehen werden, sondern im Ofen landen?«, antwortete ihr Vater und hob seinen Blick zur Decke. »Ich bete zu Gott, dem Allmächtigen, dass unser Freund Abraham Lincoln zum Präsidenten gewählt wird. Zwar hat er noch nicht davon gesprochen, die Sklaven in den Südstaaten befreien zu wollen, aber er wird auf jeden Fall verhindern, dass diese Pest sich in den anderen Staaten und den Territorien ausbreiten kann.«

»Ich wünschte, wir könnten etwas für die armen Schwarzen tun – und wenn wir ihnen allen zur Flucht in den Norden verhelfen müssten!« Bei diesen Worten faltete Wigburg die Hände wie zum Gebet, sah dann das nachsichtige Lächeln ihres Bruders und fuhr ihn an.

»Was passt dir jetzt schon wieder nicht?«

»Wigburg!«, mahnte die Mutter, doch Meinrad hob begütigend die Hand.

»Lass sie, Mama! Auf ihre Weise hat sie ja recht. Nur ist diese Sache leider nicht so einfach zu lösen. Zum einen würden ihre Besitzer sie zurückfordern, und selbst wenn dies abgewiesen würde, wären sie hier nicht willkommen.«

»Aber wieso?«, fragte Wigburg verständnislos.

»Weil sie den einfachen Arbeitern ihre Jobs wegnehmen würden! Und die sind leicht dazu zu bringen, auf die Straße zu gehen und alles kurz und klein zu schlagen«, antwortete Meinrad nachdenklich. »Wir haben doch schon über dieses Problem gesprochen. Wer Neger hasst, hasst bald auch Ausländer, Katholiken und wer weiß noch was. Ich habe nicht vergessen, dass einige Politiker gefordert haben, den Einwanderern das Stimmrecht abzuerkennen oder die Einwanderung gleich ganz zu verbieten! Diese Leute mögen jetzt vielleicht schweigen, doch können sie jederzeit erneut ihre Stimme erheben.«

Herlind senkte betrübt den Kopf. »Dann ist dieses Amerika nicht das Land, für das wir es gehalten haben.«

»Es ist besser als alles, was es in Europa gibt«, erklärte Landolf grimmig. »Gewisse Auswüchse sind überall. Doch hier«, er entriss seinem Sohn die Zeitung und streckte sie seiner Frau hin, »darf man darüber schreiben, ohne dass der Staatsanwalt einen dafür in den Kerker wirft.«

»Man wird höchstens von einem Sklavenhalter oder einem Sklavenfreund erschossen, wenn diese spitzbekommen, dass man auf der anderen Seite steht!« Meinrads Stimme klang düster, denn das war schon mehr als ein Mal vorgekommen.

»Selbst vor dem Repräsentantenhaus in Washington macht die Gewalt nicht halt. Auch dort gibt es immer wieder Schlägereien zwischen Mitgliedern der beiden Fraktionen«, setzte er leise hinzu.

»Dabei sind dort zumeist gesetzte Herren, von denen man annehmen sollte, dass sie in ihrem Leben genug Verstand angesammelt haben, um zu einer Lösung zu gelangen. Aber es ist schon spät! Wir sollten zu Bett gehen.«

Landolf legte die Zeitung wieder auf den Tisch, stand auf und wünschte eine gute Nacht.

4.

Zwei Tage vor seiner Abreise nach Westpoint brachte Meinrad das geliehene Pferd zu seinem Besitzer zurück. Obwohl es sich nicht gerade um einen Rassegaul gehandelt hatte, fiel es ihm schwer, sich von ihm zu trennen. Er tätschelte dem Tier den Hals und steckte ihm ein Rübenstück zu, bevor er sich seufzend abwandte.

»Geht es wieder nach Westpoint?«, fragte der Farmer, als Meinrad ihm die vereinbarte Summe hinzählte.

Meinrad nickte. »Übermorgen! Vorher feiern wir noch das Sommerfest.«

»Habe gehört, dass die Leute es extra wegen dir um eine Woche vorverlegt haben«, meinte der Farmer.

»Na ja, heuer findet es ein wenig eher statt, so dass ich mitfeiern kann!« Insgeheim freute Meinrad sich darüber, zeigte es ihm doch, dass sowohl sein Vater wie auch er bei den Leuten gut angesehen waren.

»Werde auch kommen!«, fuhr der Farmer fort. »Wird gewiss eine lustige Sache. Hoffe nur, dass diese verdammten Temperenzler uns heuer in Ruhe lassen. Vergönnen einem aufrechten Mann nicht das Vergnügen, ein Bier zu trinken! Aber wenn sie uns heuer wieder stören wollen, werden sie ihr grünblaues Wunder erleben.« Der Farmer wies grinsend auf einen stattlichen Knüppel, der in einer Ecke des Stalls stand.

Auf Meinrad wirkte der Mann fast so, als würde er sich auf eine ordentliche Prügelei freuen. Der Gedanke, dass es zu einer solchen Situation kommen könnte, verleidete dem jungen Mann ein wenig die Freude auf das Fest. Er verabschiedete sich von dem Farmer und bedauerte, zu Fuß gehen zu müssen, denn zu Pferd hätte er die Strecke in weniger als einem Viertel der Zeit geschafft. Da er sich zu lange bei dem Farmer aufgehalten hatte, kam er zu spät zum Abendessen und musste sich dafür die Vorhaltungen seiner Mutter anhören.

Schließlich griff sein Vater ein. »Lass den Jungen doch Abschied von der Heimat nehmen, Herlind! Immerhin wird er uns erneut für eine lange Zeit verlassen.«

»Das weiß ich, aber jetzt ist sein Essen ganz verkocht. Was ist, wenn es ihm nicht schmeckt?«

Landolf zwinkerte seinem Sohn kurz zu. »Ihm wird es schmecken!«

Es lag eine Warnung darin, das Gegenteil zu behaupten, denn während seiner Ehe hatte er begriffen, dass seine Frau auf Kritik an ihren Kochkünsten äußerst gekränkt reagieren konnte.

Meinrad musste nicht einmal lügen, denn als seine Mutter seine warm gehaltene Portion Eintopf auf den Tisch stellte, schmeckte dieser immer noch ausgezeichnet. Als er das jedoch erklärte, wischte seine Mutter sich mit dem Schürzenzipfel über die Augen.

»Das sagst du doch nur, um mich zu beruhigen.«

»Gewiss nicht, Mama! Es schmeckt wirklich gut«, beteuerte Meinrad.

»Es gibt ein ganz einfaches Mittel, das auszuprobieren!« Wigburg holte einen Löffel, fuhr damit in Meinrads Teller und kostete. Danach nickte sie zufrieden. »Es schmeckt wirklich! Fast würde ich sagen: viel besser, als Meini es verdient hat.«

»Kannst du ihn vielleicht so ansprechen, wie es sich gehört. Meinrad ist kein kleiner Junge mehr, den man Meini rufen kann«, tadelte die Mutter sie.

»Lass sie doch«, bat Meinrad lächelnd.

Es war schön zu Hause, und er bedauerte ein wenig, dass er dieses Idyll wieder verlassen musste. Vorher aber wollte er noch im Kreis seiner Lieben feiern und die Erinnerung daran nach Westpoint mitnehmen. Mit diesem Gedanken ging er zu Bett und wachte am Sonntagmorgen nach wilden Träumen wieder auf.

Meinrad schüttelte sich, denn darin hatte er Kanonendonner und im Sturmschritt marschierende Soldaten gesehen. Danach aber sagte er sich, dass wohl seine Rückkehr zur Militärakademie ihre Schatten vorauswarf. Ab dem nächsten Tag würde er wieder der Kadett Meinrad Freihart aus Illinois sein. Nachdem er sich gewaschen und die Zähne geputzt hatte, zog er sich an und ging in die Küche. Dort waren seine Mutter und Wigburg schon dabei, das Frühstück zuzubereiten.

»Guten Morgen!«, grüßte er fröhlich.

»Guten Morgen, Meini«, antwortete seine Schwester ungeachtet des tadelnden Blicks ihrer Mutter. »Was magst du lieber, Spiegel- oder Rühreier?«

»Spiegeleier bitte! Rührei gibt es in Westpoint genug, und ich habe jedes Mal das Gefühl, als würde man einiges an Mehl in die Eier einrühren!«

»Darum heißt es auch Rührei, weil man etwas hineinrührt«, spottete Wigburg.

»Kind, führe deinen Bruder doch nicht so an der Nase herum!« Herlind hob drohend den Zeigefinger, musste aber selbst über das verdatterte Gesicht ihres Sohnes lachen. »Keine Sorge! Die Rühreier, die wir dir vorsetzen, sind richtige Rühreier und haben mit Gewissheit kein Mehl gesehen.«

»Mit dem Kochen kenne ich mich nicht so aus«, bekannte Meinrad und setzte sich an seinen Platz. »Vater ist noch nicht auf?«, fragte er.

»Doch, der macht seinen Morgenspaziergang. Er wird gleich

hier sein, denn in einer Stunde ruft uns Pastor Hufnagel zum Gebet!« Während sie es sagte, goss die Mutter ihm Kaffee ein und reichte ihm Brot und Butter. Unterdessen briet Wigburg die Spiegeleier und stellte sie Meinrad hin.

»Hier! Sie sind genau so, wie du sie magst, schön fest und außen mit einem dünnen, braunen Rand.«

»Danke!« Als Meinrad noch überlegte, ob er auf den Vater warten sollte, trat dieser bereits durch die Tür und lachte ihn an.

»Dachte ich doch, dass du bereits ausgeschlafen hast. Lass es dir schmecken!«

»Danke! Aber willst du nicht vorher das Tischgebet sprechen?«, antwortete Meinrad.

»Du wirst das heute übernehmen, damit du es in Westpoint nicht vergisst!« Landolf setzte sich zu seinem Sohn und klopfte ihm auf die Schulter. »Es ist kaum zu glauben, wie rasch die paar Wochen vergangen sind. Morgen heißt es wieder Abschied nehmen. Weißt du schon, wie du zur nächsten Bahnstation kommst?«

»Der Farmer, von dem ich das Pferd geliehen habe, fährt mich hin. Ich darf nur nicht verschlafen.«

»Keine Sorge, Mutter wird dich wecken!« Damit schob Landolf seiner Frau die Tasse hin, damit sie diese füllte. Wigburg brachte Milch, und kurz darauf saß die Familie am Frühstückstisch zusammen. Alle sahen Meinrad an, der nervös die Hände faltete und ein Tischgebet sprach.

»Ganz gut!«, meinte sein Vater, als er fertig war. »Irgendwann wirst du selbst Haushaltsvorstand sein und das Recht haben, als Erster zuzugreifen, wenn etwas Gutes auf den Tisch kommt!« Fröhlich lachend ergriff Landolf das erste Stück Brot und bestrich es dick mit Butter. Dann sah er seine Frau und seine Kinder an.

»Eines muss man sagen: Wir leben hier besser als zu Hause – äh, ich meine, in unserer alten Heimat. Unser Zuhause ist jetzt hier.«

»Ich habe nicht mehr viele Erinnerungen daran, nur noch an Soldaten, die böse zu uns waren«, flüsterte Wigburg, und in ihren Augen schimmerten Tränen.

»Direkt böse waren sie nicht. Im Grunde haben sie nur ihre Pflicht getan, so wie ihre Vorgesetzten es ihnen aufgetragen haben. Die Schuldigen sind die hohen Herrschaften, die dem Volk das Maul verbieten und es in finsterer Knechtschaft halten wollen«, wandte Landolf ein.

»So, wie es die Sklavenbesitzer im Süden mit den armen Negern tun!« Wigburg seufzte und wischte sich über die Augen.

»Die Spiegeleier schmecken übrigens ausgezeichnet«, erklärte Meinrad, um seine Schwester auf andere Gedanken zu bringen.

»Wirklich?«, fragte sie, und ein schüchternes Lächeln stahl sich auf ihre Lippen.

»Würde ich es sonst sagen?« Meinrad strich ihr über die Wange und dachte, dass er die Eltern und Wigburg sehr vermissen würde. Aber es wäre Wahnsinn gewesen, die Chance auszuschlagen, in Westpoint studieren zu dürfen. Sollte er tatsächlich nicht beim Militär bleiben wollen, konnte er mit diesem Abschluss als Ingenieur in einer der Fabriken oder beim Bau von Eisenbahnlinien anfangen.

»Worüber denkst du nach, mein Junge?«, fragte Landolf, da sein Sohn auf einmal so schweigsam geworden war.

»Über die Zukunft, Vater, und darüber, dass ich nach Westpoint vielleicht den Ingenieurberuf ergreifen sollte, so wie es auch schon frühere Absolventen getan haben. So viele Offiziere, wie dort ausgebildet werden, braucht die Armee nämlich nicht. Bevor ich in einem abgelegenen Fort als Second Lieutenant versauere, möchte ich etwas Sinnvolles tun.« Landolfs Miene hellte sich auf. »Das ist ein Wort, das mir gefällt! Das mit dem Militär hat mir eh nicht gepasst. Diese Leute schießen mir zu sehr aufeinander und müssen zudem vor jedem Stiesel mit einem höheren Rangabzeichen strammstehen. Da hätten wir auch in Deutschland bleiben können.« Je länger Meinrad darüber nachdachte, umso besser gefiel ihm die Idee, Ingenieur zu werden. Er sagte sich jedoch, dass er vorher noch ein paar Jahre in Westpoint durchhalten musste. Um später einen guten Posten zu ergattern, brauchte er einen ausgezeichneten Abschluss, und der wollte erarbeitet sein.

5.

Nach dem Gottesdienst in der kleinen Kirche eilten die Bewohner zum Festplatz, auf dem ein großes Zelt errichtet worden war. Der Wirt und sein Sohn stellten das erste Bierfass auf den Bock, während zwei Frauen unter einem Rost ein Feuer entzündeten und etliche Fleischstücke und Bratwürste darauflegten. Andere Frauen brachten Kuchen und schleppten große Kannen mit Kaffee herbei.

»Wir wollen ja auch was trinken«, meinte Frau Dube, die Schneiderin, als einer der Männer beim Anblick der vielen Kannen die Augen verdrehte.

»Ich ziehe Bier vor«, antwortete er und ging weiter.

Meinrad wollte auch zum Festplatz, doch sein Vater hielt ihn auf. »Komm noch einmal mit nach Hause! Ich habe etwas für dich.«

Verwundert folgte Meinrad ihm, während Mutter und Schwester sich zu den anderen Frauen gesellten. Zu Hause angekommen, forderte Landolf seinen Sohn auf zu warten und verschwand in seinem Studierzimmer. Als er zurückkam, hielt er ein kleines Paket in der Hand und reichte es ihm.

»Hier, mein Junge, ist ein kleines Geschenk für dich. Mache aber sinnvoll davon Gebrauch!«

Verwundert öffnete Meinrad das Paket und fand darin einen Revolver.

»Das ist die neueste Erfindung des Herrn Samuel Colt«, erklärte sein Vater. »Ich habe sie in einem Waffengeschäft in Springfield gesehen und mir gedacht, als zukünftiger Offizier der Armee der Vereinigten Staaten von Amerika solltest du eine brauchbare Handfeuerwaffe besitzen.«

»Danke, Vater!« Meinrad betrachtete den matt schimmernden Revolver und spannte ihn probehalber.

»Schießbedarf habe ich dir auch gleich besorgt«, fuhr Landolf fort. »Diese Dinger hätten wir damals in Baden gebraucht. Damit hätten wir die Republik vielleicht bewahren können.« Gelegentlich überkam ihm Heimweh, und er wusste, dass es seiner Frau nicht anders erging. Für einen Augenblick dachte er an jene schrecklichen Stunden an der letzten Barrikade bei Rastatt und an seinen alten Freund Stephan Thode, der dort ums Leben gekommen war. Bei dem Gedanken erinnerte er sich an seinen anderen Studienkameraden aus Göttingen. Was mochte aus Walther Fichtner geworden sein?, fragte er sich und gab sich gleich die Antwort: Das würde er höchstens im anderen Leben erfahren.

Landolf atmete tief durch und nickte Meinrad zu. »Es wird Zeit, dass wir zum Festplatz gehen. Würdest du mir einen Gefallen tun und deine Kadettenuniform anziehen? Die Leute sollen sehen, dass wir es zu etwas gebracht haben.«

»Sie darf aber nicht schmutzig werden«, wandte Meinrad ein.

»Zu viel trinken solltest du ohnehin nicht, weil du morgen abreisen musst«, gab sein Vater lächelnd zurück.

»Da hast du auch wieder recht!« Mit diesen Worten verschwand Meinrad in seinem Zimmer und zog sich um. Als er zu seinem Vater zurückkehrte, trug er die graue Kadettenuniform und hatte den neuen Revolver in den Gürtel gesteckt.

»Ich will ihn ein paar Freunden zeigen«, meinte er, als er den verwunderten Blick seines Vaters sah. »Außerdem ist er nicht geladen!«

»Dann ist es gut!« Landolf wandte sich zur Tür und versuchte den Gedanken zu verdrängen, dass sein einziger Sohn die

Familie schon am nächsten Tag wieder verlassen würde. Aber wenn Meinrad es zu etwas bringen wollte, musste er studieren – und ein Stipendium auf der Militärakademie war die beste Möglichkeit dazu.

Die beiden verließen das Haus und legten die halbe Meile zum Festplatz gemütlich zurück. Dort ging es bereits hoch her. Der Wirt kam kaum mit dem Füllen der Krüge nach, während die Frauen sich im hinteren Teil des Zelts um die Kuchentheke versammelt hatten und Rezepte austauschten. Vor dem Zelt war eine Schaukel aufgebaut, um die sich die Kinder drängten. An einer anderen Stelle maßen sich die jungen Burschen im Seilziehen und im Hufeisenwerfen. Dabei strengten sie sich besonders an, weil die Mädchen ihnen zusahen.

Obwohl Meinrad mit den meisten von ihnen in die Schule gegangen war und viele seine Freunde nannte, trafen ihn nun missmutige Blicke. In seiner schmucken Uniform stach er alle anderen bei den Mädchen aus, und das gefiel den Burschen gar nicht. Zu seiner Verwunderung spürte er, dass der Besuch in Westpoint ihn verändert haben musste. Es war, als würde ihn ein unsichtbarer Graben von den Gleichaltrigen trennen. Das stellte er auch am Verhalten der Erwachsenen fest. Während diese seine einstigen Mitschüler mit Michel, Karl oder Hans anredeten, nannten sie ihn nun Herr Freihart. Dabei war er gerade mal zwei Jahre von hier fort gewesen.

Er fragte sich, wie es sein würde, wenn er seinen Abschluss gemacht hatte. Gleichzeitig begriff er, dass dieses kleine Dorf in Illinois wohl die längste Zeit seine Heimat gewesen war. Er würde weder als Soldat noch als Ingenieur hierher zurückkehren, es sei denn, zu Besuch. Der Gedanke schmerzte, und er war froh um den Krug Bier, den Wigburg ihm brachte.

»Lass es dir schmecken«, sagte sie und zupfte ihn dann am

Ärmel. »Ich habe meiner Freundin Susi versprochen, dass du heute Nachmittag mit ihr tanzen wirst. Das wirst du doch, nicht wahr?«

»Als wenn ich je deinem Betteln widerstehen könnte!« Meinrad seufzte, sagte sich dann aber, dass er dieses Fest noch einmal von ganzem Herzen genießen wollte.

Seine Mutter setzte ihm Bratwürste und ein gut durchgebratenes Stück Fleisch vor. Daher hob er in komischer Verzweiflung die Hände. »Ihr müsst mich nicht bedienen! Ich kann mir die Sachen auch selbst holen.«

»Es geht nicht um dich als Person«, antwortete seine Schwester mit einem schalkhaften Lächeln, »sondern um deine Uniform. Mama und ich wollen nicht, dass du sie dir schmutzig machst. Sonst müssten wir sie heute Abend noch waschen, und das will keine von uns.«

»Racker!«, stöhnte Meinrad und nahm Messer und Gabel zur Hand.

Er kam bis zum dritten Bissen, da wurde es mit einem Mal laut. Als er aufschaute, sah er eine Gruppe von zwanzig Männern sich im gestreckten Trab dem Festplatz nähern. Sie hielten Flinten und Pistolen und richteten diese, als sie die Pferde gezügelt hatten, auf die Feiernden. Ihr Anführer, ein hagerer Mann mit einem wirren Haarschopf und Augen, die wie dunkle Kohlen glühten, blickte voller Hass auf die erstarrten Bewohner herab.

»Ihr Söhne und Töchter des Satans!«, schrie er auf Englisch. »Ihr wagt es, den heiligen Sabbat durch euer Plärren und Saufen zu schänden! Geht in euch und bereut, auf dass euch nicht das Himmelreich verschlossen bleibt.«

»Was will der Kerl?«, fragte Meinrad leise seinen Vater.

»Das ist irgendein Narr, der den Menschen nicht die geringste Freude gönnt und verlangt, dass wir die gleichen Sauertöpfe werden sollen wie er und seine Anhänger. Sie haben uns schon letztes Jahr Schwierigkeiten gemacht, doch damals blieb es bei einer Prügelei. Diesmal haben sie Schusswaffen bei sich – und, bei Gott, ich halte sie für wahnsinnig genug, diese auch einzusetzen!«

Landolf Freihart klang besorgt. Zwar waren hier auf dem Fest mehr als zweihundert Menschen versammelt, darunter fast fünfzig Männer, doch gegen die Gewehre und Pistolen dieser Kerle half auch der Knüppel nicht, den Meinrads Farmer vorsorglich mitgebracht hatte.

Unterdessen stiegen mehrere Reiter von ihren Pferden und begannen, die Bratroste umzustoßen und die Bierfässer zu zerschlagen. Obwohl sie in der Überzahl waren, blieb den Siedlern nichts anderes übrig, als mit geballten Fäusten zuzusehen. Als einer der Fremden damit begann, die Kaffeekannen auf den Boden zu werfen, schimpften einige der Frauen. Sofort richteten die anderen Kerle ihre Waffen auf sie.

Meinrad spürte kalten Zorn in sich. Da keiner der Fremden auf ihn achtete, glitt er unauffällig auf den Anführer zu, riss ihn vom Gaul und hielt ihn wie einen Schutzschild vor sich. Dabei presste er ihm den Lauf seines neuen Revolvers von unten gegen das Kinn.

»Aufhören, oder der Kerl stirbt!« Seine Stimme kam ihm selbst fremd vor, so hart und entschlossen klang sie.

Der Mann, den Meinrad festhielt, war kein Schwächling, aber der Lauf des Revolvers schien ihn zu lähmen. Zum Märtyrer war der Kerl offensichtlich nicht geboren. Nun erinnerte Meinrad sich daran, dass sein Revolver ungeladen war, und ihm wurde heiß und kalt. Doch er hatte diese Sache begonnen und musste sie durchstehen.

»Wird's bald?«, schrie er, als einer der Fremden eine weitere Kaffeekanne zerschlug.

»Legt eure Waffen nieder, oder, bei Gott, ich jage diesem Kerl hier eine Kugel ins Hirn!«

»Tut, was er sagt!«, quetschte sein Gefangener mühsam hervor.

»In einer Reihe aufstellen!«, befahl Meinrad weiter.

Die Fremden ließen ihre Waffen fallen und gehorchten. Ihre Blicke hätten jedoch keine Pfeile sein dürfen, sonst wäre Meinrad hundertfach gestorben.

»Ihr anderen überprüft den Schaden, den diese Kerle angerichtet haben. Zwei von euch sollen ihre Waffen nehmen und entladen. Nehmt ihnen auch alles an Schießpulver und Kugeln ab! Wenn sie ihre Schuld beglichen haben, sollen sie verschwinden.«

Dann wandte Meinrad sich an seinen Gefangenen. »Wenn ich höre, dass ihr meinen Freunden noch einmal Schwierigkeiten macht, komme ich mit meinen Kameraden, und dann zünden wir eure Häuser und Farmen an. Hast du verstanden?«

Den anderen würgte es vor Wut, doch als Meinrad den Druck mit dem Revolverlauf verstärkte, rang er sich ein »Ich habe verstanden!« ab.

»Habt ihr es auch verstanden?«, schrie Meinrad dessen Kumpane an.

Die Männer nickten. Da sie nun ihrer Waffen ledig und von einer überlegenen Zahl an Siedlern umringt waren, bekamen sie es mit der Angst zu tun. Einige Festbesucher sahen ganz so aus, als wollten sie ihre Knüppel und Stöcke an den Kerlen ausprobieren. Aber sie ließen die Störer ungeschoren abziehen. Es war ein trauriger Haufen, der sich auf den Weg machte. Erst als seine Truppe mindestens eine Meile entfernt war, ließ Meinrad auch den Anführer frei.

»Verschwinde jetzt und wage es nie wieder hierherzukommen!«, warnte er ihn noch und sah zu, wie er mit schleppenden Bewegungen auf sein Pferd stieg.

Als er im Sattel saß, wandte er sich noch einmal Meinrad zu. »Das wirst du noch bereuen, du gottloses Schwein! Spätestens dann, wenn du vor der Himmelspforte stehst und der Heiland dich ohne Gnade in die Hölle verweist.«

Er wollte noch mehr sagen, doch da hob Meinrad seinen Revolver. In dem Augenblick gab der Mann seinem Gaul die Sporen und jagte wie von Furien gehetzt davon.

Die Siedler brauchen eine Weile, bis sie begriffen, dass der Alptraum vorüber war. Einige Frauen bekreuzigten sich, andere strömten auf Meinrad zu, um ihm zu danken. Gestandene Männer ließen ihn hochleben, und als der Wirt ein weiteres Fass herbrachte und die Roste wieder aufgerichtet waren, stellte sich allmählich wieder Feststimmung ein.

Wigburg legte den Arm um ihren Bruder und sah bewundernd zu ihm auf. »Ich bin stolz auf dich!«

»Das wirst du nicht mehr sein, wenn du hörst, dass meine Waffe nicht geladen war. Es hätte nur einer von den Kerlen mannhaft bleiben und auf mich schießen müssen. Denn stände ich wahrscheinlich nicht mehr hier«, antwortete er leise.

»Das solltest du den anderen aber nicht sagen«, riet sie ihm ebenfalls im Flüsterton und hakte sich bei ihm unter. »Die Musik setzt gleich ein, und ich habe Susi versprochen, dass du mit ihr tanzt!«

Mit dieser Ermahnung führte sie ihn durch die Gasse, die die anderen Gäste spontan bildeten, zu der Fläche, neben der die Musikanten eben ihre Instrumente hervorholten.

Meinrad begriff, dass er mehr Glück als Verstand gehabt hatte, und dankte Gott in einem stillen Gebet dafür, dass alles gutgegangen war.

6.

Während Meinrad im Kreise seiner Freunde das Sommerfest feierte und sich am nächsten Tag auf den Weg nach Westpoint machte, wartete Waldemar Fitchner mehr als tausend Meilen weiter im Süden immer noch auf sein Abschlusszeugnis. In trüben Stunden glaubte er, er würde ein kühl gehaltenes Schreiben erhalten, in dem stand, dass er eines Offizierspostens in der Armee der Vereinigten Staaten nicht würdig sei. Seine Unruhe stieg von Tag zu Tag, und schließlich wurde es seiner Schwester zu dumm.

»Wenn du weiterhin Trübsal blasen und uns die gute Laune verderben willst, dann wärst du besser nicht auf diese doofe Militärschule gegangen!«, schimpfte sie, als er erneut nach draußen laufen wollte, um zu schauen, ob nur ein Vaquero auf den Hof geritten kam oder vielleicht doch ein Bote mit einem Brief.

»Das verstehst du nicht«, sagte er seufzend.

»Doch, ich verstehe das sehr gut!«, antwortete Gretel selbstbewusst. »Du glaubst, versagt zu haben, nur weil ein dummer Bursche aus Georgia dich zur Weißglut gereizt hat und du deine Abschlussarbeit einen Monat früher als geplant hast schreiben müssen. Wenn du in fast vier Jahren nicht gelernt hast, worauf es ankommt, dann hätten dich die letzten vier Wochen auch nicht mehr gerettet.«

Sie brachte ihre Feststellung so trocken hervor, dass Waldemar trotz seiner trüben Stimmung lachen musste. »Da hast du recht!«

»Außerdem ist es nicht wichtig, ob du die Akademie als Erster oder Letzter deines Jahrgangs abschließt, sondern darauf, dass du sagen kannst, du hast dort studiert«, mischte Walther sich ein, der schon einige Tage lang überlegte hatte, wie er seinem Sohn helfen konnte.

»Ein guter Abschluss wäre mir schon lieber«, antwortete Waldemar um einiges munterer.

Walther trat neben seinen Sohn und legte ihm den Arm um die Schulter. »Ich habe einen exzellenten Abschluss gemacht, und mein Gönner Artschwager hätte es gerne gesehen, wenn ich es bis zum Doktor gebracht hätte. Doch das Schicksal wollte es anders. Statt in einer muffigen Kanzlei in Deutschland bin ich in Texas gelandet und muss sagen, dass mir unsere Rinder mehr zusagen als die Duckmäuser in meiner alten Heimat. Also denke nicht andauernd daran, welche Nachricht dich aus Westpoint erreichen wird, sondern, was du hinterher anfangen willst.«

»Du könntest Diego und mich zu den O'Corras begleiten«, erklärte Gretel. »Mama hat ihnen einige Heilkräuter versprochen, und die wollen wir hinbringen.«

Zwar hätte sie dies auch in einigen Tagen tun können, doch sie fand, dass so ein Ritt die beste Medizin für ihren zweitältesten Bruder wäre.

»Aber wir machen kein Wettrennen!«, erklärte Waldemar, der genau wusste, dass er und Diego weit hinter Gretel zurückbleiben würden.

»Natürlich nicht!«, antwortete das Mädchen und lief in die Küche.

Nizhoni nickte ihrer Tochter anerkennend zu. »Abendsonne ist die Tochter eines großen Häuptlings und wird einmal eine große Medizinfrau werden.«

Gelegentlich fiel sie noch in die Ausdrucksweise ihres Volkes zurück, auch wenn sie sonst sehr gut Englisch, noch besser Deutsch und ein wenig schlechter Spanisch sprach.

»Waldemar brauchte einen Stoß, um zu merken, dass es im Leben noch etwas anderes gibt als irgendeinen Brief von einer Schule«, antwortete Gretel lachend, während ihre Mutter die Kräuter einpackte, die sie Letta O'Corra versprochen hatte.

»Die weißen Männer sind manchmal seltsam«, sagte Nizhoni lächelnd. »Aber es ist gut, dass Waldemar mit euch reitet. Oder hast du Nicodemus Spencer vergessen?«

»Spencer?« Es dauerte einen Augenblick, bis Gretel sich an diesen Namen erinnerte. »Von dem haben wir doch schon lange nichts mehr gehört.«

»Das bedeutet aber nicht, dass es ihn nicht mehr gibt«, antwortete Nizhoni mahnend. »Dein Vater hat nach ihm forschen lassen, aber nur erfahren, dass Spencer nach dem Scheitern seines letzten Anschlags und dem Tod seines Kumpans Schüdle Louisiana verlassen hat. Wo er sich jetzt aufhält, wissen wir nicht.«

»Auf jeden Fall nicht in Texas. Dafür hat er zu viel Angst vor uns. Vielleicht ist er auch längst tot! Er muss doch etliche Jahre älter sein als Vater.«

Diese Frage konnte Nizhoni ihr nicht beantworten. Doch selbst wenn Nicodemus Spencer zehn Jahre älter war als ihr Mann, mochte er noch am Leben sein. Dies erklärte sie Gretel auch und wies sie an, sich umsichtig zu verhalten.

»Es geht nicht nur um Spencer«, setzte sie mahnend hinzu. »Wir haben auch andere Feinde, und viele von ihnen gehen bei Thierry Coureur aus und ein.«

»Unsere schlimmste Feindin ist seine Frau!« Gretel entblößte kurz die Zähne zu einer angriffslustigen Grimasse, winkte dann aber ab. »Sie ist nur eine Kojotin, die heult! Ein Krieger hört es und lacht darüber.«

»So einfach ist es nicht. Rachel hat viele Freunde in Austin und weiter im Süden. Nicht wenigen davon traue ich es zu, dass sie zur Waffe greifen«, antwortete ihre Mutter.

»Das kann ich auch.« Gretel schnappte sich lachend ihren fünfschüssigen Remington Rider und steckte ihn in den Gürtel.

Nizhoni schüttelte den Kopf, weil sie ihre Tochter für allzu übermütig hielt. Aber sie sagte nichts mehr, denn Waldemar würde Gretel begleiten, und der war der Ruhigste und Besonnenste in der Familie.

»Pass auf dich auf, Abendsonne«, sagte sie zum Abschied, als Gretel die Beutel mit den Kräutern an sich nahm und das Haus verließ.

»Das tun wir gewiss. Mach dir keine Sorgen!«, antwortete Waldemar, der ihre Mahnung vernommen hatte.

Gretel eilte zum Korral, vor dem Diego bereits sein Pferd sattelte. Als er Gretel kommen sah, grinste er.

»Das wird gewiss ein schöner Ritt! Wir werden bei den O'Corras übernachten und könnten auf dem Heimweg bei Father Patrick vorbeireiten. Vater würde sich freuen, wenn wir ihm eine oder zwei Flaschen von dessen Whiskey mitbringen. Zwar trinkt er nicht viel, aber er wird einem Gast ein Glas anbieten wollen.«

»Das tun wir!«, sagte Gretel und lockte ihre Stute zu sich. Das Tier hatte ein rötliches Fell, das der Farbe ihrer eigenen Haare ähnelte. Ihre Brüder spotteten darüber, dass sie sich die Stute deswegen ausgesucht hatte, doch Flashy war schnell und ausdauernd wie kaum ein anderes Pferd.

Da Waldemar noch bei ihrer Mutter stand, während sie selbst fast fertig war, winkte Gretel. »Was ist los, halbgroßer Bruder? Wenn du dich nicht beeilst, wirst du hinter uns herreiten müssen.«

»Was heißt hier halbgroßer Bruder?«, fragte Waldemar ver-blüfft.

»Diego ist mein kleiner Bruder, Josef der ganz große Bruder und du eben der halbgroße«, erklärte das Mädchen spitzbü-bisch lächelnd.

»Gretel hat sich in all den Jahren, in denen ich weg war, nicht verändert«, sagte Waldemar mit einem komischen Seufzer.

Er verabschiedete sich von seiner Stiefmutter und ging zum Korral, um sich ein Pferd zu satteln. Kurz darauf trabten die drei zum Hof hinaus und lenkten ihre Pferde nordwärts. Waldemar spürte, dass es ihm guttat, einmal an etwas anderes zu denken als an Westpoint und sein Zeugnis, und ließ seinen Wallach laufen.

»Ich freue mich darauf, Ean O'Corra wiederzusehen«, sagte er zu Gretel. »Als ich das letzte Mal hier war, bin ich leider nicht dazu gekommen. John und Henry müssten jetzt auch schon groß sein!«

»Die zwei sind fast zwanzig und strohdumm«, antwortete Gretel lachend.

»Und warum dumm?«

»Beide laufen Mala Tobolinski nach, als gäbe es nur dieses eine Mädchen auf der Welt. Bei unserem letzten Erntedank-fest haben sie sich sogar darum geprügelt, wer als Erster mit ihr tanzen durfte.«

Waldemar überlegte, ob seine Schwester in einen der beiden jungen Männer verliebt war, denn mit ihren sechzehn Jahren erschien sie ihm alt genug dafür. Doch als sie weitersprach, verwarf er diesen Gedanken rasch wieder. Gretel berichtete in einem so amüsierten Ton darüber, wie ein eifersüchtiges Mäd-chen ihn nie hätte anschlagen können. Nun fragte er nach weiteren Freunden, die er bei seiner Abreise nach Westpoint zurückgelassen hatte, und erhielt von Gretel und auch von Diego reichlich Auskunft.

Auf diese Weise verging die Zeit wie im Flug, und ehe sie sichs versahen, hatten sie die Grenze zwischen ihrer Ranch und der Coureur-Plantage erreicht. Sie wollten gerade die Richtung wechseln, um das Herrenhaus weiträumig zu umgehen, da stieß Diego einen warnenden Ruf aus. »Dort kommt ein Wagen!«

Jetzt sahen Gretel und Waldemar es auch. Ein leichter, von zwei Pferden gezogener Wagen, wie ihn die Damen des Südens gerne für Ausfahrten benutzen, schoss mit viel zu hoher Geschwindigkeit den Weg heran, den sie kreuzen mussten. Der schwarze, livrierte Kutscher peitschte seine Pferde, damit sie noch schneller liefen, und im Wagenkasten saßen Rachel Coureur und Thamar.

»Muss das sein?«, stöhnte Gretel, als sie feststellte, dass sie die Straße nicht vor dem Gefährt würden passieren können. »Jetzt wird sie uns wieder beschimpfen wie ein Marktweib!«

Zwar wusste sie nicht genau, was ein Marktweib war, hatte den Ausdruck aber von ihrem Vater gehört und gebrauchte ihn wie etliche andere Begriffe, ohne sich Gedanken darüber zu machen.

Unterdessen forderte Rachel ihren Kutscher auf, noch schneller zu fahren. »Wenn wir dieses Fitchner-Gesindel nicht abfangen, kassierst du zwanzig Peitschenhiebe!«, drohte sie ihm an.

Sie musste sich mit beiden Händen festhalten und wurde trotzdem immer wieder gegen ihre Tochter geschleudert.

»Kannst du nicht achtgeben?«, herrschte sie Thamar an, die sich verzweifelt an den Wagen klammerte, um nicht den Halt zu verlieren.

»Wir sollten nicht so schnell fahren!«, schrie Thamar.

Sie hatte Angst, und das nicht nur wegen des gefährlich schnellen Tempos. Ihr graute davor, Zeugin zu werden, wie ihre Mutter wieder toben würde. Auf diese Art hatte diese bereits einige wohlmeinende Nachbarn vor den Kopf gestoßen. Bei den Fitchners konnte ihre Art nur Abscheu und Hass erzeugen.

Rachel ließ sich jedoch nicht aufhalten. Zufrieden sah sie, dass Gretel und ihre Brüder ihr nicht entkommen konnten, und ließ Samuel anhalten. »He, ihr da!«, schrie sie den dreien entgegen. »Ihr habt hier nichts verloren! Das ist unser Land, und keiner von euch dreckigen Fitchners wird noch jemals einen Fuß darauf setzen. Macht, dass ihr verschwindet, sonst hole ich unsere Leute, und dann setzt es was!«

Waldemar starrte die wütende Frau verdattert an. »Aber das können Sie nicht tun!«, rief er. »Die Wege hier sind frei.«

»Versucht es, und ihr werdet erleben, dass wir andere Saiten aufziehen!«, antwortete Rachel höhnisch. »Und jetzt fort, sonst ...«

Gretel sah, dass Waldemar noch etwas sagen wollte, und lenkte ihre Stute neben seinen Wallach. »Lass es, Bruder. Ein Krieger hört zwar das Geheul des Kojoten, doch er achtet nicht darauf.«

»Du! Ich ... Dafür wirst du bezahlen!«, kreischte Rachel mit sich überschlagender Stimme.

»Wenn wir nicht mehr über das Land der Coureurs reiten sollen, werden wir es eben meiden«, meinte Gretel achselzuckend.

»Ihr werdet nicht nur unser Land meiden, sondern auch das unserer Freunde! Niemand von uns will einen von euch auf unserem Land sehen, weder die Laballes noch die Hublots, noch die Monters und die ...« Rachel zählte ein gutes Dutzend Namen der Familien auf, die sich entweder schon länger ihrem Mann angeschlossen hatten oder letztens von ihm dazu überredet worden waren.

In Waldemars Gesicht zuckte es, denn Rachels Verhalten widersprach allen Gepflogenheiten. Allerdings begriff er, dass es keinen Sinn hatte, mit der Frau zu reden, denn sie würden sich nur weitere Beleidigungen anhören müssen.

»Was machen wir jetzt? Sollen wir ganz zurückreiten?«, fragte er Gretel.

Seine Schwester schüttelte den Kopf so wild, dass ihre Haare so aufstoben, als wäre ihr Kopf von einem Kranz roten Feuers umgeben. »Mistress Coureur hat uns den Weiterritt verboten. Daher werden wir ihr Land auf dem schnellsten Weg verlassen, und der führt nicht bis zur Grenze unserer eigenen Ranch zurück, sondern zum Fluss. Folgt mir!«

Ohne Rachel noch eines Blickes zu würdigen, zog Gretel ihre Stute herum und kitzelte sie leicht mit einem Sporn. Flashy machte ihrem Namen alle Ehre und schoss wie ein Blitz davon. Diego und Waldemar ritten fast ebenso schnell hinter ihr her und ließen die schimpfende Frau hinter sich zurück.

»Folge ihnen! Und wehe, sie versuchen doch auf meinem Grund weiterzureiten«, befahl Rachel dem Kutscher.

Mit verkniffener Miene gehorchte Samuel und musste sich einige Beleidigungen anhören, weil Gretel und ihre Brüder ihnen bald enteilten.

Wenig später erreichten die drei Fitchners das Ufer des Rio Colorado. Gretel lenkte ihre Stute in den Fluss und ritt einfach hindurch. An der tiefsten Stelle reichte das Wasser Flashy bis zum Bauch, doch weder die Stute noch ihre Reiterin scherten sich darum. Auch Diego kam gut hinüber, während Waldemar etwas Probleme mit seinem ungewohnten Wallach hatte. Schließlich schaffte er es ebenfalls und gesellte sich drüben zu seinen Geschwistern. Er dachte, dass Gretel gleich weiterreiten würde, doch diese wartete, bis Rachels Wagen das andere Ufer erreicht hatte.

»Adiós, Señora Coureur! Jetzt sind wir auf freiem Land, und wir können reiten, wie und wohin wir wollen!« Sie winkte noch einmal spöttisch und gab Flashy den Kopf frei.

7.

Rachel Coureur schrie den Geschwistern alle möglichen Verwünschungen hinterher, entriss dann dem Kutscher die Peitsche und zog sie ihm mehrfach über. Dann ließ sie sich schwer atmend in das Sitzpolster zurückfallen.

»Nach Hause!«, befahl sie höchst erregt.

Sie hatte Gretel und ihren Brüdern ihre Macht beweisen wollen und kämpfte nun mit dem bitteren Gefühl, verloren zu haben. Schon bald aber schob sie diese Selbstzweifel von sich und freute sich darüber, dass sie Gretel und ihre Brüder zu einem Umweg von etlichen Meilen gezwungen hatte.

Thamar war die ganze Zeit still in dem Wagen gesessen und fragte sich, wohin das alles noch führen sollte. Die Mutter schien es darauf anzulegen, den Streit mit den Fitchners weiter anzuheizen, bis schließlich noch Schüsse fielen. Doch sie konnte Rachel weder bremsen noch sonst etwas an der Situation ändern. Nun überlegte sie, ob sie nicht doch einen der Anträge annehmen sollte, die ihr gemacht worden waren, damit sie ihr Elternhaus endlich verlassen konnte. Allerdings gefiel ihr keiner ihrer Verehrer gut genug, um ihr restliches Leben mit ihm verbringen zu wollen. Die meisten waren Freunde ihres Vaters, Sklavenhalter wie er und voller Überzeugung, ihren weiteren Weg ohne die Staaten des Nordens fortsetzen zu müssen.

Im Grunde interessierte Thamar sich nicht für Politik. Ihr reichte es, wenn sie behaglich leben konnte. Doch das Geräusch der Peitschenhiebe, das sie beinahe jeden Abend vernahm, erschien ihr zunehmend unerträglich. Als ihre Mutter vor zwei Tagen ihre Zofe Bessie ausgepeitscht hatte, deren ganzes Vergehen gewesen war, eine Tasse fallen zu lassen, war es ihr gewesen, als würde sie selbst die Hiebe erhalten.

Auch sie hatte früher das eine oder andere Teil aus Unachtsamkeit zerschlagen und sich dabei etliche derbe Ohrfeigen von der Mutter eingefangen. Nun übte diese ihre Macht über die Sklaven aus und ließ keine Gnade walten. Eines ihrer häufigsten Opfer war der Kutscher Samuel. Dabei kannte Thamar nur wenige Männer, die so gut mit Pferden umzugehen vermochten wie dieser. Auch der Hausdiener Joshua, die Zofe Bessie und die Köchin Suzie blieben nicht verschont. Sogar noch schlimmer erging es den Feldsklaven, die von Tagesanbruch bis zur Dunkelheit auf den Baumwollfeldern schuften mussten, damit die Schulden, die ihnen ihr Kauf eingebracht hatte, möglichst rasch abgetragen werden konnten.

»Wir hätten bei den Rindern bleiben sollen«, murmelte Thamar vor sich hin und hatte Glück, dass ihre Mutter es nicht hörte.

Als der Wagen auf dem Platz vor dem Herrenhaus einbog, trat Thierry aus dem Haus. Er war mit den Jahren knorriger geworden, sah aber in Thamars Augen immer noch besser aus als die jüngeren Männer, die sie umschwärmten, weil sie hofften, sich durch eine Heirat mit ihr eines Tages in den Besitz der Plantage setzen zu können.

»Ich habe gesehen, dass du Waldemar und seine Geschwister abgepasst hast. Danach sind diese zum Fluss abgebogen. Warum?«

Die scharf formulierte Frage ihres Vaters riss Thamar aus ihren Gedanken. Sie öffnete bereits den Mund, um es zu erzählen, wagte es aber aus Angst vor ihrer Mutter dann doch nicht.

Rachel hingegen sah keinen Grund, etwas zu verschweigen. »Ich habe diesem Gesindel klargemacht, dass es auf unserem Grund und Boden nichts mehr verloren hat! Kein Fitchner und auch sonst niemand, der zu diesen Leuten hält, darf in Zukunft unser Land betreten!«

Zunächst mochte Thierry nicht glauben, was er da vernahm. Dann aber packte er seine Frau, zerrte sie vom Wagen und schüttelte sie durch. »Bist du jetzt vollkommen übergeschnappt?«, schrie er sie an. »Jeder in Texas hat das Recht, die Straßen und Wege zu benützen. Es zu verbieten bedeutet Feindschaft!«

»Walther Fitchner und seine Familie sind unsere Feinde!« Rachel machte sich resolut los und funkelte ihren Mann zornig an. »Er hat dir den Senatssitz gestohlen, hast du das vergessen?«

»Es war vor mir Senator und hat mir seinen Sitz überlassen«, antwortete Thierry mit mühsam beherrschtem Zorn.

»Fitchner hat die anderen Siedler gegen dich aufgehetzt«, schrie Rachel ihn an.

»Das geschah wegen der Sklaven! Beinahe wünschte ich, ich hätte nie welche gekauft.«

»Was wärst du dann?«, höhnte Rachel. »Immer noch Fitchners Handlanger, der froh sein darf, für diesen Steine aus dem Weg räumen zu dürfen. Wer hat Josef Fitchner gerettet, als dieser schwer verletzt zu uns gekommen ist? Wir! Und wie haben sie es uns gedankt? Wenn er schon Abigail nicht heiraten wollte, hätte er wenigstens Thamar nehmen können!«

»Mama, bitte!« Thamar sprang vom Wagen und eilte schluchzend davon.

Ihr Vater sah ihr nach und schüttelte den Kopf. »Ich weiß nicht, was in dich gefahren ist, Rachel. Wir hatten ein schönes Leben hier. Doch du musstest unbedingt Sklaven haben.«

»Und? Wolltest du sie nicht?«, fragte Rachel lachend. »Nur wer Nigger besitzt, gilt etwas im Süden! Oder hast du das vergessen? Die Baumwolle wird uns so reich machen, dass Fitchner ein armer Schlucker gegen uns sein wird. Schon bei der nächsten Wahl wirst du ihm den Senatssitz abnehmen und der wichtigste Mann in diesem Land werden. Vielleicht wählt man dich sogar zum Gouverneur!«

Ein solcher Ehrgeiz war Thierry fremd, und er fragte sich, was in seiner Ehe schiefgegangen war. Die Vorstellungen seiner Frau und seine eigenen klafften von Tag zu Tag weiter auseinander. Früher hatte er zu Albert Poulain hinüberreiten und mit diesem reden können. Doch nun gönnte der Nachbar ihm nicht einmal einen Gruß. Bei O'Corra und vielen anderen war es genauso. Bis auf seine engen Freunde und jene Verwandten, die sich ihm angeschlossen hatten, wurde er hier im French Settlement gemieden wie ein Aussätziger.

»Ich wollte, ich könnte alles ändern«, rief er und legte Rachel seine Rechte mit einem schmerzhaften Griff auf die Schulter.

»Vielleicht solltest du das nächste Mal nachdenken, bevor du zu plärren beginnst. Unsere Plantage und die Farmen unserer Freunde sind auf drei Seiten von Farmen umgeben, deren Besitzer zu Fitchner halten. Wenn sie uns im Gegenzug verbieten, ihr Land zu überqueren, verlängert sich unser Weg nach Austin um gut die Hälfte. Wir werden statt drei fünf Tage bis dorthin brauchen. Das Gleiche gilt auch für unsere Freunde, die uns besuchen. Was meinst du, was diese sagen werden, wenn man sie an den Grenzen des Settlements abweist!«

»Das werden Fitchner und seine Kumpane nicht wagen«, behauptete Rachel mit schriller Stimme.

Thierry begriff, dass alle Worte vergebens waren, drehte sich um und ließ sie vor dem Haus stehen.

8.

Ean O'Corra wunderte sich, als Gretel und ihre Brüder aus einer ungewohnten Richtung auf seine Farm zuritten.

»Ihr seid wohl schon länger unterwegs«, meinte er und grüßte dann Waldemar. »Auch wieder im Lande? Gut, dass du mitgekommen bist. Wenn du auch diesmal wieder verschwunden wärst, ohne deine Füße unter meinen Tisch zu stecken, würde ich dich nicht mehr kennen.«

»Guten Tag, Onkel Ean! So schnell werde ich diesmal nicht verschwinden. Westpoint ist Vergangenheit, und ich muss mir klarwerden, was ich in Zukunft machen soll.« Mit diesen Worten stieg Waldemar ab und ergriff die Hand des Farmers. O'Corra drückte sie und sah die beiden anderen an. »Feuerkopf Gretel und Diego, schön, euch zu sehen!«

»Das ist aber nicht gerade nett, mich Feuerkopf zu nennen«, antwortete Gretel lachend.

»Wieso? Hast du denn keine roten Haare? Man könnte dich fast für eine Irin halten!« Ean O'Corra zwinkerte dem Mädchen zu und rief nach seinen Söhnen, damit sie sich der Pferde annahmen.

John und Henry erschienen und maßen einander mit Blicken, die eher Todfeinden angestanden hätten als Brüdern. »Du nimmst zwei und ich eins«, erklärte John.

»Nein, du nimmst zwei und ich eins«, widersprach Henry, der zwar ein Jahr jünger war als sein Bruder, diesen aber um zwei Zoll überragte.

Gretel stupste ihren jüngeren Bruder an. »Komm, Diego! Bis

die beiden mit dem Streiten fertig sind, haben wir die Pferde längst versorgt.«

Grinsend nahm sie auch noch die Zügel von Waldemars Pferd und führte dessen Wallach zusammen mit ihrer Stute zum Korral. Sie sattelte die beiden Tiere ab und nahm ihnen die Trense aus dem Maul.

»Dort gibt es Wasser!«, sagte sie noch, doch da trotteten die beiden Tiere bereits zu dem großen Schaff. Auch Diego war inzwischen fertig und kehrte mit Gretel zusammen zum Haus zurück.

Ean O'Corra hatte ihnen mit einem gewissen Grimm zugesehen und packte nun seine Söhne. »Da habt ihr es! Ein Mädchen musste die Arbeit machen, die ich euch angeschafft habe. Wenn ihr nicht bald besser spurt, setzt es was. So alt, dass ich euch keine Ohrfeige mehr versetzen kann, seid ihr noch lange nicht.«

»Daran ist nur John schuld!«, rief Henry.

Als sein Vater mit der Hand ausholte, sprang er zurück und sah Gretel klagend an. »Du hättest auch warten können!« Dann wechselte er abrupt das Thema. »Kommt ihr von der Tobolinski-Farm?«

»Das wollte ich auch schon fragen«, schaltete sich Ean O'Corra ein.

Gretel schüttelte den Kopf. »Nein. Wir mussten nur außen herum reiten, weil Rachel Coureur uns das Passieren ihres Landes und das ihrer Freunde verboten hat.«

Mittlerweile klang ihre Stimme ein wenig betrübt, denn ihr war klargeworden, dass sie nun auch Arlette Laballe nicht mehr würde besuchen können.

»Das ist ja wohl nicht ihr Ernst!«, fuhr Ean O'Corra auf und ballte die Faust. »Bei Gott, langsam bedaure ich es, Thierry Coureur jemals Freund genannt zu haben.« Er war nicht weniger enttäuscht als Gretel und nahm die Sache noch schwerer als sie. »Wenn ihr zu eurem Vater zurückkommt, dann sagt ihm, dass wir eine Versammlung abhalten sollten. Das können wir uns nicht gefallen lassen.«

»Wir können keinen Krieg gegen Coureur führen. Seine Verbündeten in anderen Teilen von Texas würden sich einmischen, und es käme zu einem Blutvergießen«, wandte Waldemar ein.

»Einen Krieg will ich natürlich nicht. Aber wir dürfen uns auch nicht alles gefallen lassen. Doch jetzt kommt herein und setzt euch. Du kannst sicher einen Whiskey mit mir trinken. Gretel, Diego und meine beiden Lümmel bekommen Limonade.«

»Die mir auf jeden Fall besser schmecken wird als Whiskey«, meinte Gretel lachend.

John und Henry zogen lange Gesichter. Die beiden Brüder sahen sich als erwachsen an, und es erschien ihnen bitter, genauso behandelt zu werden wie die beiden Kinder, wie sie Gretel und Diego für sich nannten. Ihr Vater achtete jedoch nicht auf seine Söhne, sondern trat ins Haus, holte die Whiskeyflasche aus einem Schrank und goss zwei Gläser voll.

»Auf dein Wohl, Waldemar, und auf das deines Vaters! Im Gegensatz zu Coureur hat er uns nie enttäuscht.«

Waldemar stieß mit O'Corra an und genoss es in diesem Moment, wieder zu Hause zu sein. Einen Unterschied zu früher gab es: Damals hatten die Erwachsenen, darunter auch Ean O'Corra, ihn mit der gleichen gutmütigen Herablassung behandelt, die jetzt John und Henry O'Corra zuteilwurde. Nun aber hörte der Farmer ihm aufmerksam zu, als er von seinem Aufenthalt in Westpoint erzählte und dabei auch die Stimmung im Staat New York zur Sprache brachte.

»Der Norden wird keine Sezession hinnehmen, weder die

eines Staates noch die des gesamten Südens«, erklärte er. »Den meisten dort ist es gleichgültig, ob in Virginia, in Georgia oder hier in Texas Sklaven gehalten werden. Sie wollen nur nicht, dass sich die Sklaverei nach Norden in die Territorien und in die neuen Staaten ausbreitet. Wenn die Politiker in Richmond, Atlanta oder Austin dies akzeptieren, kann es hier in fünfzig Jahren noch versklavte Schwarze geben. Doch der Norden wird niemals zulassen, dass ein Stern oder mehrere Sterne aus dem Sternenbanner herausgenommen werden.«

»Und wie ist deine Haltung zur Sklaverei?«, fragte O'Corra. Waldemar antwortete mit einem schmerzlichen Grinsen. »Ich bin einen Monat vor meinem Abschluss von der Akademie verwiesen worden, weil ich mit dem Sohn eines Plantagenbesitzers aus Georgia aneinandergeraten bin, der etwas zu großspurig gemeint hat, er würde jedem, der gegen die Sklaverei ist, die Zähne einschlagen. Ich habe ihm erklärt, dass ich gegen die Sklaverei sei und jeden, der sie verteidigt, für einen gottverdammten Schurken halte.«

»Und, wie viele Zähne hast du verloren?«, wollte O'Corra wissen.

Waldemar lachte leise auf. »Keinen! Mein Gegner hingegen hat wohl zwei oder drei weniger!«

»Das hat er auch verdient!« Gretel lächelte ihrem Bruder zu. Ebenso wenig wie er hatte sie die verächtlichen Worte vergessen, mit denen der damalige Major Zebulon Burke sie in Thierry Coureurs Wohnhaus bedacht hatte. Damals war in ihr der letzte Funken Freundschaft zu Coureur und seiner Familie erloschen.

»Die Kleine hat recht!« Ean O'Corra nickte ihr zu und bat Waldemar, zu berichten, was er sonst noch erlebt hatte. Der überreichte ihm erst einmal die Kräuter, die Nizhoni ihm mitgegeben hatte, und kam dann auf ihre Begegnung mit Rachel Coureur zu sprechen.

»Sie war schon immer ein Miststück, und in letzter Zeit hat sie sich noch übertroffen«, meinte O'Corra und fand, dass er und Waldemar einen Whiskey brauchten, um diesen Zwischenfall zu verdauen.

9.

Gretel und ihre Brüder übernachteten bei den O'Corras und ritten am nächsten Tag weiter zu Father Patrick, der zwar katholischer Geistlicher war, sich aber nichts dabei dachte, auch dem einen oder anderen Protestanten die Sünden zu vergeben. Seine größte Liebe galt gutem Whiskey, den er meisterlich zu brennen verstand. Nun begrüßte er die drei Besucher freundlich und lud sie in das kleine Haus ein, das er sich neben seiner Kirche hatte errichten lassen.

Während er Kekse und Limonade auf den Tisch stellte, musterte er Waldemar und schüttelte sein ergrautes Haupt. »Es ist erstaunlich, was ein paar Jahre ausmachen. Du bist nun erwachsen geworden, und damit kannst du auch etwas anderes trinken als dieses Kindergesöff.«

Der Pfarrer holte zwei Gläser und eine Flasche seines Gebräus und schenkte ein. »Auf dein Wohl, Waldemar, und auf das deiner ganzen Familie!«

Father Patrick stieß mit dem jungen Mann an und trank. »Der ist jetzt neun Jahre alt und schmeckt besonders gut«, meinte er und forderte Waldemar auf, ihm von seinem Aufenthalt im Norden zu erzählen.

Waldemar tat ihm den Gefallen, und ehe sie sichs versahen, stand die Sonne bereits weit im Westen.

Gretel wandte sich an den Priester. »Wenn wir jetzt noch aufbrechen, müssten wir die Nacht durchreiten, um nach Hause zu kommen.«

»Dann bleibt hier bei mir! Ich habe extra zwei Kammern für

diejenigen meiner Schäfchen, die mühsam und beladen zu mir kommen und die ich nicht in den kalten Abend hinaustreiben will«, antwortete Father Patrick lächelnd.

»Aber wir sind nicht beladen«, gab Gretel fröhlich zurück.

Der Pfarrer lachte und zupfte sie am Ohr. »Du bist mir ein Racker, aber zehnmal lieber als so manches junge Ding, das mir ins Gesicht so fromm tut und dann doch den nächstbesten Burschen heiraten muss, weil es ihm in die Büsche gefolgt ist.«

»So wie Abigail!« Gretel hatte nicht vergessen, dass Rachel Coureurs älteste Tochter beinahe ihre Schwägerin geworden wäre, wenn sie und Josef das Mädchen nicht mit Jim Jenkins zusammen in den Büschen gefunden hätten. Damals hatte der Streit zwischen ihnen und den Coureurs an Schärfe gewonnen, und inzwischen war er bis zur Todfeindschaft gediehen.

»Reden wir von etwas anderem«, meinte sie leise.

»Das wird besser sein!« Father Patrick hob mahnend den rechten Zeigefinger und schenkte sich und Waldemar noch einmal ein. »Lange werde ich meinen Whiskey nicht mehr selbst brennen können. Ich schaue mich schon die ganze Zeit unter den jungen Iren um, ob einer das gewisse Gefühl dafür hat, bin aber noch nicht fündig geworden«, erklärte er betrübt.

»Vielleicht sollten Sie nicht nur unter den jungen Iren suchen, sondern auch unter den anderen Nachbarn. Einer von Leszek Tobolinskis Vettern soll einen guten Schnaps aus Kartoffeln brennen«, schlug Waldemar vor.

»Die Kartoffel ist eine heilige Pflanze, denn sie ernährt das irische Volk!«, rief der Priester, wurde dann aber nachdenklich. »Vielleicht hast du recht. Ich werde mir den Burschen mal ansehen. Doch jetzt sollte ich in die Kirche und die Abendmesse halten. Ihr kommt doch gewiss mit.«

Obwohl Walther protestantisch war, hatte er die Kinder seiner ersten Frau zuliebe im katholischen Glauben erziehen lassen. Und selbst wenn es anders gewesen wäre, hätten die drei es nicht übers Herz gebracht, den alten Pfarrer zu enttäuschen.

»Natürlich«, sagte Gretel und musste sich dann anhören, dass es nicht christlich sei, mit einer Feuerwaffe Gottes Haus zu betreten. Seufzend zog sie ihren Revolver aus dem Gürtel und ließ ihn in Father Patricks Haus zurück.

Obwohl die Farmen weit auseinanderlagen, kamen doch einige zur Abendmesse. Allerdings wussten Gretel und ihre Brüder nicht einzuschätzen, ob dies immer so war oder die Menschen nur gekommen waren, um Waldemar wiederzusehen. Auf jeden Fall blieben die meisten länger, als es für einen Kirchenbesuch nötig gewesen wäre, und ihr Bruder durfte ein weiteres Mal von seinen Erlebnissen in der Fremde berichten. Nach einer Weile stupste Diego seine Schwester an. »Ich glaube, es war eine gute Idee von dir, Waldemar mitzunehmen. Er sieht bei weitem nicht mehr so bedrückt aus.«

Gretel nickte lächelnd. So gefiel ihr Waldemar auch besser. Mit einem gewissen Spott betrachtete sie mehrere junge Mädchen, die sichtlich darauf aus waren, seine Aufmerksamkeit auf sich zu lenken. Aber solange Josef nicht verheiratet war, würde er darauf verzichten, sich eine Braut suchen. Außerdem hatte das wirklich noch Zeit, fand sie, verbannte die Mädchen wieder aus ihren Gedanken und lauschte den Erzählungen ihres Bruders.

10.

Für Waldemar war dieser Ritt tatsächlich wie Medizin. Er begriff, dass sein Leben nicht nur aus Westpoint und einem möglichst guten Abschluss bestand. Dieses Land bot ihm weitaus mehr Möglichkeiten als lediglich das Militär. Er konnte genauso gut Rinder oder Pferde züchten, Mais pflanzen oder sonst etwas tun.

Als sie sich am nächsten Morgen von Father Patrick verabschiedeten, war er so fröhlich wie lange nicht mehr. »Wie machen wir es jetzt?«, fragte er seine Geschwister. »Reiten wir wieder zum Rio Colorado und überqueren ihn, um das Land der Coureur und ihrer Freunde zu meiden, oder schlagen wir einen Bogen westwärts?«

»Der Weg nach Westen ist mir zu weit. Wir müssten die Pferde antreiben und kämen doch erst in der Nacht nach Hause«, antwortete Gretel und lenkte ihre Flashy in Richtung des Flusses.

Auf dem ersten Teil der Strecke kamen sie gut voran und erreichten am Nachmittag ihr eigenes Land. Während sie noch hofften, vor der Dämmerung zu Hause zu sein, entdeckte Gretel einen Wagen und mehrere Reiter, die in Richtung der Coureur-Plantage unterwegs waren.

»Sollen wir nach der Bibel handeln?«, fragte sie ihre Brüder.

»Was meinst du damit?«, fragte Waldemar verwirrt,

»Na ja, Auge um Auge, Zahn um Zahn und Wegeverbot um Wegeverbot«, antwortete Gretel lachend.

»Verbieten würde ich diesen Leuten den Weg nicht, bevor wir

mit Vater darüber gesprochen haben. Aber ansehen möchte ich sie mir!« Waldemar gab seinem Wallach die Sporen und gewann für eine kurze Zeit einen Vorsprung, der jedoch rasch schmolz. Mit einem gewissen Neid dachte er daran, dass er von ihrem Vater abgesehen der schlechteste Reiter in der Familie war. Gretel war mit ihrer Flashy förmlich verwachsen, und Diego stellte ihn ebenfalls schon in den Schatten. Dabei hatte er in Westpoint als ausgezeichneter Reiter gegolten. Doch das war im Staat New York gewesen. Hier aber war man in Texas, wo die Kinder das Wort Pferd noch vor Mama und Papa sprechen lernten. Waldemar lachte über diesen Gedanken und fand, dass er stolz auf seine Geschwister sein konnte.

Die andere Gruppe war unterdessen auf sie aufmerksam geworden und sah zu ihnen her. Einer der Männer trug eine Uniform, die ihn als Offizier auswies, während die beiden anderen Reiter Zivilisten waren. Der Wagen wurde von einem schwarzen Kutscher gefahren, der in einer auf Waldemar lächerlich wirkenden Livree steckte.

Als sie näher kamen, erkannten sie in dem Offizier Major Zebulon Burke. In dem Wagen saß Edward Montgomery, der Duellgegner ihres Vaters. Offenbar hatte er seine Verletzung überlebt. Doch da, wo sein rechter Arm hätte sein sollen, hing ein leerer Ärmel herab.

Einem anderen Mann hätten Gretel, Waldemar und Diego Mitleid entgegengebracht. Aber als sie nun an der Gruppe vorbeiritten, nahmen ihre Gesichter einen abweisenden Ausdruck an.

»Sind das nicht Fitchners Halbblutbastarde?«, stieß Burke laut genug hervor, damit sie es hören mussten.

Während Waldemar noch überlegte, wie er darauf antworten sollte, riss Gretel ihre Stute herum und zog so blitzschnell ihren Revolver, dass sie die anderen vollkommen überraschte. Ihre Augen blitzten vor Zorn, und für Augenblicke befürchtete Waldemar, sie wurde den Offizier tatsächlich niederschießen.

Gretel beherrschte sich jedoch und zwang ihren Lippen ein Lächeln auf, das ihre Brüder an einen zum Angriff bereiten Puma erinnerte. »Das hier ist unser Land, und darauf lassen wir uns nicht beleidigen. Verschwindet, Gesindel, sonst …« Sie brach ab, doch die Waffe in ihrer Hand setzte den Satz auf seine Weise fort.

Mit einer müden Bewegung wies Montgomery seinen Kutscher an weiterzufahren. Seine beiden Freunde folgten dem Wagen, während Burke noch einen Augenblick zurückblieb. In seiner Wut hätte er Gretel am liebsten einige Grobheiten an den Kopf geworfen. Er erinnerte sich jedoch an seine Niederlagen gegen ihren Vater und ihre Mutter und begriff, dass die Tochter den beiden in nichts nachstand. Mit einem Fluch gab er seinem Pferd die Sporen und galoppierte hinter der Kutsche her.

»Er war ein Feigling, ist einer und wird immer einer bleiben!« Gretel klang ein wenig enttäuscht, denn sie hatte weder vergessen, wie Mitglieder ihrer Familie mit diesem Mann aneinandergeraten waren, noch seine verächtlichen Worte über sie und ihre Mutter in Coureurs Haus, bei denen Rachel sich auf seine Seite gestellt hatte.

Während die drei weiterritten, holte Zebulon Burke seine Begleiter ein und ballte wütend die Faust. »Was man sich alles gefallen lassen muss!«

»Das Mädchen hatte recht! Dies hier ist Fitchners Land. Wer ihn oder seine Familie an dieser Stelle beleidigt, muss damit rechnen, dass er sich keine Freunde erwirbt«, antwortete Montgomery mit dem Anflug eines Lächelns.

Ihm ging dieser arrogante Offizier aus Arkansas immer mehr auf die Nerven, mochte dieser auch ein Parteifreund sein und für die Selbständigkeit des Südens eintreten. Etwas mühsam drehte er sich um und sah Gretel nach. »Auch wenn ihre Mutter eine Indianerin war, so ist sie doch eine echte Tochter des Südens, stolz und voller Feuer.«

Es klang ein wenig Bewunderung mit, die seine Begleiter überraschte, hatte er doch dem Vater des Mädchens den Verlust seines Arms zu verdanken.

Zebulon Burke spie verächtlich aus. »Halbblut bleibt Halbblut!« Dann blickte auch er hinter Gretel her und bleckte die Zähne. »Diese Fitchners sind mir noch einiges schuldig, und ich überlege mir, ob dieses kleine Biest nicht dafür bezahlen soll!«

»Versuchen Sie es! Allerdings sollten Sie sich nicht wundern, wenn Sie am nächsten Morgen in der Hölle aufwachen«, gab Montgomery mit einem harten Auflachen zurück.

Burke winkte nur ab und übernahm die Spitze. Bis zum Abend hoffte er, Coureurs Plantage zu erreichen, und dort würde er sich seinen eigenen Plänen widmen, in denen die Tochter des Hauses eine wesentliche Rolle spielte.

11.

Auf dem letzten Teil der Strecke musste Waldemar seine Geschwister dann doch ziehen lassen. Gretel preschte wie die wilde Jagd auf den Hof, sprang aus dem Sattel, noch bevor Flashy zum Stehen gekommen war, und stieß einen gellenden Kriegsruf aus.

Ihre Mutter hatte sie durch das Fenster kommen sehen und kam zur Tür heraus. »Da seid ihr ja wieder!«

Dann bemerkte Nizhoni, dass ihr jüngerer Stiefsohn fehlte, und sah ihre Tochter streng an. »Wo ist Waldemar?«

»Der kommt gleich!«, antwortete Gretel, um sofort das Thema zu wechseln. »Weißt du, wen wir unterwegs getroffen haben?«

»Nein, aber du wirst es mir gewiss gleich sagen.«

»Major Zebulon Burke!« Gretel sah ihre Mutter an, als erwarte sie einen Ausdruck der Überraschung bei ihr zu sehen, doch Nizhoni zuckte nur mit den Achseln.

»Da der Major ein guter Freund der Coureurs geworden ist, wundert mich das nicht.«

»Er hat uns auf unserem eigenen Grund und Boden beleidigt!«, rief Gretel empört.

Ihr Vater war inzwischen hinzugetreten und verzog das Gesicht. »Burke ist ein Mann ohne Manieren und – wie es aussieht – auch ohne Verstand. Für eine Beleidigung bekommt man hier nämlich leicht eine Kugel verpasst.«

»Darf ich ihn erschießen?«, fragte Gretel hoffnungsvoll.

Walther schüttelte den Kopf. »Das hieße, sich auf dieselbe Stufe hinab zu begeben wie unsere Gegner.«

Mittlerweile hatte auch Waldemar die Ranch erreicht und die letzten Worte seines Vaters vernommen. »Da du von Gegnern sprichst: Montgomery war ebenfalls dabei, mit nur noch einem Arm!«

»Ich bedauere das«, sagte Walther. »Aber wer einen anderen Mann zum Zweikampf auffordert, muss damit rechnen, verletzt oder getötet zu werden.«

»Dort drüben fühlen sich doch nur Kojoten zu Kojoten hingezogen!«, rief Gretel und deutete nach hinten zur Coureur-Ranch. In ihrer Stimme lag so viel Verachtung, dass ihre Eltern sie verwundert anschauten.

»Ist noch etwas geschehen?«, fragte Walther.

Gretel nickte eifrig. »Ja! Die Ober-Kojotin Rachel hat uns verboten, ihr Land und das ihrer Freunde zu betreten. Wir mussten daher über den Rio Colorado ausweichen und ein ganzes Stück weiter reiten als sonst.«

»Man bezeichnet Menschen nicht mit solchen schlimmen Namen«, wies Walther seine Tochter zurecht, schüttelte dann aber verständnislos den Kopf. »Das kann sie doch nicht ernst gemeint haben!«

»Leider doch«, erklärte Waldemar. »Mistress Coureur ließ ihre Pferde peitschen, um uns abfangen zu können. Was sie uns alles an den Kopf geworfen hat, will ich lieber nicht wiederholen, sonst reitet Gretel doch noch zu ihrer Plantage und veranstaltet ein Blutbad.«

Die letzte Bemerkung sollte die Spannung ein wenig lösen, doch Walther ärgerte sich allzu sehr über Rachel Coureurs Unverschämtheit und überlegte, wie er darauf reagieren sollte. Am einfachsten wäre es gewesen, den Coureurs und ihren Freunden das Überqueren des eigenen Landes zu untersagen. Doch das erschien ihm zu primitiv. Außerdem hätte es zum offenen Kampf führen können, und den wollte er vermeiden.

Tief in seinem Inneren hegte er immer noch die Hoffnung, sein alter Freund könnte vernünftig werden und erkennen, dass der Weg, den er eingeschlagen hatte, der falsche war.

»Wir werden uns überlegen, was wir tun«, erklärte er und fasste Nizhoni um die Schulter. »Das werden wir, nicht wahr?«

Nizhoni spürte die Unsicherheit ihres Mannes, wusste aber nicht, wie sie ihm helfen konnte. Auch ihr erschien es verrückt, Thierry Coureur als einen Feind ansehen zu müssen, den es zu bekämpfen galt. Vor etlichen Jahren hatte sie Rachel sogar noch beim Einkochen geholfen. Aber wenn sie es recht bedachte, hatte die Frau sich schon damals aufgeführt, als wäre sie deren Magd gewesen.

»Es ist allein Rachels Schuld«, sagte sie leise. »Sie sieht die prächtigen Kleider der Frauen der Plantagenbesitzer und die Kutschen, mit denen diese vorfahren, und will genauso sein wie diese. Dabei vergisst sie ganz, dass sie die Tochter eines kleinen Farmers ist und in ihrer Jugend barfuß Unkraut zupfen musste.«

»So etwas vergessen leider zu viele Menschen!« Walther seufzte und führte seine Frau ins Haus.

Dort bereitete Ellen Jones gerade das Abendessen vor. »Abendsonne und ihre Brüder sind zurück«, sagte die Indianerin lächelnd. »Sie werden gewiss großen Hunger haben.«

»Den haben sie bestimmt! Hoffentlich waschen sie sich, bevor sie hereinkommen. Sonst müsste ich sie noch einmal hinausschicken!« Nizhoni blickte kurz durch ein Fenster und sah, das Waldemar und Diego sich bereits am Trog wuschen. Gretel streckte hingegen nur kurz die Hände ins Wasser, wischte sich ein wenig übers Gesicht und kam als Erste auf das Haus zu.

»Ich wünschte, sie wäre ein wenig eitler«, stöhnte Nizhoni

und nahm sich vor, das Mädchen darauf hinzuweisen, dass es sich nicht in Hosen, an denen noch Pferdehaare hingen, an den Tisch setzen durfte.

Es war, als hätte Gretel die Gedanken ihrer Mutter gespürt, denn sie machte an der Tür des Esszimmers halt, drehte sich um und eilte in ihr Zimmer. Als sie zurückkehrte, saßen ihre Brüder bereits bei den Eltern am Tisch.

Nizhoni wollte sie schon loben, da sah sie, dass Gretel einfach Hose und Bluse gewechselt und ihren Revolver im Gürtel stecken hatte. »Kannst du dich nicht richtig anziehen? Außerdem sind wir nicht deine Feinde, gegen die du dich mit deiner Pistole schützen musst«, schalt sie das Mädchen.

Ohne Schuldgefühle legte Gretel die Waffe auf die Anrichte und setzte sich zu den anderen. »Tut mir leid, doch mit meinem Kleid muss etwas passiert sein. Es hat nicht gepasst!«, meinte sie dabei.

»Du hast nicht nur ein Kleid«, erinnerte die Mutter sie.

»Die anderen muss Singender Mund weggeräumt haben!« Gretel lächelte spitzbübisch und zwinkerte Ellen Jones verschwörerisch zu. Diese brachte es nicht übers Herz, die kleine Lügnerin zu verraten.

»Ich habe die Kleider noch einmal gewaschen«, sagte sie, drohte aber dem Mädchen hinter dem Rücken der Eltern mit dem Zeigefinger.

»Jetzt lasst endlich die dummen Kleider!«, warf Walther ein. »Wir haben über Wichtigeres zu reden.«

»Wie wir den Drachen Rachel um die Ecke bringen?«, fragte Gretel mit blitzenden Augen.

»Nein! Es geht um die sechs Farmen im Süden«, erklärte ihr Vater. »Ich habe Josef aufgetragen, die Kaufverträge in Austin vorzulegen und das Land auf mich eintragen zu lassen. Ich hätte es gerne selbst getan, doch Sam Houston hält es für besser, wenn ich die Stadt ein paar Monate meide, bis das Duell mit Montgomery vergessen ist. Er traut einigen von dessen Freunden zu, mich hinterrücks niederzuschießen.«

»Dann ist aber auch Josef in Gefahr«, schloss Gretel aus seinen Worten.

Walther wiegte Kopf. »Das glaube ich nicht. Meine politischen Gegner wissen, dass ich danach hart zuschlagen und keine Rücksicht nehmen würde. In einer solchen Situation ist es ganz gut, wenn man sich einen entsprechenden Ruf erworben hat. Trotzdem will ich, dass du, Waldemar, ebenfalls nach Austin reitest und die Augen offen hältst. Außerdem kann es sein, dass der Brief, auf den du so sehnsüchtig wartest, längst im Postamt der Stadt liegt und abgeholt werden muss. Du kannst uns ein paar Zeitungen besorgen, damit wir besser informiert sind. Es ist ja möglich, dass die ersten Bundesstaaten aus der Union ausgetreten sind, und das würde ich gerne so früh wie möglich erfahren.«

»Wieso?«, fragte Gretel. »Du kannst es doch ohnehin nicht mehr verhindern.«

»Es geht um Texas und darum, ob es diesen verhängnisvollen Schritt mitmachen oder der Union treu bleiben wird.« Walther hatte wenig Hoffnung, einen Austritt des Staates verhindern zu können, wenn die Lawine erst einmal ins Rollen geraten war. Doch er wollte alles tun, um eine solche Dummheit so lange wie möglich hinauszuzögern. Vielleicht gab es doch einen Kompromiss, der sowohl für den Norden wie auch für den Süden tragbar war.

»Ich will auch mit nach Austin«, rief da Gretel. »Da Mama meint, dass ich in Kleidern herumlaufen soll, will ich mir die schönsten machen lassen, die es dort gibt.«

»Nichts da! Eine Rachel und eine Thamar Coureur mögen in die Stadt fahren und sich von einer Schneiderin einkleiden lassen, doch eine schlichte Rancherstochter wie du näht ihre Kleider immer noch selbst!« Nizhoni klang streng, um ihrer Tochter zu zeigen, dass es auch für sie Grenzen gab.

Während Gretel enttäuscht den Mund verzog, begann Waldemar zu lachen. »Ich möchte Gretel wirklich mal in einem selbstgenähten Kleid sehen! Reiten kann sie ja, aber die Nähnadel ist eher ihr Feind.«

»Ich kann nähen!«, schnaubte das Mädchen ihn an.

»Dann beweise es!« Nizhoni fand, dass sie lange genug über dieses Thema gesprochen hatten, und erklärte Waldemar, was er ihr in Austin besorgen sollte.

DRITTER TEIL
Donnergrollen

1.

Meinrad Freihart musterte die langgezogenen, steingrauen Gebäude mit ihren turmähnlichen Vorsprüngen und atmete tief durch. Er war wieder in Westpoint. In der Ferne hörte er die Pfeife eines Flussdampfers, der auf dem Hudson River fuhr, und sehnte sich nach den sanften, grünen Hügeln von Illinois. Er streifte diesen Gedanken jedoch rasch wieder ab und ging weiter. Kurz darauf traf er auf einen Wachtposten, der ihn zwar durchdringend musterte, aber passieren ließ. Jenseits des großen Paradehofs standen mehrere Kadetten, die bereits aus den Ferien zurückgekommen waren. Einen Augenblick überlegte Meinrad, sie zu begrüßen, beschloss aber, sich zuerst zurückzumelden und seine Unterkunft zu beziehen.

Am Eingang des Verwaltungsgebäudes standen erneut Posten. Es wunderte und verunsicherte ihn. Was mochte geschehen sein, dass die Militärakademie so gut bewacht wurde? Angespannt ging er weiter, stieg eine Treppe empor und klopfte an eine Tür.

»Herrrein!«, klang es schnarrend heraus.

Meinrad befolgte die Anweisung, stellte seine Reisetasche ab und salutierte. »Kadett Freihart meldet sich zurück, Sir!«

Der ältere Offizier, der hinter dem Schreibtisch saß, deutete ebenfalls einen militärischen Gruß an.

»Rühren!«, befahl er und blätterte in seiner Liste. »Wie war noch mal der Name?«, fragte er.

»Freihart mit e und i«, antwortete Meinrad.

»Ein Deutscher …«, brummte der Major und schlug die entsprechende Seite auf.

»So findet man Sie nicht, Kadett. Daher werden wir es anders machen!« Der Mann strich Meinrads Namen aus, blätterte ein paar Seiten weiter und trug an der entsprechenden Stelle Maynard Fryhart ein.

»Verzeihen Sie, Sir, aber mein Name wird anders geschrieben«, protestierte Meinrad.

»So kann ihn ein vernünftiger Mann wenigstens lesen und aussprechen«, antwortete der Offizier ungerührt. »Ihre Unterkunft ist diesmal in Schlafraum drei.«

Er reichte Meinrad einige Papiere, auf die er ebenfalls Maynard Fryhart geschrieben hatte, und wandte sich dann wieder seinen Akten zu.

Meinrad wusste, bei einer Diskussion oder gar einem Streit mit dem Mann würde er den Kürzeren ziehen. Daher schluckte er das, was er sagen wollte, hinunter und salutierte erneut.

»Bitte um Erlaubnis, abtreten zu dürfen!«

»Erteilt!«, sagte der Major, ohne von seinen Papieren aufzusehen.

Mit dem Gefühl, dass es nach den schönen Tagen zu Hause nicht leicht sein würde, sich wieder in Westpoint einzugewöhnen, verließ Meinrad das Zimmer und suchte die Unterkünfte auf. Im letzten Jahr war er in einem anderen Schlafsaal untergebracht gewesen und hatte erwartet, wieder dort seinen Platz zu bekommen. Wahrscheinlich ist der heuer für die Neuen gedacht, sagte er sich, als er in den zugewiesenen Schlafsaal trat. Es war ein länglicher Raum mit schlichten Bettgestellen an beiden Längsseiten und schmalen Schränken an dem der Tür gegenüberliegenden Ende. Im ersten Jahr hatte Meinrad Probleme gehabt, seine Sachen darin unterzubringen. Diesmal aber war er darauf vorbereitet und schaffte es sogar, seine zusammengerollte Reisetasche in das oberste Fach zu schieben.

Dann setzte er sich aufs Bett und ließ noch einmal den Abschied von seiner Familie Revue passieren. Für Wigburg war er nun ein Held, der die anmaßenden protestantischen Fanatiker in ihre Schranken verwiesen hatte. Auch die anderen Bewohner hatten ihrer Dankbarkeit Ausdruck verliehen, und das nicht nur mit Worten. Den Kuchen, den ihm die Schneiderin zugesteckt hatte, würde er niemals allein aufessen können. Dazu kamen noch die Törtchen mehrerer Farmerinnen. Eine hatte ihm sogar hartgekochte Eier mitgegeben.

Bei dem Gedanken bekam er Appetit. Er holte sich ein Ei aus dem Schrank und bedauerte, dass er kein Salz hatte. Während er aß, wurde die Tür geöffnet und ein anderer Kadett kam herein.

»Hallo, Deutscher! Auch schon da?«, sagte er grinsend und warf seinen Packen auf das nächste Bett.

»Freut mich, dich zu sehen, Andrew. Wie steht es in Missouri?«

Andrew machte einen langen Hals und las die Aufschrift auf Meinrads Papieren. »Maynard Fryhart! Endlich hat man dir einen vernünftigen Namen verpasst! Was müsst ihr Deutschen auch immer so komische Namen haben, die kein normaler Mensch aussprechen kann.«

Dann erst ging er auf Meinrads Frage ein. »Die einen schreien: Weg von der Union, die anderen: Wir bleiben dabei. Keine Ahnung, welche Seite gewinnen wird.«

»Und wie ist es mit dir?«

»Mein Dad kommt ursprünglich aus Ohio und ist für den Norden, meine Ma stammt aus Tennessee und steht auf der Seite des Südens. Sollte es wirklich zu einer Sezession kommen, werde ich würfeln müssen!« Andrew Slater lachte, als hätte er einen Witz erzählt.

Im Gegensatz zu ihm verspürte Meinrad ein leises Grauen. Die Spaltung der Nation ging bis in die Familien hinein, und wenn es wirklich zu einer Abtrennung des tiefen Südens kam, würden mancherorts Brüder zu Gegnern werden. War es das wert?, fragte er sich, wusste aber keine Antwort darauf.

»Und wie war es bei dir?«, fragte Andrew.

»Ganz gut! Wir hatten nur zuletzt Probleme mit ein paar Verrückten, die uns am Sonntag das Feiern verbieten wollten. Ihr Anführer war ein fanatischer Holzkopf, ließ sich aber schließlich von diesem Argument überzeugen!« Meinrad reichte seinem Kameraden seinen Colt.

»Nicht übel, das Ding! Vor allem um einiges leichter als das Schießeisen, das mein Alter mir vor zwei Jahren geschenkt hat. Schießt auch nicht besonders genau. Da ist es fast besser, einen Feind damit niederzuschlagen.«

Ein gewisser Neid lag in Andrews Stimme, dann aber lachte er erneut. »Pass gut auf das Ding auf! Einige Burschen aus unserem Jahrgang würden bei so einem Schießeisen lange Finger machen.«

»Danke für den Rat!« Meinrad nahm seinen Revolver zurück und drehte spielerisch die Trommel. »Hast du eine Ahnung, weshalb wir heuer in diesen Raum verfrachtet wurden?«, fragte er.

»Einige der Boys aus dem Süden wollen nicht hier weitermachen, sondern an den Militärakademien ihrer Staaten studieren. Habe es vorhin von einem der Lehrer gehört, der zusammen mit mir hierhergefahren ist. Meinetwegen sollen sie! Dann haben wir weniger Konkurrenz um die raren Offiziersstellen in der Armee. Auf jeden Fall sind die Schlafsäle jetzt nicht mehr so voll, und wir haben es bequemer. Aber wenn ich dich so essen sehe, kriege ich ebenfalls Hunger.«

»Ich habe einen ganzen Kuchen dabei. Du kannst ein Stück haben«, bot Meinrad an.

»Da sage ich nicht nein!« Andrew sah voller Vorfreude zu, wie Meinrad zu seinem Spind ging und den Kuchen hervorholte. »Der ist wirklich groß. Hoffentlich schmeckt er auch!«

»Ich glaube, schon!« Während Meinrad ein Stück für seinen Kameraden abschnitt, fand er, dass er ebenfalls eins vertragen konnte. »Jetzt bräuchten wir nur noch etwas zu trinken«, meinte er bedauernd.

»Wenn du einen Schluck guten Tennessee-Whisky magst? Ist ein Geschenk von meiner Ma!« Noch bevor Meinrad antworten konnte, holte Andrew die Flasche und machte sie auf. »Hier! Du darfst auch den ersten Schluck trinken«, sagte er und reichte die Flasche Meinrad.

Dieser führte sie an die Lippen. Der Schnaps brannte höllisch, und er setzte keuchend ab. »Was ist das für ein Teufelszeug?«

»Eigens für mich von meinem Onkel gebrannt. Das Zeug ist auch als Brennstoff für eine Lampe zu brauchen, wenn dir das Öl ausgeht!« Andrew grinste, trank dann selbst und boxte Meinrad übermütig in den Bauch.

»Es ist schön, wieder hier zu sein. Zu Hause streiten sie mir zu sehr! Mein Dad meint, bei der Sklaverei würden nur die Plantagenbesitzer und ein paar Händler sehr reich werden und alle anderen arm, während in einem freien Staat von hundert Leuten zehn reich sind, vierzig wohlhabend, vierzig ihr Auskommen haben und nur zehn arm sind. Aber davon wollen die Brüder meiner Ma nichts hören. Hoffentlich fangen sie nicht auch noch an, sich zu prügeln. Müsste mich sonst mit meinen Vettern schlagen! Dabei waren wir als Jungs unzertrennlich.« Andrew seufzte und fand, dass er einen weiteren Schluck vertragen konnte.

Insgeheim dankte Meinrad Gott, dass es ihm erspart blieb, in der eigenen Familie zwischen den Fronten zu stehen. Sein Vater, seine Mutter und seine Schwester lehnten die Sklaverei gleichermaßen heftig ab, und auch im Umkreis um seinen Heimatort gab es niemanden, der diesen Zustand verteidigt hätte.

2.

Die Fülle des Stoffs, den die Kadetten zu bewältigen hatten, ließ die Probleme der Union vorerst in den Hintergrund treten, und wenn gelegentlich das Wort Sklaverei fiel, war es auf ihre eigene Situation in Westpoint bezogen. Nicht allen passte der scharfe Drill, der in dieser Institution herrschte.

Ganz konnten sie die Außenwelt jedoch nicht fernhalten. Je näher die Präsidentenwahl von 1860 rückte, umso deutlicher wurde der Riss zwischen den Kadetten aus dem Norden und denen aus den Sklavenstaaten sichtbar.

Eines Abends stellte sich ein Mitschüler aus Alabama vor die anderen hin und faltete die Hände. »Wir sollten jetzt beten, dass dieser Schimpanse aus Illinois nicht die Wahl gewinnt!«

»Ich bete höchstens dafür, dass Mister Lincoln sie gewinnt!«, antwortete ein Kadett scharf.

»Wenn das geschieht, werden wir die Union verlassen«, brüllte der Mann aus Alabama.

»Das wagt ihr nicht! Und wenn doch, holen wir euch zurück. Die Union ist unteilbar!«, rief Horace McLintock aus Massachusetts und nahm ein kleines Sternenbanner, das seine Schwestern ihm bestickt hatten, aus dem Spind. »Unter diesem Banner haben unsere Großväter die Freiheit von England erkämpft und unsere Väter Mexiko bezwungen. Wer sie schmäht, ist mein Feind!«

»Dann bin ich es eben!« Noch während der Kadett aus Alabama es sagte, sprang er auf den anderen zu, riss ihm die Fahne aus der Hand und schleuderte sie zu Boden. »Hier siehst du, was ich damit mache!«, rief er und begann, darauf herumzutrampeln.

Nun gab es kein Halten mehr. Mit einem Wutschrei ging Horace McLintock auf ihn los, und ehe auch nur zehn Sekunden vergingen, war eine üble Prügelei im Gang. Meinrad war mittendrin im Getümmel, denn er verehrte Abraham Lincoln und nahm die Beschimpfung als Schimpansen äußerst übel.

Der Lärm rief erst andere Kadetten auf den Plan, dann die Offiziere des Lehrkörpers und schließlich die Wachen.

»Was ist hier los? Sofort aufhören!«, befahl ihr Ausbilder. Doch erst als die Wachen dazwischengingen, ließen die Kadetten voneinander ab.

»Was war hier los?«, fragte der Offizier erneut.

Die jungen Männer nahmen Haltung an, so gut sie dazu in der Lage waren, doch keiner von ihnen sagte ein Wort.

»Ich frage nicht noch einmal!«, warnte ihr Ausbilder sie.

Auch wenn sie gerade noch voller Wut aufeinander eingeschlagen hatten, so wollte doch keiner der jungen Burschen petzen. Ihr Vorgesetzter schritt an ihnen vorbei und funkelte jeden zornig an.

»Ihr wollt Offiziere unserer Armee werden und prügelt euch wie besoffene Matrosen! Bei Gott, wie tief ist dieses Land gesunken!«

Er erhielt keine Antwort. Mit einem wütenden Schnauben trat er einen Schritt zurück, um alle Kadetten dieses Jahrgangs im Blickfeld zu haben. »Jeder von euch erhält einen Verweis und ihr alle zusammen zwei Wochen Arrest. Vielleicht werdet ihr dann lernen, dass ein Offizier und Gentleman sich nicht prügelt. Und nun wegtreten! In einer halben Stunde erwarte ich euch im Unterrichtsraum. Wessen Uniform dann nicht in Ordnung ist, bekommt zwei weitere Wochen Arrest. Habt ihr verstanden?«

»Ja, Sir!«, antwortete Meinrad ebenso wie die anderen Kadetten und beäugte anschließend seine Uniform. Ihr war zum Glück nichts geschehen, doch an Andrews Uniform fehlte ein Knopf – und der ließ sich auch durch intensives Suchen nicht mehr auffinden.

Schließlich gab Andrew auf und sah die anderen wütend an. »Einer von euch muss den Knopf eingesteckt haben. Derjenige sollte beten, dass ich es nicht herauskriege, denn sonst wird er mir die zusätzlichen zwei Wochen Arrest mit Zins und Zinseszinsen bezahlen!«

»Es ist eine Gemeinheit, den Knopf zu verstecken«, erklärte Meinrad, um dem Übeltäter ins Gewissen zu reden. Doch niemand meldete sich.

Dafür trat der junge Mann aus Massachusetts vor. »Es ist doch ganz einfach. Jeder von uns wird gefilzt. Dann finden wir den Knopf schon!«

»Keiner rührt mich an!«, fauchte ein Bursche aus Virginia und nahm eine drohende Haltung an.

Da Andrew bei der Schlägerei zu den Kadetten aus dem Norden gehalten hatte, verweigerten auch die übrigen Südstaatler die vorgeschlagene Leibesvisitation. Einige grinsten sogar, als Andrew mit seiner malträtierten Uniform im Unterrichtsraum erschien und von ihrem Vorgesetzten zu zwei weiteren Wochen Arrest vergattert wurde.

Als sie endlich wegtreten und in ihre Unterkunft zurückkehren durften, trat Andrew zu Meinrad. »Eines haben die Kerle jetzt geschafft: Wenn es wirklich zu einer Sezession und einem darauffolgenden Krieg kommen sollte, werde ich für den Norden kämpfen.«

»Es war eine Gemeinheit, den Knopf zu verstecken, und auch, Horaces Fahne auf den Boden zu werfen und darauf herumzutrampeln«, erklärte Meinrad bedrückt.

»Jetzt hoffe ich wirklich, dass Mister Lincoln zum Präsidenten gewählt wird und es den Sklavenhaltern aus dem Süden zeigt!« Andrews Wut war wilder Entschlossenheit gewichen, während Meinrad Bedenken hatte.

»Ich hoffe nur, dass Stephen Douglas Mister Lincoln nicht zu viele Stimmen wegnimmt und womöglich sogar gewinnt. Er stand für mein Dafürhalten in den letzten Jahren zu sehr auf der Seite des Südens.«

»Was die Süddemokraten nicht davon abgehalten hat, mit John Breckinridge einen eigenen Kandidaten aufzustellen. Ich glaube eher, dass die beiden Bewerber der Demokratischen Partei einander die Stimmen wegnehmen. Da muss Mister Lincoln einfach gewinnen!«

Trotz der vier Wochen Arrest, in denen er Westpoint nicht verlassen durfte, konnte Andrew schon wieder lachen. Der Kadett aus dem Süden, der ihm den Knopf weggenommen hatte, mochte seinen kleinen Sieg feiern. Die wesentlichen Entscheidungen aber wurden anderswo getroffen, und das war ihm wichtiger. Vergessen aber würde er den gemeinen Streich nicht.

»Weißt du, Maynard«, sagte er zu Meinrad, »bis jetzt waren wir in Westpoint immer noch Kameraden, ganz gleich, ob wir aus dem Süden oder dem Norden stammen. Aber ab heute sind wir es nicht mehr. Jetzt heißt es entweder für oder gegen uns.«

Meinrad reichte Andrew die Hand. »Wenn man uns vor die Wahl stellt, uns zwischen Freiheit oder Sklaverei zu entscheiden, werden wir Ersteres wählen!«

»Als wenn wir beide etwas zu entscheiden hätten«, antwortete Andrew mit einem Anflug von Spott, hob dann aber beschwichtigend die Rechte. »Du hast schon recht! Wenn der Süden rebelliert, werden wir auf der Seite der Union stehen.«

»Dann hoffe ich nur, dass es bis zur Sezession, wenn sie wirklich kommen sollte, noch ein wenig dauert. Sonst sitzen wir immer noch in Westpoint, während die Sache längst bereinigt ist.« Meinrad seufzte und sah seinen Freund auffordernd an. »Hast du noch etwas von dem teuflischen Whiskey deines Onkels? Ich könnte einen Schluck vertragen.«

»Dabei wollte ich die Flasche eben zerschlagen, weil sie von einem Sklavenbefürworter stammt. Aber letztlich kann der Whiskey nichts dafür, wer ihn gebrannt hat. Also vertilgen wir ihn.«

»Was habt ihr vor?«, fragte Horace McLintock, der zu ihnen getreten war.

»Einen Schluck Whiskey trinken. Wenn du Lust hast, kannst du dich anschließen. Wir brauchen diese Medizin, um über die Tücke unserer Mitkadetten aus den Südstaaten hinwegzukommen.«

Andrew fasste sowohl Meinrad wie auch Horace um die Schulter und führte sie zu ihrem Schlafsaal. Unterwegs stimmte er ein Kriegslied aus dem Norden an und wirkte dabei so grimmig, als wolle er es mit allen Südstaatlern auf einmal aufnehmen.

3.

Zu Meinrads Zufriedenheit und der seiner Freunde gewann Abraham Lincoln die Präsidentschaftswahlen im Jahre 1860. Besondere Genugtuung bereitete es ihnen, dass John Breckinridge von der Demokratischen Partei des Südens und Stephen Douglas von den Norddemokraten zusammen weniger Stimmen errungen hatten als Lincoln. John Bell, der vierte Kandidat, war sogar noch hinter diesen beiden geblieben.

Andrew Slater fand trotzdem ein Haar in der Suppe. »Hört euch das an!«, rief er Meinrad und Horace zu. »Diese elenden Schurken haben Mister Lincoln in zehn Südstaaten nicht einmal auf dem Wahlzettel gehabt. So eine Unverschämtheit! Er hätte sonst noch mehr Stimmen auf sich vereinigt.«

»Wo hast du das her?«, fragte Meinrad.

»Eben in der Zeitung gelesen, die auf einem Tisch im Speisesaal lag. Einer der Dozenten hat sie wohl dort liegen lassen. Was meint ihr, sollen wir unseren Brüdern aus dem Süden dafür die Hucke vollhauen?«

Andrew sah so hoffnungsfroh aus, dass es Meinrad fast leidtat, ihn bremsen zu müssen. »Das sollten wir lieber lassen. Seit unserer letzten Prügelei sind unsere Vorgesetzten schärfer geworden. Wir würden diesmal wahrscheinlich keinen Verweis erhalten, sondern müssten Westpoint verlassen.«

»Was machen wir dann mit den Kerlen?«, wollte Andrew wissen.

»Im Augenblick nichts! Wir warten ab, was geschieht«, antwortete Meinrad, der froh war, seinen hitzköpfigen Freund aus Missouri zügeln zu können. Doch bei Streit zwischen Kadetten aus den verschiedenen Landesteilen oder gar einer Schlägerei zwischen ihnen kannten ihre Vorgesetzten derzeit keine Gnade.

»Die hoffen immer noch, dass wir uns mit den Burschen aus dem Süden vertragen und diese dadurch abgehalten werden, die Union zu verlassen«, setzte er mahnend hinzu.

»Als wenn die Kerle dort irgendeinen Einfluss hätten!«, meinte Andrew schnaubend.

»Sie nicht, aber ihre Väter und die älteren Brüder. Von denen haben ebenfalls viele hier in Westpoint studiert. Vielleicht hilft die Erinnerung daran, die Union zu bewahren.« Horace hoffte es, denn das Schrecklichste, was er sich vorstellen konnte, war ein Krieg gegen die eigenen Landsleute.

Im Gegensatz zu ihm schnaubte Andrew verärgert. Er hatte den verlorenen Knopf und die Zeit, in der seine Beweglichkeit zwischen Schulzimmer, Schlafsaal und Speisesaal eingeschränkt gewesen war, nicht vergessen.

Meinrad hingegen wusste nicht so recht, wie er sich zu der ganzen Sache stellen sollte. Zwar wünschte auch er sich Frieden, wusste aber nicht, ob er dafür die weitere Versklavung der Neger in den Südstaaten hinnehmen sollte. Aber Lincoln hatte den Südstaaten dieses Angebot gemacht, und wenn sie es annahmen, würden dort weiterhin Menschen in Unfreiheit leben.

»Wir sollten abwarten! Jetzt habe ich erst einmal Hunger. Oder ist noch nicht Essenszeit?«

»Doch, doch«, antwortete Horace nach einem Blick auf seine Taschenuhr.

Als die drei den Speisesaal betraten und ihre Plätze einnahmen, bemerkten sie sofort den Unterschied zu früher. Einige

Plätze, auf denen Kadetten aus dem Süden gesessen hatten, waren leer, und jene, die geblieben waren, sahen nicht so aus, als würden sie sich besonders wohl fühlen. Angesichts der schlechten Laune, die rundum herrschte, verging auch Andrew Slater jede Lust, sich mit den Südstaatlern zu prügeln. Sie aßen schweigend und waren froh, als sie den Raum wieder verlassen konnten.

Draußen atmete Horace tief durch und sah seine Freunde traurig an. »Wir sollten beten, dass Gott unser Land diese Prüfung bestehen lässt!«

»Das sollten wir allerdings«, stimmte Meinrad ihm zu. In ihm wuchs die Angst vor dem, was auf sie zukommen mochte.

4.

Auch in Texas wussten viele nicht, wohin ihr Weg führen würde. Abraham Lincolns Wahlsieg hatte auf der Coureur-Plantage heftigen Zorn hervorgerufen, und kurz darauf wurde dort die Nachricht, South Carolina habe den Austritt aus der Union beschlossen, mit Jubel aufgenommen.

Rachel Coureur lud sämtliche Freunde auf die Plantage ein, um dieses Ereignis mit ihnen zu feiern. Einer ihrer liebsten Gäste war Major Zebulon Burke, der eigentlich ein Offizier der Unionsarmee war. Doch der Mann hatte sich schon seit Monaten nicht mehr bei seiner Einheit blicken lassen. Nun kam ihm die Ehre zu, den Trinkspruch auf die Brüder in South Carolina auszubringen.

Voller Stolz blickte Burke die anderen Gäste und das Gastgeberpaar an und hob sein Glas. »Meine Damen, meine Freunde! Dies ist ein denkwürdiger Augenblick, der uns für immer im Gedächtnis bleiben wird. South Carolina hat die Ketten zerschlagen, mit denen der verderbte Norden uns in Fesseln schlagen will. Nun wird es seinen Weg ohne die Krämer aus Boston und New York gehen. Die Männer in diesem Staat haben uns damit ein Beispiel gegeben, dem wir folgen sollten – ja, müssen! Nieder mit den Vereinigten Staaten von Amerika! Der Süden lebe hoch!«

»Wann wird Texas dem Beispiel von South Carolina folgen?«, fragte Rachel.

Edward Montgomery, dem es mittlerweile besserging, stand mit dem Glas in der Linken neben Thamar und lächelte seiner

Gastgeberin zu. »Der Senat wird sich Anfang Februar mit dieser Sache befassen.«

»Und warum erst im Februar und nicht gleich jetzt im Januar?« Rachel klang empört. Wenn schon ein anderer Staat den Anfang gemacht hatte, so sollte ihrer Meinung nach Texas wenigstens als zweiter Staat die Union verlassen.

»Texas ist ein großes Land, und man kann die Abgeordneten und Senatoren nicht gleich nach den Weihnachtsfeierlichkeiten zusammenrufen«, antwortete Montgomery freundlich.

»Wir sind Männer des Südens und gewohnt, rasch zu handeln!«, warf Major Burke ein, dem die Aufmerksamkeit, die Montgomery der Tochter des Hauses angedeihen ließ, nicht passte. Einen anderen Mann hätte er zur Rechenschaft gezogen, doch der Senator war ein Krüppel, und ihn zum Duell zu fordern, hätte seinen eigenen Ruf zerstört. Um nicht ins Hintertreffen zu geraten, gesellte er sich ebenfalls zu Thamar.

»Sie freuen sich gewiss auch, dass wir den Ballast, den diese Krämer uns aufhalsen wollten, abgeworfen haben!«

»Bislang hat dies nur South Carolina getan, Major. Ob Texas folgen wird, muss sich erst erweisen.«

»Texas wird folgen! Nicht wahr, Senator?« Es ärgerte Burke, dass er seinen Rivalen mit einbeziehen musste, doch er hatte Arkansas und die Armee nicht hinter sich gelassen, um in Texas zu versauern.

»Ja! Zumindest wird die Mehrheit im Kongress dem Volk dies für die Abstimmung empfehlen.« Montgomery klang nachdenklich. Auch wenn er sich als Patriot des Südens sah, gefiel ihm die Hast nicht, mit der Männer wie Burke die Trennung betrieben.

»Es ist kühl, Miss Coureur. Sie sollten sich einen Schal holen«, riet er Thamar.

Die junge Frau steckte in einem Kleid, das ihr die Mutter

aufgenötigt hatte, und schämte sich sowohl wegen ihrer nackten Arme wie auch wegen des in ihren Augen übertriebenen Dekolletés. Daher blickte sie Montgomery dankbar an.

»Darf ich Sie begleiten?«, fragte Burke.

»In mein Zimmer? Aber, Sir, das wäre sehr ungehörig!« Thamar warf dem Major einen tadelnden Blick zu und eilte davon.

Rachel bemerkte das abweisende Verhalten ihrer Tochter nicht, sondern ließ gerade ihrem Hass freien Lauf. »Sobald Texas die Union verlassen hat, muss der Senat dafür sorgen, dass so unzuverlässige Leute wie Fitchner daraus entfernt werden!«

»So einfach, wie du dir das vorstellst, geht das nicht«, antwortete Thierry Coureur kühl. »Wenn Senator Fitchner seinen Eid auf das neue Texas leistet, wird er seinen Sitz bis zum Ende seiner Wahlperiode behalten.«

»Aber spätestens dann nimmst du ihm diesen Sitz ab!« Es klang wie ein Befehl.

Thierry seufzte leise und sagte sich, dass es wirklich besser wäre, wenn er mehrere Monate im Jahr in Austin verbrachte. Dann aber fiel ihm ein, dass Rachel ihn mit Sicherheit dorthin begleiten würde, und so zuckte er mit den Achseln. »In Texas entscheiden immer noch die Wähler! Sind sie der Ansicht, dass Fitchner seine Sache gut macht und sie ihn weiterhin als Senator sehen wollen, wird er erneut gewählt werden.«

Der Mangel an Ehrgeiz, den ihr Mann an den Tag legte, erboste Rachel, denn sie hatte sich alles so schön ausgemalt. Bei der nächsten Wahl musste Walther Fitchner gedemütigt werden, und Major Burke hatte ihr bereits versprochen, das Seine dafür zu tun. Auch ihre anderen Freunde waren dafür, Fitchner von seinem hohen Ross zu stürzen. Danach, so sagte sie sich, würde Thierry der erste Mann in diesem Teil von Texas sein und sie als seine Ehefrau die tonangebende Dame.

In ihre Träume und Vorstellungen verstrickt, achtete sie nicht auf Arlette und Thomé Laballe und ein paar andere Nachbarn, die sich in einer Ecke des Raums zusammengefunden hatten und sich unter den übrigen Gästen sichtlich unwohl fühlten.

5.

Während bei den Coureurs gefeiert wurde, nahmen Walther Fichtner und dessen Familie die Nachricht vom Abfall South Carolinas mit Sorge auf. Waldemar wartete nach wie vor vergeblich auf einen Bescheid aus Westpoint und würde sich wohl damit abfinden müssen, dass er kein Abschlusszeugnis erhalten würde. In einer Zeit, in der die Nation zerbrach, erschien ihm das auch nicht mehr wichtig.

An diesem Januarabend im Jahre 1861 saß die Familie zum ersten Mal seit Monaten wieder vollständig am Tisch. Josef war von der Südranch, wie er die angekauften Farmen im Süden getauft hatte, zurückgekehrt und berichtete, dass ihm vier weitere Farmer ihr Land verkauft hatten.

»Colonel Grady glüht vor Wut«, meinte er fast beiläufig. »Er hätte die Farmen gerne selbst erworben, um unseren Besitz in die Zange nehmen zu können. Aber von denen war keiner bereit, ihm das Land zu überlassen, obwohl er ihnen mehr Geld geboten hat, als ich ihnen bezahlen konnte.«

»Warum haben die Leute verkauft? Sie wurden doch nicht mehr von ihm bedroht«, fragte Walther.

»Das nicht, aber ein Farmbesitzer ist gestorben, und die Frau will zu ihrem Bruder nach Missouri ziehen. Einem anderen wurde die Arbeit zu viel, weil sein Sohn keine Lust hat, als Farmer zu arbeiten, und stattdessen in die Stadt gezogen ist. Die beiden anderen möchten nicht in einem Land bleiben, in dem Menschen wie Vieh gehalten werden, und werden sich in einem der neuen Bundesstaaten im Norden ansiedeln.« Josef klang ein wenig traurig, denn er hatte die Farmer sehr sympathisch gefunden.

Dann aber zuckte er mit den Achseln. »Wenigstens hat die Südranch jetzt eine Größe, die mir zusagt. Wenn Waldemar will, kann er sie verwalten.« Josef sah seinen Bruder fragend an, doch der hob hilflos die Hände.

»Ich hoffe immer noch auf einen Bescheid aus Westpoint. Selbst wenn ich durchgefallen bin, müssten sie es mir mitteilen.«

»Als du vor zwei Monaten in Austin gewesen bist, gab es noch keinen Brief«, wandte Josef ein.

»Jetzt macht euch darüber keine Sorgen. Die Leute dort haben derzeit wahrscheinlich andere Probleme.« Walther versuchte, seine Söhne zu beruhigen, doch da mischte Gretel sich ein.

»Vielleicht bekommt Waldemar sein Zeugnis nicht, weil er aus dem Süden stammt.«

»Selbst in Westpoint müsste man wissen, dass es auch im Süden Anhänger der Union gibt«, antwortete Walther mit einem mahnenden Blick. Es brachte seiner Meinung nach nichts, sich zu sehr über diese Sache aufzuregen.

»Vielleicht sollten wir wieder einmal ein paar unserer Freunde besuchen, Marek Tobolinski zum Beispiel«, schlug Gretel vor.

»Das wäre keine schlechte Idee«, sagte Walther.

Da stieß seine Tochter einen überraschten Ruf aus. »Ein Reiter kommt. So wie er auf seinem Pferd sitzt, müsste es Old Hedgehog Rudledge sein!«

»Amos ist hier?« Walther stand auf und ging zur Tür. Als er öffnete, sah er den Reiter, konnte ihn aber auf die Entfernung nicht erkennen.

»Es ist Rudledge!«, erklärte Gretel, die über seine Schulter spähte.

Kurz darauf erkannte auch Walther den alten Freund. Als dieser vor der Haustür sein Pferd anhielt, glaubte Walther den Atem der Zeit zu spüren. Amos Rudledge war nur wenig älter als er selbst, doch er wirkte so grau und verwittert wie ein Fels. Auch sein Pferd war nicht mehr das Jüngste und schien froh zu sein, als sein Reiter abstieg.

»Hallo, Senator! Einen schönen Gruß von Old Sam Houston soll ich dir ausrichten. Er will dich wieder in Austin sehen. Er glaubt zwar nicht, dass du und er den Senat von Dummheiten abhalten können, aber er will es wenigstens versuchen.«

»Was gibt es Neues?«, wollte Walther wissen.

»Die nächsten zwei Bundesstaaten haben der Union den Rücken gekehrt, und in Washington rasselt man mit dem Säbel. Old Sam Houston meint jedoch, dass Abraham Lincoln den ersten Schuss den Sezessionisten überlassen wird. Eines aber wird er nach seiner Ansicht nach nicht tun, nämlich South Carolina, Georgia, Alabama und wer noch alles austreten will so einfach ziehen lassen.«

»Also wird es Krieg geben«, schloss Walther aus Rudledges Worten.

»Old Sam nimmt es an. Geht ihm nicht gut! Wird sich daher freuen, dich zu sehen«, antwortete der alte Scout.

Walther reichte ihm die Hand. »Auf jeden Fall freue ich mich, dich zu sehen! Komm herein! Wir sind gerade beim Abendessen. Ellen wird dir einen Teller hinstellen.«

»Ellen? Ach so, du meinst Singender Mund! Komische Sitte, dass man seinen Namen ablegen und einen neuen annehmen muss, nur weil man nicht als Christ geboren worden ist.«

Rudledge lachte und wollte dann sein Pferd versorgen.

Walther wandte sich an seinen Jüngsten. »Diego, übernimmst du das?«

»Ja, Vater!« Der Junge hätte einen der Rancharbeiter rufen

und ihm das Pferd überlassen können, doch er führte das Tier selbst zum Pferch. Dort sattelte er es ab, ließ es saufen und schüttete ihm ein paar Handvoll Hafer hin.

»Ein prächtiger Bursche«, lobte Rudledge. »Ist bei so einem Vater und so einer Mutter aber nicht anders zu erwarten. Wie geht es Nizhoni und dem Rest der Familie?«

»Uns geht es gut«, rief Gretel ihm lachend zu.

»Das freut mich!« Rudledge grinste und sah Waldemar an. »Ich habe was für dich, mein Junge. Das Ding war ganz schön lange unterwegs und fiel Old Sam Houston nur durch einen Zufall in die Hände. Er meinte, ich solle es dir bringen!« Dabei zog der alte Scout einen Brief hervor, dessen Umschlag deutlich zeigte, dass er durch viele Hände gegangen war.

Verwundert nahm Waldemar ihn entgegen und keuchte. »Der kommt von Westpoint!«

Gretel zauberte scheinbar aus dem Nichts ein Messer hervor und reichte es ihm. »Mach ihn auf! Wahrscheinlich ist es dein Zeugnis.«

»Kann schon sein!« Obwohl Waldemar sich bemühte, ruhig zu bleiben, war ihm seine Aufregung anzumerken. Er schlitzte das Kuvert auf und entnahm zwei Blätter.

»Es ist tatsächlich das Zeugnis«, rief er. »Ich habe als Siebzehnter meiner Klasse abgeschlossen. Das ist gar nicht so schlecht, wenn man bedenkt, dass die meisten anderen vorher auf höheren Schulen waren.«

»Und was steht auf dem anderen Blatt?«, fragte Gretel neugierig.

Jetzt erst sah Waldemar es sich an. »Es ist meine Ernennung zum Second Lieutenant bei der Armee!«

»Da ist noch ein Papier im Kuvert«, platzte Gretel heraus.

Waldemar zog auch das heraus und las es durch. »Ich soll mich so rasch wie möglich beim Kriegsministerium in Washington melden, damit über meine weitere Verwendung entschieden werden kann.«

»Und? Wirst du es tun?«, fragte Josef. »Immerhin sieht es so aus, als würde Texas sich von der Union lossagen.«

»Womit wir wieder beim Thema wären!« Rudledge wirkte mit einem Mal sehr ernst. »Old Sam Houston sagt, es geht alles den Bach herunter. Diese Narren bestehen darauf, andere Menschen wie Vieh kaufen und verkaufen zu können. Dabei sieht man an eurem Jones und etlichen anderen Schwarzen, dass sie durchaus in der Lage sind, als freie Männer gute Arbeit zu leisten. Ich frage mich, weshalb Montgomery und seine Freunde unbedingt tausend Dollar und mehr für einen Negerburschen zahlen wollen, obwohl es sie weitaus billiger käme, einem freien Arbeiter fünfzehn Dollar Lohn im Monat zu zahlen.«

»Das ist mir auch ein Rätsel«, sagte Walther leise.

Für ihn war es schon schlimm genug, dass die Bundesstaaten sich abtrennten. Doch wenn Waldemar wirklich nach Washington ging, würde er seinen Sohn lange Zeit nicht wiedersehen. Sollte es dann tatsächlich zum Krieg zwischen der Union und den abtrünnigen Staaten kommen, konnte es sogar die Familie spalten. Zwar war Josef kein Freund der Sklavenhalter, aber er war stolz auf Texas.

»Ich wünschte, Gott, der Allmächtige, würde die Führer unserer Nation erleuchten und ihnen den Weg weisen, auf dem sie sich in Frieden und Freundschaft wieder zusammenfinden könnten«, seufzte er und wies dann nach drinnen. »Komm. Du hast gewiss Hunger.«

»Allerdings!«, antwortete der Scout. »Nimm die Sache nicht ganz so tragisch. Irgendwie finden wir hier schon wieder heraus. Das haben wir doch immer geschafft.«

»Das stimmt«, sagte Walther und legte seinen Arm um

Nizhoni. Sein Herz klopfte jedoch hart, denn er sah die Zukunft in düsteren Farben.

Waldemar und Josef wirkten ebenfalls ernst, während Gretel rasch davonhuschte, um sich umzuziehen. In Hosen durfte sie sich bei Tisch nicht mehr blicken lassen, und sie wollte auch nicht zu lange wegbleiben. Amos Rudledge würde gewiss Neuigkeiten mitbringen, und die wollte sie ebenfalls hören.

6.

Walther war mehrere Monate nicht mehr in Austin gewesen, merkte aber sofort, dass die allgemeine Stimmung für die Sezession war. Nur bei einem einzigen Haus war die Fahne der Union aufgesteckt, und zwar bei Doktor Simpson. Der Arzt stammte aus Philadelphia und trat trotz der zehn Jahre, die er hier bereits praktizierte, noch immer offen für seine Heimat und seine Ideale ein.

Im Gegensatz zu Simpson wusste Walther nicht, wie er sich verhalten sollte. Ihm gefiel die Sezession nicht, aber er war auch kein absoluter Gegner einer Trennung. Er hatte siebzehn Jahre in einem Texas gelebt, das zuerst eine mexikanische Provinz und danach eine unabhängige Republik gewesen war. Mit der Union verband ihn nur wenig mehr als die Abscheu vor der Sklaverei.

»Ist das dort nicht Fitchner, dieser verräterische Hund?«, hörte er jemanden schreien.

Er blickte sich um und sah Jim Jenkins, den Ehemann von Thierrys und Rachels Tochter Abigail, vor dem Saloon stehen. Zu Jenkins hatte sich Major Zebulon Burke gesellt, und auch Edward Montgomery, der im Duell mit ihm den rechten Arm verloren hatte. Walthers Hand näherte sich der Büchse, die in einem Sattelhalfter steckte. In dem Augenblick winkte Burke ab, und Jenkins hielt nun den Mund.

»Diesem aufgeblasenen Fitchner zahlen wir es ein andermal heim«, raunte Major Burke seinen Begleitern zu.

Jim Jenkins nickte und ballte erwartungsvoll die Fäuste. Seit er mit seinem Vater nach Texas gekommen war, hatten sie im Schatten von Walther Fitchners großer Rinderranch gestanden. Im Gegensatz zu ihm machte Edward Montgomery ein ablehnendes Gesicht. Obwohl er den Anschluss von Texas an die anderen Südstaaten betrieb, wollte er, dass dies in einer Weise geschah, die die Ehre eines Gentlemans nicht beeinträchtigte. Attacken aus dem Hinterhalt, wie Burke und Jenkins sie bevorzugten, gehörten nicht dazu.

»Lange ist Fitchner nicht mehr Senator«, fuhr Burke fort, »und danach geht es ihm an den Kragen! Aber was sagt ihr zu diesem verdammten Knochenflicker? Wagt der Kerl es doch tatsächlich, die Fahne der Nordstaaten zu hissen!«

»Noch ist es auch unsere Fahne!«, wandte Montgomery ein. »Immerhin hat Texas sich noch nicht von den Vereinigten Staaten abgespalten.«

»Sie spalten auch etwas, und zwar Haare, Montgomery!«, antwortete Burke lachend. »Ich sage, entweder ist man hier für oder gegen Texas. Dieser Simpson ist auf jeden Fall gegen uns, und das lassen wir uns nicht gefallen.«

»Er ist der beste Arzt, den wir haben. Ihm habe ich es zu verdanken, dass nur mein Arm begraben werden musste, und nicht ich mit dazu!«, erwiderte Montgomery verärgert.

Daher tat Burke so, als würde er einlenken. »Wir wollen Simpson doch nicht gleich erschießen. Ein wenig erschrecken werden wir ihn aber noch dürfen. Jenkins, glaubst du, dass du ein paar handfeste Burschen zusammentrommeln kannst?«

»Wenn es weiter nichts ist!«, antwortete der Farmer. »Ich brauche nur einmal zu pfeifen, und es kommen genug Freunde, um eine ganze Kompanie zu füllen.«

»Dann sorge dafür, dass die Fahne von dem Haus verschwindet«, forderte Burke ihn auf.

»Dem Arzt darf nichts geschehen!« Montgomerys Stimme

klang scharf. Während der langen Wochen seiner Genesung hatte er Simpson schätzen gelernt.

Burke nickte und verbeugte sich dann vor Lucretia Ransom, die eben mit ihrer Tochter Julia den Gehsteig herankam. »Guten Tag, die Damen! Dürfen wir Ihnen unsere Begleitung anbieten?«

»Aber gerne!« Lucretia Ransom lächelte Burke freundlich zu. Zwar war er nicht ihr erster Favorit als Bewerber um ihre Tochter, doch wenn es mit Montgomery nicht klappen sollte, würde sie ihn in Erwägung ziehen.

»Kommen Sie, Senator! Wir wollen die Damen nicht warten lassen. Jenkins, du erledigst die Sache, die ich dir aufgetragen habe.«

»Mache ich, Major!«

Während Jenkins fröhlich pfeifend davonging, begleiteten Montgomery und Burke die Damen. Dem Senator gefiel der Übergriff auf den Arzt nicht, aber er sagte sich, Simpson müsse lernen, dass niemand hier in dieser Zeit die Fahne der Union aufzog, ohne Ärger zu bekommen. Außerdem hatte er Jenkins klar gemacht, dass dem Arzt selbst nichts geschehen durfte.

Jim Jenkins war jedoch weit davon entfernt, Montgomerys Worte ernst zu nehmen. Ihm ging es darum, bei Burke und auch bei seiner Schwiegermutter einen guten Eindruck zu machen, und das würde ihm nur gelingen, wenn er den aufmüpfigen Doktor zusammenstutzte.

Innerhalb kurzer Zeit hatte Jenkins eine Gruppe Radaubrüder um sich gesammelt und zog mit ihnen vor Simpsons Haus. Dort blieb er stehen und blickte scheinbar erstaunt zu dem Fenster hoch, aus dem die Unionsfahne hing.

»Freunde, täuschen mich meine Augen, oder ist das wirklich der Lappen der Washingtoner Administration?«

»Du siehst richtig, Jim. Das ist tatsächlich dieser Fetzen«, pflichtete ihm einer seiner Begleiter bei.

»Wollen wir den hier hängen lassen?«, fragte Jenkins weiter.

Seine Freunde schüttelten die Köpfe. »Also, wenn du mich fragst, muss er weg!«, erscholl es mehrstimmig.

Grinsend trat Jenkins auf die Haustür zu und klopfte. Es dauerte einen Augenblick, dann wurde geöffnet, und Doktor Simpson schaute heraus. »Ist jemand krank?«

»Ja! Wir alle, solange wir diesen Lumpen dort oben hängen sehen. Um uns zu heilen, muss er weg!« Jenkins stieß den Arzt zurück und drang ins Haus ein.

Als Simpson sich dagegen verwahrte, versetzte er ihm einen Faustschlag und drehte sich anschließend zu seinen Kumpanen um. »Ich glaube, wir könnten auch ein wenig Teer und Federn brauchen. Oder seid ihr anderer Meinung?«

Einer seiner Kumpel stimmte ihm johlend zu. »Da hast du vollkommen recht, Jim! Die brauchen wir hier dringend, um dieses Unionistenschwein ein wenig zu teeren und zu federn. Ist nun mal bei uns in Texas so Sitte.«

Als einige Männer lachend davongelaufen waren, um das Verlangte zu holen, versuchte der Arzt, die Männer zur Vernunft zu bringen. »Warum macht ihr das, Leute? Ich habe einigen von euch geholfen, als sie krank oder verletzt waren. Wollt ihr so eure Dankbarkeit ausdrücken?«

Einige von ihnen sahen betreten zu Boden, doch Jenkins ließ ihnen keine Zeit nachzudenken.

»Los, holt die Fahne herunter!«, befahl er ihnen.

Während drei seiner Kumpane ein Stockwerk höher stiegen, um die Fahne einzuholen, wandte Jenkins sich an die anderen. »Zieht den Kerl aus! Ich will den Teer auf seiner nackten Haut sehen.«

»Das wagt ihr nicht!« Der Arzt wich bis an die Wand zurück

und ballte die Fäuste. Doch gegen ein halbes Dutzend kräftiger Kerle kam er nicht an. Sie rissen ihn zu Boden und fetzten ihm johlend Weste, Hemd und Hosen vom Leib, so dass er nur noch in Unterhemd und Unterhose vor ihnen lag.

»Das muss auch runter!«, befahl Jenkins und grinste, als der Arzt kurz darauf nackt war.

»Hoffentlich kommen die anderen bald mit dem Teer«, meinte einer. »Diese Arbeit macht durstig, und ich will nicht zu spät in den Saloon kommen!«

Damit wollte er betonen, dass er und seine Freunde mit mehreren Freirunden rechneten, weil sie mitgemacht hatten.

»Ich werde mit Major Burke reden. Er zahlt sicher die eine oder andere Flasche«, antwortete Jim Jenkins grinsend.

Ihm gefiel es, bei diesen rauhen Burschen als Anführer zu gelten. Das verdanke ich meiner Heirat mit Abigail, dachte er. Durch sie hatte er Männer wie Zebulon Burke und Edward Montgomery näher kennengelernt.

»Sie kommen mit dem Teer!«

Der Ruf riss Jenkins aus seinem Sinnieren, und er sah zwei seiner Männer mit einem Eimer Teer und einem Sack hereinkommen. Feixend ergriff er den breiten Pinsel, der im Eimer steckte, und trat auf Simpson zu. Der Arzt wehrte sich verzweifelt, hatte aber keine Chance. Jenkins strich ihm dick Teer auf den Kopf und ins Gesicht und hörte nicht eher auf, bis Augustus Simpson von oben bis unten mit einer braunschwarzen, klebrigen Schicht bedeckt war. Als Letztes klatschte er ihm noch eine kräftige Ladung auf Hodensack und Penis. Anschließend öffnete er den Federsack, leerte diesen über Simpson aus und sah seine Männer auffordernd an.

»Wir treiben den Kerl die Straße einmal rauf und wieder runter. Danach weiß er, dass er hier nichts mehr verloren hat!«

Noch während er es sagte, leerte er den Rest des Teers über der Tasche des Arztes aus.

Zwei Männern wurde es zu viel, und sie verschwanden. Der Rest aber stieß Simpson johlend aus dem Haus und jagte ihn mit Peitschenhieben die Straße entlang. Auch Jenkins nahm eine Peitsche in die Hand und beteiligte sich an dem Treiben. Unterwegs trafen sie auf seine Schwiegermutter, die zusammen mit Thierry und Thamar erneut als Gast bei Lucretia Ransom weilte.

»Ist das dieses Schwein, das die Fahne des Feindes gehisst hat?«, fragte Rachel.

»Das ist es, Madam!«, erklärte Jenkins.

»Gut gemacht!«, lobte Rachel und wies auf Sam Houstons Haus. »Fitchner hat sich dort mit seiner Brut eingenistet. Du solltest Augen und Ohren offen halten, denn die dort sind alles verbohrte Anhänger der Union.«

»Mach ich, Madam! Bis bald!« Jenkins zog fröhlich ab, während Rachel Houstons Haus mit giftigen Blicken bedachte.

7.

Walther erschrak, als er Sam Houston vor sich sah. Der große Kämpfer, der dieses Texas erst geschaffen hatte, war in den letzten Monaten stark gealtert. Selbst von seiner einstmals so kraftvollen Stimme war nur ein müdes Flüstern geblieben. Doch der alte Mann freute sich sichtlich, ihn zu sehen, und umarmte ihn.

»Willkommen, Walther! Endlich sehe ich einen Freund vor mir, der sich nicht scheut, mein Haus zu betreten.«

»Ist es so schlimm geworden?«, fragte Walther besorgt.

Houston nickte. »Sie sprechen bereits davon, mich abzusetzen, wenn ich die Sezession nicht unterstütze. Aber das werde ich nicht! Ich habe viele Jahre gekämpft, um Texas zu den Vereinigten Staaten zu bringen, und werde jetzt nicht mithelfen, diese Nation in zwei Teile zu spalten.«

»Das werde ich auch nicht!«, erklärte Walther.

»Tun Sie nichts Übereiltes!«, warnte Houston. »Sie haben Familie, und die, die auf der anderen Seite stehen, wollen Andersdenkende nicht in Frieden leben lassen.«

»Trotzdem werde ich gegen die Sezession stimmen!«

Walther hatte lange gezögert, sah aber keine andere Möglichkeit, wenn er nicht seinen Grundsätzen untreu werden wollte.

Houston versuchte auch nicht länger, ihn umzustimmen. Stattdessen befahl er seinem Hausdiener, die Gläser zu füllen, und stieß mit Walther an. »Auf uns und unsere Taten! Mögen sie in den Geschichtsbüchern nicht vergessen werden. Mein Gott, wenn ich daran denke, wie wir damals vor Santa Ana davongelaufen sind. Sie waren der Einzige, der meine Strategie begriffen hat. Die anderen wollten unbedingt kämpfen, aber ein Schwert, das ohne Verstand geführt wird, gewinnt keine Schlacht. Erinnern Sie sich noch?«

Während Sam Houston sich in der Vergangenheit verlor und mit Walther über alte Freunde und Geschehnisse sprach, saßen Waldemar, Gretel und Diego dabei und bemühten sich, nicht allzu gelangweilt dreinzusehen. Nizhoni und Josef waren auf der Ranch geblieben, Erstere, weil sie sich ungern in der Stadt aufhielt, und Josef, weil er es für zu gefährlich hielt, wenn er und sein Vater gleichzeitig in der Fremde weilten. Er traute es den Anhängern der Sezession zu, dies ausnützen zu wollen, um aus Rache die Ranch anzuzünden.

Nach einer Weile wurde Gretel auf einen Aufruhr vor der Tür aufmerksam und stupste Waldemar an. »Da draußen muss was los sein!«

Waldemar stand auf, ging zum Fenster und sah einen Mann, der über die Straße taumelte, verfolgt von mehreren Männern, die ihn mit Bullenpeitschen weitertrieben. »Das ist doch Doktor Simpson! Diese Schweine haben ihn geteert und gefedert!«

Voller Wut sprang er auf und verließ das Haus.

Draußen zog Jim Jenkins dem Arzt gerade eins mit seiner Peitsche über, als er plötzlich Waldemar vor sich sah und den Colt in dessen Hand bemerkte.

»Was soll das?«, fragte er noch.

Da hob Waldemar seinen Revolver und zielte auf seine Stirn. »Lasst den Doktor in Ruhe! Tut ihr es nicht, schieße ich dir ein Loch in den Schädel, durch das der Wind auch noch den Rest deines Verstands herausblasen kann.«

Waldemar war wütend genug, den Abzug durchzuziehen.

Dies begriff Jenkins, und er hob die Hand. »Lassen wir den Kerl, Leute! Wir hatten genug Spaß mit ihm.«

»Wenn du meinst!« Einer seiner Kumpane warf einen schiefen Blick auf Waldemar und überlegte, ob er ihm den Revolver mit der Peitsche aus der Hand schlagen sollte. Aber dafür hätte er näher an ihn herantreten müssen. Wenn der junge Fitchner seine Absicht früh genug bemerkte, würde er ihn erschießen, und das war ihm die Sache nicht wert.

»Also gut, lassen wir den Kerl! Dir, Knochenflicker, sage ich, verschwinde in deinen Norden, sonst lernst du uns richtig kennen!« Damit, so sagte sich der Mann, hatten sie so getan, als würden sie sich nicht vor Waldemar Fitchner fürchten.

Jenkins warf Waldemar einen hasserfüllten Blick zu und ging dann die Straße hinab. Zwei Häuserblocks weiter drehte er sich um und beobachtete, wie Waldemar den Arzt in Houstons Haus brachte.

»Schätze, dieser Fitchner-Bursche hat noch was bei uns gut«, zischte er und sah seine Freunde auffordernd an.

»Das kannst du laut sagen!«, antwortete einer zähnefletschend, und auch die anderen sahen so aus, als würden sie Waldemar am liebsten auf der Stelle teeren und federn.

»Der Fitchner-Bursche wird den Arzt gewiss aus der Stadt bringen. Das ist unsere Chance, Freunde!«, fuhr Jim Jenkins fort.

»Du meinst, wir sollen ihnen auflauern?«, fragte sein bester Kumpel grinsend. »Aber das sollte sich für uns lohnen!«

Jenkins nickte. »Das wird es! Da Major Burke nicht gut auf die Fitchners zu sprechen ist, lässt er bestimmt einiges springen. Außerdem werde ich meine Schwiegermutter anhauen. Ein paar Dollars muss ihr die Sache schon wert sein. Wisst ihr was? Ihr haltet Houstons Haus unter Beobachtung und meldet mir, wenn der Arzt es verlässt. Er wird seine Sachen aus seinem Haus holen wollen. Das gibt uns die Zeit, einen Plan zu machen.«

»Das ist ja schon ein Plan!«, rief sein bester Freund lachend. »Sieh zu, dass du Burke oder deiner Schwiegermutter ein paar Dollars aus der Tasche ziehst, denn wir haben verdammt viel Durst.«

»Und der wird noch größer werden, wenn wir ein Stück hinter dem Arzt und dem Fitchner-Burschen herreiten müssen«, setzte ein anderer feixend hinzu.

»Ich sorge dafür, dass ihr in Whiskey baden könnt!«, versprach Jim Jenkins und eilte los, um mit Burke und Rachel zu reden.

8.

Als Waldemar den verletzten Arzt ins Haus brachte, keuchte Gretel erschrocken auf. Die Peitschenhiebe hatten blutige Striemen in sein Fleisch gerissen, und er sah mit dem schwarzen Teer, den weißen Federn und den roten Rinnsalen auf dem Rücken entsetzlich aus.

»Schnell, helft mir!«, forderte Waldemar seine jüngeren Geschwister auf.

Jetzt wurden auch Walther und Houston auf den Arzt aufmerksam. »Bei Gott! Dass so etwas geschehen kann!«, rief der Gouverneur erschrocken.

»Es waren Jenkins und ein paar andere Strolche unter seiner Führung«, erklärte Waldemar und schleppte Simpson in ein leer stehendes Zimmer. »Wir brauchen warmes Wasser und verdammt viel Seife. Außerdem Verbandsmaterial! Am liebsten würde ich ja sagen, auch einen Arzt, aber ich glaube nicht, dass einer kommen würde, um Simpson beizustehen.«

»Ich bin selbst Arzt und kann euch sagen, was ihr tun müsst. Es sind keine lebensgefährlichen Verletzungen. Wichtig ist, erst einmal den Teer und die Federn loszuwerden. Dafür brauchen wir auf alle Fälle Terpentin.«

»Das werde ich besorgen!«, rief Gretel und wollte los.

»Halt!«, rief Walther. »Das ist keine Sache für ein Mädchen. Ich werde gehen. Wir wollen doch sehen, ob diese Kerle es wagen, sich einem Mitglied des Senats von Texas in den Weg zu stellen.«

»Ich würde nicht darauf wetten«, meinte Houston mit

brüchiger Stimme. »Aber versuchen können Sie es. Wenn Sie wiederkommen, werden wir gemeinsam ein paar Freunde aufsuchen. Vielleicht können wir diesen verhängnisvollen Schritt doch noch verhindern.«

Waldemar lachte bitter auf. »Sie meinen die Sezession? Die verhindern Sie nur, wenn wir all die Narren, die sie unbedingt haben wollen, über den Haufen schießen. Ich befürchte aber, dass wir dafür nicht genug Patronen haben.«

»Leider!« Houston seufzte und holte sich ein Glas Whiskey, um den Schock zu verdauen.

Als Walther zur Tür trat, hielt der Arzt ihn auf. »Senator, wenn Sie an meinem Haus vorbeikommen, können Sie vielleicht meine Arzttasche mitbringen. Jenkins hat zwar Teer darübergeschüttet, aber ich hoffe, dass nichts ins Innere gedrungen ist. Außerdem liegen meine Papiere und mein Geld im obersten Fach der Anrichte im Wohnzimmer. Dazu brauche ich noch Kleidung und mein Pferd.«

»Sie wollen fort?«, fragte Waldemar bedrückt.

Der Arzt zupfte sich einige Federn ab und starrte dann düster zum Fenster hinaus. »Ich habe keine Lust hierzubleiben, bis die Kerle mich lynchen! Denen traue ich nun alles zu.«

»Ich leider auch«, sagte Houston leise.

»Du solltest nicht alleine gehen, Vater. Diego und ich könnten dir helfen, die Sachen zu holen. Vor allem das Pferd!« Gretel sah ihren Vater bittend an, doch der schüttelte den Kopf.

»Du bleibst hier!«

»Bist du dir sicher, Walther? Das hier ist kein Anblick für ein junges Mädchen.« Houston klang etwas zweideutig, denn trotz des Teers und der Federn war deutlich zu sehen, dass Simpson nackt war. Doch auch ohne diesen Umstand wollte der Gouverneur einer Sechzehnjährigen den Anblick eines so übel zugerichteten Mannes nicht länger zumuten.

»Vater, kümmere du dich zusammen mit dem Gouverneur um Doktor Simpson. Gretel, Diego und ich besorgen das Terpentin und die restlichen Utensilien aus seinem Haus. Das Pferd werden wir satteln und in den Mietstall bringen. Hier vor der Tür fällt es auf.«

Waldemar zog seinen Revolver und ließ die Trommel rotieren. Seine Miene zeigte allen, dass er schießen würde, wenn sich ihm jemand in den Weg zu stellen wagte.

»Das Terpentin kann mein Diener besorgen. Kümmert ihr euch um Doktor Simpsons private Sachen«, wandte Houston ein.

Waldemar warf einen kurzen Blick auf seinen Vater, sah diesen nicken und ging zur Tür. »Kommt mit!«, forderte er Gretel und Diego auf.

Mit einem Grinsen, das eher einem Zähnefletschen glich, überprüfte seine Schwester ihren Revolver. »Es sind alle fünf Kammern der Trommel geladen. Wenn jemand frech wird, können wir ihm zu einem heißen Tanz aufspielen«, erklärte sie, als sie die Waffe wieder wegsteckte.

Auch Diego sah nach, ob seine doppelläufige Pistole schussfertig war, und schloss sich seinen Geschwistern an.

»Sie haben prachtvolle Kinder, Walther«, sagte Houston. »Deshalb sollten Sie auch überlegen, wie Sie sich zu der ganzen Sache stellen. Ich will nicht, dass Sie und Ihre Jungs durch eine Kugel enden und Ihre Frau und Tochter vertrieben werden, wenn ...«

»... man sie nicht gleich mit erschießt, weil sie indianischen Blutes sind«, setzte Walther den Satz fort.

»Ich würde Ihnen ja gerne widersprechen, doch leider traue ich diesen Schurken alles zu!« Houston stieß noch einen Fluch aus und entfernte bei Simpson die Federn, die nicht zu stark an der Haut klebten.

Einen Augenblick lang sah Walther ihm zu, dann tauchte er einen Lappen in warmes Wasser und begann, die Peitschenstriemen zu säubern. Die beiden Männer kommentierten ihre Tätigkeit nicht, und der Arzt stöhnte nur.

Alle drei waren sich des Unheils bewusst, das am Horizont aufzog, über ganz Texas kommen und das Land ins Elend stürzen würde, doch keiner von ihnen sah eine Chance, das Schlimmste zu verhindern.

9.

Als die drei jungen Fitchners mit Doktor Simpsons Papieren und der Tasche zurückkamen, brachten sie auch Amos Rudledge mit, den sie beim Mietstall getroffen hatten. Kaum sah dieser den Arzt, stellte er seine alte Büchse weg und fluchte. »Verdammt noch mal! Ich wünschte, wir könnten die Kerle, die das getan haben, selber teeren und federn.«

»Dafür sind wir zu wenige, sagt der Gouverneur«, warf Waldemar ein. »Gretel, Diego, ihr wartet draußen vor der Tür, während wir versuchen, Doktor Simpson wieder in einen Menschen zu verwandeln. Ist das Terpentin schon da?«

»Euer Vater wendet es schon an«, erklärte Houston und deutete auf Walther, der die Beine des Arztes damit reinigte.

Rudledge schnupperte kurz und schüttelte sich. »Und das soll gesund sein?«

»Ist es nicht!«, antwortete der Arzt. »Aber ich kann mich schlecht draußen auf die Straße stellen und auf Regen warten.«

»Das stimmt wohl!« Rudledge lachte hart auf und half mit, Simpson zu säubern. »Wenigstens haben Sie Ihren Humor nicht verloren«, meinte er dabei.

»Das ist nur Galgenhumor! Auf jeden Fall werde ich den Staub dieses Bundesstaats von meinen Sandalen schütteln, so wie der Apostel Paulus es oft getan hat. Mein Bruder führt in Philadelphia ein Hospital und wird mir dort gewiss eine Stelle besorgen.«

»Es ist schade, dass Sie gehen, aber ich kann es verstehen«, sagte Waldemar und rieb sich über die Stirn. »Wenn Sie nichts dagegen haben, können wir uns gemeinsam auf die Reise machen.«

»Du willst auch nach Norden?«, fragte Houston verwundert.

»Ich bin bestallter Second Lieutenant der US-Armee und soll mich in Washington melden.« Waldemar klang so entschlossen, dass Walther gar nicht erst versuchte, seinen Sohn umstimmen zu wollen.

Rudledge überlegte kurz und klopfte Waldemar auf die Schulter. »Wenn Old Sam nichts dagegen hat, werde ich euch begleiten. Doktor Simpson ist nicht so gut auf den Beinen, dass er ein vollwertiger Gefährte für einen Ritt zur Küste wäre. Er braucht Hilfe, und da sind zwei Männer besser als einer.«

»Ich habe nichts dagegen«, antwortete Houston.

»Ich auch nicht!« Waldemar reichte dem alten Scout die Hand, während der Arzt das Gesicht verzog.

»Jetzt tut nicht so, als wäre ich dicht davor, abzukratzen! Die paar Peitschenhiebe und das bisschen Teer werfen mich schon nicht um.«

»Das hat auch keiner behauptet«, sagte Rudledge lachend. »Aber ich bin sicher, dass Old Sam ein paar Briefe hat, die er besser nicht dem hiesigen Posthalter anvertrauen sollte. Selbst wenn der nicht neugierig sein sollte – andere auf dem Weg nach Indianola sind es.«

»Gut, dass du mich daran erinnerst, Old Hedgehog! Ich muss wirklich ein paar Briefe schreiben. Entschuldigt mich eine Weile.« Sam Houston verließ die Kammer und sah sich draußen Gretel und Diego gegenüber, die sich noch immer über ihre Verbannung aus dem Krankenzimmer ärgerten.

»Dürfen wir Jim Jenkins erschießen? Verdient hätte er es«, fragte das Mädchen mit blitzenden Augen.

»Das werdet ihr zwei bleiben lassen. Ihr könnt euch ein Buch aus meiner Bibliothek holen und ein wenig lesen. Oder noch besser – sattelt das Pferd des Doktors und das eures Bruders. Simpson ist in Kürze so weit auf den Beinen, dass er zur Küste reiten kann.«

»Dürfen wir mit?«, fragte Gretel, die gerne einmal das Meer gesehen hätte.

»Ich glaube nicht, dass euer Vater das zulässt. Aber jetzt will ich ein paar Schreiben verfassen, die dringend nach Norden gehen müssen.« Houston trat in sein Arbeitszimmer und schloss die Tür hinter sich.

»Erwachsene sind schrecklich!«, behauptete Gretel und forderte Diego auf mitzukommen, um die Pferde zu satteln.

Unterdessen reinigten Walther, Waldemar und Rudledge den Arzt, so gut es ihnen möglich war, und versorgten die Peitschenstriemen. Obwohl sein Rücken höllisch schmerzte, untersuchte Simpson, als er wieder sitzen konnte, seine Tasche und war erleichtert, dass nur wenig Teer eingedrungen war.

»Wenigstens sind meine Instrumente heil geblieben«, sagte er aufatmend und bat Waldemar, ihm seine Kleidung zu reichen.

»Ganz haben wir Sie nicht sauber gekriegt«, wandte Rudledge ein.

Der Arzt zuckte mit den Schultern. »Fürs Erste mag es reichen. Der Rest geht unterwegs runter! Wenn Gouverneur Houston mit seinen Briefen so weit ist, können wir aufbrechen.«

»In vier Stunden wird es dunkel! Wollen wir nicht besser bis morgen warten?«, fragte Rudledge.

»Ich will keine einzige Nacht mehr in dieser Stadt verbringen.«

»Das kann ich verstehen, Doktor.« Walther seufzte betrübt. Wenn Simpson fortritt, bedeutete dies für ihn auch die Trennung von seinem Sohn.

Auch in Waldemars Gesicht arbeitete es, und er umarmte seinen Vater. »Es tut mir leid, aber ich kann nicht anders. Grüße Nizhoni und Josef von mir! Möge der Himmel geben, dass wir uns bald wiedersehen.«

»Das hoffe ich sehr!« Walther kämpfte gegen die Tränen an, die in ihm aufstiegen, denn er wollte nicht, dass sein Sohn ihn schwach sah. »Ich wünsche dir viel Glück! Vielleicht kannst du uns schreiben, wie es dir geht.«

»Ich versuche es.« Obwohl es ihm schier das Herz zerriss, gelang es Waldemar zu lächeln. Als er nach Westpoint gegangen war, hatte er jederzeit nach Hause zurückkehren können. Doch wenn Texas sich den Sezessionsstaaten anschloss, bedeutete das Krieg – und er würde auf der anderen Seite stehen.

»Von mir aus können wir! Was meinen restlichen Besitz betrifft, so kann Gouverneur Houston ihn verkaufen und das Geld für Leute verwenden, die wegen dieser verfluchten Rebellen ebenfalls das Land verlassen müssen, aber die Reise nicht bezahlen können.«

Augustus Simpson ging es schlechter, als er sich anmerken ließ, doch er wollte die Stadt um jeden Preis verlassen. Als er seine Tasche aufhob, stellte er sie sofort wieder hin und bat Waldemar, sie für ihn zu tragen.

Bevor er den Raum verließ, warf er noch einen kurzen Blick auf das von Teerflecken und Federn beschmutzte Bett. »Sagen Sie dem Gouverneur, es tut mir leid, seine Laken so beschmutzt zu haben.«

»Old Sam wird es verkraften können. Und jetzt kommen Sie! Wenn wir heute noch reiten wollen, sollten wir uns beeilen.« Rudledge ging voraus und traf im Wohnzimmer auf Houston, der gerade seinen letzten Brief verschloss.

»Ich sehe, ihr seid fertig. Reitet mit Gott!«

»Möge der Herr uns allen beistehen!« Rudledge verzog das

Gesicht zu einem schiefen Grinsen und nahm die Briefe entgegen.

Derweil wandte Waldemar sich an seinen Vater. »Sage Gretel und Diego bitte nicht, dass ich nicht wiederkomme. Der Abschied würde mir sonst zu schwer.«

»Das verstehe ich gut«, antwortete Walther und verließ als Erster das Haus durch die Hintertür. Kurz darauf erreichten sie den Mietstall, in dem sie ihre Pferde untergestellt hatten. Waldemars Pferd und das des Arztes waren bereits gesattelt. Nun sattelte auch Rudledge sein Reittier, steckte Houstons Briefe in die Satteltasche und stieg auf.

»Bis bald!«, sagte er zum Abschied und trieb seinen Gaul an. Doktor Simpson winkte den anderen noch kurz zu und folgte dem Scout. Anders als der Arzt schien Waldemar noch etwas sagen zu wollen. Doch dann schwang er sich ohne ein weiteres Wort in den Sattel und ritt hinter den beiden anderen her.

Sam Houston sah den dreien nach, bis der aufgewirbelte Staub sie vor seinen Augen verbarg, und wandte sich dann an Gretel und Diego. »Ihr beide könnt zu mir nach Hause gehen. Euer Vater und ich haben noch ein paar Besuche zu machen.«

»Ist gut! Komm, Bruderherz!«, antwortete Gretel und ging die Straße hinunter. Diego hielt sich an ihrer Seite, während Walther und Sam Houston in die andere Richtung schritten.

Keiner der vier bemerkte den Mann, der in einem dunklen Winkel an einer Wand lehnte und auf einem Grashalm kaute. Nachdem alle außer Sicht waren, stieß er sich von der Wand ab und eilte zu Lucretia Ransoms Haus, das voller Gäste war.

10.

Vor seiner Heirat mit Abigail Coureur hätte Jim Jenkins Lucretia Ransoms Haus niemals als Gast betreten dürfen. Nun aber nützte er dieses Privileg weidlich aus, indem er den guten Whiskey trank, den es dort gab, und in einer Woche mehr ausgezeichnete Steaks verzehrte als sonst in einem ganzen Jahr. Zwar mied sein Schwiegervater den Kontakt mit ihm, aber bei seiner Schwiegermutter war er mittlerweile gut angesehen. Die drei Jungs, die Abigail ihm geboren hatte, waren nicht ohne Wirkung auf Rachel geblieben.

Diese hatte sich, solange es noch möglich gewesen war, verzweifelt einen Sohn gewünscht, und fühlte nun einen gewissen Stolz, dass ihre älteste Tochter sie bereits drei Mal mit einem Enkel beschenkt hatte. Da Thamar sich immer störrischer verhielt und nichts von einer baldigen Heirat wissen wollte, hatte Rachel sich mittlerweile mit ihrem Schwiegersohn abgefunden.

Nun saßen Rachel und Jim Jenkins mit Thamar, Montgomery und Major Burke zusammen im Salon. Die beiden spotteten über den Arzt, dem seine Treue für die Union übel bekommen war, und Burke klatschte ihnen Beifall. Während Thamar schweigend zuhörte und am liebsten davongelaufen wäre, schüttelte Montgomery verärgert den Kopf.

»Das war schlecht! Doktor Simpson ist ein hervorragender Arzt, und es wird uns noch leidtun, dass man ihn auf diese Weise behandelt hat.«

»Warum verteidigen Sie diesen Kerl noch? Immerhin hat er Ihnen den Arm gekostet. Ein guter Südstaatenarzt hätte Ihnen diesen erhalten«, fuhr Burke ihn an.

»Das sage ich auch!«, stammte Jenkins dem Major zu, dem er die größeren Chancen zubilligte, sein Schwager zu werden. Montgomery widersprach Rachel zu oft, um deren Wohlwollen auf Dauer behalten zu können.

»Für mich ist Simpson ein Stümper! Senator Montgomerys Arm hätte erhalten werden können. Doch noch mehr Schuld am Verlust dieses Glieds trägt der grässliche Fitchner! Ich wollte, es fände sich ein Mann, der ihn endlich erschießt«, stieß Rachel zornig hervor.

»Mama, man wünscht keinem anderen Menschen den Tod!«, rief Thamar, die nicht mehr an sich halten konnte.

Während Montgomery nickte, winkte Major Burke lachend ab. »Meine Liebe, Sie sind zu sanft und mitleidsvoll. Als Soldat sage ich Ihnen, dass man seine Feinde töten muss, bevor sie einen selbst umbringen!«

»Bravo!«, rief Rachel und wollte noch etwas hinzufügen, doch da trat einer der schwarzen Sklaven der Hausbesitzerin herein und verneigte sich. »Draußen steht ein Mann, der Mister Jenkins zu sprechen wünscht!«

»Das dürfte Greg Dyson sein. Er sollte Houstons Haus im Auge behalten«, erklärte Jenkins und folgte dem Schwarzen nach draußen.

Im Vorraum stand tatsächlich sein Freund und grinste von einem Ohr zum andern. »Der Doktor hat sich mit zwei Begleitern auf die Socken gemacht. Es sind der alte Rudledge und Waldemar Fitchner!«

»Drei also! Mit denen werden wir fertig. Warte hier, ich komme gleich!«

Rasch kehrte Jim Jenkins zu Rachel und Burke zurück und

stellte dort erleichtert fest, dass Edward Montgomery sich zurückgezogen hatte. Daher konnte er ungeniert reden.

»Mein Freund Greg konnte beobachten, wie der Arzt die Stadt verlassen hat. Der Kerl wird von dem alten Rudledge und Waldemar Fitchner begleitet. Ich denke, meine Freunde und ich sollten denen noch ein wenig einheizen«, sagte er zu Rachel und Burke.

»Macht das! Die Fitchners sind mir noch einiges schuldig, und dieser Bursche am meisten. Keiner bedroht einen Offizier der US-Armee ungestraft mit einer Flinte.« Burke musste an seine erste, für ihn blamable Begegnung mit Walther und Waldemar denken. Dabei vergaß er ganz, dass er die Armee, auf die er sich berief, bereits vor Wochen verlassen hatte.

»Sag deinen Leuten, es ist mir ein paar Dollar wert«, setzte er zufrieden hinzu.

»Mir auch«, rief Rachel und griff in ihre Handtasche, um mehrere Dollarmünzen herauszuholen.

Ihr Schwiegersohn schnappte nach dem Geld und sagte sich, dass es reichte, wenn er seinen Freunden die Hälfte davon abgab. Den Rest konnte er selbst gut brauchen.

»Ich bin schon unterwegs! Wegen dem Arzt können die drei nicht so schnell reiten. Daher werden wir sie heute noch einholen und ihnen zu ein paar Unzen Blei verhelfen.«

Noch während er es sagte, wandte Jenkins sich zur Tür und verließ den Raum. Draußen winkte er seinem Kumpan, ihm zu folgen, und versammelte wenig später sechs weitere Männer um sich. Während sie ihre Pferde sattelten, stieß Greg Dyson einen Fluch aus.

»Was ist los?«, fragte Jim Jenkins.

»Ich dachte gerade, dass wir weder Waldemar Fitchners Gaul noch den des Arztes behalten können. Dabei könnte ich ein neues Pferd gut brauchen.«

»Bei Fitchner geht es schlecht, solange der Alte noch dick und fett auf seinen Ranches sitzt. Der lässt dich, ohne mit der Wimper zu zucken, am nächsten Baum aufhängen. Aber Simpsons Gaul kannst du behalten.«

»Aber dann verzichtest du auf die Belohnung, die Jim uns versprochen hat«, mischte sich einer der anderen ein.

Jim Jenkins bleckte ärgerlich die Zähne. Da war er gut Freund mit Major Burke, aber seine alten Freunde behandelten ihn immer noch wie ihresgleichen. Das, so sagte er sich, würde er ändern müssen. Immerhin gehörte er jetzt zu den Gentlemen des Südens. Mit diesem Gedanken schwang er sich auf sein Pferd und ritt an der Spitze seiner Männer los. Da keiner von ihnen Lust hatte, die Nacht im Freien zu verbringen, trieben sie ihre Gäule an und freuten sich bereits auf die Whiskeyrunden, die es hinterher im Saloon geben würde.

11.

Weder Rachel noch Burke oder Jim Jenkins hatten darauf geachtet, dass Thamar alles mit angehört hatte. Nun saß die junge Frau auf ihrem Stuhl und rang verzweifelt die Hände. Doch was konnte sie tun?, fragte sie sich. Selbst wenn sie jetzt das Zimmer verließ und Waldemars Vater informierte, war es zu spät. Außerdem war Walther Fitchner ein alter Mann und konnte ihren Schwager gewiss nicht mehr einholen, und da er in der Stadt kaum noch Freunde besaß, würde ihm auch niemand helfen. Ihr blieb wirklich nur zu hoffen, dass Jim Jenkins und dessen Männer Waldemar und seine Begleiter verfehlten und unverrichteter Dinge zurückkehrten.

Einen Augenblick erwog sie, Edward Montgomery ins Vertrauen zu ziehen. Dieser zählte jedoch ebenfalls zu Walther Fitchners Feinden und würde keinen Finger für dessen Sohn rühren. Außerdem konnte er mit nur noch einem Arm niemals so schnell reiten, dass er die Verfolgten einholen konnte, ehe es zu spät war.

Während die junge Frau schier verzweifelte, blickte Major Burke auf seine Taschenuhr und stand auf. »Ich bitte die Damen, mich zu entschuldigen, doch ich muss mich jetzt mit den Herren Clarke und Lubbock besprechen. Es geht um die zukünftige Armee von Texas. Sie muss stark genug sein, um sowohl Mexiko als auch die Armee der Union in Schach halten zu können.« Er verbeugte sich und verließ das Zimmer.

Nun wurde auch Rachel unruhig. »Ich habe der lieben Lucretia versprochen, sie bei einem Besuch zu begleiten. Du könntest unterdessen beginnen, die wunderbare Fahne zu besticken, unter der sich die Staaten des Südens versammeln werden!«

»Ja, Mama!«, sagte Thamar, wobei sie jeden Blickkontakt vermied. Sie wartete ungeduldig, bis Rachel zusammen mit Lucretia Ransom das Haus verlassen hatte. Dann sprang sie auf und eilte zur Tür. Im Flur raffte sie einen Umhang mit Kapuze an sich und warf ihn über. In diesem Kleidungsstück, so hoffte sie, würde niemand sie erkennen. Eilig verließ sie das Stadthaus der Ransoms und rannte die Straße entlang zu Houstons Heim. Zwar wusste sie nicht, ob der frühere Präsident noch etwas bewirken konnte, wollte aber nicht mit den Händen im Schoß auf das Verhängnis warten. Als sie das Haus erreichte, wartete jedoch eine Enttäuschung auf sie. Sowohl Sam Houston wie auch Walther waren unterwegs, und so traf sie nur Gretel und Diego an.

Die beiden starrten die unerwartete Besucherin nicht gerade freundlich an. »Was willst du hier?«, fragte Gretel.

Thamar rang die Hände. »Es geht um euren Bruder! Mein Schwager ist ihm mit einigen Strolchen gefolgt. Ich befürchte, sie wollen ihn umbringen!«

»Umbringen? Niemals!« Gretels Rechte schloss sich um den Griff ihres Revolvers.

»Ich wusste mir nicht zu helfen, deshalb bin ich gekommen«, flüsterte Thamar verzweifelt. »Mir ist dieser ganze Streit zwischen unseren Familien so zuwider! Euer Vater und mein Vater waren doch so gute Freunde.«

Gretel lag eine bissige Bemerkung auf der Zunge, doch sie schluckte sie herunter und forderte Thamar auf, ihr alles zu berichten. Viel war es nicht, aber es genügte ihr, um sich große Sorgen um Waldemar zu machen. Anders als Thamar war das Mädchen jedoch nicht bereit, so einfach aufzugeben.

»Danke, dass du uns gewarnt hast! Jetzt solltest du zu Mistress Ransoms Haus zurückkehren. Wenn deine Mutter bemerkt, wo du warst, wird sie dich schelten.«

»Aber was können wir tun, um Waldemar zu retten?«, fragte Thamar unter Tränen.

»Du hast das Deine getan! Den Rest müssen wir erledigen.« Gretel schob Thamar resolut hinaus und wandte sich dann ihrem jüngsten Bruder zu, der mit bleicher Miene neben ihr stand.

»Los jetzt! Es kommt auf jede Minute an. Wenigstens sind unsere Pferde frisch!«

»Du meinst, wir sollen den Männern folgen?«, fragte Diego zweifelnd.

»Es gibt keine andere Möglichkeit. Vater und Mister Houston sind nicht hier. Außerdem sind beide nicht mehr jung und können daher nicht so schnell reiten wie wir.«

»Aber Jenkins soll mit einem halben Dutzend Männern losgeritten sein«, rief ihr Bruder.

»Deswegen brauchen wir das hier!« Gretel klopfte gegen den Griff ihrer Remington Rider und kehrte in Houstons Wohnzimmer zurück. Dort öffnete sie einen Schrank und holte einen modernen sechsschüssigen Colt heraus.

»Mister Houston hat sicher nichts dagegen, wenn wir uns dieses Ding ausleihen. Sattle du schon die Pferde«, sagte sie, während sie die Waffe lud.

Ihre Entschlossenheit verlieh Diego Mut, und er verließ rasch das Haus, um ihre Pferde zu satteln. Er war kaum damit fertig, da erschien auch schon seine Schwester. Sie brachte nicht nur die beiden geladenen Revolver mit, sondern auch zwei Büchsen, mit denen sie Ziele in größerer Entfernung treffen konnten.

»Halte das Zeug, damit ich aufsteigen kann. Dann reichst du mir die Büchsen«, wies sie ihren Bruder an.

Diego gehorchte und saß wenig später selbst auf seinem Pferd.
»Hast du deine eigene Pistole wieder geladen?«, fragte Gretel. Ihr Bruder nickte mit entschlossener Miene.

»Sehr gut. Und nun vorwärts! Jenkins und seine Schurken haben mindestens eine halbe Stunde Vorsprung, und den aufzuholen, bevor sie Waldemar, den Arzt und Old Hedgehog Rudledge erreicht haben, wird schwer genug sein!« Mit diesen Worten stellte sie sich in den Bügeln auf, um Flashy weniger zu belasten, und trieb sie in den Galopp.

12.

Waldemar und Rudledge merkten schon bald, dass Augustus Simpson nicht so kräftig war, wie er vorgegeben hatte. Zwar biss der Arzt die Zähne zusammen, aber seinen beiden Begleitern wurde klar, wie schwer es ihm fiel, ihr Tempo mitzuhalten. So machte Waldemar den Vorschlag zu lagern, doch Simpson schüttelte den Kopf.

»Wir sollten noch ein Stück weiterreiten! Hier sind wir noch zu nahe an Austin, und ich habe Angst, dass einige der Schufte Lust bekommen, uns zu folgen.«

An diese Möglichkeit hatte Waldemar nicht gedacht, und so wandte er sich zu Rudledge um. »Was meinen Sie dazu?«

»Der Doktor könnte recht haben. Aber wenn wir bis zum Anbruch der Nacht durchreiten, ist die Gefahr gebannt. Weder Jenkins noch die Kerle um ihn herum sind versessen darauf, stundenlang im Sattel zu sitzen. Außerdem sind ihre Gäule elende Mähren.« Der Scout schnaubte verächtlich und ließ seinen Wallach schneller laufen.

»Kenne ein Stück weiter vorne eine Stelle, an der wir lagern können. Müssen uns aber sputen, um noch bei Tageslicht hinzukommen. Backe Ihnen dann die besten Pfannkuchen, die Sie je gegessen haben, Doktor«, erklärte er Simpson.

»Sollten wir nicht besser auf einer Farm übernachten?«, schlug Waldemar vor.

Der Arzt schüttelte den Kopf. »Dafür sehe ich allen Bemühungen Ihres Vaters und Mister Houstons zum Trotz noch zu gescheckt aus. Bei einem Mann, der sichtlich geteert und gefedert worden ist, nehmen die Leute gleich an, dass es ein Sympathisant des Nordens ist. Wenn wir an die Falschen geraten, machen die dort weiter, wo Jim Jenkins aufgehört hat!«

»Es ist schade, dass hier in der Gegend keine deutschen Siedler leben, die wir kennen. Da die meisten von ihnen die Sklaverei ablehnen, würden sie uns gewiss helfen.«

»Wir werden uns selbst helfen!«, antwortete Rudledge mit verkniffener Miene.

Nach einer Weile hielt er sein Pferd an und klopfte ihm auf den Hals. »Da ist die Stelle, mein Alter. Es bleibt noch eine gute halbe Stunde hell, und ich hoffe, das reicht dir zum Grasen!«

Er schwang sich aus dem Sattel, löste das Zaumzeug und ließ das Tier laufen.

Waldemar stieg ebenfalls ab und half dem Arzt vom Pferd. »Ich suche trockenes Gras und Feuerholz für ein Lagerfeuer«, erklärte er und setzte seine Worte sofort in die Tat um.

Gerade als er von einem Buschwerk mehrere abgestorbene Zweige abschnitt, klangen Schüsse auf. Er fuhr herum, sah, wie Rudledge zusammensank, und hörte gleichzeitig eine Kugel ganz knapp an seinem Kopf vorbeipfeifen. In einem Reflex hechtete er hinter den Busch und zog seinen Colt. Eine weitere Kugel schlug in das Gebüsch ein und zwang ihn, sich flach auf die Erde zu pressen.

Als er vorsichtig Ausschau hielt, sah er acht Männer, die aus sicherer Entfernung mit ihren Büchsen auf ihn feuerten. Sein eigenes Gewehr steckte noch im Sattelholster und war mehr als dreißig Yards von ihm entfernt. Rudledge lag neben den Pferden und rührte sich nicht mehr, während der Arzt sich in eine Bodenmulde presste und leise stöhnte.

Waldemar begriff, dass er gegen diese Schufte keine Chance hatte. Sein Revolver trug einfach nicht weit genug, während seine Gegner sich nun aufteilten, um ihn von allen Seiten unter Feuer nehmen zu können.

»Hörst du mich, Waldemar Fitchner?«, klang Jim Jenkins' Stimme höhnisch auf. »Jetzt wirst du gleich dem Teufel guten Tag sagen! Du weißt gar nicht, wie mich das freut, dir und deiner Familie endlich zeigen zu können, dass ihr doch nicht so groß seid, wie ihr immer getan habt.«

»Du bist ein elender Feigling, Jenkins!«, rief Waldemar zornerfüllt. »Du kannst nichts anderes, als alte Männer aus dem Hinterhalt abknallen!«

Er erhielt nur ein Lachen als Antwort, und es fielen weitere Schüsse, die ihn knapp verfehlten. Noch ein paar Minuten, dachte er, dann ist es vorbei.

13.

Gretel und Diego vernahmen Schüsse vor sich und zogen die Zügel stramm. »Das klingt ganz nahe!«, rief das Mädchen und sah sich um. »Dort bei dem Gebüsch können wir unsere Pferde verstecken«, fuhr sie fort und lenkte ihre Stute dorthin. Sie nahm sich gerade noch die Zeit, den Zügel um einen Zweig zu winden, packte dann ihre Büchse und rannte los. Diego folgte ihr kaum langsamer.

Noch immer fielen Schüsse, und dann vernahmen sie Jim Jenkins' Stimme. Als ihr Bruder antwortete, fielen den beiden wahre Felsblöcke vom Herzen.

Halte durch, Waldemar!, flehte Gretel in Gedanken und wurde noch schneller.

Wenige Augenblicke später sah sie Greg Dyson vor sich. Dieser schlich sich gerade in Waldemars Rücken, um ihn von hinten niederschießen zu können.

»Das wirst du lassen!«, fauchte Gretel, riss die Flinte hoch und feuerte, sobald sie den anderen über den Lauf hinweg sehen konnte.

Greg Dyson riss es einen Schritt nach vorne, dann kippte er mit weit aufgerissenem Mund um und schlug schwer auf dem Boden auf.

»Hast du ihn, Greg?«, rief Jim Jenkins und kam ein paar Schritte auf Waldemar zu.

Dieser feuerte mit seinem Revolver zwei Kugeln auf ihn, doch die Entfernung war viel zu weit für einen gezielten Schuss.

Unterdessen hatte Diego Gretel erreicht und feuerte seine

schwere Büchse ab. Er traf nichts, doch nun begriffen Jenkins und seine Kumpane, dass sich jemand eingemischt hatte.

»Ausschwärmen und in Deckung gehen!«, befahl Jenkins, blieb selbst aber hinter einem Busch verborgen.

Gretel sah, wie mehrere Kerle aufsprangen und in ihre Richtung kamen. »Los, Diego! Schieß, was die Läufe hergeben«, rief sie und zog den Abzug durch.

Einer der Kerle blieb stehen und kippte dann haltlos zur Seite.

»Nummer zwei«, murmelte Gretel, riss ihre Remington aus dem Gürtel und feuerte einen Schuss nach dem anderen ab. Diego nickte verbissen, zog schnell hintereinander den Abzug des Colts durch und griff nach seiner Doppelpistole.

Ein weiterer Mann stürzte nieder, während ein anderer schrie, er sei getroffen. Die restlichen Kerle wichen zuerst langsam und dann immer schneller zurück. Keiner von ihnen hatte eine Ahnung, wer Waldemar Fitchner zu Hilfe gekommen war.

»Verdammt, was soll das?«, fluchte Jenkins, als seine überlebenden Kumpane Fersengeld gaben.

»Es sind zu viele, mindestens ein Dutzend. Ich habe keine Lust, genauso draufzugehen wie Greg und Tip«, fuhr ihn einer der Männer an. »Los, verschwinden wir!«

Sie rannten zu ihren Pferden, stiegen auf und galoppierten davon. Der Verletzte brauchte etwas länger und schrie hinter den anderen her, ihn nicht im Stich zu lassen. Nur Jenkins, der vor Wut fast verging, blieb in Deckung und suchte nach einer Möglichkeit, Waldemar Fitchner doch noch zu erwischen. Dann aber wurde auch ihm die Sache zu brenzlig. Er schoss aufs Geratewohl und wandte sich ebenfalls zur Flucht.

Gretel feuerte den letzten Schuss ihrer Remington auf ihn ab, doch er war zu weit entfernt. Keine Minute später kündete nur noch eine Staubwolke von Jenkins und seiner Bande.

»Waldemar, bist du in Ordnung?«, rief Gretel bang.

»Bei Gott, Gretel, Diego, ihr seid es!« Waldemar kam hinter dem Busch vor und konnte kaum glauben, dass er gerettet war.

Bei seinem Anblick ließ Gretel ihren Revolver fallen und umarmte ihn. »Ich bin so froh, dass wir früh genug gekommen sind!«, flüsterte sie unter Tränen.

»Früh genug für mich, aber leider nicht für den alten Hedgehog Rudledge.« Waldemar drückte seine Schwester fest an sich und strich ihr übers Haar. »Woher wusstet ihr, dass Jenkins uns folgen würde?«

»Thamar hat es uns berichtet. Sie war dabei, als Burke und ihre Mutter diesem Kojoten den Auftrag dazu gegeben haben. Ich hätte ihn damals, als Josef und ich ihn zusammen mit Abigail im Gebüsch erwischt haben, doch erschießen sollen.«

Gretel weinte voller Verzweiflung und setzte sich dann neben den alten Scout, der seit fast fünfundzwanzig Jahren so gut wie zur Familie gehört hatte und nun starr und steif vor ihr lag.

Auch Diego kämpfte mit den Tränen. »Warum sind wir nicht eher gekommen? Wir hätten schneller reiten müssen!«

»Es ging nicht«, erwiderte Gretel niedergeschlagen. »Dein Pferd hätte es nicht durchgehalten, und allein hätte ich Waldemar und Old Hedgehog nicht helfen können.«

Unterdessen ging Waldemar zu dem Arzt und sah im Schein der untergehenden Sonne, dass dieser von mindestens zwei Kugeln getroffen worden war.

»Ist es schlimm, Doktor?«, fragte er.

Simpson schüttelte den Kopf. »Es sind bloß Fleischwunden. Trotzdem wäre ich Ihnen dankbar, wenn Sie mich verbinden könnten. Zum Glück ist noch genug Verbandsmaterial in meiner Tasche.«

Waldemar nickte. »Ich versorge Ihre Verletzungen. Gretel,

Diego, ihr beide besorgt Holz für ein Lagerfeuer. Es wird rasch dunkel, und wir brauchen Licht, um den Doktor verarzten zu können.«

»Drei der Männer sind tot«, sagte der Junge mit zitternder Stimme.

»Einer davon ist Greg Dyson, der früher zu Spencers Bande gehört hat.« Gretel fühlte sich elend, weil sie zwei Menschen getötet und ihren jüngeren Bruder dazu gebracht hatte, ebenfalls einen Mann zu erschießen. Dagegen half nicht einmal das Gefühl, dass sie die Banditen, die den armen Amos Rudledge umgebracht hatten, erledigen konnten und es Diego und ihr gelungen war, Waldemar und dem Arzt durch ihr Eingreifen das Leben zu retten.

Wenig später brannte ein kleines Feuer, und Gretel half Waldemar, Augustus Simpson zu verbinden. Während sie und Diego noch mit dem eben durchlebten Schrecken kämpften, dachte Waldemar nach.

»Es ist schade, dass Jenkins entkommen ist. Ich traue dem Kerl zu, sich an euch zu rächen, falls er herausfindet, dass ihr mir geholfen habt. Ihr solltet daher vorsichtig nach Austin zurückkehren, ohne von den Lumpen gesehen zu werden.«

Gretel wies auf den toten Rudledge. »Was machen wir mit Old Hedgehog?«

»Ich binde ihn aufs Pferd und werde ihn morgen begraben. Der Doktor und ich werden auch nicht hierbleiben, sondern weiterreiten. Es könnte ja sein, dass Jenkins Verstärkung holt.«

»Er ist ein elender Schuft!«, stieß Simpson aus.

Obwohl er sich schwach fühlte, drängte auch er zum Aufbruch. »Ich habe keine Lust, Jenkins ein drittes Mal zu begegnen«, sagte er stöhnend, als Waldemar ihm in den Sattel half.

»Ich auch nicht, zumindest nicht im Moment!«, antwortete

Waldemar, legte Rudledge über dessen Pferd und umarmte dann seine Geschwister. »Möge Gott euch beschützen! Grüßt Vater, Mutter und Josef und sagt ihnen, dass ich immer an euch denken werde.«

Nun begriff Gretel, dass ihr Bruder nicht mehr zurückkommen würde, und brach erneut in Tränen aus. »Aber …«, brachte sie mühsam heraus.

»Ich muss nach Washington! Gouverneur Houston hat Briefe an den neu gewählten Präsidenten geschrieben. Old Hedgehog sollte sie ihm bringen, doch das kann er jetzt nicht mehr.« Waldemar war froh, dass er diesen Grund vorschieben konnte und nicht erklären musste, er würde nur deswegen gehen, um seinen Posten als Unterleutnant in der US-Armee anzutreten. Das, so befürchtete er, würden seine Geschwister nicht verstehen.

»Was machen wir mit den Toten?«, fragte Diego.

»Die lassen wir liegen«, erklärte Waldemar. »Soll Jenkins sich um sie kümmern. Ihr reitet jetzt los und seht zu, dass ihr unbemerkt nach Hause kommt. Habt ihr verstanden?«

Gretel und Diego nickten und schwangen sich auf ihre Pferde. Dann winkten sie noch einmal und ritten so rasch, wie es die Nacht zuließ, in Richtung Austin. Einen Augenblick sah Waldemar ihnen nach, dann stieg er ebenfalls in den Sattel. Da der Arzt verletzt war, musste er sowohl dessen wie auch Rudledges Gaul am Zügel führen. Bevor er sein Pferd antrieb, drehte er sich noch einmal um und drohte mit der geballten Faust.

»Ich schwöre dir eins, Jenkins! Ich werde wiederkommen, und dann wirst du für alles bezahlen.«

14.

Auf ihrem Heimweg weinten Gretel und Diego bittere Tränen um den alten Scout. So weit sie zurückdenken konnten, war er auf die Fitchner-Ranch gekommen und hatte ihnen abenteuerliche, aber auch lustige Begebenheiten erzählt, die er selbst erlebt haben wollte. Der Gedanke, dass er heimtückisch ermordet worden war, brachte Gretel fast dazu, ihn mit der Waffe in der Faust zu rächen. Sie begriff aber, dass sie Waldemars Rat folgen mussten. Niemand durfte wissen, dass Diego und sie sich eingemischt und drei Männer erschossen hatten.

Daher näherten sie sich Austin von der anderen Seite, warteten einen Augenblick ab, in dem niemand im Mietstall war, und stellten ihre Pferde unter. Anschließend huschten sie durch die Dunkelheit zum Hintereingang von Houstons Haus und klopften dort.

Es wurde ihnen so rasch geöffnet, als hätte man auf sie gewartet. Ihr Vater stand vor ihnen und sah sehr erleichtert aus. »Gretel! Diego! Gott sei Dank! Mister Houston und ich sind eben zurückgekommen, und ihr seid nicht da gewesen. Ich wollte gerade losgehen, um euch zu suchen.«

Gretel fiel ihm um den Hals und schluchzte zum Herzzerreißen. »Wir sind Jenkins und seiner Bande gefolgt! Die Kerle haben Waldemar und die anderen überfallen. Old Hedgehog Rudledge ist tot, und der Doktor wurde verwundet! Bevor sie auch Waldemar niederschießen konnten, haben Diego und ich geschossen.«

»Wie geht es Waldemar?«, fragte Walther bestürzt.

»Ihm ist nichts passiert«, antwortete Gretel. »Aber ich wollte, wir wären schneller gewesen und hätten Old Hedgehog retten können!«

Ein weiterer Tränenstrom ließ sie verstummen.

Walther hielt sie mit der einen Hand fest und zog mit der anderen Diego an sich. »Es ist gut, meine Lieben! Ihr habt das Richtige getan. Wir werden für Amos Rudledge beten, auf dass unser Herr Jesus Christus ihn in sein Himmelreich aufnimmt und wir ihn dereinst ebenso wiedersehen werden wie andere alte Freunde.«

… und Gisela!, setzte er bei der Erinnerung an seine erste Frau hinzu.

Unterdessen war auch Houston hinzugetreten und hatte das meiste mit angehört. »Da sieht man, was aus Texas geworden ist«, sagte er mit dünner Greisenstimme. »Die Flut kommt, mein Freund, und keiner von uns wird sie aufhalten können.«

»Nein, das werden wir nicht!« Walther war nicht weniger bedrückt als der Gouverneur. Keiner der Männer, die sie an diesem Abend besucht hatten, war bereit gewesen, sich offen gegen die Sezession zu stellen. Dabei waren es wohlhabende Bürger, die einst größeren Einfluss besessen hatten. Nun aber wurden auch sie von ihren Gegnern niedergebrüllt und bedroht. Niemand sagte es offen, doch die meisten hatten Angst. Selbst Walther dachte mehr an seine Familie als daran, wie er Montgomery und dessen Freunde aufhalten konnte.

»Kommt, Kinder!«, sagte er. »Wir gehen ins Wohnzimmer. Dort trinkt ihr eine Limonade und berichtet in allen Einzelheiten, was geschehen ist.«

Gretel und Diego folgten ihm, und gemeinsam gelang es Walther und Sam Houston, die beiden zu beruhigen. »Wenn ich könnte, würde ich Jim Jenkins gefangen nehmen und aufhängen lassen. Aber meine Gegner würden schon das Erstere verhindern. Daher bleibt uns nur der geordnete Rückzug und die Besinnung auf uns selbst.« Houston klang enttäuscht, denn er sah alles, für das er gekämpft hatte, zugrunde gehen.

»Wir können die Sezession nicht verhindern, sondern müssen uns damit abfinden. Wenn Sie nicht in Austin bleiben wollen – auf meiner Ranch ist immer Platz für Sie«, bot Walther dem Gouverneur an.

»Danke! Wenn es nötig sein sollte, werde ich darauf zurückkommen!« Zum ersten Mal an dem Tag lächelte Houston ein wenig. Doch sowohl er wie Walther wussten, dass ihnen viele harte Tage bevorstanden.

15.

An dem Tag, an dem der Senat von Texas über die Sezession entschied, patrouillierten Milizsoldaten in ihren traditionellen grauen Uniformen in den Straßen. Die Truppe wurde von Zebulon Burke kommandiert, der statt des Blaus der regulären US-Armee nun auch das Grau der Milizen trug und die Rangabzeichen eines Colonels.

Als Walther und Houston an ihm vorbeikamen, grinste er höhnisch, sagte aber nichts. Eigentlich wäre es Houstons Aufgabe gewesen, die Miliz zu rufen und deren Anführer zu bestimmen. Doch er war mittlerweile, wie er sagte, so lahm wie eine angeschossene Ente.

Trotzdem versuchte er, das Ruder mit einer ergreifenden Rede herumzureißen. Sein einziger Erfolg war jedoch, dass die Mehrheit der Senatoren zwar für die Abspaltung von den Vereinigten Staaten stimmte, die endgültige Entscheidung jedoch einer Volksabstimmung überließ, die noch in diesem Februar des Jahres 1861 stattfinden sollte.

»Vielleicht sind die Leute vernünftiger als die Männer, die sie als ihre Abgeordneten nach Austin geschickt haben«, sagte Walther, um Houston Mut zu machen. Dafür erntete er ein bitteres Lachen.

»Schön wäre es! Aber ich glaube nicht daran. Zwar besitzt nur einer von zehn Texanern Sklaven, aber die, die es tun, haben genug Geld, um ihre Schreier zu bezahlen. Da ist viel vom Stolz des Südens die Rede, von den Yankees, die uns den Hals zuschnüren, und so weiter. Aber keiner der Plantagenbesitzer wie Montgomery oder Grady wird zugeben, dass es ihm nur darum geht, mit ihren Negern in die neuen Territorien zu gehen, um dort neue Plantagen anzulegen, auf denen weitere Negersklaven gezüchtet werden. Hier im Süden, wo die Sklaverei bereits herrscht, würden Lincoln und dessen Parteifreunde sie sogar noch hinnehmen in der Hoffnung, dass sie in ein paar Generationen von selbst verschwindet.«

»Warum können Leute wie Jefferson Davis und die anderen nicht auf diesen Kompromiss eingehen?« Walther klang verzweifelt, obwohl ihm eine Festschreibung der Sklavenhaltung im Süden von Herzen zuwider gewesen wäre. Doch selbst das wäre in seinen Augen besser als die gewaltsame Trennung von der Union, die nur in einen Krieg münden konnte.

»Tun Sie mir den Gefallen, Walther, und reiten Sie ins French Settlement zurück. Vielleicht kommt es nur auf eine einzige Stimme an. Daher sollten wir um jede kämpfen!«

Einige Augenblicke lang war Houston wieder der Mann, als den Walther ihn kennengelernt hatte. Dennoch wusste er selbst, dass die bald dreißig Jahre, die seit ihrem ersten Zusammentreffen vergangen waren, ihre Spuren hinterlassen hatten.

Trotz seiner Bedenken erfüllte Walther Houstons Wunsch und kehrte nach Hause zurück. Die Abstimmung über die Trennung von den Vereinigten Staaten und den Anschluss an die Konföderierten Staaten von Amerika verschaffte ihm dort einen letzten Sieg, denn die Bewohner des French Settlements lehnten den Antrag mit überwältigender Mehrheit ab. Doch ihre Stimmen standen gegen die vieler anderer Bewohner in den übrigen Teilen von Texas, die für die Sezession votierten.

Am Tag nach der Abstimmung saß Walther in trüber Stimmung auf der Veranda seiner Ranch und starrte ins Leere. Nizhoni hätte ihn gerne getröstet, wusste aber nicht, wie sie ihn aufrichten konnte. Nicht zum ersten Mal, seit sie unter weißen Menschen lebte, fand sie deren Verhalten befremdlich. Schließlich trat sie neben ihren Mann und legte ihm die Hand auf die Schulter.

»Du machst dir zu viele Sorgen, Fahles Haar. Wir werden auch diese Prüfung bestehen.« Noch während sie es sagte, blickte sie auf und sah einen Reiter auf die Ranch zukommen. »Da ist Josef!«, rief sie und zeigte auf ihn.

»Josef kommt!« Gretel hatte es vernommen und schoss aus dem Haus. Diego folgte ihr und sah seinem ältesten Bruder erwartungsvoll entgegen.

Walther wertete Josefs Kommen als schlechtes Zeichen. Er stand etwas mühsam auf und trat auf dem Hof. »Willkommen, Josef. Gibt es im Süden Probleme?«

Sein Sohn schüttelte den Kopf. »Noch nicht! Aber ich habe erfahren, dass selbsternannte Milizen Jagd auf jene machen, die gegen die Sezession gestimmt haben, und wollte euch daher warnen. Ihr solltet eure Gewehre und Pistolen schussbereit halten. Die Banden sind zwanzig und mehr Leute stark, und ihnen geht es vor allen darum, zu plündern und sich den Besitz ehrlicher Leute anzueignen.«

»Danke für die Warnung! Wir werden uns vorsehen. Wie ist es bei dir?«, fragte Walther.

»Quique hat Benito und drei weitere Vaqueros auf die Südranch geschickt. Ich soll hier bei dir bleiben, sagt er. Du würdest mich brauchen, während Benito die Ranch im Süden führen kann.«

Bevor ihr Mann etwas sagen konnte, mischte Nizhoni sich ein. »Quique hat richtig entschieden! Wenn diese Banditen zuschlagen, werden sie es hier tun. Sie wissen, dass sie bei der Rinderranch ebenso auf hartgesottene Vaqueros treffen wie auf der Südranch. Außerdem kann sich jeder denken, dass du einen Schlag gegen eine der beiden Nebenranches mit einem härteren Schlag beantworten würdest.«

»Nizhoni hat recht«, antwortete Josef und nickte seiner Stiefmutter grimmig zu. »Deswegen bin ich Quiques Rat gefolgt. Er und Benito sind kampferprobte Männer. Das bist du zwar auch, Vater, aber du bist nicht mehr jung. Daher will ich nicht, dass du an vorderster Stelle stehst, wenn es zu einer Auseinandersetzung mit diesen Marodeuren kommen sollte. Du bist als unser Anführer zu wertvoll, und solltest du fallen, kann keiner dich ersetzen.«

Walther sah seinen Ältesten mit feuchten Augen an. »Doch! Einer kann es – und das bist du! Darüber bin ich froh. Sollte ich sterben, wirst du hier das Kommando übernehmen und es gut führen.«

»Vorerst aber bin ich ganz zufrieden, deinen Befehlen folgen zu können!« Josef stieg lächelnd ab und umarmte seinen Vater. »Du bist das Hirn und ich die Faust. Gemeinsam werden wir uns gegen alle Feinde behaupten.«

»Das werden wir!« Die Rückkehr seines Sohns erfüllte Walther mit frischem Mut, und er wies mit der Rechten auf das Land, das ihm gehörte. »Hier habe ich meine erste Hütte gebaut und meinen ersten Mais gesät. Bei Gott, dieses Land wird uns niemand wegnehmen! Wir haben Santa Ana getrotzt, und wir werden allen trotzen, die gegen uns sind.«

»Das werden wir, Vater!«, antwortete Josef ernst und sah dann seine Geschwister an. »Ich freue mich, euch gesund wiederzusehen. Man erzählt sich ja die wildesten Geschichten über euch.«

»Welche Geschichten?«, fragte Gretel neugierig.

»Jenkins und seine Freunde haben erzählt, sie hätten den Arzt noch ein wenig erschrecken wollen und in die Luft geschossen. Dabei wäre je nach Aussage eine Kompanie wütender

Unionssoldaten, eine Komantschengruppe oder eine Bande deutscher Milizionäre über sie hergefallen und hätte vier von ihnen erschossen!«

»Es hat also noch einen Vierten erwischt!« In Gretels Stimme lag kein Triumph, sondern eine gewisse Trauer, dass es dazu hatte kommen müssen.

»Auf jeden Fall lassen Jim Jenkins und seine überlebenden Kumpane sich als Opfer von Feinden der Konföderation bemitleiden. Allerdings soll fast jeder von ihnen etwas abbekommen haben. Die deutschen Unionsmilizkomantschen haben ihnen ganz schön eingeheizt. Aber bei dem Lehrer, den diese hatten, ist das auch kein Wunder!«

»Welchen Lehrer meinst du?«, fragte Gretel weiter.

»Einen ehemaligen deutschen Förster, der sich um 1829 hier angesiedelt hat!«, antwortete Josef und zwinkerte seinem Vater zu.

»Es gibt noch einen Lehrer, und zwar den Enkel eines bayerischen Wachtmeisters«, antwortete Walther lächelnd und klopfte Josef anerkennend auf die Schulter.

»Es ist gut, dass unsere beiden Kleinen nicht mit der Sache in Verbindung gebracht werden.«

»Jenkins und seine Kumpane sind so von sich überzeugt, dass sie das niemals glauben würden – und das ist gut so.« Dann wurde Josef ernst. »Wenn wir nur wüssten, wie es Waldemar geht!«

»Das wüssten wir alle gerne«, sagte Walther und wies zur Tür. »Aber komm jetzt rein! Du hast sicher Hunger.«

»Allerdings«, gab Josef zu und ging Seite an Seite mit seinem Vater ins Haus.

Nizhoni wartete einen Augenblick und funkelte ihre Kinder warnend an. »Bildet euch nicht zu viel auf eure Tat ein, und haltet vor allem den Mund. Jim Jenkins ist …«

»... ein Kojote, dem nicht zu trauen ist«, unterbrach Gretel sie. »Dabei liegen die Kerle gar nicht einmal so falsch. Immerhin sind Diego und ich halbe Deutsche und halbe Komantschen!«

»Halbe Diné!«, korrigierte ihre Mutter sie und zog sie lächelnd an sich.

16.

Waldemar war mit dem Arzt zusammen die Nacht durchgeritten. Erst am nächsten Vormittag wagte er es, eine Farm aufzusuchen und um etwas zu essen und eine Schaufel zu bitten, mit der er Amos Rudledge begraben konnte.

»Wir sind unterwegs überfallen worden, konnten die Banditen aber zurückschlagen«, erklärte er dem Farmer.

Dieser sah ihn an und dann Simpson, dessen Haare immer noch mit Teerklumpen verklebt waren, sagte sich aber, dass ihn diese Sache nichts anging, und nickte.

»Sie können die Schaufel haben und sich ein wenig ausruhen, wenn Sie wollen!«

Waldemar sah den Arzt an, der dringend eine Pause gebraucht hätte. Da er jedoch nicht wusste, ob sie weiterhin verfolgt wurden, schüttelte er den Kopf. »Sie können eine Stunde schlafen, Doktor. Ich begrabe in der Zwischenzeit den armen Rudledge. Danach müssen wir weiter.«

»Ich verstehe!« Simpson hatte Schmerzen und fühlte sich so elend, dass er nicht glaubte, nach einer Stunde wieder auf die Beine zu kommen. Trotzdem legte er sich im Schatten eines Baumes hin und war sofort eingeschlafen.

Unterdessen nahm Waldemar die Schaufel und vollbrachte sein trauriges Werk. Als Rudledge in der Erde ruhte, sprach er ein Gebet und schwor dem Mörder des alten Mannes noch einmal Rache. Die eigene Schwäche wollte Waldemar dazu zwingen, länger zu bleiben. Er biss jedoch die Zähne zusammen und weckte den Arzt.

»Wir müssen weiter!«, sagte er, als Simpson stöhnend zurücksank. »Vorher aber sehe ich mir Ihre Wunden an.«

»Tun Sie das«, antwortete der Arzt mit jämmerlicher Stimme und stand mit Waldemars Hilfe auf.

Als er schließlich wieder auf seinem Pferd saß, schlief er fast ein. Waldemar bedankte sich bei dem Farmer, überließ ihm Rudledges Gaul, der ihren Ritt nur verlangsamt hätte, und übernahm die Führung. Gegen Mittag rasteten sie in einem kleinen Wäldchen. Beide schliefen ein und wachten erst kurz vor der Abenddämmerung auf.

»Da der Mond scheint, können wir erneut die Nacht durchreiten«, schlug Waldemar vor und war froh, als er feststellte, dass die Ruhe Simpson gutgetan hatte. Er selbst fühlte sich ebenfalls besser und hätte den Ritt durch die Nacht genossen, wenn nicht der Gedanke an den toten Rudledge gewesen wäre und an seine Eltern und Geschwister, die er hatte zurücklassen müssen.

Waldemars Hartnäckigkeit machte sich bezahlt, denn sie erreichten Indianola, ohne noch einmal behelligt worden zu sein. Während er Simpson bei einem Arzt zurückließ, der dessen Verletzungen behandeln sollte, begab er sich zum nächsten Mietstall.

»Den einen Gaul will ich verkaufen«, sagte er zu dem Besitzer und wies auf das Pferd des Arztes. »Den anderen will ich bei Ihnen unterstellen. Mein Bruder wird ihn holen – oder mein Vater. Sie heißen Fitchner.«

Das Gesicht des Mannes hellte sich auf. »Wohl gar der General! Mein Name ist Fuller. Mein Dad hat unter ihm am San Jacinto River gekämpft!«

»General Fitchner ist mein Vater. Er wird sich freuen, von Ihnen zu hören. Ich werde ihm einen Brief schreiben, dann kommt er selbst und kann mit Ihrem Dad alte Erinnerungen austauschen.«

Erleichtert, auf jemanden getroffen zu sein, dem er vertrauen konnte, reichte Waldemar Fuller die Hand und wurde von diesem zum Abendessen eingeladen. Fuller gab ihm auch Papier und Bleistift, damit er einen Brief an seinen Vater schreiben konnte, und brachte diesen eigenhändig zum Posthalter. Außerdem nannte er ihm ein Schiff, das in wenigen Tagen nach Baltimore in Maryland auslaufen sollte.

Da es von Baltimore nach Washington nicht weit war, suchte Waldemar am nächsten Morgen einen Schiffsmakler auf und buchte zwei Plätze für sich und Doktor Simpson auf der *Mary Lou*. Als sie eine knappe Woche später auf das Schiff stiegen, dachte er, dass er damit den ersten Teil seiner Reise hinter sich gebracht hatte.

17.

Die *Mary Lou* entpuppte sich als alter Kasten, der Wasser zog und nur langsam vorankam. Für Doktor Simpson war die Zeit auf dem Schiff jedoch eine Erholung, denn seine Schusswunden verheilten ebenso wie die Peitschenstriemen auf seinem Rücken. Mittlerweile war er auch die letzten Teerflecken losgeworden und sah in seinem Ersatzanzug wieder wie ein Gentleman aus.

Waldemar trug noch immer die Kleidung eines Rinderhirten und wurde daher von den Passagieren für jemanden gehalten, der dem verletzten Arzt als Helfer beigegeben worden war. Aus diesem Grund schnitten ihn viele oder zeigten ihm offen ihre Verachtung. Trotz eines gewissen Ärgers über deren Hochmut sah Waldemar keinen Sinn darin, ihre Meinung zu korrigieren. Aber er war froh, als die *Mary Lou* nach einer endlos scheinenden Reise in den Hafen von Baltimore einlief. Dort hieß es Abschied von Augustus Simpson nehmen, der nach Philadelphia weiterreisen wollte.

»Glauben Sie wirklich, dass Sie es allein schaffen, Doktor?«, fragte er zweifelnd.

»Ich bin gut erholt, und mit der Eisenbahn ist es keine weite Fahrt mehr. Danke, dass Sie mich bis hierher gebracht haben. Das werde ich Ihnen nie vergessen!« Der Arzt streckte ihm die Hand entgegen und lächelte. »Männer wie Sie und Ihre Familie haben dafür gesorgt, dass ich Texas in besserer Erinnerung behalte, als dieses Land es verdient. Vielleicht sehen wir uns in besseren Zeiten wieder.«

»Vielleicht«, antwortete Waldemar und schritt, seinen Sattel über der Schulter, in Richtung Bahnhof. Er nahm sich nicht einmal Zeit, unterwegs in einem Gasthof einzukehren, sondern kaufte einem fliegenden Händler ein Sandwich ab und aß es, während er auf den Zug nach Washington wartete.

Die Fahrt dorthin verlief ruhig, und seine derbe Kleidung und die düstere Miene sorgten dafür, dass ihn niemand ansprach. Dennoch bekam er mit, dass die Meinung über die Sezessionsbestrebungen in Maryland sehr gespalten war. Viele Menschen im Zug sahen sich als Teil des Südens und fluchten auf die verdammten Yankees, die ihresgleichen das Leben schwermachten. Allerdings hörte er auch, dass die Bundesregierung bereits Truppen nach Maryland und nach Washington geholt hatte, um zu verhindern, dass die Sympathisanten der Sezession dort die Oberhand gewannen.

Wie präsent das Militär war, stellte er bei seiner Ankunft in Washington fest. Vor dem Bahnhof waren Posten aufgezogen, und auch sonst wirkte die Hauptstadt wie im Belagerungszustand. An jeder Ecke waren Uniformierte zu sehen, Soldaten marschierten kompanieweise die Straßen entlang, und überall flatterten Fahnen.

Trotzdem war Waldemar von Washington enttäuscht. Er hatte erwartet, dass der Ort als Hauptstadt der Union besonders prächtig aussehen müsse. Doch bis auf das Kapitol mit der noch unfertigen Kuppel und dem Weißen Haus wirkte er um keinen Deut besser als Austin. Er zuckte mit den Schultern. Er war nicht gekommen, um die Stadt zu besichtigen, sondern um dem Präsidenten Briefe zu überbringen.

Waldemar beschleunigte seinen Schritt und sah sich bald darauf einem Posten gegenüber, der den Eingang zum Weißen Haus bewachte. Bei seinem Anblick kreuzten die Uniformierten ihre Musketen.

»Halt, Mister! Wer sind Sie und was wollen Sie?«

»Ich habe Briefe aus Texas für den Präsidenten. Sie kommen von Gouverneur Houston«, antwortete Waldemar und zog den Packen unter seiner Weste hervor.

»Warten Sie hier! Ich gebe Bescheid.« Einer der Soldaten verschwand und kehrte kurz darauf mit einem Mann im dunklen Rock und mit steifem Hut zurück. Dieser warf einen kurzen Blick auf die Adresse, die auf den Briefen stand, und nickte unwillkürlich.

»Tatsächlich! Es ist die Handschrift von Gouverneur Houston. Hat er mit Ihnen gesprochen?«

»Mein Vater und ich waren Gast in seinem Haus«, antwortete Waldemar und erntete einige ungläubige Blicke. Dennoch forderte der Mann ihn auf, mit ihm zu kommen.

»Bleiben Sie in diesem Zimmer! Ich hole den Präsidenten«, sagte er und ließ Waldemar in einem kahlen, schmucklosen Raum zurück.

Waldemar musste einige Zeit warten und bedauerte es bereits, dass er nach seiner Ankunft in Washington nichts gegessen hatte. Da wurde die Tür geöffnet, und Abraham Lincoln trat ein. Waldemar nahm unwillkürlich Haltung an, als er den hochgewachsenen, hageren Mann mit dem ausdrucksvollen Gesicht vor sich sah.

»Sie kommen aus Texas, Mister?«, fragte Lincoln.

»Second Lieutenant Waldemar Fitchner, Sir. Ja, ich komme aus Texas. Nach meinem Abschluss in Westpoint war ich dort auf Heimaturlaub.«

Der Präsident machte nicht den Fehler, Waldemar nach seiner Kleidung zu beurteilen. Jemand, der gewohnt war, eine Uniform zu tragen, besaß selten einen guten zivilen Anzug. »Sie haben Briefe für mich, Lieutenant?«

»Jawohl, Herr Präsident! Sie sind leider schon etwas alt, da das Schiff, mit dem ich gefahren bin, sich als verdammt lahme Ente entpuppte.« Waldemar überreichte Lincoln das Päckchen und sah diesen verständnisvoll lächeln.

»Das haben Schiffe manchmal so an sich. Eisenbahnen übrigens auch. Auf jeden Fall danke ich Ihnen. Seit die Sezessionisten die Macht in Texas ergriffen haben, ist der Postweg dorthin unterbrochen. Darum bin ich für diese Briefe besonders dankbar.« Lincoln wollte schon gehen, wandte sich vor der Tür aber noch einmal um.

»Was haben Sie jetzt vor?«

»Ich weiß nur, dass ich mich hier in Washington beim Kriegsministerium melden soll, Herr Präsident.«

»Dieser Befehl erreichte Sie sicher noch, bevor die Krise ihren Höhepunkt erreichte, Mister Fitchner. Mittlerweile stehen wir im Krieg. General Beauregards South-Carolina-Miliz hat Fort Sumter beschossen und die Besatzung zur Kapitulation gezwungen. Damit haben die Rebellen deutlich gezeigt, dass weitere Verhandlungen sinnlos sind. Der Kongress hat beschlossen, eine Armee aufzustellen, um die Einheit unserer Nation zu bewahren. In den Bundesstaaten werden bereits Freiwilligenregimenter für diese Armee aufgestellt.«

Lincoln musterte Waldemar durchdringend. »Sie haben die Wahl: Entweder nehmen Sie den Ihnen zugewiesenen Posten als Second Lieutenant bei der regulären Armee ein und werden wahrscheinlich an der Indianergrenze stationiert, oder Sie treten in einem höheren Offiziersrang in eines der Freiwilligenregimenter ein, auch auf die Gefahr hin, schon bald gegen Texaner kämpfen zu müssen!«

»Es gibt nur zwei Texaner, auf die ich niemals schießen werde, Sir, nämlich meinen Vater und meinen Bruder. Alle anderen sind, wenn sie mir im Feld gegenüberstehen, meine Feinde!« Waldemars Stimme klang hart, doch er hatte die Schreier in

Austin erlebt und den alten Freund Amos Rudledge sterben sehen.

»Dann bitte ich Sie, noch einen Augenblick zu warten. Ich will einen Brief an den Gouverneur von Illinois schreiben und ihn bitten, Ihnen das Patent eines Captains in einem der Freiwilligenregimenter meines Heimatstaats zu geben. Bei den Gouverneuren der anderen Bundesstaaten weiß ich nicht, ob sie meiner Bitte Gehör schenken würden.«

Nach diesen Worten verließ der Präsident die Kammer, und Waldemar musste erneut warten. Doch diesmal machte es ihm nichts aus.

VIERTER TEIL
Freundschaft

1.

Thierry Coureur tat seine Tochter leid. Gegen die um einen halben Kopf kleinere, zierliche Julia Ransom musste sie einfach plump erscheinen, obwohl sie es bestimmt nicht war. Dazu saß sie allzu angespannt neben der Jüngeren und machte kaum den Mund auf, während Julia alles tat, um das Interesse der beiden Herren, die bei ihnen zu Gast waren, auf sich zu lenken.

Thierrys Blick streifte den einarmigen Edward Montgomery, und er bedauerte auch ihn. Zwar hatte sich der Senator voll und ganz für die Sezession eingesetzt, doch konnte man mit ihm noch über die Vor- und Nachteile diskutieren, die dieser Schritt mit sich brachte. Zebulon Burke hingegen sah jede auch nur andeutungsweise geäußerte Kritik an der Lostrennung von der Union als Hochverrat an. Nun saß er in der prachtvollen Uniform eines Brigadegenerals der Konföderierten Staaten auf dem Diwan und schwang das große Wort.

»Wegen Fitchner brauchen Sie sich keine Sorgen mehr zu machen, Mistress Coureur. Der ist so gut wie erledigt. Der neue Gouverneur hat ihm seinen Sitz im Senat entzogen. Bald wird er auch seinen Besitz verlieren. Die entsprechenden Gesetze sind bereits verabschiedet. Nur derjenige, der der Konföderation Treue schwört, hat ein Recht, hier in Texas Land zu besitzen. Jeder andere gilt als Verräter und wird entschädigungslos enteignet.«

»Bravo!« Rachel Coureur sehnte diesen Augenblick herbei. Ein nicht unbeträchtlicher Teil von Fitchners Ranch am

Colorado, das hatte General Burke ihr bereits versprochen, würde an ihren Mann gehen. Er selbst hatte sein Auge auf Fitchners Rinderranch am Llano River geworfen, und für Fitchners Südranch hatte bereits dessen südlicher Nachbar Grady Interesse angemeldet. Sie alle brauchten dafür nur ein paar Dollar an den Staat zu zahlen.

»Ich finde es nicht gerecht, wenn Menschen das, was sie in langen Jahren geschaffen haben, einfach weggenommen wird«, warf Thamar ein. »Es erinnert mich an die Erzählungen meines Vaters über General Santa Ana, der damals allen amerikanischen Texanern ihr Land wegnehmen wollte.«

Während Thierry seiner Tochter im Geiste Beifall zollte, fuhr seine Frau auf. »Wie kannst du es wagen, unseren lieben Gouverneur Clark in einem Atemzug mit diesem mexikanischen Mordbrenner zu nennen!«

Rachel ärgerte sich ständig über ihre widerspenstige Tochter, insbesondere, weil diese sich nicht im Geringsten anstrengte, das Interesse eines der beiden Herren zu gewinnen, die regelmäßig zu Besuch kamen. Dabei wäre ihr sowohl Edward Montgomery wie auch Zebulon Burke als Schwiegersohn willkommen gewesen. Ihr einziger Trost blieb, dass Julia nur einen der beiden heiraten konnte und der andere sich dann hoffentlich Thamar zuwenden würde.

»Es ist unabdingbar, dass jeder, der zur Union hält, dafür bestraft wird!«, erklärte Burke eisig.

Es klang patriotisch, aber in Wahrheit vertrat er nur seine persönlichen Interessen. Er hatte seine Heimat Arkansas nicht verlassen, um hier in Texas als armer Offizier zu enden. Ihm wäre eine Baumwollplantage zwar lieber gewesen, doch wenn er Fitchners Rinderranch bekam, konnte er diese verkaufen und dafür eine Plantage erstehen.

»Meine Herren, müssen wir wirklich über ein so ödes Thema

wie Politik reden?« Julia Ransom schmollte allerliebst und brachte sowohl Burke wie auch Montgomery dazu, rasch das Thema zu wechseln. Ein zufriedener Blick ihrer Mutter belohnte sie dafür. Lucretia Ransom hatte die Einladung in diese Wildnis, wie sie es für sich nannte, nur angenommen, um ihrer Widersacherin Rachel und deren Tochter keinen Vorteil in dem erbitterten Wettstreit um den besten Schwiegersohn zu lassen.

Die Unterhaltung langweilte Thierry zunehmend. Nach einer Weile schob er sein Glas zurück und stand auf. »Ich bitte, mich zu entschuldigen. Aber ich muss mich um meine Plantage kümmern.«

»Das verstehe ich«, antwortete Montgomery, während Burke sein Gespräch mit Julia nicht unterbrechen wollte.

Auch Rachel hielt es für besser, wenn ihr Mann die Runde verließ, denn er machte nicht die geringsten Anstalten, auf Thamar einzuwirken, sich etwas lebhafter zu geben. Daher fiel das Mädchen gegen die vor Charme übersprudelnde Julia mehr und mehr ab.

Thamars verzweifelter Blick brachte Thierry beinahe dazu, doch zu bleiben. Aber es war für sie an der Zeit zu heiraten, und deswegen hoffte er, dass Julia Ransom sich für Burke entschied. Mit Montgomery als Schwiegersohn glaubte er auszukommen zu können. Seufzend trat er ins Freie und ließ sich seinen Hengst Napoleon satteln.

Zunächst trabte er ohne direktes Ziel über seinen Besitz und merkte erst nach einer Weile, dass er sich auf die südliche Grenze seiner Plantage zubewegte. Dahinter erstreckte sich Fitchners Rinderranch. Einst waren er und deren Besitzer Walther Fichtner die besten Freunde gewesen, und zu manchen Zeiten fragte er sich, weshalb es so hatte enden müssen. Ein wenig Neid mochte mit im Spiel gewesen sein, weil

Walther stets über mehr Land verfügt hatte als er. Natürlich hatte er den Willen besessen, zu dem erfolgreicheren Freund aufzuschließen und ihn womöglich zu überholen, aber viel davon war Rachels Schuld. Sie hatte ihn immer wieder darauf hingewiesen, dass er sich anstrengen müsse, um nicht auf ewig in Walther Fitchners Schatten zu stehen.

Den endgültigen Bruch hatte Abigail jedoch herbeigeführt, als sie sich trotz ihrer Verlobung mit Josef Fitchner mit Jim Jenkins eingelassen hatte. Mit diesem Schwiegersohn hatte er sich immer noch nicht abgefunden.

Mit einem Mal zuckte er zusammen. Eben hatte er an Josef Fitchner gedacht, und nun sah er ihn wenige hundert Yards entfernt reiten. Noch hatte Josef ihn nicht entdeckt, würde ihm aber, sobald dies geschah, mit Sicherheit ausweichen. Burkes Gerede, dass Walther Fitchner seinen Besitz verlieren würde, kam Thierry in den Sinn, und ehe er begriff, was er tat, gab er seinem Hengst die Sporen und sprengte auf Josef zu.

Als Josef den Nachbarn auf sich zukommen sah, nahm sein Gesicht einen abweisenden Ausdruck an, und er wollte sein Pferd wenden.

Da winkte Thierry und begann zu rufen. »Halt, Josef! Warte! Ich muss unbedingt mit dir reden.«

Der drängende Ton in Thierrys Stimme ließ Josef zögern. Er wartete, bis der Nachbar ihn erreicht hatte, und musterte ihn misstrauisch. »Was ist so wichtig, dass ich bleiben muss, Mister Coureur?«

»Es gab eine Zeit, da nanntest du mich Onkel Thierry«, antwortete dieser traurig.

»Das ist lange her!« Noch während er es sagte, erinnerte Josef sich, dass er Thierry, aber auch Rachel sein Leben verdankte, als er es nach dem Überfall durch Spencers Leute schwer verwundet bis zu dessen Ranch geschafft hatte.

»Ja, das ist lange her.« Thierry atmete tief durch und sah Josef zwingend an. »Höre mir gut zu! Die Sezessionisten wollen jeden, der nicht den Treueid auf die Konföderation leistet, gnadenlos enteignen. Burke lauert bereits darauf, es bei euch zu tun, und ich muss leider gestehen, mein Weib geiert auch auf euren Besitz.«

»Warum sagen Sie mir das?«, fragte Josef.

»Weil wir es nur deinem Vater zu verdanken haben, dass wir damals von der gestrandeten *Loire* lebend an Land gekommen sind. Er hat mir auch später oft geholfen, und es tut mir leid, dass es wegen Abigail auseinandergegangen ist.«

»Das war nicht Ihre Schuld, Mister Coureur«, wandte Josef ein.

»Doch! Ich hätte besser achtgeben sollen, sowohl auf meine Tochter wie auch auf Rachel. Wie oft habe ich mir diesen Vorwurf gemacht! Ich hätte der Freundschaft zu euch vertrauen und mich mit dem begnügen sollen, was ich besaß. Es war weitaus mehr, als die meisten Texaner besitzen. Aber ...«

Thierry brach ab, denn er wollte nicht sagen, dass Rachel ihn dazu gedrängt hatte, mehr zu werden als Walther. Stattdessen streckte er Josef die Hand hin.

»Sei versichert, ich bin nicht euer Feind. Sag deinem Vater, er soll nach Austin reiten und den Eid ablegen. Auch du musst es tun! Und noch etwas: Der neue Gouverneur hat mich damit beauftragt, die Miliz in diesem County zu kommandieren. Ich möchte, dass du mein Stellvertreter wirst!«

»Um für die Sklavenhalter in den Krieg zu ziehen?« Josef lachte bitter auf und schüttelte den Kopf. »Nein, das tue ich gewiss nicht!«

»Denk doch mal nach!«, beschwor Thierry ihn. »Es geht hier nicht um die Frage der Sklaverei, sondern um deine Familie. Als Major der Miliz kannst du sie beschützen, nicht aber, wenn du den Eid verweigerst und deswegen als Verräter giltst. Dein Vater ist alt und deine Geschwister zu jung. Also nimm Vernunft an! Es ist das Beste für uns alle.«

Josef spürte den Ernst in Thierry Worten und überlegte. Was brachte es, wenn er sich offen auf die Seite der Union schlug? Die Leute dort waren weit weg und konnten seiner Familie nicht den Besitz erhalten. Außerdem war es nicht einmal sicher, ob sie wirklich gegen die Konföderation kämpfen oder es bei Drohungen und neuen Vorschlägen bewenden lassen würden. Alles aufzugeben, was sie sich in Texas geschaffen hatten, konnte niemand von ihnen verlangen.

»Ich werde Vater mitteilen, was Sie mir gesagt haben, Mister Coureur. Wenn ich aber diesen Eid leiste, tue ich es nicht zuletzt, um danach das dumme Gesicht Ihrer Frau zu sehen.«

Gegen seinen Willen musste Thierry lachen. »Auf dieses Gesicht bin auch ich gespannt! Grüß deinen Vater von mir – und natürlich auch Nizhoni. Ich würde die beiden gerne wiedersehen.«

»Ich werde es ausrichten! Jetzt aber danke ich Ihnen … dir für deine Warnung, Onkel Thierry.«

Josef hielt Thierry die Hand hin, die dieser aufatmend ergriff. Dabei dachte er, was Abigail für eine Närrin gewesen war, diesen Mann für einen Jim Jenkins aufzugeben.

2.

Als Josef vor dem Hauptgebäude der Ranch aus dem Sattel stieg, sahen seine Eltern und Geschwister ihm sofort an, dass etwas geschehen sein musste. Während Walther und Nizhoni vor der Tür stehen blieben, kamen Gretel und Diego auf ihn zu.

»Was ist los?«, fragte das Mädchen. »So schnell bist du noch nie zurückgekommen.«

»Es gibt Neuigkeiten! Aber die will ich nicht zwischen Tür und Angel berichten«, antwortete Josef, während er einem Peon die Zügel zuwarf und aufs Haus zueilte. Da er sein Pferd sonst immer selbst absattelte und versorgte, wunderten sich die anderen noch mehr.

Gretel und Diego eilten noch vor dem Rest der Familie ins Haus und sahen ihren Bruder drinnen auffordernd an.

»Also, was gibt es?«, fragte Gretel drängend.

Mit einem nachsichtigen Lächeln wartete Josef, bis sein Vater und seine Stiefmutter sich gesetzt hatten, und berichtete dann von seiner Begegnung mit Thierry Coureur.

»Ich glaube ihm, dass er nicht unser Feind ist«, setzte er hinzu. »Das ist allein der Drache Rachel! Onkel Thierry hat sich eine gewisse Zeit von ihr beeinflussen lassen, merkt jetzt aber selbst, dass dies nicht richtig war.«

»Zebulon Burke will sich also unsere Rinderranch unter den Nagel reißen?«, fragte Walther zornerfüllt.

»So hat Onkel Thierry es mir berichtet. Er sagte aber auch, dass der Drache Rachel diese Ranch hier haben will«, erwiderte Josef.

»Das sind unsere Jagdgründe! Wenn sie uns jemand wegnehmen will, werden wir kämpfen«, rief Nizhoni erbost.

»Wir haben keine Chance gegen den Staat von Texas, es sei denn, wir beugen uns nach außen und verbergen, wie es in unseren Herzen aussieht«, wandte Josef ein.

»Náshdóítsoh rät zur List. Dies ist eines großen Kriegers würdig.« Nizhoni verwendete nur noch selten die Tiernamen, die sie Josef und Waldemar einst gegeben hatte, und verriet damit, wie angespannt sie war.

Nach kurzer Überlegung nickte Walther. »Ich tue es nicht gerne! Aber es gilt, unsere Familie und unseren Besitz zu schützen. Reiten wir also nach Austin und schwören der Konföderation Treue. Der Eid ist sowieso hinfällig, wenn Texas sich wieder den Vereinigten Staaten anschließt, was – wie ich hoffe – nicht allzu lange auf sich warten lassen wird.«

»Sollen wir wirklich beide zugleich reiten?«, fragte Josef besorgt.

»Wir haben keine andere Wahl. Wenn ich allein komme, behaupten die Beamten der Regierung mit Gewissheit, dass du gegen die Konföderation stehst, und gehen gegen uns vor. Je schneller wir die Sache hinter uns bringen, umso schneller sind wir zurück!« Walther war nicht wohl dabei, da er diesen Eid nicht aus ehrlichem Herzen leisten konnte. Doktor Simpsons Schicksal lehrte ihn jedoch, was auf jene wartete, die sich offen gegen die Sezessionisten stellten. Da war es besser, sich vorerst bedeckt zu halten.

Nachdem er sich einmal entschlossen hatte, wollte Walther die Sache hinter sich bringen. Daher ließ er bereits am nächsten Tag die Pferde satteln und ritt mit Josef und zwei seiner Vaqueros zusammen nach Austin.

Sie waren noch keine Meile weit gekommen, als sie hinter sich

Hufschlag hörten und sich umdrehten. Es war Gretel, die fröhlich winkend auf Flashy zu ihnen aufschloss.

»Mama meint, ich sollte mit euch reiten. Es würde einen friedlichen Eindruck auf eure bisherigen Gegner machen.«

Walther wusste, dass seine Frau in etlichen Dingen ihre ganz eigene Meinung hatte. Bei ihrem Volk waren Reiter ohne Frauen in erster Linie Krieger, vor denen man sich hüten musste. Hatten sie hingegen Frauen bei sich, kamen sie in friedlicher Absicht.

»Dann komm mit, Mädchen! Aber du bleibst immer bei uns, verstanden?«

»Freilich tue ich das!« Gretel glaubte zwar, sich selbst verteidigen zu können, wollte aber ihrem Vater keine zusätzlichen Sorgen bereiten. Eher würde sie ihn und Josef mit ihrer Remington Rider unterstützen, falls es zum Äußersten kam. Mit diesem Gedanken reihte sie sich neben den Männern ein und sah sie mit blitzenden Augen an.

»Sollte mir Kojoten-Jim über den Weg laufen, werdet ihr mich davor zurückhalten müssen, ihn über den Haufen zu schießen!«

»Wenn Jenkins frech wird, überlässt du ihn mir!« In Josefs Stimme schwang eine Warnung an seine Schwester mit, es nicht zu übertreiben.

Das aber hatte Gretel nicht vor, und so ritten sie in bestem Einvernehmen weiter. Die Nacht verbrachten sie in einem der alten Farmgebäude der Südranch. Die Gelegenheit nutzten Walther und Josef, mit Benito über die Situation im Umkreis dieser Ranch zu sprechen. Dort hatte sich jedoch außer einigen Drohungen von Captain Grady nichts ereignet. Walthers Ruf und der seiner Mannschaft sorgte dafür, dass ihr landgieriger Nachbar sich vorerst noch zurückhielt.

Dieser Meinung war auch Benito, der etwas ganz anderes auf

dem Herzen hatte. »Sie werden mir böse sein, Señor, aber es sind zwei Negros bei uns, die besser nicht gesehen werden sollten. Wenn Sie nichts dagegen haben, werde ich sie zu Quique schicken. Die Rinderranch ist groß, und da findet man so leicht niemand. Hier haben wir Grady als Nachbarn, und der lauert nur darauf, uns zu schaden.«

»Wir können nicht alle Schwarzen, die davonlaufen, bei uns verstecken«, wandte Josef ein.

»Das können wir nicht! Aber zwei müssten gehen.« Da Walther sich gezwungen sah, den Eid auf die Konföderation zu leisten, wollte er wenigstens in diesem Fall seinem Gewissen folgen. »Bring die beiden Schwarzen zu Quique. Da es auf der Rinderranch bereits mehrere dunkelhäutige Vaqueros gibt, fallen sie dort nicht auf. Er soll sich aber vor Sam Jenkins und dessen Sohn in Acht nehmen. Ebenso wie Grady würden die beiden uns einen Strick daraus drehen«, warnte er Benito und blickte dann nach Süden, wo in weniger als zwei Meilen Entfernung die Baumwollfelder ihres Nachbarn begannen. Obwohl die Sonne bereits sank, arbeiteten Gradys Sklaven noch immer, und der Wind trug selbst auf die Entfernung ihren schwermütigen Gesang zu ihnen her.

»Gebe Gott, dass diese Konföderierten Staaten von Amerika nur eine Randnotiz der Geschichte bleiben. Um in einem solchen Land leben zu müssen, habe ich meine Heimat nicht verlassen«, sagte er leise und kämpfte mit seinem hilflosen Zorn, weil er den Nacken vor den Sezessionisten beugen musste.

3.

Kurz bevor Walther und seine Begleiter am nächsten Nachmittag Austin erreichten, schlossen sie zu einer anderen Reisegruppe auf, die aus zwei leichten Reisewägen und mehreren Reitern bestand. Gretels Gesicht nahm einen abweisenden Ausdruck an, als sie in den Fahrzeugen Rachel Coureur und Lucretia Ransom samt Töchtern und in den Reitern Zebulon Burke, Edward Montgomery und Thierry erkannte. Im Gegensatz zu Rachel behielt Walther seine unbeteiligte Miene bei, während Josef sogar grüßte.

Rachel starrte betont an ihm vorbei, während Thamar die Augen niederschlug, aber verstohlen zu Josef hinüberschaute. Auch jetzt konnte sie nicht begreifen, weshalb ihre Schwester diesen prachtvollen jungen Mann so vor den Kopf hatte stoßen müssen. Josef war ebenso groß wie ihr Vater und sah auf eine verwegene Weise gut aus. Gegen ihn wirkte Zebulon Burke wie ein hässlicher Satyr, und Edward Montgomery hätte selbst mit zwei Armen hinter ihm zurückstehen müssen. Und doch würde sie sich irgendwann für einen dieser beiden entscheiden müssen – oder besser gesagt für den, den Julia Ransom ihr übrig lassen würde. Dabei wäre Josef … Thamar brach diesen Gedanken ab und sagte sich, dass es nun einmal Gräben gab, die niemand überwinden konnte.

»Sie wollen ebenfalls nach Austin?«, fragte Montgomery aus einer gewissen Neugier heraus.

Da Walther schwieg, übernahm Josef die Antwort. »Mein

Vater und ich wollen unseren Eid auf die Konföderation ablegen!«

»Das ist löblich!«, sagte Montgomery.

In trüben Augenblicken fühlte er zwar Hass auf Walther, doch sein Verstand sagte ihm, dass er den alten Mann zum Duell gefordert und sich daher selbst die Schuld am Verlust seines Armes zuzuschreiben hatte.

»Den Eid?« Zebulon Burke riss es vor Wut beinahe aus dem Sattel, denn er hatte es sich bis in alle Einzelheiten ausgerechnet, wie er an Fitchners Besitz gelangen konnte. Wenn der Kerl aber den Konföderierten Staaten Treue schwor, war es nahezu unmöglich, dieses Ziel zu erreichen.

Noch schlimmer traf die Neuigkeit Rachel. Sie fuhr von ihrem Sitz hoch und schrie Walther unbeherrscht an. »Du bist ein Lump und wirst es immer bleiben! Aber es wird dir nichts helfen. Wir werden …« in dem Augenblick fuhr der Wagen in ein Schlagloch. Rachel verlor durch den Ruck das Gleichgewicht und fiel nach vorne gegen ihre Tochter. Es tat weh, und ihre Wut auf Walther wich der auf ihren Kutscher.

»Du verfluchter schwarzer Hund! Du elender Nigger!«, schrie sie, griff zur Peitsche und versetzte dem Mann mehrere heftige Hiebe.

Als Gretel es sah, wollte sie eingreifen, doch ihr Bruder fasste sie rechtzeitig am Arm und hielt sie zurück. »Du kannst nichts tun!«, raunte er ihr zu. »Der Schwarze ist ihr Besitz, und sie kann mit ihm machen, was sie will.«

Gretel biss die Zähne zusammen, um nicht vor Wut zu platzen. Nie zuvor hatte sie sich so hilflos gefühlt wie in diesem Augenblick, und sie betete im Stillen, dass die Soldaten der Union kommen und die Sklavenhalter aus dem Land treiben würden. Zu ihrer Erleichterung blieb Thierrys Reisegruppe bald hinter ihnen zurück, und Gretel beruhigte sich wieder. Wenig später erlebten sie die nächste Überraschung. In der Stadt herrschte eine ungewöhnliche Betriebsamkeit, und die Straßen standen so dicht voller Menschen, dass es kaum ein Durchkommen gab.

Junge Männer, die meisten nicht älter als achtzehn, drängten sich um Offiziere im grauen Rock, die mit prachtvollen Hüten und Schärpen, hohen, glänzenden Reiterstiefeln und langen Schleppsäbeln aus der Menge herausstachen. Etwas weniger aufgeputzte Uniformierte mit Sergeantenwinkeln auf den Ärmeln riefen der Menge zu, sich Captain Greens Texas Rifles, Captain Porters Texas Guards oder anderen Kompanien anzuschließen. Sie boten Handgeld, beste Verpflegung, und ein Sergeant hielt sogar eine graue Feldbluse und gleichfarbige Hosen in die Luft.

»Kommt zu Captain Hardemans Mounted Rifles! Hier erhaltet ihr Kleidung, wie ihr sie besser noch nie getragen habt. Wartet aber nicht, denn schon morgen machen wir uns auf den Weg, um es diesen blutleeren Yankees zu zeigen. Wer jetzt nicht mitkommt, versäumt den Krieg.«

»Das sieht verdammt ernst aus«, sagte Josef zu seinem Vater. Walther nickte. »Mein Gott, sind diese Leute alle närrisch geworden? Ich weiß, was Krieg bedeutet, nämlich Hunger, Elend und Tod. Doch die Kerle hier führen sich auf, als wäre alles nur eine lustige Party und die Armee der Union eine Schar Hühner, die sie fröhlich verscheuchen können.«

»Bringen wir den Eid hinter uns und reiten wieder nach Hause.« Josef hatte wenig Lust, in der Stadt zu bleiben, solange ein solcher Wirbel herrschte.

»Da hast du recht!« Mit diesen Worten trieb Walther seinen Hengst an und ritt an den jungen Männern vorbei, die sich beinahe darum prügelten, den neu aufgestellten Kompanien und Regimentern beitreten zu können.

Da ein Trupp frisch angeworbener Rekruten, von einem Unteroffizier geführt, eben die Straße blockierte, musste Gretel ihre Stute zügeln und warten, bis sie ihrem Vater und ihrem Bruder folgen konnte. Als sie sich umschaute, sah sie Jim Jenkins am Straßenrand stehen, und ihre Hand wanderte zum Griff ihrer Remington. Eingedenk der Warnung ihres Bruders ließ sie die Waffe wieder los und wollte langsam weiterreiten, als Jenkins sie entdeckte.

Rachels Schwiegersohn war immer noch erbost über die Abreibung, die er und seine Kumpane bei ihrem Überfall auf Waldemar und Augustus Simpson erlitten hatten. Ein rascher Blick zeigte ihm, dass das Mädchen durch eine ganze Kompanie von seinem Vater und dem Bruder getrennt war, und das wollte er ausnutzen. Grinsend trat er auf die Straße und streckte die Hand nach Flashys Zügel aus.

»Weißt du, was man hier in Texas mit einem dreckigen Halbblut macht?«, fragte er höhnisch. »Du wirst es gleich sehen!«

Gretels Hand wanderte erneut zum Revolver, dann dachte sie an ihre eigenen Worte, dass dieser Kojote keine Kugel wert sei, und kitzelte ihre Stute leicht mit dem linken Sporn. Sofort stellte Flashy sich auf die Hinterbeine und schwang herum. Jenkins konnte nicht mehr ausweichen und wurde zu Boden geschleudert.

Einige der umstehenden jungen Männer begannen zu lachen. Voller Wut rappelte Jenkins sich auf und wollte seinen Revolver ziehen. Da rammte ihn Gretels Stute zum zweiten Mal, und er flog im hohen Bogen über die Straße. Dabei verlor er seine Waffe, und als er aufstand, sah er das Pferd wieder auf sich zukommen. Entsetzt wollte er ausweichen, doch die Stute war schneller und stieß ihn erneut in den Straßenstaub.

Das Lachen der Umstehenden wurde lauter, und nun bemerkten auch Walther und Josef, was sich da tat. Da die

Rekruten den Weg freimachten, konnten sie Gretel beistehen. Sie begriffen jedoch rasch, dass das Mädchen ihre Hilfe nicht benötigte. Gretel jagte Jenkins die Straße entlang, genauso wie er vor etlichen Wochen Doktor Simpson gehetzt hatte, und lenkte dabei ihre Stute so geschickt, dass der Mann nicht die geringste Chance hatte, ihr zu entkommen.

Erst als Jenkins nach einer erklecklichen Strecke nicht mehr aufstand, sondern stöhnend liegen blieb, ließ Gretel von ihm ab. Mit einer Mischung aus Hass und Verachtung blickte sie auf ihn hinab.

»Hör mir gut zu, Kojoten-Jim! Solltest du mir noch einmal in die Quere kommen, wirst du es bereuen. Und nun krieche zu deiner Schwiegermutter und lass dich von ihr bedauern.« Gretel wendete ihre Stute auf der Hinterhand und ritt auf ihren Vater und ihren Bruder zu.

»Das war ich ihm schuldig«, sagte sie und trabte in Richtung Mietstall, in dem sie ihre Pferde abstellen wollten.

Jim Jenkins brauchte geraume Zeit, bis er wieder auf die Beine kam. Der Gedanke, von einem Mädchen, das fast noch ein Kind war, gedemütigt worden zu sein, war kaum zu ertragen. Noch schlimmer aber war der Spott der jungen Burschen um ihn herum. Von dem Tag an würde ihm der Beiname Kojoten-Jim bleiben, und dafür hasste er dieses rothaarige Weibsstück fast noch mehr als für seine Niederlage.

Gretel hingegen ritt zufrieden lächelnd neben ihrem Vater und ihrem Bruder her. Es freute sie, dass sie Jim Jenkins wenigstens auf diese Weise allen Ärger und besonders auch den Tod von Amos Rudledge hatte heimzahlen können.

Als sie den Mietstall verließen, eilte ihnen ein Mann vom Postamt entgegen. »Gut, dass ich Sie treffe, Mister Fitchner. Ich habe einen Brief für Sie. So kriegen Sie ihn schneller, als wenn ich ihn weiterschicken müsste.«

»Danke!« Verwundert nahm Walther das Schreiben entgegen, erkannte Waldemars Handschrift und atmete auf.

»Was schreibt Waldemar?«, fragte Gretel, die die Schrift ihres Bruders ebenfalls sogleich erkannt hatte.

»Dafür muss ich den Brief erst lesen«, antwortete Walther mit einem nachsichtigen Lächeln und öffnete den Umschlag. »Waldemar ist gut nach Indianola gekommen und hat sein Pferd im Mietstall eines Tom Fuller abgestellt. Ah! Es handelt sich um einen Sohn von Sam Fuller, der mit mir am San Jacinto River gewesen ist. Wir sollen das Pferd abholen, sonst wird Mister Fuller es verkaufen.«

»Das mache ich«, erklärte Josef sofort.

»Ich will mit!«, bettelte Gretel.

Walther überlegte kurz und nickte dann. »Gut, aber Sandro wird euch begleiten.«

»Danke, Papa«, rief Gretel mit leuchtenden Augen, denn nun würde sie doch das Meer sehen.

»Du wirst mir aber gehorchen, Range!«, erklärte Josef erleichtert darüber, dass Waldemar heil die Küste erreicht hatte.

4.

Einige Wochen später knallte der Westpoint-Kadett Andrew Slater mit einem wütenden Ausruf eine Zeitung auf den Tisch. »So eine Sauerei! Unsere Jungs sind von den Rebellen bei Bull Run fürchterlich verprügelt und bis nach Washington gehetzt worden. Hätte General Beauregard energischer nachgesetzt, hätte er die Hauptstadt einnehmen und Präsident Lincoln gefangen nehmen können!«

Meinrad Freihart schnappte sich die Zeitung, um die Meldung selbst zu lesen. Doch nichts, was schwarz auf weiß darin geschrieben stand, ließ den Ausgang der Schlacht in einem besseren Licht erscheinen.

»Es muss schlimm gewesen sein«, meinte er betroffen. »So viele Tote und Verwundete – ohne dass wir auch nur einen Fußbreit Boden gewonnen haben.«

»Gewonnen?«, fuhr Andrew Slater auf. »Wenn kein Wunder geschieht, werden die Rebellen in Maryland einmarschieren und diesen Staat auf ihre Seite bringen. Dann müssen die Bundesbehörden in Washington evakuiert und nach Boston oder Philadelphia gebracht werden. Könnt ihr euch das Chaos vorstellen, das dann herrschen wird?«

Meinrad und Horace McLintock schüttelten den Kopf, während ihr Freund dozierend weitersprach. »Die Rebellen werden sich dann auch noch Kansas, Missouri, Kentucky und Delaware holen. Danach ist die Union erledigt und muss um Frieden betteln.«

»Niemals!«, fuhr McLintock auf.

»So wird es geschehen!«, prophezeite Slater bitter.

»Nicht, solange ich lebe!« Meinrad sprang auf und warf nun selbst die Zeitung in eine Ecke. »Ich will verdammt sein, wenn ich hier in Westpoint bleibe, während draußen die Nation untergeht. Entweder übernehmen sie mich auch so in die Armee, oder ich melde mich als Freiwilliger.«

»Das tue ich auch!«, rief Horace McLintock. »Mein Bruder hat mir geschrieben, dass in Massachusetts ein Regiment nach dem anderen aufgestellt wird. Da ist sicher auch eines für mich dabei.«

»Ich gehe nach Missouri! Da gibt es so viele von diesen Sklavereianhängern, dass jeder Mann gebraucht wird, um mit ihnen fertigzuwerden!« Andrew Slater hatte sich ebenfalls entschieden. Keiner der drei wollte länger in Westpoint bleiben, während draußen ein Krieg heraufzog, der die Nation in den Untergang zu reißen drohte.

»Vielleicht übernimmt man uns doch in die Armee. Dann könnten wir zusammenbleiben! Wir sollten mit dem Rektor sprechen«, schlug Meinrad vor.

»Das machen wir. Kommt!« Andrew Slater eilte zur Tür, ohne darauf zu achten, dass die oberen Knöpfe seiner Uniformjacke offen standen. Auch seine Freunde stürmten aus dem Raum und eilten den schier endlosen Flur entlang, bis sie vor dem Zimmer ihres Ausbilders standen. Hier verließ sie ein wenig der Mut, und sie sahen einander an.

Mit einer fahrigen Bewegung schloss Meinrad einen offenen Knopf und klopfte anschließend an die Tür.

»Herein«, erklang es laut und deutlich.

Die drei traten ins Zimmer und nahmen Haltung an. Ihr Vorgesetzter saß in der Uniform eines Brigadegenerals der regulären Armee hinter seinem Schreibtisch und schien gerade dabei zu sein, aufzuräumen.

»Sir, ich bitte um Erlaubnis, sprechen zu dürfen«, begann Meinrad.

»Erlaubnis erteilt!«

»Sir, wir haben von der Niederlage am Bull Run gelesen und sehen es als unsere Pflicht an, uns der Armee anzuschließen und die Rebellen zu bekämpfen.«

»Ich könnte antworten, eure Pflicht ist es, hier zu lernen und gute Offiziere für unsere Armee zu werden«, antwortete ihr Vorgesetzter. »Aber das würde der Situation nicht gerecht. Bull Run hat gezeigt, dass es größerer Anstrengungen bedarf, um die Rebellion niederzukämpfen. Präsident Lincoln hat den Kongress um Zustimmung gebeten, ein Freiwilligenheer vom mehreren hunderttausend Mann aufzustellen, die sich für drei Jahre verpflichten sollen. So lange wird dieser Krieg, so Gott will, nicht dauern. Aber es wird kein Spaziergang nach Richmond werden. Ob eure Mithilfe dabei wichtig sein sollte oder nicht, steht hier nicht zur Debatte. Ihr wollt eurem Land dienen, und nur das zählt.«

»Danke, Sir!«, antwortete Meinrad erleichtert. »Dürfen wir noch eine Bitte äußern?«

»Nur zu!«

»Wir würden gerne in die reguläre Armee eintreten, um zusammenbleiben zu können!«, sagte Meinrad, doch sein Ausbilder schüttelt den Kopf.

»Darüber kann ich nicht entscheiden, und ob eine Eingabe an das Kriegsministerium Erfolg hat, weiß ich nicht. Die neuen Truppen werden von den Bundesstaaten aufgestellt, nicht von der Bundesregierung. Ihr werdet daher in eure Heimatstaaten zurückkehren und euch dort melden müssen.«

»Danke, Sir! Es war auch nur eine Frage, die mit unserer Entscheidung, für die Union zu kämpfen, nichts zu tun hat.« Obwohl Meinrad enttäuscht war, fühlte er sich doch erleichtert.

Er wäre sich wie in einem Gefängnis vorgekommen, wenn er hierbleiben und vom Verlauf der weiteren Schlachten nur hören oder lesen hätte können.

Ihr Vorgesetzter verschloss seinen Schreibtisch, stand auf und nahm eine Mappe zur Hand. »Meine Herren, ich werde Westpoint ebenfalls verlassen und in Washington das Kommando über eine Brigade übernehmen. Ich wünsche euch Glück! Möge Gott geben, dass wir uns nach diesem Krieg wiedersehen werden.«

»Das hoffen wir auch, Sir!« Meinrad salutierte und verließ als Erster das Zimmer. Seine Freunde folgten ihm mit gemischten Gefühlen. Zwar wären sie gerne zusammengeblieben, doch sie freuten sich auch darauf, in Regimenter aus ihrer Heimat einzutreten und Seite an Seite mit Männern zu kämpfen, die sie zu einem großen Teil kannten. Für Meinrad hieß dies, nach Illinois zurückzukehren und sich dort zu melden. Horace McLintocks Ziel war Massachusetts, während Andrew Slater den Weg nach Missouri auf sich nehmen musste.

Als ihr Ausbilder sein Büro verließ, salutierten alle drei und sahen ihm nach, wie er den Korridor entlangging, um in Zukunft Soldaten in die Schlacht zu führen, anstatt jungen Burschen die taktischen Züge eines Caesars und eines Napoleons nahezubringen.

Andrew wandte sich mit einem bekräftigenden Nicken an seine beiden Freunde. »Ich habe noch eine halbe Flasche Whiskey in meinem Schrank. Wäre schade, wenn wir die zurücklassen würden. Daher schlage ich vor, wir machen sie leer und sehen dann zu, wie wir von hier wegkommen.«

»Das ist ein guter Vorschlag!«, sagte Meinrad, dem es gar nicht passte, sich von Andrew und Horace trennen zu müssen. Ein Schluck Whiskey, so sagte er sich, würde es erträglicher machen.

5.

Waldemar Fitchners Laune war denkbar schlecht. Nun befand er sich schon einige Wochen in Illinois und wartete bisher vergeblich auf einen Posten als Offizier, obwohl dort laufend neue Regimenter in Dienst gestellt wurden. Es war nun nicht so, dass er überhaupt nichts zu tun hätte. Zum einen half er bei der Anwerbung neuer Soldaten und hatte zum anderen seine vorläufige Beförderung zum First Lieutenant der Armee erhalten. Diese musste Präsident Lincoln als Dank für Houstons Briefe veranlasst haben. Obwohl er auf seinen neuen Rang hätte stolz sein können, erinnerte ihn dieser Gedanke an Rudledges Tod, und das machte ihn traurig.

Als er sich an diesem Tag bei einem der Untergebenen von Gouverneur Yates meldete, glaubte er, dass man ihn auch wieder zusammen mit einigen aufgeputzten Unteroffizieren losschicken würde, um in irgendeiner Stadt junge Männer davon zu überzeugen, in die neuen Regimenter aus Illinois einzutreten.

Der Mann trug eine Uniform, die sich arg um seine Taille spannte, hatte aber nach Waldemars Ansicht noch nie eine Festung oder ein Fort von innen gesehen. Jetzt nahm er sich wichtig, weil es zu seinen Aufgaben gehörte, die neuen Regimenter mit allem auszurüsten, was sie brauchten. Es war eine verantwortungsvolle Aufgabe, aber auch eine, die einen Mann rasch reich machen konnte. Waldemar beneidete sein Gegenüber trotzdem nicht, denn für ihn ging es darum, endlich ein Regiment zu finden.

»Sie sind doch deutscher Abstammung, Fitchner«, sagte da der Offizier.

Waldemar nickte. »Das stimmt!«

»Sprechen Sie die Sprache noch?«

»Ja, ein wenig schon«, antwortete Waldemar verwundert.

Sein Gegenüber verschränkte die Finger über dem massigen Bauch und musterte ihn mit einem gönnerhaften Lächeln. »Viele deutschstämmige und deutsche Auswanderer haben sich freiwillig gemeldet, aber die meisten von denen sprechen gar kein oder nur sehr schlecht Englisch. Daher hat Gouverneur Yates beschlossen, ein Regiment mit deutscher Kommandosprache aufzustellen. Damit die Kerle bald auch die englischen Befehle verstehen lernen, brauchen wir Offiziere, die ihnen diese beibringen können. Wenn Sie einverstanden sind, erhalten Sie den Rang eines Hauptmanns der Miliz von Illinois und den Brevet-Rang eines Majors in Ihrem Regiment.«

Waldemar hätte jede Möglichkeit ergriffen, zur Armee zu kommen, und atmete daher erleichtert auf. »Ich bin Gouverneur Yates äußerst dankbar für die Ehre, die er mir erweist.«

»Wir brauchen jeden Mann, um diese Rebellen niederzuwerfen, selbst wenn er der englischen Sprache nicht mächtig ist. Sorgen Sie dafür, dass dieses Regiment für Illinois Ehre einlegt. Ich kann Ihnen übrigens einen guten Schneider nennen, denn Sie werden sicher mehrere Uniformgarnituren brauchen.« Der Dicke lächelte, und Waldemar begriff, dass dies eine Forderung darstellte, der er sich nicht entziehen konnte.

»Ich bin Ihnen sehr verbunden, Sir!«, sagte er und musste dabei ein Grinsen unterdrücken.

Sein Gesprächspartner stellte nicht gerade die beste Empfehlung für diesen Schneider dar. Allerdings konnte er bei den vielen Einladungen, die er mit Gewissheit von Fabrikbesitzern und ähnlichen Honoratioren erhalten hatte, auch in letzter Zeit so stark zugenommen haben.

Der Offizier schrieb eine Adresse auf einen Zettel und reichte ihm diesen. »Hier! Melden Sie sich anschließend bei Colonel Gabler. Er weiß Bescheid.«

»Danke, Sir.« Froh, nicht weiter unzählige Namen in endlose Listen eintragen zu müssen, verabschiedete Waldemar sich und verließ das Gebäude. Als er auf die Straße trat, rempelte ihn ein junger Bursche in der grauen Uniform eines Westpoint-Kadetten an, zuckte zurück und entschuldigte sich hastig.

»Verzeihen Sie, Sir! Ich habe Sie nicht gesehen.«

»Schon gut!« Waldemar musterte den Kadetten und fand ihn sympathisch. Er selbst aber schien den Eindruck eines Menschenfressers zu machen, denn sein Gegenüber sah sichtlich erschrocken drein.

»Keine Sorge, ich reiße Ihnen schon nicht den Kopf ab«, sagte er mit dem Anflug eines Lächelns, das den jungen Mann zu beruhigen schien.

»Es tut mir leid, Sir. Ich wollte Sie wirklich nicht anrempeln, aber ich habe mich kurz umgesehen, und da ist es passiert.«

»Hat sich der Blick wenigstens gelohnt?«, fragte Waldemar.

Der andere schüttelte den Kopf. »Bedauerlicherweise nein. Das Mädchen sah von hinten ja recht passabel aus, aber als es sich umgedreht hatte, fand ich es doch sehr gewöhnlich.«

»Das ist im Leben meistens so! Darum sollte man sich auch nie auf den ersten Schein verlassen.« Waldemar lachte auf und ging weiter.

Der Kadett – es handelte sich um Meinrad Freihart – sah ihm kurz nach und betrat dann das Gebäude. Wenig später stand er vor dem Mann, mit dem Waldemar eben gesprochen hatte, und deutete einen militärischen Gruß an. »Guten Tag, Sir. Mein Name ist Freihart. Ich hatte mich freiwillig gemeldet und sollte hier vorsprechen.«

»Ach ja!« Der Offizier wälzte sich ächzend herum und kramte

in den Papieren, die sich auf seinem Schreibtisch stapelten.

»Sie sind der junge Mann aus Westpoint?«

»Jawohl, Sir!«

»Der Gouverneur ernennt Sie zum Lieutenant in Colonel Gablers Freiwilligenregiment. Schade, dass Sie nicht zehn Minuten früher gekommen sind, sonst hätten Sie Major Fitchner zum Sammelpunkt begleiten können. Hier ist die Adresse!«

Während der beleibte Mann den Sammelplatz auf einem Zettel notierte, überlief es Meinrad heiß und kalt. Konnte der Offizier, mit dem er zusammengeprallt war, dieser Major sein? Wenn ja, hatte er sich einen schönen Einstand beschert. Als er das Haus wieder verließ, überlegte er, ob er wirklich in Colonel Gablers Regiment eintreten oder sich nicht besser als einfacher Soldat bei einem anderen Regiment melden sollte. Dann aber dachte er daran, dass der Major freundlich reagiert hatte, und schöpfte wieder Mut.

Ein Blick auf den Zettel verriet ihm, dass der Sammelpunkt hier in Springfield war. Wenn er sich jetzt gleich bei seinem Regiment meldete, konnte er vielleicht Urlaub bekommen und seine Familie besuchen, die er unbedingt wiedersehen wollte, bevor er ins Feld zog.

Mit diesem Gedanken machte er sich auf den Weg und dachte an seine Freunde Andrew Slater und Horace McLintock. Ob sie ebenfalls den Rang eines Leutnants der Freiwilligenarmee erhalten hatten? Oder mussten sie zu Beginn noch im Unteroffiziersrang dienen? Ein wenig bedauerte er, dass er ihnen nicht schreiben konnte. Er hätte gerne erfahren, wie es ihnen ging. Dabei musste er selbst erst einmal sehen, wie er mit seinen neuen Kameraden zurechtkam, und hoffen, dass Major Fitchner ihm den Rempler nicht doch übel nahm.

6.

Der Sammelplatz von Theobald Gablers deutschem Freiwilligenregiment lag neben einer Brauerei. Waldemar wunderte sich daher nicht, als er vom Sergeanten der Wache die Auskunft erhielt, Oberst Gabler und seine Offiziere würden sich in der zur Brauerei gehörenden Wirtschaft aufhalten. Gespannt betrat er das Lokal und sah sich um. Im vorderen Schankraum saßen Arbeiter und Angestellte der umliegenden Firmen und tranken schweigend ihr Bier, während die Leute in einem Nebenraum deutsch sprachen, aber auf eine Weise, die Waldemar weniger als die Hälfte verstehen ließ.

Das kann ja lustig werden, dachte er und trat ein. Die Männer waren so mit sich beschäftigt, dass ihn zunächst niemand bemerkte. Dies gab ihm die Gelegenheit, sie zu mustern. Gabler selbst war ein kleiner Mann, der seine mangelnde Größe durch eine prachtvolle Uniform wettmachte, deren Glanzstück ein mächtiger, mit Straußenfedern besetzter Zweispitz war. Die Farbe seines Uniformrocks war ein sehr dunkles Blau, das in dem trüben Licht, das durch die Fenster drang, fast schwarz erschien.

Auch die Offiziere waren nicht nach dem Reglement der US-Armee gekleidet, so dass Waldemar sich in seinem dunkelblauen Rock und den etwas helleren Hosen seltsam fremd vorkam. Er trat auf den Colonel zu und salutierte.

»Major Fitchner meldet sich zum Dienst, Sir!« Aus Gewohnheit sagte er es auf Englisch, und Gablers Miene verriet ihm, dass der Colonel Mühe hatte, ihn zu verstehen.

Gabler hob den Kopf und musterte ihn ärgerlich. »Ich hatte doch deutlich zum Ausdruck gebracht, dass ich in meinem Regiment keine amerikanischen Offiziere wünsche!« Er sprach deutsch, und diesmal verstand Waldemar jedes Wort.

»Ich halte nicht viel von amerikanischen Offizieren«, fuhr Gabler fort. »Alle meine Offiziere stammen aus Deutschland und haben dort in den jeweiligen Armeen gedient. Sie wissen, was es heißt, beim Militär zu sein. Aber hier in Amerika wird jeder Lausebengel, dessen Vater den Gouverneur persönlich kennt, zum Leutnant oder gar Hauptmann ernannt, ohne dass er auch nur weiß, wie ein Soldat das Gewehr zu präsentieren hat.«

Waldemar schüttelte im Geiste den Kopf. Der Mann besaß weder Takt noch Verstand. Aber er würde mit ihm zurechtkommen müssen.

»Gouverneur Yates hat mich Ihrem Regiment zugeteilt, um Ihren Männern die Befehle der amerikanischen Armee nahezubringen. Da sie im Gefecht Kommandeure über sich haben werden, die der deutschen Sprache nicht mächtig sind, wird dies als notwendig erachtet.«

Da Waldemar nun ebenfalls deutsch sprach, hellte Gablers Gesicht sich auf. »Sie kommen ebenfalls aus Deutschland?«, fragte er.

»Mein Vater stammt von dort«, antwortete Waldemar. »Ich selbst wurde in Texas geboren, doch wir sprechen zu Hause neben Englisch und Spanisch auch Deutsch.«

»Sie sind Texaner? Aber das sind doch alles Rebellen!«, rief ein Mann mit den Rangabzeichen eines Hauptmanns dazwischen.

»Anscheinend nicht alle, sonst wäre ich nicht hier«, konterte Waldemar gelassen.

»Wie kommt es, dass Ihnen ausgerechnet der Posten eines

Majors in meinem Regiment angetragen worden ist?«, fragte Gabler scharf.

»Weil Präsident Lincoln Gouverneur Yates gebeten hat, mir einen entsprechenden Rang in der Freiwilligenarmee von Illinois zu geben«, erklärte Waldemar verärgert über den seltsamen Empfang.

»Sie kennen den Präsidenten persönlich?« Gabler schien beeindruckt und wies dann auf einen freien Stuhl. »Nehmen Sie Platz! Meine Offiziere stelle ich Ihnen später vor. Jetzt lassen Sie sich erst einmal ein Bier bringen. Zwar kann es sich nicht mit den Bieren aus meiner Heimat vergleichen, doch der Durst treibt es rein.«

»Danke, Sir.« Waldemar setzte sich und erhielt einen Krug Bier. Dabei wurde er von den deutschen Offizieren so angestarrt, dass er sich wie eine Kuriosität in einem Panoptikum vorkam. Zu seiner Erleichterung ließen ihn die anderen jedoch in Ruhe und setzten ihr Gespräch fort. Zuerst dachte er, es ginge um militärische Belange, merkte aber bald, dass der Oberst mit seinen Leuten die Militärmärsche besprach, die seine Regimentskapelle unbedingt einüben müsse.

»Ich will mit dem Finnländischen Reitermarsch ins Gefecht ziehen«, erklärte Gabler selbstbewusst.

Scheinbar erstaunt sah Waldemar seinen Vorgesetzten an. »Halten Sie das wirklich für angemessen, Sir? Immerhin sind wir ein Infanterieregiment.«

Angesichts der Miene, die Gabler daraufhin zog, musste er sich das Lachen verbeißen. Auch wenn er sich mit diesem Einwand in die Nesseln gesetzt hatte, bedauerte er ihn nicht. Gabler würde noch lernen müssen, dass er sich nicht mehr auf einem preußischen Kasernenhof befand, sondern in den Vereinigten Staaten von Amerika. Hier wehte ein anderer Wind als in seiner Heimat.

Bevor Gabler antworten konnte, betrat der Kadett, mit dem Waldemar vor knapp zwei Stunden zusammengestoßen war, die Wirtsstube und salutierte.

»Leutnant Meinrad Freihart meldet sich zur Stelle, Sir!«

Auch Meinrad sprach englisch, und so zog Gabler erneut eine verärgerte Miene. »Sprechen Sie deutsch?«

Meinrad nickte. »Jawohl, Sir! Diese Sprache beherrsche ich in Wort und Schrift.«

»Dann ist es gut! Holen Sie sich einen Stuhl und setzen Sie sich. Verstehen Sie etwas von Musik?«

»Ich kann Noten lesen und danach singen, aber das ist auch schon alles«, antwortete Meinrad und fragte sich, warum in Gablers Regiment Musik so wichtig war, dass er als Erstes danach gefragt wurde.

»Ich sage nur Amerika! In dieser Wildnis müssen die schönen Künste einfach versauern. Meine Herren, ich erwarte weitere Vorschläge.« Gabler wandte sich wieder seinen deutschen Offizieren zu und nannte selbst einen Marsch, den er sich als Erkennungsmelodie seines Regiments wünschte.

Meinrad begriff gar nichts. Er war nach Illinois gekommen, um am Krieg teilnehmen zu können. Doch seine Kameraden und vorgesetzten Offiziere saßen wie an einem Stammtisch zusammen und unterhielten sich über Militärmärsche. Dabei hätte es seiner Meinung nach viel wichtigere Themen gegeben. Noch während er darüber nachdachte, traf sein Blick Waldemar, und er sah, wie dieser ihm zuzwinkerte. Erleichtert, dass Fitchner freundschaftlich mit ihm verkehren wollte, holte Meinrad sich einen Stuhl und stellte diesen neben den des Majors.

»Ich freue mich, Sie wiederzusehen, Sir«, sagte er leise, um die anderen nicht zu stören.

»Obwohl unsere erste Begegnung ein wenig kurz, dafür aber

heftig war?« Waldemars Lachen nahm seinen Worten die Schärfe.

Allerdings irritierte er damit Gabler, der ihn zornig anfuhr. »Was passt Ihnen jetzt am Fridericus Rex' Grenadiermarsch nicht?«

»Ich halte ihn für einen ausgezeichneten Marsch, wirklich geeignet für ein Regiment wie das unsere. Ich sprach nur kurz mit Lieutenant Freihart über unsere erste Begegnung.«

»Sie kennen sich?«, fragte Gabler, der sich noch immer darüber ärgerte, dass ihm der Gouverneur von Illinois zwei fremde Offiziere aufgenötigt hatte.

»Wie man sich bei der Armee halt so kennt«, gab Waldemar lächelnd zurück.

Er war froh, mit Freihart wenigstens einen Kameraden gefunden zu haben, der nicht bei einer Armee in Deutschland gedient hatte. Ihm waren diese Herren doch ein wenig zu sehr von sich eingenommen. Vielleicht, so sagte er sich, würde sich dieser Eindruck legen, wenn sie erst einmal im Feld standen und ihnen die Kugeln der Rebellen um die Ohren flogen.

7.

Theobald Gablers Freiwilligenregiment bestand zum größten Teil aus deutschen Einwanderern der ersten Generation. Viele von ihnen sprachen kaum oder gar kein Englisch und hätten sich niemals einer Truppe angeschlossen, die von amerikanischen Offizieren geführt wurde. Für sie bedeutete das Regiment ein Stück der verlorenen Heimat, die sie hatten verlassen müssen und der sie im Herzen noch immer nachtrauerten. Gemäß den Regeln für das Freiwilligenheer hatten sie die meisten Offiziere selbst gewählt und vertrauten ihnen. Waldemar und Meinrad hingegen mussten sich dieses Vertrauen erst erwerben.

Zunächst ergab sich keine Möglichkeit dazu. Gabler und seine Offiziere überließen es den Unteroffizieren, die Rekruten zu drillen, und so übten die Männer jeden Tag stundenlang mit dem Gewehr, bis sie es so präsentieren konnten, dass jeder preußische General davon entzückt gewesen wäre. Außerdem lernten die Männer, im Gleichschritt zu marschieren. Nur die Regimentskapelle wurde von Theobald Gabler selbst ausgebildet. Er wirkte dabei auf Waldemar und Meinrad mehr wie ein Kapellmeister als wie ein Infanterieoffizier.

Auch sonst tat sich wochenlang nichts. Waldemar war bereits der Verzweiflung nahe, weil es schien, als hätte man Gablers Regiment zwar aufgestellt, es aber wieder vergessen. Dem Oberst und seinen Offizieren machte das Warten weniger aus. Sie verbrachten viel Zeit im Wirtshaus, tranken ihr Bier und prahlten mit den Taten, die sie bei ihren deutschen

Armeen vollbracht hatten. Zwei Stunden jeden Nachmittag aber waren der Musik gewidmet.

Auch an diesem Tag spielten wieder sämtliche vierundzwanzig Musiker des Regiments einen Marsch nach dem anderen, während die einzelnen Kompanien im Gleichschritt das Brauereigelände umrundeten. Gabler saß auf einem besonders großen Pferd, damit sein Kopf in gleicher Höhe mit dem seines Oberstleutnants war, und klatschte begeistert Beifall.

»Ist das nicht ein herrliches Bild, Fitchner?«, fragte er Waldemar. »Uns kann kein amerikanisches Regiment übertreffen, weder von der Musik her noch vom Marschtritt der Soldaten!«

»Nun, Sir, die Kapelle spielt gut, und die Männer haben den Gleichschritt gelernt«, antwortete Waldemar.

»Reden Sie mich mit Herr Oberst an, so wie es sich gehört«, wies Gabler ihn zurecht.

Waldemar schüttelte mit einem sanften Lächeln den Kopf. »Es tut mir leid, Sir, doch dies würde meinen Befehlen widersprechen, die englische Kommandosprache in Ihrem Regiment bekannt zu machen. Wenn ich einen Einwand bringen dürfte: Wäre es nicht an der Zeit, mit den Männern Gefechtsübungen zu machen und sie das Schießen üben zu lassen?«

»Schießen üben? Mein guter Fitchner, auf eine Entfernung von achtzig Schritt wird keiner sein Ziel verfehlen. Danach erfolgt der energische Angriff mit dem Bajonett, etwas, das diese Amerikaner nicht gewöhnt sind. Auf diese Weise werden wir, wenn wir vor dem Feind stehen, diesen förmlich zermalmen!« Mit diesen Worten wandte Gabler sich wieder seinen paradierenden Soldaten zu und klatschte erneut im Takt der Musik.

Waldemar erinnerte sich an die Erzählungen seines Vaters

über den Krieg anno 1847 gegen Mexiko. Damals hatte dieser Zachary Taylors Offizieren weisungsgemäß Ratschläge erteilt, war aber nicht ernst genommen worden. Nun kommandierten einige dieser Männer ganze Brigaden und Divisionen auf beiden Seiten. Robert E. Lee, damals Major, führte die Rebellenarmee von Nord-Virginia und George McClellan die Armee vom Potomac an, die die Nord-Virginia-Armee vernichten und Richmond, die Hauptstadt der Konföderierten, einnehmen sollte.

Mit einem leisen Knurren schüttelte er diesen Gedanken ab. Er war nun einmal zu diesem Regiment abgestellt worden und musste das Beste daraus machen. Seine Miene hellte sich auf, als er an das Pferd dachte, das ihm von der Armee zur Verfügung gestellt worden war. Keiner von Gablers Offizieren verstand viel von Pferden, und so hatte jeder von ihnen einen möglichst schmuck aussehenden Gaul gewählt. Sein eigenes Pferd hingegen war zäh und ruhig und würde sich in der Schlacht bewähren.

»Freihart kommt!«, rief da der Regimentsquartiermeister und wies in die Richtung, aus der Meinrad kam. Dieser ritt das Pferd, zu dem Waldemar ihm geraten hatte, und da dieses ebenfalls recht gewöhnlich aussah, hatten die anderen Offiziere es ihm gelassen. Nun kam er sichtlich erregt heran, verhielt seinen Braunen vor Gabler und salutierte.

»Entschuldigen Sie, Sir. Ich bringe dringende Order aus dem Hauptquartier. Unser Regiment soll sich morgen nach Cairo in Marsch setzen.«

»Morgen? Aber wir können nicht aufbrechen, bevor die Regimentsfahne fertig ist! Außerdem muss die Kapelle noch ihre neuen Märsche einstudieren«, rief Gabler protestierend.

»Ich glaube nicht, dass General Grant dies als Grund ansehen würde, uns hierzulassen, Sir!« Meinrad antwortete schärfer, als es einem vorgesetzten Offizier gegenüber üblich war, doch er hatte sich in den letzten Wochen ein Bild von Gabler gemacht, und sein Eindruck war nicht der beste.

Der Oberst starrte ihn mit großen Augen an. »Grant sagen Sie? Doch nicht etwa Ulysses Simpson Grant, diesen Gerber von hier?«

»Genau diesem sind wir unterstellt worden«, erklärte Meinrad mit heimlicher Genugtuung.

»Aber das …« Gabler blieb für einen Augenblick die Stimme weg. »Dabei dachte ich, wir kämen zur Potomac-Armee und würden unter General McClellans Kommando nach Richmond vorstoßen, um die Rebellion im Keim zu ersticken. Ich kann nicht unter diesem Säufer Grant dienen!«

»Dann, Sir, bleibt Ihnen nichts anderes übrig, als das Kommando über das Regiment niederzulegen!« Waldemar hoffte, Gabler würde es aus gekränkter Eitelkeit tun, doch dafür war der Mann zu sehr auf Schlachtenruhm bedacht.

»Nun gut, wenn man uns in Virginia nicht will, werden wir eben Tennessee erobern«, erklärte der Oberst und befahl, die Parade des Regiments zu beenden.

»Hauptmann, Sie eilen sofort zu den Damen, die unsere Fahne nähen, und bitten sie, diese unverzüglich fertigzustellen, und wenn sie die ganze Nacht daran sticken müssten.«

Der Offizier salutierte und ritt los. Gabler erteilte nun weitere Befehle und kehrte dann zur Gastwirtschaft zurück, um sich mit einem Krug Bier zu stärken. Zuletzt blieben nur noch Waldemar und Meinrad zurück und sahen den Rekruten zu, die ihr Gepäck zusammensuchten. Jeder der meist jungen Männer besaß neben seinem Gewehr einen Tornister, eine Patronentasche, eine Feldflasche und eine Decke, Dinge, die auf keinen Fall zurückgelassen werden durften. Anders sah es jedoch mit den Sachen aus, die die Männer ins Lager mitgebracht hatten. Vieles davon war zu groß und zu schwer, als dass die Soldaten es hätten tragen können.

Schließlich kam einer von ihnen auf Waldemar zu. »Entschuldigen Sie, Herr Major, aber wir müssen unsere Sachen mit auf die Kompaniewägen laden.«

»Das geht nicht! Die Wagen werden auch so voll sein. Lasst daher das, was ihr nicht braucht, hier oder schickt es mit der Post an eure Verwandten, damit sie es für euch aufheben.«

»Aber …«, begann der Mann.

»Kein Aber!«, fuhr Waldemar ihn an. »Wir sind hier bei der Armee und nicht bei einem Gesangsverein, auch wenn einige Herren es zu glauben scheinen. Hier heißt es gehorchen!«

»Verdammter Hund!«, klang es aus der Gruppe heraus, die sich um sie geschart hatte.

Waldemar zog sein Pferd herum und sah die Männer mit einem strengen Blick an. »Diesmal will ich es noch durchgehen lassen. Doch wenn ich das nächste Mal so etwas höre, wird derjenige, der das gesagt hat, es bereuen.«

»Und wenn Sie ihn nicht herausfinden?«, fragte einer höhnisch.

Um Waldemars Lippen spielte ein Lächeln, das nur ein Narr freundlich genannt hätte. »Es steht euch frei, es zu versuchen. Beschwert euch aber nicht über die Antwort, die ihr erhaltet!«

Dann lenkte er sein Pferd zu seinem Quartier, um ebenfalls zu packen.

Die Soldaten sahen ihm nach, und einige fluchten. Ein bereits etwas älterer Mann schüttelte hingegen den Kopf. »Ich würde Major Fitchner lieber nicht ärgern. Der ist aus einem anderen Holz geschnitzt als unser Oberst und die anderen Offiziere. Die meisten von denen sind im alten Deutschland nicht über den Rang eines Feldwebels oder Korporals hinausgekommen.

Selbst Gabler war nur ein Jahr bei der Armee und hat sie als Unterleutnant im Musikzug verlassen. Fitchner hingegen war in Westpoint, wo die meisten der kommandierenden Offiziere der Union studiert haben. Er weiß, wie es hier in Amerika zugeht, und das kann für uns alle noch wichtig sein.«

»Alter Schwätzer!«, spottete der Mann, der Waldemar im Schutz seiner Kameraden einen verdammten Hund genannt hatte.

Aber die meisten Soldaten begannen nachzudenken. Einige hatten in den deutschen Staaten ihren Militärdienst geleistet und begriffen nun erst so recht, was von Theobald Gabler und dessen Offizieren zu halten war.

»Die spielen Krieg, als wären sie in der Oper. Ich bin gespannt, wie sie sich im Gefecht verhalten werden«, stieß einer mit verächtlicher Handbewegung aus und beschloss, den größten Teil seiner Habe bei seinem Onkel hier in Springfield zurückzulassen.

8.

Für die meisten Männer, die aus ländlichen Gegenden rund um Springfield kamen, war es die erste Zugfahrt ihres Lebens. Selbst Waldemar fand es noch immer eigenartig, mit tausend anderen Soldaten von einem dampfenden und fauchenden Ungetüm aus Eisen quer durchs Land gezogen zu werden.

Gabler und seine engsten Freunde hatten im Salonwagen Platz genommen und die Aufsicht über die Soldaten Waldemar, Meinrad und den Unteroffizieren überlassen. Zu deren Glück gab es nicht viel zu tun. Einige Männer lasen, andere spielten Karten, und viele dösten einfach nur vor sich hin. Für Ärger sorgte allerdings, dass einige sich Schnaps besorgt hatten und die Flaschen immer wieder kreisen ließen, wenn keiner der Unteroffiziere hinschaute. Mehrere Corporals deckten diese Soldaten sogar und tranken selbst mit.

Solange niemand ausfallend wurde, konnten Waldemar und Meinrad wenig dagegen tun. Dennoch unterhielten sie sich über dieses Problem.

»In der Armee sollte verboten werden, Alkohol zu trinken«, sagte Meinrad, als sie an mehreren Männern mit einer deutlichen Fahne vorbeikamen.

»Verbote helfen wenig«, wandte Waldemar ein. »Wir sollten eher dafür sorgen, dass unsere Freunde nach unserer Ankunft in Cairo den Alkohol auf einem langen Gewaltmarsch wieder ausschwitzen.«

»Aber dort sollen wir auf Flussboote kommen und nach Pittsburg Landing gebracht werden.«

Waldemar lachte nur leise. »Keine Sorge! Irgendwann kommt der Tag, an dem die Männer sich wünschen, sie hätten sich beim Schnaps zurückgehalten. Doch nun sollten wir wieder in unseren Waggon zurückkehren und ein wenig schlafen. Das ist das Einzige, was man auf so einer Fahrt tun kann.«

»Mir rattert der Zug zu sehr«, antwortete Meinrad mit missmutig verzogener Miene.

»Wahrscheinlich trinken die Kerle auch deswegen. Trotzdem sollten wir uns das nicht angewöhnen.«

»Aber wie ist das mit den hohen Offizieren?«, fragte Meinrad. »Oberst Gabler hat General Grant einen Säufer genannt!«

»Ob er das ist, werden wir bald herausfinden.« Waldemar lächelte und nickte dem Jüngeren aufmunternd zu. »Sie sollten sich nicht so viele Sorgen machen. Wir können es ohnehin nicht ändern.«

»Mir tut nur leid, dass ich vor unserem Abmarsch meine Familie nicht mehr besuchen konnte. Zuerst dachte ich, ich hätte genug Zeit, aber dann kam der Befehl zum Aufbruch doch überraschend.« Meinrad ärgerte sich, denn er hätte seine Eltern und die Schwester gerne wiedergesehen. Gabler hatte ihn jedoch mit der Aussicht auf ein paar Tage Urlaub hingehalten und damit auch verhindert, dass er seine Familie hätte bitten können, zu ihm nach Springfield zu kommen. Nun konnte er nichts anderes tun, als seinen Lieben einen Brief zu schreiben. Noch während er daran dachte, schämte er sich. Major Fitchner kam aus Texas und hatte nicht die geringste Möglichkeit, mit seiner Familie in Kontakt zu bleiben.

»Wir sollten wirklich schlafen«, meinte er, denn er fieberte ebenso wie Waldemar ihrer Ankunft in Cairo entgegen, und Schlaf vertrieb die Zeit am besten.

Auch die längste Bahnfahrt endet einmal. Gablers Regiment

kam am späten Abend an und wurde von den verantwortlichen Offizieren am Bahnhof sofort weitergescheucht.

»Marsch zum Hafen!«, hieß es.

»Die Leute müssen etwas essen«, wandte Waldemar ein.

»Auf dem Schiff bekommt ihr was«, antwortete der Offizier ungerührt und schnauzte ein paar Soldaten an, die nicht rasch genug aus ihrem Waggon stiegen.

»Sind die aber aufgeregt«, kommentierte Meinrad das Verhalten des Empfangskomitees und folgte Waldemar, der zum Pferdewaggon ging, um seinen Gaul zu holen. Während Oberst Gabler noch mit einem Captain stritt, der hier in Cairo stationiert war, und sein Oberstleutnant dabeistand, ohne etwas zu tun, formierte Waldemar das Regiment und befahl den Abmarsch. Der Weg zum Hafen war mit Fackeln erleuchtet, und auf dem Fluss warteten bereits mehrere Dampfschiffe auf sie. Bevor sie einstiegen, erhielt jeder ein Verpflegungspaket, dann scheuchten andere Offiziere die Männer an Bord.

Waldemar und Meinrad suchten sich einen Platz auf dem Vorschiff, öffneten ihre Pakete und stillten ihren Hunger. Es gab Zwieback, gepökelten Speck und ein Stück Apfelkuchen. Dazu teilten Stewards aus großen Blechkannen Kaffee aus.

»So lässt es sich leben«, sagte Meinrad grinsend.

»Es werden härtere Tage kommen«, erwiderte Waldemar ahnungsvoll. »Jetzt interessiert mich allerdings eines: Schaffen Gabler und seine Offiziere es, noch rechtzeitig vor der Abfahrt an Bord zu kommen, oder müssen sie hinterherfahren?«

»Wünschen würde ich es ihnen!« Meinrad lachte auf und biss in seinen Apfelkuchen. Dann zeigte er auf das Ufer. »Da kommen sie!«

Waldemar drehte sich kurz um und sah Gabler mit verbissener Miene an Bord steigen. Es war ihm ein Rätsel, weshalb der Mann bei jeder Kleinigkeit so schlecht gelaunt sein musste. Da er es nicht ändern konnte, zuckte er mit den Achseln, trank einen Schluck Kaffee und ließ sich ebenfalls seinen Apfelkuchen schmecken.

Die Fahrt ging ein Stück den Ohio River hoch, dann bogen die Raddampfer in den Tennessee River ein und wandten sich nach Süden. Als es Tag wurde, gab es für die Männer von Gablers Regiment viel zu sehen, und wie alle anderen starrte auch Waldemar auf die dicht bewaldeten Hügel, die den Fluss flankierten. Gelegentlich entdeckte er ein Dorf oder eine kleine Stadt und stellte fest, dass deren Bewohner das Schiff düster anstarrten und kein Einziger winkte.

»Das sind alles Rebellen! Wenn sie könnten, würden sie uns die Kehlen durchschneiden«, sagte ein Matrose zu Waldemar. Dabei grinste er, als würde es ihm einen Heidenspaß machen, die Bewohner von Tennessee allein durch seine Anwesenheit zu ärgern.

»Etwas weiter im Süden liegt doch Mississippi?«, fragte Waldemar.

»So ist es!«, erklärte der Matrose und eilte weiter.

Meinrad gesellte sich zu Waldemar und deutete einen militärischen Gruß an. »Ich habe eben mit einem der Schiffsoffiziere gesprochen. Wir kommen heute nach Pittsburg Landing. Dort sammelt General Grant seine Truppen. Wir sollen in General Shermans Division eingegliedert werden.«

»Gut!« Waldemar blickte nach vorne, wo gerade die ersten Flusskanonenboote der Armee auftauchten. Es handelte sich um hässliche, tief im Wasser liegende Kästen mit gepanzerten Schaufelradkästen und Kanonenrohren, die aus winzig zu nennenden Luken herausragten. Kleine Flussschiffe übernahmen Kurierdienste, und weiter flussaufwärts lagen weitere Dampfer, die gerade entladen wurden.

Die eigenen Schiffe landeten ein Stück weiter oben an. Einige Männer schleppten Stege heran, damit die Soldaten aussteigen konnten, und dann erscholl der Befehl, an Land zu gehen. Diesmal wollte Gabler sich nicht wie in Cairo das Heft aus der Hand nehmen lassen und stieg in seiner Paradeuniform als Erster von Bord. Ihm folgte sein Tambourmajor mit der Regimentskapelle. Die Musiker schmetterten schmissige Märsche, während die Mannschaften ausstiegen. Die Regimentsfahne, die tatsächlich noch rechtzeitig fertig geworden war, wurde entrollt, und dann zog das Regiment wie bei einer Parade im Gleichschritt los.

Zu Gablers Enttäuschung wurden sie nicht von ihrem Kommandeur begrüßt, sondern von einem Ordonnanzoffizier, der sie zu ihrem Lagerplatz brachte. Dort blieben sie sich zunächst selbst überlassen. Gabler befahl als Erstes, die Zelte aufzuschlagen. Die Unteroffiziere achteten darauf, dass alle Unterkünfte in Reih und Glied standen, und hätten am liebsten noch eine leichte Erhöhung einebnen lassen, weil sie so stark abfiel, dass dort kein Zelt aufgebaut werden konnte.

Erst als das Lager komplett stand, ließ Gabler für die Soldaten kochen. Die meisten Soldaten hatten die guten Sachen ihres Verpflegungspakets längst verputzt und in den letzten Tagen von Zwieback und kaltem Speck leben müssen. Daher war ihnen die warme Mahlzeit höchst willkommen. Sie waren noch beim Essen, als mehrere Reiter ins Lager trabten. Anhand der Fahne, die ein Sergeant trug, begriff Waldemar, dass sich der Divisionskommandeur Sherman unter ihnen befinden musste. Rasch stellte er sein Essgeschirr beiseite, stand auf und salutierte. Meinrad folgte seinem Beispiel, während der Oberst und eine Reihe seiner Offiziere sitzen blieben und die Ankömmlinge verärgert anstarrten, weil sie sich beim Essen gestört fühlten.

»Sie sind Gabler?«, wandte Sherman sich an den Oberst. Da er den Namen in anglisierter Form aussprach, sah Gabler sich bemüßigt, ihn zu korrigieren.

»Es heißt Gabler, mit Verlaub!«

Shermans Miene verriet, dass er wenig Sinn für sprachliche Feinheiten hatte. Nun wies er nach Süden und sprach weiter, ohne Gabler anzuschauen.

»Ihr Regiment bildet die äußerste Flanke meiner Division und damit der gesamten Armee. Sie werden Vorposten aufstellen und Patrouillen aussenden. Meine Späher berichten, dass sich Rebellen in der Gegend zusammenrotten. Zwar rechne ich mit keinem Großangriff, traue aber den Rebellen zu, uns aus dem Hinterhalt zu attackieren. Sie achten mir darauf, dass das nicht geschieht!«

Sherman tippte mit seiner Rechten kurz gegen die Krempe seines Hutes, zog sein Pferd herum und verschwand so schnell, wie er gekommen war.

Gabler sah ihm nach und hieb dann ärgerlich mit der Hand durch die Luft. »Was denkt dieser Kerl sich, mich so zu behandeln?«

»Er ist unser Divisionskommandeur«, wandte Waldemar ein.

»Auch das gibt ihm nicht das Recht, mich zu schurigeln, als wäre ich ein lumpiger Leutnant! Was ist eigentlich mit der Kapelle. Warum spielt sie nicht?«

»Die Männer essen gerade, Herr Oberst«, erklärte der Tambourmajor.

»Das können sie auch hinterher tun. Jetzt sollen sie spielen!«

Gabler setzte sich wieder, ohne Shermans Anweisung zu befolgen, Posten aufzustellen.

Waldemar überlegte, ob er den Oberst darauf aufmerksam machen sollte, unterließ es dann aber, denn er hatte keine Lust, erneut abgekanzelt zu werden.

»Glauben Sie, dass es zu einem Angriff der Rebellen kommt, Herr Major?«, fragte Meinrad.

»Das könnten mir nur die Rebellen sagen, aber von denen ist keiner hier«, antwortete Waldemar und hob seine Schüssel mit dem Bohneneintopf wieder auf.

9.

Die Nacht verlief unruhig. Waldemar wurde mehrmals wach, weil Trompetensignale in der Ferne erschollen. Einmal vernahm er sogar den Hufschlag von Pferden, die in der Nähe vorbeigaloppierten. Doch als er den Kopf zum Zelt hinausstreckte, war nichts zu sehen. Kurz darauf schreckte er durch das Knattern von Schüssen auf und griff nach seinem Revolver. Die Erfahrung sagte ihm jedoch, dass die Schüsse nicht in direkter Nähe abgefeuert wurden. Trotzdem zog er sich an, stopfte mehrere Päckchen Baumwollbinden unter sein Hemd, um sich bei einer Verletzung verbinden zu können, und überprüfte seinen Revolver.

Seine Ruhe strahlte auf Meinrad und einige andere Offiziere und Mannschaften in der Nähe aus. Während alle angestrengt lauschten, machten sie sich kampffertig und sammelten sich.

Der Oberst hingegen lief wie ein aufgeschrecktes Huhn herum. »Warum sagt mir niemand etwas? Warum macht mir keiner Meldung?«

Fast so, als hätte er es gehört, kam ein Offizier aus Shermans Stab im vollen Galopp ins Lager geritten. »Eine Patrouille des 25. Missouri-Regiments ist auf eine größere Anzahl Rebellen gestoßen und musste sich nach einem kurzen Gefecht zurückziehen. Wie es aussieht, greifen die Rebellen an. Nehmt Verteidigungsstellung ein!«

Kaum hatte er das letzte Wort ausgesprochen, gab er seinem Pferd die Sporen, um die anderen Regimenter zu informieren. Gabler hatte das hastige Englisch nicht verstanden und sah sich verwirrt um. »Was ist mit Missouri und den Rebellen?«, fragte er seine Offiziere.

»Das 23. Regiment aus Missouri ist auf den Feind gestoßen. Dieser greift an, und wir sollen Stellung beziehen«, erklärte ihm Waldemar.

Nun rächte es sich, dass das Regiment nie eine Gefechtsübung gemacht hatte. Gabler und mehrere seiner Offiziere wirkten völlig hilflos, während die übrigen Offiziere dem Beispiel des neben ihnen stehenden Regiments folgten und ihre Leute zu einer doppelten Linie formierten. Schließlich raffte sich auch Gabler auf und schwang sich auf sein Pferd. Als Erstes befahl er seiner Kapelle, den Regimentsmarsch zu spielen, dann reckte er seinen Säbel in die Richtung, aus der der Feind zu erwarten war.

»Männer, macht euch bereit! Pflanzt die Bajonette auf und ladet eure Musketen.«

Waldemar zog den Säbel, den er zusammen mit seiner Uniform erhalten hatte, wechselte ihn aber in die Linke und nahm seinen Revolver in die Rechte. Anspannung machte sich in ihm breit, und obwohl Befehle gebrüllt und Signalhörner geblasen wurden, hatte er für einen Augenblick das Gefühl, als wäre um ihn herum alles totenstill.

Da erklang auf einmal ein Geschrei, als würden sämtliche Teufel der Hölle losgelassen. Graue Schatten stürmten in großer Zahl aus dem Wald heraus und kamen immer näher. Die um Waldemar herumstehenden Soldaten wichen mit bleichen Gesichtern zurück.

»Bleibt standhaft!«, rief er ihnen zu. »Nehmt Deckung und feuert!«

»Nein, noch nicht! Lasst sie bis auf achtzig Schritt herankommen«, fuhr ihm der Oberst in die Parade.

»Unsere Musketen tragen um einiges weiter!«, schrie Waldemar zornerfüllt. »Soldaten, die zurückschießen können, halten besser stand als jene, die warten müssen, während ihre Kameraden um sie herum fallen!«

Es war umsonst. Gabler bestand auf seiner eigenen Vorstellung von einem Gefecht, und die hieß, auf kurze Entfernung zu schießen und dann mit dem Bajonett anzugreifen. Wie sie das hier gegen einen mehrfach überlegenen Feind durchführen sollten, sagte er jedoch nicht.

»Verdammt, was tun wir?«, rief Meinrad, als neben ihm ein Soldat getroffen wurde und der Länge nach hinschlug.

Waldemar steckte seinen Revolver wieder ein, stieß den Säbel mit der Spitze in den Boden und griff nach dem Spencer-Gewehr des Toten. Anlegen, zielen und schießen war bei ihm fast eins. Gut hundertfünfzig Schritt vor ihnen stürzte ein Rebellenoffizier von seinem Pferd.

»So geht das!«, schrie Waldemar seinen Oberst an und nahm seine eigenen Waffen wieder zur Hand.

Ein paar Soldaten, die mit Schusswaffen umzugehen wussten, feuerten jetzt ohne Befehl. Einige Rebellen stürzten nieder. Die große Masse aber kam wie eine Flutwelle auf sie zu, und es wurde jedem klar, dass sie diese niemals würden aufhalten können.

»Wir müssen uns zurückziehen und weiter hinten neu postieren«, rief Waldemar dem Oberst zu, doch der starrte wie gelähmt auf den Feind.

»Sir, tun Sie endlich etwas!« Noch während Waldemar Gabler anschrie, zuckte dieser zusammen.

»Ich bin getroffen! Bei Gott, ich sterbe!« Gabler riss sein Pferd herum und stieß ihm die Sporen in die Weichen.

Als die Soldaten ihren Kommandeur fliehen sahen, gab es kein Halten mehr. Waldemar gelang es gerade noch, zwei Kompanien zu sammeln und sich langsam mit ihnen zurückzuziehen.

Dem Lärm nach, der von der linken Seite erklang, griffen die Südstaatler auf breiter Front an. Damit war Hilfe fast ausgeschlossen. Immer mehr eigene Soldaten ließen ihre Gewehre fallen und flohen, obwohl Waldemar sie verzweifelt aufforderte zu bleiben. Zuletzt stand nur noch Meinrad neben ihm und feuerte mit seinem Revolver auf die graue Walze, die sie zu zermalmen drohte.

»Wir sollten uns auch zurückziehen, Major«, rief er. Im nächsten Augenblick schrie er auf und kippte um. Noch im Fallen traf ihn eine zweite Kugel.

Waldemar sah kurz zu ihm hin und verspürte gleichzeitig einen Schlag gegen den Kopf. Mit aller Energie hielt er sich auf den Beinen, sah dicht vor sich einen Soldaten in Grau und schoss die letzte Kugel in seinem Revolver ab. Zwei andere Rebellen griffen mit ihren Bajonetten an. Eine Klinge konnte Waldemar mit dem Säbel ablenken. Die andere aber drang tief in seine linke Schulter ein. Er verlor den Säbel, und die Welt begann sich um ihn zu drehen.

Der Konföderierte zog sein Bajonett zurück und grinste. »Der Yank ist erledigt. Weiter, Kameraden! Treibt diese Kerle nach Kentucky zurück!«

Es war das Letzte, was Waldemar hörte.

10.

Als Waldemar erwachte, vernahm er immer noch heftiges Gewehrfeuer. Wie es aussah, hielten die eigenen Truppen stand. Aber wie lange noch?, fragte er sich. Allerdings begriff er rasch, dass es für ihn andere Probleme gab als die Lage von Grants Armee. Sein Kopf schmerzte, als wäre ein Mustang dagegengetreten, dazu hing sein linker Arm wie leblos an der Schulter, und in seiner Brust schien ein glühender Draht zu stecken.

Mit zusammengebissenen Zähnen richtete er sich auf und sah, dass er aus der Schulterwunde blutete. Da er sich nicht anders helfen konnte, schob er eines der Verbandspäckchen unter sein Hemd, bedeckte damit die Wunde und sah sich dann seinen linken Arm an. Zu seiner Erleichterung schien der Knochen unverletzt zu sein. Es war nur eine kleine Wunde wie von einer Pistolenkugel zu erkennen, und sie blutete nicht einmal stark. Als er jedoch den Arm bewegte, tat ihm die ganze Schulter weh. Hat das Bajonett meine Lunge verletzt?, fragte er sich besorgt und hustete in seine rechte Hand. Zu seiner Erleichterung war kein Blut zu sehen.

Ein Stöhnen ganz in der Nähe zeigte Waldemar an, dass er nicht allein war. Er drehte sich unter Schmerzen um und entdeckte Leutnant Freihart nur wenige Yards von sich entfernt. »Wo sind Sie verletzt?«, fragte er, erhielt aber keine Antwort und begriff, dass Meinrad bewusstlos war. Als er zu ihm kroch, sah er die beiden Einschüsse an dessen linkem Bein sowie den Abdruck eines Stiefels auf der Stirn.

Selten war Waldemar dankbarer für sein Bowie-Knife gewesen als in diesem Augenblick. Er schnitt Meinrads Hosenbein mit dem Messer auf und wickelte zwei Verbandspäckchen um die große Wunde am Oberschenkel. Für die Verletzung unter dem Knie musste ein Streifen reichen, den er aus dem Hemd des Kameraden schnitt.

Erst als er seine eigenen und Meinrads Verletzungen versorgt hatte, nahm Waldemar sich die Zeit, sich umzusehen. Um sie herum lag ein knappes Dutzend starrer Gestalten, von denen sich keine mehr rührte. Etwas weiter entfernt entdeckte er mehrere Soldaten in grauen Uniformen, die sich mühsam davonschleppten. Eigene Verwundete konnte er nirgends erkennen. Entweder hatten diese sich bereits aus dem Staub gemacht oder waren gefangen genommen worden.

Das würde wohl auch sein und Leutnant Freiharts Schicksal sein, dachte Waldemar und erwartete, jeden Augenblick Soldaten der Konföderation zu sehen. Doch die blieben aus. Den Geräuschen nach fochten sie an anderer Stelle einen erbitterten Kampf mit Grants Divisionen aus.

Für Waldemar stellte sich die Frage, was er tun sollte. Noch stand er auf eigenen Beinen und konnte mit etwas Glück die Strecke bis hinter die eigenen Linien schaffen. Doch wenn er ging, würde Lieutenant Freihart hier hilflos zurückbleiben und höchstwahrscheinlich sterben.

»Ich kann ihn nicht in Stich lassen. Wir sind Kameraden«, murmelte Waldemar und setzte sich neben Meinrad. Kurz darauf schlug dieser die Augen auf und starrte ihn an.

»Ich habe geträumt, die Rebellen greifen an«, sagte er und spürte dann den Schmerz seiner Wunden.

Sein Gesicht wurde aschfahl. »Sie haben angegriffen!«

»Das haben sie! Wir beide sind verletzt und befinden uns mindestens eine, wahrscheinlich zwei Meilen hinter ihren

Linien. Auch wenn es mir nicht gefällt, gefangen zu werden, sollten wir darauf hoffen, damit unsere Wunden versorgt werden.«

Meinrad blickte an sich herab und bemerkte die beiden provisorischen Verbände. »Hat es mich schwer erwischt?«, fragte er ängstlich.

»Das weiß ich nicht! Ich bin froh, dass ich die Blutung stillen konnte. Aber jetzt müsste sich ein Arzt um die Wunden kümmern.«

Waldemar sah sich erneut um, doch abgesehen von den Toten waren sie so allein, als würde die Schlacht, die sie hörten, auf einem fremden Kontinent ausgefochten.

»Wenn man den Feind braucht, lässt er sich nicht sehen. Also werden wir uns selbst behelfen müssen!« Bei diesen Worten holte Waldemar einen kleinen Beutel aus seiner Tasche, nahm mit den Fingerspitzen ein paar Kräuter heraus und steckte sie in den Mund.

»Gut kauen!«, wies er Meinrad an, als er ihm ebenfalls etwas davon gab.

»Was ist das?«, fragte dieser.

»Eine alte Indianermedizin. Sie soll gegen Wundfieber und etliches anderes helfen. Meine Stiefmutter bereitet sie zu und hat uns angehalten, immer ein wenig davon mitzunehmen. Vor Jahren hat sie meinem Bruder geholfen. Hoffen wir also, dass sie auch uns hilft.«

Waldemar kaute das bittere Kraut und spürte, wie seine Lebensgeister erwachten. Nun hätte er es tatsächlich bis zu den eigenen Reihen schaffen können. Er blieb jedoch und überlegte, wie Freihart und er die nächsten Stunden überstehen konnten. Nach einem besorgten Blick zum Himmel wandte er sich seinem Kameraden zu.

»Ich fürchte, es wird bald regnen. Daher sollten wir zusehen, dass wir nicht nass werden. Es ist verdammt kalt – und das überstehen wir in feuchten Sachen nicht.«

»Ein Stück weiter im Süden soll die Kirche von Shiloh stehen. Aber bis dahin schaffen wir es nicht. Wir würden sie nicht einmal erreichen, wenn sie zehn Schritte neben uns wäre.«

Meinrad verlor den Mut, riss sich aber zusammen, als er sah, wie der Major aufstand und aus einem Stück Tuch eine Schlinge flocht, in die er den linken Arm legen konnte.

Ein toter Südstaatler hatte seine zusammengerollte Decke um die Schulter gehängt und festgebunden. Mühsam nestelte Waldemar sie los und löste auch den Proviantbeutel von dessen Gürtel. Dann ging er mit schwerfälligen Schritten los.

Meinrad glaubte schon, der Major würde ihn verlassen, und kämpfte mit den Tränen. Da sah er, wie Waldemar die Sachen bei einem Gebüsch deponierte, das etwa fünfzig Schritte entfernt war, und zu ihm zurückkehrte.

»Sie werden mir helfen müssen, denn tragen kann ich Sie nicht«, sagte Waldemar.

»Helfen?« Meinrad starrte auf die blutigen Verbände auf seinem linken Bein und wollte schon den Kopf schütteln.

Dann aber dachte er daran, dass seine Arme und sein rechtes Bein unverletzt waren, und begann in die gewiesene Richtung zu kriechen. Es war wie in einem nicht enden wollenden Alptraum. Zwar half ihm der Major über die schlimmsten Stellen hinweg, doch als sie endlich das Gebüsch erreicht hatten, war er so erschöpft, dass er erneut wegdämmerte.

Waldemar gönnte sich keine Ruhe, sondern suchte die nähere Umgebung ab und trug alles zusammen, was er glaubte, brauchen zu können. Darunter waren auch Meinrads und sein Revolver, mehrere weggeworfene Essensrationen und eine weitere Decke. Als er alles zu dem Gebüsch geschafft hatte, fühlte er sich wie erschlagen und hätte sich am liebsten neben den bewusstlosen Meinrad gelegt. Er biss jedoch die Zähne zusammen und schnitt Zweige von den Büschen ab, aus denen er einen primitiven Regenschutz flocht. Der Schmerz trieb ihm die Tränen in die Augen, und er lenkte sich dadurch ab, dass er eines von Nizhonis Liedern sang. Dabei dachte er kurz daran, dass er in einer ähnlichen Hütte geboren worden war.

»Danke für alles, Nizhoni!«, flüsterte er und musste innehalten, um sich die Tränen aus den Augen zu wischen. Als die ersten Tropfen vom Himmel fielen, war die Hütte fertig, und er schaffte alles hinein. Zuletzt zog er Meinrad in die Hütte, bettete ihn auf eine Decke und legte die andere über ihn. Er selbst aß ein wenig, merkte dann aber, dass er immer heftiger fror, und kroch mit unter die Decke. Da sie einander wärmten, ließ sich die Kälte ertragen.

Waldemar war so erschöpft, dass er trotz der Schmerzen schnell einschlief und erst in der Dunkelheit wieder erwachte. Von der Schlacht war nichts mehr zu hören. Entweder war sie bereits zu Ende, oder die Nacht hatte die beiden Heere getrennt. Neben ihm verriet ein leises Stöhnen, dass Lieutenant Freihart noch lebte.

Nie war Waldemar eine Nacht so lang erschienen wie diese. Irgendwann spürte er, dass sein Kamerad wach wurde, und fasste nach dessen Schulter. »Wie geht es?«, fragte er.

»Nicht gut!«, kam es matt zurück.

»Ich glaube, es ist wieder Zeit für ein bisschen Indianermedizin!« Waldemar gab dem Leutnant ein wenig von Nizhonis Kräutern und steckte auch selbst etwas in den Mund.

»Das Zeug hilft wirklich. Mir geht es besser!«, rief Meinrad kurz darauf überrascht. Im nächsten Moment zuckten die beiden unter dem Klang von Kanonenschüssen zusammen.

»Das müssen unsere Panzerschiffe sein. So schwere Kaliber

haben die Rebellen nicht«, sagte Waldemar und steckte den Kopf aus ihrem Unterstand hinaus.

Der Regen hatte mittlerweile aufgehört, aber um sie herum standen so viele Pfützen, dass ihre Umgebung einer Seenplatte glich. In ihrer kleinen Hütte war es jedoch halbwegs trocken geblieben.

»Dazwischen höre ich Musketenschüsse – und sie kommen auf uns zu!« Meinrad richtete sich so gut auf, wie es ging, und fasste Waldemar bei der unverletzten Schulter. »Ist etwas zu sehen?«

»Nein, noch nicht. Aber wie es sich anhört, treiben die Unsrigen die Rebellen zurück. Wenn das so weitergeht, wird der Feind als Erster hier sein. Wir sollten uns darauf vorbereiten!« Waldemar reichte Meinrad dessen Revolver und begann, seinen eigenen zu laden. Dabei war er froh, dass Nizhoni ihn gelehrt hatte, es auch mit einer Hand zu tun. Er brauchte zwar ein wenig länger als Meinrad, war aber ebenfalls fertig, als die ersten flüchtenden Rebellen etwas weiter entfernt an ihnen vorbeihetzten. Dann aber kam eine Gruppe von zehn Mann, von einem Colonel geführt, genau auf sie zu.

»Was meinen Sie, Lieutenant? Schaffen wir es durchzuhalten, bis die Unseren diese Stelle erreichen?«, fragte Waldemar.

Meinrad gelang es, trotz seiner Schmerzen zu grinsen. »Dank Ihrer Indianermedizin müsste es gehen.«

In dem Augenblick, in dem die zehn feindlichen Soldaten an dem Gebüsch vorbei wollten, trat Waldemar unter dem Schutzdach hervor und richtete seinen Revolver auf sie. »Halt und keine Faxen! Mein Kamerad hat Sie im Visier!«

Die Rebellen blieben stehen, als wären sie gegen eine Wand gerannt. Die Ersten ließen ihre Waffen fallen. Ihr Colonel hielt noch den Säbel in der Hand, doch nach einem Blick in Waldemars entschlossene Miene ließ er ihn sinken.

»Verdammt, warum musste das noch passieren!«, fluchte er.

Unterdessen sah Waldemar die ersten Soldaten in Blau auftauchen und begann zu rufen. »He, hier sind wir! Und wir haben Gefangene!«

Er hielt gerade so lange durch, bis eine Kompanie des 25. Missouri-Regiments erschien, um die Gefangenen zu übernehmen. Dann wurde es schwarz um ihn.

11.

Als Waldemar erwachte, lag er auf einem schmalen Bett und sah ein bekanntes Gesicht über sich. Zuerst kniff er die Augen zusammen und fragte dann: »Sind Sie es wirklich, Doktor Simpson?«

Der Arzt nickte lächelnd. »In eigener Person! Ich hätte nicht gedacht, Sie so schnell und unter solchen Umständen wiederzusehen. Als ich hörte, Sie seien verwundet, musste ich mich um Sie kümmern.«

»Von Philadelphia aus?«

»Natürlich nicht! Da die Armee erfahrene Ärzte braucht, habe ich mich freiwillig gemeldet. Jetzt bin ich froh um diesen Entschluss, denn so kann ich meine Schuld Ihnen gegenüber ein wenig begleichen.«

»Jetzt tragen Sie nicht so dick auf! Was ich getan habe, war selbstverständlich«, wehrte Waldemar ab.

»Für Sie vielleicht, aber für tausend andere nicht! Ich habe gehört, dass Sie dem Kameraden neben Ihnen geholfen haben, obwohl Sie selbst schwer verletzt waren.« In der Stimme des Arztes schwang Anerkennung.

Meinrad, der im Nebenbett lag, richtete sich ein wenig auf. »Ich bin verdammt froh, dass Doktor Simpson gekommen ist. Unser Regimentschirurg wollte mir doch glatt das Bein abnehmen. Aber Doktor Simpson sagte, der Knochen sei unverletzt, und hat die Kugel herausgeholt.«

»Wie ist es ausgegangen?«, fragte Waldemar, meinte aber nicht die Operation damit.

»Unsere Jungs wurden ein paar Meilen zurückgeworfen, doch dann konnten sie ihre Stellung zwischen dem Owl Creek und dem Tennessee River behaupten, weil Lewis Wallaces Division über den Fluss kam und ihre Linien verstärkt hat. Als dann am späten Nachmittag die ersten Divisionen von General Buells Armee eintrafen, konnte Grant das Heer neu formieren und am nächsten Morgen in die Offensive gehen. Es war dennoch schlimm, denn wir haben hohe Verluste! General William Wallace ist gefallen, und mehr als zehntausend Soldaten sind tot oder verwundet.«

»Bei Gott!«, rief Waldemar entsetzt.

»Allerdings haben die Rebellen gewaltige Prügel bezogen! Ihr kommandierender General Albert S. Johnston ist tot, und ihre Verluste entsprechen den unseren.« In Meinrads Stimme lag keine Genugtuung, denn dafür waren die Zahl der Toten und Verletzten auf beiden Seiten zu entsetzlich.

»Es war grauenhaft! Einfach unvorstellbar!«, warf der Arzt ein. »Aber jetzt muss ich Sie leider verlassen, Major. Es gibt noch viele arme Burschen, die meine Hilfe brauchen.« Simpson schüttelte sich kurz und ging mit schleppenden Schritten aus dem Raum. An seiner Stelle erschien eine ältere Frau in einem dunkelgrauen Kleid voller Blutflecken und musterte Waldemar streng.

»Können Sie allein trinken, Major?«

Waldemar lag flach auf dem Bett und versuchte nun, sich aufzurichten. Sofort schoss ihm ein brennender Schmerz durch die Schulter, und er sank stöhnend zurück. Für einen Augenblick verschwand die Frau aus seinem Blickfeld und kehrte dann mit mehreren zusammengerollten Armeemänteln zurück. Mit einem Arm zog sie Waldemar hoch, und mit dem anderen stopfte sie ihm die Mäntel als Kissen in den Rücken. Dabei ging sie nicht gerade zartfühlend mit ihrem Patienten um. Als Waldemar sich umschaute, konnte er es ihr nicht verdenken.

Er befand sich im Salon eines Flussdampfers, in dem Betten so dicht an dicht standen, dass sie sich fast berührten. Dazu lagen etliche Verwundete auf Decken, die man einfach auf dem Boden ausgebreitet hatte. Viele stöhnten vor Schmerz, andere weinten, und der Rest stierte apathisch gegen die Decke des Salons, in dem in besseren Zeiten Reisende ihre Drinks geschlürft hatten.

Die Schwester reichte Waldemar einen Becher. Als er trank, schmeckte er eine bittere Medizin darin, doch bei dem Durst, der in ihm wühlte, war ihm das vollkommen gleichgültig.

Als der Becher leer war, wusste er nicht, wo er ihn hinstellen sollte, und behielt ihn in der Hand. Da wurde es am Eingang unruhig. Meinrad, der sich trotz seiner Beinverletzung besser aufrichten konnte als Waldemar, sah hin und keuchte.

»Der General!«

Waldemar drehte sich mühsam um und sah William T. Sherman hereinkommen. Bei ihm war ein Mann mittlerer Größe in einer schmutzigen Uniform, dessen Miene äußerst verbissen wirkte. Es dauerte einen Augenblick, bis Waldemar anhand von Fotos, die er in einer Zeitung gesehen hatte, General Grant erkannte.

Grant blieb vor Waldemars Bett stehen und sah ihn an. »Wie geht es Ihnen, Major Fitchner?«

»Ganz gut, Sir!«

»General Sherman hat in seinem Bericht geschrieben, dass Sie, aber auch Lieutenant Fryhart die Soldaten Ihres Regiments zum Standhalten aufgefordert und selbst bis zum letzten Augenblick Widerstand geleistet haben. Außerdem haben Sie beide, obwohl schwer verwundet, ein Dutzend Rebellen, darunter einen Colonel und einen Captain, gefangen genommen. Ich werde das nach Washington weiterleiten.«

»Danke, Sir! Aber wir haben nur unsere Pflicht getan.«

Um Grants Lippen zuckte ein kurzes Lächeln. »Andere hätten sich an Ihnen beiden ein Beispiel nehmen können. Ihr Colonel, zum Beispiel! Ich habe ihm geraten, seine schwere Verletzung als Anlass zu nehmen, seinen Dienst in der Armee zu quittieren.«

»Er hat eine leichte Fleischwunde am Arm davongetragen und ist danach geflohen«, setzte Sherman hinzu. »Dabei hat er nicht nur sein eigenes Regiment mitgerissen, sondern beinahe auch meine ganze Division.«

Der General klang unversöhnlich, denn durch das Versagen dieses Mannes wäre beinahe seine gesamte Front zusammengebrochen.

»Sie kommen aus Texas?«, fuhr Grant unterdessen fort.

Waldemar nickte. »Jawohl, Sir!«

»Ich habe im Texanisch-Mexikanischen Krieg einen General Fitchner kennengelernt. Sind Sie mit ihm verwandt?«, fragte Grant.

»Das ist mein Vater, Sir!«

»Er meinte damals, Texas sei noch nicht lange genug in der Union, um sich als Amerikaner fühlen zu können. Es freut mich, dass sein Sohn sich als solcher fühlt. Er war damals gegen den Krieg mit Mexiko, und, bei Gott, heute verstehe ich ihn. Es war der ungerechteste Krieg der Weltgeschichte. Vergessen Sie diesen Satz, und werden Sie beide bald wieder gesund! Meine Herren, in meiner Armee wird immer ein Platz für Sie sein.«

»Danke, Sir!« Waldemar hob seine Rechte an die Schläfe, um einen militärischen Gruß anzudeuten, und sah dann Grant und Sherman fast fluchtartig den Raum verlassen.

»Denen stinkt es gewaltig, dass sie von den Rebellen beinahe überrannt worden sind«, kommentierte Meinrad den Auftritt der beiden Generäle.

»Das würde ich auch sagen!« Waldemar sank wieder zurück und schloss die Augen, während Meinrad die Schwester bat, ihm Papier und einen Bleistift zu besorgen. Er wollte seiner Familie einen Brief schreiben, damit sie sich nicht um ihn ängstigen mussten. Wenn dieser noch am gleichen Tag von einem Flussdampfer mitgenommen wurde, konnte er in wenigen Tagen bei seinen Eltern sein.

12.

Die Nachricht von der blutigen Schlacht bei dem Kirchlein von Shiloh erreichte auch den kleinen Ort in Illinois, in dem Landolf Freihart mit seiner Frau und seiner Tochter lebte. Die knapp siebzehnjährige Wigburg wurde bleich, als sie die Berichte in der Zeitung las, und sah ihre Eltern verzweifelt an.

»Bei Gott! Meini hat doch geschrieben, dass sein Regiment dem Befehl von General Grant unterstellt würde. Hier in diesem Artikel wird Grant ein Schlächter genannt, der seine Soldaten sinnlos verheizt habe. Zudem soll er während der Schlacht betrunken gewesen sein.«

»Oh, Himmel, hilf!«, flüsterte ihre Mutter und wischte sich mit der Schürze die Tränen aus den Augen.

Landolf Freihart fühlte sich so elend, wie er es nicht einmal hinter der Barrikade von Rastatt gewesen war. Am liebsten wäre er nach Pittsburg Landing aufgebrochen, um seinen Sohn zu suchen. Er begriff aber, dass er Herlind und Wigburg in dieser Situation nicht allein lassen durfte.

»Jetzt weint nicht! Unser Herrgott im Himmel hat mit Sicherheit einen seiner Engel zu Meinrad geschickt, um ihn zu beschützen.«

»Das hat er gewiss!« Wigburg kämpfte jedoch vergebens gegen die Tränen an. Einige Augenblicke ließ sie sich gehen und schluchzte hemmungslos. Dann aber trocknete sie sich das Gesicht entschlossen ab. Solange sie keine Nachricht über das Schicksal ihres Bruders erhielten, so sagte sie sich, musste sie ihren Eltern Halt und Hoffnung geben.

Einige Tage lebte die Familie in einer schier unerträglichen Anspannung. In den Zeitungen wurden die ersten Listen der bei Shiloh gefallenen Soldaten gedruckt, und Wigburg atmete jedes Mal auf, wenn sie den Namen ihres Bruders nicht darunter fand.

An diesem Morgen war sie wieder einmal bei dem Farmer, von dem sie Butter und Eier holte. Als sie auf dem Rückweg am Postamt vorbeikam, riss der Posthalter das Fenster auf und winkte ihr aufgeregt.

»Fräulein Freihart, hier ist ein Brief für Ihren Vater! Wenn Sie ihn mitnehmen möchten?« Mit diesen Worten streckte er ihr den Umschlag entgegen.

Vor Schreck hätte Wigburg beinahe ihren Korb fallen lassen. Sie ging nur zögernd auf den Mann zu, nahm den Brief mit der freien Hand und stieß ihm nächsten Augenblick einen Jubelruf aus.

»Er ist von Meinrad! Er lebt!« Dann aber fiel ihr ein, dass ihr Bruder den Brief auch vor der Schlacht geschrieben haben könnte, und die Angst quälte sie aufs Neue. So schnell sie konnte, eilte sie zu ihrem Elternhaus, riss die Tür so heftig auf, dass diese gegen die Wand knallte, und streckte ihrem Vater den Umschlag hin.

»Hier, ein Brief von Meini! Hoffentlich hat er ihn nach der Schlacht geschrieben.«

Landolf nahm den Umschlag, öffnete ihn und zog den Brief heraus. Seine Augen tränten jedoch vor Anspannung, und so reichte er den Brief seiner Tochter.

»Lies du bitte vor!«

»Stell aber zuerst deinen Korb ab«, forderte die Mutter Wigburg auf und wartete dann ebenso gespannt auf das, was ihre Tochter vorlesen würde.

»›Lieber Vater, liebste Mutter, liebe Schwester‹«, begann Wigburg. »›Gott dem Herrn hat es gefallen, mich in einer großen Schlacht zu prüfen.‹

Meini hat überlebt!«, rief sie atemlos, um dann mit dem Text fortzufahren. »›Ich wurde schwer verwundet und habe mein Leben nur der aufopfernden Kameradschaft und Fürsorge meines Vorgesetzten, Major Fitchner, zu verdanken. Obwohl selbst schwer verletzt, verband er meine Wunden und verließ mich nicht in der Stunde der Not. Nun liegen wir beide Bett an Bett auf dem Hospitalschiff *Luxora* bei Pittsburg Landing unter vielen anderen Verletzten und hoffen, dass Gott, der Herr, uns genesen lässt. Euer euch liebender Sohn und Bruder Meinrad.‹«

»Meinrad lebt, aber er ist schwer verletzt!«, rief Herlind Freihart erschrocken.

»Er liegt unter Hunderten von Verletzten und wird gewiss nicht so versorgt, wie es nötig wäre«, setzte Wigburg bedrückt hinzu.

Landolf straffte den Rücken. »Wenn er transportfähig ist, werde ich den Jungen holen. Hier bei uns erhält er gewiss bessere Pflege!«

»Das würdest du tun?« Herlind umarmte ihren Mann, während Wigburg mit blitzenden Augen erklärte, dass sie mitkommen werde.

Zunächst wollte Landolf ablehnen, sagte sich dann aber, dass seine Tochter den Verletzten gewiss besser umsorgen konnte als er, und nickte.

»Es ist noch früh am Morgen. Der Farmer soll uns zur Bahn bringen, damit wir den heutigen Zug noch bekommen. Jede Stunde, die wir Meinrad früher aus dem Lazarett wegholen, kann lebensrettend sein.«

Damit war es beschlossen. Während Herlind alles für die Rückkehr des verletzten Sohnes vorbereiten sollte, brachen

Landolf und ihre Tochter auf, um Meinrad nach Hause zu holen.

Unter anderen Umständen hätte Wigburg die Reise genossen, doch die Angst um ihren Bruder war so groß, dass sie der Eisenbahn Flügel wünschte, um schneller voranzukommen. Schon bald aber bekamen sie und ihr Vater hautnah mit, dass sich das Land im Krieg befand. Züge mit Nachschub hatten Vorrang, und sie mussten mehr als ein Mal warten, bis die Strecke wieder frei war. In Cairo angekommen, schien ihr Weg erst einmal zu Ende zu sein, denn nach Tennessee fuhren die Flussschiffe nur mit militärischer Ladung. Erst als Wigburg verzweifelt ausrief, dass sie ihren bei Pittsburg Landing schwer verletzten Bruder nach Hause holen wollten, erhielten sie auf einem der Boote ein zugiges Plätzchen direkt neben dem Schornstein.

In Pittsburg Landing angekommen, lagen mehrere Dutzend Flussschiffe mit allen möglichen Gütern für Grants Armee am Ufer, unzählige Muli-Gespanne zogen endlose Wagenkolonnen südwärts, und überall waren Soldaten in Uniform zu sehen.

Landolf trat auf einen der Männer zu. »Guten Tag. Können Sie mir sagen, wo wir das Lazarettschiff *Luxora* finden können?«

»Kann sein, dass es bereits nach Savannah oder Bath Springs gedampft ist. Wenn nicht, muss es weiter hinten liegen!«, antwortete der Mann und eilte weiter.

»Bei Gott! Hoffentlich finden wir Meini in all dem Durcheinander«, rief Wigburg erschrocken.

Da zeigte ihr Vater in die Richtung, die ihnen der Soldat gewiesen hatte. »Das dort muss die *Luxora* sein!« Landolf eilte trotz seiner sechzig Jahre so schnell zu der Anlegestelle, dass Wigburg ihm kaum zu folgen vermochte.

Als sie die *Luxora* betraten, traf es sie wie ein Schlag. Überall lagen Verwundete, von denen viele Arm oder Bein verloren oder andere schwere Verletzungen davongetragen hatten. Es stank so entsetzlich nach Eiter, Erbrochenem und Exkrementen, dass es Wigburg würgte.

Landolf entdeckte eine Krankenschwester und trat auf sie zu.

»Verzeihen Sie. Können Sie mir sagen, wo wir Lieutenant Freihart finden?«

»Hier liegen ein paar Dutzend Lieutenants herum. Da kann ich mir nicht jeden einzelnen Namen merken«, klang es abweisend zurück.

»Er muss neben Major Fitchner liegen«, erinnerte Wigburg sich an Meinrads Brief.

»Ach so! Der ist hinten im Salon. Finden müssen Sie den Lieutenant selbst. Wenn er nicht dort ist, haben sie ihn wahrscheinlich schon begraben. Er wäre nicht der Erste, der hier gestorben ist.«

Mit dieser wenig tröstlichen Aussicht machten Wigburg und ihr Vater sich auf den Weg in den Salon. Auch dort lagen viele Verwundete, und es stank noch schlimmer als draußen. Voll zittriger Erwartung blickten sie sich um, ohne Meinrad zu finden. Sie glaubten schon, dass ihre schlimmsten Befürchtungen wahr geworden wären, da klang eine bekannte Stimme auf.

»Vater! Wiggi!«

Es riss beide herum, und sie eilten zu Meinrads Bett. Er sah blass aus, wirkte aber nicht ganz so elend, wie sie erwartet hatten. Landolf ergriff seine rechte Hand. »Mein Gott, Junge, bin ich froh, dich gefunden zu haben. Wenn es irgendwie geht, bringen wir dich nach Hause.«

»Das würde mich freuen – und andere auch, denn hier wäre man froh, einen weiteren Verwundeten unterbringen zu können. Es liegen einfach noch zu viele im Freien oder in einfachen Zelten herum.« Meinrad war so glücklich, seinen Vater und Wigburg zu sehen, dass ihm die Tränen kamen.

Im Nebenbett hatte Waldemar ein wenig geschlafen. Nun öffnete er die Augen und sah einen alten Mann neben seinem Kameraden stehen – und neben diesem ein blutjunges Mädchen mit blonden Haaren und einem lieblichen Gesicht. Er brauchte einen Augenblick, um zu begreifen, dass er nicht den heiligen Petrus in einem braunen Anzug und einen Engel vor sich hatte, sondern sich noch auf der *Luxora* befand.

Meinrad bemerkte, dass Waldemar aufgewacht war, und wies auf ihn. »Vater, Wiggi, darf ich euch Major Fitchner vorstellen? Er stammt aus Texas und ist der beste Kamerad, den ein Mann sich wünschen kann.«

Während er es sagte, erinnerte Meinrad sich, dass es niemanden gab, der Waldemar von diesem entsetzlichen Ort wegholen würde. Bislang hatten sie miteinander reden können, doch wenn er nach Hause fuhr, hatte sein Freund nur noch Fremde um sich herum. Daher sah er seinen Vater bittend an.

»Ich weiß nicht, ob es geht, aber ich würde Major Fitchner ungern hier zurücklassen.«

»Es wäre auch ein schlechter Dank für all das, was er für dich getan hat«, rief Wigburg aus.

Auch Landolf nickte. »Es wäre uns eine große Freude, Sie als Gast in unserem Haus begrüßen zu dürfen, Major.«

»Sie müssen zum Doktor gehen und ihm sagen, dass Sie uns mitnehmen wollen. Wie Lieutenant Freihart bereits sagte, werden die Leute hier froh sein, zwei Verletzte loszuwerden. Flussabwärts gibt es auch genug freien Platz auf den Schiffen, so dass wir ohne Probleme von hier wegkommen.«

»Außerdem sollte jemand dafür sorgen, dass unser Gepäck mitkommt – vor allem Major Fitchners Sattel. Er ist ein Texaner, müsst ihr wissen, und die lassen ihre Sättel nie zurück.«

Meinrad konnte sogar ein wenig uber seine eigenen Worte lachen. Auch Wigburg lächelte und glich nach Waldemars Ansicht noch mehr einem Engel.

»Ich werde mich um alles kümmern«, erklärte Landolf und
verließ den Saloon fast fluchtartig. Eine halbe Stunde später
kehrte er mit drei Soldaten zurück, von denen zwei eine Trage
mit sich führten. Der dritte schleppte Waldemars Reisetasche
und dessen Sattel.

»Wir können aufbrechen. Eines der Schiffe fährt gleich nach
Cairo«, erklärte Landolf, der Meinrads Tasche trug.

Die beiden Krankenträger hoben Meinrad aus dem Bett und
legten ihn auf die Trage. Da Waldemar nicht warten wollte,
bis die beiden zurückkamen, stand er auf, schwankte dabei
aber vor Schwäche.

Sofort war Wigburg bei ihm. »Ich helfe Ihnen.«

»Es geht schon!« Trotz seiner Worte musste Waldemar sich
auf sie stützen und lächelte kläglich. »Sie werden mich wohl
für einen marklosen Wicht halten.«

»Bei Gott, wie käme ich dazu? Sie sind schwer verwundet
und brauchen Pflege. Mein Bruder hat übrigens in warmen
Worten von Ihnen geschrieben und uns mitgeteilt, dass er
Ihnen sein Leben verdankt.«

»Lieutenant Freihart übertreibt maßlos«, erwiderte Waldemar mit einem kurzen Auflachen.

Wigburg sah mit leuchtenden Augen zu ihm auf. »Sie sind
nicht nur ein edler, sondern auch ein bescheidener Mann.«

FÜNFTER TEIL

Entscheidungen

1.

Nirgends im French Settlement in Texas wurden die Siege der konföderierten Truppen mehr bejubelt und deren Niederlagen mehr bedauert als in Thierry Coureurs Haus. Gab es eine gute Nachricht, befahl Rachel ihrem Haussklaven Joshua, die große Fahne aufzuziehen, die sie eigenhändig bestickt hatte. Erlitten die eigenen Truppen eine Niederlage, mussten ihr Mann und ihre Tochter sich all die Klagen und Verwünschungen anhören, mit denen Rachel die Nordstaatler bedachte. Für Joshua, die Zofe Bessie, die Köchin Suzie und den Kutscher Samuel bedeutete der Zorn der Herrin die Peitsche. Zuerst hatte Thierry noch versucht, seine Frau davon abzuhalten, die Schwarzen zu schlagen, doch mittlerweile hatte er es aufgegeben. Zwar taten ihm die dunkelhäutigen Menschen leid, doch hätte es schon eines Predigers von biblischen Ausmaßen bedurft, um Rachel zur Vernunft zu bringen.

Auch an diesem Tag klangen wieder Peitschenhiebe durchs Haus, denn Edward Montgomery hatte die Nachricht gebracht, dass die Konföderation an mehreren Stellen Rückschläge hatte hinnehmen müssen. Montgomery selbst ging mit Thierry vor dem Haus spazieren. Ihnen folgten General Burke und Thamar, die sich sichtlich bemühte, nicht auf die Avancen ihres Begleiters einzugehen. Burke trug seine Uniform mit den drei Sternen am Kragen und sah trotz der schlechten Nachrichten zufrieden aus. Dies lag nicht zuletzt daran, dass Montgomery ebenfalls im Grau des Südens gekleidet war. Dessen Uniform saß wie angegossen, aber der rechte Ärmel hing schlaff herab und war knapp über dem Gürtel mit einer Sicherheitsnadel am Rock befestigt. Seine Rangabzeichen wiesen Montgomery als Colonel aus, und er wirkte sehr entschlossen.

»Sie wollen also tatsächlich in den Krieg ziehen?«, fragte Thierry.

Montgomery nickte mit verkniffener Miene. »Ich kann nicht abseits bleiben, wenn es um das Schicksal unserer Nation geht.«

»Dabei gäbe es genug andere, die vor Ihnen das Schwert ergreifen müssten!« Thierry warf einen kurzen Blick nach hinten, wo Burke alles tat, um Thamar zu beeindrucken.

»Was andere denken, kümmert mich nicht! Wenn mein Land in Gefahr ist, werde ich nicht zuschauen. Daher habe ich auf eigene Kosten ein Regiment aufgestellt und bewaffnet. Nächste Woche werde ich mich damit auf den Weg machen«, erklärte Montgomery mit Nachdruck.

»Mistress Ransom und ihre Tochter, aber auch meine Frau und Thamar werden es bedauern, wenn Sie uns verlassen!« Thierry klang traurig, denn er mochte Montgomery, der früher recht aufbrausend gewesen war, aber seit dem Verlust seines Arms gelernt hatte, sich zu beherrschen.

»Den Abschied von Thamar bedauere ich, den von Mistress Ransom und Julia jedoch nicht. Ich weiß, dass Julia mich als Krüppel verabscheut, mich aber trotzdem heiraten würde, weil ich reich bin. Vielleicht ist es ganz gut, wenn ich Texas für eine gewisse Zeit verlasse.«

Montgomery lachte leise und legte Thierry seine verbliebene Hand auf die Schulter. »Ich wünsche Ihnen Glück und hoffe, dass Sie den vakanten Sitz als Senator erringen werden!«

»Ich werde nicht mehr für den Senat kandidieren«, antwortete Thierry leise. »Vielleicht mache ich es Ihnen nach und melde mich auch für die Armee. Ich war immerhin 1836 als junger Mann dabei und fühlte mich noch nicht zu alt, um noch einmal ins Feld zu ziehen.«

Noch während er es sagte, wurde Thierry klar, dass er genau das tun würde. Es war kein Leben mehr mit Rachel. Sie nahm es ihm persönlich übel, dass es ihr nicht gelungen war, Walther Fitchner von seinem Besitz zu vertreiben. An anderen Stellen wurden Anhänger der Union verjagt, teilweise sogar umgebracht. Nach seinem Treueid auf die Konföderation galt Fitchner jedoch als ganz normaler Bürger von Texas, und für die Banden, die anderswo gegen Leute vorgingen, deren Loyalität zweifelhaft schien, war er ein zu harter Brocken.

»Vielleicht ist es wirklich besser, eine Zeitlang im Feldlager zu leben und die Frauen fürs Erste zu vergessen!«

Montgomery konnte sich in seinen Gastgeber einfühlen, denn er hatte die Wutanfälle von dessen Frau schon mehrmals miterlebt. Ein wenig bedauerte er Thamar, die anders als ihr Vater nicht die Möglichkeit hatte, zur Armee zu fliehen. Aber er war auch froh, dass sie sich noch nicht für ihn entschieden hatte. Für ihn nahm Texas die erste Stelle ein, und an der Pflicht, seinem Staat zu dienen, durfte keine Frau ihn hindern.

»Ich werde mich noch heute auf den Heimweg machen. Empfehlen Sie mich Ihrer Gattin, Mister Coureur. Beten wir zu Gott, dass er uns ein Wiedersehen beschert!« Montgomery streckte Thierry die Hand hin. Dieser ergriff sie und hielt sie einen Augenblick lang fest.

»Gottes Segen mit Ihnen, Colonel! Möge Ihr Regiment aus allen Schlachten siegreich hervorgehen.«

Die beiden sahen sich noch einmal kurz an, dann machte Montgomery kehrt. Er verbeugte sich vor Thamar und ging zu den Stallungen hinüber. Wenig später sahen Thierry, Thamar und Burke ihn auf seinem Vollbluthengst davonreiten.

»Montgomery glaubt sich anscheinend trotz seines fehlenden Arms zum Helden berufen«, spottete Burke, der zufrieden war, seinen einzigen ernsthaften Konkurrenten losgeworden zu sein.

»Mister Montgomery ist ein ehrenhafter Mann, der seiner Heimat dienen will«, antwortete Thamar mit einer gewissen Schärfe.

Thierry nahm im ersten Augenblick an, dass sie in Montgomery verliebt sei, doch dann schob er den Gedanken von sich, denn auf ihrem Gesicht konnte er keine Trauer lesen, sondern nur Ärger, der Burke galt. Nun fragte sie den Mann geradeheraus, wann er ins Feld zu ziehen gedachte.

»Immerhin sind Sie Brigadegeneral und sollten daher nicht in der Etappe bleiben«, setzte sie mit einem Hauch Bosheit hinzu.

Burke ließ Thamars Worte an sich abperlen wie Regentropfen. »Gouverneur Lubbock hat mich zum Rekrutierungsoffizier in diesem Teil von Texas ernannt, und ich glaube, dass ich der Konföderation auf diesem Posten besser dienen kann, als wenn ich einen Haufen Raufbolde in die Schlacht führen würde.«

Er bot ihr den Arm. »Kommen Sie, meine Liebe! Wir wollen noch ein wenig spazieren gehen und dabei parlieren.«

»Dafür ist es mir zu heiß. Papa, General, entschuldigen Sie mich!« Bevor Burke etwas sagen konnte, drehte Thamar sich um und kehrte zum Haus zurück. Dort waren unterdessen die Peitschenschläge verhallt, doch als sie in ihr Zimmer kam, kauerte dort die Zofe ihrer Mutter in einer Ecke und weinte.

Unterdessen betrat Thierry den Salon. Seine Frau saß in ihrem Lieblingssessel und starrte durch das Fenster auf die Baumwollfelder, die sich um den Herrensitz erstreckten.

»Gott verdamme die Yankees!«, sagte sie voller Hass.

Thierry zuckte mit den Achseln. »Ich maße mir nicht an, Gott Ratschläge zu erteilen, wen er verdammen soll und wen nicht.«

Mit unverhohlener Wut drehte Rachel sich zu ihm um. »Du redest so, als wäre es nicht in deinem Sinn, Krieg gegen diese ekelhaften Krämerseelen aus dem Norden zu führen.«

»Natürlich passt mir der Krieg nicht! Solange die Nordstaaten mit ihrer Flotte unsere Häfen blockieren, ist die Baumwolle auf unseren Feldern keinen lumpigen Cent wert.«

»General Burke hat uns doch berichtet, dass kühne und erfahrene Kapitäne mit ihren Schiffen jederzeit die Blockade durchbrechen können«, erwiderte Rachel schneidend. »Du müsstest nur unsere Baumwolle in eine der Hafenstädte bringen lassen und sie einem dieser Kapitäne anvertrauen!«

»Glaubst du, ich hätte es nicht versucht? Doch die Baumwollpflanzer an der Küste besitzen mehr Baumwolle, als Blockadebrecher außer Landes bringen können. Um schnell zu sein, dürfen die Schiffe nicht zu schwer beladen werden. Daher ist es fast unmöglich, unsere Baumwolle zu verkaufen.«

»Du hättest längst dafür sorgen müssen, dass du in Texas um einiges mehr darstellst und so genügend Einfluss hast. An deiner Stelle hätte dieser elende Fitchner seine Baumwolle längst verkauft. Aber du läufst immer nur anderen nach und bringst selbst nichts zustande!« Rachel wurde zuletzt so laut, dass es im ganzen Haus nachhallte.

Es juckte Thierry in den Fingern, sie übers Knie zu legen wie in den frühen Zeiten ihrer Ehe und ihr den Hintern so zu verbleuen, dass sie drei Tage lang nicht sitzen konnte.

Er seufzte. »Bei Gott, Frau. Ich wünschte, wir wären einfache, arbeitsame Farmersleute, die ihr Brot im Schweiße ihres Angesichts erarbeiten. Was haben uns die Schwarzen gebracht außer einem Haufen Schulden? Selbst wenn ich einen Teil unserer Baumwolle noch an den Mann bringen könnte, würde ich kaum mehr als die Zinsen erwirtschaften. Ich …«

Rachel fiel ihm rüde ins Wort. »Das kommt nur davon, weil du nichts bist! Ein anderer Mann würde an deiner Stelle in Geld schwimmen.«

Mit dem Gefühl, es in Rachels Nähe nicht mehr aushalten zu können, rief er nach Joshua.

Es dauerte einen Augenblick, bis der Sklave erschien. In seinem Gesicht arbeitete es, und er warf Rachel einen hasserfüllten Blick zu, beherrschte sich aber schnell und verbeugte sich vor seinem Herrn.

»Joshua, lass Napoleon satteln. Ich werde nach Austin reiten.«

Ohne ein Wort zog der Schwarze sich zurück. Rachel hingegen klatschte in die Hände. »Austin! Das ist ein guter Gedanke! Da kommen wir endlich wieder unter Menschen, und ich kann einige Sachen kaufen, die ich dringend benötige.«

»Ich werde allein nach Austin reiten«, antwortete Thierry kalt. »Wie du selbst sagst, haben wir Krieg. Solange ich keine Baumwolle verkaufen kann, wirst du darauf verzichten müssen, Geld für überflüssige Dinge auszugeben. Ich habe immer noch Schulden, und es hat oberste Priorität, diese zurückzuzahlen.«

»Aber …!«, rief Rachel empört.

»Und noch etwas!«, unterbrach nun Thierry sie. »Du solltest deine Launen nicht an unseren Schwarzen auslassen. Selbst du müsstest wissen, dass ein durch die Peitsche verletzter Mensch weniger arbeiten kann als ein Gesunder!«

Nach diesen Worten verließ er den Salon und wies draußen Joshua an, seine Satteltaschen zu packen.

Kurz darauf sah Rachel Thierry auf seinem großen, schwarzen Hengst davonreiten und schrie voller Wut auf. Ihre Haussklaven zuckten erschrocken zusammen, und wer konnte, verzog sich irgendwohin, wo die Herrin ihn nicht so leicht finden würde. Rachels Wut brauchte jedoch ein Opfer, und so ging sie ungeachtet der Mahnung ihres Mannes mit der Peitsche in der Hand durchs ganze Haus, und wo sie eine Sklavin oder einen Sklaven fand, schlug sie zu.

2.

Als Thierry Austin erreichte, ließ er sich sofort bei Gouverneur Lubbock melden und bat diesen, ihm ein militärisches Kommando zu übertragen.

Der Gouverneur sah ihn erstaunt an. »Sie wollen sich tatsächlich zum aktiven Dienst melden, Mister Coureur?«

»Ja, Sir! Wie Sie wissen, stehe ich immer noch im Rang eines Colonels der texanischen Armee und der Miliz. Ich will das Meine dazu beitragen, unsere Heimat zu schützen.«

Thierry wusste, dass seine Entscheidung eine Flucht aus seinem bisherigen Leben bedeutete. Doch er konnte nicht mehr mit Rachel unter einem Dach zusammenleben. Ihm tat Thamar leid, und er bedauerte auch seine Sklaven. Aber gab es kein Zurück.

»Da es Ihr Wunsch ist, will ich Ihnen diesen nicht verweigern. Sie tun mir vielleicht sogar einen Gefallen damit. Die Regierung der Konföderierten Staaten sieht sich gezwungen, die Armeen zu vergrößern, und wird daher die allgemeine Wehrpflicht verhängen. Für uns in Texas bringt dieser Schritt einige Probleme mit sich. Viele der Deutschen, die sich hier angesiedelt haben, halten insgeheim zur Union und werden versuchen, sich dem Dienst fürs Vaterland zu entziehen. Es wird daher Unruhen geben. In Ihrem County leben ebenfalls viele Deutsche, aber auch andere Ausländer. Ich will nicht, dass dort Aufruhr herrscht.« Der Gouverneur schwieg einen Augenblick und blickte auf die Karte Nordamerikas, die an der Seitenwand hing.

»Wir haben es nicht an die große Glocke gehängt, aber Sie wissen vielleicht schon, dass General Henry H. Sibleys Versuch, das Territorium New Mexico für uns zu erobern, als Fehlschlag geendet hat. Unsere Truppen konnten nur ein paar Forts ganz im Süden des Gebiets halten. Sobald es den Armeen von General Lee in Virginia und General Beauregard in Tennessee gelungen ist, die Yankees zurückzuschlagen, werden wir einen erneuten Angriff auf das Territorium New Mexico starten, und dessen Endziel wird sein, Südkalifornien zu besetzen, um einen Hafen am Pazifik in die Hand zu bekommen.«

»Ein kühner Plan!«, kommentierte Thierry die Erklärung.

»Nur der Kühne gewinnt! Deshalb werden wir auch die Yankees schlagen. Aber um nach Kalifornien vordringen zu können, brauchen wir einen Stützpunkt an der dortigen Grenze. Diesen einzurichten wird Ihre Aufgabe sein. Ich übertrage Ihnen das Recht, die Wehrpflichtigen im French Settlement, wie ihr es immer noch nennt, zur Fahne zu rufen und mit dieser Truppe nach Westen aufzubrechen. Das ist mir, ehrlich gesagt, lieber, als die Kerle nach Tennessee oder Virginia zu schicken, wo sie jederzeit zu den Yankees überlaufen könnten. Im Territorium von New Mexico werden die Wüste und die Indianer solche Ambitionen verhindern.«

Lubbock lächelte grimmig und reichte Thierry die Hand. »Sie werden diesen Feldzug im Rang eines Brigadegenerals antreten. Bestimmen Sie Ihre Offiziere, rüsten Sie Ihre Leute aus – und dann vorwärts mit Glück!«

»Danke, Sir!« Zwar wusste Thierry nicht, ob es ihm gelingen würde, die Männer des French Settlement für sich zu gewinnen. Doch wenn auch nur die Hälfte von ihnen mit ihm zog, war es ein Erfolg. Er verabschiedete sich von dem Gouverneur und kehrte in sein Hotel zurück. Den Rest des Tages wendete er für seinen Schneider auf und für Gespräche mit einigen Herren, von denen er sich Unterstützung bei der Ausrüstung seiner Truppe versprach.

Als er drei Tage später zurückritt, nahm er außer drei Uniformgarnituren eine Menge Versprechungen mit, von denen er hoffte, dass wenigstens ein Teil von ihnen eingehalten würde. Je näher er der Heimat kam, umso stärker spürte er, dass ihn nichts mehr dorthin zurückzog. Einige Meilen vor seinem eigenen Besitz sah er zur rechten Hand die Gebäude von Fitchners Ranch auf dem Hügel am Rio Colorado stehen, und ohne dass es ihm so recht bewusst wurde, lenkte er seinen Rappen dorthin.

Erst als er auf dem Ranchhof anhielt, begriff er, was er tat. Einen Augenblick zögerte er und fragte sich, ob er nicht weiterreiten sollte. Die Sehnsucht, Walther zu sehen und mit ihm zu sprechen, war jedoch zu groß. Er schwang sich aus dem Sattel, reichte einem herbeieilenden Peon die Zügel und trat auf das Wohnhaus zu.

Dort hatte man ihn bereits bemerkt. Gretel presste sich die Nase an der Fensterscheibe platt, während ihr Vater sich nervös mit den Fingern durch die grau gewordenen Haare fuhr, um sie zu glätten.

Nach kurzem Überlegen drehte Nizhoni sich zu Ellen Jones um. »Wir haben einen Gast, Singender Mund, und sollten ihm so auftischen, dass wir uns nicht zu schämen brauchen. Du, Fahles Haar, solltest hinausgehen und Thierry begrüßen.«

»Das übernehme ich«, sagte Josef, da sein Vater sich nicht rührte. Er verließ das Haus und trat auf Thierry zu, der ein wenig verloren vor ihm stand.

»Willkommen, Onkel Thierry!«, begrüßte er den Gast, um ihm die Befangenheit zu nehmen.

»Bin ich das wirklich?« Thierry wischte sich über die feucht gewordenen Augen und folgte Josef ins Haus. Wenig später sah er Walther vor sich und konnte nicht anders, als ihn zu umarmen.

»Ich hätte diese verdammten Nigger niemals kaufen sollen!«, brach es aus ihm heraus.

»Dann lass sie frei«, riet Walther ihm.

»Das würde Rachel niemals zulassen!« Thierry lachte bitter und begrüßte Nizhoni, Gretel und Diego. Die beiden jüngsten Fitchners musterten ihn misstrauisch, denn sie hatten ihn zu wenig als Freund und zu lange als Gegner erlebt.

»Mein Gott, bist du groß geworden! Und so hübsch!«, rief er aus, als er Gretel betrachtete.

»Ich bin nur etwas, das in die Sklavenhütten gehört!« Gretel hatte diesen Ausspruch weder vergessen noch vergeben.

»Ich hätte mein Weib damals erwürgen können«, sagte Thierry bedrückt.

»Warum hast du es nicht getan? Es hätte uns einigen Ärger erspart.«

»Gretel, so etwas sagt man nicht!«, tadelte Walther seine Tochter.

Gretels Bemerkung hatte jedoch die fühlbare Spannung im Raum gelöst, denn Josef grinste, und Nizhoni musste sich ein Lachen verkneifen.

Sie trat zu ihrer Tochter und stupste sie an. »Hilf Ellen in der Küche, mein Schatz!«

Sofort eilte Gretel hinaus. Thierry sah ihr nach und lächelte nun ebenfalls. »Ein prachtvolles Mädchen!«

»Nur leider ein wenig ungestüm«, gab Walther zu. Dann fasste er die Hand seines alten Freundes und hielt sie fest. »Dich bedrückt etwas, das spüre ich!«

»Vor dir kann man wohl nichts verbergen, nicht wahr?« Thierry hob in einer hilflosen Geste die Arme und sah Walther an. »Der Krieg mit den Yankees ist härter als erwartet. Daher hat die Regierung der Konföderation beschlossen, die allgemeine Wehrpflicht auszurufen. Alle Männer im tauglichen Alter sollen zur Armee.«

»Damit wird sich die Konföderation keine Freunde schaffen.«

»Da magst du recht behalten, Walther. Aber vorerst gilt das Gesetz. Gouverneur Lubbock hat mich beauftragt, es im French Settlement durchzusetzen.«

»Von uns wird keiner nach Virginia gehen!«, rief Josef empört.

Thierry hob begütigend die Rechte. »Wir sollen auch nicht nach Virginia oder Tennessee ausrücken. Mir ist die Aufgabe übertragen worden, mit meiner Truppe nach Westen zu ziehen und einen Stützpunkt im Territorium von New Mexico zu errichten, um im Falle eines Sieges im Osten Kalifornien erobern zu können.«

Während Walther den Kopf schüttelte, dachte Josef nach. »Das wäre eine Möglichkeit! Keiner unserer Freunde würde für Virginia oder einen anderen Staat in den Krieg ziehen, aber nur wenige dürften bereit sein, die Territorien im Westen ganz den Yankees zu überlassen!«, sagte er und streckte Thierry die Hand hin.

»Sie können mit mir rechnen, Colonel!«

»Lubbock hat mich zum Brigadegeneral ernannt. Aber ich glaube, dass selten ein General mit weniger Männern ausgerückt ist, als ich es tun werde.« Einen Augenblick lang empfand Thierry Enttäuschung über diese Tatsache, sagte sich dann aber, dass es besser war, mit Josef Fitchners Hilfe eine Truppe aufzustellen als gegen dessen Willen.

»Du willst wirklich in den Krieg ziehen?«, fragte Walther seinen Sohn erstaunt.

Josef schüttelte mit einem melancholischen Lächeln den Kopf. »Wollen ist nicht das richtige Wort, Vater. Aber ich kann mich einer Einberufung nicht widersetzen, ohne euch in Schwierigkeiten zu bringen. Das werde ich auch den anderen klarmachen! Wir leben nun einmal in dieser Konföderation, und solange sie besteht, müssen wir zusehen, wie wir über die Runden kommen.«

»Also gut! Aber du«, Walthers Blick suchte Thierry, »wirst nach diesem Krieg deine Sklaven freilassen, und wenn du dafür Rachel grün und blau schlagen musst.«

Dies war die Bedingung für Walthers Unterstützung, das war Thierry sofort klar, und er nickte. »Das verspreche ich dir!«

Unterdessen war Gretel aus der Küche zurückgekehrt und sah Thierry misstrauisch an. »Was ist mit Kojoten-Jim? Wenn du ihn in deine Kriegerschar aufnimmst, wird Josef nicht mit dir reiten.«

»Nein!«, antwortete er. »Jim gehört nicht zu den Bewohnern des French Settlements, sondern muss sich in seinem County zur Armee melden. Ich werde ihn nicht mitnehmen.«

»Dann ist es gut«, antwortete Gretel mit einem Hass, der Thierry überraschte. Er wusste nicht, was Ende Januar des letzten Jahres in Austin geschehen war, und nahm daher an, es sei wegen Josefs geplatzter Verlobung mit Abigail und deren Heirat mit Jim Jenkins.

Josef, Walther und die anderen sahen ebenfalls so aus, als würden sie seinen Schwiegersohn in die tiefste Hölle wünschen. Daher war Thierry froh, dass er gar nicht daran gedacht hatte, Jim Jenkins einen Posten in seiner Truppe zu geben. Auch wenn Rachel sich mittlerweile mit ihrem Schwiegersohn abgefunden hatte, so nahm er es diesem und Abigail immer noch übel, dass sie durch ihr Verhalten den

Riss, der zwischen ihm und Walther entstanden war, vertieft hatten.

»Nein, Jim Jenkins ist keiner, den ich bei mir haben will«, sagte er leise und schwor sich, hart zu bleiben, wenn Rachel darauf dringen sollte, dass er ihren Schwiegersohn unter seine Fittiche nehme.

3.

Jim Jenkins hielt sein Pferd an und verglich die Hütte, in der er mit seinem Vater, seiner Frau und den Kindern wohnte, mit dem stattlichen Herrenhaus der Coureurs. Erneut packte ihn Neid, und er wäre am liebsten zu seinen Schwiegereltern geritten, um ihnen zu sagen, was er davon hielt, dass sie Abigail und ihn in einem solchen Loch hausen ließen. Aber der Braune war zu abgetrieben und hätte keine zehn Meilen mehr durchgehalten. Daher stieg er grummelnd ab, führte den Gaul in den Pferch und befahl seinem Ältesten, dem Tier Futter vorzulegen. Der Junge war zwar erst sechs, aber für solche Arbeiten brauchbar. Dann sah Jenkins sich nach seiner Frau um.

Erst als er um das Haus bog, entdeckte er Abigail. Sie pflügte mit einem Muli, das sie sich bei einem Nachbarn ausgeliehen hatte. Jim Jenkins nickte zufrieden, denn er mochte es, wenn andere die Arbeit erledigten, die er selbst hätte tun müssen. Während er seiner Frau zusah, dachte er sich, dass sie trotz der vier Kinder, die sie ihm geboren hatte, und der harten Arbeit auf der Farm schöner und begehrenswerter aussah als je zuvor. Es war richtig gewesen, sie zu heiraten, denn sie war genau das, was er im Bett brauchte. Gewiss würden ihre Eltern auch irgendwann einmal nachgeben und sie auf ihren feudalen Herrensitz holen.

Abigail war mit ihrer Arbeit fast fertig, als ihr Mann aus dem Schatten der Hütte heraustrat und auf sie zukam. »Du bist heute aber fleißig!«, lobte er.

»Einer muss das Feld pflügen, damit wir Mais ansäen können«, antwortete Abigail bitter. »Du reitest ja die ganze Zeit in der Weltgeschichte herum, und dein Alter geht lieber fischen, als zu arbeiten.«

»Sage nichts gegen einen guten Fisch«, antwortete er grinsend. »Den esse ich immer gerne.«

»Ja, im Essen bist du gut!«, spottete seine Frau.

»Und noch bei was anderem!« Jim Jenkins schob anzüglich die Hüften vor und zurück. »Heute Abend werde ich es dir mal wieder richtig besorgen. Du wirst dann eh eine gewisse Zeit warten müssen, bis ich zurückkomme.«

»Du willst schon wieder weg?«, fragte Abigail verblüfft.

»Du sagst es! Vor dir steht nämlich nicht mehr der Farmer Jim Jenkins, sondern der ordentlich bestallte Regimental Quartermaster Sergeant Jim Jenkins mit einem garantierten Sold von einundzwanzig Dollar im Monat.«

»Und wer soll hier die Arbeit machen?«, fragte Abigail schnaubend.

»Du und Vater! Außerdem ist Billy bald so weit, dass er dir helfen kann.«

»Ein Junge von sechs Jahren!« Auf Abigails Gesicht machte sich Verachtung breit.

Ihr Mann aber starrte begehrlich auf ihren Busen und achtete nicht auf ihren Einwand. »Die Regierung will die allgemeine Wehrpflicht ausrufen. Ich müsste also so oder so zu den Soldaten, da habe ich mich lieber freiwillig gemeldet und durch meine guten Verbindungen den Posten eines Stabsfeldwebels der Quartiermeistertruppe im Regiment von Colonel Montgomery ergattert. In drei Tagen rücken wir aus. Vorher aber will ich mich noch einmal richtig als Ehemann fühlen!«

Jim Jenkins grinste, doch seine Frau zuckte nur mit den Schultern. »Wenn du meinst, mache ich eben die Beine breit.«

»Tu nicht so, als wenn ich dich nicht in Hitze rammeln könnte!« Mit diesen Worten versetzte Jim Jenkins ihr einen Klaps auf den Hintern und wandte sich zum Haus.

»Halt!«, klang da Abigails Stimme auf. »Wenn du schon hier bist, kannst du auch das Pflügen übernehmen. Dann komme ich wenigstens dazu, das Abendessen zu kochen. Nachher kannst du das Muli zu Ruffin zurückbringen! Sage ihm besten Dank.«

»Was hast du ihm dafür geboten, damit er es dir leiht? Eine vergnügliche Stunde?«, fragte ihr Mann spöttisch.

»Es würde dir recht geschehen, wenn es so wäre. Aber Ruffin ist keiner, der seinen Verstand nur in der Hose hat, so wie du! Ich habe ihm zwei Säcke Maiskolben versprochen.«

Anstatt beleidigt zu sein, lachte Jim Jenkins. »Sag nichts gegen mich. Mein Kopf ist ganz helle! Als Quartiermeistersergeant gehöre ich nicht zu den Idioten, die im Kampf den Kopf hinhalten müssen, sondern kann mich brav im Hintergrund halten und abhauen, wenn es brenzlig wird. Solange ich mich mit dem Regimentsquartiermeister gut stelle, fällt für uns beide einiges ab. Ich schwöre dir, Abigail, ich kehre als reicher Mann aus diesem Krieg zurück.«

»Trotzdem wirst du jetzt fertigpflügen und das Muli zurückbringen«, antwortete Abigail, drückte ihm die Zügel in die Hand und ging zum Haus.

Ihr Mann sah ihren schwingenden Hintern und wäre ihr am liebsten gefolgt, um gleich sein Recht als Ehemann einzufordern. Allerdings konnte sie, wenn ihr etwas nicht passte, äußerst störrisch sein, und er wollte ein williges Weib im Bett, nicht eines, das sich wie ein bockender Mustang aufführte.

Als die Dämmerung hereinbrach, war das Feld gepflügt und das Maultier zu seinem Besitzer zurückgebracht. Der alte Jenkins fand sich auch wieder ein und übergab Abigail seinen

Fang. Während sie die Fische ausnahm und briet, musste sie sich gleichzeitig um die Kinder kümmern, denn Jim saß bei seinem Vater und erklärte diesem wortreich, wie er als Stellvertreter des Regimentsquartiermeisters zu einem Vermögen kommen wollte.

Das Abendessen war einfach, aber ausreichend, und nach der Mahlzeit brachte Abigail die Kinder zu Bett. Auch ihr Schwiegervater verzog sich in den durch eine schlichte Bretterwand abgetrennten Winkel, der sein Bett und eine kleine Truhe mit seinem persönlichen Besitz enthielt.

»Gut hat es geschmeckt!«, lobte Jim seine Frau und reckte sich in freudiger Erwartung auf den Nachtisch, auf den er sich den ganzen Tag gefreut hatte. Mit einem Griff packte er Abigail an den Hüften und zerrte sie aufs Bett.

»Jetzt werde ich dir einen kleinen Regimentsquartiermeistersergeant in den Bauch schieben!«, sagte er grinsend und löste seinen Gürtelriemen.

Abigail zog ihren Rock hoch, legte sich hin und spreizte die Beine. Sofort war Jim über ihr und drang mit einem heftigen Ruck in sie ein.

»Nicht so wild!«, fauchte sie, ließ es aber zu, dass er sie auf seine rauhe Art nahm. Früher, dachte sie, hatte ihr das sogar gefallen. Aber seit ihrem letzten Kind empfand sie nicht mehr viel, sondern war meist nur froh, wenn die Sache beendet war. An diesem Tag stöhnte und keuchte Jim in einer Weise, dass Abigail Angst bekam, die Kinder würden aufwachen und sie bei ihrem Tun sehen.

»Sei bitte leiser!«, flehte sie. Daran, dass ihr Schwiegervater in seinem Verschlag alles mithören konnte, dachte sie jedoch nicht.

Der alte Jenkins war seit einigen Jahren Witwer, hatte aber den Verlust seiner Frau noch nie so schmerzlich empfunden wie in dieser Stunde. Während er das Paar belauschte, beneidete er seinen Sohn, der seine Fleischeslust ungehemmt ausleben konnte. Einmal hatte er seine Schwiegertochter heimlich beim Bad beobachtet und wusste, wie sie nackt aussah. Als er jetzt die Augen schloss, sah er sie vor sich und spürte, wie ihm das Blut in die Lenden schoss.

Ich sollte noch einmal heiraten, sagte er sich, aber ihm war klar, dass er nur eine Frau bekommen würde, deren beste Jahre lange zurücklagen und mit der zu schlafen ihm keine Freude bereiten würde.

4.

Einige hundert Meilen von Texas entfernt saß Waldemar Fitchner mit bloßem Oberkörper in der Küche der Freiharts und hielt seinen linken Arm mit der Rechten fest. Wigburg verband ihm den verletzten Oberarm und kümmerte sich dann um seine Schulterwunde. Er musste die Zähne zusammenbeißen, um nicht zu stöhnen.

Das Mädchen bemerkte seine verzerrte Miene und erschrak. »Verzeihen Sie! Ich wollte Ihnen keine Schmerzen zufügen.« Mit einem gequälten Lächeln blickte Waldemar sie an. »Sie können nichts dafür, Fräulein Freihart. Verletzungen haben nun einmal die unangenehme Eigenschaft weh zu tun. Ich kann Ihnen versichern, dass Sie weitaus sanftere Hände haben als die Schwester, die uns auf dem Hospitalschiff verbunden hat.«

»Rauhere Hände als diese Frau kann jemand kaum haben«, warf Meinrad lachend ein. Er ruhte in einem Liegestuhl, den seine Mutter in der Küche aufgestellt hatte, und war bereits verbunden.

»Wir sollten der Krankenschwester keine Vorwürfe machen. Sie musste sich um sehr viele Verwundete kümmern, und es war sonst niemand da, der uns hätte versorgen können«, verteidigte Waldemar die Frau.

»Sie sind so ein guter Mensch, Major Fitchner! Selbst in finsterster Dunkelheit sehen Sie noch ein Licht.« Wigburg lächelte und berührte kurz die Stelle, an der Waldemar den Bajonettstich erhalten hatte.

Für Waldemar war es, als würden ihre kühlen Finger seine

Haut verbrennen, und er biss erneut die Zähne zusammen. Bevor er jedoch etwas sagen konnte, kam Landolf Freihart herein und wedelte mit der Zeitung.

»Habt ihr es schon gehört? McClellans Armee zieht sich aus Virginia zurück. Also haben diese elenden Rebellen erneut gesiegt!«

Die Nachricht ernüchterte Waldemar. »Bei Gott, dieser Robert E. Lee macht jeden unserer Generäle zum Hanswurst! Gibt es etwas Neues von Grants Armee?«

»Seit sein Vormarsch gegen Vicksburg gescheitert ist, hört man nicht mehr viel von ihm«, berichtete Landolf. »Stattdessen listen sie hier etliche Fabrikanten auf, die unsere Armee versorgen. Ein Mister Spencer wird besonders gelobt, weil er eine stillgelegte Schuhfabrik erneut in Gang gesetzt hat, um Stiefel für die Soldaten zu fertigen.«

»Spencer?« Waldemar stellten sich die Nackenhaare auf, auch wenn er es für unwahrscheinlich hielt, dass dieser Mann der alte Feind seiner Familie sein könnte.

»Ja, so heißt er. Nicodemus Spencer. Er soll aus England stammen und ein Verwandter eines gleichnamigen Lords sein. Dem Artikel nach soll er sich lange in Texas und Louisiana aufgehalten haben, aber er hat den Süden nach der Sezession verlassen, um die Union zu unterstützen.« Landolf Freihart wunderte sich ein wenig über Waldemars bestürzte Miene.

Dieser aber sagte sich nach dem ersten Schreck, dass Spencer vom Norden aus seiner Familie gewiss nicht mehr schaden konnte, und vertrieb ihn aus seinen Gedanken.

»Es wird Zeit, dass unsere Wunden verheilen, damit wir zur Armee zurückkehren können. Es sieht nämlich so aus, als könnten sie ohne uns den Krieg nicht gewinnen.«

Waldemars Grinsen wirkte zwar ein wenig verkrampft, doch er brachte Meinrad mit seinem Ausspruch zum Lachen.

»Den Eindruck habe ich auch!«

Wigburg kämpfte mit den Tränen. »Ihr solltet euch nicht in den Krieg zurückwünschen, denn ihr seid bereits schwer verwundet worden. Das müsste doch fürs ganze Leben reichen.«

»Andere wurden ebenfalls verwundet und ziehen trotzdem wieder in die Schlacht«, antwortete ihr Bruder.

Landolf Freihart nickte ohne Begeisterung. »Der Arzt meint, es wird noch ein paar Monate dauern, bis er euch unbesorgt gehen lassen kann. Also geduldet euch bis dorthin.«

»Vielleicht ist der Krieg dann schon vorbei«, rief Wigburg voller Hoffnung.

»Wie es im Moment aussieht, höchstens mit einem Sieg der Konföderierten!« Waldemar verzog das Gesicht und hielt dann still, damit Wigburg ihn vollends verbinden konnte. Danach schlüpfte er mit dem rechten Arm in sein Hemd und sah zu, wie Wigburg es ihm vorsichtig über die linke Schulter zog.

»Sie haben bislang sehr wenig von Ihrer Heimat erzählt, Major«, begann Landolf Freihart, um vom Krieg abzulenken. »Wir wissen nur, dass Sie aus Texas stammen und Ihr Vater dort General unter Sam Houston war.«

»Vater war Colonel unter Sam Houston. Zum General hat dieser ihn erst später ernannt«, antwortete Waldemar.

»Mich wundert, dass Sie so gut Deutsch sprechen. Angloamerikaner lernen ungern eine andere Sprache«, fuhr Landolf fort.

»Meine Eltern waren Deutsche und sind 1829 nach Texas eingewandert. Ich wurde dort 1836 geboren.«

»Damit sind Sie genauso alt wie der Staat Texas!« Landolf Freihart lachte leise, brach dann ab und sah Waldemar neugierig an. »Ihr Name lautet Fitchner?«

»Eigentlich hieß mein Vater Fichtner, doch die Amerikaner in unserer Nachbarschaft haben ihn zu Fitchner abgeschliffen«, berichtete Waldemar.

Wigburg klatschte begeistert in die Hände. »Herrlich! Damit sind Sie einer von uns!«

Es war gut, dass in dem Augenblick niemand Landolf Freihart ansah. Dieser saß mit bleicher Miene da und schalt sich einen Narren. Waldemar Fitchner sah fast genauso aus wie Walther Fichtner, mit dem zusammen er in Göttingen studiert hatte. Auch die Namensähnlichkeit hätte ihn auf die Verbindung bringen müssen. Landolf dachte aber auch an seine Flucht nach der gescheiterten Revolution von 1848. Dabei war ihm ein Steckbrief untergekommen, in dem Walther Fichtner und dessen Ehefrau wegen Raubmordes gesucht worden waren.

Während Wigburg und Meinrad mehr über Waldemars Familie wissen wollten, verließ Landolf Freihart die Küche und traf draußen auf seine Frau, die eben die Betten für die beiden Verletzten neu bezogen hatte. Diese sah ihn an und merkte, dass ihn etwas bedrückte.

»Was ist mit dir, mein Lieber?«, fragte sie ihn besorgt.

»Es geht um Major Fitchner. Ich weiß nicht, ob ich die zunehmende Vertraulichkeit zwischen ihm und Wigburg gutheißen soll. Sie ist ja noch ein Kind.«

Um Herlinds Lippen spielte ein nachsichtiges Lächeln. »Sie ist siebzehn, mein Lieber, und in dem Alter beginnen Mädchen, sich zu verlieben. Ich erinnere mich noch gut, wie ich mich mit siebzehn in den Lehrer meines Vetters Hans verliebt habe. Der Mann kam zu einem Festessen anlässlich des Schulabschlusses, zu dem auch meine Familie eingeladen war. Ich habe ihn angehimmelt, aber er hat mir keinen Blick gegönnt.«

Obwohl seitdem gut drei Jahrzehnte vergangen waren, fühlte Landolf auf einmal so etwas Eifersucht. »Und? Liebst du diesen Kerl immer noch?«, fragte er bissig.

»Ja, freilich! Ein paar Monate später trafen wir uns wieder, und dann bemerkte er mich.«

Herlinds Lächeln nahm einen so glückseligen Ausdruck an, dass Landolf vor Wut fast platzte. Doch bevor er etwas sagen konnte, fuhr seine Frau versonnen fort.

»Ein Jahr später waren wir verheiratet und ich das glücklichste Weib der Welt!«

»Und ich bin der größte Trottel, den es gibt! Verzeih mir, meine Herlind, dass ich dich bei unserem ersten Zusammentreffen übersehen habe. Aber es war meine erste Einladung in das Haus eines angesehenen Bürgers und ich entsprechend nervös!« Landolf küsste seine Frau, erinnerte sich dann aber wieder an Waldemar und wurde mit einem Schlag ernst.

»Es geht um den Major, meine Liebe. Ich kannte seinen Vater. Er wurde in Deutschland als Raubmörder gesucht.«

»Und nun glaubst du, dass sein Sohn auch ein Raubmörder sein könnte? Mein Lieber, du hast deine Menschenkenntnis wirklich verloren. Major Fitchner ist der freundlichste Mann, den ich – außer dir! – je getroffen habe. Erinnere dich, dass er sich selbst hätte retten können. Er ist aber bei unserem Sohn geblieben und hat diesem damit das Leben erhalten.«

Es klang ein gewisser Tadel für ihren Mann mit, der diese Tatsache in seiner Anspannung ganz vergessen hatte. Landolf Freihart erinnerte sich wieder daran, was für ein ruhiger und in sich gekehrter junger Mann Walther Fichtner gewesen war. Einen Mord aus niedrigen Motiven passte gewiss nicht zu ihm. Dabei hätte dieser Grafensohn selbst einen Heiligen zur Weißglut treiben können.

»Er war ein Schuft!«, sagte er und erschreckte damit seine Frau.

»Meinst du Major Fitchners Vater?«

Landolf schüttelte den Kopf. »Nein, das bezog sich auf den Mann, den dieser ermordet haben soll. Bei Gott, ich glaube, ich hätte es ebenfalls getan! Hab Dank, meine Liebe, dass du mir den Kopf zurechtgesetzt hast. Wir müssen Waldemar Fitchner wahrlich dankbar sein. Komm mit! Ich will wissen, wie es seinem Vater nach unserer Trennung ergangen ist.«

Beruhigt und bester Stimmung trat Landolf Freihart in die Küche und sah amüsiert zu, wie Wigburg den Kuchen anschnitt, den sie am Nachmittag gebacken hatte.

Als das Mädchen den Vater und hinter ihm die Mutter eintreten sah, wies sie mit dem Kinn lächelnd auf ihren Bruder und Waldemar. »Die beiden haben noch ein wenig Hunger, und da dachte ich, sie könnten den Kuchen probieren. Ich hoffe, er schmeckt ihnen.«

Meinrad biss in sein Stück, kaute ein wenig darauf herum und schluckte es dann hinunter. »Du bist schon besser geworden, Schwesterchen. Es ist auf jeden Fall kein Ziegelstein mehr.«

»Du ... du ...« Wigburg griff nach einem Topflappen und warf ihm ihren Bruder an den Kopf, weil er es gewagt hatte, ihre Kochkünste vor Waldemar in Zweifel zu ziehen.

»Aber, Kind, so etwas tut man doch nicht! Was soll Major Fitchner von dir denken«, tadelte Herlind ihre Tochter.

Wigburg weinte beinahe vor Scham. »Verzeihen Sie, das wollte ich nicht!«

Lächelnd aß Waldemar ein Stück von dem Kuchen und blickte sie aufmunternd an. »Das schmeckt ausgezeichnet! Meine Stiefmutter könnte ihn nicht besser backen.«

»Wirklich?« Ihr Gesicht hellte sich wieder auf, und sie schnitt Waldemar ein zweites Stück ab.

Landolf sah kopfschüttelnd zu, angelte sich einen Stuhl und setzte sich neben Waldemar. »Mein lieber Major, Sie verzeihen mir hoffentlich, wenn ich Sie so formlos anspreche, doch ich habe mit Ihrem Vater zusammen in Göttingen studiert und kann mit Fug und Recht behaupten, mit ihm befreundet zu sein. Leider haben sich unsere Wege damals getrennt, und so freut es mich heute doppelt, wieder etwas von ihm zu hören!«

»Vater spricht kaum über Deutschland. Er hat uns nicht einmal die Stadt genannt, in der er studiert hat, und auch nicht den Ort, aus dem er stammt. Ich weiß nur, dass es irgendwo im Königreich Preußen gewesen sein muss«, antwortete Waldemar. »Aber ich kann Ihnen trotzdem einiges berichten. Die Überfahrt unserer Eltern muss abenteuerlich gewesen sein und endete mit einem Schiffbruch vor der texanischen Küste ...«

An diesem Abend kam man im Haus der Freiharts erst sehr spät ins Bett, denn alle lauschten Waldemars Bericht und freuten sich, weil er seine Familie mit so liebevollen Worten beschrieb. In Wigburg stieg der Wunsch auf, seine Stiefmutter und seine Geschwister kennenzulernen, vor allem aber jenen Mann, den ihr Vater seinen Freund genannt hatte und der in Texas zu einem reichen Landbesitzer aufgestiegen war.

5.

Im French Settlement machte die Nachricht von der Schlacht am Antietam Creek vom 17. September 1862 und dem folgenden Rückzug von General Lees Nord-Virginia-Armee aus Maryland rasch die Runde. Damit war die Hoffnung geschwunden, die Yankees durch einen raschen Sieg zum Frieden zu zwingen. Angesichts dieser Entwicklung hielt Thierry es für sinnlos, bis an die Grenze Kaliforniens vorzudringen, und er fragte sich, weshalb er trotzdem an dem Plan festhielt. Er gab sich selbst die Antwort: Der Hauptgrund hieß Rachel. Er konnte kein Wort mehr mir ihr wechseln, ohne mit Vorwürfen überhäuft zu werden. Ihrer Ansicht nach hätte er für den Senat kandidieren sollen, sogar für das Amt des Gouverneurs. Sich zur Armee zu melden, tat sie als Unsinn ab.

Als sie ihm ihre Wut darüber erneut ins Gesicht schrie, sah er mit verärgerter Miene auf sie hinab. »Du wolltest doch, dass ich in Texas aufsteige. Als General einer siegreichen Armee wird man mich in jedes Amt wählen, das ich anstrebe.«

»Ich wollte, du würdest erschossen!«, brach es aus Rachel heraus.

»Mama, wie kannst du so etwas sagen!«, rief Thamar entsetzt. Doch Rachel drehte sich nur um und verließ den Raum. Sie nahm ihrem Mann nicht nur übel, dass er zur Armee ging, sondern auch die Tatsache, dass er ihr verboten hatte, während seiner Abwesenheit mehr Geld auszugeben, als unbedingt nötig war. Dabei hatte sie endlich einen Weg gefunden, ihre Baumwolle außer Landes zu schaffen. Ihr Schwager

Lucien war Kapitän eines erfolgreichen Blockadebrechers und hatte ihr angeboten, auf jeder Fahrt eine gewisse Anzahl ihrer Baumwollballen mitzunehmen.

Während Thamar kurz davor war, in Tränen auszubrechen, war Thierry froh, die Plantage verlassen zu können. Er wollte nicht miterleben, was geschah, wenn Rachel erfuhr, dass er Josef Fitchner zu seinem Stellvertreter gemacht hatte und nicht ihren Schwiegersohn Jim Jenkins, wie sie es von ihm verlangte. Zu seiner Erleichterung war Jim bereits mit Colonel Montgomerys Truppen nach Virginia abgerückt und würde sich dort unter Robert E. Lees Oberkommando beweisen müssen.

»Es wird schon alles gut werden«, sagte Thierry und umarmte seine Tochter. Dabei kämpfte er mit dem Gefühl, Thamar im Stich zu lassen. Aber er konnte weder sie mitnehmen noch sein Kommando zurückgeben.

»Es gibt etwas, das ich dir sagen muss«, sagte er so leise, als habe er Angst, fremde Ohren könnten ihn hören. »Walther Fitchner hat mir vor vielen Jahren eine größere Summe geliehen, damit ich Luciens Land ankaufen konnte. Die habe ich ihm bis heute nicht zurückgezahlt. Aber ich werde es tun, sobald ich aus dem Krieg zurückkomme. Sollte ich jedoch fallen, dann …«

»Bitte, Papa, sag das nicht!«, rief Thamar und konnte die Tränen nun nicht mehr zurückhalten.

Thierry seufzte. »Jeder, der das Schwert ergreift, muss damit rechnen, durch das Schwert umzukommen. Sollte ich nicht zurückkehren, wirst du die Schuld begleichen. Ich habe das Geld in deinem Zimmer unter dem falschen Bodenbrett deines Schranks versteckt. Sieh dich aber vor, dass deine Mutter es nicht findet und dir wegnimmt. Ich hätte es Fitchner längst geben sollen, mich aber zu sehr geschämt und befürchtet, er könnte mir die Tür weisen.«

»Du wirst zurückkommen, Papa!« Thamar klammerte sich einen Augenblick an ihrem Vater fest und ließ ihn dann mit einem angestrengten Lächeln los. »Viel Glück!«

»Auf Wiedersehen, Kleines«, sagte Thierry ungeachtet der Tatsache, dass Thamar zu den größten Frauen in der Umgebung zählte. Dann rückte er seinen Gürtel samt Colt und Säbel zurecht und wandte sich zum Gehen.

Thamar folgte ihm bis zum Stall, wo der Hengst Napoleon für ihn bereitstand. Jeremiah, ein schwarzer Junge von etwa vierzehn Jahren, würde ihn auf dem Ersatzpferd begleiten.

Entschlossen schwang Thierry sich in den Sattel, blickte sich kurz um, ob seine Frau doch noch erscheinen würde, um ihn zu verabschieden, und ließ, als dies nicht der Fall war, seinen Rappen antraben.

Thierrys Truppe hatte ihr Lager an den Grenzen des French Settlements bezogen. Mit ihm zusammen waren es zweihundertvierunddreißig Mann. Damit hatte sich mehr als ein Drittel der Wehrpflichtigen der Einberufung entzogen, aber das konnte Thierry verstehen. Diese Leute lehnten die Sklaverei ebenso ab wie das anmaßende Auftreten der Baumwollbarone. Viele von ihnen sagten sich zu Recht, dass sie oder ihre Väter Texas befreit hätten und die Gentlemen des Südens erst nach dem von ihnen erkämpften Ende der mexikanischen Herrschaft ins Land gekommen waren. Daher erschien es Thierry fast ein Wunder, dass sich ihm so viele Männer angeschlossen hatten. Es war ihm klar, dass er dies vor allem Walthers Einfluss zu verdanken hatte und auch der Tatsache, dass Josef mit ihm ritt. Nicht zuletzt deshalb begrüßte er diesen mit sichtlicher Freude und wies dann auf die Männer, die neugierig näher kamen.

»Wenn ihr so weit seid, können wir aufbrechen. Ein paar Meilen schaffen wir heute noch.«

»Wir wären so weit«, erklärte Josef, der die Rangabzeichen eines Majors des Freiwilligenheeres trug. Außer ihm gab es noch zwei Captains, vier Leutnants und vierundzwanzig Unteroffiziere. Die Männer für diese Posten hatte er bestimmt, weil er sie besser kannte als Thierry. Einer der Captains war Marek Tobolinski und dessen First Lieutenant sein Neffe Jerzy. Die andere Kompanie kommandierte Ean O'Corra, ein Veteran aus der Schlacht am San Jacinto River. Seine beiden Leutnants waren seine Söhne Henry und John.

»Man könnte fast behaupten, wir machen einen Familienausflug«, sagte Josef zu Thierry.

Dieser nickte verkniffen. »Dann wollen wir hoffen, dass möglichst alle zurückkommen.«

»Oder wenigstens so viele wie möglich«, schränkte Josef die Aussage ein.

Sie beide wussten, dass ihr Feldzug auch Gefahren für sie mitbrachte, die nicht aus den Waffen der Yankees kamen, welche bislang jedem Versuch, sie aus den westlichen Territorien zu vertreiben, widerstanden hatten. Mindestens ebenso problematisch waren Indianer, Klapperschlangen und andere Gefahren.

»Das Zelt ist bereits aufgeladen, Master«, meldete Thierrys Bursche Jeremiah.

»Jetzt bräuchten wir nur noch eine Regimentskapelle, dann könnten wir mit klingendem Spiel ausziehen«, spottete Thierry.

»Wir haben zwei Trompeter bei uns. Wenn Sie wollen, können sie zum Aufbruch blasen«, schlug Josef vor.

Thierry schüttelte den Kopf. »Sie können später in unserem Feldlager spielen. Jetzt reiten wir ohne Musik.«

Nach diesen Worten riss er seinen Hut vom Kopf und schwang ihn durch die Luft. »Vorwärts, Männer! Wir haben einen weiten Weg vor uns.«

Gleichzeitig fragte er sich, was er mit seinen etwas mehr als zweihundert Mann im New-Mexico-Territorium ausrichten sollte, nachdem General Sibley mit über zweitausend Mann gescheitert war. Doch ihre Aufgabe war nicht der Angriff auf feindliche Stellungen, sondern die Errichtung und die Verteidigung eines festen Stützpunkts.

»Bei Gott, das werden wir schaffen«, murmelte er, während er die Spitze der Kolonne übernahm und seine Männer nach Westen führte.

6.

Solange er befürchtet hatte, in den Ehestreit der Coureurs hineingezogen zu werden, war Zebulon Burke wohlweislich nicht mehr bei ihnen zu Gast gewesen. Erst als er erfuhr, dass Thierry mit seinem Trupp endlich aufgebrochen war, lenkte er sein Pferd wieder zur Plantage und ließ sich von Joshua den Damen melden. Thamar nahm sein Kommen zum Anlass, sich unsichtbar zu machen, ihre Mutter hingegen begrüßte ihn voller Freude.

»Willkommen, General! Ich muss mich wirklich beklagen. Sie haben uns in letzter Zeit sehr vernachlässigt.«

Burke hüstelte kurz, bevor Antwort gab. »Die Pflicht, Madam! Sie hat mich so in Anspruch genommen, dass ich nicht eher kommen konnte.«

»Gewiss waren Sie öfter bei Lucretia Ransom zu Gast«, beschwerte sich Rachel.

Obwohl Lucretia Ransom als Witwe ein Haus in Austin und ein gewisses Auskommen besaß, war sie Burke nicht reich genug, um sich um deren Tochter zu bewerben. Er schüttelte daher lächelnd den Kopf. »Mistress Ransom habe ich das letzte Mal hier bei Ihnen gesehen, Madam. Ich hatte einfach zu viel zu tun, als dass ich Besuche hätte machen können. Sie sind die Erste, zu der ich komme, obwohl es zwei stramme Reisetage von Austin bis hierher sind. Ihrer Tochter geht es hoffentlich wohl und Ihrem Herrn Gemahl ebenfalls?«

»Mein Mann ist letzte Woche in den Krieg gezogen. Ich werde ihm nie verzeihen, dass er nicht unseren Schwiegersohn zu seinem Stellvertreter ernannt hat. Stattdessen muss der arme Jim als lumpiger Sergeant seinen Dienst tun.«

»Ich hätte auch geglaubt, Mister ... äh, General Coureur würde mehr auf die Bande des Blutes achten«, antwortete Burke und musste ein Grinsen unterdrücken. In seinen Augen war Jim Jenkins nicht einmal für den Posten geeignet, den er jetzt einnahm, geschweige denn für einen Rang als Offizier. Dies Rachel zu sagen hätte ihm nur den Unmut der Frau zugezogen, und so lenkte er das Thema auf Thamar.

»Ihr Fräulein Tochter ist wohl unterwegs?«

»Weiß ich, wo sie ist?« Rachel ärgerte sich, weil Thamar nicht gekommen war, um Burke zu begrüßen.

»Wie Sie wissen, hat Miss Thamar einen bleibenden Eindruck bei mir hinterlassen. Deshalb hatte ich ja gehofft, Ihren Herrn Gemahl noch anzutreffen, um ihm die entscheidende Frage zu stellen.«

»Sie wollen Thamar heiraten!« Rachel schnappte nach der Möglichkeit wie eine Katze nach der Maus.

Ihr Gast nickte scheinbar verschämt. »So ist es! Leider war es mir bislang noch nicht vergönnt, Miss Thamar meine Gefühle offenbaren zu können. Ich hoffe, Sie werden sich bei ihr für mich verwenden.«

»Ich werde sie ohrfeigen, bis sie nicht mehr weiß, ob sie Männlein oder Weiblein ist, sollte sie es wagen, Ihren Antrag abzulehnen!« Trotz aller Bemühungen konnte Rachel nicht verbergen, in einer schlichten Farmhütte aufgewachsen zu sein, auch wenn sie sich mittlerweile in besseren Kreisen bewegte.

»Ich hoffe nicht, dass es dazu kommen muss.«

Burke gab sich erschrocken, rieb sich insgeheim jedoch die Hände. Immerhin hatte er lange darauf hingearbeitet, Rachels Sympathie zu erringen. Da ihr Ehemann nun fort war, würde ihn niemand mehr daran hindern können, Thamar zu heiraten und die Herrschaft über diese Plantage zu ergreifen. Rachel gegenüber stellte er sich jedoch als die Freundlichkeit in Person dar und erheiterte sie mit Anekdoten, die er über gemeinsame Bekannte zu berichten wusste.

Dem Abendessen konnte Thamar nicht fernbleiben. Sie wartete, bis der Gong geschlagen wurde, zählte dann bis zehn und eilte in den Speisesaal. Obwohl dieser für mehr als dreißig Gäste gedacht war, hatte ihre Mutter zu Burkes Ehren darin auftragen lassen. Auch hatte sie dafür gesorgt, dass ihre Tochter den Platz zur Rechten des Offiziers einnehmen musste und sie ihr direkt gegenübersaß.

»Da bist du ja!«, sagte sie, als Thamar Platz nahm. »Nach dem Abendessen wirst du General Burke auf die Veranda begleiten. Er hat dir etwas höchst Erfreuliches mitzuteilen.«

Thamar begriff sofort, worauf ihre Mutter hinauswollte, und schüttelte den Kopf. »Wenn General Burke um mich anhalten will, so muss ich ihm sagen, dass er nicht als Gentleman handelt. Als solcher wäre er erschienen, als Vater noch hier war, und hätte diesen um Erlaubnis gefragt, ob er mir einen Antrag machen darf. So muss ich ihm mitteilen, dass ich ihn nur mit Billigung meines Vaters anhören werde.«

Das Biest ist geschickt, durchfuhr es Burke. Er dachte aber nicht daran, so einfach aufzugeben. Um das Mädchen zu gewinnen, benötigte er jedoch Rachels Hilfe. Daher plauderte er über Nichtigkeiten, solange Thamar anwesend war, und wandte sich erst, als diese sich nach dem Essen mit angeblichem Unwohlsein verabschiedete, wieder ihrer Mutter zu.

»Liebste Madam, Sie sollten Ihre Tochter etwas mehr an den Zügel nehmen«, sagte er lächelnd. »Miss Thamar ist, soviel ich weiß, bereits fünfundzwanzig Jahre alt. Verzeihen Sie mir diese Indiskretion, doch ist dies ein Alter, in dem eine junge

Dame längst verheiratet und bereits Mutter sein sollte. Es geht mir auch um das Ansehen Ihrer Familie. Sie brauchen einen Schwiegersohn von untadeligem Ruf und bestem Ansehen. Einen simplen Farmer wie Jim Jenkins werden die Gentlemen des Südens niemals als ihresgleichen anerkennen.« Damit erhöhte er den Druck auf Rachel, der es in erster Linie darum ging, in der Gesellschaft etwas zu gelten.

»Ich werde mit Thamar reden«, versprach sie.

Sie hatte viel für Zeb Burke übrig und bedauerte, nicht an der Stelle ihrer Tochter zu sein. Den Antrag eines solchen Mannes durfte Thamar einfach nicht ablehnen, zumal diese mit ihrer spröden Art Edward Montgomery dazu gebracht hatte, sich der Armee anzuschließen.

»Ich danke Ihnen, Madam!« Seinen letzten Trumpf wollte Burke sich noch aufheben, weil er befürchtete, Rachel könnte sich dagegen sträuben. Doch wenn die Frau nichts bei ihrer Tochter erreichen konnte, würde sie bereit sein, auch das Äußerste zuzulassen.

Rachel und ihr Gast spielten nun Karten – wobei Burke Rachel meistens gewinnen ließ – und sprachen nur über allgemeine Dinge. Beider Gedanken gingen jedoch ihre eigenen Wege. Während Rachel überlegte, wie sie ihre Tochter zum Gehorsam zwingen konnte, dachte der General an Walther Fitchner und besonders an dessen Frau, die ihn mehrmals heftig in die Schranken gewiesen hatte. Nun sagte er sich, dass diese Rechnung bald fällig sein würde. Bezahlen sollte die Tochter der beiden, und auf die würde er nicht jene Rücksichten nehmen, die er zumindest jetzt noch bei Thamar Coureur wahren musste.

7.

Zebulon Burke besaß ein ausgezeichnetes Fernglas, um das ihn viele Offiziere im Feld beneidet hätten. Damit legte er sich auf die Lauer und überwachte die Fitchner-Ranch aus der Ferne. Er sah den Besitzer, einen alten, aber immer noch rüstigen und ungebeugten Mann über die Felder reiten. Sein jüngster Sohn begleitete ihn, während die Tochter kurz darauf die Ranch verließ und den Rio Colorado überquerte, um den Besitz der Coureurs zu umgehen. Wie es aussah, war Gretel zu einem Nachbarn unterwegs und würde nicht so rasch vermisst werden.

Zufrieden steckte Burke sein Fernglas weg, holte sein Pferd, das er hinter einem Busch versteckt hatte, und ritt los, um das Mädchen abzufangen. Er ließ sich Zeit, denn Gretel sollte ihn nicht zu früh entdecken und ihm entfliehen können. Erst als ein kleiner Hügel zwischen ihnen lag, gab er seinem Hengst die Sporen und erreichte ein Gebüsch, das ihm die gewünschte Deckung bot.

Wie von Burke erwartet, ritt Gretel nahe an den Büschen vorbei. Aber ganz so arglos, wie er glaubte, war sie nicht, denn sie hatte in der Ferne einen sich bewegenden Schatten gesehen und vernahm nun das Schnauben eines Pferdes. Sofort wanderte ihre Rechte zum Griff ihres Remington-Revolvers, um sich jederzeit zur Wehr setzen zu können.

Als Burke ihr den Weg verlegte, zog sie die Waffe und richtete sie auf ihn. Einen Augenblick lang erschrak der Mann, begann aber dann zu lachen. »Steck das Ding weg! Ich bin General der Konföderierten Staaten von Amerika. Wenn du mich verletzt oder tötest, kommst du an den Galgen, und deine Leute werden als Verräter, die zur Union halten, eingesperrt und mit Sicherheit ebenfalls hingerichtet!«

»Was wollen Sie?«, fragte Gretel angespannt wie eine Stahlfeder.

»Dich!«, antwortete Burke grinsend. »Als junger Leutnant wollte ich bereits deine Mutter haben, aber du gefällst mir noch weitaus besser.«

Während er sprach, verschlang er das Mädchen mit gierigen Blicken. Gretel war nun achtzehn Jahre alt und mit ihren leicht hochstehenden Backenknochen und dem sanft geschwungenen Mund eine exotische Schönheit. Zudem versprach ihr rötlich schimmerndes Haar feuriges Blut in den Adern.

»Ich will dich haben!«, wiederholte Burke erregt. »Steig ab und folge mir in die Büsche.«

Noch während er es sagte, spürte er, dass es ihm nicht reichen würde, Gretel nur ein Mal zu besitzen. »Wir werden uns danach öfter treffen. Vielleicht kaufe ich dir auch ein Haus in Houston oder einer anderen Stadt.«

Die spröde Thamar als Ehefrau und die vor Leben sprühende Gretel als Geliebte, das erschien Burke als höchst erstrebenswertes Ziel.

Gretel tat, als würde sie gehorchen, und schob ihren Revolver wieder in den Gürtel zurück. Um ihre Lippen spielte jedoch ein seltsames Lächeln, das jeden ihrer Brüder dazu gebracht hätte, sich vorzusehen.

»Wie es aussieht, kann ich Sie wirklich nicht erschießen, General. Sehr schade!« Gretel seufzte und wiegte Burke damit noch mehr in Sicherheit.

»Du wirst es nicht bereuen. Ich kann dir einiges dafür bieten, wenn du meine Mätresse wirst. Ich bin …«

Was immer er hatte sagen wollen, unterblieb, denn in dem Augenblick stieß Gretel einen gellenden Kriegsruf aus. Prompt scheute Burkes Hengst und bäumte sich auf. Während der Mann noch versuchte, das Pferd in den Griff zu bekommen, packte Gretel das Zaumzeug des Tieres, riss dessen Kopf herum und brachte es damit aus dem Gleichgewicht.

Burke konnte gerade noch die Füße aus den Steigbügeln ziehen und aus dem Sattel hechten, bevor sein Pferd zu Boden stürzte und mit den Beinen durch die Luft schlug. Einer der Hufe traf Burkes Rippen, und er stöhnte vor Schmerz auf.

Mit einem zufriedenen Lächeln blickte Gretel auf ihn herab. »Wie Sie selbst sagten, kann ich Sie nicht erschießen. Aber wenn wir uns das nächste Mal treffen, sollten Sie besser zu Pferd sitzen.« Danach gab sie Flashy die Sporen und war so schnell verschwunden, dass der Mann keine Chance hatte, sie einzuholen.

Burke sah zähneknirschend zu, wie sein Hengst wieder auf die Beine kam, und stieg in den Sattel. Seine Rippen taten so weh, dass er ganz krumm auf dem Pferd saß. »Wenn ich mir etwas gebrochen habe, bringe ich dieses Biest um«, stöhnte er und machte sich auf den Rückweg zur Coureur-Plantage.

8.

Die Niederlage, die Gretel ihm beigebracht hatte, schmerzte Zebulon Burke mehr als jede andere Schlappe, die er gegen deren Familie hatte einstecken müssen. Wenn er sich je wieder richtig als Mann fühlen wollte, musste er dieses Mädchen besitzen und beherrschen. Mit diesem Gedanken trat Burke in das Herrenhaus ein und wollte auf sein Zimmer. Da kam Rachel auf ihn zu, bemerkte seine verkrümmte Haltung und schlug die Hände über dem Kopf zusammen.

»Mein Gott, General. Was ist mit Ihnen passiert?«

»Mein Gaul hat vor einer Klapperschlange gescheut und mich abgeworfen!«, stöhnte Burke.

»Ist es schlimm?«

»Als Soldat habe ich schon Schlimmeres erlebt«, antwortete Burke mit einem gezwungenen Lachen. »Wenn Sie ein wenig Pferdesalbe für mich hätten, wäre ich Ihnen dankbar. Das Zeug hilft auch bei Menschen.«

»Aber natürlich! Bessie, kommst du?« Rachels Stimme klang bei den letzten drei Worten scharf.

Die junge Schwarze kam herein und knickste. »Was muss ich tun, Missus?«

»General Burke hat sich verletzt. Hol Heilsalbe und reibe ihm den Rippenbogen damit ein!«

»Jawohl, Missus!«

Während die Sklavin verschwand, tat Burke gegenüber Rachel so, als wäre seine Verletzung schlimmer, als es wirklich der Fall war. Scheinbar mühsam humpelte er zur Treppe und stieg ächzend nach oben.

Rachel überlegte, ob sie Thamar mit seiner Pflege beauftragen sollte, befürchtete jedoch, diese könnte Burke absichtlich grob behandeln, um ihn abzuschrecken. Daher ließ sie es sein.

Als Burke sein Zimmer erreichte, waren die schlimmsten Schmerzen verflogen. Allerdings taten ihm die Rippen immer noch weh, wenn er zu hastig atmete, und so wartete er auf die Sklavin und deren Salbe.

Als Bessie ins Zimmer kam, stand er krumm wie ein vom Sturm gebeugter Baum neben dem Bett und stöhnte. »Du musst mir helfen, die Uniform auszuziehen. Allein schaffe ich das nicht!«

»Ja, Master!« Bessie stellte den Topf mit der Salbe auf den Nachttisch und öffnete die Knöpfe von Burkes Uniformrock. Als sie ihm diesen auszog, knirschte er hörbar mit den Zähnen. Auch bei der Weste und dem Hemd jammerte er, als wäre alles in ihm zerschlagen. Doch als Bessie seinen Rücken betrachtete, entdeckte sie nur eine leichte Rötung. Um sicher zu sein, dass nicht doch etwas gebrochen war, tastete die junge Frau den Rücken und seine Schultern vorsichtig ab.

Die Berührung ihrer kühlen Finger erregte Burke, und er vergaß seinen Schmerz. Während er die Sklavin aus den Augenwinkeln betrachtete, fand er, dass sie trotz ihrer dunklen Haut recht hübsch aussah.

»Sie müssen sich jetzt auf den Bauch legen, Master General«, wies Bessie ihn an.

Burke tat es und stöhnte dabei zum Steinerweichen. Aus Angst, ihm unnötige Schmerzen zuzufügen, verstrich Bessie die Salbe ganz vorsichtig auf seinem Rücken.

»Das machst du gut«, erklärte Burke mit einem Stöhnen, das nun jedoch einen ganz anderen Grund hatte. Das Blut war ihm in die Lenden geschossen, und er konnte es kaum erwarten, die junge Frau unter sich liegen zu sehen.

»Genügt das, Master General?«, fragte Bessie.

»Ja! Du musst mir jetzt nur noch aufhelfen.« Burke erhob sich und sah zu, wie die Sklavin ihre mit Salbe beschmierten Hände an einem sauberen Tuch abrieb. »Das hat wirklich gutgetan! Aber ich brauche jetzt eine andere Medizin!«

»Ich werde sie holen, Master«, antwortete Bessie und wartete auf die entsprechende Anweisung.

Burke lachte leise auf. »Dafür musst du das Zimmer nicht verlassen. Zieh dich aus und leg dich hin!«

»Aber, Master, ich ...«, rief die junge Frau abwehrend.

Da nahm Burkes Miene einen harten Ausdruck an. »Wirst du gehorchen, oder soll ich mich bei Madam Coureur über deine Dummheit und Trampelhaftigkeit beschweren?«

Bessie begann am ganzen Körper zu zittern. Wenn der General das tat, was er angekündigt hatte, würde sie wieder ausgepeitscht werden. Daher hielt sie es für besser zu gehorchen. Sie hob ihr Kleid und wollte sich hinlegen.

Doch damit war Burke nicht einverstanden. »Ich sagte, du sollst dich ausziehen! Ich will deinen Busen sehen.«

Mit Tränen in den Augen gehorchte Bessie. Kaum lag sie nackt auf dem Bett, warf Burke sich auf sie und drang ohne jede Rücksicht in sie ein.

»Jetzt hab doch nicht so!«, schrie er, als sie vor Schmerz wimmerte. »So wie du aussiehst, wurde deine Mutter auch von einem weißen Mann bestiegen.«

»Das weiß ich nicht. Ich wurde das erste Mal verkauft, als ich fünf war. Meine Mama ist in Virginia geblieben. Ich habe sie niemals mehr wiedergesehen.«

Nun konnte Bessie die Tränen nicht mehr zurückhalten, doch das war dem Mann egal. Seine Gedanken galten nur der eigenen Befriedigung, auch wenn es ihn wurmte, dass eine Sklavin unter ihm lag und nicht Gretel Fitchner, wie er es eigentlich beabsichtigt hatte.

9.

Bessie verließ Burkes Zimmer, kaum dass sie ihr Kleid übergestreift hatte. Auf dem Flur traf sie auf Joshua, der mit zornverzerrtem Gesicht vor der Tür stand.

»Ich bringe ihn um!«, flüsterte er voller Hass.

»Das darfst du nicht! Die Missus würde dich kastrieren und anschließend an den Füßen aufhängen lassen, bis du tot bist«, flehte Bessie verzweifelt.

»Irgendwann bringe ich auch die alte Hexe um!« Joshua ballte die Faust in die Richtung, in der er Rachel wusste.

Im selben Augenblick klang deren Stimme auf. »Joshua, du verdammter Nigger! Wo treibst du dich wieder herum. Mach deine Arbeit, sonst gerbe ich dir dein schwarzes Fell.«

»Geh lieber!«, bat Bessie ihn und huschte davon.

Joshua warf noch einen Blick auf die Tür von Burkes Zimmer und setzte sich in Bewegung.

Als er wenig später vor Rachel stand und seine Befehle erhielt, verließ auch Zebulon Burke die Kammer.

Kurz darauf nahm er seinen Spähposten wieder ein, um Fitchners Colorado-Ranch zu überwachen. Da sah er einen Reiter auf die Plantage zukommen. Er richtete sein Fernglas auf den Mann und erkannte Jim Jenkins in der grauen Felduniform der Konföderierten-Armee.

Verwundert, weil er den Schwiegersohn der Coureurs auf dem Weg nach Virginia geglaubt hatte, stieg Burke auf sein Pferd und verlegte ihm den Weg.

Jenkins zuckte kurz zusammen, als er ihn entdeckte, entspannte sich aber sofort wieder und grinste. »Beinahe hätten Sie mich erschreckt, General!«

»Muss ich daraus schließen, dass Sie etwas ausgefressen haben, Jenkins?«, fragte Burke lauernd.

»Ausgefressen? Ich? Aber selbstverständlich nicht! Sollte wohl ein Witz sein«, rief Jenkins und fiel in ein gekünsteltes Lachen.

Burke hatte genug Erfahrung, um zu erkennen, dass Jenkins log. »Da Sie hier auftauchen, muss ich wohl annehmen, dass es Ihnen bei Montgomerys Regiment nicht gefallen hat.«

Einen Augenblick lang erwog Jenkins zu lügen, lachte dann aber erneut. »Ihnen kann ich es ja verraten, schließlich werden wir, sobald Sie Thamar heiraten, Verwandte sein. Der Quartiermeister des Regiments war ein Narr und ohne jeden Blick fürs Geschäft. Wollte mir verbieten, ein wenig an den Sachen zu verdienen, die wir eingekauft haben. Drohte mir sogar mit Arrest! Aber zu meinem Glück habe ich gehört, dass mein Schwiegervater ebenfalls ein Regiment ausrüstet, und mir gedacht, dass ich dort lieber Lieutenant oder Captain bin als Sergeant bei Montgomerys Haufen.«

»Um sich General Coureur anzuschließen, sind Sie zu spät gekommen«, erklärte Burke spöttisch. »Dessen Truppe ist bereits abgerückt, und ich weiß nicht, ob Sie den Männern durch das Indianergebiet folgen wollen.«

»Wohin? Nein, gewiss nicht! Ich habe keine Lust, mich von den Wilden massakrieren zu lassen!«, rief Jenkins erschrocken.

»Da Ihr Schwiegervater seine Fittiche nicht über Sie ausbreiten kann, sind Sie im Augenblick ein Deserteur, den ich jederzeit festsetzen könnte.«

Jenkins starrte Burke erschrocken an. »Aber das meinen Sie doch nicht im Ernst, General.«

»Ich meine es verdammt ernst!« Burke sah, wie der Mann sich wand, und grinste zufrieden. Nun würde Jenkins alles tun, was er von ihm forderte.

»Wir haben Krieg, und Deserteure werden erschossen oder erhängt! Allerdings sind Sie, wie Sie eben sagten, so gut wie mein Schwager, und da will ich keine schmutzige Wäsche waschen.« Noch während Jenkins aufatmete, fuhr Burke fort. »Ich habe eine kleine Truppe zusammengestellt, die Deserteure und Männer fangen soll, die sich der Wehrpflicht entziehen wollen. Die könnten Sie kommandieren. Ich verschaffe Ihnen sogar den Rang eines Lieutenants und sorge dafür, dass Ihre Zugehörigkeit zu Montgomerys Regiment aus der Welt geschafft wird.«

»Da wäre ich Ihnen sehr verbunden, General!« Jenkins war bereits wieder obenauf. Ein Leutnant mit einem Soldanspruch von über hundert Dollar im Monat war schon etwas anderes als ein Sergeant mit lumpigen einundzwanzig Dollar.

»Sie müssen mir dafür einen Gefallen tun«, erklärte Burke.

»Aber natürlich, gerne! Welchen denn?«

»Sie werden mit dieser Truppe Fitchners Ranch überfallen, ihn, seine Indianerin und den Jungen abknallen und mir das Mädchen überbringen.«

»Fitchners Ranch?« Jenkins keuchte erschrocken. »Der Kerl ist eisenhart. Der …«

»Fitchner ist ein alter Mann, und seine beiden ältesten Söhne sind in der Ferne. Außer ihm und der Indianerin sind nur das Mädchen und ein halbwüchsiger Junge dort, dazu noch ein paar Farmarbeiter. Mein Trupp zählt fast dreißig Männer, und mit denen werden Sie das wohl schaffen!«

Burkes Stimme hatte jede Verbindlichkeit verloren, und Jenkins begriff, dass er auf den Vorschlag eingehen musste, wenn er nicht in ganz Texas als Deserteur verfolgt werden wollte.

»Also gut, ich erledige das! Aber dafür habe ich etwas bei Ihnen gut.«

»Darüber lässt sich reden! Warten Sie hier in dem Gebüsch. Ich reite rasch zum Herrenhaus und setze einen Befehl für die Jungs auf, der Sie zu ihrem Anführer ernennt. Sie werden die Truppe auf Hays Farm bei Serenada finden. Dorthin bringen Sie auch das Mädchen. Lassen Sie es aber in Ruhe! Fitchners Tochter gehört mir allein.«

»Keine Sorge, ich bin gut verheiratet«, antwortete Jenkins und überlegte, ob er nicht kurz zu Hause vorbeischauen und Abigail zeigen sollte, dass er immer noch ein richtiger Mann war.

Als hätte er ihm den Gedanken von der Stirn abgelesen, fuhr Burke mit seinen Befehlen fort. »Bis die Sache gelaufen ist, lassen Sie sich von niemandem sehen, verstanden? Sollte die Truppe bereits ein paar Verräter gefangen haben, lassen Sie diese tot auf der Colorado-Ranch zurück. Dann hat Fitchner sie dort versteckt und Widerstand geleistet, als Sie sie verhaften wollten.«

Damit, sagte sich Burke, schlug er zwei Fliegen mit einer Klappe. Er bekam Fitchners Tochter für seine Rache, und dessen Besitz konnte er für billiges Geld an sich bringen, weil man ihn als den eines Verräters beschlagnahmen würde.

Auch Jenkins freundete sich mit dem Gedanken an, es Fitchner heimzuzahlen. Immerhin hatte dieser Mann verhindert, dass er und sein Vater ungebrannte Kälber aus seiner Herde hatten wegtreiben können. Mit genügend Vieh hätte er Geld verdienen und mehr Land kaufen können. Dann wäre er jetzt auch einer der Gentlemen wie Edward Montgomery und Zebulon Burke.

»Ich erledige das!«, wiederholte er und versteckte seinen Gaul im Gebüsch.

»Übrigens wäre es nett von Ihnen, wenn Sie mir etwas zu essen mitbrächten. Ich habe nämlich Hunger«, rief er Burke nach, als dieser seinen Gaul antrieb. Dann legte er sich hin und beschloss, erst einmal zu schlafen. Die letzten Tage waren aufregend gewesen.

10.

Nachdem seine Rache an Walther Fitchner und dessen Familie so nahe schien, wollte Zebulon Burke auch bei Thamar zum Ziel kommen. Da die junge Frau ihm beharrlich auswich, saß er drei Abende mit Rachel im Salon, während Bessie an der Wand stand, um sie zu bedienen. Plötzlich legte er seine Karten weg und hob mit einer bedauernden Geste die Hände.

»Sie spielen einfach zu gut für mich, Madam!«

»Das sagen Sie doch nur so«, antwortete Rachel geschmeichelt.

»Es ist die Wahrheit! Aber vielleicht bin ich mit meinen Gedanken auch nicht bei der Sache.«

Rachel sah ihn neugierig an. »Was bewegt Sie denn so?«

»Es ist Thamars Schicksal, aber auch das Ihre, Madam. Es ist nicht gut, wenn Sie allein hier mitten unter all diesen Niggern leben. Sie wären absolut hilflos, wenn diese einen Aufstand begännen.«

»Das wagen die nicht!«, rief Rachel entschlossen. »Dafür haben sie zu viel Angst vor mir.«

»Trotzdem sollten Sie meine Bedenken nicht auf die leichte Schulter nehmen, Madam. In South Carolina haben die Nigger mehrere Herrenhäuser niedergebrannt und den Frauen und Töchtern der Besitzer Schreckliches angetan. Daher sehe ich es als meine Pflicht an, Ihnen meinen Schutz anzubieten.«

»Ich danke Ihnen, General.«

Rachel klang nun doch besorgt, und Burke setzte sofort nach.

»Aus diesem Grund ist es unumgänglich, dass die Ehe zwischen mir und Thamar unverzüglich geschlossen wird.«

»Es wäre mein Herzenswunsch«, seufzte Rachel. »Aber Thamar ist so fürchterlich störrisch. Ich habe ihr bereits Zimmerarrest angedroht und damit, ihr Mahlzeiten zu verweigern.«

Da Burke Thamars Charakter zu kennen glaubte, schüttelte er den Kopf. »Das ist alles gut gemeint, Madam, wird aber nicht zum Ziel führen.«

»Aber was können wir sonst tun?«, fragte Rachel ohne große Hoffnung.

»Es gibt eine Möglichkeit, nach der Ihre Tochter die Heirat nicht mehr verweigern kann, schon um ihre eigene Ehre zu schützen!«

Burke klang drängend, aber Rachel schreckte vor dem Gedanken zurück. »Sie wollen meine Tochter vergewaltigen?«

»Es ist keine Vergewaltigung, sondern nur mein vorweggenommenes Privileg als Ehemann«, konterte Burke gelassen. »Es ist die einzige Möglichkeit, die ich sehe. Wird sie mir verweigert, muss ich mich von Ihnen zurückziehen und Sie Ihrem Schicksal überlassen.«

Das war eine Erpressung, und Rachel begriff es durchaus. Andererseits lag sie Thamar schon seit Jahren in den Ohren, endlich einen ihrer Verehrer zu erhören. Ihre Tochter war daher selbst schuld, wenn sie zu solchen Mitteln greifen musste.

»Also gut! Aber Sie werden Thamar wie eine Ehefrau behandeln und nicht wie eine der Huren, deren Sie sich gerne bedienen.«

Während Burke versprach, zu Thamar so zärtlich wie möglich zu sein, verzog Bessie das Gesicht vor Ekel. Sie hasste diesen Mann, der seiner Gier nach Frauen keine Zügel anlegte, und ihr tat die junge Herrin leid, die ihr weiteres Leben mit Burke würde verbringen müssen. Im Gegensatz zu ihrer

Mutter hatte Thamar sie nie geschlagen, sondern sie mehrfach sogar vor der Herrin geschützt. Auch war sie immer freundlich zu ihr und behandelte sie wie einen Menschen und nicht wie ein Tier, wie es die alte Herrin tat.

»Wann soll es geschehen?«, fragte Rachel.

Burke überlegte. Am liebsten hätte er den Plan sogleich in die Tat umgesetzt. Dann aber sagte er sich, dass es einen schlechten Eindruck auf seine zukünftige Schwiegermutter machen würde, wenn er zu hastig an die Sache heranging, und lehnte sich mit einem Lächeln zurück.

»Morgen, Madam! Lassen wir sie heute noch in Ruhe schlafen!«

»Dann sollten wir weiterspielen«, sagte Rachel und verspürte mit einem Mal Neid auf ihre Tochter, die einen Gentleman wie Zebulon Burke zum Ehemann bekommen würde, während sie sich mit einem schlichten französischen Farmer hatte zufriedengeben müssen, der bis jetzt noch nicht gelernt hatte, wie man sich in besserer Gesellschaft zu benehmen hatte.

11.

Bessie wartete, bis ihre Herrin sie für die Nacht entließ, dann eilte sie ein paar Zimmer weiter und klopfte leise an Thamars Tür.

»Missi, bitte! Machen Sie auf!« Aus Angst, von Rachel oder Burke gehört zu werden, flüsterte sie nur.

Thamar musste ihre Stimme vernommen haben, denn sie öffnete die Tür und blickte heraus. »Bessie, was ist denn?«

Die junge Schwarze blickte sich kurz um und zwängte sich an ihr vorbei ins Zimmer. »Ich habe vorhin die Missus und den Master General bedient und gehört, was die beiden beschlossen haben. Sie werden den General heiraten müssen, Missi«, berichtete sie.

Mit einem empörten Auflachen schüttelte Thamar den Kopf. »Ich werde General Burke nicht heiraten – und wenn er aus lauter Gold bestände!«

»Sie wollen es so machen, dass Sie einwilligen müssen! Die Missus hat ihm erlaubt, Ihnen Gewalt anzutun.«

Zuerst wollte Thamar nicht glauben, was Bessie gesagt hatte. Aber dann wurde ihr Gesicht so bleich wie Schnee. »Das ist doch nicht möglich!«

Das Nicken der Sklavin verriet ihr jedoch, dass es stimmte.

»Danke, Bessie!«, sagte sie mit zittriger Stimme.

»Er ist kein guter Mann! Nachdem ich seine Rippen einreiben musste, hat er mich gezwungen, mich für ihn hinzulegen.« In Bessies Stimme schwangen Angst und Hass mit.

Dies würde auch sie bald empfinden, fuhr es Thamar durch

den Kopf. Dann aber raffte sie ihren ganzen Mut zusammen. Sie würde sich Burke niemals beugen, und wenn sie dieses Haus verlassen musste. Einen Augenblick lang überlegte, wer sie aufnehmen könnte. Doch weder Arlette und Thomé Laballe noch Albert und Gertrude Poulain waren in der Lage, sich gegen ihre Mutter durchzusetzen. Dies konnte nur einer im ganzen French Settlement. Bei dem Gedanken wurde Thamar klar, wohin sie fliehen musste.

»Hilf mir, mein Reitkleid anzuziehen. Dann solltest du ins Bett gehen«, wies sie Bessie an.

Kaum war dies geschehen, verließ Thamar ihr Zimmer und schlich auf Zehenspitzen nach unten. Sie gelangte ungesehen aus dem Haus, eilte zum Stall und sattelte dort in aller Eile ihre Stute. Zu ihrem Glück wachte der Kutscher Samuel, der bei den Pferden schlief, nicht auf, und so konnte sie in den Sattel steigen und losreiten.

Der Vollmond tauchte das Land in einen silbrigen Schein, der die Schatten der Nacht noch schwärzer erscheinen ließ. Zu anderen Zeiten hätte Thamar dieses Bild genossen. Nun aber war sie froh, dass sie ihre Stute rasch traben und sogar in den Galopp fallen lassen konnte. Zwei Stunden nach Mitternacht erreichte sie Fitchners Colorado-Ranch und hielt vor dem Haupthaus an. Hier schliefen alle, und sie wusste nicht so recht, ob sie die Leute wecken sollte. Dann aber schwang sie sich aus dem Sattel, band die Zügel der Stute an einem Pfosten fest und klopfte gegen die Tür. Diese wurde geöffnet, und sie sah Gretel vor sich, die einen Revolver in der Hand hielt.

Als Gretel Thamar erkannte, ließ sie die Waffe sinken. »Was machen Sie hier um diese Zeit, Miss Coureur?«, fragte sie bissig.

»Darf ich eintreten? Ich würde gerne mit deiner Mutter sprechen.« Thamar hoffte, mit Nizhoni unter vier Augen reden zu können, denn vor den Männern der Familie wollte sie ihre Sorgen nicht ausbreiten. Die Indianerin aber war eine kluge Frau, die gewiss eine Lösung finden würde.

»Ich werde Mama wecken«, erklärte Gretel weitaus freundlicher.

Es war jedoch nicht mehr nötig, denn Nizhoni trat bereits zu ihnen. »Thamar, mein Gott, was ist geschehen?«

Verzweifelt fasste Thamar nach ihren Händen. »Sie müssen mir helfen, Mistress Fitchner. Bitte!«

»Komm herein! Gretel, du solltest einen meiner Kräutertees kochen. Thamar sieht aus, als könnte sie etwas Warmes brauchen. Und was dich betrifft, nennst du mich nicht Sie und Mistress. Du hast mich lange genug Tante Nizo genannt, um es nicht vergessen zu haben!« Nizhoni legte einen Arm um Thamars Schulter und führte sie ins Wohnzimmer.

»Ich würde gerne unter vier Augen mit Ihnen sprechen, Madam ... Tante Nizo«, sagte Thamar gerade, als auch Walther Fitchner den Raum betrat.

Dieser sah den Gast und seine Frau kurz an und schien sofort zu begreifen. »Wenn es um etwas Weibliches geht, verschwinde ich lieber«, meinte er und zog sich zurück.

»Danke!« Thamar atmete tief durch und berichtete Nizhoni, was sie von Bessie erfahren hatte.

»Ich will diesen Mann nicht heiraten!«, brach es aus ihr heraus. »Ich ekle mich vor ihm, und ich will mich beim Anblick der dicken Bäuche der Sklavinnen nicht jedes Mal fragen müssen, ob mein Ehemann sie geschwängert hat.«

Von beiden unbemerkt hatte Gretel die Küche verlassen und sich zu ihnen gesellt. Sie stellte Thamar eine Tasse mit dampfendem Inhalt hin und fauchte wütend. »Burke ist ein widerwärtiges Schwein! Vor ein paar Tagen hat er mir aufgelauert und wollte mich in die Büsche zerren.«

»Das hättest du uns sagen müssen!«, rief Nizhoni empört.

Gretel machte eine wegwerfende Handbewegung. »Mit dem Burschen werde ich jederzeit fertig.«

»Er ist gefährlich und ohne Skrupel«, wies ihre Mutter sie zurecht. »Vor sechzehn Jahren musste ich ihn mit der Pistole abhalten, mich in sein Zelt zu schleppen. Später haben er und seine Kumpane in Mexiko ein Dorf überfallen, die meisten Bewohner getötet und junge Frauen vergewaltigt. Wir müssen …«

»Sei bitte still, Mama«, unterbrach Gretel sie und lauschte. »Das sind Hufschläge, und sie kommen näher!«

»Um die Zeit sind es bestimmt keine Freunde!«, rief Nizhoni und drehte die Lampe herab. »Rasch, Gretel! Hol alle Waffen herbei, die es im Haus gibt.«

»Soll ich die Peones wecken?«, fragte Gretel.

»Das soll Diego übernehmen, aber nur, wenn die Reiter noch weit genug weg sind!« Nizhoni lauschte nun selbst und schüttelte den Kopf. »Es ist zu spät! Diego soll dir helfen, die Waffen zu laden. Du, Thamar, legst dich auf den Boden, damit dir nichts passiert.«

Statt zu gehorchen, nahm Thamar eine der Büchsen, die Gretel und Diego heranschleppten, an sich und begann, sie zu laden. »Auch wenn meine Mutter so tut, als zähle sie zu altem virginischem Landadel, so bin ich doch die Tochter eines Pioniers, der bereits in diesem Land gesiedelt hat, bevor die Gentlemen des Südens überhaupt wussten, dass es Texas gibt!«, erklärte sie.

Nizhoni ließ sie gewähren und spähte durch einen Spalt zwischen den Fensterläden in die Richtung, aus der sie die Hufschläge vernahm. »Das sieht gar nicht gut aus!«, erklärte sie. »Es sind mindestens dreißig Männer, und sie halten ihre Waffen in der Hand.«

338

»Wir halten die unseren auch in der Hand«, erklärte Gretel kämpferisch und steckte ihre Remington Rider in den Hosengurt.

Unterdessen hatte auch Walther sich zu den Frauen gesellt und half mit, die Waffen zu laden. Sein Gesicht war ernst. »Wir können hier nur zu viert kämpfen. Thamar, du bleibst in Deckung und lädst die Waffen.«

»Ich kann auch schießen! Papa hat es mir beigebracht!«

»Wenn wir nur eine Möglichkeit hätten, Jones und die anderen zu warnen. Nicht, dass die aus ihren Häusern kommen und niedergeschossen werden«, wandte Diego ein.

Gretel schüttelte den Kopf. »Jones und die anderen wissen, dass sie in Deckung bleiben müssen.«

»Aber was tun wir, wenn deren Häuser angezündet werden?«

»Das werden wir zu verhindern wissen!«, rief Gretel entschlossen und nahm die erste Büchse zur Hand.

12.

Jim Jenkins hatte Burkes Streifschar aufgesucht und die Männer mit dem Hinweis, dass Fitchners Ranch nur von einem alten Mann, einem Jungen und ein paar Frauen verteidigt würde, dazu gebracht, ihm zu folgen. Nun trabten sie lachend auf die Gebäude zu. Einige Männer feuerten in die Luft, um die Bewohner der Ranch zu erschrecken, während andere auf das im Mondlicht gut sichtbare Haupthaus schossen.

»Zielt auf die Fenster, sobald die Läden geöffnet werden«, rief Jim Jenkins.

Innen im Haus rief Gretel verächtlich: »Kojoten-Jim ist bei ihnen!«

Thamar kniff die Lippen zusammen. Sie hatte nie viel von ihrem Schwager gehalten, dennoch schmerzte es, einen Verwandten so bezeichnet zu sehen. Dann aber schüttelte sie diesen Gedanken ab. Jim Jenkins ritt mit Banditen und hatte es sich selbst zuzuschreiben, wenn ihm etwas geschah.

Unterdessen wandte Gretel sich an ihren Vater. »Wir müssen die Kerle beschäftigen, sonst fällt es ihnen ein, das Wohnhaus der Jones und das Schlafhaus der Rancharbeiter zu stürmen.« Walther nickte mit verkniffener Miene. »Du öffnest den Fensterladen, und ich schieße.«

»Das werde ich tun«, antwortete Gretel entschlossen. »Du bist nicht mehr schnell genug.«

»Ich öffne!«, rief Thamar und stieß den Fensterladen auf. Sofort schossen etliche der Kerle von draußen auf das Fenster.

»Sie meinen es wirklich ernst«, rief Gretel, als Kugeln in die gegenüberliegende Wand einschlugen. »Dann sollten wir ihnen zeigen, dass auch wir es ernst meinen!«

Noch während sie es sagte, hob sie den Kopf, sah draußen zwei Reiter direkt vor dem Fenster und zog den Stecher ihres Revolvers zweimal durch. Ein gellender Schrei ertönte, dann kippten beide Männer aus dem Sattel.

Sofort schossen die Reiter mit allem, was sie hatten, auf das Fenster, doch da stand Gretel längst nicht mehr in der Schusslinie.

»Das war der Anfang«, meinte sie mit entschlossener Miene und lud die beiden abgeschossenen Kammern neu.

Unterdessen stieß Nizhoni einen zweiten Fensterladen auf, wartete ab, bis mehrere Kugeln hinter ihr in der Wand einschlugen, und feuerte mit ihrer Doppelpistole auf einen Reiter. Auch dieser stürzte aus dem Sattel.

Walther und Diego folgten dem Beispiel der Frauen. Dabei bewies Gretels Vater, dass er längst nicht so langsam war, wie seine Tochter anzunehmen schien, denn zwei weitere Angreifer fielen von den Pferden.

Nun kamen auch Jones und die anderen Rancharbeiter auf die Beine. Jones stieß den Fensterladen in seiner Küche auf und feuerte eine schwere Schrotflinte ab. Im Schlafhaus wurden ebenfalls die Fensterläden aufgerissen und die Läufe von Flinten und Pistolen herausgestreckt.

Innerhalb kurzer Zeit waren fünf weitere Angreifer erledigt, und Jim Jenkins begriff, dass es ums Ganze ging. »Stürmt das Haus!«, schrie er und trieb ein Dutzend seiner Männer an, von den Pferden zu steigen und auf die Tür des Wohnhauses zuzulaufen.

»Alles zur Tür!«, befahl Gretel wie ein altgedienter General. »Jeder nimmt zwei Pistolen zur Hand. In dem Augenblick, in dem Thamar die Tür aufreißt, schießen wir. Danach schlägst du die Tür sofort wieder zu!« Das Letzte galt Thamar, die mit entschlossener Miene nickte.

»Also dann, drei, zwei, eins, Tür auf!«

Thamar riss die Tür so hastig auf, dass sie das Türblatt gegen die Stirn bekam, biss aber die Zähne zusammen und schlug, nachdem Gretel und die anderen geschossen hatten, die Tür wieder zu. Im nächsten Augenblick erzitterte diese unter den Einschlägen der Kugeln ihrer Feinde.

»Habt ihr welche erwischt?«, fragte sie, während sie sich die schmerzende Stirn rieb.

»Ich glaube, schon«, antwortete Gretel.

»Wir sollten unseren Leuten helfen, damit diese nicht niedergekämpft werden!« Nizhoni ignorierte das Hämmern an der Tür, stellte sich neben ein Fenster und schoss, sobald sie ein Ziel ausgemacht hatte. Walther, Gretel und Diego feuerten aus guter Deckung heraus auf die Angreifer, und Thamar tat es ihnen nach.

Nach Burkes Worten hatte Jim Jenkins es sich ganz einfach vorgestellt, die Ranch einzunehmen. Stattdessen flogen ihnen die Kugeln nur so um die Ohren. Das schaffen wir nicht, dachte er und zog sich langsam zurück, während seine Kumpane noch immer voller Wut auf die Ranchgebäude schossen. Er glaubte bereits, unversehrt davonzukommen. Da traf ihn eine Kugel im Oberarm. Mühsam hielt er sich im Sattel und trieb sein Pferd an. Als er sich nach eine Weile umdrehte, sah er, dass seine Kumpane ebenfalls aufgegeben hatten und flüchteten.

Sein Verstand riet Jenkins, diesen Männern so bald nicht mehr zu begegnen, wenn er nicht wegen dieses Fehlschlags ohne Vorwarnung abgeknallt werden wollte. Auch durfte er sich auf keinen Fall mehr bei Zebulon Burke sehen lassen. Zwar hatte dieser ihn auf Fitchner gehetzt, doch nach dem misslungenen Angriff bestand die Gefahr, dass Burke ihn aus Wut darüber als Deserteur verhaften und hinrichten lassen würde. Es gab nur einen einzigen Platz, an dem er sicher war, und das war Edward Montgomerys Regiment. Doch zuerst musste er die Truppe einholen und dort seine Abwesenheit gut erklären.

Jenkins warf einen Blick auf seinen blutenden Arm. Er würde einfach sagen, er sei von einigen fanatischen Unionsanhängern überfallen und verletzt worden. Das würde man ihm gewiss abnehmen. Mit diesem Gedanken ritt er nach Osten und machte erst im gebührenden Abstand zur Ranch halt, um seine Wunde zu verbinden.

13.

Als die Angreifer flohen, jubelte Gretel und wollte ins Freie. Ihre Mutter hielt sie jedoch auf.

»Sei vorsichtig! Es könnten Verletzte draußen liegen, und die sind wie die Ratten! Die beißen selbst dann noch zu, wenn sie am Krepieren sind.«

»Ich habe Kojoten-Jim unter den Angreifern gesehen«, rief Gretel zornig.

»Ich auch!«, stimmte ihr Thamar zu. »Nennt mich eine Närrin, aber ich glaube, dass General Burke hinter diesem Überfall steckt. Ich habe zwei Männer erkannt, die zu einem Trupp gehören, den er aufgestellt hat. Sie kamen vor ein paar Wochen in Austin in Mistress Ransoms Haus, um Befehle von ihm entgegenzunehmen.«

»Kojoten-Jim gehört ja ebenfalls zu Burkes Speichelleckern!« Gretel wollte noch mehr sagen, da klangen von draußen Rufe auf.

»Señor! Señora! Ist bei Ihnen alles in Ordnung?«

»Uns geht es gut«, antwortete Walther und nahm den Colt an sich, den Gretel zusammen mit ihrer Remington im Gürtel stecken hatte. »Ihr Frauen bleibt im Haus, während ich mich umschaue.«

»Fahles Haar ist ein großer Häuptling und weiß, was zu tun ist«, sagte Nizhoni lächelnd und sammelte die übrigen Waffen wieder ein.

Gretel sah, dass ihre Mutter über etwas nachsann, doch als sie neugierig danach fragte, schüttelte diese den Kopf. »Nicht jetzt! Morgen.«

Nach diesen Worten trat Nizhoni zur Tür und blickte hinaus. Jones, der alte Pepe und einige Farmarbeiter gingen mit Fackeln und Pistolen in den Händen über den Hof und sammelten die am Boden liegenden Angreifer ein. Zur Verwunderung der meisten trugen einige der Kerle die graue Uniform des Südens.

»Wie es aussieht, wird keiner dich für eine Närrin halten«, sagte Nizhoni nachdenklich zu Thamar. »Diese Männer müssen zu Burke gehören.«

»Es sind Banditen, die schon etliche Farmen überfallen, die Männer erschossen und die Frauen und Kinder verjagt haben«, erklärte Walther, der zum Haus zurückgekehrt war.

Da vernahmen sie Jones' Stimme. »Hier sind noch zwei, aber sie sind gefesselt!«

Sofort eilten Walther, Nizhoni und Gretel zu ihm. Die beiden Männer kauerten am Boden und blickten sie scheu an. Abschürfungen und Schwellungen im Gesicht zeigten an, dass sie misshandelt worden waren.

»Wer seid ihr?«, fragte Walther.

»Ich kenne Sie!«, rief Jones ganz aufgeregt. »Das sind zwei Farmer aus der Gegend von Friedrichsburg. Die Leute dort wollen nicht in die Armee eintreten.«

»Deserteure also!«

Die beiden Männer zuckten bei Walthers Worten zusammen und starrten so verzweifelt zu ihm hoch, als habe ihre letzte Stunde geschlagen. Doch er beugte sich über den Ersten und schnitt seine Fesseln durch. Nachdem er auch den Zweiten befreit hatte, wies er auf das Haus. »Kommt herein, esst etwas und lasst eure Schrammen verbinden. Danach nehmt ihr die besten Gäule, die diese Schurken zurücklassen mussten, und seht zu, dass ihr ungeschoren nach Mexiko kommt.«

»Sie lassen uns frei?«, fragte einer der beiden verwirrt.

Sein Freund stieß ihn mit dem Arm an. »Das ist General Fitchner! Der gehört nicht zu den Bluthunden aus dem Süden, sondern hat sich stets gegen die Sezession ausgesprochen.«

»Die Banditen sind alle tot bis auf zwei, die ebenfalls nicht überleben werden!« Nizhonis Stimme klang wie ein Todesurteil.

»Es sind insgesamt dreizehn Kerle«, erklärte einer der Arbeiter, »und die Hälfte davon trägt Uniform.«

»Ihr werdet die Schurken morgen begraben, aber ein gutes Stück von den Farmgebäuden entfernt. Ich will sie nicht in der Nähe haben. Zieht den Toten die Uniformen aus. Ich werde sie als Beweis nach Austin bringen, dass sich eine Bande von Deserteuren hier herumtreibt und Farmen überfällt. Sie werden uns dann wohl kaum einen Vorwurf machen können, uns gegen diese Schurken zur Wehr gesetzt zu haben!« Einige Augenblicke lang hatte Walther sich bereits im Streit mit den gesamten Südstaaten gesehen und war daher froh, auf diese Idee gekommen zu sein.

Nizhoni nickte zustimmend. »Bald wird die Sonne aufgehen, und keinem von uns ist mehr zum Schlafen zumute. Daher sollten wir alles vorbereiten, damit du kurz nach Tagesanbruch aufbrechen kannst. Ellen, machst du bitte das Frühstück? Gretel soll dir dabei helfen. Ach ja, Walther, du solltest neben Jones und einem weiteren Mann auch Diego mitnehmen, damit die Bewohner von Austin sehen, dass ein alter Mann und ein Knabe diese Banditen besiegt haben.«

»Ich will auch mit!«, rief Gretel, doch ihre Mutter schüttelte den Kopf. »Du bleibst hier, denn dich brauche ich.«

Gretel sah ihre Mutter verwundert an, doch Nizhoni kam erst auf das Thema zurück, als die beiden Flüchtlinge, Walther, Diego und ihre Begleiter die Ranch verlassen hatten und die

Knechte mit den Leichen der Angreifer abgezogen waren, um diese zu verscharren.

Als sie allein waren, winkte sie Gretel und Thamar, ihr in den Wohnraum zu folgen, und schenkte ihnen dort Kräutertee ein.

»Walthers Plan, den Überfall Deserteuren in die Schuhe zu schieben, ist gut, doch er hat einen Haken. Ein Mann weiß, dass es keine Deserteure waren, und er wird weiterhin alles tun, um uns zu vernichten.«

»Du meinst Burke, Tante Nizo?«, fragte Thamar.

Nizhoni nickte. »Ja! Solange dieser Feind lebt, ist er eine Gefahr für uns.«

»Ich werde ihn erschießen!«, rief Gretel.

»Er muss auf andere Weise sterben. Eine Wunde würde nur Verdacht erregen.« Nizhoni sah nachdenklich drein und richtete ihren Blick auf Thamar.

»Du wirst mithelfen müssen.«

Die junge Frau schluckte. »Aber das wäre Mord!«

»Und was war das heute Nacht?«, fragte Nizhoni ernst. »Wenn du uns nicht hilfst, müssen Gretel und ich es auf andere Weise erledigen. Doch solange Burke lebt, ist niemand von uns sicher. Oder willst du, dass er dich mit Gewalt zu seinem Weib macht?«

Thamar schüttelte den Kopf. »Nein! Natürlich nicht. Aber wie willst du es anfangen?«

»Mit einem Köder – und der wirst du sein. Reite jetzt nach Hause. Bleibe aber weniger als eine Stunde dort und sage dann, du würdest zu dem kleinen Teich im Wald reiten, um dort zu baden. Burke wird glauben, sein Ziel an diesem Ort erreichen zu können, und dir folgen. Was dann geschieht, wirst du erleben.«

Selten hatte Gretel ihre Mutter so entschlossen erlebt wie in diesem Moment, doch sie war froh darum. Burke würde niemals aufgeben, ihr nachzustellen und ihrer Familie zu schaden, und wozu der Mann fähig war, hatte er mehrmals in der Vergangenheit bewiesen.

»Ich mache mit!«, sagten sie und Thamar wie aus einem Mund.

»Ihr beide werdet, wenn es so läuft, wie ich es mir vorstelle, nicht viel tun müssen«, erklärte Nizhoni. »Doch wir sollten uns beeilen. Burke muss sterben, bevor er erfährt, dass der Angriff seiner Männer auf uns gescheitert ist. Und nun reite, Thamar!«

»Ja, Tante Nizo!« Thamar atmete tief durch und verließ das Haus. Mit versteinerter Miene sah Nizhoni ihr nach und wandte sich dann ihrer Tochter zu. »Lade deinen Revolver! Ich glaube zwar nicht, dass du ihn brauchst, aber wir sollten vorsichtig sein. Und sattle zwei Pferde für dich und mich.«

»Ja, Mama«, antwortete Gretel und verließ ebenfalls das Haus.

Ihre Mutter trat an den Schrank, in dem sie ihre Kräutermedizinen aufbewahrte, und suchte so lange, bis sie ein Säckchen fand, das mit einem besonderen Faden gekennzeichnet war.

14.

Als Thamar beim Frühstück fehlte, sahen ihre Mutter und Burke dies als die Laune einer jungen Frau an und kümmerten sich nicht darum. Ganz in ihr Gespräch vertieft, übersahen sie, dass Thamar von ihrem Ritt zurückkehrte, ihr Pferd an einen Balken band, ins Haus huschte und in ihrem Zimmer verschwand. Ein Blick in den Spiegel zeigte der jungen Frau, dass sie schrecklich aussah. Kaltes Wasser, die Haarbürste und etwas Rouge auf den Wangen halfen ihr, die Spuren, die der Schrecken dieser Nacht hinterlassen hatte, zu verbergen.

Nachdem sie sich umgezogen hatte, nahm sie ihre Reitgerte an sich und ging nach unten. Zwar wusste sie nicht, was Nizhoni wirklich plante, doch als sie in das Frühstückszimmer trat und Zebulon Burke so selbstzufrieden dort sitzen sah, dachte sie an die Toten auf Colorado-Ranch und verspürte eine Angst, die ihr schier die Kehle zuschnürte.

»Da bist du ja endlich«, empfing ihre Mutter sie. »Zum Frühstück hättest du dich anders anziehen müssen.«

»Ich frühstücke später, Mama. Jetzt will ich zu dem Teich in dem kleinen Wäldchen, um dort ein wenig zu baden.« Thamar knickste und verließ das Zimmer.

»Was ist das für ein Wäldchen?«, fragte Burke.

»Es liegt eine knappe Meile weiter im Süden und ist nicht besonders groß, aber in seiner Mitte liegt ein Teich.« Rachels Stimme klang dunkel, denn bei diesem Teich hatte Josef Fitchner Abigail und Jim Jenkins bei sehr intimen Verrichtungen überrascht. Auch wenn sie sich mittlerweile mit ihrem

Schwiegersohn abgefunden hatte, so schmerzte die Erinnerung daran immer noch, denn ihre Älteste hätte eine weitaus bessere Partie machen können.

»Miss Thamar will baden?« Burke kam der Gedanke, dass die junge Frau die Sinnlosigkeit ihres Widerstands eingesehen hatte und dies die Einladung für ihn war, die Hochzeitsnacht vorwegzunehmen. Und selbst wenn Thamar nur dorthin ritt, weil sie in Einsamkeit baden wollte, war die Situation für ihn günstig.

»Madam, Sie erlauben, dass ich mein Frühstück beende. Ich will ebenfalls ausreiten.«

Während er ging, hoffte Rachel, dass der Teich, bei dem Abigail ihnen Schande bereitet hatte, ihrer jüngeren Tochter den richtigen Mann bescheren würde.

Zebulon Burke ging auf sein Zimmer, holte seinen Feldstecher und trat ans Flurfenster, von dem aus das kleine Waldstück zu sehen war. Als er sein Fernglas ansetzte, entdeckte er Thamar auf Anhieb. Sie hatte das Wäldchen fast erreicht, stieg kurz darauf vom Pferd und verschwand, nachdem sie die Zügel an einen Zweig gebunden hatte, zwischen den Bäumen.

»Jetzt habe ich sie!«, sagte er zufrieden und brachte den Feldstecher in sein Zimmer zurück. Anschließend verließ er das Herrenhaus, befahl Samuel, sein Pferd zu satteln, und ritt voller Vorfreude zu dem Wäldchen. Da er nur auf Thamar geachtet hatte, waren ihm die beiden Frauen entgangen, die sich dem Wäldchen von der anderen Seite genähert hatten und nun ihre Reittiere versteckten.

Es waren Nizhoni und Gretel, die nun eilig zum Teich liefen und Thamar unschlüssig am Ufer stehen sahen. »Du musst dich ausziehen und ins Wasser steigen!«, befahl Nizhoni der jungen Frau.

Thamar zögerte, legte aber auf einen strengen Blick Nizhonis hin ihr Kleid und ihre Schuhe ab. Ihr Hemd behielt sie jedoch an, als sie sich am Ufer hinsetzte und ins Wasser rutschte.

»Gut!«, sagte Nizhoni und wies ihre Tochter mit einer Geste an, sich mit ihr zusammen zu verstecken. Dabei hielt sie eine etwa zur Hälfte gefüllte Whiskeyflasche so krampfhaft fest, dass ihre Knöchel weiß hervorstachen.

Es dauerte nicht lange, da vernahmen die drei Frauen Hufschläge, die vor dem Wäldchen endeten. Wenig später arbeitete Burke sich durch das Unterholz und blieb grinsend neben dem Teich stehen. Zwar ragte nur Thamars Kopf aus dem Wasser, doch seine Phantasie gaukelte ihm vor, wie ihr nackter Körper aussehen würde.

»Ich dachte, an einem so warmen Morgen wäre auch für mich ein Bad gerade das Richtige«, sagte er zu Thamar, die Schritt für Schritt zum gegenüberliegenden Ufer des Teiches zurückwich. Burke machte das Schamgefühl der herben Jungfrau dafür verantwortlich und gab nichts darauf. Spätestens, wenn er sich bei ihr als Mann bewiesen hatte, würde sie begreifen, dass es gar nicht so schlecht war, ihn zu heiraten.

»Es ist ein schöner Morgen, nicht wahr?«, fragte er, während er seine Uniform auszog und die Stiefel abstreifte. Da sein Unterhemd und seine Unterhosen ihm bei dem, was er vorhatte, im Weg waren, entledigte er sich ihrer und stand nun nackt und mit erwartungsfroh hochgerecktem Penis am Ufer.

»Es wäre besser, wenn du dich freiwillig in dein Schicksal fügst«, erklärte er im überheblichen Tonfall.

Da vernahm er hinter sich ein Geräusch. Bevor er sich umdrehen konnte, spürte er etwas Kühles, Rundes in seinem Rücken.

»Keine Bewegung!«, befahl Gretel ihm, während ihre Mutter mit gespannter Doppelpistole in der Linken vor ihn trat.

»Was soll das?«, fragte er mehr zornig als erschrocken.

»Du bist ein Mann, der zu vielen Frauen Leid zufügen will«, antwortete Nizhoni leise. »Dies darf nie mehr geschehen. Trink!« Sie hielt ihm die halbvolle Flasche hin.

Burke nahm sie unwillkürlich und starrte darauf. »Was soll das sein?«, wiederholte er. »Ist das irgendein Indianer-Hokuspokus?«

»Trink! Tust du es nicht, schieße ich!« Nizhoni senkte den Lauf ihrer Pistole, so dass die Mündung genau auf seine Geschlechtsteile zeigte.

Erschrocken wollte Burke nach hinten, doch da verstärkte sich der Druck in seinem Rücken, und er vernahm das feine Klicken, das durch das Spannen des Revolverabzugs entstand.

»Bleiben Sie stehen!«, rief Gretel. »Oder ich werde Ihnen das Rückgrat zerschmettern!«

Nach dem, was Burke bislang mit dem Mädchen erlebt hatte, traute er ihm zu, die Drohung wahr zu machen. Daher erschien es ihm besser, der Mutter zu gehorchen und die Flasche zu leeren. Er setzte an, trank einen Schluck und schnalzte mit der Zunge.

»Der Whiskey ist nicht einmal schlecht. So einen Indianerzauber lobe ich mir!«

»Trink die Flasche leer!«, befahl Nizhoni.

Burke tat es und spottete dabei in Gedanken über die Frau. Wenn sie glaubte, ihn mit einer halben Flasche Whiskey betrunken machen und danach irgendwelche heidnischen Riten vornehmen zu können, würde sie sich täuschen.

Der Schnaps schmeckte, und so bedurfte es keiner weiteren Anfeuerung durch Nizhoni, die Flasche zu leeren. Er drehte sich grinsend um und wollte etwas sagen, als es ihm plötzlich bitter aufstieß. Ein eigenartiger Nachgeschmack, den er beim Trinken nicht gespürt hatte, machte sich in seinem Mund breit. Anscheinend hatte dieses Weibsstück irgendwelche Kräuter in den Whiskey gemischt.

Auf einmal bekam Zeb Burke Angst. »Was war da drin?«

»Steig ins Wasser!«, befahl Nizhoni, ohne auf seine Frage einzugehen.

Warum will sie das, fragte Burke sich und blieb voller Angst stehen.

»Steig ins Wasser!«, wiederholte Nizhoni.

Ihre eisige Miene erschreckte Burke, und er sagte sich, dass sie eine Wilde war, der die Zivilisation nur ein wenig Tünche verschafft hatte. Daher erschien es ihm besser zu tun, was sie von ihm verlangte, und er stieg ins Wasser.

»Du kannst jetzt herauskommen und dich anziehen«, sagte Nizhoni zu der jungen Frau.

Erleichtert gehorchte Thamar und strebte dem Ufer zu.

Burke wollte sie aufhalten, um sie notfalls als Geisel zu verwenden. Da fühlten seine Glieder sich auf einmal seltsam schwer an. Er taumelte, kippte ins Wasser und kam beinahe nicht mehr hoch.

Als er es endlich geschafft hatte, stieg Thamar bereits an Land. Ihre Formen bildeten sich unter ihrem nassen Hemd plastisch ab. Er sah ihre kleinen, rosa Brustwarzen und sogar das blonde Dreieck zwischen ihren Schenkeln. Gleichzeitig aber begriff er, dass er sie niemals besitzen würde.

Ich werde ertrinken, wenn ich nicht aus dem Wasser herauskomme, durchfuhr es ihn, und er strebte mit unbeholfenen Bewegungen dem Ufer zu. Doch als er es erreichte, starrte er in die Mündung von Gretels Revolver.

»Nicht schießen!«, jammerte er. »Was habt ihr getan? Bitte, ich ...«

In dem Augenblick schob Nizhoni ihre Tochter zur Seite und sah ihn mit vor Hass funkelnden Augen an.

»Stirb, du Hund!« Gleichzeitig tippte sie ihn mit der Fuß-
spitze an.

Obwohl er verzweifelt darum kämpfte, über der Wasserober-
fläche zu bleiben, verlor er das Gleichgewicht und versank.
Ein paar Augenblicke lang stiegen Luftblasen auf, dann lag
der Teich so still vor den drei Frauen, als hätte es diesen Vor-
fall nie gegeben.

Gretel half Thamar, ihr Hemd auszuwringen. »Du musst es
heimlich ins Haus schaffen, denn du kannst deine Unterröcke
und dein Kleid nicht über den nassen Stoff ziehen«, sagte sie.

Nizhoni trat auf die junge Frau zu und umarmte sie. »Du
warst sehr tapfer! Reite nach Hause und sag, dass es dir nicht
angenehm war, als Burke kam und ebenfalls baden wollte.
Daher hättest du dich auf den Heimweg gemacht und ihn allein beim Teich zurückgelassen. Das, was hier geschehen ist,
muss ein Geheimnis unter uns dreien bleiben!«

»Haben wir einen Mord begangen?«, fragte Thamar leise.

Nizhoni schüttelte den Kopf. »Burke war wie ein reißender
Wolf! Wir haben nur uns selbst und unsere Lieben geschützt.«
Dann schob sie Thamar in die Richtung, in der sie deren Pferd
wusste.

Als Geräusche verrieten, dass die junge Frau ihr Pferd antrieb, wandte Nizhoni sich an Gretel.

»Reiten wir nach Hause! Dieser Mann wird uns niemals mehr
bedrohen.«

SECHSTER TEIL

Krieg

1.

Thierry Coureur hielt sein Pferd Napoleon auf der Kuppe des Hügels an und blickte auf seine Truppe hinab. Noch waren die Uniformen sauber und die Männer guter Stimmung. Sie ritten in Zweierreihen hintereinander, an der Spitze Josef Fitchner, der die Umgebung wachsam im Auge behielt. Fast am Ende der Truppe rollten die vier Karren mit Ausrüstung, Munition und Verpflegung, und dahinter bildeten zwanzig Reiter die Nachhut.

Eigentlich konnte er zufrieden sein, sagte Thierry sich. Bisher kamen sie gut voran, und der Scout, den man ihnen zugeteilt hatte, kannte seinen Worten zufolge die Gegend, durch die sie ziehen mussten, wie seine Westentasche. Nun ritt der Mann irgendwo vor ihnen, um einen guten Platz für das nächste Nachtlager zu suchen und nach möglichen Feinden Ausschau zu halten.

Sie mussten nicht nur auf Patrouillen der Unionsarmee achten, sondern liefen auch Gefahr, mit Indianern aneinanderzugeraten. In dieser Gegend gab es nur wenige Forts und noch weniger Siedlungen, und von denen waren einige seit Beginn des Kriegs geräumt worden. Es gab einfach nicht mehr genug Soldaten in diesem Landstrich, um die Kiowa, Komantschen und vor allem die Apachen in Schach halten zu können.

Und ausgerechnet wir müssen in dieses Hornissennest hinein, dachte Thierry und spornte Napoleon an, um zu Josef aufzuschließen.

»Unser Scout sollte bald zurückkommen. In spätestens einer

Stunde müssen wir unser Lager aufschlagen«, sagte er nach einem kurzen Blick in die Runde.

Josef nickte. »Die Pferde brauchen Zeit zum Grasen. Allerdings werden sie hier nicht viele Halme finden. Wir hätten einen Wagen mit Hafer mitnehmen sollen.«

»Und einen mit Heu, einen mit mehr Vorräten und vielleicht auch noch ein paar Kanonen!« Thierry lachte kurz auf und schüttelte den Kopf. »Nein, Josef! Wir haben nichts von alldem und müssen so zurechtkommen.«

»Wenn der Scout uns wieder bis fast zum Einbruch der Dunkelheit reiten lässt, werden mir morgen einen Rasttag einlegen müssen. Unsere Pferde halten sonst nicht durch. Auch bekommen sie zu wenig Wasser.«

Josefs Sorgen waren berechtigt, das wusste Thierry. Doch sie hatten den Befehl, so rasch wie möglich vorzurücken, um zu vermeiden, dass die Nordstaaten sie bereits zu Beginn ihres Marsches abfangen konnten. Weiter im Westen würde es den Blauröcken nicht mehr gelingen, eine entsprechend starke Streitmacht aufzubauen.

Dies sagte er Josef auch, doch dieser winkte ab. »So etwas kann sich auch nur ein Idiot am Schreibtisch einfallen lassen, der seinen Gaul höchstens braucht, um die halbe Meile bis zu seinem Quartier zurückzulegen.«

»Befehl ist Befehl, und als Soldaten müssen wir ihn befolgen!« Thierry schaute erneut nach vorne, ob der Scout schon zu sehen war, und schüttelte enttäuscht den Kopf. »Noch nichts. Ich werde mir den Scout heute Abend zur Brust nehmen und ihm sagen, dass wir morgen früher Lager beziehen müssen!«

»Wenn Sie erlauben, General, halte ich Ausschau nach ihm. Vielleicht haben ihn die Indianer erwischt«, erklärte Josef mit missmutiger Miene.

»Dann solltest du dich ebenfalls vorsehen!« Beide waren

mittlerweile wieder per Du wie früher, doch gelegentlich fiel Josef in den militärischen Umgangston zurück.

»Ich werde mich ganz bestimmt vorsehen.« Josef lächelte und ließ seinen Wallach antraben. Noch war er sich nicht sicher, doch er hatte den Eindruck gehabt, dass seitlich vor ihnen eine kleine Staubfahne aufgestoben war. Sein Argwohn wuchs, als er kurz darauf Spuren entdeckte, die ihm verrieten, dass ihr Scout in diese Richtung geritten war. Offensichtlich hatte der Kerl gar nicht nach einem passenden Lagerplatz Ausschau gehalten. Der Mann hätte unbedingt zurückkommen müssen, falls ihm etwas aufgefallen war, und es melden.

Josef nahm das Fernrohr, das er sich vor Jahren in Austin gekauft hatte, aus der Satteltasche, zog es aus und beobachtete den Horizont. Nun konnte er die Staubfahne deutlicher erkennen. Sie kam im schrägen Winkel auf ihren Marschweg zu und würde spätestens am Abend darauf treffen.

»Da stimmt etwas nicht«, murmelte er und ritt mit aller Vorsicht weiter. Nach einiger Zeit bemerkte er, dass die Staubfahne sich auflöste. Wer auch immer dort geritten war, hatte angehalten. Die Gegend um ihn herum wurde felsiger und bot ihm genug Deckung, um ungesehen näher zu kommen. Nach einiger Zeit entdeckte er die Fremden. Es waren mehrere hundert Kavalleristen im typischen Blau der Union.

Sofort schwang Josef sich aus dem Sattel und versteckte sein Pferd. Jede Deckung ausnutzend näherte er sich den Unionssoldaten und spottete dabei in Gedanken über die beiden Wachtposten, die gelangweilt auf einem Felsen standen und schwatzten, anstatt Ausschau zu halten. So konnte er sich an die Unionssoldaten heranschleichen und hinter einem Felsen verborgen beobachten, dass ihr eigener Scout bei dem kommandierenden Offizier stand und auf diesen einredete. Dabei deutete der Mann immer wieder nach Süden.

Josef verfluchte die Tatsache, dass er nicht nahe genug herankommen konnte, um zu verstehen, was dort gesprochen wurde. Aber er durfte auf keinen Fall riskieren, dass der Feind auf ihn aufmerksam wurde. Daher zog er sich langsam wieder zurück. Er erreichte ungesehen sein Pferd und führte es die erste Meile, um sich weder durch Hufschläge noch durch aufgewirbelten Staub zu verraten. Als er wieder im Sattel saß, ließ er den Wallach noch eine Weile im Schritt gehen. Erst als er sich sicher fühlte, gab er ihm den Kopf frei und galoppierte zu seinen Männern zurück.

Als Thierry Josef heranpreschen sah, begriff er sofort, dass etwas geschehen sein musste. »Hast du den Scout gesehen?«

»Allerdings! Und dazu gut dreihundert Yankees, mit denen er sich ausgezeichnet verstanden hat. Wie es aussieht, will der Kerl uns in eine Falle locken.«

»Wie kann das sein?«, rief Thierry erschrocken.

»Wahrscheinlich hat ein Spion den Yankees unseren Marschweg verraten. Da der Scout den Blauröcken hilft, glaubten sie wohl, uns im Sack zu haben. Aber sie werden bald merken, wie sehr sie sich irren.«

Josefs Miene erinnerte Thierry an einen angriffslustigen Wolf. Dabei war der junge Mann kein Anhänger der Sezession. Die Nähe einer feindlichen Truppe und der Verrat des Scouts brachten ihn jedoch dazu, die Stacheln aufzustellen.

»Ich werde den Lumpen festsetzen lassen, sobald er zurückkommt«, sagte Thierry wütend.

»Das würde ich erst tun, wenn wir das Lager bezogen haben, das er uns vorschlägt. Danach sollten wir ihn allerdings knebeln.« Nun lächelte Josef, doch sein Gesicht wirkte grimmig.

»Das heißt, du willst kämpfen«, schloss Thierry daraus.

»Ich werde den Kampf nicht suchen, ihm aber nicht aus dem Weg gehen. Sind die Yankees zu Verhandlungen bereit, könnten wir uns mit ihnen einigen. Wollen sie uns jedoch, wie ich annehme, in der Nacht überfallen, brauchen sie sich nicht zu wundern, wenn ihnen Bleikugeln um die Ohren fliegen!«

Josef wandte sich um und sah, dass einige Reiter eine Lücke zu ihren Vorderleuten gelassen hatten.

»Aufschließen, Männer!«, befahl er und legte sich in Gedanken den Plan zurecht, mit dem er die Unionssoldaten überlisten wollte.

2.

Eine knappe Stunde vor Einbruch der Dunkelheit trafen sie auf ihren Scout. Er wartete bei einem halbverdorrten Busch auf sie und grinste dabei so selbstzufrieden, dass es Josef in den Fingern juckte, ihm eine heftige Abreibung zu verpassen. Er beherrschte sich jedoch und beschwerte sich nur, weil der Kerl sich erst jetzt sehen ließ.

»Verdammt, Mann! Wir hätten schon vor einer Stunde lagern müssen. So haben die Gäule kaum mehr Zeit zum Fressen.«

Das Grinsen des Scouts wurde womöglich noch breiter. »Ich habe einen ausgezeichneten Lagerplatz gefunden. Dort gibt es Wasser für alle und genug Gras für eure Zossen.«

»Dann führe uns hin!« Josef tat so, als hätte er nicht den geringsten Verdacht, und sah Thierry anerkennend nicken. Dieser musste sich zurückhalten, um nicht grob zu werden. Stattdessen zügelte er sein Pferd, ließ Marek Tobolinski zu sich aufschließen und gab diesem den Befehl, den Scout auf Josefs Anweisung hin sofort festzunehmen.

»Wir hegen den Verdacht, dass der Kerl uns verraten will«, erklärte er.

»Deswegen ist Josef vorhin weggeritten. Ich dachte mir schon, dass da was faul sein muss.« Tobolinski winkte mehrere Reiter aus seiner Kompanie zu sich und gab Thierrys Befehl an sie weiter.

»Der Schurke darf nicht zum Schreien kommen«, setzte Thierry noch hinzu, um den Männern den Ernst der Lage klarzumachen.

»Wenn wir uns seiner annehmen, bringt der keinen Ton mehr heraus«, versprach einer der Reiter und grinste übers ganze Gesicht.

Thierry erklärte ihnen, dass Josef einen Angriff durch Nordstaatenkavallerie befürchtete. Ganz wohl war ihm dabei nicht, denn die Männer aus dem French Settlement waren nur gezwungenermaßen in die Armee der Konföderation eingetreten, und er befürchtete, sie würden sich umgehend den Unionssoldaten anschließen. Die Männer sahen kurz zu Josef nach vorne, der sich scheinbar arglos mit dem Scout unterhielt, dann wandte Tobolinski sich Thierry zu.

»Hören Sie, Mister Coureur! Wenn die Yankees mit sich reden lassen, soll es uns recht sein. Wenn sie aber angreifen, werden wir ihnen zeigen, dass wir Texaner sind.«

»Das Gleiche hat Josef auch gesagt«, antwortete Thierry aufatmend und reichte Tobolinski die Hand. »Danke!«

»Wissen Sie, Mister Coureur, eigentlich sind Sie kein übler Kerl. Nur sollten Sie sich nicht so viel von Ihrer Frau einsagen lassen. In Texas kräht immer noch der Hahn und nicht die Henne!«

»Ich werde es mir merken«, antwortete Thierry und schloss wieder zu Josef und dem Scout auf.

»Wo ist die Stelle, an der wir lagern können?«, fragte er und bemühte sich dabei, verärgert zu klingen.

»Gleich dort vorne!«, antwortete der Scout und wies auf einen kleinen Talkessel.

Es war ein ideales Gelände für jemanden, der eine in diesem Talkessel lagernde Truppe angreifen wollte. Josef überlegte daher schon, Thierry zu raten, etwas entfernt davon zu lagern. Er unterließ es jedoch, um dem Gegner keinen Hinweis darauf zu geben, dass er dessen Plan durchschaut hatte.

»Fahrt die Wagen in den hinteren Teil des Tals und baut

davor die Zelte auf«, befahl er stattdessen und behielt den Scout im Auge. Dessen Miene leuchtete für einen Augenblick höhnisch auf. Da traten mehrere kräftige Soldaten auf ihn zu und packten ihn in dem Augenblick, in dem er abstieg. Er versuchte sich zu wehren, kam aber gegen so viele nicht an. Wenig später lag er gut verschnürt vor Thierrys und Josefs Füßen.

»Was soll das?«, fragte er verdattert.

Josef kniete neben ihm nieder und spielte mit seinem Bowie-Knife. »Weißt du, Freundchen, ich habe dich heute Nachmittag im Auge behalten und gesehen, wie du mit dem Yankee-Major geredet hast. Mich interessiert der Inhalt dieses Gesprächs.«

»Ich habe keine Ahnung, wovon du da redest«, antwortete der Scout mit einem gekünstelten Lachen und wandte sich dann an Thierry. »General, Sie werden doch diesem Burschen nicht glauben. Dem hat die Hitze den Verstand zerrüttet!«

»Rede, du Schwein!«, rief Thierry voller Wut.

Der Scout biss die Zähne zusammen und schwieg.

Da strich Josef ihm lächelnd über den Haaransatz. »Weißt du, Freundchen, meine Stiefmutter ist eine Navajo und hat mir einiges über die Methoden erzählt, mit denen ihre Leute selbst den verstocktesten Schweiger zum Reden bringen. Ich wollte schon immer mal ein paar davon ausprobieren.«

»General, das können Sie nicht zulassen!«, rief der Gefangene entsetzt.

Thierry zuckte jedoch nur mit den Schultern. »Wenn Major Fitchner es für richtig hält, werde ich ihn nicht daran hindern.«

»Fitchner?« Der Scout keuchte auf. Bislang hatte er sich nicht für die Namen der nachgeordneten Offiziere interessiert und nicht gewusst, wie Thierrys Stellvertreter hieß. Auch die

Soldaten hatten ihm keinen Hinweis gegeben, denn sie nannten Josef entweder Major oder beim Vornamen, so wie sie es von zu Hause gewohnt waren.

»Du kennst mich?«, fragte Josef interessiert.

Der Mann schüttelte den Kopf. Doch als Josef seine Messerklinge auf den Haaransatz legte, stieß er die Worte förmlich heraus.

»Persönlich kenne ich Sie nicht. Ich habe nur von Ihnen und Ihrem Vater gehört.«

»Das ist kaum verwunderlich, aber mich würde mehr interessieren, wieso die Yankees von uns wissen. Dieser Major ist mit seinen Leuten sicher nicht zufällig hier!« Josef verstärkte den Druck seiner Klinge, bis erste Blutstropfen aus der Stirn des Gefangenen traten.

»Nicht skalpieren!«, jammerte dieser. »Ich sage alles! General Spencer hat einen Spionagering im Süden aufgezogen, der bis in die höchsten Stellen reicht. Für eine Handvoll guter Golddollars kann man an jede Information gelangen. Es ist auch ganz einfach, sie nach Norden zu schicken. Es gibt immer noch Telegrafen, die nicht unterbrochen sind, und wenn doch, ist ein Reiter in einem halben oder ganzen Tag bei einer Telegrafenstation des Nordens. Dort hat Spencer Freunde, die ihm mit Geld und Leuten aushelfen, damit er ihnen Nachrichten aus dem Süden besorgen kann. Auf die Weise haben die Yankees auch erfahren, dass Ihre Truppe als Vorhut einer Armee aufbrechen wird, die Kalifornien erobern soll. Major Bailey erhielt über Telegraf den Befehl, Sie abzufangen.«

Josef spürte sein Blut förmlich durch die Adern rauschen, als er das hörte. »Spencer! Meinst du Nicodemus Spencer?«

»Ja, so heißt er! Er stammt aus England, sagt man, und ist in Louisiana reich geworden. Da er mit den Sklavenbefürwortern nichts am Hut hat, hilft er dem Norden.«

Seit anderthalb Jahrzehnten hatten Josef und seine Familie nichts mehr von Spencer gehört. Nun zu erfahren, dass dieser immer noch lebte und seine Fäden spann, war ein Schock. Josef überlegte, wie er seinen Vater warnen sollte, und sah dann zu Thierry hoch.

»Wir sollten einen Boten nach Texas zurückschicken und unsere Leute informieren, dass es Verräter gibt!«

»Wenn der Mann Pech hat, gerät er an einen dieser Schurken und wird umgebracht. Das riskiere ich nicht. Ich werde einen Bericht in mehrfacher Ausfertigung schreiben und diesen dem nächsten Kurier mitgeben, auf den wir treffen. Er soll die einzelnen Kopien bei unterschiedlichen Stellen abliefern. Entweder reicht das oder …« Thierry brach mit einer ärgerlichen Handbewegung ab und klopfte Josef auf die Schulter.

»Außerdem haben wir jetzt andere Sorgen als irgendwelche Verräter in der Ferne, nämlich diesen Major Bailey mit seinem Trupp.«

»Da haben Sie allerdings recht, General!« Josef zwang seine Erregung nieder und sah den Gefangenen an. »Gibt es irgendein Signal, das du Baileys Leuten geben sollst?«

Der Scout wollte schon den Kopf schütteln, sah dann die scharfe Klinge des Bowie-Knifes über seinem Kopf schweben und presste die nächsten Worte hastig hervor. »Ich sollte die Wachen eine Stunde vor Tagesanbruch ausschalten und etwa zweihundert Schritt vor dem Lager eine Stange mit einem Wimpel aufstellen.«

»Muss es ein besonderer Wimpel sein?«, fragte Josef.

»Nein, es könnte sogar mein Hemd sein, Hauptsache, es steht dort eine Stange mit etwas dran.«

»Dann sollten wir zusehen, dass wir Major Bailey nicht enttäuschen«, sagte Josef und befahl, den Gefangenen zu knebeln.

»Wir wollen doch nicht, dass er zur Unzeit schreit«, fuhr er grinsend fort und wandte sich an Marek Tobolinski und Ean O'Corra. »Sorgt jetzt dafür, dass gekocht wird und unsere Männer bald schlafen können. Sie müssen morgen etwas früher aufstehen als sonst, und ich will sie dann hellwach sehen.«

3.

Major Bailey war sich seiner Sache sicher. Schließlich konnten die Rebellen nicht ahnen, dass Nachrichten per Telegraf aus Texas bis nach Washington und von dort bis ins Territorium New Mexico gelangen würden. Außerdem stand in dem Bericht, den er erhalten hatte, dass es sich bei den Soldaten, mit denen General Coureur bis nach Kalifornien marschieren sollte, um lumpige Rekruten handelte, die noch kein einziges Gefecht gekämpft hatten.

»Wie weit sind wir noch vom Rebellenlager entfernt?«, fragte Baileys Stellvertreter.

Der Major wies auf einen auffallend gezackten Felsen. »Von der Stelle aus ist es laut den Angaben des Scouts noch eine Meile. Einer der Männer soll dort hochklettern und nach dem Zeichen Ausschau halten.«

»Ist es nicht zu dunkel?«

»In weniger als einer halben Stunde geht die Sonne auf. Man merkt schon die beginnende Dämmerung. Dieses Licht wird genügen!«

Kurz darauf hielt Bailey bei dem genannten Felsen an und starrte skeptisch in die Dämmerung. Während der beste Kletterer der Abteilung auf den Felsen stieg, holte der Major seinen Feldstecher heraus und blickte hindurch. Noch war es zu dunkel, um Einzelheiten erkennen zu können. Zu seiner Erleichterung aber konnte er eine in der Erde steckende Stange mit einem im Wind flatternden Fetzen gegen das rötliche Grau des östlichen Horizonts ausmachen. Während er das

Fernglas zufrieden einsteckte und den Befehl zum Weiterreiten gab, sagte er sich, dass ein Sieg über die Truppe eines Südstaatengenerals in den Zeitungen des Nordens Aufsehen erregen und seine Karriere fördern würde.

»Das letzte Stück reiten wir im Schritt. Wir wollen die Rebellen doch nicht zu früh wecken«, sagte Bailey mit einem leisen Lachen.

Als sie sich kurz darauf Thierrys Lager näherten, war der Major zufrieden damit, wie leise fast vierhundert Männer und Pferde sein konnten, wenn es darauf ankam. Er zog seinen Colt und hob ihn hoch als Zeichen, dass alle ihre Waffen bereithalten sollten. Seine Befehle, wie der Angriff vonstattengehen sollte, hatte er bereits gegeben, dennoch wiederholte er sie noch einmal im Flüsterton.

»Wir nähern uns dem Lager bis auf etwa hundert Yards im Schritt, reiten dann an und schießen so viele Rebellen zusammen, wie wir können! Den Rest nehmen wir gefangen.«

Die drei Captains seiner Einheit nickten und gaben seine Worte ebenso leise weiter. Einen Augenblick lang vernahm der Major ein Raunen und Murmeln, das aber bald wieder erlosch. Kurz darauf schälte sich die Stange mit dem Wimpel, die ihnen bei der Orientierung helfen sollte, aus dem ersten Licht des beginnenden Tages und kurz darauf auch die Zelte der Rebellen und ihre vier Trosswagen dahinter. Das hier würde die kürzeste Expedition des Südens werden, spottete er in Gedanken und gab seinem Pferd die Sporen.

Sie ritten halbkreisförmig in die Senke hinab, und noch immer klang kein Alarmruf auf. Lachend gab Bailey den ersten Schuss ab, und prompt feuerten seine Leute aus allen Rohren. Die Kugeln hämmerten in die Zelte, und der Major erwartete, entsetzte Schreie zu vernehmen und überraschte Rebellen zu sehen, die hilflos heraustaumeln würden. Doch bis auf das Knallen der Schüsse und das Wiehern der eigenen Pferde ertönte kein Laut. Verwirrt hielt er sein Pferd an und sah sich um. Einige seiner Männer schossen noch immer. Andere luden ihre Karabiner im Sattel nach, um erneut feuern zu können.

Da hörte er auf einmal einen entsetzten Schrei. »Die Rebellen!«

Major Bailey fuhr herum und sah die Feinde förmlich um den Talkessel herum aus dem Boden wachsen. »Auf sie!«, schrie er mit sich überschlagender Stimme und trieb seinen Gaul an. Da fegte bereits die erste Salve in seine Reiter hinein.

Josef hat die Falle ausgezeichnet aufgestellt, durchfuhr es Thierry, während er einen Schuss nach dem anderen abfeuerte. Der heimtückische Überfall hatte seine Männer wütend gemacht. Keiner von ihnen dachte mehr an seine Sympathie für den Norden. Nun waren die Männer in den blauen Röcken Feinde, die es niederzukämpfen galt. Jeder von ihnen schoss und lud so schnell er konnte, und kaum eine Kugel ging fehl. Neben ihm stand Josef mit bleichem, angespanntem Gesicht und leerte mit jedem Schuss seines Revolvers einen Sattel.

Auf einmal tauchte der feindliche Major vor ihnen auf, sah Thierry und zielte mit seinem Revolver auf ihn. Josefs Kugel war schneller, und Bailey sank mit einer Miene vom Pferd, als könne er das alles nicht begreifen.

Einem Captain gelang mit einem Teil der Nordstaatensoldaten die Flucht, die meisten aber warfen ihre Waffen fort und hoben die Hände.

»Wir ergeben uns!«, brüllte der First Lieutenant, dem nach dem Ausfall des Majors und der Captains das Kommando zugefallen war.

»Feuer einstellen!«, befahl Josef und sah Thierry zufrieden nicken.

Mittlerweile war es Tag geworden, und sie konnten sehen, was ihre Kugeln angerichtet hatten. Fast die Hälfte der feindlichen Reiter lag tot oder verwundet am Boden, und im Zentrum des Talkessels standen etwa fünfzig Männer mit erhobenen Händen.

»Das haben die Kerle nicht erwartet«, meinte Ean O'Corra grinsend.

»Nein, das haben sie wirklich nicht!« Thierry atmete tief durch. Von nun an, das spürte er, waren sie eine verschworene Einheit, und er gehörte endlich wieder dazu.

Unterdessen sammelten Marek Tobolinski und andere Soldaten die Waffen der Feinde ein und trieben die Gefangenen zusammen.

»Sie sollen sich um ihre Verwundeten kümmern«, rief Josef, um dann nach den eigenen Verlusten zu fragen.

»Zwei Leichtverletzte«, antwortete O'Corra. »Einen hat es am kleinen Finger erwischt, den anderen am Ohrläppchen. Man kann es kaum glauben, so wie die Yanks herumgeballert haben. Aber alles nur Löcher in die Luft! Was machen wir mit den Gefangenen und Verletzten?«

Josef wechselte rasch einen Blick mit Thierry. Dieser überlegte kurz und gab dann die Anweisung.

»Wir lassen den Yanks fünf Gewehre und genug Munition, dazu so viele Pferde, wie sie für sich und ihre Verletzten brauchen. Damit können sie meinetwegen nach Hause reiten.«

»Sir, das können Sie nicht tun!«, rief der Lieutenant entsetzt.

»Wir haben mehr als dreißig Schwerverletzte, und mit denen schaffen wir es niemals bis zum nächsten Fort. Außerdem sind da noch die Apachen. Wenn die uns entdecken, sind wir geliefert.«

»Was meinst du, Josef?«, fragte Thierry.

»Es sind fast neunzig Mann. Sie als Gefangene mitzunehmen,

wäre zu gefährlich!« Josef legte eine kurze Pause ein und
musterte die Yankees durchdringend.

»Es sei denn, Sie geben uns Ihr Ehrenwort, dass Sie nicht versuchen, sich zu befreien oder zu fliehen, bis wir eine Möglichkeit finden, Sie zu entlassen. Auch werden Sie niemals mehr
gegen uns kämpfen.«

»Dazu sind wir bereit!« Der First Lieutenant hatte keine
Lust, sich mit so vielen Schwerverletzten mehrere hundert
Meilen bis zum nächsten Fort durchschlagen zu müssen.

»Wir werden jeden von euch fragen. Wer sein Ehrenwort
nicht abgeben will, bekommt seinen Gaul und eine Waffe mit
drei Schuss. Er sollte uns dann aber nicht mehr unter die Augen kommen. Wer sein Ehrenwort gibt und es dann bricht,
wird erschossen.«

Die Yankee-Soldaten zuckten unter Josefs harten Worten zusammen. »Dürfen wir uns beraten?«, fragte der Lieutenant.

»Tut das!«, forderte Josef die Gefangenen auf.

Wie es aussah, gab es Streit bei den Yankees. Einige Unver-
letzte drängten darauf, das Angebot mit den Pferden und drei
Schuss anzunehmen, da sie hofften, rasch genug voranzukommen, um den Apachen zu entgehen. Der Lieutenant aber
und die meisten anderen wollten ihre verwundeten Kameraden nicht im Stich lassen. Zuletzt sonderten sich vierzehn
Männer von den anderen ab und forderten, freigelassen zu
werden.

»Ihr bekommt eure Gäule und Gewehre«, erklärte Josef.
»Aber bevor ihr verschwindet, begrabt ihr eure Toten! Die
Verwundeten können es nicht.«

Er bemühte sich nicht, seine Verachtung für diese Männer zu
verbergen. Auch die Yankees, die bleiben wollten, sahen die
einstigen Kameraden nicht mehr an, sondern versorgten die
Verletzten.

Thierry legte Josef den Arm auf die Schulter und lächelte. »Gut gemacht, Joe! Aber was machen wir mit den gesunden Gefangenen?«

»Ich wüsste da schon was«, antwortete Josef lächelnd. »Die Kerle haben unsere Zelte durchlöchert, also sollen sie sie auch flicken.«

»Aber wir haben nicht genug Platz für all die Verletzten!«, wandte Ean O'Corra ein.

»Wir machen Travois aus Zeltstangen und -planen«, erklärte Josef. »Das muss fürs Erste reichen!«

»Und was wird mit dem verräterischen Scout?«, fragte Ean O'Corra weiter.

Josef blickte Thierry an, denn dies war eine Sache, die nur ihr Anführer entscheiden konnte.

Einen Augenblick lang zögerte Thierry, dann dachte er, dass er und seine Leute anstelle der Yankees hier liegen würden, wenn Josef nicht hinter den Verrat des Scouts gekommen wäre.

»Hängt ihn auf!«, sagte er und sah mit grimmiger Miene zu, wie der Kerl kurz darauf an einem Ast baumelte.

4.

Nach all den Wochen, die er als Gast der Freiharts verbracht hatte, war es für Waldemar ungewohnt, wieder Uniform zu tragen. Mit dieser Kleidung fühlte sich der Krieg, den er während seiner Genesung nur durch Schlagzeilen und Artikel in der Zeitung miterlebt hatte, wieder schrecklich nahe an. Waldemar verspürte Gewissensbisse, denn für sein Gefühl hätte er bereits im Herbst wieder zum Heer stoßen können. Doch Freiharts Hausarzt hatte darauf bestanden, dass Meinrad und er ganz wiederhergestellt sein mussten, bevor er sie aus seiner Obhut entließ.

»Hast du das hier schon gelesen?« Meinrad reichte ihm mit angespannter Miene die neueste Zeitung. Als Waldemar einen Blick darauf warf, erschrak er. ›General Burnsides Potomac-Armee bei Fredricksburg schwer geschlagen‹ stand da.

»Es wird Zeit, dass wir wieder zur Armee kommen! Bei Gott, ich komme mir wie ein Feigling vor, weil wir fast acht Monate hiergeblieben sind.«

Mit diesen Worten gab Waldemar die Zeitung Meinrad zurück und zupfte seine Uniform zurecht. Die andere, die er bei Shiloh getragen hatte, lag gewaschen und geflickt in seinem Gepäck.

»Ich verstehe nicht, weshalb Männer sich wünschen, in eine Schlacht zu ziehen. Dabei haben wir vorgestern erst das Fest der Geburt des Herrn gefeiert.« Wigburgs Stimme klang dünn, und Waldemar hörte einen Vorwurf heraus.

»Es ist unsere Pflicht«, sagte er lächelnd. »Meinrad und ich haben uns dieser lange genug entzogen. Doch jetzt müssen wir zur Armee zurückkehren.«

»Ihr seid beide schwer verletzt gewesen«, stellte das Mädchen aufgebracht fest, »und damit habt ihr genug für dieses Land getan. Warum wollt ihr euch unbedingt von den Rebellen erschießen lassen?«

Waldemar trat auf sie zu und fasste ihre rechte Hand. »Hab keine Angst, Wigburg. Ich verspreche dir, auf deinen Bruder achtzugeben.«

»Es geht mir nicht allein um Meinrad«, brach es aus Wigburg heraus, dann drehte sie sich um und lief schluchzend hinaus.

Verdattert sah Waldemar ihr nach. »Was hat sie denn?«

»Wenn du das nicht begreifst, hast du wirklich keine Augen im Kopf«, spottete Meinrad. »Wigburg wird bald achtzehn, und das ist ein Alter, in dem Mädchen sich gerne verlieben. Du solltest sie küssen, bevor wir losziehen, um die Rebellen zu besiegen.

»Küssen? Du meinst, sie mag mich?«, fragte Waldemar.

»Hast du keine Augen im Kopf?« Meinrad versetzte ihm einen leichten Klaps. »Ich kenne meine Schwester und weiß, dass sie dich liebt!«

»Ich dachte, sie wäre nur so freundlich zu mir, weil ich dir geholfen habe.«

Waldemar wusste nicht so recht, was er denken sollte. Ihm war Wigburg vom ersten Augenblick an wie ein Engel erschienen, doch er hatte nie zu denken gewagt, dass sie sich in ihn verlieben könnte. Auf einmal kämpfte er mit dem Gefühl, dieses friedliche Haus viel zu früh verlassen zu müssen.

»Sie wird in ihrem Zimmer sein. Geh zu ihr! Oder willst du, dass ihr Herz noch schwerer wird, weil du ohne Abschied von ihr scheidest. Der Farmer kommt gleich, um uns zum Bahnhof zu bringen.«

Meinrads Worte gaben den Ausschlag. Mit entschlossener Miene verließ Waldemar das Zimmer und klopfte an Wigburgs Tür. »Darf ich eintreten?«

Ein herzzerreißendes Schluchzen antwortete ihm. Zögernd öffnete er und blickte hinein. Wigburg lag auf ihrem Bett und hatte ihr Gesicht im Kissen vergraben.

»Ich wollte mich von dir verabschieden«, sagte er, weil ihm nichts Besseres einfiel.

Wigburg hob mit einer müden Bewegung den Kopf. »Leben Sie wohl, Major Fitchner!«

»Ich wollte fragen, ob ich, wenn dieser Krieg vorbei ist, hierher zurückkommen darf.«

Jetzt riss es Wigburg hoch. »Sie wollen zurückkommen? Zu mir?«

Statt einer Antwort ging Waldemar auf das Mädchen zu und küsste es. Wigburg klammerte sich an ihn, als wolle sie ihn nie wieder loslassen.

Landolf Freihart sah es durch die offene Tür und wollte eintreten. Doch da fasste ihn sein Sohn beim Arm. »Lass die beiden so Abschied nehmen, wie sie es wünschen, Vater.«

»Nun, eigentlich hätte Waldemar vorher mich fragen müssen, ob er Wiggi küssen darf.«

Landolf klang ein wenig bärbeißig, klopfte dann aber seinem Sohn auf die Schulter. »Er hat es verdient! Doch sage ihm eines: Bevor er meine Tochter das nächste Mal küssen will, hat er vor mir anzutreten! Und das wird haarig werden.«

»Ich werde es ihm ausrichten, Vater!« Meinrad räusperte sich nun, musste es aber noch zweimal lauter wiederholen, bevor das verliebte Paar es hörte.

»Der Farmer ist mit dem Wagen da, Waldemar. Wir müssen aufbrechen!«

»Und dabei gäbe es noch so vieles zu besprechen.« Waldemar

löste sich nur widerstrebend aus Wigburgs Armen, verabschiedete sich mit einem verlegenen Lächeln von Landolf Freihart und sah sich dann Wigburgs Mutter gegenüber.

»Geht mit Gott, alle beide, und kehrt gesund zurück!« Herlind lächelte, um nicht zu zeigen, wie schwer ihr der Abschied von ihrem Sohn, aber auch von Waldemar fiel. Dann trat sie neben ihre Tochter und legte den Arm um sie.

»Hab keine Angst, Wigburg. Die beiden werden zurückkommen.«

5.

Bei ihrer Rückkehr zu General Grants Armee begriffen Waldemar und Meinrad rasch, dass sich einiges geändert hatte. Zwar hatte General Sherman bei Chickasaw Bluffs einen Rückschlag hinnehmen müssen, doch in diesem Teil des Landes waren die Unionsstreitkräfte im Vorteil. Eisenbahnen und Flussdampfer schafften neue Soldaten und genug Nachschub heran, um den Druck auf die Konföderierten-Armeen in Georgia, Alabama und Mississippi Stück für Stück zu erhöhen.

Da Waldemar und Meinrad nicht wussten, wo ihr ehemaliges Regiment lag, meldeten sie sich in Grants Hauptquartier. Noch während sie sich über einen schnöseligen Ordonnanzoffizier ärgerten, der sie wie lästige Bittsteller behandelte, wurde die Tür geöffnet, und General Grant kam herein. Bei ihrem Anblick verlor sich seine griesgrämige Miene ein wenig.»Hallo, Fitchner! Freut mich, zu sehen, dass Sie über den Berg sind. Kommen Sie! Wollen Sie etwas trinken? Lester, bringen Sie eine Flasche Whiskey und zwei Gläser, für mich keines!«

Dem jungen Offizier fiel fast das Kinn auf den Boden, als er sah, dass sein Kommandeur Waldemar und Meinrad auf die Schultern klopfte und sie bat, mit ihm zu kommen. Drinnen setzte Grant sich an den Tisch und sah zu den beiden auf.

»Ich habe nicht viel Zeit, denn ich muss gleich wieder hinaus. Sie erhalten Ihr altes Regiment als Colonel, Fitchner. Es steht momentan in der Reserve. Lester soll Sie anschließend hinbringen. Ihr Vorgänger war zwar mutiger als Gabler, ritt aber nach einer Besprechung in die falsche Richtung und wurde von einer Rebellenpatrouille gefangen genommen. Kann ein bisschen dauern, bis er ausgetauscht wird. Fryhart wird als Captain eine Ihrer Kompanien übernehmen.«

»Danke, Sir!«, sagte Meinrad ebenso verblüfft wie erfreut.

Waldemar salutierte. »Ich hoffe, Sie nicht zu enttäuschen, General!«

»Glaube ich nicht«, antwortete Grant. »Sie wissen nämlich gar nicht, mit was für Colonels und Brigadegenerälen ich mich herumschlagen muss. Aber jetzt entschuldigen Sie mich, meine Herren! Trinken Sie aus, und dann folgen Sie Lester zu Ihrem Regiment. Sollte der Teufel es wollen, werden Sie heute noch im Gefecht stehen.«

Nach diesen Worten stand Grant auf und verließ den Raum. Waldemar sah ihm nach und blickte dann auf den Kalender, der an der Wand hing. Es war der 31. Dezember 1862, und er hörte von draußen Kanonenschüsse. Der Krieg hatte ihn wieder, und es war kaum zu glauben, dass er erst vor wenigen Tagen das Weihnachtsfest im Kreis von Meinrads Familie gefeiert hatte. Einen Augenblick lang dachte er an Wigburg und daran, wie gerne er jetzt bei ihr wäre. Dann aber galten seine Gedanken seiner eigenen Familie, und er betete, dass es allen wohl erging. Ihnen zu schreiben wagte er nicht, da ein Brief von einem Offizier der feindlichen Armee sich für sie verhängnisvoll hätte auswirken können. Mit einem Mal wurde seine Miene hart.

»Komm, Meinrad! Wir müssen diese verdammten Rebellen schlagen, wenn wir je wieder zu unseren Lieben zurückkehren wollen.«

6.

Walther Fichtner sah auf den Kalender an der Wand und seufzte. »Heute ist der 22. Dezember 1864. In zwei Tagen ist Weihnachten, und der verdammte Krieg währt jetzt schon dreieinhalb Jahre!«

»Wenn er doch endlich vorbei wäre«, sagte Gretel leise. »Vielleicht würden wir dann auch etwas von Waldemar hören. Ich wünschte, es wäre wenigstens ein Brief von ihm gekommen. Mir ist es fast unerträglich, nichts von ihm zu erfahren.«

»Das ist es für uns alle«, stimmte Walther ihr zu. »Seine letzte Nachricht schickte er uns, als er das Schiff nach Norden bestieg.«

»Er hätte in der Zwischenzeit doch wenigstens ein Mal schreiben können«, stöhnte Gretel verzweifelt.

Walther schüttelte den Kopf. »Waldemar weiß genau, warum er es nicht getan hat. Die Rebellenregierung in Austin traut mir nicht und würde mir sofort Verrat unterstellen. Auch wenn Burke tot ist, gibt es noch genügend Leute, die uns unser Land wegnehmen würden. Dabei ist der Krieg für den Süden so gut wie verloren, und ich frage mich, wieso die Kerle immer noch kämpfen. Es wäre doch klüger zu verhandeln, um bessere Bedingungen herauszuholen, als wenn sie endgültig besiegt werden.«

Diego stieß einen höhnischen Laut aus. »Einer der Politiker, den ich in Austin habe reden hören, sagte tatsächlich, es wäre besser, die Yankees würden uns erobern und die Sklaven freilassen. Das dürften wir Texaner nicht selbst tun – von wegen Ehre und Tapferkeit und so weiter.«

Eben kam Nizhoni aus der Küche und hatte seine Worte mit angehört. »Ich lebe nun schon lange unter weißen Menschen, doch so ganz begreife ich sie noch immer nicht. Es merkt doch jeder, dass der Krieg schlecht steht. Alles, was man kaufen muss, ist fürchterlich teuer geworden, und oft bekommt man das, was man braucht, weder für Geld noch für gute Worte.«

»Dabei geht es uns noch halbwegs gut«, wandte Gretel ein. »Wir haben genug zu essen, und du kennst die Pflanzen, die wir anstelle von Salz verwenden können. Auch weißt du, wie man Fleisch trocknet, weil wir es nicht einpökeln können.«

»Das macht die Seeblockade der Union. Sie jagen jedes Schiff, das in einen unserer Häfen einlaufen will, und fangen die meisten davon ab.« Walther dachte an ihren einstigen Nachbarn Lucien, dem es mehr als zwei Jahre lang gelungen war, mit seinem Schiff durch die Blockade zu gelangen. Im letzten Sommer hatte ihn jedoch eine Fregatte der Union gestellt und versenkt.

»Ich wollte, Josef wäre hier und könnte mit uns Weihnachten feiern«, sagte Gretel traurig.

Walther nickte mit ernster Miene. Auch Josef war nun schon mehr als zwei Jahre fort, und sie hatten nur einmal einen kurzen Brief von ihm erhalten. Zusammen mit Thierry Coureur und den ausgehobenen Soldaten aus dem French Settlement hatte Josef ein Fort nahe der kalifornischen Grenze errichtet. Doch der Vorstoß ans Meer, von dem die konföderierten Politiker zu Beginn des Krieges geträumt hatten, war jetzt, da alle Armeen des Südens entweder bereits geschlagen oder auf dem Rückzug waren, endgültig zu einer Illusion geworden. Obwohl Josef, Thierry und ihre Männer laut Josefs Brief nur sehr unregelmäßig Nachschub erhielten und zumeist von dem leben mussten, was sie sich selbst besorgen konnten, war es Walther lieb, sie dort zu wissen, wo sie waren. Man hätte die Männer sonst zu den Schlachtfeldern in Georgia und Virginia geschickt, auf denen in jedem Gefecht mehr Männer starben, als in den meisten Städten von Texas lebten.

»Wir haben noch ein Problem«, erklärte Gretel. »Da ein Großteil der Männer im Krieg ist, wird die Siedlungsgrenze nicht mehr überwacht, und nun häufen sich dort Überfälle von Komantschen. Es hat auch schon ein paar der deutschen Siedler um Friedrichsburg getroffen.«

Walthers Gesicht wurde sehr ernst. »Das ist nicht gut! Ich muss mit Po'ha-bet'chy sprechen, damit er diese Überfälle unterbindet. Immerhin haben wir einen gültigen Vertrag mit der Komantschen-Nation abgeschlossen.«

»Du wirst aber erst nach Weihnachten reiten«, warf Nizhoni ein, die wusste, wie viel ihm dieses Fest bedeutete.

Walther nickte verdrossen. »Heiligabend und den Tag darauf bleibe ich noch hier, aber dann muss ich losreiten. Jones und Dave sollen mich bis zur Rinderranch begleiten. Von dort nehme ich vier Vaqueros mit. Es ist allzu ärgerlich, dass wir wegen der Seeblockade kaum etwas besitzen, so dass wir nur wenige Geschenke für den Häuptling und andere wichtige Krieger mitnehmen können.«

Früher hatte Walther sich kaum Gedanken gemacht, woher die Decken, Kochkessel und anderen Dinge kamen, die er bei den Komantschen gegen Pferde und Büffelfelle eintauschte. Doch mittlerweile erhielt er nicht einmal mehr Messer von brauchbarer Qualität.

»Ich will auch mitkommen«, erklärte Diego. Mittlerweile war er siebzehn und fühlte sich schon sehr erwachsen.

»Wenn, dann komme ich auch mit. Mich kennt Po'ha-bet'chy«, wandte Gretel ein.

»Josef und Waldemar waren jünger als ich, als Vater sie mit zu den Komantschen genommen hat!« Für Augenblicke sah es so aus, als wollte Diego einen Streit vom Zaun brechen, doch eine mahnende Handbewegung seiner Mutter verhinderte es. »Dóitsoh wird ein anderes Mal mit zu den Komantschen reiten. Jetzt wird er gebraucht, um die Ranch zu schützen. Abendsonne und ich werden einige Dinge zusammensuchen, die du Po'ha-bet'chy überbringen kannst! Sobald dieser Krieg zu Ende ist, können wir wieder richtige Waren kaufen.« Nizhoni legte sich in Gedanken bereits einige Gegenstände zurecht, auf die sie verzichten konnte.

»Tu das!«, sagte Walther lächelnd und wich ein wenig zur Seite, damit Ellen Jones den Tisch decken konnte. Gretel stand auf, um der Indianerin zu helfen, während Diego mürrisch vor sich hinstarrte.

»Wenn ihr mich weiterhin wie ein kleines Kind behandelt, melde ich mich noch freiwillig zur Armee.«

Walther schlug mit der flachen Hand auf den Tisch. »Das wirst du nicht tun!«

»Irgendwann werden sie mich holen. Sie ziehen jetzt schon Jüngere ein«, maulte der Junge.

»Ja, oben in Georgia und Virginia, weil sie hoffen, Grant und Sherman doch noch aufhalten zu können. Doch seit die Union den Mississippi überwacht, gelangt man nur noch des Nachts und heimlich über den Strom. Für einen Transport von Soldaten reicht das nicht mehr! Und jetzt will ich nichts mehr hören!« Nach diesen Worten faltete Walther die Hände und sprach das Tischgebet. Er schloss auch Josef und Waldemar mit ein und sprach die Hoffnung aus, dass es seinen Söhnen gutging.

Ellen Jones verschwand mit einem Topf, um zusammen mit ihrem Mann und ihrem Sohn im eigenen Häuschen zu essen. Bei dieser Gelegenheit würde sie den beiden berichten, dass sie den Herrn auf seinem Ritt zu den Komantschen begleiten sollten.

Unterdessen kostete Walther den Eintopf, bei dem Nizhoni und Ellen sich alle Mühe gegeben hatten, Salz und die gewohnten Gewürze durch einheimische Kräuter zu ersetzen. »Das schmeckt gut«, lobte er.

»Das sagst du doch nur so!« Trotz ihrer abwehrenden Worte freute Nizhoni sich, obwohl sie genau wusste, dass der Mangel zu schmecken war.

»Ist wirklich nicht übel«, fand Gretel. »Ich habe letztens bei Letta O'Corra etwas bekommen, was ich fast nicht hinuntergebracht habe. Ich habe ihr daraufhin einige der Pflanzen gezeigt, die du verwendest, Mama.«

»Es geht Letta hoffentlich gut«, sagte Nizhoni.

Gretel nickte. »Ja. Doch sie macht sich natürlich große Sorgen um Ean, Henry und John. Aber das tun wir ja bei Josef und Waldemar auch.«

»Dieser Krieg war bereits sinnlos, als er begonnen wurde, und ist es jetzt mehr denn je! Als wenn es etwas ausgemacht hätte, die Neger freizulassen und sie als normale Arbeiter zu bezahlen. Präsident Lincoln hatte diesen Narren in Richmond sogar angeboten, sie zu entschädigen, wenn sie nur diese verdammte Sezession beenden!« Walther konnte nicht begreifen, dass jemand so stur sein konnte, eher alles zugrunde gehen zu lassen, als einen Kompromiss einzugehen.

»Ich frage mich nur, weshalb die einfachen Farmer und Arbeiter noch kämpfen«, setzte er nach einer kurzen Pause hinzu. »Die können doch überhaupt nichts mehr gewinnen.«

»Sie halten sich für etwas Besseres als die Neger und die Indianer. Daher kämpfen sie, weil sie sonst zugeben müssten, dass das nicht stimmt.« In Gretels Worten lag bitterer Spott, denn sie war oft genug als Halbblut beschimpft worden.

»Zumindest bei den Indianern hat sich das geändert«, protestierte Diego. »Immerhin ist der Cherokee Stand Watie zum Brigadegeneral der Konföderierten-Armee ernannt worden.«

»Und wen kommandiert er?«, fragte Gretel, die den entsprechenden Artikel ebenfalls gelesen hatte. »Ich kann es dir sagen: andere Indianer! Nicht einen einzigen der ach so großartigen weißen Männern des Südens.«

»Ihr solltet nicht streiten«, wies Walther seine Tochter und seinen jüngsten Sohn zurecht. »Übermorgen ist Heiliger Abend. Möge Gott geben, dass es das letzte Weihnachtsfest ist, das wir im Krieg feiern müssen.«

7.

Auch auf der Coureur-Plantage stand das Weihnachtsfest kurz bevor, aber von festlicher Stimmung war hier wenig zu spüren. Rachel herrschte mit eiserner Hand über ihre Sklaven und ließ ihre Laune mehr den je an ihnen aus. Einst hatte sie Thierry bedrängt, die Schwarzen zu kaufen, um Baumwolle pflanzen zu können. Doch seit ihr Schwager Lucien mit seinem Schiff von den Yankees versenkt worden war, gab es keine Möglichkeit mehr für sie, ihre Baumwolle zu verkaufen.

Trotzdem hatte Rachel den brieflichen Rat ihres Mannes, Nahrungsmittel wie Bohnen, Mais und Gemüse anzupflanzen, in den Wind geschlagen und weiterhin auf Baumwolle gesetzt. Auf der Plantage war daher Schmalhans Küchenmeister, denn anders als die Farmen im Umkreis besaßen sie weder Rinder noch Schweine, die geschlachtet werden konnten. Da Salz, Gewürze und viele andere Dinge zu teuer oder gar nicht mehr zu bekommen waren, lebte Rachel in ihrem prachtvollen Herrenhaus mittlerweile schlechter als in ihren ersten Jahren in Texas in der Hütte ihres Vaters oder direkt nach ihrer Heirat mit Thierry.

Da Bessie die schlechte Laune ihrer Herrin kannte, stellte sie das Abendessen mit klopfendem Herzen auf den Tisch. »Möge Gott es Ihnen segnen, Missus«, sagte sie leise.

Rachel starrte in den undefinierbaren grauen Brei, zu dem der Eintopf verkocht war, und fuhr mit einem Wutschrei auf. »Das habt ihr extra getan, ihr schwarzen Hexen! Aber das werde ich euch austreiben. Hol die Köchin, und dann stellt ihr euch auf, damit ich euch bestrafen kann!«

»Missus, bitte! Wir haben getan, was wir konnten«, flehte Bessie, doch da trat Rachel schon an die Wand und nahm die Peitsche an sich.

»Gehorche, oder ich lasse dich brandmarken – und zwar mitten ins Gesicht!« Die Macht über ihre Sklaven war das Einzige, das Rachel noch geblieben war, und die kostete sie weidlich aus.

Während Bessie zitternd verschwand, versuchte Thamar, ihre Mutter zur Besinnung zu bringen. »Bitte, Mama! Ich war selbst in der Küche und habe dort nachgesehen. Bessie und Suzie haben alles getan, was möglich war. Um besser kochen zu können, bräuchten sie Gewürze, Fleisch, besseres Mehl ...«

»Erklär du mir nichts über die Niggerweiber!«, fuhr Rachel ihrer Tochter über den Mund. »Sie tun es aus Bosheit, um mich zu ärgern.«

»Das tun sie nicht! Da wir selbst kein Fleisch haben, sollten wir welches von einem der Farmer kaufen.« Thamar hoffte, ihre Mutter würde auf diesen Vorschlag eingehen, doch Rachel schüttelte mit hasserfüllter Miene den Kopf.

»Sonst noch was? Dieses Farmergesindel hält zu diesem elenden Fitchner, den Gott samt seiner Sippe verdammen möge!«

»Mama, jetzt reicht es!«, rief Thamar empört und stöhnte im nächsten Augenblick auf, weil die Mutter ihr wutentbrannt die Peitsche überzog.

»Dies ist mein Haus, und hier bestimme ich! Ich! Und nicht du! Hättest du geheiratet, wärst du vielleicht die Herrin. Doch du musstest den armen General Burke im Stich lassen, als er deine Hilfe so dringend gebraucht hätte. Wärst du bei ihm geblieben, wäre er gewiss nicht ertrunken!«

Thamar senkte den Kopf. Trotz der Zeit, die seitdem vergangen war, hatte sie Burkes Tod nicht verwunden. Er suchte sie immer noch in ihren Alpträumen heim, und sie glaubte, seine anklagende Stimme zu hören. Dabei war er ein Schuft gewesen und hatte den Tod wahrlich verdient.

Unterdessen glitten Rachels Gedanken weiter, und sie fand es auf einmal gar nicht so schlimm, dass ihre jüngere Tochter bislang nicht geheiratet hatte. So war sie die unumschränkte Herrin auf ihrem Besitz geblieben und konnte tun und lassen, was sie wollte.

Bessie kam zurück und mit ihr die Köchin, eine bereits ältere Schwarze, die noch immer damit haderte, dass ihr früherer Herr sie in das finstere, wilde Texas verkauft hatte.

»Missus, wir haben wirklich alles getan, was wir konnten, um ein gutes Essen auf den Tisch zu bringen«, versuchte sie sich zu verteidigen.

Mit einer höhnischen Geste wies Rachel auf ihren Teller. »Nennst du das hier ein gutes Essen? Kniet euch hin und zieht die Röcke hoch. Ihr habt Schläge verdient!«

»Bitte nicht, Missus! Bitte nein!« Suzie hob verzweifelt die Hand, doch sie hätte genauso gut einen Stein anflehen können.

Rachel ließ die Peitsche durch die Luft sausen und traf die Frau am Rücken. »Gehorche!«

Da Bessie wusste, dass Widerspruch ihre Herrin nur noch brutaler werden ließ, kniete sie bereits vor Rachel und zog ihren Rock so weit hoch, dass ihr nackter Hintern zu sehen war. Auch die Köchin begriff, dass sie in Teufels Küche kommen würde, wenn sie nicht gehorchte, und kniete sich neben Bessie.

»So ist es gut!«, murmelte Rachel zufrieden und nahm Maß. Während sie den beiden Frauen einige scharfe Hiebe auf die zuckenden Hinterbacken versetzte, fiel ihr ein, dass Bessie eine Liebschaft mit dem Haussklaven Joshua angefangen hatte. Bislang hatte sie sich gesagt, dass die beiden ruhig für neue Sklaven sorgen sollten. Nun aber hielt sie inne und rief nach Joshua.

Dieser erschien so rasch, als hätte er vor dem Speisezimmer gewartet. Bevor er etwas sagen konnte, drückte Rachel ihm die Peitsche in die Hand.

»Du versetzt diesen beiden Niggerweibern jeweils zwanzig Peitschenhiebe. Schlag aber mit aller Kraft zu, sonst lasse ich dich kastrieren und an den Ohren aufhängen!«

»Mama, das kannst du nicht tun«, rief Thamar entsetzt. »Wenn du Bessie und Suzie derart auspeitschen lässt, können sie etliche Tage nichts arbeiten. Du weißt doch, was Papa gesagt hat!« Etwas Besseres fiel der jungen Frau nicht ein, doch brachte sie Rachel damit für einen Augenblick zum Nachdenken.

Wenn sie den Schwarzen den einen oder anderen Hieb verpasste, machte es diesen nicht so viel aus. Joshua hingegen war ein kräftiger Mann, und seine Schläge würden die beiden Frauen hart treffen. Bei den Sklaven, die auf den Baumwollfeldern arbeiteten, achtete Rachel darauf, dass die Strafen zwar schmerzhaft waren, sie aber nicht zu sehr beeinträchtigten. Ihre Wut brauchte jedoch ein Ventil, und so verzog sie das Gesicht zu einer höhnischen Grimasse.

»Also gut, dann eben zehn Peitschenhiebe, aber einer so scharf wie der andere!«

Thamar hielt es nicht mehr aus und rannte aus dem Zimmer. Dabei haderte sie mit ihrer Feigheit, weil sie die Schwarzen im Stich ließ. Am liebsten hätte sie die Plantage ganz verlassen, doch als Frau und ganz allein auf sich gestellt wäre sie Zugriffen und Belästigungen hilflos ausgeliefert. Außerdem hoffte sie immer noch, dass ihre Mutter irgendwann Vernunft annehmen und erkennen würde, wie ungeheuerlich sie sich benahm.

Währenddessen starrte Joshua auf die Peitsche in seiner Hand. Das Blut rauschte so hart in seinen Adern, dass seine Ohren gellten.

»Was ist?«, hörte er Rachels höhnische Stimme.

»Tu es!«, rief Bessie verzweifelt. »Sonst lässt dich die Missus kastrieren, wie sie es dir angedroht hat!«

Die Opferbereitschaft der jungen Frau, die er liebte, trieb Joshua die Tränen in die Augen. Am liebsten hätte er Rachel geschlagen und wäre dann mit Bessie geflohen. Er wusste jedoch, dass sie keine Chance hatten. Sklavenjäger würden sich mit Hunden auf ihre Fährte setzen und sie schon bald einholen und fangen. Die Strafe, die danach folgen würde, wagte er sich nicht einmal auszumalen.

Verzweifelt hob er die Peitsche und schlug auf die Köchin ein.

»Zehn Hiebe – und einer so scharf wie der andere«, wiederholte Rachel und trat ein paar Schritte zurück, um nicht von der ausholenden Peitsche getroffen zu werden. Mit vor der Brust verschränkten Armen sah sie zu, wie jeder Hieb tief ins Fleisch schnitt und Blut über die dunkle Haut der beiden Frauen rann.

»Das war der zehnte Schlag«, sagte Joshua mit letzter Beherrschung.

»Du hast dich verzählt! Du musst Bessie noch zwei weitere Schläge geben!« Rachel genoss die Macht über den Mann, der fast einen ganzen Kopf größer war als sie und sich dennoch jeder ihrer Launen unterwerfen musste. Auch diesmal wagte Joshua nicht, sich gegen seine Herrin aufzulehnen, sondern versetzte seiner Geliebten noch zwei Hiebe und ließ dann schluchzend die Peitsche fallen.

»Nimm sie mit nach draußen, wasche das Blut ab und fette

sie, wenn sie wieder trocken ist, mit Schweinefett ein«, befahl Rachel.

Da drehte die Köchin sich mit schmerzverzerrtem Gesicht zu ihr um. »Das wird Joshua nicht können, Missus. Wir haben nämlich kein Schweinefett mehr im Haus.«

Joshua selbst kniete verzweifelt neben Bessie nieder und umklammerte sie fest. »Verzeih mir! Bitte, verzeih mir!«, flüsterte er.

»Ich wünschte, die Yankees kämen, und wir wären endlich frei!« Bessies Hintern brannte wie Feuer, und sie wusste, dass sie etliche Tage lang nicht würde sitzen und nur auf dem Bauch schlafen können. Ein paar Augenblicke lang schloss sie die Augen und stellte sich vor, wie ein Leben ohne ihre brutale Herrin und ohne Schläge sein könnte. Dann begann sie zu weinen.

Rachel verzog spöttisch die Lippen. »Hättet ihr besser gekocht, müsstet ihr nicht heulen.«

Ohne etwas zu sagen, kämpfte Bessie sich auf die Beine und versuchte zu gehen. Jeder Schritt tat weh, und sie biss die Zähne zusammen, um nicht zu schreien. Joshua blieb weinend zurück, während sie an den Brunnen vor dem Haus trat und mühsam einen Eimer mit Wasser füllte. Als sie diesen aufheben wollte, stand auf einmal der Kutscher Samuel neben ihr und nahm ihn ihr ab.

»Wohin willst du ihn haben?«, fragte er.

»In die Waschkammer«, antwortete Bessie stöhnend.

»Hat sie dich wieder geschlagen?« Samuel verspürte Mitleid mit der jungen Frau, denn er hatte Rachels Wut oft genug am eigenen Leib gespürt.

Mit verzerrter Miene antwortete Bessie. »Zuerst ja, aber dann musste uns Joshua schlagen. Ihr war das Essen nicht gut genug, aber wir haben nichts anderes. Von den Farmern will sie kein Fleisch kaufen, weil sie diese hasst.«

»Joshua musste dich schlagen? Bei Gott, die Frau ist eine Teufelin!«, rief Samuel erschrocken. Er wusste, dass die beiden gerne heiraten würden, es aber nicht wagten, die Herrin um Erlaubnis zu bitten.

»Ist es schlimm?«, fragte er weiter.

»Es tut so weh, als hätte man mir den Hintern mit glühenden Eisen versengt!« Bessie stöhnte vor Schmerz und war schließlich froh, als sie die Wäschekammer erreichten. Dort bat sie Samuel, den Eimer abzusetzen.

»Du musst jetzt gehen, denn ich will meinen Hintern waschen«, wies sie ihn nach einem dankbaren Nicken an.

Der Kutscher drehte sich um, blieb aber in der Tür noch einmal stehen. »Ich bringe dir von der Wundsalbe, die ich für die Pferde verwende. Sie ist auch für Menschen gut.«

»Danke!« Bessie wartete, bis er die Tür geschlossen hatte, lüpfte dann den Rock und wusch mit einem Lappen das Blut vom Hintern. Die Peitschenstriemen brannten unerträglich, und ihr schossen die Tränen in die Augen. Wie durch einen Schleier sah sie, wie die Türe geöffnet wurde, und glaubte zuerst, Samuel würde die Salbe bringen. Da vernahm sie Suzies Stimme.

»Ich dachte mir schon, dass du hier zu finden bist. So können wir uns wenigstens gegenseitig helfen!«

»Das ist gut! Allein fällt es mir sehr schwer.« Erleichtert reichte Bessie der anderen den Lappen und bückte sich, damit diese weitermachen konnte. Anschließend wusch sie die Striemen der Köchin aus und sah dabei, wie sich die Tür einen Spalt öffnete, ein Arm hereinragte und etwas auf den Boden stellte.

»Das war Samuel! Er wollte uns Salbe bringen«, sagte sie mit einem ersten, noch schmerzverzerrten Lächeln.

»Du meinst dir! Ich habe doch Augen im Kopf und weiß, dass

er dich mag, auch wenn du in Joshua verknallt bist! Wenn ich jünger wäre, Mädchen, würde ich es darauf anlegen, mit Samuel zusammenzukommen.«

Suzie keuchte auf, weil eine Strieme besonders stark brannte, und war froh, als Bessie Salbe auf ihre Wunden strich. Sie selbst tat diesen Samariterdienst bei ihrer Freundin, und sie merkten beide, dass die Schmerzen rasch geringer wurden.

»Ich könnte Samuel für dieses Zeug küssen«, erklärte sie und versetzte Bessie einen leichten Nasenstüber. »Wären wir noch bei meiner alten Herrschaft in Virginia, würde ich sagen, wir beide haben eine Stärkung verdient. Aber hier ist die Speisekammer so leer, dass eine Maus darin verhungern könnte. Die Missus hätte Bohnen, Mais und ähnliche Dinge pflanzen sollen anstelle der dummen Baumwolle, die man nicht essen kann.«

»Sie hofft immer noch, richtig reich zu werden, wenn sie wieder Baumwolle verkaufen kann«, sagte Bessie.

Die Köchin verzog hasserfüllt das Gesicht. »Eher zünde ich dieses elende Zeug an und sehe zu, wie sie vor Wut platzt!«

»Sag das bitte nicht laut! Wenn das einer hört und es ihr weiterträgt, würde es schlimm für dich werden«, bat Bessie sie.

»Bei uns in Virginia heißt es, dass es schlimm ist, in den tiefen Süden verkauft zu werden. Ich wusste gar nicht, wie tief im Süden dieses verdammte Texas liegt.«

Suzie wollte sich mit ihrem Schicksal nicht abfinden und betete heimlich darum, dass endlich die Yankees kamen und ihr die Freiheit gaben. Bis dorthin aber waren sie Rachels Launen hilflos ausgeliefert, denn zu fliehen war ebenso aussichtslos, wie mit einer Handvoll Wasser ein brennendes Haus löschen zu wollen.

Trotz ihrer Schmerzen blieb den beiden Sklavinnen keine Arbeit erspart. Zu ihrer Erleichterung beschwerte Rachel sich am Abend nicht über den Eintopf, der ihr aufgetischt wurde. Dafür freute diese sich zu sehr, wie sie die beiden Sklavinnen und Joshua gedemütigt hatte.

Die Nacht war für Bessie eine Qual. Es war gleichgültig, wie sie sich hinlegte, es tat alles weh. Als sie sich am nächsten Morgen nach viel zu wenig Schlaf hochquälte und zum Brunnen ging, um Wasser zu holen, winkte ihr Samuel mitzukommen.

»Ich habe etwas für dich!«

Verwundert folgte Bessie ihm in einen alten Schuppen. Als sie eintrat, sah sie den Kadaver eines halbwüchsigen Rindes am Boden liegen.

»Das habe ich heute Nacht von Fitchners Ranch weggetrieben und hier geschlachtet«, sagte er leise. »Ihr braucht Fleisch und Brühe, um den Drachen zu füttern!«

»Bei Gott!«, rief Bessie entsetzt. »Wenn Mister Fitchner deine Spur findet, wird er dich als Viehdieb aufhängen.«

»Ich werde ihm sagen, warum ich es getan habe, und er wird es verstehen. Er ist ein guter Mann und ein ganz anderer Mensch als die da!« Samuel deutete auf das Herrenhaus, drückte kurz Bessies Hand und steckte ihr ein mehrere Pfund schweres Stück Fleisch zu.

»Wir müssen es rasch verbrauchen, damit es nicht schlecht wird!«

Bessie überlegte kurz und wies ihrerseits zum Haus hinüber.

»Der Keller ist kühl, also wird es sich dort länger halten!«

»Ich bringe es hin, bevor die anderen es sehen«, versprach Samuel und machte sich ans Werk.

8.

Diesmal wurde das Weihnachtsfest auf der Colorado-Ranch noch stiller gefeiert. Walther, Nizhoni, Gretel und Diego hielten sich an den Händen und dachten an Josef und Waldemar sowie an alle anderen, die dieser Krieg von ihrer heimatlichen Scholle fortgerissen hatte. In besseren Zeiten hatten sie gesungen und einander beschenkt. Nun aber war alles, das ihnen gefallen hätte, so teuer geworden, dass es keiner von ihnen kaufen wollte. Die von den Konföderierten Staaten ausgegebenen Dollarnoten waren, wie Ellen Jones erklärte, sehr gut, um den Herd anzuschüren. Doch bereits ein Stück Seife kostete mehr als hundert Dollar, wenn es überhaupt noch zu haben war.

»Ich werde froh sein, wenn der Krieg zu Ende ist«, stöhnte Gretel, die ihrem Vater und ihrem jüngsten Bruder je ein Paar Socken gestrickt hatte.

Ihre Mutter, die von ihr mit einem bestickten Taschentuch beschenkt worden war, nickte. »Mögen die, die wir lieben, gesund zu uns zurückkehren.«

»Das hoffe ich so sehr!« Gretel kämpfte mit den Tränen und drehte sich dann zu ihrem Vater um. »Wir sollten den Wagen mit den Sachen beladen, die wir zu Po'ha-bet'chy mitnehmen wollen.«

»Dafür reichen zwei Packpferde«, antwortete Walther bedrückt. »Mehr können wir nicht entbehren.«

Um seinen Kummer nicht zu zeigen, stand er auf und wies nach draußen. »Beim Schuppen ist ein Brett lose. Ich will es festnageln, bevor wir aufbrechen, sonst vergesse ich es noch.«

»Das kann doch einer der Arbeiter übernehmen«, schlug Gretel vor.

Doch da verließ Walther bereits den Raum.

»Ich könnte es auch machen«, setzte sie hinzu und ging ebenfalls hinaus. Ihr Vater öffnete gerade den Schuppen, um Hammer und Nägel zu holen, und drehte sich dabei zu ihr um. In dem Augenblick hörte er ein Rascheln und gleich darauf ein wildes Fauchen.

Walther fuhr herum, sah einen Schatten auf sich zuschnellen und hob in unbewusster Abwehr die Arme. Etwas prallte gegen ihn und riss ihn zu Boden. Erst als sich ihm harte Krallen in den Oberschenkel bohrten, erkannte er, dass es sich um einen Puma handelte, einen recht jungen zwar, aber das Tier war kräftig und schnappte kreischend nach ihm. Mit einem gezielten Schlag auf die empfindliche Schnauze verschuf Walther sich ein wenig Luft.

Draußen schrie Gretel verzweifelt auf. Sie hielt ihre Remington in der Hand, konnte aber nicht schießen, da die Gefahr bestand, ihren Vater zu treffen.

Walther drückte den Puma mit einer Hand weg und tastete mit der anderen nach etwas, das er als Waffe benutzen konnte. Als er endlich einen Hammer in der Hand hielt, hatte das gereizte Raubtier ihn noch zweimal in das bereits lädierte Bein gebissen. Der erste Schlag traf schlecht und machte den Puma nur noch wütender. Dafür aber saß der zweite Hieb, und das Tier wich halbbetäubt zurück.

Während Walther auf die Tür zukroch, um ins Freie zu gelangen, kam Gretel herein, zielte und schoss. Noch während der Puma tödlich getroffen zusammensank, ließ sie den Revolver fallen und kniete neben Walther nieder.

»Vater, was ist mit dir?«

»Mir ist nichts passiert«, antwortete Walther und wollte aufstehen. Doch er blieb stöhnend sitzen.

»Anscheinend doch«, fand Gretel und sah nun das Blut, das sich in Höhe des Oberschenkels über seine Hose ausbreitete. »Der Puma hat dich gebissen. Das ist nicht gut!«

Walther nickte und streckte ihr die Hand entgegen. »Du wirst mich stützen müssen. Verflucht! Warum musste mir das ausgerechnet jetzt passieren?«

»Vielleicht, weil heute Feiertag ist und man diesen ehren soll. So sagt wenigstens Father Patrick.«

Bei dem Gedanken an den steinalten Pfarrer, der Mexikaner, Indianer, protestantische Texaner und Sezessionisten gleichermaßen überstanden hatte, versuchte Walther zu lächeln. Aber es wurde nur eine schmerzverzerrte Grimasse daraus.

Nizhoni war bereits auf den Zwischenfall aufmerksam geworden und erwartete sie an der Tür. Beim Anblick des blutigen Beins wies sie auf ihr Schlafzimmer.

»Diego, hilf Gretel, Vater hineinzubringen! Ich komme gleich mit meinen Arzneien. Singender Mund, ich brauche heißes Wasser.«

»Jawohl, General!« Walther versuchte erneut zu grinsen, stöhnte dann aber, als Nizhoni ihn ins Schlafzimmer schob und ihm befahl, sich hinzulegen. Diego musste ihm die Stiefel ausziehen, dann schnitt Nizhoni Walthers Hosenbein auf.

»Es war dein bester Anzug! Dabei ist Stoff derzeit kaum bezahlbar.«

Es schwang einige Kritik mit, weil Walther in seinem Eifer, diese Arbeit noch erledigen zu wollen, seinen Sonntagsanzug anbehalten hatte. Als er auch die Unterhose ausziehen musste, scheuchte sie Gretel und Diego hinaus.

»Das ist nichts für euch! Zieht lieber dem Puma das Fell ab

und spannt es auf, damit ich es später gerben kann. Zieht euch aber vorher um!«, rief sie ihnen nach.

»Jawohl, General!«, imitierte Diego seinen Vater und erhielt dafür einen leichten Klaps.

Dann trat Nizhoni zu ihrem Mann und wusch die Wunde aus. Walther keuchte auf, als sie etwas Whiskey aus Father Patricks Vorräten darübergoss.

»Ist es schlimm?«, fragte er, als der Schmerz ein wenig nachließ.

»Die Bisswunden sind recht tief. Damit kannst du nicht zu den Komantschen reiten!«

»Dann warte ich eben ein paar Tage«, meinte Walther.

Nizhoni schüttelte den Kopf. »Die Wunde wird mindestens zwei Wochen brauchen, bis sie halbwegs verheilt ist, wahrscheinlich sogar drei, und dann solltest du das Bein noch einmal so lange schonen. Ein Ritt von drei bis vier Tagen ist mit dieser Verletzung unmöglich. Oder willst du, dass die Wunde wieder aufbricht und sich entzündet?«

»Aber ich kann nicht einen ganzen Monat oder sogar anderthalb warten! In der Zwischenzeit können die Komantschen etliche Farmen überfallen.«

»Die Gefahr besteht.« Nizhoni überlegte, ob sie reiten solle, doch ihr erschien es wichtiger, bei Walther zu bleiben und sein verletztes Bein zu versorgen. »Du wirst entweder Gretel oder Diego schicken müssen«, schlug sie vor.

»Es wird wohl Diego sein müssen«, antwortete Walther, fand aber gleich selbst ein Haar in der Suppe. »Po'ha-bet'chy und die anderen Komantschen kennen ihn nicht, während sie sich an Gretel mit ihren roten Haaren erinnern werden.«

»Dann solltest du Abendsonne schicken! Sie ist mutig genug. Aber Diego wäre es auch. Er darf sich nicht zurückgesetzt fühlen, und daher solltest du ihm auftragen, zu Benito auf der

Südranch zu reiten. Lass ihn fragen, ob Captain Grady noch immer versucht, unsere Rinder wegzufangen, um seine Sklaven zu ernähren.«

»Das ist ein guter Gedanke.« Walther strich sanft über Nizhonis Haar und sah dann zu, wie sie Salbe auftrug und anschließend das Bein verband. Dabei fragte er sich, weshalb einige Plantagenbesitzer noch immer Baumwolle, Tabak oder Zuckerrohr anpflanzten, obwohl sie das Zeug nicht verkaufen konnten. Der Anbau von Nahrungsmitteln blieb auf der Strecke, und so hungerten Menschen, die sich eigentlich gut hätten ernähren können.

Mit einem verzerrten Lächeln sah er zu Nizhoni auf. »Manchmal geht es mir wie dir, denn ich begreife die weißen Männer auch nicht. Sie haben Augen im Kopf, aber sie sehen nicht – und Nachdenken tun sie auch nicht.«

»Das betrifft nicht nur Männer. Rachel Coureur ist da nicht anders. Thamar hat letztens erzählt, dass sie zu Hause den gleichen grässlichen Brei essen müssen, den es in ihren Sklavenhütten gibt. Delikatessen sind selbst für viel Geld nicht zu haben, und Rachel will weder von uns noch von unseren Freunden Fleisch annehmen, sondern lieber verhungern.«

»Thierry hätte nicht weggehen sollen«, sagte Walther, wusste aber selbst, dass er anstelle seines Freundes nicht anders gehandelt hätte.

9.

Gretel freute sich über das Vertrauen, das ihr Vater in sie setzte, und kämpfte gleichzeitig gegen die Angst zu versagen. Mangels brauchbarer Waren war der Handel mit den Komantschen fast ganz zum Erliegen gekommen, und sie hatte auch nur zwei Saumpferde bei sich, die von Jones und dessen Sohn Dave geführt wurden.

Bis zur Rinderranch gab es keine Schwierigkeiten. Quique, der Verwalter der Ranch, und die Vaqueros freuten sich, sie zu sehen. Von dem guten Dutzend Männern waren die Hälfte Tejanos, zwar in Texas gebürtig, aber von der Abstammung her Mexikaner, der Rest bis auf einen jungen Burschen freie Schwarze, die ebenso wie die Tejanos nicht zur Armee eingezogen worden waren.

»Das war unser Glück«, erklärte Quique Gretel beim Abendessen. »Das zweite Glück ist, dass dieses Land hier Ihrem Vater gehört. Weiter im Südwesten haben sich etliche Rancher auf Staatsland angesiedelt. Jetzt sind sie im Krieg, und nur wenige Alte und Kinder kümmern sich um die Tiere. Die Herden haben sich gemischt, und da die Rinder seit Jahren keine Brandzeichen mehr bekommen haben, weiß keiner, welche Kuh ihm gehört. Wir konnten unsere Rinder zusammenhalten und sie kennzeichnen. Tiere mit fremden Brandzeichen haben wir wieder zurückgetrieben.«

Quique verschwieg, dass er und seine Vaqueros jedes ungebrannte Rind, das auf ihr Land geraten war, mit Walthers Brandzeichen versehen hatten. Die Herde, die sie bewachten, war dadurch noch größer geworden, und nun hoffte er auf eine Gelegenheit, ein- oder zweitausend Stück davon verkaufen zu können. Zuvor aber musste dieser Krieg enden. Stolz berichtete er Gretel, was er aus einem Zeitungsblatt erfahren hatte, das auf verschlungenen Wegen zu ihm gelangt war.

»General Hood ist bei Franklin in Tennessee von den Yankees fürchterlich verprügelt worden. Außerdem wurde Abraham Lincoln wieder zum Präsidenten gewählt. Der wird nicht, wie dieser McClellan es wollte, den Sklavenbaronen einen Schandfrieden anbieten und ihnen weiterhin erlauben, arme Negros und Negritas zu versklaven.«

Gretel schnappte sich das Zeitungsblatt und las es durch. Obwohl die Verfasser der Artikel sich noch immer siegesgewiss gaben, war doch zu erkennen, dass die Armeen des Südens am Ende waren. Der Nordstaatengeneral William Tecumseh Sherman marschierte durch Georgia und hinterließ dabei eine Spur der Verwüstung. Auf einmal zuckte Gretel zusammen. In einem Artikel war von dem Gefecht einer texanischen Brigade unter General Edward Montgomery mit Einheiten der Union die Rede. Der Angriff der Texaner war am hartnäckigen Widerstand eines Freiwilligenregiments der Union zerschellt. Ein überlebender Offizier hatte dem Reporter sogar den Namen des feindlichen Regimentskommandanten genannt. Er lautete Waldo Fitchner.

»Hast du das gelesen, Quique?«, platzte Gretel heraus und hielt dem Vormann das Zeitungsblatt so dicht vor die Nase, dass er ein Stück zurückwich.

»Nein, so weit bin ich nicht gekommen«, antwortete Quique mit einem gequälten Lächeln. Als Kind hatte er keine Schule von innen gesehen und das Lesen erst als Erwachsener gelernt. Es ging jedoch nur mühsam, und so war er bislang nicht über die erste Seite des Blatts hinausgekommen. Nun aber las er den Text durch, den Gretel ihm zeigte, und sah sie dann mit leuchtenden Augen an.

»Colonel Waldo Fitchner! Das muss unser Waldemaro sein. Seine amerikanischen Freunde haben ihn immer Waldo genannt.«

»Außerdem stand dieser Name in seinem Zeugnis aus Westpoint!« Gretel war so aufgeregt, dass sie am liebsten den Ritt zu den Komantschen abgebrochen hätte, um mit dieser Nachricht nach Hause zu reiten. Dann aber riss sie sich zusammen. »Ich hoffe so sehr, dass er es ist!«, sagte sie zu Quique. »Ich werde Papa, Mama und Diego davon berichten, wenn ich von den Verhandlungen mit Po'ha-bet'chy zurückkomme.«

»Morgen ist alles fertig, Margarita. Soll ich nicht besser selbst mitkommen?«

Es tat Gretel leid, den treuen Mann enttäuschen zu müssen, dennoch schüttelte sie den Kopf. »Du musst hier auf der Rinderranch bleiben, sonst holen sich unsere Nachbarn des Nachts zu viele Kühe.«

»Das soll einer wagen! Wenn einer ehrlich zu mir kommt und sagt, er habe kein Geld, aber seine Frau und seine Kinder würden hungern, dann kann er eine alte Kuh oder einen Ochsen haben. Aber wer in der Nacht kommt, darf nicht erwarten, dass wir ihn als Freund begrüßen.«

Quique war stolz darauf, seine Rinder in guter Hut zu halten, und wollte nicht, dass dies anders wurde. Daher bestimmte er vier Vaqueros, die Gretel begleiten sollten, und sah am nächsten Morgen zu, wie die Gruppe aufbrach.

»Viel Glück, Margarita!«, rief er ihr noch nach. Dann schwang er sich auf sein Pferd, um nach der ihm anvertrauten Herde zu sehen.

10.

Gretel wusste genug über die Komantschen, um sich über deren Verhalten im Klaren zu sein. Seit dem Vortag sahen sie immer wieder Krieger dieses Volkes, doch die verschwanden stets hinter dem Horizont, sobald sie sich entdeckt fühlten.

»Das gefällt mir nicht«, meinte Jones. »So haben sie sich noch nie benommen.«

»Wir sollten schneller reiten, um Po'ha-bet'chys Lager zu erreichen!« Gretel schob ihren Hut zurück und schüttelte ihr wie rote Flammen funkelndes Haar, damit die Späher, die sie mit Sicherheit unter Beobachtung hielten, erkennen konnten, dass eine Frau unter den Reitern war. Angst hatte sie keine, obwohl die Komantschen immer wieder weiße Frauen entführten und sie zwangen, bei ihnen zu bleiben. Einer ihrer jungen Häuptlinge, von dem sie nur den bei den Texanern gebräuchlichen Namen Quanah Parker kannte, sollte der Sohn einer solchen Frau sein. Gretel war jedoch nicht gekommen, um sich gefangen nehmen zu lassen, sondern um mit Po'ha-bet'chy zu verhandeln.

»Ob das Lager noch immer am Bach der Hirschkuh zu finden ist?«, fragte Jones, der Walther bei vielen Fahrten zu den Komantschen begleitet hatte.

»Um diese Jahreszeit ist das wahrscheinlich. Aber wir werden es herausfinden«, antwortete Gretel und ließ ihre Stute schneller traben.

Bei ihrem letzten Nachtlager bestimmte sie Doppelposten

und übernahm selbst die erste und letzte Wache. Die Komantschen blieben friedlich. Am nächsten Morgen waren sie jedoch nicht mehr zu übersehen. Dutzende Krieger begleiteten sie im Abstand von einer halben Meile, und Gretel wusste, dass sie ihren Trupp sofort angreifen würden, sollten sie einen anderen Weg als den zu Po'ha-bet'chys Lager einschlagen.

Die Zelte kamen in Sicht, und schließlich sah Gretel den Häuptling vor sich. Er war etwa so alt wie ihr Vater, aber das harte Leben in der Prärie hatte ihn gezeichnet. Doch bei den unterschiedlichen Teilstämmen seines Volkes galt sein Wort immer noch. Zwei weitere Häuptlinge waren bei ihm, zum einen Ka'sa-na'vo, ein untersetzter Mann mittleren Alters mit misstrauischer Miene, und ein noch junger Krieger, den Gretel für Quanah Parker hielt, dessen Ruhm in letzter Zeit kometenhaft aufgestiegen war.

Als Po'ha-bet'chy Gretel erkannte, hob er die Hand.

»Ich grüße dich, Abendsonne, Tochter von Fahles Haar!«

»Fahles Haar entbietet dir seinen Gruß, großer Häuptling«, antwortete Gretel und hob die Hand zum Zeichen, dass sie in friedlicher Mission hier war.

Während die meisten Komantschen zustimmend nickten, trat Ka'sa-na'vo vor und baute sich vor Gretel auf.

»Glauben Fahles Haar, die Krieger der Komantschen seien Weiber, weil er ein Weib als Boten schickt?«

»Ob Ka'sa-na'vo ein Weib ist, weiß ich nicht. Po'ha-bet'chy aber und die anderen Männer der Nemene sind tapfere Krieger, auf deren Freundschaft mein Vater stolz ist!« Gretel wusste, dass sie nicht zurückweichen durfte, wenn sie etwas erreichen wollte.

Für Ka'sa-na'vo waren ihre Worte ein Schlag ins Gesicht, und er ärgerte sich noch mehr, als einige der anderen Komantschen darüber lachten. Wütend funkelte er Gretel an und hob seine Büchse.

»Wir Nemene sind Krieger und verhandeln nur mit Kriegern. Weiber nehmen wir mit in unsere Zelte.«

»Versuche es, und du bist tot!« Gretel legte ihre Hand auf den Griff ihres Revolvers und grinste den Komantschen herausfordernd an.

»Wenn du glaubst, du Kriegerweib, dann beweisen«, fuhr Ka'sa-na'vo auf.

»Willst du mit mir kämpfen? Alle Stämme der roten Völker werden lachen, wenn sie hören, dass ein Weib Ka'sa-na'vo besiegt hat.«

Gretels Herausforderung war zu deutlich, als dass Ka'sa-na'vo sie hätte ausschlagen können. Allerdings wusste er selbst, dass ein Sieg gegen die junge Frau ihm keine Ehre einbringen würde.

»Ka'sa-na'vo ein großer Krieger. Er sich nicht messen mit einem Weib. Einer der Knaben, die bald aufgenommen werden in Kriegerbünde, werden es tun«, sagte er.

»Womit wollen wir kämpfen, mit dem Messer, dem Gewehr oder …?«

Gretel war bei weitem nicht so mutig, wie sie sich gab, und sie ärgerte sich über sich selbst, weil sie darauf bestanden hatte, hierher zu reiten.

Vater hätte besser Diego schicken sollen, dachte sie, aber nach einem Blick auf Ka'sa-na'vos Miene begriff sie, dass dieser ihren Bruder nicht anders behandelt hätte. Das brachte sie noch mehr auf, und sie fragte sich, ob sie flink und besonnen genug war, um einen Kampf auf Leben und Tod zu gewinnen.

Ka'sa-na'vo hatte jedoch nicht vor, es zu dazu kommen zu lassen. Eine Niederlage gegen die junge Frau würde seinen Neffen mit Schmach und Schande überschütten, ein Sieg aber keine Ehre bringen. Daher hob er die Hand, um die Aufmerksamkeit aller einzufordern.

»Tochter von Fahles Haar beweisen, dass sie wert, Botin ihres Vaters zu sein. Wenn nicht, Ka'sa-na'vo sie in sein Zelt nehmen.«

»Du würdest noch vor der Hochzeitsnacht sterben«, murmelte Gretel und befürchtete schon, es zu laut gesagt zu haben.

Der Komantsche hatte sich jedoch umgewandt und winkte einen etwa siebzehnjährigen Burschen zu sich. »Das ist Po'ka-a-too'ah, der werden großer Krieger. Er sich mit Kriegerweib messen im Bogenschießen, im Reiten und im Laufen.«

Po'ha-bet'chy war der Ärger über Ka'sa-na'vo eigenmächtiges Verhalten anzumerken. Doch da trat der junge Komantsche vor, in dem Gretel Quanah Parker erkannt zu haben glaubte, und musterte Ka'sa-na'vo mit einem nachdenklichen Blick.

»Du hast General Fitchners Tochter herausgefordert, dabei aber zu sehr auf deinen eigenen Vorteil geachtet«, kritisierte er in ausgezeichnetem Englisch. »Kein Krieger der weißen Männer schießt mit dem Bogen. Dies von Abendsonne zu verlangen, wirft kein gutes Licht auf dich!«

»Qua'nah spricht die Wahrheit«, stimmte Po'ha-bet'chy dem jungen Mann zu. »Ka'sa-na'vo fordert etwas, das er nicht erhalten kann. Fahles Haar ist mein Freund, und in meinem Lager wird niemand seine Tochter bedrohen.«

»Sie zeigen, ob wert, vor Kriegern zu sprechen!«, rief Ka'sa-na'vo zornig.

»Das werde ich!« Erleichtert, weil ihr Hilfe zuteilwurde, schöpfte Gretel Hoffnung, sich halbwegs aus der Affäre ziehen zu können. »Ich werde mich mit ›Hengstfohlen‹ messen und gewiss nicht schlechter sein als er.«

Po'ka-a-too'ah schnaubte verächtlich und hob beide Hände. »Ich Kriegerfrau beschämen, dass sie mit hängendem Kopf in Ka'sa-na'vos Zelt schleichen wird, um sein Weib zu werden!«

»Noch so einen Satz, Bürschchen, und du lernst mich kennen«, fauchte Gretel.

Auf einen Wink Quanah Parkers brachten einige Komantschen zwei Bögen, Pfeile und ein Gestell herbei, in dem eine Lederhaut aufgespannt war. Auf das Leder waren die Umrisse eines Mannes gemalt, der durch seinen Hut als Weißer zu erkennen war. Auf seiner Brust zeigte ein großer Stern den Hass der Komantschen auf die Texas Rangers, die sich vor der Sezession manch erbitterten Kampf mit ihnen geliefert hatten.

Quanah Parker pflückte zwei Grashalme und hielt sie so, dass Gretel und ihr Kontrahent nicht sehen konnten, wie lang diese waren. Da Gretel den kürzeren Halm zog, durfte ihr Gegner beginnen. Er nahm einen Bogen und drei Pfeile, stolzierte zu der Stelle, von der aus sie schießen sollten, und ließ sich von seinen Freunden feiern. Um zu beweisen, wie gut er war, schoss er alle drei Pfeile rasch hintereinander ab und traf jedes Mal das Ziel.

Mit etwas mehr Ruhe hätte er besser getroffen, dachte Gretel, während sie selbst Aufstellung nahm. So ungewohnt, wie die Komantschen dachten, waren ihr Bogen und Pfeile nicht. Josef hatte sie einst gelehrt, damit umzugehen, und sie hatte in den letzten Jahren öfter mit Diego um die Wette geschossen und zumeist gewonnen. Mit entschlossener Miene zog sie den Bogen aus, zielte und traf mit ihrem ersten Schuss besser als Po'ka-a-too'ah mit seinem ersten.

Gretel fiel ein Felsblock vom Herzen, und die Komantschen wurden ziemlich still. Der zweite Schuss war nicht schlechter als der beste ihres Gegners, und so zielte sie zuletzt genau auf den Stern mitten auf der Lederhaut. Als der Pfeil dort einschlug, klang Jubel auf. Die Komantschen mochten die Weißen hassen, die sie aus ihren Jagdgründen zu verdrängen suchten, doch sie erkannten Mut und Entschlossenheit an.

Ka'sa-na'vo aber sah aus, als wären all seine Pfeile bei einer Büffeljagd fehlgegangen, und sein Neffe zischte wuterfüllt.

Quanah Parker schüttelte den Kopf. »Ein Krieger sollte nie seinen Gegner unterschätzen, sei es in einem Spiel wie hier oder in einem ernsthaften Kampf.«

»Ich siegen!«, stieß Po'ka-a-too'ah hervor. »Jeder Komantsche besserer Reiter als weiße Männer, und weiße Weiber fürchten vor Pferden!«

»Welche Aufgabe stellt Ka'sa-na'vo?«, fragte Quanah Parker.

»Die beiden sollen aufheben kleinen Beutel im vollen Galopp von Boden«, erklärte Ka'sa-na'vo mit dem sicheren Gefühl, dass sein Neffe diesmal siegen würde.

»Um erkennen zu können, wer gewinnt, werden die beiden gleichzeitig reiten, und zwar von jenem Busch dort!« Quanah Parker wies auf ein Gestrüpp, das etwa fünfhundert Yards entfernt stand. Unterdessen legten Krieger zwei faustgroße Beutel zehn Schritte voneinander entfernt auf den Boden.

»Seid ihr bereit?«, fragte Quanah Parker.

Statt einer Antwort schwang Po'ka-a-too'ah sich auf seinen Mustang und ritt mit schrillen Rufen zu der Stelle, von der aus sie losreiten sollten.

»Ich bin noch nicht bereit«, erklärte Gretel und schnallte ihren Sattel ab, der ihr nur hinderlich gewesen wäre. Danach ließ sie die Stute antraben und zog sich auf deren Rücken. Als sie sich umdrehte, glaubte sie eine gewisse Anerkennung auf den Gesichtern der beiden Häuptlinge zu sehen.

»Du auf Boden fallen, dummes Weib!«, spottete Po'ka-a-too'ah, während sie auf Quanah Parkers Zeichen warteten. Der junge Anführer stieß mit der rechten Faust nach oben und stieß einen schrillen Schrei aus.

Sofort preschte der junge Komantsche los. Gretel verlor zunächst beinahe zwei Pferdelängen, trieb dann aber Flashy an und holte immer mehr auf. Ihre Blicke saugten sich dabei an der Stelle fest, an der jener Beutel lag, den sie aufheben musste. Nicht die Schnelligkeit siegt, dachte sie, sondern die Geschicklichkeit.

Ihr Gegner war ihr immer noch leicht voraus, als er sich aus dem Sattel beugte und nach unten griff. Seine Finger trafen den Beutel, vermochten ihn aber nicht auf Anhieb festzuhalten. Bis er seinen Mustang angehalten und den Beutel an sich nehmen konnte, hielt Gretel den ihren bereits in den Händen.

»Die Tochter von Fahles Haar ist tapfer und würdig, sich Kriegerweib zu nennen«, erklärte Quanah Parker und wies den unterlegenen Jüngling an, sich zu seinen Freunden zu begeben.

»Da Abendsonne zweimal gesiegt hat, ist es nicht mehr nötig, die dritte Prüfung durchzuführen«, fuhr er fort und winkte Gretel, ihm und Po'ha-bet'chy zu folgen. Ka'sa-na'vo beachtete er nicht und zeigte ihm dadurch, was er von dessen Auftritt hielt. Daher blieb diesem nichts anderes übrig, als hinter ihnen herzulaufen.

An einer freien Stelle setzte Quanah Parker sich, wartete, bis auch Po'ha-bet'chy Platz genommen hatte, und sah dann Gretel an. »Dein Vater schickt dich gewiss nicht ohne Grund zu uns.«

»Das stimmt«, antwortete Gretel mit einem Gefühl der Dankbarkeit, weil der junge Häuptling zu ihren Gunsten eingegriffen hatte. »Es geht um den Vertrag, den Häuptling Meusebach im Namen der deutschen Siedler einst mit dem Volk der Nemene ausgehandelt hat. In letzter Zeit überfallen Krieger der Komantschen jedoch Farmen, die unter dem Schutz dieses Vertrags stehen.«

»Wer das tut, handelt nicht mit der Billigung der Häuptlinge«, erklärte Po'ha-bet'chy, der sich in seinem eigenen Lager nicht völlig übergehen lassen wollte.

»Wir Komantschen tapfere Krieger! Wir nehmen uns, was wir brauchen, ob von den Mexicanos oder den Americanos«, warf Ka'sa-na'vo ein, der sich nun ebenfalls zu den beiden anderen Häuptlingen setzte.

Quanah Parker bedachte ihn mit einem spöttischen Blick, beugte sich vor und glättete den Sand. Danach zog er drei etwa gleich große Kreise. »Mein Bruder Gestreifter Flügel mag hersehen. Diese Kreise bedeuten drei Stämme. Sagen wir, einer davon ist der deine. Die beiden anderen Stämme sind Todfeinde, die sich bis aufs Blut bekämpfen. Du bist zwar mit dem einen befreundet, willst aber nicht gegen dessen Feind kämpfen. Nun aber greift dieser Stamm dich an, obwohl du deine friedlichen Absichten bekundet hast. Was würdest du dann tun?«

»Mit dem Feind des Stammes ich mich verbünden«, rief Ka'sa-na'vo aus.

»Das werden die Freunde von Fahles Haar auch tun, wenn sie weiterhin von Komantschen angegriffen werden«, erklärte Quanah Parker lächelnd.

Ka'sa-na'vo dachte jedoch nicht daran einzulenken. »Weiße Männer schwach. Die meisten von ihnen fort, um gegen Männer in blauen Röcken zu kämpfen. Wir alle vernichten.«

»Irgendwann wird der Krieg zu Ende sein, und dann kehren die Männer zurück. Aber bis dahin haben sie zu kämpfen gelernt«, wandte Gretel ein.

»So ist es!«, stimmte Po'ha-bet'chy ihr zu und sah dann Quanah Parker an.

»Die Nemene werden weiterhin Frieden halten«, erklärte dieser. »Wer es nicht tut, sollte sich nicht wundern, wenn sein Wort im Rat der Häuptlinge nichts mehr gilt!«

Das war eine scharfe Warnung an Ka'sa-na'vo, die dieser auch begriff.

Quanah Parker war noch nicht fertig. »Wenn die weißen Männer aus ihrem Krieg zurückkehren, werden sie erneut versuchen, uns aus unseren Jagdgründen zu vertreiben. Jeder, der nicht gegen uns kämpft, wird ein Feind weniger sein.«

»Mein Vater war stets ein Freund der Nemene und hat nie seine Waffen gegen euch erhoben. Ich habe ein paar Geschenke für die Häuptlinge mitgebracht. Leider sind es nicht viele, denn der Krieg verhindert, dass wir schöne Dinge für die Nemene besorgen können. Doch sobald es wieder möglich ist, wird mein Vater weitere Geschenke bringen.«

Gretel war froh, ihren Auftrag erfolgreich ausgeführt zu haben, und sah kopfschüttelnd zu, wie Ka'sa-na'vo sofort aufsprang, um als Erster seinen Anteil aussuchen zu können. Quanah Parker folgte ihm etwas langsamer, während Po'habet'chy neben ihr stehen blieb.

»Richte Fahles Haar Folgendes aus: Vor vielen Jahren hat er mich gebeten, Ausschau nach einem kleinen Mädchen aus Mexiko zu halten. Mittlerweile habe ich von einem erfahren. Ich werde versuchen, die Frau dem Stamm abzukaufen, bei dem sie lebt. Wenn dies gelingt, wird Fahles Haar sie in meinem Lager finden und mitnehmen können.«

»Ich danke dir, Häuptling, und werde deine Worte meinem Vater überbringen.« Gretel schwirrte der Kopf, als sie daran dachte, mit welchen Nachrichten sie nach Hause zurückkehren würde. Zum einen hatte sie endlich eine Information über Waldemar, und zum anderen sah es so aus, als könnte die vor gut zehn Jahren von Indianern entführte Juana de Arranza y Gamuzana endlich gefunden werden.

11.

Während auf der großen Coureur-Plantage Mangel herrschte und Rachel und Thamar denselben Eintopf essen mussten wie ihre Sklaven, war es Rachels ältester Tochter Abigail gelungen, ihrer Farm all das abzuringen, was sie, ihre Kinder und ihr Schwiegervater zum Leben brauchten. Im Gegensatz zu ihrer Mutter hatte sie gelernt, mit wenig auszukommen und das Beste daraus zu machen. Ganz ohne Schmerzen waren die letzten Jahre jedoch nicht an ihr vorübergegangen. Ihr ältester Sohn Billy war auf dem Feld von einer Schlange gebissen worden und daran gestorben. Sie hatte ihn erst gefunden, als er bereits tot gewesen war, und seitdem hegte sie im Herzen einen tiefen Groll gegen ihren Schwiegervater. Der hätte eigentlich bei dem Jungen bleiben müssen, war aber zu ihrem Nachbarn Ruffin hinübergelaufen, um dort selbstgebrannten Schnaps zu trinken.

Auch an diesem Tag war der alte Jenkins wieder bei Ruffin und hatte die Arbeit auf dem Feld ihr und ihren drei noch lebenden Kindern überlassen. Ihr Ältester, der gerade mal sechs Jahre alte Thierry, musste ebenso mithelfen wie seine um ein Jahr jüngere Schwester Rachel und Sammy, ihr Kleinster. Bei dem Gedanken an den Jungen, der nach ihrem Schwiegervater benannt worden war, fiel ihr zum ersten Mal auf, dass dieser damit den gleichen Vornamen trug wie der schwarze Kutscher ihrer Mutter, nämlich Samuel.

»Wenn Opa uns helfen würde, würden wir schneller fertig«, jammerte Rachel, der der Rücken weh tat.

Abigail richtete sich auf und stemmte sich auf ihre Hacke. »Er ist ein alter Mann, der lieber herumstreunt, als zu arbeiten.« In den Jahren, in denen sie mit Sam Jenkins unter einem Dach lebte, hatte sie ihren Schwiegervater zu verachten gelernt. Sie wusste, dass auch ihr Ehemann nicht besser war, und nur ihre Kinder verhinderten, dass sie bedauerte, Jim geheiratet zu haben. In den gut zwei Jahren, die er bereits in Montgomerys Regiment diente, hatte er ihr genau ein Mal geschrieben. Allerdings wusste sie nicht, ob überhaupt noch Briefe durchkamen. Die Yankees blockierten nicht nur die See, sondern übten mittlerweile auch die Kontrolle auf dem Mississippi aus und hatten die Konföderation damit in zwei Teile gespalten.

»Es ist gleichgültig, ob er schreibt oder nicht! Wir müssen unsere Arbeit tun«, murmelte sie.

Nach einer weiteren Stunde atmete sie tief durch und schüttelte die Erde von ihrer Hacke. »So, Kinder, das reicht für heute. Wir können nach Hause.«

»Trägst du mich, Mama? Ich bin so müde«, jammerte der kleine Sammy.

»Wir sind alle müde«, sagte Rachel, verstummte aber unter dem tadelnden Blick ihrer Mutter.

»Ja, das sind wir! Ich werde jeden von euch ein Stück tragen, Thierry aber am wenigsten weit, denn er wird mir langsam zu schwer.«

Abigail schulterte ihre Hacke, hob mit dem anderen Arm ihren Jüngsten auf und schritt auf ihre Hütte zu. Dahinter, jenseits der Grenze zu Fitchners Rinderranch, sah sie etliche Tiere, von einem Cowboy bewacht, grasen. Sie konnte nicht genau erkennen, wer es war, nahm aber aufgrund seiner Haltung an, dass es sich um Quique handeln müsse – oder, wie ihresgleichen sagen musste: Mister Azor. Schließlich war der Mann Walther Fitchners Verwalter. Einen Augenblick lang durchzuckte sie der Gedanke, wie ihr Leben wohl verlaufen wäre, wenn sie nicht Jim Jenkins, sondern Josef Fitchner geheiratet hätte.

»Wahrscheinlich würde mir mein Rücken heute weniger weh tun«, murmelte sie, ließ dann aber diesen Gedanken wieder fahren. Sie hatte ihr Leben gewählt und musste damit zurechtkommen.

»So, Sammy, jetzt musst du selbst gehen. Das nächste Stück werde ich Rachel tragen!« Mit diesen Worten setzte Abigail ihren Jüngsten ab und nahm das Mädchen auf den Arm. Die Kleine schmiegte sich an sie. »Ich habe dich lieb, Mama!«

»Ich habe euch auch lieb!« Abigail lächelte ihren Kindern zu. Sie waren gesund, besaßen einen wachen Geist und bereiteten ihr kaum Kummer. Sie hoffte, dass dies auch so bleiben würde, wenn Jim aus dem Krieg zurückkam.

Als Abigail gut fünfzig Yards vor der Hütte Rachel absetzte und Thierry aufheben wollte, schüttelte dieser den Kopf. »Ich kann gehen, Mama. Trage lieber Sammy. Er schläft ja schon halb!«

»Du bist ein braver Junge!« Abigail strich Thierry über das Haar und nahm den Kleinen auf den Arm.

Als sie die Hütte erreichte, wusch sie sich am Brunnen und sorgte dafür, dass die Kinder es auch taten. Danach holte sie Holz und schürte den Herd an. Ihre beiden Ältesten brachten ihr die Sachen, um die sie sie bat, und hätten gerne mehr geholfen. Abigail wollte sie jedoch nicht mit dem Messer hantieren lassen und wies sie stattdessen an, das Schwein zu füttern, das sie als kleines Ferkel von einem Nachbarn für mehrere Tage Feldarbeit eingetauscht hatte.

Während Abigail kochte, erwartete sie jeden Augenblick ihren Schwiegervater zurück, denn bislang hatte Sam Jenkins noch nie das Abendessen versäumt. Aber als sie den Topf auf den Tisch stellte und das Essen verteilte, war von ihm nichts zu sehen.

Seufzend, weil sie ihm seinen Anteil würde aufwärmen müssen, setzte Abigail sich zu ihren Kindern, sprach ein kurzes Tischgebet und begann zu essen. Auch die Kleinen griffen zu. Die Arbeit auf dem Feld hatte sie hungrig gemacht, allerdings auch sehr müde. Sammy hatte seinen Teller kaum leer gegessen, da wollte er auch schon ins Bett.

Auch Rachel blickte sehnsüchtig auf das schlichte Lager, das im hinteren Teil der Hütte für sie bereitstand. »Ich möchte auch schlafen«, sagte sie leise.

»Großvater ist noch nicht da«, wandte ihr älterer Bruder ein.

»Er wird schon noch kommen«, sagte Abigail und überlegte, ob ihr Schwiegervater in dieser Nacht versuchen würde, ein Kalb aus der Fitchner-Herde zu stehlen. Sie hoffte, er würde es nicht tun, denn Quique war bei der Herde, und den konnte so leicht keiner überlisten.

Verärgert, weil sie sich auch noch um den alten Mann Sorgen machen musste, brachte Abigail ihre Kinder zu Bett und setzte sich anschließend an den Tisch, um auf ihren Schwiegervater zu warten.

12.

Abigails Sorgen waren unbegründet, denn Sam Jenkins dachte nicht im Geringsten daran, sich an Walther Fitchners Rindern zu vergreifen. An diesem Nachmittag hatte er Ruffin geholfen, Schnaps zu brennen, und dabei kräftig probiert. Daher war er betrunken, als draußen die Nacht heraufzog.

»Ich glaube, Sam, es ist besser, wenn du heute bei mir im Schuppen schläfst«, schlug der Nachbar vor, der nur ein wenig nüchterner war als Jenkins.

»Würde ich ja gerne, aber Abigail wartet mit dem Essen auf mich, und ich habe Hunger!«

Noch während er es sagte, spürte Jenkins, dass der Hunger nicht nur auf seinen Magen beschränkt war. Abigail war eine hübsche, stramme Frau, und er hatte sich schon mehrfach vorgestellt, wie es wäre, die Stelle seines Sohnes einnehmen zu können. Immerhin war Jim irgendwo weiter im Norden unterwegs, um sich von diesen verdammten Yankees totschießen zu lassen. Mit diesem Gedanken verabschiedete er sich von Ruffin und machte sich stolpernd und fluchend auf den Heimweg.

Bald aber beschäftigte er sich in Gedanken wieder mit Abigail. Ein paarmal hatte er ihr bereits durch eine Ritze in der Wand beim Baden zugesehen und sich gewünscht, sie besitzen zu können. Grinsend erinnerte er sich an die Nacht, bevor sein Sohn in den Krieg gezogen war. Damals hatten sich die beiden ein letztes Mal geliebt, und Abigail war dabei nicht gerade leise gewesen.

»Sie ist ein leidenschaftliches Weib und braucht es genauso dringend wie ich. Außerdem bleibt es in der Familie. Schließlich ist Jim mein Sohn«, nuschelte er vor sich hin.

Der Alkohol heizte seinen Wunsch an, endlich wieder ein Weib unter sich zu spüren, und der Rausch vertrieb seine letzten Hemmungen. Mit dem festen Willen, noch am gleichen Tag zum Ziel zu kommen, erreichte er die Farm und trat in die Hütte.

Abigail war am Tisch eingeschlafen und schreckte durch den Lärm hoch. »Sei doch leise!«, schalt sie ihn. »Die Kinder schlafen schon. Du bist ja ganz schön lange ausgeblieben.«

»Mussten warten, bis der ganze Schnaps durchgelaufen war. Haben diesmal einen starken Tropfen gebrannt. Wenn du willst, hole ich dir morgen eine Flasche, damit du das Zeug probieren kannst.«

»Bleib mir mit dem Schnaps vom Leib!«, fauchte Abigail, die ihren Mann häufig betrunken gesehen hatte und sich nicht danach sehnte, seinem Beispiel zu folgen. »Ich mach dir jetzt dein Essen warm. Danach sollten wir zusehen, dass wir ins Bett kommen.«

Sam Jenkins verzog das Gesicht zu einem Grinsen. »Ins Bett? Ja, das wollen wir!«

In seinem trunkenen Zustand hielt er ihre Worte für eine halbe Aufforderung. Während er wartete, blies Abigail noch einmal die Flamme an und wärmte ihm den Eintopf auf. Er sah ihr dabei zu und fand, dass sie das hübscheste Frauenzimmer war, das er je in seinem Leben gesehen hatte. Selbst beim Essen konnte er seine Augen nicht von ihr lassen.

Sie war zu müde, sein auffälliges Interesse zu bemerken, und drehte ihm arglos den Rücken zu, um die Glut auf dem Herd abzudecken. In dem Augenblick trat der alte Jenkins hinter sie und fasste nach ihren Brüsten. Gleichzeitig rieb er seinen Unterkörper an ihrem Hintern.

»Was soll das?«, fragte sie scharf und spürte gleichzeitig, wie seine kalten, feuchten Lippen über ihren Nacken fuhren.

»Ich brauche dich!«, keuchte er. »Du bist doch ein Weib mit warmem Blut in den Adern und weißt es zu schätzen, wenn dich ein Mann richtig hernimmt.«

»Lass das!« Abigail wollte sich seinem Griff entziehen, doch er hielt sie wie mit Eisenklammern fest und schob sie auf ihr Bett zu.

»Lass mich los, alter Mann!«, zischte sie empört.

Ihr Schwiegervater lachte jedoch nur. »Wir hätten es schon viel eher tun sollen. Aber jetzt werde ich es dir besorgen, und ich bin gewiss nicht schlechter als Jim.«

Obwohl Abigail sich wehrte, schleifte er sie zum Bett. Erst als er sie mit einer Hand losließ, um ihre Röcke hochzuschlagen, konnte sie sich befreien und trat mit dem Absatz zu. Sie verfehlte seine Geschlechtsteile, dennoch kippte er um. Aber er kam rasch wieder auf die Beine und rieb sich mit einer Hand die getroffene Hüfte.

»Du Miststück wolltest meine wertvollsten Teile treffen. Aber das hast du nicht umsonst getan!«, schrie er und schlug mit aller Kraft zu.

Abigail flog so gegen die Wand, dass die Balken krachten. Da der Schmerz ihr Tränen in die Augen trieb, nahm sie ihren Schwiegervater erst wahr, als er direkt vor ihr stand und ihr eine weitere Ohrfeige versetzte.

»Du bist vollkommen betrunken. Hör auf!«, rief sie verzweifelt.

»Erst wenn du die Beine für mich breitgemacht hast!« Jenkins griff erneut nach ihr, doch diesmal war sie darauf vorbereitet und setzte sich wie eine Wildkatze zur Wehr. Obwohl Abigail sich in den letzten Jahren öfter gewünscht hatte, wieder einmal richtig Frau sein zu können, war sie nicht bereit, sich diesem widerwärtigen alten Mann hinzugeben.

Mittlerweile war es ihr auch gleichgültig, ob die Kinder durch den Lärm erwachten, den sie und der alte Jenkins veranstalteten. Obwohl sie flinker war als er und vor allem nicht betrunken, trieb er sie immer weiter in die Enge. Als er sie schließlich gegen den Herd stieß und sie die Hitze der Glut durch ihr Kleid spürte, begriff sie, dass sie ihm nur mit sehr viel Glück entkommen würde. Da ertastete ihre rechte Hand die eiserne Kaffeekanne, die neben dem Herd stand. Sie packte sie und schlug zu.

Sam Jenkins merkte es jedoch früh genug und hieb ihr die Kanne aus der Hand. Gleichzeitig drückte er sie nach hinten über den noch immer brennenden Herd. Abigails Kleid fing Feuer, doch er achtete nicht darauf, sondern versetzte ihr einen harten Kinnhaken. Nun war sie so benommen, dass er sie packen und zum Bett schleifen konnte. Erst als er sie darauf geworfen hatte und seinen Gürtel löste, bemerkte er die Flammen, die bereits auf die einfache Matratze übergriffen.

Erschrocken prallte er zurück. Du musst das Feuer löschen, durchfuhr es ihn. Doch er sah nur zu, wie die Flammen sich ausbreiteten. Abigail kam wieder zu Bewusstsein und fand sich mitten im Feuer wieder. Rasch ließ sie sich aus dem Bett fallen und wälzte sich am Boden, um die Flammen auf ihrem Kleid zu ersticken. Dies gelang ihr zwar, doch das Bett brannte bereits lichterloh. Das Feuer breitete sich über das trockene Moos in den Ritzen der Balken aus und begann das Holz anzugreifen.

Sam Jenkins starrte auf die Flammen und auf Abigail, die sich wieder auf die Beine kämpfte. Seine Enkel schliefen immer noch, so erschöpft waren sie von der harten Arbeit, obwohl das Feuer nun auch auf ihre Betten übersprang.

Hilf Abigail, die Kleinen ins Freie tragen, sagte etwas in Sam Jenkins. Doch anstatt es zu tun, fuhr er herum und stürmte zur Tür hinaus. Draußen blieb er stehen und überlegte. Wenn Abigail ihn anklagte, dass er ihr Gewalt hatte antun wollen, würde man ihn hängen. Immerhin war sie General Coureurs Tochter und er selbst nur ein lumpiger Farmer, der Männer wie ihren Vater zeitlebens glühend beneidet hatte. War es da nicht besser, wenn sie starb und er ein freier Mann blieb? Aus diesem Gedanken heraus schob er den Riegel vor, mit dem sie die Türe versperrten, wenn sie das Haus verließen, und rannte los.

In der Hütte hatte Abigail versucht, die Flammen mit dem Wasser aus dem Eimer zu löschen, das zum Trinken und Kochen gedacht war. Aber es half nicht, und sie begriff, dass ihr Heim nicht mehr zu retten war. Rasch zerrte sie ihre Kinder aus ihren Betten und schob sie zur Tür. Doch als sie diese öffnen wollte, war sie von draußen versperrt.

»Sam Jenkins! Dich soll der Teufel holen!«, schrie sie mit sich überschlagender Stimme. »Und mich holt er gleich, dachte sie verzweifelt, weil ich mich mit Jim eingelassen habe und damit ebenfalls schuld am Tod meiner Kinder bin. Sie spürte noch, wie es immer heißer wurde, dann raubte der Rauch ihr das Bewusstsein.

13.

Es war eine mondlose Nacht, und Quique, der dem alten Jenkins misstraute, hatte selbst die Wache auf diesem Teil der Weide übernommen. Wenn der Nachbar versuchen sollte, die Dunkelheit auszunutzen, um ein Rind zu stehlen, würde er sich wundern. Bei dem Gedanken grinste er böse und ritt auf die Grenze zu Jenkins' Farm zu. Plötzlich richtete er sich hoch im Sattel auf. Brannte da nicht etwas? Es dauerte einen Augenblick, bis er begriff, dass Jenkins' Farmhütte in Flammen stand. Fast gleichzeitig hörte er einen markerschütternden Schrei.

»Sam Jenkins! Dich soll der Teufel holen!«

Quique gab seinem Wallach die Sporen und preschte im Galopp zum Jenkins-Farm. Dort sprang er aus dem Sattel und eilte zur Tür. Zu seiner Überraschung sah Quique, dass der Riegel geschlossen war. Rasch schob er ihn zurück und riss die Tür auf.

Ein Rauchschwall quoll ihm entgegen. Er wollte schon zurückweichen, sah dann aber schattenhafte Gestalten hinter der Tür liegen. Sofort griff er zu, stellte fest, dass er zwei Kinder gepackt hatte, und schleppte diese einige Yards von der Hütte weg. Als er zurückkam, war die Hitze kaum mehr zu ertragen. Daher tauchte er kurz mit dem Oberkörper in den Brunnentrog, wickelte sich sein Halstuch ums Gesicht und drang noch einmal bis zur Tür vor. Vor lauter Rauch sah er kaum mehr etwas und tastete blind herum. Als seine Finger auf glimmenden Stoff trafen, krallte er sie trotz der

Schmerzen hinein und schleppte Abigail ins Freie. Erst als er sie ablegte, bemerkte er, dass sie den kleinen Thierry fest umschlungen hielt.

Zwanzig Schritt von der Hütte entfernt ließ Quique die beiden zu Boden sinken und schüttete einen Eimer Wasser über Abigails glimmendes Kleid. Der eingeatmete Rauch brannte in seiner Lunge. Doch wenn er ihm schon so zusetzte, wie musste es dann für die Frau und die Kinder sein? Als Quique sich über die vier beugte, sah er, dass das Mädchen und der ältere Junge hastig nach Luft schnappten, während der Atem des Jüngsten bereits flach ging.

»Ich muss ihm Luft in die Lungen blasen!« Er atmete tief ein, kniff die Nase des Jungen zusammen und blies zwischen dessen halb geöffnete Lippen. Nach einer Weile fing Sammy zu husten an, und Quique nahm an, dass der Junge über dem Berg war. Nun blies er auch Abigail Luft in den Mund und atmete erleichtert auf, als sie sich bewegte. Einen Augenblick später riss sie die Augen auf und starrte ihn an. »Was ist mit den Kindern?«

»Sie sind in Sicherheit, Señora. Alle drei lagen zusammen mit Ihnen an der Tür, und so konnte ich euch herausholen. Wenn noch jemand in der Hütte war, so ist er gestorben.«

Abigail begriff, dass Quique damit ihren Schwiegervater meinte, und schüttelte den Kopf. »Es befand sich niemand mehr in der Hütte. Der alte Jenkins war betrunken und wollte mir Gewalt antun, und als ich mich wehrte, stieß er mich auf den Herd. Mein Kleid fing Feuer und setzte die ganze Hütte in Brand. Dieses Schwein ist geflohen und hat den Riegel vorgeschoben, damit die Kinder und ich sterben.« Der Gedanke daran trieb Abigail die Tränen in die Augen, und sie sank schluchzend zusammen.

»Es ist alles gut, Señora! Ich bringe Sie und die Kinder zur

Ranch. Dort können Sie sich erholen. Wir kümmern uns auch um Ihre Sau«, versuchte Quique sie zu trösten. Zwar befand sich der Koben des Schweins ein Stück von der Hütte entfernt, doch das Feuer ängstigte das Tier, und es schrie fast wie ein Mensch.

Abigail nickte dankbar. »Wenn die Kinder leben, ist alles gut! Eine Hütte kann man wieder errichten, doch ein verlorenes Leben holt keiner mehr zurück!«

SIEBTER TEIL

Vorbei

1.

In einem abgelegenen Teil von South Carolina begrüßte Waldemar Fitchner den Kurier, den General Sherman ihm geschickt hatte, und nahm das Kuvert mit seinen Befehlen entgegen. Als er es öffnete, entdeckte er als Erstes einen Zettel mit einer kurzen Notiz, die Sherman eigenhändig geschrieben hatte. »General Lee hat am 9. April 1865 bei Appomattox Court House kapituliert!«, las er seinen Offizieren vor.

»Bei Gott, wirklich? Damit müsste dieser verdammte Krieg endlich vorbei sein!« Meinrad Freihart war die Erleichterung deutlich anzusehen, doch Waldemar schüttelte den Kopf.

»Zuvor müssen noch General Johnston in North Carolina und General Kirby in Texas kapitulieren – und natürlich unser ganz spezieller Freund General Montgomery!« Waldemar verzog das Gesicht, denn er hatte Edward Montgomery und dessen Brigade in den letzten Wochen über mehr als zweihundert Meilen quer durch Tennessee und North Carolina verfolgt, bis es ihm endlich gelungen war, dem Gegner an dieser Stelle den Weg abzuschneiden.

»Wir müssen Montgomery kriegen – und wenn wir ihn bis in die Hölle jagen!«, stieß er hervor und widmete sich den übrigen Blättern, die der Kurier ihm gebracht hatte. Seine Miene wurde düsterer, als er las, dass zwei weitere Regimenter zu seinen Truppen stoßen sollten.

»Wir haben den Befehl, Montgomery unter allen Umständen zur Kapitulation zu zwingen«, erklärte er. »Dazu sollen wir Verstärkung erhalten.«

»Wir sind doch bereits doppelt so stark wie Montgomerys Brigade – und besser bewaffnet dazu«, sagte Meinrad. »Außerdem haben wir ihn jetzt endlich am Wickel. Er kann sich nur auf dieser einen Straße in Richtung Süden zurückziehen, und die blockieren wir. Da er weiß, dass im Norden weitere Unionsbrigaden auf ihn warten, bliebe ihm sonst nur noch der Weg über die Berge. Dafür aber müsste er seinen gesamten Tross und seine Verwundeten zurücklassen.«

»Er könnte immer noch versuchen, nach Osten zu gehen und sich General Johnston anzuschließen«, wandte einer der anderen Offiziere ein.

Waldemar schüttelte den Kopf. »Auch dazu müsste er mehrere Dutzend Meilen nach Norden marschieren und könnte unterwegs von anderen Brigaden abgefangen werden. Das dürfte ihm ebenso klar sein wie uns.«

»Da steht doch noch etwas!« Meinrad hatte bemerkt, dass Waldemar ein Blatt bislang ganz außer Acht gelassen hatte. Dieser warf einen Blick darauf und lachte kurz.

»Ich erhalte das Oberkommando für diese Aktion und den vorläufigen Rang eines Brigadegenerals! Das soll wohl ein Ansporn sein, Montgomery nicht entwischen zu lassen.«

»Gratuliere!« Meinrad reichte Waldemar die Hand. Auch die übrigen Offiziere beglückwünschten ihm.

»Wäre nicht gerecht gewesen, den Fangschuss jetzt, nachdem Sie das Wild müde gehetzt haben, einem anderen zu überlassen«, meinte einer grinsend.

»Gott sei Dank kommt es nicht so weit!« Während Waldemar die restlichen Anweisungen General Shermans las, überlegte er, was Montgomery tun würde, und schüttelte schließlich den Kopf. Ich sollte besser darüber nachdenken, was ich an seiner Stelle tun würde. Mich ergeben bestimmt nicht! Mit Sicherheit hat Montgomery die Nachricht von General Lees

Kapitulation ebenfalls erhalten und weiß, dass ihm nicht mehr viel Zeit bleibt.

Waldemar rieb sich die Stirn und versuchte sich vorzustellen, er wäre an Edward Montgomerys Stelle. Er kannte den Stolz des Einarmigen und dessen Willen, sich gegen alle Widerstände durchzusetzen. Nach einem Blick auf die Karte mit der eingezeichneten Stellung, in der seine Späher Montgomerys Brigade ausgemacht hatten, wandte er sich an Meinrad und die anderen Offiziere, die ihn erwartungsvoll ansahen.

»Er wird angreifen – noch vor dem Morgengrauen! Also stellen wir in der Nacht dreifache Vorposten auf. Um drei Uhr werden die Männer geweckt, aber völlig lautlos! Ich wickle jedem Hornisten, der das Signal gibt, seine Trompete eigenhändig um den Hals.«

Lachen unterbrach Waldemar, und er wartete einen Augenblick, bevor er fortfuhr. »Um drei Uhr dreißig will ich die Männer in Stellung sehen. Das Frühstück gibt es nach dem Gefecht. Verstanden?«

»Und was ist, wenn Montgomery nicht angreift?«, fragte einer der Captains.

Waldemar lachte hart auf. »Ich irre mich lieber, als unvorsichtig zu sein. Montgomery weiß, dass er uns schlagen muss! Danach kann ihn dann keine andere Unionseinheit mehr einholen, bevor er den Mississippi erreicht. Mit etwas Glück bringt er seine Leute über den Strom und erreicht ungehindert Texas. Wenn er das schafft, wird er dort den Krieg aus dem Hinterhalt fortsetzen, so wie Quantrill und andere es in Missouri getan haben. Dabei wird ihn fast jeder in Texas unterstützen.«

»Dann sollten wir dafür sorgen, dass er hier brav seinen Degen abgibt und sich in Gefangenschaft begibt«, antwortete Meinrad grinsend.

»Sollte er wider Erwarten nicht angreifen, warten wir auf unsere Verstärkung und nehmen ihn in die Zange.« Damit war für Waldemar alles gesagt.

Er gab jedem seiner Offiziere die Hand und setzte sich, als diese gegangen waren, an seinen Klapptisch, um Briefe zu schreiben. Einer war für seine Familie bestimmt. Er schrieb regelmäßig, seit er nach seiner Verwundung zur Armee zurückgekehrt war. Da er die Briefe nicht abschicken konnte, hatte er sie gesammelt. Sollte er fallen, so hoffte er, jemand würde sie irgendwann einmal seinem Vater übergeben. Dieser sollte ebenso wie Nizhoni und die anderen wissen, dass er nie die Hoffnung aufgegeben hatte, zu ihnen zurückkehren zu können. Auch sollten sie von Wigburg erfahren, dem Mädchen, dem seine Liebe galt und das er heiraten würde, sobald der letzte Schuss in diesem Krieg gefallen war.

Der zweite Brief galt Wigburg. Im letzten Jahr hatten Meinrad und er noch einmal zwei Wochen Urlaub erhalten und diesen in Illinois verbracht. Damals hatte er um ihre Hand angehalten und sie in einer lauschigen Nacht in den Armen gehalten.

»Es wird Zeit, dass der Krieg endet«, murmelte er, als der Brief fertig war und er ihn ins Kuvert steckte. »Ja, es wird wirklich Zeit!«

2.

Etwa zehn Meilen weiter im Norden hatte Edward Montgomery seine Offiziere um sich gesammelt. Zu diesen zählte auch Jim Jenkins, der nach dem Tod des Regimentsquartiermeisters dessen Platz eingenommen hatte. Die Rangabzeichen eines Leutnants brachten ihm jedoch nichts mehr. Zwar hatte er nun das Anrecht auf höheren Sold, doch auf den warteten er und seine Kameraden schon seit über einem halben Jahr. Aber selbst dann, wenn er ausbezahlt worden wäre, hätten sie die Konföderationsdollars nur noch zum Entzünden der Lagerfeuer verwenden können, denn in diesem Land gab es nichts mehr, was sie dafür hätten kaufen können. Um nicht zu verhungern, mussten sie Getreide und Vieh bei den Farmen requirieren, an denen sie vorbeimarschierten. Die Quittung mit der Aufschrift, dass die Regierung der Konföderierten Staaten von Amerika die Betroffenen dafür entschädigen würde, war nicht einmal mehr das Papier wert, auf dem sie gedruckt worden war.

Edward Montgomery musterte seine Offiziere ebenso besorgt wie stolz. Sie waren hager geworden, trugen geflickte Uniformen und teilweise sogar zivile Kleidung, die sie sich organisiert und mit aufgenähten Rangabzeichen versehen hatten. Ihre Hüte waren aus der Form geraten und ihre Stiefel alt, doch Revolver und Säbel glänzten. Jeder von ihnen hatte mehr als ein Dutzend Gefechte mitgemacht und trotzdem den Mut nicht verloren.

»Gentlemen!«, begann Montgomery. »Heute hat ein Kurier

die Meldung überbracht, dass General Lee mit der Armee von Nord-Virginia vor dem Feind kapitulieren musste.«

Die Männer sahen ihn betroffen an. Irgendwie hatte jeder gehofft, der alte Bobby Lee würde noch einen Trumpf aus seiner Jackentasche ziehen und seinem hartnäckigen Verfolger Grant entkommen.

»Das ist das Ende der Konföderierten Staaten von Amerika«, murmelte einer der Offiziere.

»Die Yanks mögen Virginia, beide Carolinas, Georgia und Mississippi erobert haben. Aber an Texas werden sie sich die Zähne ausbeißen!«, rief Montgomery.

»Verzeihung, Sir, doch zehn Meilen weiter blockieren zwei Yankee-Regimenter die Straße, und unsere Späher melden, dass sie bald Verstärkung erhalten werden«, wandte Jim Jenkins ein.

Montgomery nickte verbissen. »Das stimmt! Aber die Yanks werden die Nachricht von General Lees Kapitulation auch erhalten haben und glauben, dass auch wir die Waffen strecken werden. Wahrscheinlich werden sie sogar ein wenig feiern und dadurch unaufmerksamer sein als sonst. Das ist unsere Chance.«

»Sie wollen angreifen, Sir?« Jim Jenkins klang entsetzt. Lange Zeit war er als Mitglied des Regimentsstabs der Beteiligung am Gefecht entkommen, doch nun musste jeder, selbst die Musikanten der Regimentskapelle und die Fahrer der Trosswagen, zur Waffe greifen.

»Ja, wir greifen an!«, erklärte Montgomery. »Und wir werden es noch heute Nacht tun. Ich will, dass jede Kompanie unserer Brigade zwei Stunden vor Mitternacht abmarschbereit ist. Keine Hornsignale, keine lauten Befehle! Verstanden? Auch auf dem Marsch sollen die Männer still sein. Wir werden ohne Fackeln oder Lampen marschieren, damit die Vorposten des

Feindes nicht gewarnt werden. Um drei Uhr morgens müssen wir vor dem Feind stehen und im ersten Schein der Dämmerung angreifen! Hat das jeder verstanden?«

Bis auf Jim Jenkins nickten alle in der Runde. Jenkins öffnete den Mund, als wolle er einen Einwand machen, tat es aber dann doch nicht. Zwar wagte es hier keiner mehr, ihn offen Kojoten-Jim zu nennen, denn als Quartiermeister besaß er die Macht, die Leute bei der Verteilung des wenigen Nachschubs zu benachteiligen. Vergessen aber war der Spottname nicht und ebenso wenig der Ruch der Feigheit, den er sich durch sein übervorsichtiges Verhalten zugezogen hatte.

»Quartiermeister, wie viel Munition haben wir noch?«, fragte Montgomery.

Es dauerte einen Augenblick, bis Jenkins begriff, dass er gemeint war. Er leckte sich die trockenen Lippen und dachte nach. »Nun, Sir, pro Mann etwa noch zwanzig Schuss. Danach ist Sense. Glaube nicht, dass Jefferson Davis uns noch einen Eisenwaggon voll Nachschub schickt.« Jenkins lachte auf, doch kein anderer verzog das Gesicht.

»Zwanzig Schuss? Das wird für diesen Angriff reichen«, erklärte Montgomery. »Danach werden wir uns beim Tross der Yankee-Brigade ausrüsten, und es wird auch wieder etwas zu essen geben. Sagt das den Männern, wenn ihnen der Magen zu sehr knurrt. Die da drüben haben genug für uns alle.«

Diesmal lachten die Offiziere pflichtschuldig. Jeder von ihnen wusste, dass es ein Tanz auf Messers Schneide sein würde, doch keiner wollte so einfach aufgeben, nachdem sie fast drei Jahre lang gekämpft hatten.

Montgomery zog seinen Revolver und überprüfte ihn. Es war ein Beutestück von den Yankees, das mit Metallpatronen geladen wurde und damit leichter zu bedienen war. »Gentlemen, das war es! Machen Sie Ihre Kompanien fertig. Wenn wir in dieser Nacht siegen, können wir bis nach Texas marschieren und dort weiterkämpfen.«

»Das werden wir, Sir!«, rief sein Stellvertreter und salutierte.

»Die Yanks werden es bereuen, sich mit uns Texanern angelegt zu haben!«

»Morgen gibt es wieder richtigen Kaffee zum Frühstück und Pfannkuchen, von denen das Fett nur so trieft.«

Montgomery vernahm noch einige ähnliche Kommentare und nickte. Mit dem Kampfgeist seiner Brigade konnte er zufrieden sein. Die Virginier und die Soldaten aus anderen Südstaaten mochten sich ergeben haben oder noch ergeben, aber er und seine Männer würden es nicht tun.

Die nächsten Stunden verliefen in fieberhafter Anspannung. Da sie damit rechneten, dass Späher der Union sie überwachten, musste alles vermieden werden, was diese hätte warnen können. Erst als es dunkel geworden war und selbst der beste Feldstecher nichts mehr nützte, machten sich die Männer bereit. Jeder wusste um die Bedeutung des bevorstehenden Gefechts, und so gliederten sich auch die Verwundeten und Kranken mit ein, die von sich glaubten, den zehn Meilen langen Marsch durchstehen zu können. Jene, die zu schwach dazu waren, erhielten die Aufgabe, die Lagerfeuer am Brennen zu halten, damit es von weitem so aussah, als würde sich die gesamte Brigade im Lager befinden.

Es wurde ein sehr stiller Marsch durch die Nacht. Die Straße war uneben, und die Männer stolperten häufig. Aber sie bissen die Zähne zusammen, um nicht zu fluchen, denn das war ihnen unter Androhung harter Strafen verboten worden. Metallteile, die klappern konnten, waren mit Lumpen umhüllt, und selbst die sonst unüberhörbaren Befehle der Unteroffiziere unterblieben.

Wir müssen es schaffen, dachte Montgomery, als seine Späher

ihm die Vorposten des Feindes meldeten. Texas darf nicht so elend untergehen wie Virginia, Georgia und die beiden Carolinas. Durch Texas wird kein Sherman mit seinen Mordbrennern ziehen, alle Farmen niederbrennen und das Vieh erschießen.

Nach einer Weile tauchte der Schein der Feuer im Yankee-Lager auf. Montgomery schätzte, dass sie nur noch etwa dreihundert Yards von den ersten Zelten entfernt waren und keine zweihundert von den Vorposten. Bislang hatten diese noch nicht Alarm gegeben, und das sah er als gutes Vorzeichen an.

»Achtung! Angriff, wenn das Signal ertönt. Befehl weitergeben!«, flüsterte er den neben ihm stehenden Männern zu und befahl den Trompetern, auf sein Zeichen hin ins Horn zu blasen. Es würde das erste laute Geräusch in diesem Gefecht sein und den Feind völlig demoralisieren.

3.

Meinrad Freihart grinste zufrieden, als einer der Vorposten Bewegung im Wald meldete. »Du hattest recht, Waldemar! Die Rebellen kommen tatsächlich. Ich hätte es nicht erwartet.«

»Ich kenne Montgomery! Bei seinem Stolz würde er bei seiner Hinrichtung noch fordern, mit einem neuen Strick gehängt zu werden und nicht mit einem bereits gebrauchten, damit sein Hals nicht schmutzig wird.«

Waldemar wusste nicht, ob er seinen Gegner bewundern oder hassen sollte. Immerhin stand Montgomery für all das, was er an Texas zu verabscheuen gelernt hatte – die Sklaverei, das rücksichtslose Durchsetzen der eigenen Vorstellungen und die Verachtung für alle, die nicht zur eigenen Gesellschaftsschicht zählten.

»General, Sir! Der Feind stellt sich zum Angriff auf«, meldete ein weiterer Vorposten.

»Wir sind bereit«, erklärte Meinrad zufrieden.

»Wir werden ihnen trotzdem eine Chance geben, das Ganze unblutig zu beenden!« Waldemar stand auf, ging ein paar Schritte in Richtung des Feindes und begann zu rufen.

»Rebellen! Wir wissen, dass ihr hier seid. Ergebt euch, oder es werden nicht viele von euch übrig bleiben.«

Montgomery zuckte zusammen. Das hatte er nicht erwartet! Dann aber zog er seinen Revolver. »Das ist nur der Bluff eines Vorpostens, der uns täuschen will. Vorwärts, Männer, schlagt sie zusammen!«

Im gleichen Augenblick gab sein Hornist das Signal zum Angriff. Die Hornisten der einzelnen Kompanien fielen darin ein, und für Augenblicke übertönten die Trompeten alles. Mehr als siebenhundert Texaner setzten sich in Bewegung und stürmten auf das Lager des Gegners zu.

Waldemar kehrte zu Meinrad zurück und nahm Deckung. »Das war es wohl mit der Chance«, meinte er. »Jetzt lassen wir sie bis auf hundert Schritt herankommen, dann feuern wir. Weitergeben!«

Sofort eilten einige Leute seines Stabs los, um seinen Befehl zu überbringen.

»Gleich ist es so weit«, rief Meinrad und hob seinen Revolver. Die nächsten Augenblicke waren vor Spannung kaum zu ertragen. Im ersten, scheuen Dämmerlicht des beginnenden Tags waren schattenhafte Bewegungen im Wald und auf der Straße zu sehen. Waldemar nahm ebenfalls seinen Revolver in die Hand, schätzte die Entfernung zu den anstürmenden Rebellen und schrie: »Feuer!«

Mehr als elfhundert Henry-Rifles krachten und jagten ihre Kugeln in die dicht gestaffelten Reihen der Texaner.

Montgomery verspürte einen heftigen Schlag, stürzte und entging dadurch der zweiten Salve der rasch nachladenden Yankees, die den Vorteil ihrer modernen Hinterlader gnadenlos ausnützten. Statt seiner traf es Jim Jenkins, der sich in der Deckung seines Generals aufgehalten hatte. Mit einem schrillen Schrei sank dieser zu Boden, ebenso Dutzende anderer, während die Überlebenden immer noch vorwärtsstürmten.

Auch Montgomery raffte sich wieder auf und stellte fest, dass sein Überraschungsangriff gescheitert war. Ein Teil seiner Männer lag bereits verwundet oder tot am Boden, und der Rest würde in Kürze ebenfalls zusammengeschossen werden. Wenn er sie noch retten wollte, musste es rasch geschehen.

»Wir ergeben uns!«, schrie er mit Tränen in den Augen. »Stellt das Feuer ein! Wir ergeben uns!«

Ein paar Yankees schossen noch, und so hob Waldemar schnell den Arm. »Feuer einstellen!«

Sein Herz klopfte, als er sah, dass die Texaner ihre Gewehre und Pistolen fallen ließen und zu Boden sanken. Manch einer schluchzte, andere, die verletzt waren, schrien vor Schmerz, und durch den Pulverrauch, der den Wald verdunkelte, kam eine große, hagere Gestalt auf ihn zu. Der rechte Ärmel flatterte zerfetzt im Morgenwind.

Edward Montgomery blieb vor Waldemar stehen und zog schwerfällig seinen Degen aus der Scheide. »Ich bin Ihr Gefangener, Colonel!«

»General!«, korrigierte Meinrad ihn. »Mister Fitchner ist befördert worden! Allerdings kam das Schreiben schneller als die Rangabzeichen.«

»Fitchner!« Montgomery musterte Waldemar durchdringend. Jetzt, da der Tag graute, konnte er dessen Gesichtszüge erkennen.

»Wir hatten vor einem Jahr schon einmal das Vergnügen, General Fitchner. Damals haben Sie uns davon abgehalten, nach Missouri vorzustoßen. Es war ein hartes Gefecht, und neben diesem hier das einzige, das wir deutlich verloren haben. Ihr Vater kann stolz auf Sie sein. Er war nie für die Sezession.«

Waldemar ging nicht darauf ein. »Sind Sie verletzt, General?«, fragte er stattdessen.

»Ich weiß nicht«, antwortete Montgomery, sah aber dann selbst, dass aus seinem Armstumpf Blut austrat.

»Mein Regimentsarzt wird sich um Sie kümmern, General«, sagte Waldemar, der dies ebenfalls bemerkte.

»Ich bin schon da!« Augustus Simpson hatte sich zu Waldemars Regiment versetzen lassen, weil ihn nach den vielen

Jahren, die er in Texas gelebt hatte, mit diesem Mann mehr verband als mit den Offizieren aus seiner alten Heimat. Nun half er Montgomery, den Uniformrock auszuziehen, und schnitt ihm den Hemdsärmel ab. Als er die Wunde sah, lächelte er.

»Es ist nur ein Streifschuss. Allerdings sollten Sie dafür dankbar sein, dass ich Ihnen damals nach Ihrem Duell mit General Fitchners Vater den Arm abgenommen habe. Die heutige Kugel hätte nämlich Ihren Arm so zerschmettert, dass wohl nichts mehr zu machen gewesen wäre.«

»Wenn ich nicht so schwer verwundet bin, dann kümmern Sie sich bitte um meine Männer. Einige von ihnen hat es schlimm erwischt. Verdammt noch mal, wieso haben Sie uns erwartet?« Die Frage galt Waldemar, der mit traurigem Blick antwortete.

»Weil Sie ein Texaner sind! Also einer von denen, die niemals wissen, wann es Zeit ist aufzuhören.«

»Auf jeden Fall ist es mir lieber, die Waffen vor einem Texaner strecken zu müssen als vor irgendeinem teiggesichtigen Yank.« Montgomery salutierte und ließ sich von Meinrad nach hinten führen.

Unterdessen schritt Waldemar über das Schlachtfeld und befahl seinen Leuten, sich um die verletzten Rebellen zu kümmern. »Es gab schon genug Tote! Also sollten wir dafür sorgen, dass es nicht noch mehr werden«, sagte er und wollte sich schon abwenden, als er vor sich einen Mann liegen sah, der ihm bekannt vorkam.

»Kojoten-Jim Jenkins! Dich hat wohl der Teufel vergessen zu holen.« Waldemars Gesicht wurde hart, und er zog in einer instinktiven Bewegung seinen Revolver. Die Mündung zielte bereits auf Jenkins' Stirn, doch nach einem Blick auf das Blut, das aus drei Bauchwunden des Verletzten rann, steckte er die Waffe wieder weg.

»Erinnerst du dich noch an den guten alten Amos Rudledge, Kojoten-Jim? Mehr als vier Jahre habe ich gehofft, dich einmal vor den Lauf zu bekommen und für den Mord an ihm büßen zu lassen. Doch die Vorsehung hat es anders bestimmt. Jetzt wirst du an den Kugeln krepieren, die du dir heute eingefangen hast!« Nach diesen Worten kehrte Waldemar Jenkins den Rücken und ging davon.

Der Verletzte packte einen Revolver, der in seiner Nähe lag, und zielte auf Waldemars Rücken. Doch als er abdrückte, gab es nur einen klickenden Laut. Die Waffe war leer geschossen. Einer der Unionssoldaten sah den Revolver in seiner Hand und feuerte. Der Knall hallte misstönend durch den Wald, und Waldemar fuhr herum.

Der Soldat salutierte grinsend. »Der Kerl wollte hinterrücks auf Sie schießen, Sir. Das konnte ich nicht zulassen!«

»Gut gemacht!«, lobte Waldemar und warf einen letzten Blick auf den toten Jenkins. »Er hat als Kojote gelebt und ist wie ein solcher gestorben.«

4.

Der alte Mann sah Josef Fitchner traurig an. »Es tut mir leid, Señor, aber mehr kann ich Ihnen nicht geben. Ich mache es ohnehin nur Ihres Vaters wegen, einer der besten Männer, die ich je getroffen habe.«

»Ich danke Ihnen, Señor Sanchez!« Josef versuchte, sich seine Enttäuschung nicht anmerken zu lassen. Die paar Säcke Maismehl würden für ihre gut zweihundert Mann nicht lange reichen. Dabei mussten sie froh sein, dass sie überhaupt noch etwas bekamen. Hätte der alte Emilio Sanchez nicht früher einmal in Texas gelebt und seinen Vater gekannt, hätte auch er ihnen nichts überlassen. Josef reichte dem alten Mann die letzten Gegenstände, die sie außer ihren Waffen, Pferden und Kleidern noch eintauschen konnten, und befahl dann den acht Männern, die ihn begleiteten, die Säcke auf die Packpferde zu laden.

»Sie sollten vorsichtig sein, Señor, denn es sind Juaristas in der Gegend gesehen worden. Präsident Juarez will ein gutes Verhältnis zu den Vereinigten Staaten bewahren und hat daher verboten, die Konföderation zu unterstützen«, warnte der alte Mann.

»Hoffentlich geraten Sie selbst nicht in Schwierigkeiten«, rief Josef besorgt.

Über Sanchez' Gesicht huschte ein Lächeln. »Sie sind aus demselben Holz geschnitzt wie Ihr Vater, Señor José. Sie denken auch an die anderen und nicht nur an sich, wie es die meisten Americanos tun. Aber Sie brauchen sich keine Sorgen um mich zu machen. Wenn jemand mich fragt, so haben diese verdammten Rebellen aus den Südstaaten in der Nacht meinen Mais gestohlen. Die Uhren und Ringe, die ich von Ihnen bekommen habe, verstecke ich, bis ich sie später einmal verkaufen kann.«

»Ich wünsche Ihnen Glück, Señor Sanchez. Es war ohnehin das letzte Mal, dass wir zu Ihnen kommen konnten. Wir haben nichts mehr, was wir eintauschen könnten.«

Josef reichte dem alten Mann die Hand und stieg auf. Sie hatten zwölf Saumpferde mitgebracht, aber nur acht davon beladen können. Nun überlegte er, ob er nicht die anderen vier Gäule zum Tausch anbieten sollte. Allerdings gehörten sie nicht ihm, sondern Männern aus seiner Einheit, und über deren Köpfe hinweg wollte er nicht handeln. Daher verabschiedete er sich von Sanchez und übernahm die Spitze.

»Wie lange wird das Zeug reichen?«, fragte John O'Corra, der direkt hinter ihm ritt.

»Ich hoffe, bis endlich Frieden herrscht.«

Josef klang brummig. Auch wenn er kein Anhänger der Konföderation war, so ärgerte er sich doch über den Krieg und sagte sich, dass die Nordstaaten länger hätten verhandeln sollen, anstatt nach dem Fall von Fort Sumter sofort die Kriegstrommeln zu schlagen.

»Schön wär's!«, seufzte John O'Corra. »Dann könnten wir endlich nach Hause. Frage mich sowieso, was wir hier noch sollen.«

»Ohne Befehl wollte General Coureur nicht abrücken. Wir hätten zwar auf eigene Verantwortung von hier verschwinden können. Aber hast du Lust, nach Virginia zu latschen und dir dort eine Kugel verpassen zu lassen, nur damit die Plantagenbesitzer ihre Sklaven behalten können?«

»Nein, wirklich nicht!«, antwortete John O'Corra. »Ich

meinte nur, weil es so fürchterlich langweilig ist. Wir tun hier nichts anderes, als ein bisschen Gemüse zu ziehen, ein paar Ziegen zu halten und unsere Gewehre zu putzen.«

Josef wies mit verkniffener Miene seitlich nach vorne. »Gleich wird es dir nicht mehr langweilig sein. Das sieht mir ganz nach Mexikanern aus, die sich mit uns unterhalten wollen. Seht also zu, dass euer Schießzeug in Ordnung ist. Das ist in einer solchen Sache immer von Vorteil.«

Nun entdeckte John O'Corra die Reiter ebenfalls. »Du glaubst, sie wollen kämpfen?«, fragte er besorgt. »Das sind mindestens zwanzig Mann, und wir werden durch die Tragtiere behindert.«

»Daher sollten wir, wenn es darauf ankommt, nicht zu oft danebenschießen!« Josefs Hand wanderte zum Griff seines Revolvers. Noch zog er die Waffe nicht, aber er wollte bereit sein, wenn die Mexikaner versuchen sollten, sie aufzuhalten.

»Was meinst du? Sind es Leute von Juarez oder von diesem Kaiser Maximilian?«, fragte John O'Corra weiter.

»Sie werden es uns hoffentlich sagen!«

Josef sah den Reitern entgegen, die auf sie zukamen. Zwar hielten die Mexikaner ihre Gewehre in den Händen, waren sich ihrer Überlegenheit jedoch so sicher, dass sie eher nachlässig wirkten.

»Guten Tag, Señores! Ich bin Capitán Christóbal Yoja y Ribera von der Armee der Republica de Mexico«, grüßte ihr Anführer in erstaunlich gutem Englisch.

Josef musterte Yojas Truppe, die sich in ihrer bunt gescheckten Kleidung in nichts von einer Räuberbande unterschied, und schüttelte den Kopf.

»Es tut mir leid, Señor, aber ich kann Sie und Ihre Männer nicht als Angehörige einer regulären Armee anerkennen, denn Sie alle tragen weder Uniformen noch Rangabzeichen.«

»Señor, das tut nichts zur Sache. Auf jeden Fall sind Sie, wie Ihre Uniformen zeigen, auf der falschen Seite der Grenze und haben hier nichts verloren. Aus diesem Grund fordern wir Sie auf, sich zu ergeben!« Yojas Stimme hatte jeden Hauch von Freundlichkeit verloren, während seine Männer immer noch grinsten. Es machte ihnen sichtlich Spaß, einer Gruppe von Gringos deren Grenzen aufzeigen zu können.

»Señor, das halte ich für keine gute Idee«, antwortete Josef mit schleppender Stimme und behielt dabei die Mexikaner scharf im Auge. Obwohl sie schwer bewaffnet waren, zielte keiner von ihnen direkt auf ihn oder einen seiner Männer.

»Und warum halten Sie das für keine gute Idee?«, fragte Capitán Yoja höhnisch.

»Weil ich in dem Fall Sie erschießen müsste!« Bevor einer der Mexikaner reagieren konnte, hielt Josef seinen Revolver in der Hand und hatte den Lauf auf den Anführer gerichtet.

Sofort zielten einige von dessen Leuten auf ihn, wagten aber nicht, abzudrücken. Jetzt kommt es darauf an, wer die besseren Nerven hat, durchfuhr es Josef.

»Sagen Sie Ihren Männern, sie sollen die Waffen senken und sich entfernen. Wenn einer von ihnen in dieselbe Richtung reitet wie wir, sind Sie ein toter Mann!«

Zögerlich hob Yoja die Hand. »Haltet eure Zeigefinger im Zaum, Compañeros. Dieser Gringo ist verrückt genug, den Tod zu suchen. Nur hilft mir das dann auch nicht mehr.«

Einige Mexikaner fluchten, während der Capitán unsicher grinste. »Wir können uns doch anders einigen, Señor«, meinte er. »Sie überlassen uns Ihre überzähligen Pferde und reiten gesund und zufrieden nach Hause.«

»Gesund vielleicht, aber gewiss nicht zufrieden«, sagte Josef, ohne dass sein Revolverlauf auch nur einen Zehntelzoll ruckte. »Da ich aber zufrieden sein will, mache ich Ihnen ein

Angebot, das Sie besser nicht ablehnen sollten. Ihre Leute verschwinden schnellstens nach Süden und suchen sich dort eine lauschige Cantina, in der sie bis morgen bleiben. Sie begleiten uns bis zur Grenze und plaudern dabei ein wenig mit mir. Dort scheiden wir als Freunde, und Sie haben Ihren Auftrag, die Angehörigen einer fremden Armee aus Ihrem Vaterland zu vertreiben, in vorbildlicher Weise erfüllt.«

»Dieser verdammte Hund!«, schrie einer der Mexikaner, der gut genug Englisch konnte, um Josef zu verstehen.

Yoja machte eine beschwichtigende Geste. »Wir sollten uns nicht aufregen, Compañeros. Wenn diese Señores versprechen, dass sie Mexiko verlassen, können wir auch zufrieden sein. Außerdem …«

Er brach ab und musterte Josef grinsend, ehe er fortfuhr. »Wie es aussieht, liegen die Vorteile in Ihrer Hand. Reiten wir also zur Grenze. Ich will nämlich auch bald in die Cantina, einen Mezcal trinken und eine hübsche Señorita küssen.«

Es wunderte Josef, dass der Capitán so rasch aufgab. Fast schien es ihm, als hänge der Mann allzu sehr an seinem Leben. Immer noch misstrauisch sah er zu, wie die übrigen Mexikaner ihre Pferde wendeten und nach Süden ritten. Als diese in der Ferne verschwanden, atmeten seine eigenen Männer auf.

»Das war verdammt gut, Josef«, rief John O'Corra grinsend. »Ich bin mit dem Schauen nicht mitgekommen, so schnell hattest du deinen Colt in der Hand.«

»Wir sollten weniger schwätzen als reiten. Ich traue diesen Brüdern nämlich nicht«, antwortete Josef und bedeutete Yoja, vor ihm zu reiten. Der Mexikaner tat es anstandslos und redete unterwegs wie ein Wasserfall über Benito Juarez, den gewählten Präsidenten von Mexiko, über die französischen Eindringlinge, die den Mexikanern einen Österreicher als Kaiser aufdrängen wollten, und auch darüber, dass die Truppen der

Konföderierten Staaten an allen Fronten auf dem Rückzug seien.

»Auf allen nicht«, wandte Josef spöttisch ein. »Wir halten unsere Stellung und haben bis jetzt jeden Versuch der Yanks, uns zu vertreiben, zurückgeschlagen.«

Yoja lachte leise. »Einmal wird immer das erste Mal sein. Dort vorne ist übrigens die Grenze, Señor. Ich wünsche Ihnen einen guten Weiterritt, und nun adiós und buen viaje, wie man so schön sagt!« Damit zog der Capitán sein Pferd herum und ritt fröhlich vor sich hin pfeifend nach Süden.

»Ein verrückter Kerl!«, rief John O'Corra lachend.

»Wir sollten zusehen, dass wir vorwärtskommen. Ich habe ein höllisch schlechtes Gefühl bei der Sache!« Josef trieb seinen Wallach an und sah sich dabei aufmerksam um. Sie überschritten die Grenze, deren Verlauf nur ein Eingeweihter erkennen konnte, und ritten so rasch, wie ihre Saumtiere es zuließen.

»Glaubst du, dass dieser Yoja und seine Leute uns verfolgen werden?«, fragte John O'Corra.

Josef zuckte mit den Achseln. »Ich traue denen alles zu, denn mir war der Bursche zuletzt allzu fröhlich. Also haltet die Umgebung sorgfältig im Auge.«

5.

Drei Stunden lang kamen sie gut voran. Da vernahm Josef seitlich vor sich das Wiehern eines Pferdes. »Hoffen wir, dass der General uns einige Leute entgegengeschickt hat und es keine Fremden sind«, murmelte er und lenkte seinen Wallach nach links, wo dürre Mesquite-Büsche ein wenig Deckung versprachen. Gleichzeitig zog er seine Büchse aus dem Sattelholster. Auch wenn er nur einen Schuss damit abfeuern konnte, traf er damit ein weiter entferntes Ziel als mit dem Revolver.

»Seid still!«, wies er seine Männer an, als er in der Ferne eine Reiterschar entdeckte, die in Richtung Grenze strebte. Die blauen Uniformen bewiesen deutlich, dass es nicht die eigenen Leute waren.

»Yanks!«, knurrte John O'Corra.

»Auf jeden Fall sind es zu viele, als dass wir uns mit ihnen anlegen könnten. Los, alle in Deckung! Vielleicht reiten sie an uns vorüber«, antwortete Josef hörbar besorgt.

Ihm war klar, dass es eng für sie wurde. Selbst wenn die etwa sechzig Unionskavalleristen sie nicht entdeckten, würden sie wenige Meilen weiter auf ihre Spuren stoßen. Jeder halbblinde Scout konnte ihnen dann sagen, dass hier einundzwanzig Pferde mit beschlagenen Hufen vorbeigekommen waren.

Für den Augenblick hatten sie jedenfalls Glück, denn die Unionsdragoner trabten etwa dreihundert Yards an ihnen vorbei, ohne sie zu entdecken. Sobald Josef glaubte, es verantworten zu können, ritten sie weiter. Nun galt es, schnell zu sein, und so übernahm jeder von ihnen mindestens ein Saumpferd. Trotzdem mussten noch immer drei Männer zwei Pferde an der Leine führen. Da sie sich bei einem Angriff kaum verteidigen konnten, konnte Josef nur hoffen, dass man sie unbehelligt ließ. Er stellte sich jedoch darauf ein, dass ihnen die Blauröcke bald folgen würden.

»Yoja muss gewusst haben, dass diese Kerle sich hier herumtreiben«, sagte er zu O'Corra, der fluchend neben ihm ritt. »Wahrscheinlich stehen sie in Beziehung zueinander. Die Yanks müssen herausgebracht haben, dass wir uns in Mexiko versorgen. Daher haben sie sich mit Juarez' Leuten zusammengetan, um das zu unterbinden.«

»Und was machen wir jetzt?«, fragte John O'Corra.

»Zusehen, dass wir ins Fort kommen.« Josef trieb seine Männer an, so gut es ging. Doch als er nach hinten blickte, sah er, wie die von den Unionssoldaten aufgewirbelte Staubwolke hinter ihnen herkam und rasch aufholte.

»Sieht aus, als würden wir es nicht schaffen!«, rief Josef. Aber er hatte nicht vor aufzugeben. Sie waren es ihren Kameraden schuldig, die Lebensmittel ins Fort zu bringen, und wenn sie sich mit der halben Unionsarmee herumschlagen mussten.

Schon bald waren ihre Verfolger deutlich zu sehen. An der Spitze ritt ein Offizier, dessen Hut bei dem scharfen Ritt vom Kopf flog. Einer der anderen Reiter fing den Hut noch in der Luft auf und schwenkte ihn wie eine Fahne.

»Die scheinen die Jagd auf uns für einen Heidenspaß zu halten!« John O'Corra riss seine Büchse hoch und feuerte, obwohl die Entfernung noch zu groß war.

Josef wollte ihn schon schelten, da stellte er fest, dass der Wind genau in Richtung ihres Forts blies. Es waren zwar noch etliche Meilen bis dorthin, doch vielleicht würden Thierry und die anderen den Klang ihrer Schüsse hören.

»Wir verschanzen uns dort hinter den Felsen. Zwei Leute passen auf die Pferde auf, die anderen kommen mit mir!«, befahl er und glitt aus dem Sattel. Während einer seiner Männer die Zügel auffing, kniete Josef nieder, schlug das Gewehr an und gab Feuer.

Die Verfolger waren bis auf äußerste Schussweite herangekommen, und seine Kugel traf. Zufrieden sah er, wie eine der blauen Gestalten vom Pferd stürzte, und lud nach. Neben ihm krachten die Büchsen seiner Männer, und die Yankees mussten feststellen, dass ihnen keine schlechten Schützen gegenüberstanden.

Als einer der Offiziere getroffen wurde, hielten die Unionssoldaten an, stiegen von den Pferden und gingen ebenfalls in Deckung. Ein paar Dragoner versuchten, Josefs Trupp zu umgehen, um ihn von hinten in die Zange nehmen zu können, doch mehrere gut gezielte Kugeln brachten sie dazu, hinter einzelnen Felsen Schutz zu suchen.

»He, ihr Rebellen! Gebt auf! Ihr habt keine Chance!«, schrie einer der Yankees.

»Der Mann hat verdammt recht! Aber bevor wir die Hände heben, sollten wir den Kerlen noch ein wenig zum Tanz aufspielen!« Josef sah, wie einer der Soldaten seine Stellung wechselte, und schoss. Der Dragoner blieb kurz stehen, riss die Arme hoch und fiel zu Boden.

»Damit ist wohl geklärt, dass wir uns nicht auf Anhieb ergeben«, meinte John O'Corra trocken.

»Die Yanks scheinen das auch so zu sehen, denn sie beziehen erst einmal Stellung.« Noch während er es sagte, zog Josef den Kopf ein, denn ihre Gegner feuerten die ersten Schüsse ab. Aber sie trafen nicht gut.

Eine gewisse Zeit herrschte ein Patt, das sich allerdings mit jeder Viertelstunde zugunsten der Unionssoldaten verschob.

Diese arbeiteten sich immer näher an Josef und seine Männer heran und schossen dabei die Magazine ihrer Henry-Rifles leer. Doch selbst dieser massive Feuerschutz verhinderte nicht, dass die Texaner den einen oder anderen Treffer landeten. Josef schätzte, dass sie bis jetzt acht oder neun Yankees erwischt hatten, mit nur einer Fleischwunde und einem Streifschuss bei den eigenen Leuten. Aber sobald die Feinde nahe genug heran waren, würde sich das Verhältnis rasch umkehren.

»Die verdammten Schweine zielen auf unsere Gäule«, rief da John O'Corra wütend.

Als Josef sich umdrehte, lag eines der Saumpferde am Boden und schrie vor Schmerz. Einer seiner Männer gab dem Tier den Gnadenschuss.

»Sie wollen uns festnageln. Wir könnten natürlich versuchen, ohne die Lastpferde durchzubrechen, aber da kämen wahrscheinlich nur wenige von uns durch!« Langsam begann Josef sich damit abzufinden, dass sie sich wohl ergeben mussten. Da hörte er durch das stete Feuer der Nordstaatler auf einmal fernes Hufgetrappel. Es kam aus der Richtung ihres Forts.

»Durchhalten, Männer!«, rief er und feuerte auf einen Arm, der mit einem Revolver aus der Deckung eines Felsens herauskam. Er traf nur die Waffe und prellte sie aus der Hand des Yankees. Der Aufprall musste hart gewesen sein, denn der andere schrie vor Schmerz auf.

»Verdammt, der Rebell hat mir die Finger gebrochen!«

»Das war ihr Major!«, erklärte John O'Corra mit grimmiger Zufriedenheit. »Selbst wenn die Schweine uns kriegen, haben sie ganz schön dafür bezahlt!«

»Wahrscheinlich mehr, als du dir denken kannst!« Josef hörte die Hufschläge näher kommen, legte das Gewehr weg und zog seinen Revolver. »Die Yanks sind nahe genug für die kurzläufigen Waffen«, sagte er und feuerte mehrere Schüsse ab. Zwar traf er diesmal nichts, aber ein Unionssoldat, der sich an sie hatte heranarbeiten wollen, hechtete in seine Deckung zurück.

»Schießt aus allen Rohren!«, rief Josef seinen Männern zu in der Hoffnung, dass er sich nicht irrte und wirklich eigene Leute kamen, nicht eine weitere Unionskompanie.

Das heftiger werdende Abwehrfeuer verblüffte die Gegner, und sie schossen nun ebenfalls mit allem, was sie hatten. Für Augenblicke herrschte ein unbeschreiblicher Lärm, in den sich auf einmal ein Hornsignal mischte, das zur Attacke blies. Noch während die Yankees verwirrt dreinschauten, fegte Thierry mit seinen Männern heran. Revolver und Büchsen krachten, und zuletzt rissen die überlebenden Dragoner die Arme hoch und riefen, dass sie sich ergeben würden.

»So schnell kann sich alles ändern«, sagte Josef grinsend zu John O'Corra und verließ seine Deckung, um Thierry zu begrüßen.

»Hallo, General! Freut mich, Sie zu sehen.«

»Mich freut es auch, dich und die anderen wohlauf zu sehen!« Thierry war erleichtert, denn bei seinen Leuten gab es insgesamt nur sechs Leichtverletzte, während die Yankees stark hatten bluten müssen.

»Die Blauröcke haben drei unserer Pferde erschossen. Aber ich glaube, wir haben ihnen genug Gäule abgenommen, um das ausgleichen zu können.« Es war von Josef als Witz gedacht, denn sie hatten sämtliche Pferde des Feindes erbeutet, so dass auf jedes verlorene Pferd zwanzig andere kamen.

»Die Yanks haben uns auch über fünfzig Henry-Rifles geschenkt«, meldete Henry O'Corra und boxte seinem Bruder feixend in die Rippen. »Beinahe hätten sie dich gehabt! Zu deinem Glück meinte unser General, wir sollen dich und die anderen heraushauen. Wollte doch nicht, dass die Yanks dich in ein Gefangenenlager einsperren.«

»Das Problem haben nun wir«, sagte Thierry mit einem Blick auf die verletzten und gefangenen Nordstaatensoldaten. Deren Major war anzusehen, wie sehr es ihn würgte, auf diese Weise gefangen worden zu sein. Doch ebenso wie seine Männer hatte er sich zu sicher gefühlt und nicht damit gerechnet, dass der Schall den Gefechtslärm weit genug tragen würde, um die übrigen Texaner herbeizurufen.

»Was machen wir mit den Kerlen? Wir haben die Ersten, die wir gefangen haben, zwei Monate lang durchgefüttert. Das können wir uns jetzt nicht mehr leisten«, wandte Josef ein.

Thierry nickte verkniffen. »Wir sollten auch die hier auf Ehrenwort freilassen.«

»Würde ich nicht tun!«, unterbrach ihn da Marek Tobolinski. »Der Captain dort und der Lieutenant gehörten zu jener Truppe, die wir damals gefangen genommen haben. Sie kamen auf Ehrenwort frei, nicht mehr gegen uns zu kämpfen. Doch das war einen Scheißdreck wert.«

Die beiden Offiziere zogen den Kopf ein und wagten nicht, Thierry oder einen der anderen Texaner anzusehen.

Dafür aber kam ihr Major auf Thierry zu. »Sir, ich wäre Ihnen sehr verbunden, wenn sich Ihr Arzt um unsere Verwundeten kümmern könnte. Ich könnte ebenfalls Hilfe brauchen!« Dabei wies er seine rechte Hand vor, von der zwei Finger in unnatürlichem Winkel abstanden.

»Wir sollten die beiden wortbrüchigen Kerle erschießen, damit die Yanks wissen, was wir mit solchem Gelichter machen«, schlug Marek Tobolinski vor, ohne auf die Worte des Unionsmajors einzugehen.

»Sir, das können Sie nicht zulassen!«, rief dieser erbleichend.

»Auf jeden Fall können wir sie nicht noch einmal gegen Ehrenwort freilassen, weil sie es doch nicht halten würden. Durchfüttern wollen wir sie allerdings auch nicht. Also muss uns etwas anderes einfallen!« Josef überlegte kurz und lud demonstrativ seinen Colt nach.

Thierry begriff, dass Josef etwas plante, und überließ es ihm, mit den Yankees zu verhandeln.

»Hören Sie, Major«, begann Josef. »Wir können Sie und Ihre Leute samt den Verwundeten hier zu Fuß und ohne Waffen zurücklassen.«

»Dafür kämen Sie nach dem zu erwartenden Sieg unserer Armee vor ein Kriegsgericht«, begehrte der Nordstaatler auf.

»Wie können natürlich Sie und alle Ihre Leute bis auf die Schwerverletzten samt ihren Pferden und ihren privaten Waffen freilassen. Allerdings fehlen uns die Vorräte, ein gutes Dutzend unnützer Fresser durchzufüttern. Wenn Ihnen an Ihren Verwundeten etwas liegt, sollten Sie dafür sorgen, dass diese versorgt werden. Sie haben in Ihrem Stützpunkt doch sicher ein paar Lebensmittel übrig. Bringen Sie, sagen wir mal, drei voll beladene Wagen an diese Stelle, dann haben wir genug zu essen für alle.«

»Ich denke nicht daran, Ihnen Vorräte zu überlassen!«, brüllte der Major, der genau wusste, dass der größte Teil der Waren in den Mägen der Texaner landen würde. Andererseits war es unmöglich, die Verletzten mehr als zweihundert Meilen zum nächsten Unions-Fort zu schaffen.

»Man hätte euch längst von hier vertreiben sollen! Doch es erschien den Herren im Generalstab wichtiger, euch Texaner aus dem Indianerterritorium fernzuhalten, als sich um ein paar Kompanien zu kümmern, die von euren eigenen Befehlshabern vergessen worden sind«, setzte er wuterfüllt hinzu.

Thierry und Josef wussten selbst, dass sie bislang Glück gehabt hatten. In ihrer abgelegenen Stellung waren sie den Unionskommandeuren nicht wichtig genug gewesen, um gegen sie vorzugehen. Anscheinend hatten die Yankees gedacht, sie würden von selbst verschwinden, sowie der Nachschub ausblieb. Doch viele von ihnen waren Farmer und hatten ein paar Felder angelegt. Zudem hatten sie sich in den kleinen Siedlungen Nordmexikos mit Nachschub versorgt. Josef war dabei zufällig auf den alten Sanchez gestoßen und hatte über ihn etliche Lebensmittel besorgen können, ohne die sie längst den Rückzug hätten antreten müssen. Nun aber konnten sie in Mexiko nicht mehr furagieren, und er glaubte auch nicht, dass die Yankees sie weiter in Ruhe lassen würden. Doch noch wollte er nicht aufgeben. Und wenn sie einmal kapitulieren mussten, sollten die anderen wissen, dass sie es mit Texanern zu tun hatten.

»Also, was ist nun?«, fragte er. »Sind Ihnen Ihre eigenen Leute so wenig wert, dass Sie sie verhungern lassen wollen?«

»Es ist Ihre Pflicht, sie zu versorgen«, stieß der Major keuchend hervor.

»Ich werde unsere Leute fragen, ob sie bereit sind, ihre geringen Rationen mit Yanks zu teilen«, bot Josef an.

Der Major wusste, dass er in der Zwickmühle steckte. Wenn er den Rebellen Lebensmittel lieferte, würden ihn seine Vorgesetzten zur Schnecke machen. Riskierte er jedoch das Leben seiner Verwundeten, galt er als Leuteschinder, dem die eigenen Männer nichts bedeuteten. Nach hartem innerem Kampf beschloss er nachzugeben.

»Ich werde zusehen, was ich erreichen kann, Sir! Auf jeden Fall werde ich genug Lebensmittel schicken, damit Sie meine Verwundeten ernähren können.«

Zu weiteren Zugeständnissen würde er diesen Mann nicht bringen können, das war Josef klar, und er nickte. »Einverstanden, das heißt, wenn Sie nichts dagegen haben, Sir?«

Die Frage galt Thierry, doch der nickte lächelnd. »Einverstanden!«

»Danke, Sir!« Der Major atmete auf und wies dann erneut auf seine Hand. »Ich wäre Ihnen sehr verbunden, wenn sich Ihr Arzt darum kümmern könnte, denn ich möchte so rasch wie möglich zu unserem Stützpunkt zurück!«

»Wir haben hier keinen Arzt«, antwortete Thierry lächelnd. »Der Mann, der sich um unsere Verwundeten und Kranken kümmert, hat zu Hause Tiere geheilt. Aber das konnte er gut. Sie werden keinen Unterschied merken!«

Der Miene des Majors nach schien dieser seinen Worten nicht zu glauben. Josef kümmerte sich jedoch nicht mehr um ihn, sondern wies die Männer an, die schlechtesten Gäule für die freigelassenen Nordstaatler auszusuchen. Ein Teil von ihnen bekam die Waffen zurück, und als der letzte Leichtverletzte verbunden und die gebrochenen Finger des Majors geschient waren, konnten die Yankees aufbrechen.

Henry und John O'Corra gingen noch einmal zu den beiden Offizieren, die ihr bereits einmal gegebenes Ehrenwort nicht eingehalten hatten.

»He, Jungs!«, meinte Henry. »Ihr solltet darauf achten, uns nicht mehr unter die Augen zu kommen. Ein drittes Mal lassen wir euch nicht mehr laufen.«

Er erhielt keine Antwort. Dafür aber strebten die zwei Offiziere an die Spitze ihre Kolonne und wagten keinen Blick mehr zurück.

Thierry sah ihnen nach und wandte sich dann Josef zu. »Glaubst du, dass der Major sein Versprechen hält?«

»Das weiß er im Augenblick selbst noch nicht. Doch das kann uns vorerst kaltlassen. Wir haben ein wenig Maismehl von Sanchez erhalten und sollten außerdem die drei toten Pferde mitnehmen. Auch wenn den Jungs Pferdesteaks nicht so recht schmecken werden – der Hunger treibt es rein!«

John O'Corra stöhnte. »Bei Gott, Josef! Man merkt, dass du

von einer Indianerin erzogen worden bist. Die reiten ihre Gäule, bis sie zusammenbrechen, essen sie dann auf und stehlen sich für den weiteren Weg einen neuen Zossen.«

»Das tun die Apachen! Kein Komantsche würde je ein Pferd zu Tode hetzen«, antwortete Josef und war gleichzeitig froh, dass sie ihr Fort so weit im Westen aufgeschlagen hatten. Nur hundert Meilen weiter östlich, und sie wären mitten im Apachenland gewesen, und die Indianer waren mit Sicherheit ein härterer Gegner als die US Cavalry.

6.

Die Versorgungslage in Texas war schlecht. Dabei stapelten sich in Bagdad und Matamoros auf der mexikanischen Seite der Grenze die Ballen und Kisten mit allen möglichen Gütern. Für Konföderationsdollar war jedoch nicht einmal mehr ein Pfund Mehl zu bekommen. Die Händler, die die Waren ins Land schmuggelten, wollten gute Golddollars sehen oder etwas dafür im Tausch erhalten, das sie selbst andernorts mit Gewinn verkaufen konnten.

Im French Settlement war man daher zur Selbstversorgung übergegangen. Leder und Selbstgewebtes ersetzten gekaufte Stoffe. Auch die Seife wurde eigenhändig hergestellt, und auf das, was es nicht gab, verzichtete man schweren Herzens. Zwar besaß Walther Fichtner noch einen Vorrat an Dollarmünzen aus der Zeit vor dem Krieg, doch er war nicht bereit, die horrenden Preise zu zahlen, die verlangt wurden. Außerdem verdiente er selbst kaum noch etwas. Weiter im Westen gab es genug Rinder, die ohne Brandzeichen herumliefen. Daher dachten die Leute nicht daran, für seine Tiere etwas zu zahlen, denn sie konnten dort unbehelligt welche schießen, auf einen Wagen laden und das Fleisch essen oder weiterverkaufen.

Gelegentlich schaffte Walther einen Wagen mit Mais oder anderen Feldfrüchten auf die Märkte der umliegenden Städte. Auch wenn man in Texas nicht so stark hungerte wie in Virginia oder den beiden Carolinas, die vom Krieg direkt betroffen waren, so herrschte auch hier Not. Im Gegensatz zu anderen

Farmern und Ranchern hatte Walther seine Leute angewiesen, notfalls auch Konföderationsdollars anzunehmen, bevor die Menschen hungern mussten. Zwar wurde er deswegen in viele Gebete mit eingeschlossen, aber reich werden konnte er auf diese Weise nicht.

Rachel Coureurs Lage hingegen hatte sich deutlich zum Besseren gewendet, denn es war ihr gelungen, sich mit zwei Händlern zusammenzutun, die ihre Baumwolle auf eigene Faust nach Brownsville und von dort über den Rio Grande nach Matamoros schaffen ließen. Dafür forderten die Männer die Hälfte des Gewinns und beluden auf der Rückfahrt die Wagen mit den Dingen, die Rachel zu brauchen glaubte.

Der Sklavenfraß, den sie noch vor einigen Monaten hatte essen müssen, war vergessen, denn auf ihrem Tisch stapelten sich nun Delikatessen. Allerdings waren diese nur für sie und Thamar bestimmt. Ihre Schwarzen erhielten noch immer denselben Eintopf wie früher. Rachel trug auch neue Kleider und neuerdings sogar wieder ein wenig Schmuck.

An diesem Nachmittag saß sie mit ihren Geschäftspartnern im Salon, trank türkischen Mokka und sah zu, wie ihr die beiden Männer den Gewinn der letzten Fahrt abzählten. »Es hätte ruhig ein wenig mehr sein können«, sagte sie enttäuscht. Einer der Männer hob mit einer ausholenden Geste die Arme. »Es ist nicht leicht, Ihre Baumwolle bis zum Rio Grande zu schaffen. Wir tun es nur aus Bewunderung für General Coureur, der das Arizona-Territorium heldenhaft für die Konföderation verteidigt!«

Ein verschmitztes Lächeln huschte über sein Gesicht, so als wäre er selbst nicht von seinen Worten überzeugt.

Nun mischte sich auch sein Geschäftsfreund ins Gespräch. »So ist es, Madam. Mein Partner und ich tun es wirklich nur aus diesem Grund!« Und deswegen, weil wir dich im Gegensatz zu anderen Baumwollpflanzern prächtig übers Ohr hauen können, setzte er in Gedanken hinzu.

Rachel kam gar nicht erst auf die Idee, man würde sie betrügen. Daher nickte sie zufrieden und ärgerte sich nur, weil Thamar sich schon wieder nicht blicken ließ. Einer der beiden Händler war ledig, und sie hätte ihn gerne mit ihrer Tochter verkuppelt.

»Bedauerlicherweise werden wir nur noch dieses eine Mal Baumwolle nach Matamoros schaffen können«, erklärte einer der Händler. »Es sieht nämlich so aus, als würden die Yankees den Krieg gewinnen.«

»So sieht es aus«, sprang ihm sein Partner bei. »Als Erstes werden sie Brownsville besetzen. Dann kommen wir nicht mehr nach Mexiko hinüber.«

»Vielleicht geht es weiter stromaufwärts!« Rachel wollte ungern auf das Geschäft verzichten, das es ihr ermöglichte, endlich wieder wie eine richtige Dame des Südens zu leben.

Beide Händler schüttelten den Kopf. »Wird nicht gehen! Dieser Weg ist zu lang, und die Yankees werden schwärmen. Es war sehr angenehm, mit Ihnen Geschäfte zu machen, Madam. Doch vorbei ist vorbei.«

»Aber ich …«, begann Rachel erschrocken.

»Es wird noch schlimmer für Sie werden, Madam. Die Yankees werden nämlich die Sklaven befreien. Dann laufen Ihnen die Schwarzen weg, und Sie haben niemanden mehr, der die Baumwolle pflanzt und erntet.«

Daran hatte Rachel noch gar nicht gedacht. Nun aber erinnerte sie sich, dass der Nordstaatenpräsident Lincoln die Befreiung der Sklaven als eines seiner Kriegsziele genannt hatte. Dabei hatte ihr Mann sich tief verschuldet, um die Schwarzen kaufen zu können. Zwar hatte er gehofft, diese Schulden in wenigen Jahren abtragen zu können, doch da war ihm der

Krieg dazwischengekommen – und sie selbst hatte nicht einmal die Zinsen bedient.

»Sehr bedauerlich, Madam, für Sie und für alle Pflanzer. Werden viele bitterarm werden.«

»Arm wie Kirchenmäuse!«

Die beiden Händler waren gut aufeinander eingespielt und zeichneten Rachel nun abwechselnd auf, wie schlimm es für sie würde, wenn die Yankees ihre Sklaven befreiten.

»Wenn Sie das Gesindel nur zurück nach Afrika schaffen würden, könnte man es noch ertragen. Doch in Georgia und South Carolina sollen diese verdammten Yankees den Pflanzern ihr Land weggenommen und den Sklaven geschenkt haben. Das wird hier nicht anders werden«, prophezeite einer zuletzt düster.

»Ich besitze fast vierzig Sklaven. Wenn jeder von denen eine Siedlerstelle erhalten würde, bliebe für uns selbst nichts mehr übrig«, rief Rachel entsetzt.

Einer der Männer hob beschwichtigend die Hand.

»Es gäbe eine Lösung! Wenn es hier keine Sklaven mehr gibt, kann auch niemand Land erhalten.«

»Wie meinen Sie das?«, fragte Rachel verwundert.

»Mexiko ist ein Land, in dem es offiziell keine Sklaverei gibt. Allerdings brauchen die großen Hacienderos immer gute Arbeiter, die nicht sofort davonlaufen, wenn ihnen etwas nicht passt. Einige von ihnen sind bereit, Nigger als Kontraktarbeiter zu übernehmen. Sie zahlen eine gewisse Summe, und der Nigger wird verpflichtet, diese abzuarbeiten. Da er eine Unterkunft braucht und dazu Essen und Kleidung, dauert das seine Zeit.«

»Aber was hat das mit meinen Sklaven zu tun?«, fragte Rachel hoffnungsvoll.

»Sie geben uns die Leute mit, wir bringen sie über den Rio

Grande und vermitteln sie für eine kleine Gebühr an einen oder zwei Hacienderos. Damit wäre allen geholfen. Die mexikanischen Großgrundbesitzer haben Arbeiter, Sie sind die Sklaven los und erhalten sogar noch ein paar Dollar dafür. Die Yankees aber können Ihnen kein Land wegnehmen, weil es keine Nigger gibt, die es für sich fordern könnten.«

»Wie viel würde ich pro Stück bekommen?« Rachel war bereit, alles zu tun, um ihre Sklaven loszuwerden. Wenn sie dafür noch Geld bekam, war es umso besser.

»Sagen wir fünfzig – nein, weil Sie es sind, hundert Dollar pro Nigger, gleichgültig, ob Mann oder Frau, und fünfzig für Kinder ab acht Jahren. Für Jüngere zahlt keiner etwas«, erklärte einer ihrer Gäste.

»Ich habe vierzig Nigger auf der Plantage sowie fünf Haussklaven! Das wären viertausendfünfhundert Dollar! Dazu kämen noch vierhundert Dollar für acht Kinder!« Ihr Mann hatte zwar ein Mehrfaches dieser Summe bezahlt, doch das interessierte Rachel im Augenblick nicht. Dann aber sagte sie sich, dass sie nicht alle Sklaven verkaufen konnte. Sie brauchte die Köchin, ihre Zofe, einen Hausdiener und den Kutscher, wenn sie sich nicht wie eine schlichte Farmersfrau selbst an den Herd stellen wollte. Dies sprach sie auch aus und sah einen der Händler verständnisvoll nicken.

Der andere hob die Hand. »Ich verstehe Sie voll und ganz, Madam. Aber Ihre Zofe ist, wie ich sehen konnte, ein hübsches Ding und hat mindestens zur Hälfte weißes Blut in den Adern. Es gibt Männer, denen so eine Mulattin oder Quarterone gefällt und die viel Geld dafür zahlen würden.«

»Wie viel?«, fragte Rachel, die sich sagte, dass Thamar ihr beim Ankleiden helfen konnte.

»Fünfhundert Dollar bar auf die Hand, ebenso wie das Geld

für die anderen Nigger!« Der Händler holte seinen Geldbeutel heraus und stapelte eine Reihe Zwanzigdollarmünzen vor Rachel auf.

Der Glanz des Goldes entschied alles. »Sie können Bessie zusammen mit den anderen mitnehmen, Mister. Nur Joshua, Samuel und die Köchin Suzie bleiben hier.«

Die beiden Männer sahen einander zufrieden an, denn auch das war ein Geschäft, das ihnen Profit bescheren würde. Ihr Wortführer lächelte Rachel an. »Wir haben Ihre Zustimmung voraussetzend neun wackere Jungs mitgebracht, um die Nigger zu treiben. Wir werden morgen früh aufbrechen, um über den Rio Grande zu kommen, bevor die Yankees es verhindern können.«

»Gut!«, antwortete Rachel.

Dann fiel ihr ein, dass Bessie und Joshua ein Liebespaar waren und der Haussklave mit Sicherheit Schwierigkeiten machen würde, wenn er erfuhr, dass die junge Frau verkauft werden sollte. Schnell fand sie auch für dieses Problem eine Lösung und läutete nach ihrer Zofe.

Bessie kam herein und knickste. »Sie wünschen, Missus?«

»Es heißt doch, Arlette und Thomé Laballe wären beide krank. Die Köchin soll ein Lebensmittelpaket für die zwei packen und Samuel dich mit dem Wagen hinbringen. Du wirst die beiden pflegen, bis sie wieder gesund sind.«

»Jawohl, Missus! Danke, Missus!« Bessie atmete auf, denn die Laballes waren weitaus angenehmere Menschen als ihre Herrin. Auch wenn der alte Thomé ihr gelegentlich auf das Hinterteil klopfte, war er keiner, der von ihr forderte, mit ihm ins Bett zu gehen.

»Beeil dich!«, befahl Rachel, und die Zofe rannte wie gehetzt davon.

Die beiden Händler sahen ihr grinsend nach. »Wirklich ein

hübsches Ding! Wir werden es gut anbringen. Aber warum wollen Sie es zu diesen Leuten schicken?«

»Weil Sie Bessie dort morgen ohne Schwierigkeiten wegholen können. Das Haus der Laballes liegt am Weg«, erklärte Rachel zufrieden mit sich selbst.

Sie nahm nun einen Stoffbeutel und füllte die Golddollars hinein, die sie für ihre letzte Baumwolllieferung und ihre Sklaven erhalten hatte. Besser hätte auch Thierry nicht handeln können, dachte sie und freute sich, den Yankees mit dem Verkauf der Sklaven noch einen letzten Streich gespielt zu haben.

7.

Etwa um die gleiche Zeit, in der Rachel ihre Sklaven verkaufte, stand Diego Fitchner mit entschlossener Miene vor seinem Vater. »Es tut mir leid, aber nichts von dem, was du sagst, kann meinen Entschluss ändern.«

»Du bist ein Idiot!«, rief Gretel wütend. »Willst du dich wirklich für diese verdammten Sklavenhalter totschießen lassen?«

»Abendsonne möge ihre Zunge zügeln«, rief Nizhoni ihre Tochter zu Ordnung.

»Ich würde mich schämen, nicht dabei gewesen zu sein. Ich bin bald achtzehn, und es sind viele zur Armee gegangen, die jünger waren als ich.« Diego kämpfte gegen die Tränen an, die in ihm aufsteigen wollten. Zwar verstand er die Vorbehalte seiner Familie, aber er wollte später nicht von anderen hören müssen, ein Feigling gewesen zu sein.

Walther wusste nicht, was er sagen sollte. Zwei seiner Söhne waren bereits im Krieg, und nun wollte auch noch sein Jüngster zu den Soldaten. Da legte Nizhoni ihm die Hand auf den Arm.

»Lass Wildkatze ziehen! Es ist der Weg des Kriegers, den er beschreiten muss. Sein Herz würde für immer traurig sein, wenn du ihm diesen versagst.«

»Ich gehe ja auch nicht allein! Dave will mitkommen«, wandte Diego ein.

»Der ist ein noch größerer Narr als du!«, fauchte seine Schwester. »Will er als Sohn eines Schwarzen tatsächlich für diejenigen ins Feld ziehen, die seine Rasse versklaven?«

»Er ist wie ich ein Texaner! Es kommt nicht darauf an, wie man außen aussieht, sondern auf das Herz«, erklärte Diego leise.

»Dann soll es halt so sein!« Ganz konnte Walther seine Enttäuschung nicht verbergen.

Gretel hingegen überlegte kurz, rief »Warte noch einen Augenblick!« und verschwand wie ein Blitz.

Wenig später tauchte sie wieder auf, ganz in Leder gekleidet und mit einem Hut auf dem Kopf, unter dem sie ihre prachtvollen roten Haare versteckt hatte. Während sie ihre Remington Rider in den Gürtel steckte und eine Büchse an sich nahm, sah sie die anderen grinsend an.

»Ich werde auf Diego aufpassen! So wie jetzt kann ich gut als sein jüngerer Bruder gelten.« Da sie schlank war und ihre Brüste mit einem Tuch gebändigt hatte, sah sie tatsächlich so aus wie ein hübscher Junge von etwa sechzehn Jahren.

»Ich will nicht, dass du mitkommst«, rief Diego wütend.

»Nicht zu den Soldaten!«, schränkte Nizhoni seine Worte ein. »Abendsonne wird ihre Haare zeigen und euch bis Fort Brown begleiten. Du wirst auf sie aufpassen, Diego!«

»Aber ...« Ein Blick der Mutter verschloss Diego den Mund. Nizhoni umarmte ihren Sohn und raunte ihm ins Ohr. »Willst du, dass deine Schwester dir im Geheimen folgt und allen möglichen Gefahren ausgesetzt ist?«

Mit denen wird sie schon fertig, wollte Diego schon sagen, begriff aber, dass sich sein Vater dann noch mehr Sorgen machen würde, und nickte. »Also gut, wir nehmen Gretel mit. Aber sie wird nicht in die Armee eintreten.«

Es passte Gretel überhaupt nicht, dass sie hinter ihrem Bruder zurückstehen sollte, und sie überlegte sich, erst später aufzubrechen. Doch als sie in das Gesicht ihrer Mutter sah, las sie darin die Warnung, es nicht zu übertreiben.

»Du kannst nicht immer Wildkatzes große Schwester sein, Abendsonne. Er ist dabei, ein Krieger zu werden, und daran darfst du ihn nicht hindern.« Nizhoni kam auf ihre Tochter zu und umarmte sie. »Verstehe es doch!«

Gretel schnaubte kurz, nahm den Hut ab und schüttelte den Kopf, so dass ihre Haare aufstoben und ihr wie ein roter Wasserfall über den Rücken stürzten. »Ist es so besser?«, fragte sie, als sie den Hut wieder aufgesetzt hatte.

Statt einer Antwort küsste Nizhoni sie auf die Wange, und Diego grinste erleichtert. Auch wenn Gretel mitkam, so galt sie doch nur als Mädchen und konnte ihn nicht mehr am Nasenring führen.

8.

Am nächsten Morgen brachen Gretel, Diego und Dave auf. Mit ihren guten Pferden, so hofften sie, würden sie den Rio Grande in wenigen Tagen erreichen. Unterwegs lagerten sie im Freien und lebten von den Vorräten, die sie mitgenommen hatten, und von dem Wild, dass sie unterwegs schossen. Es hätte ein schöner Ausflug sein können, wäre ihr Ziel nicht Fort Brown gewesen, eine der letzten Festungen nahe der Küste, die noch von texanischen Truppen gehalten wurde.

Als sie dort ankamen und der Wache am Tor erklärten, dass Diego und Dave in die Armee eintreten wollten, schüttelte der Soldat lachend den Kopf.

»Da seid ihr ein bisschen spät dran, Jungs. Der Krieg ist so gut wie vorbei. Bobby Lee und Joe Johnston haben kapituliert, und unser Ed Kirby verhandelt bereits mit den Yanks, um die Waffen niederzulegen. Daher hat sich schon ein großer Teil unserer Leute nach Hause aufgemacht. Neue Soldaten brauchen wir da nicht mehr.«

Als er die Enttäuschung auf Diegos Gesicht sah, lenkte er ein. »Kommt herein, lasst euch einen Becher Kaffee geben und bleibt hier, bis die Sache vorbei ist. Hier habt ihr die Möglichkeit zuzusehen, wie wir den Yanks das Fort und unsere Fahne übergeben, und danach könnt ihr nach Hause reiten und erzählen, dass ihr bis zum Schluss dabei gewesen seid.«

Er lachte und sah dann Gretel an. »Was ist mit dem Girl?«

»Es ist meine Schwester, und Ma sagt, ich muss auf sie aufpassen.« Diego grinste, denn er wusste, dass Gretel sich darüber ärgern würde. Zwar beließ diese es bei einem Schnauben, doch ihr Blick drohte ihm einige versalzene Mahlzeiten zu Hause an. Doch das war es ihm wert.

Ein anderer Soldat musterte derweil Dave und lachte. »Das muss man sich ansehen, ein Nigger, der freiwillig für den Süden kämpfen will!«

»Meiner Ansicht nach hätten wir die Schwarzen nach dem Fall von Fort Sumter alle freilassen und in die Armee holen sollen«, wandte einer seiner Kameraden ein. »Mit ihnen zusammen hätten wir den Yanks schon eingeheizt. Auf der Ranch meines Onkels waren ein paar von ihnen. Tolle Kerle, sage ich dir!«

Unterdessen ging Diego an Gretel vorbei ins Fort und sah sich neugierig um. Da Dave ihm folgte, blieb auch Gretel nichts anderes übrig, als mitzugehen. In ihrer Ledertracht mit den Fransen erregten die drei bei den Soldaten Aufsehen. Einige grinsten amüsiert, andere starrten Dave an, der mit seiner kaffeebraunen Haut und den glatten schwarzen Haaren nicht verbergen konnte, der Sohn eines Schwarzen und einer Indianerin zu sein. Auch Gretel und Diego wirkten in dieser Kleidung indianischer als sonst, auch wenn einige Soldaten sich über Gretels rote Haare wunderten.

»Die drei wollen sich uns noch anschließen«, rief der Wachtposten seinen Kameraden zu.

»Das Mädchen auch?«, fragte ein Soldat lachend.

Gretel fauchte ihn wütend an. »Ich kann wahrscheinlich besser schießen als du!«

»Das wäre doch was, Mike, wenn du mit dem Girl um die Wette schießt!«, stichelte ein anderer Soldat.

»Du kannst mich mal!« Ein so guter Schütze war Mike nicht, als dass er es gewagt hätte, sich mit einem Mädchen zu messen, das aussah, als würde es von der Indianergrenze kommen.

»War ja nur ein Vorschlag. He, ihr drei, kann einer von euch lesen?« Der Soldat hielt eine Zeitung in der Hand und winkte damit. »Ist die New Orleans Times! Steht drin, dass Lee und Johnston sich ergeben haben. Und dem verdammten Lincoln hat einer die ihm gebührende Kugel verpasst. Ist tot, dieses Schwein!«

Ein Freund der Nordstaaten war der Soldat bestimmt nicht, dachte Gretel, während sie versuchte, das Gehörte zu begreifen. Lees und Johnstons Kapitulation hatte der Posten am Tor bereits erwähnt, doch Lincolns Tod war ihr neu. Sie wusste jedoch, dass weder Diego noch Dave oder sie Trauer zeigen durften.

»Hat er verdient«, meinte sie und bemühte sich dabei, den breiten Dialekt der ärmeren Farmer nachzumachen.

Ihr Beispiel half ihrem Bruder und dessen Freund, sich ebenfalls zu beherrschen. Die beiden ließen sich berichten, dass der Unionsgeneral Brown in Brazos Santiago tausendfünfhundert Mann zusammengezogen hatte, denen gerade mal dreihundert auf der eigenen Seite entgegenstanden.

»Es wurde ein Waffenstillstand mit den Yanks vereinbart, damit die Generals verhandeln können«, meinte ein Soldat. »Wird wohl darauf hinauslaufen, dass wir in ein paar Tagen die Fahne abgeben und dann nach Hause geschickt werden. Na ja, mir soll's recht sein. Auf der Farm muss auch mal wieder was gemacht werden. Meine Frau tut zwar, was sie kann, aber sie hat auch nur zwei Hände.«

»Ein Waffenstillstand, und dann wird Frieden geschlossen?« Gretel überlegte, ob sie Diego nicht dazu überreden sollte, wieder nach Hause zu reiten. Hier würde er doch nichts mehr erleben. Als sie ihm jedoch diesen Vorschlag machte, schüttelte er den Kopf.

»Ich möchte die Yankees sehen!«

»Vielleicht ist Waldemar bei ihnen«, meinte Dave.

»Waldemar!« Gretel verspürte eine solche Sehnsucht nach ihrem Bruder, dass ihr die Tränen kamen. Dann aber schüttelte sie den Kopf. Die Yankees hatten Tausende und Abertausende Soldaten. Da erschien es ihr unwahrscheinlich, dass Waldemar ausgerechnet bei den fünfzehnhundert Mann sein könnte, die dieser General Brown unter seinem Kommando hatte. Um sich von diesem Gedanken abzulenken, wandte sie sich an Diego.

»Wenn du hierbleiben willst, sehe ich mich eben in Brownsville um«, antwortete Gretel und wollte gehen.

»Das würde ich nicht tun, Miss«, wandte ein Kanonier, der Larry genannt wurde, kopfschüttelnd ein. »Ist kein guter Ort, dieses Brownsville. Dort treiben sich nur Geschäftemacher und ähnliches Gesindel herum. Würde meine Tochter, wenn ich eine hätte, nicht allein dorthin lassen. Nein, das würde ich nicht!«

Ärgerlich wandte Gretel sich Diego zu. »Also gut, wenn du hierbleiben willst, kannst du es tun. Aber du wirst mich in den nächsten Tagen nach Brownsville begleiten!«

»Mach ich«, versprach Diego uninteressiert, während er sich bereits Larry und dessen Vorgesetzten, Lieutenant William Gregory, zuwandte. Die beiden hatten versprochen, ihm zu erklären, wie die Kanonen funktionierten.

9.

Für die Nacht wurde Gretel bei zwei Offiziersfrauen einquartiert, während Diego und Dave unter freiem Himmel schliefen. Das Frühstück am nächsten Morgen war zwar ausreichend, aber auch geschmacklos. Dazu gab es Kaffee, der so bitter schmeckte, dass Gretel ihn kaum hinunterbrachte. Den ganzen Vormittag tat sich nichts, und so litt sie unter Langeweile. Diego und Dave hingegen ließen sich von Larry das Fort zeigen und durften sogar mithelfen, eine Kanone zu laden.

Da der nächste Tag in Gretels Augen genauso öde zu werden drohte, ging sie mit dem festen Vorsatz zu Bett, Diego aufzufordern, gleich am Vormittag mit ihr nach Brownsville zu reiten. Aber mitten in der Nacht schreckte sie durch Gewehrfeuer hoch.

»Was ist denn da los?«, fragte sie die Offiziersfrauen.

»Das kommt aus dem Osten! Aber wir haben doch einen Waffenstillstand mit den Yankees geschlossen«, antwortete eine von ihnen verständnislos.

Gretel begriff, dass sie von den beiden Frauen nichts erfahren würde. Daher zog sie sich rasch an, packte ihre Waffen und eilte nach draußen. Dort hatten sich bereits die meisten Soldaten versammelt und lauschten dem Gefechtslärm.

Da erschien Colonel Ford, der Kommandant des Forts, und musterte seine Männer mit einem prüfenden Blick. »Macht euch zum Abmarsch fertig, Jungs! Wie es aussieht, wollen die Yankees nicht abwarten, bis die Verhandlungen beendet sind, sondern rücken trotz des Waffenstillstands vor. Sobald Captain Robinson einen Melder mit seinem Bericht geschickt hat, werde ich entscheiden, ob wir den Kerlen auf die Finger klopfen.«

»Bin dafür, es zu tun, Sir! Wenn es recht ist, heißt das«, rief einer der Männer von hinten.

Plötzlich zupfte jemand Gretel am Ärmel. Sie drehte sich um und sah Diego hinter sich. Seine Augen glänzten. »Es sieht so aus, als bekämen wir doch noch etwas mit.«

»Ihr seid doch keine Soldaten«, wandte Gretel ein.

»Lieutenant Gregory hat uns versprochen, dass wir mitgehen dürfen«, berichtete ihr Bruder voller Begeisterung.

»Dann bleibe ich auch nicht zurück.« Gretel ließ keinen Zweifel daran, dass sie mit der Truppe ziehen oder ihr folgen würde.

»Wenn es unbedingt sein muss! Aber pass auf dich auf! Die Yankees sind keine Gentlemen«, warnte ihr Bruder sie und eilte zurück zu Gregorys Artillerieeinheit.

Unterdessen befahl Colonel Ford, das Frühstück zuzubereiten, und beriet sich mit seinen Offizieren. Gretel schlich sich so nahe wie möglich an die Männer heran und bekam mit, dass Ford auf Verstärkungen unter General Slaughter warten wollte.

Das Feuergefecht in der Ferne hörte jedoch nicht auf, und so gab er am Vormittag doch den von allen ersehnten Befehl zum Aufbruch. Gretel gelang es, sich an Gregorys Abteilung anzuhängen, und ignorierte die bösen Blicke ihres Bruders, dem es gar nicht passte, sie in Gefahr zu wissen.

Captain Robinson erschien, um Ford Bericht zu erstatten. Im Anschluss daran teilte dieser seine Truppe auf. Während Captain Wilson und Lieutenant Smith mit ihren Männern zusammen mit Robinsons Kompanie die Yankees direkt angreifen sollten, bildeten Vineyards Reiter und Gregorys Artillerie den linken Flügel, dem sich auch Diego, Gretel und Dave anschlossen. Beim Wegreiten hörte Gretel noch, wie Ford den Captains Gibson und Cocke befahl, die Yankees von Norden her aufzurollen.

Bei der befohlenen Stellung angekommen, halfen Diego und Dave mit, die Kanonen zu laden. Gretel hingegen blieb auf ihrer Stute sitzen und schaute über das Land. Zu ihrer Rechten zog der Rio Grande eine Schleife, in der ein Teil der US-Truppen sein Lager aufgeschlagen hatte. Jenseits des Stroms entdeckte sie gut zwei Dutzend Reiter, teils in bunten Uniformen oder mit breiten Sombreros und scheckigen Ponchos.

»Was sind das für Leute?«, fragte sie Larry, der in ihrer Nähe stand.

Der Soldat sah kurz hinüber und winkte ab. »Mexikanische Grenzreiter! Wollen wohl zusehen, wer hier gewinnt.« Dann sah er Gretel mahnend an. »Es ist nicht richtig, dass Sie auf dem Gaul sitzen, Miss. Nicht, dass die Yanks Sie für einen Offizier halten und erschießen wollen!«

Diego, der gerade mit einer Kartusche vorbeikam, lachte hell auf. »Gretel führt sich meistens auch so auf, als wenn sie das Kommando hätte«, meinte er anschließend zu Dave.

»Immerhin hat sie den Komantschen Achtung eingeflößt, und das will was heißen«, antwortete sein Freund und reichte die Granate, die er gebracht hatte, an einen der Kanoniere weiter.

Kurz darauf erklang der Feuerbefehl, und die Kanonen bellten auf. Als die Yankees merkten, dass sie von zwei Seiten mit Artillerie beschossen wurden, brach Panik aus, und sie flohen. Einer der Ersten, der auf seinem Pferd davonsprengte, war seiner Uniform nach ein Offizier.

»Das ist ja ein Held«, rief Gretel lachend und hob die Büchse.

Sie wollte schon abdrücken, als sie sich daran erinnerte, dass es unehrenhaft war, einem fliehenden Mann in den Rücken zu schießen. Außerdem war das nicht ihr Krieg. Ihr Vater hatte immer gehofft, der Norden würde gewinnen, und sie hatte auch nicht vergessen, wie verächtlich die sogenannten Gentlemen des Südens über ihre Mutter und sie geredet hatten.

Unterdessen griffen Fords Männer auf breiter Front an. Den Unionssoldaten gelang es nur an einer Stelle, einige Zeit standzuhalten. Dann wurden sie überrollt und mussten sich ergeben. Einige Yankees versuchten, über den Rio Grande zu fliehen in der Hoffnung, dort vor den Texanern in Sicherheit zu sein.

Doch da begannen die Mexikaner zu schießen. Mehrere Unionssoldaten stürzten und wurden von den Wassern des Rio Grande mitgerissen, der Rest kehrte eilig zum texanischen Ufer zurück und hob die Hände.

Als Gretel das sah, schüttelte sie den Kopf. »Und die haben diesen Krieg gewonnen?«, fragte sie Larry.

Diego feixte. »Du hast doch gehört, dass Old Rudledge immer gesagt hat, die Burschen aus Mississippi und Alabama würden nicht viel taugen. Wenn die Virginier nicht besser sind als die, wundert mich die Niederlage nicht.«

»Wenigstens haben wir es ihnen diesmal gegeben«, erklärte Lieutenant Gregory und gab den Befehl, das Feuer einzustellen.

»Werden wir die Kerle verfolgen?«, fragte Diego kampfeslustig.

»Ich würde es nicht tun. Die Yanks in Brazos Santiago sind uns um das Fünffache überlegen. Außerdem haben wir nicht genug Boote, um auf die Insel zu gelangen.« Gregory klang bedauernd, denn er hätte dem Feind vor dem Ende des Krieges gerne noch eine deftige Lektion erteilt.

Kurz bevor es dunkel wurde, traf General Slaughter ein. Gretel, die sich ungeniert zwischen den einzelnen Truppenteilen bewegte, hörte, wie er Ford aufforderte, die fliehenden Unionssoldaten zu verfolgen.

Doch der Colonel schüttelte den Kopf. »Das hat keinen Sinn, Sir. Die Yanks haben inzwischen Verstärkung aus Brazos Santiago erhalten und ziehen sich geordnet zurück. Außerdem ist es gleich Nacht, und meine Leute sind müde. Robinsons Einheit befindet sich seit Mitternacht im Gefecht, und der Rest hat einen Eilmarsch und den Angriff auf die Yankees hinter sich.«

»Dann treiben Sie die Kerle wenigstens noch ein Stück zurück«, befahl Slaughter.

Colonel Ford nickte grimmig und befahl, den Feind zu verfolgen. Da die Artillerie nicht mehr gebraucht wurde, gesellte Gretel sich wieder zu ihrem Bruder und zu Dave, die wie altgediente Kanoniere auf den Protzen saßen und zusammen mit Gregorys Leuten feierten. Als noch einmal Gewehrfeuer aufklang, hielten sie inne und schauten nach Osten.

»General Slaughter meinte, die Yankees könnten noch ein wenig Feuer unter dem Hintern vertragen, damit sie schneller rennen«, erklärte Gretel, die froh war, dass weder ihrem Bruder noch Dave etwas passiert war.

Das Feuergefecht hörte bald wieder auf, und die Texaner kehrten von der Verfolgung zurück. Obwohl sie auf breiter Front gegen Colonel Baretts Truppen vorgerückt waren, hatten sie nur ein paar Verwundete zu beklagen. Die Stimmung war daher gut, zumal der Feind fast dreißig Mann verloren hatte und mehr als einhundert Yankees in Gefangenschaft geraten waren.

»Ihr habt euch gut gehalten«, lobte Lieutenant Gregory Diego und Dave. »Wenn der Krieg weitergehen würde, hätte ich euch gerne in meiner Einheit. Hier, damit ihr einmal sagen könnt, ihr seid bei Palmito Ranch dabei gewesen!« Er griff in die Tasche, zog zwei schwarze Stoffsterne heraus, wie seine Männer sie an ihren Hüten trugen, und reichte sie den beiden Burschen.

»Danke, Sir!« Diego versuchte zu salutieren und brachte seine Schwester damit zum Lachen. Verärgert drehte er sich zu ihr um.

»Was soll das?«

»Oh, gar nichts! Entschuldige, ich wollte dich nicht kränken.« Es gelang Gretel, sich zu beherrschen. Ihr war bewusst, wie stolz ihr Bruder war, so ein Lob erhalten zu haben, und das wollte sie ihm nicht vergällen.

»Wir kehren nach Fort Brown zurück. Bis wir abrüsten, könnt ihr bei uns bleiben«, bot Lieutenant Gregory Diego und Dave an.

Diesmal hielt Gretel den Mund, freute sich aber selbst für ihren Bruder, der endlich ein wenig aus dem übermächtigen Schatten des Vaters und ihrer älteren Brüder, aber auch aus ihrem eigenen herausgetreten war.

10.

Nach ihrer Rückkehr nach Fort Brown tat sich einige Tage lang gar nichts. Während Diego und Dave sich von Larry und dessen Kameraden weiter in die Bedienung der Kanonen einweisen ließen, überlegte Gretel, ob sie nicht auf eigene Faust ins nahe Brownsville reiten sollte. Doch als sie Flashy sattelte, meldete die Wache mehrere Yankees, die sich unter der Parlamentärflagge näherten. Sofort war Brownsville vergessen, und Gretel eilte zum Tor, um die Feinde zu sehen. Es waren mehrere Offiziere, denen der Ärger über ihre Schlappe bei der Palmito Ranch noch anzumerken war. Sie verhielten sich jedoch friedlich und erklärten, mit General Slaughter und Colonel Ford verhandeln zu wollen.

Die Männer wurden in die Kommandobaracke geführt, und Gretel versuchte, sich so nahe wie möglich dort herumzutreiben. Zu ihrer Enttäuschung bekam sie jedoch nicht das Geringste mit. Einige Zeit später verließen die US-Offiziere das Fort wieder. Diese waren noch nicht außer Sicht, da brach General Slaughter mit einem kleinen Trupp auf, um, wie er beim Aufsteigen auf sein Pferd sagte, mit seinem Vorgesetzten, General Kirby, zu sprechen.

»Es liegt nun in Ihrer Hand, was Sie hier tun, Rip«, sagte er als Abschied zu Colonel Ford und ritt mit versteinerter Miene los.

John Salmon Ford sah ihm nach und befahl seinen Männern, sich auf dem Paradeplatz zu versammeln. Da Diego und Dave mit Larry zusammen dorthin gingen, schloss Gretel sich ihnen an. Sie sah, wie schwer es Ford fiel zu sprechen. Dann aber atmete er tief durch.

»Es ist vorbei! Der Krieg ist aus. Nachdem Gouverneur Pendleton Murrah sich nach Mexiko abgesetzt hatte, hat sein Nachfolger Fletcher Stockdale allen texanischen Truppen die Anweisung gegeben, die Waffen zu strecken! Ich habe allerdings wenig Lust, hier zu warten, bis die Blauröcke mit klingendem Spiel erscheinen, und dann auch noch brav zu salutieren. Ich glaube, ihr auch nicht, oder?«

»Nein, Colonel! Nicht, nachdem wir die Kerle noch einmal verprügelt haben. Würde mir die Galle überlaufen, wenn ich zusehen müsste, wie sie sich aufspielen!«, rief Larry aus.

»Mir geht es genauso!«, gab Ford zu. »Aus diesem Grund löse ich unsere Einheit auf. Ihr seid gute Soldaten! Wären alle so gewesen, hätten wir den Krieg gewonnen. So aber bleibt uns nichts anderes, als zu unseren Farmen und Werkstätten zurückzukehren, in die Hände zu spucken und so weiterzuarbeiten, als hätte es diesen verdammten Krieg nie gegeben.«

Ford kämpfte sichtlich mit den Tränen, und so erging es vielen seiner Männer, die lange Jahre gehofft hatten, das Blatt noch wenden zu können. Während Ford durch die Reihen ging und jedem Soldaten zum Abschied die Hand reichte, zupfte Gretel ihren Bruder am Ärmel.

»Jetzt können wir wieder nach Hause. Aber vorher würde ich mir gerne Brownsville ansehen!«

»Warum? Wir haben doch ohnehin kein Geld, um uns was kaufen zu können«, wandte Diego traurig ein. Auch wenn er nur einige Tage bei Gregorys Batterie gewesen war, so fühlte er sich den rauhen Männern verbunden und bedauerte es, dass sie nun als Besiegte nach Hause zurückkehren mussten.

»Ich will es mir einfach nur ansehen. Meinetwegen können wir heute noch weiterreiten«, drängte Gretel.

»Wo kommt ihr eigentlich her, ihr drei?«, fragte Larry.

»Vom Rio Colorado nordwestlich von Austin«, antwortete Diego.

»In Richtung Austin müssen Mike, Randy, Jeff und ich auch. Wenn ihr wollt, können wir zusammen reiten«, bot Larry an. Diego warf Gretel einen fragenden Blick zu, aber eine Geste von ihr besagte, dass er selbst entscheiden müsse. »Ich würde mich darüber freuen«, antwortete er, denn er hatte Larry und dessen Freunde als gute Kameraden kennengelernt.

»Dann ist es beschlossen. Los jetzt, Jungs! Wir holen unsere Sachen, und dann kann uns der Krieg … ähm, am Allerwertesten vorbeigehen – wenn ich so sagen darf, Miss?«

»Sie dürfen, Soldat!«

Gretel amüsierte sich über Larry, der nicht genau zu wissen schien, wie er sie behandeln sollte. In ihrer Lederkleidung und dem Hut wirkte sie jünger, als sie war, und konnte gut und gern als Diegos kleine Schwester angesehen werden.

Wenig später hatten die Männer ihre Sachen geholt und sattelten ihre Pferde. Als sie das Fort verließen, fluchte Mike leise. »Sie hätten uns wenigstens noch den restlichen Sold auszahlen können.«

»Glaube nicht, dass du für Konföderationsdollars in Brownsville auch nur einen einzigen Drink bekommen würdest«, spottete Larry.

»Ein Drink wäre genau das, was ich jetzt brauchen könnte!« Mike seufzte so tief, dass Gretel es fast bedauerte, den Vorschlag gemacht zu haben, nach Brownsville zu reiten. Auch sie und Diego hatten nur ein paar Konföderationsdollars in der Tasche, mit denen kein Staat mehr zu machen war.

»Wisst ihr was, Jungs? Wir lassen dieses Brownsville und schauen zu, dass wir nach Hause kommen«, sagte sie zu den anderen.

»Hindurchreiten können wir ja mal. Liegt ohnehin auf dem Weg«, meinte Larry.

Gretel hatte erwartet, die Stadt würde Austin oder den anderen Städten gleichen, die sie kannte. Doch in Brownsville gab es nur wenige Holzhäuser, eine Menge Zelte und mehrere große, mit Planen abgedeckte Stapel mit Baumwollballen.

»Die Ratten verlassen den sinkenden Kahn und versuchen, möglichst große Speckstücke mitzunehmen«, meinte einer ihrer Begleiter mit bitterem Spott.

Auch Gretel beobachtete nun, wie alles Mögliche zum Ufer geschleppt und auf Boote geladen wurde, um nach Matamoros geschafft zu werden. Dabei interessierte es viele nicht mehr, wem was gehörte. Leute schimpften, andere rafften einfach Waren an sich und schleppten sie zum Strom, und ein Stück weiter vorne trieben wüst aussehende Kerle eine Gruppe Schwarzer Richtung Fluss.

»Verdammte Menschenschinder!«, schimpfte Larry. Auch wenn er für den Süden gekämpft hatte, mochte er keine Männer, die Menschen wie Vieh behandelten.

Gretel nickte zustimmend und wünschte sich, den Schwarzen helfen zu können. In dem Moment drehte sich eine junge Sklavin um, sah sie und Diego irritiert an und schlug die Hände vors Gesicht. Dann rannte sie auf Gretel zu und fasste nach deren Fuß.

»Sie müssen mir helfen, Missi Gretel! Die wollen uns nach Mexiko schaffen.«

»Du kennst mich?«, fragte Gretel verblüfft.

Die junge Frau nickte. »Ich bin Bessie, die Zofe von Missus Rachel. Ich …«

Zu mehr kam sie nicht, denn ein vierschrötiger Kerl packte sie rüde am Arm. »Mach, dass du zum Ufer kommst, sonst zieh ich dir die Peitsche über, dass du mir hinterher die Füße leckst – und etwas anderes noch dazu.«

»Bitte, Missi!«

Gretel konnte Bessies verzweifelter Miene nicht widerstehen und zog ihren Revolver.

»Lass sie los!«, forderte sie den Sklaventreiber auf.

Der Mann starrte auf die Mündung, die genau auf seinen Kopf zielte, dachte aber nicht daran, so einfach aufzugeben. »Das Weibsstück gehört meinem Boss. Also verschwinde, du Miststück, sonst wirst du es bereuen!«

»So lasse ich keinen mit meiner Schwester reden«, rief Diego empört und zog ebenfalls seine Waffe.

»Glaubst du, ich fürchte mich vor einem Hinterwäldlerbubi?« Der Sklaventreiber griff nun ebenfalls zum Colt. Gleichzeitig kamen mehrere seiner Kumpane heran, um ihm zu helfen.

Bevor die Situation eskalieren konnte, beugte sich Larry grinsend nach vorne. »An eurer Stelle würde ich schnellstens verschwinden! Wir haben eben das Fort an die Yankees übergeben. Die werden gleich kommen, und wenn sie sehen, dass ihr Nigger über den Rio Grande schaffen wollt, werden sie ziemlich ärgerlich werden, schätze ich!«

Der Sklaventreiber stierte ihn erschrocken an. »Die Yankees, sagst du?«

»Oh, ja! Und sie haben Lincolns verfluchten Erlass bei sich, dass alle Nigger frei sein sollen. Wenn die euch erwischen, machen sie kurzen Prozess mit euch.« Larry grinste immer noch, doch den Schurken standen die Schweißperlen auf der Stirn.

Schließlich wandte sich der Erste von ihnen ab. »Mir reicht es! Hab keine Lust, aufgeknüpft zu werden, nur damit ein paar andere noch reicher werden. Sollen die sich doch selbst um die verdammten Nigger kümmern«, sagte er, stieg auf sein Pferd und ritt zum Fluss hinunter.

»He, was soll das?«, rief einer der beiden Geschäftsleute, die die Sklaven von Rachel gekauft hatten. Da ritten ihre anderen Sklaventreiber ebenfalls davon und ließen sie mit den über vierzig Schwarzen zurück.

»Ihr seid frei!«, rief Gretel diesen zu. »Diese Männer haben keine Macht mehr über euch.«

Die ersten Sklaven sahen einander an. Diejenigen, die sich zu Familien zusammengefunden hatten, sammelten sich und liefen als Erste davon. Ihre Besitzer fuchtelten zwar mit ihren Revolvern herum, doch angesichts der Waffen, die Gretel und ihre sechs Begleiter auf sie richteten, wagten sie nicht zu schießen.

Innerhalb kürzester Zeit waren die Schwarzen verschwunden. Gretel wandte sich nun Bessie zu. »Du kannst nun ebenfalls gehen, wohin du willst!«

»Ich will zurück und Joshua heiraten! Wenn Ihr Vater uns einstellen könnte, wäre es schön.«

»Das wird vielleicht gehen«, antwortete Gretel mit einem halben Versprechen und lachte dann Larry zu. »Das hast du gut gemacht! Ich dachte wirklich, wir müssten uns mit diesen Kerlen herumschießen.«

»Die waren keine ehrliche Kugel wert«, antwortete Larry mit einer verächtlichen Geste.

Gretel nickte und streckte Bessie die Hand entgegen. »Komm, ich helfe dir aufs Pferd. Halte dich gut an mir fest. Ich will dich nicht befreit haben, um dich unterwegs zu verlieren.«

Damit brachte sie die Männer um sich herum zum Lachen. Bessie hingegen saß so schnell hinter ihr auf dem Rücken der Stute, als hätte sie Angst, doch noch zurückgelassen zu werden.

11.

Die Wache vor dem Kriegsministerium in Washington salutierte, als Waldemar Fitchner in seiner neuen Uniform als Brigadegeneral auf den Mann zukam. Meinrad Freihart folgte seinem Freund in das Gebäude und sah sich ehrfürchtig um.

»So feudal waren unsere Quartiere im Feld aber nicht!«, meinte er.

»Der Unterschied zwischen einem Kriegsminister und einem Brigadegeneral wie mir ist weitaus größer als der zwischen mir und einem einfachen Soldaten«, antwortete Waldemar gut gelaunt. Für sie beide war der Krieg erst einmal vorbei. Sie hatten Urlaub und planten bereits, wie sie diesen verbringen würden.

Gerade sprach Meinrad dieses Thema wieder an. »Was machst du jetzt als Erstes? Kommst du mit mir nach Illinois, oder fährst du vorher nach Texas zu deiner Familie?«

»Ich habe mich immer noch nicht entschieden«, antwortete Waldemar verlegen. »Immerhin habe ich meine Familie viereinhalb Jahre lang nicht gesehen und würde gerne wissen, wie es allen geht. Andererseits müsste ich, wenn ich zuerst nach Texas reise, nach Illinois zurück, Wigburg heiraten und dann wieder hin, um meine Braut daheim vorzustellen.«

»Dann komm doch einfach mit nach Illinois, heirate Wiggi und reise mit ihr zu deinen Eltern«, schlug Meinrad vor.

»Das werde ich wahrscheinlich auch tun. Aber ich glaube, wir sind jetzt richtig. Diese Tür müsste es sein!«

»Wer, glaubst du, wird dich empfangen? Der Kriegsminister oder gar der neue Präsident selbst?« Meinrads Stimme klang ein wenig betroffen, denn so ganz hatten Waldemar und er den Mord an Abraham Lincoln noch nicht verwunden.

»Weder noch! Wahrscheinlich nur irgendein Schreiberling, dem ich erklären darf, dass unser Regiment nach den Anweisungen des Kriegsministeriums ordnungsgemäß aufgelöst worden ist. Kommst du mit hinein? Oder willst du hier warten?« Waldemar sah Meinrad auffordernd an.

Dieser wehrte mit beiden Händen ab. »Mach du das bitte allein! Ich will mit solchen Etappenhengsten nichts zu tun haben.«

»Feigling!«, spottete Waldemar und klopfte an die Tür.

Als ein forsches »Herein!« ertönte, trat er in das Zimmer.

Meinrad lehnte sich unterdessen draußen gegen eine Wand und ließ seine Gedanken wandern. Lange Zeit hatte er Offizier werden wollen, aber nun wusste er nicht, ob er es bleiben sollte. Zwar hatte man ihm das Angebot unterbreitet, als First Lieutenant in die reguläre Armee einzutreten, doch im Augenblick wünschte er sich, er hätte einen anderen Beruf erlernt und wäre Lehrer wie sein Vater. Vielleicht, so dachte er, sollte er in die westlichen Territorien gehen und dort als Farmer anfangen. Als er sich vorstellte, wie es wäre, wenn er nach einem harten Arbeitstag nach Hause käme und von seiner Frau mit einem Kuss empfangen würde, lachte er über sich selbst. Er hatte keine Frau, und es gab auch kein Mädchen, das ihm so gefiel, dass er es heiraten wollte.

Er schreckte aus seinem Sinnieren hoch, als die Nebentüre geöffnet wurde und zwei Männer heraustraten. Einen davon schätzte Meinrad auf über siebzig Jahre. Dieser hatte leicht vorstehende Augen und einen Kiefer, der ihn an ein Wiesel erinnerte. Bekleidet war er mit einem dunkelroten Rock, der wie eine Uniform geschnitten war, und er hielt einen Gehstock aus Bambus in der Hand.

»Ich danke Ihnen für die Vollmachten, Sir!«, erklärte er, ohne Meinrad zu beachten. »Mit Ihrer Hilfe werde ich dieses üble Subjekt in Texas seiner gerechten Strafe zuführen.«

Der andere Mann nickte eifrig. »Die Anführer der Sezession müssen bestraft werden, General Spencer, und dieser Fitchner scheint ein besonders wüster Sezessionist gewesen zu sein.«

Bei dem Namen Fitchner riss es Meinrad herum. Auch von Spencer hatte Waldemar ihm an den langen Abenden am Lagerfeuer bereits erzählt. Das ist also der Todfeind von Waldemars Familie, dachte er und schob sich näher an Spencer heran, um mehr zu hören. Doch da verabschiedete sich der Mann von dem Beamten, mit dem er gesprochen hatte, und schritt davon. Meinrad fühlte sich in der Zwickmühle. Zum einen wäre er Spencer gerne gefolgt, um zu erfahren, was dieser plante. Andererseits aber drängte es ihn, Waldemar von dieser Begegnung zu berichten.

Mit einer unwilligen Handbewegung rief er sich zur Ordnung. Es brachte nichts, wenn er jetzt hinter Spencer herlief. Waldemar und er waren nur auf der Durchreise und hatten noch kein Hotel für die Nacht gefunden. Daher würde er seinen Freund hinterher suchen und ihm vielleicht sogar bis Illinois folgen müssen. Also blieb er stehen und wartete, bis endlich die Tür geöffnet wurde und Waldemar herauskam.

»Ich habe für den Rest des Jahres Urlaub bekommen und kann, wenn ich bei der Armee bleiben will, als Major weitermachen«, erklärte Waldemar und wollte noch mehr sagen.

Da packte Meinrad ihn am Ärmel und schüttelte ihn. »Eben bin ich diesem Spencer begegnet. Der Kerl führt etwas gegen deinen Vater im Schilde! Er hat ihn bezichtigt, ein übler Sezessionist zu sein.«

Waldemar stand da, als hätte ihn der Blitz getroffen. »Bei Gott, diese Dreistigkeit! Ich muss nach Texas.«

»Das musst du, aber du brauchst mehr als nur deine Uniform, um diesen Anschlag zu verhindern. Spencer hat Vollmachten von sehr weit oben erhalten«, wandte Meinrad ein.

»Notfalls erschieße ich den Kerl!« Waldemar wusste selbst, dass dies keine Lösung war, denn dann würden andere dort weitermachen, wo Spencer aufgehört hatte.

»Aus welchem Zimmer ist Spencer herausgekommen?«, fragte er Meinrad.

Dieser zeigte auf die entsprechende Tür. Einen Augenblick lang sah es so aus, als wolle Waldemar eintreten, dann aber schüttelte er den Kopf. »Wenn der Kerl mit Spencer zusammenarbeitet, würde er alles tun, um mich zu behindern. Ich brauche andere Hilfe.«

»Und welche?«, fragte Meinrad.

»Ich muss zu General Sherman. Wenn er mir die entsprechenden Vollmachten gibt, müsste ich Spencer aufhalten können. Es tut mir leid, dass ich nun doch nicht mit dir nach Illinois kommen kann, aber das wird Wigburg hoffentlich verstehen.« Waldemar streckte Meinrad die Hand zum Abschied hin, doch der schüttelte lächelnd den Kopf. »Du glaubst doch nicht, dass ich dich gerade jetzt im Stich lasse! Außerdem wollte ich Texas schon immer einmal kennenlernen.«

12.

Rachel Coureur saß beim Frühstück und blickte auf die Baumwollfelder hinaus, die das Haus umgaben. Es war ungewohnt, dort niemanden arbeiten zu sehen. Doch bis auf die Köchin, ihren Hausdiener und den Kutscher waren alle Sklaven fort. Mit dem Geld, das sie für diese bekommen hatte, würde sie freie Arbeiter für die nächste Baumwollernte einstellen, dachte sie zufrieden. Gleichzeitig ärgerte sie sich über die Yankees und deren Frechheit, den Krieg zu gewinnen. Ohne dieses Volk wären Thierry und sie nun so reich, dass sie einen Verwalter einstellen und als Mitglieder der Oberschicht des Südens leben hätten können. So aber musste sie zusehen, wie sie über die Runden kam.

»Kaffee!«, befahl sie Joshua, der seitlich hinter ihr stand, um sie zu bedienen.

Der Schwarze schenkte ein und wagte es dann, sie anzusprechen.

»Verzeihung, Missus, aber sollten wir nicht neue Lebensmittel zu den Laballes schicken? Bessie wird sie sicher brauchen.«

Rachel sah dem Mann an, dass er am liebsten selbst zur Laballe-Farm fahren würde, um bei seiner Geliebten zu sein. Doch Bessie war längst nicht mehr dort.

»Bessie braucht von uns keine Lebensmittel mehr«, sagte sie lachend.

Verwirrt schüttelte Joshua den Kopf. »Das verstehe ich nicht.«

»Du wirst gleich verstehen, du schwarzer Halunke! Bessie ist fort, nach Mexiko verkauft, wo einen die Yankees nicht zwingen können, seine Nigger freizulassen.«

Erschrocken wich Joshua einen Schritt zurück. »Bei Gott! Das können Sie doch nicht tun!«

»Ich kann viel!«, gab Rachel zurück. »Und jetzt gieße Milch nach. Du weißt doch, dass ich den Kaffee nicht schwarz mag.«

Die Herzlosigkeit, mit der seine Herrin über seine Gefühle hinwegging, trieb Joshua zur Weißglut. Jahrelang hatte Rachel ihn und die anderen gedemütigt und geschlagen. Auf ihren Befehl hin hatte er sogar seine eigene Geliebte auspeitschen müssen. Doch nun war der Krieg vorbei, und laut dem, was er gehört hatte, wollten die siegreichen Yankees alle Sklaven freilassen. Dann, so hatte er gehofft, würde er Bessie heiraten und mit ihr ein glückliches Leben führen können.

»Sie müssen Bessie zurückholen, Missus!«, brach es aus ihm heraus.

Rachel bedachte ihn mit einem höhnischen Blick. »Sonst noch was? Das kleine Miststück hat mir fünfhundert Golddollar eingebracht. Ich verstehe zwar nicht, was ein weißer Mann an so einem Ding findet, aber wenn einer so dumm ist, so viel für sie zu bezahlen, soll er sie haben.«

Während Rachel ihm wieder den Rücken zuwandte und zu ihrer Kaffeetasse griff, rauschte Joshua das Blut in den Adern. Bessie war verkauft worden und würde einem stinkenden weißen Mann als Hure dienen müssen. Da fiel ihm das Geld ein, das seine Herrin für seine Geliebte erhalten hatte. Er konnte sich denken, wo sie es versteckt hatte, und überlegte, das Geld zu stehlen und Bessie zu suchen. In der letzten Zeit waren nur ein Mal Männer zur Plantage gekommen, die sie weggebracht haben konnten und deren Namen kannte er. Wenn er ihnen folgte, würde er seine Geliebte finden. Joshua wollte die Kammer bereits verlassen, als ihm einfiel, dass Rachel sofort den Sheriff hinter ihm herhetzen würde. Dieser

Mann war darin geübt, Schwarze zu verfolgen und zur Strecke zu bringen.

»Holen Sie Bessie zurück!«, forderte er mit letzter Beherrschung.

»Du bist närrisch!«, gab Rachel zurück.

Der Gedanke, dass diese Frau sein Leben und das des Mädchens, das er liebte, zerstört hatte, machte Joshua halb wahnsinnig. Mit einem Schritt stand er hinter Rachel, legte ihr die Hände um den Hals und drückte mit aller Kraft zu.

Rachel wurde vollkommen überrascht, vermochte aber noch nach ihrer Kaffeetasse zu greifen und den Inhalt Joshua ins Gesicht zu schütten. Die heiße Flüssigkeit blendete den Mann jedoch nicht, sondern machte ihn noch wütender. Rachel schwanden bereits die Sinne, als ihre Hände das Klingelseil ertasteten und sie daran zog. Einen Moment später sackte sie zusammen und hing schlaff in den Armen des Schwarzen.

Nach zwei, drei heftigen Atemzügen ließ Joshua sie los, als sei sie ein ekelhaftes Gewürm, und starrte dann voller Grauen auf sie hinab. Du bist ein Mörder!, hämmerte es in seinem Kopf. Doch da wallten sein Zorn und sein Hass wieder auf, und er schüttelte den Gedanken ab.

»Sie hat es verdient, hundertfach verdient!«, schrie er so grell, als hätte der Wahnsinn ihn gepackt.

Da kreischte hinter ihm jemand durchdringend, und diese Laute brachten ihn wieder halbwegs zur Besinnung.

Suzie, die Köchin, war dem Klingeln gefolgt und starrte den Diener entgeistert an. »Du hast die Missus umgebracht!«

»Halt den Mund!«, fuhr Joshua sie an. »Sie hat es verdient! Ich weiß, wo ihr Geld ist, und gebe dir etwas, damit du ebenfalls von hier verschwinden kannst.«

Anstatt auf dieses Angebot einzugehen, drehte die Köchin sich um und rannte davon. Joshua hörte, wie sie »Missi

Thamar! Missi Thamar!« schrie und fluchte. Die Tochter des Drachen hatte er ganz vergessen, doch wenn er entkommen wollte, musste er auch dieses Weib umbringen.

Seit dem Verkauf der Sklaven hatte Thamar nicht mehr mit ihrer Mutter geredet und ihre Mahlzeiten allein in der Küche eingenommen. Wie die meisten Tage verbrachte sie auch diesen in ihrem Zimmer und starrte trübsinnig ins Leere. Beim Entsetzensschrei der Köchin schreckte sie hoch und eilte zur Tür.

Sie sah die alte Frau die Treppe heraufkeuchen. Ihr folgte Joshua mit einem vor Grauen, Schmerz und Wut verzerrten Gesicht.

»Retten Sie sich, Missi! Er will uns alle umbringen!«, kreischte die Köchin und rannte den Flur entlang, ohne daran zu denken, dass kein Weg dort nach draußen führte.

Thamar trat aus ihrem Zimmer heraus und sah Joshua an. »Was soll das?«

Statt einer Antwort packte der Mann sie und drückte ihr die Kehle zu.

Todesangst verwirrte Thamars Gedanken. Da erinnerte sie sich, dass Josef Fitchner ihr vor vielen Jahren einmal geraten hatte, sich bei einem Indianerüberfall tot zu stellen. »Auch wenn sie mich skalpieren wollen?«, hatte sie damals erschrocken gefragt. »Komantschen skalpieren keine Weiber, das tun nur weiße Skalpjäger«, hatte Josef damals geantwortet.

Nun folgte sie diesem Rat. Als sie erschlaffte, ließ Joshua sie fallen und eilte weiter in Rachels Zimmer, um dort das Geld zu holen. Als er den Beutel mit den Dollars triumphierend schwenkte, sah er die Schachtel mit den Schwefelhölzchen auf dem Nachtkästchen liegen, die Rachel sich hatte besorgen lassen, um jederzeit ihre Kerze anzünden zu können. Nun verzog er das Gesicht zu einem höhnischen Grinsen. Seine

Herrin war so stolz auf ihr prachtvolles Wohnhaus gewesen, und so fand er es nur gerecht, wenn dieses zusammen mit ihr zugrunde ging.

Rasch nahm er mehrere Kleider aus dem Schrank, zündete sie an und sah triumphierend zu, wie die Flammen auf Bett und Vorhänge übergriffen. Endlich hatte er sich für all die Gemeinheiten gerächt, die Rachel ihm, Bessie und den anderen angetan hatte, fuhr es ihm durch den Kopf, während er ins nächste Zimmer lief und dort die Gardinen in Brand steckte. Die schnell auflodernden Flammen aber trieben ihn aus dem Haus. Auf dem Vorplatz traf er auf den Kutscher.

»Was ist geschehen?«, rief Samuel und wies entsetzt auf den Rauch, der aus zwei Fenstern drang.

Joshua streckte triumphierend die Faust hoch. »Ich habe die Hexe umgebracht und ihr Haus angezündet!«

»Du hast falsch gehandelt, mein Freund. Gewalt ist keine Lösung!«

»Sich immer nur ducken auch nicht. Dieses Miststück hat Bessie nach Mexiko verkauft. Dafür hat sie die gerechte Strafe erhalten«, schrie Joshua den Kutscher an.

»Deswegen kommt Bessie auch nicht wieder zurück«, antwortete Samuel voller Trauer.

»Ich werde sie finden und mit ihr ein neues Leben beginnen!« Joshua überlegte, ob er Samuel bitten sollte, mitzukommen und ihm bei der Suche nach Bessie zu helfen. Da erinnerte er sich an die Blicke, mit denen der Kutscher die junge Frau immer bedacht hatte, und gab diesen Gedanken wieder auf.

»Sattle mir ein Pferd – und zwar das schnellste!«, befahl er, als wäre er der Herr und der andere sein Diener.

»Das schnellste Pferd ist die Stute der Missi. Doch die wirst du selbst satteln müssen.« Ohne Joshua noch einmal anzusehen, lief Samuel ins Haus und rannte die Treppe hinauf.

Dort hatte Suzie während der Zeit, in der Joshua Rachels Zimmer angesteckt hatte, Thamar in deren Zimmer geschleift und hinter ihnen zugeschlossen. Jetzt beugte sie sich angstvoll über ihre junge Herrin. Diese schnappte krampfhaft nach Luft, war aber noch nicht in der Lage aufzustehen.

»Er hat Ihre Mutter umgebracht, Missi! Ich habe fürchterliche Angst, dass er auch uns umbringt«, wimmerte die Köchin.

Thamar wollte etwas sagen, brachte aber nur ein Krächzen hervor. Im nächsten Moment roch sie Rauch und erschrak bis ins Mark.

Feuer!, durchfuhr es sie, und sie zwang sich, auf die Beine zu kommen. Mit Suzies Hilfe kam sie zur Tür, hörte aber, dass draußen jemand vorbeiging, und wagte es nicht, sie zu öffnen. Während die Köchin verzweifelt betete, fiel Thamars Blick auf ihren Schrank, und sie dachte an das Geld, das ihr Vater dort verborgen hatte. Es gehörte nicht ihnen, sondern Walther Fitchner. Wenn es verbrannte, würde ihr Vater seine Ehre verlieren.

»Niemals!«, stieß sie hervor und schleppte sich trotz des immer dichter werdenden Rauchs zum Schrank.

»Was machen Sie, Missi?«, fragte Suzie erschrocken, denn sie dachte, die junge Frau würde ihre Kleider retten wollen. Doch da hatte Thamar den Beutel mit dem Geld an sich gebracht und kehrte zur Tür zurück.

»Ich glaube, wir können jetzt hinaus«, flüsterte sie und drehte den Schlüssel um. Als sie die Tür aufstieß, schlug ihr eine Qualmwolke entgegen und trieb sie beinahe zurück. Thamar nahm allen Mut zusammen, hielt die Luft an und zerrte die widerstrebende Köchin mit sich. Obwohl sie nichts sah, wusste sie aus langer Gewohnheit, wo die Treppe begann. Dennoch fielen ihr etliche Steine vom Herzen, als sie diese erreichte und zusammen mit der Köchin nach unten hastete.

Samuel kam ihnen entgegen, fasste nach ihnen und hob sie wie Puppen hoch. Während hinter ihnen das Herrenhaus auf voller Breite in Flammen stand, trug er die beiden Frauen ins Freie und setzte sie in sicherer Entfernung von dem Gebäude ab.

»Joshua hat das Geld Ihrer Mutter gestohlen und will mit Ihrer Stute fliehen, Missi Thamar«, berichtete der Kutscher.

Noch während er es sagte, kam Joshua mit der gesattelten Stute aus dem Stall, schwang sich auf deren Rücken und gab dem Tier die Sporen. Gewohnt, von ihrer Herrin sanft behandelt zu werden, bockte die Stute, nahm dabei die Flammen wahr, die aus dem Haus schlugen, und brach mit einem schrillen Wiehern aus. Joshua wurde aus dem Sattel geschleudert und schlug mit dem Kopf voraus auf dem Boden auf.

Trotz des prasselnden Feuers hörten die drei das knirschende Geräusch, mit dem Joshuas Genick brach. Entsetzt schlug Suzie das Kreuz und fing erneut an zu beten. Thamar hingegen starrte den Mann an, der ihre Mutter umgebracht hatte, und begann zu weinen. Auch Samuel kämpfte mit den Tränen, fing dennoch die Stute ein und band sie in sicherer Entfernung von dem brennenden Haus an einen Baum. Danach holte er die restlichen Pferde aus dem Stall, denn er befürchtete, dass der Funkenflug vom brennenden Herrenhaus diesen entzünden würde.

Als das geschehen war, wandte er sich an Thamar. »Was sollen wir jetzt tun, Missi?«

Thamar sah wie aus weiter Ferne zu ihm auf. »Nimm das Geld, das Joshua gestohlen hat, und bringe es zu General Fitchner. Vielleicht kann dieser noch etwas für unsere armen Schwarzen tun!«

ACHTER TEIL

Die Wunden des Krieges

1.

Josef Fitchner beobachtete die beiden Unionskompanien bereits seit einiger Zeit. Ein halbes Dutzend Reiter bildeten die Vorhut, ein Stück dahinter kamen die übrigen Reiter und vier Wagengespanne, die zu leicht rollten, um voll beladen zu sein.

Mit einem freudlosen Grinsen wandte Josef sich zu John O'Corra um, der ihn auf seinem Spähritt begleitete. »Sieht nicht so aus, als würden sie viele Vorräte mitbringen. Außerdem sind es mehr Kavalleristen, als vereinbart waren.«

»Es scheint, als wollten die Yanks wieder einmal frech werden«, schloss John daraus.

»Ich will es nicht hoffen, denn langsam geht uns die Munition aus. Noch ein Gefecht, dann können wir mit Steinen werfen!« Josef winkte John mitzukommen und lief gebeugt zu der Felsformation, hinter der sie ihre Pferde verborgen hatten. Dort schwang er sich in den Sattel und ritt los. Sein Kamerad war ein wenig langsamer, holte aber unterwegs auf.

»Was können wir tun? Wir sind nur vierzig und die Yanks uns fünffach überlegen. Wäre es nicht besser, wenn wir zum Fort zurückkehren und dem General Bescheid sagen?«

»Tu das«, antwortete Josef. »Er soll für den Fall, dass die Yanks doch mit gezinkten Karten spielen, mit allen Jungs zum vereinbarten Treffpunkt kommen.«

»Mach ich!« John tippte mit dem rechten Zeigefinger kurz gegen seine Hutkrempe und preschte davon. Mit angespannter Miene sah Josef ihm nach.

Ihre Lage hatte sich in den letzten Wochen nicht gebessert. Knappe Vorräte an Essen und Munition zwangen sie zum Haushalten, und keiner von ihnen wusste, wie der Krieg stand. Der letzte Kurier war im November zu ihnen gekommen und hatte berichtet, dass Robert E. Lees Nord-Virginia-Armee noch immer standhielt. Allerdings war es dem Unionsgeneral Sherman gelungen, nach Georgia vorzudringen. Doch über das, was seitdem geschehen war, konnten sie nur rätseln.

Kurz darauf erreichte Josef den Treffpunkt und verbannte die zweifelnden Gedanken aus seinem Kopf. »He, Jungs!«, rief er seinen Männern zu. »Die Yankees kommen. Sie scheinen aber Angst vor uns zu haben, denn es sind zwei vollständige Kompanien. Wir sollten uns daher verteilen und in Deckung gehen, für den Fall, dass es ihnen einfallen sollte, zur Begrüßung in der Gegend herumzuballern.«

Unterdrücktes Lachen antwortete ihm. Weitere Befehle musste er nicht erteilen, denn jeder wusste, was er zu tun hatte. Nur wenige Minuten später befand Josef sich scheinbar ganz allein am Treffpunkt und blickte nach Norden, wo die Staubwolke, die die Yankees aufwirbelten, näher kam.

Etwa vierhundert Yards von ihm entfernt hielt die Kavalkade an. Nur drei Reiter setzten unter einer weißen Fahne ihren Weg fort. »He, ihr Rebellen, seid ihr da?«, rief einer von ihnen.

»Wenn du mich meinst? Hier bin ich!« Da die anderen auf ihren Pferden sitzen blieben, stieg auch Josef wieder in den Sattel und wartete, bis sie herangekommen waren.

Der Anführer der Yankees sah ihn durchdringend an. »Ich habe den Befehl, Ihr Fort zu übernehmen!«

»Ohne uns zu fragen, ob wir damit einverstanden sind?«, fragte Josef spöttisch.

»Der Krieg ist vorbei, und Sie erhalten hiermit die Anweisung, sich zu ergeben«, erklärte der Offizier mit einer Überheblichkeit, die Josef die Stacheln aufstellen ließ.

»Uns hat hier keiner etwas zu befehlen außer Gouverneur Murrah und Lieutenant General Edmund Kirby Smith«, antwortete Josef nicht weniger hochmütig und legte seine Rechte auf den Griff seines Colts.

»Sir, dieser Rebellenstützpunkt ist sehr abgelegen«, mischte sich da einer der beiden anderen Offiziere ein. »Die Leute hier dürften daher nicht wissen, was in den letzten Monaten geschehen ist.«

»Das zeugt von schlechter Organisation, aber das ist bei dieser Rebellenarmee wohl so üblich gewesen«, antwortete sein Vorgesetzter und wandte sich wieder Josef zu.

»Die Nachricht kam über den Telegrafen. General Edmund K. Smith hat am 26. Mai die Waffen gestreckt. Alle Rebelleneinheiten der Trans-Mississippi-Region werden aufgefordert, die Kampfhandlungen einzustellen und sich zu ergeben.«

Der Mann log nicht, das spürte Josef. Obwohl er nur zur Armee gegangen war, um seine Familie zu schützen, fühlte er Enttäuschung in sich aufsteigen. Sollten all ihre Entbehrungen und Anstrengungen umsonst gewesen sein? Nein, sagte er sich. Sie hatten tapfer gekämpft und ihre Stellung bis zum letzten Tag gehalten. Jetzt aber war es an der Zeit, die Uniformen auszuziehen und ins French Settlement zurückzukehren.

»Sir, Sie werden verstehen, dass Sie alles Weitere nur mit meinem Vorgesetzten, Brigadegeneral Coureur, besprechen können«, sagte er und amüsierte sich über das säuerliche Gesicht des Offiziers, der es in all den Jahren des Krieges nur bis zum Major geschafft hatte.

»Ich verstehe«, erklärte der andere.

Josef stieß einen lauten Pfiff aus und winkte seine Männer zu sich. »Ihr habt es gehört! Der Krieg ist aus. Damit sind wir nicht mehr Soldaten der Konföderation, sondern endlich wieder Texaner.«

Marek Tobolinski gesellte sich grinsend zu Josef. Wie alle anderen hatte er den Posten am Rande der Welt, wie sie ihn unter sich genannt hatten, längst satt.

»Was machen wir?«, fragte er.

»Wir bringen diese Gentlemen zu General Coureur. Er wird wissen, was zu tun ist!« Josef wusste, dass Thierry ihn zu Rate ziehen würde, doch das ging diese aufgeblasenen Unionsoffiziere nichts an.

Als sie losritten, sangen die Männer. Einige lange Augenblicke lang hatten sie befürchtet, erneut kämpfen zu müssen. Doch nun lag dieser Alptraum hinter ihnen, und sie sehnten sich danach, endlich nach Hause zu kommen. Josef fragte sich, wie es seiner Familie ergangen war. In den wenigen Briefen, die er von seinem Vater und seinen Geschwistern erhalten hatte, waren diese nie auf ihre Schwierigkeiten eingegangen. Doch von anderen wusste er, wie schwer das Leben in der Heimat durch die Seeblockade der US-Flotte geworden war.

Auf dem Weg zum Fort blieben Josef und seine Männer unter sich. Die Yankees folgten ihnen in ordnungsgemäßen Reihen und saßen dabei so steif im Sattel, als hätte man ihnen statt eines Rückgrats einen Besenstiel verpasst. Wie es aussah, schienen sie ihren Auftrag sehr wichtig zu nehmen. Josef zuckte bei dem Gedanken mit dem Schultern. Auch dieser Major und seine Männer würden noch lernen, dass die Zivilisation sehr, sehr weit von hier entfernt war.

Als sie sich dem Fort näherten, umspielte ein Lächeln Josefs Lippen. Sie hatten es aus ein wenig Holz, Steinen und Lehm erbaut und so getarnt, dass es nur aus der Nähe zu erkennen war. Entsprechend verblüfft waren auch die Yankees, als sie auf eine scheinbare Felswand zuritten und sich darin mit einem Mal ein Tor öffnete.

Thierry hatte sie kommen sehen und erwartete sie auf dem Hof. Seine Männer hielten ihre Waffen in der Hand und zeigten den Unionssoldaten deutlich, dass sie draußen vor dem Fort bleiben sollten. Deren Kommandeur und zwei weitere Offiziere folgten Josef ins Fort und starrten verwundert auf die primitiven Unterkünfte.

»Was gibt es zu berichten, Major Fitchner?«, fragte Thierry.

Josef wies auf den Unionskommandanten. »Dieser Herr hat uns etwas mitzuteilen, das uns alle interessieren dürfte.«

»So ist es!«, erklärte der US-Major und rasselte seine Erklärung herunter.

Thierry zuckte mit den Schultern. »Sie werden verstehen, dass ich Ihnen das Fort nicht einfach auf Ihr Wort hin übergeben kann!«

Mit missmutiger Miene holte der Yankeeoffizier ein Stück Papier unter seinem Rock hervor und reichte es Thierry. Es war ein ausgeschnittener Zeitungsartikel über die Kapitulation der Generäle Robert E. Lee und Joseph E. Johnston. Thierry las ihn und gab ihn an Josef weiter.

»Sieht so aus, als ob Sie recht hätten, Major«, sagte er leise. »Sie können morgen das Fort übernehmen. Major Fitchner, bereiten Sie alles für unseren Abmarsch vor. Wir brechen bei Tagesanbruch auf. Bei Gott, wie bin ich froh, wieder nach Texas zu kommen.«

»Sir, ich muss darauf bestehen, dass Sie die Waffen niederlegen und sich ergeben«, begehrte der Unionsmajor auf.

»Sie können auf vielem bestehen. Trotzdem werden wir morgen abrücken«, antwortete Thierry mit Nachdruck. »Sie können ja versuchen, uns in den Rücken zu schießen! Aber Sie sollten sich nicht über das Echo wundern.«

Thierry ließ den Major stehen und ging zu der Stelle, an der drei Gräber anzeigten, dass nicht alle, die mit ihm aufgebrochen waren, wieder mit nach Hause reiten würden. Er deutete einen militärischen Gruß an und befahl dann, die Kriegsflagge der Konföderation niederzuholen. Thamar hatte sie genäht, und er hätte sie gerne behalten. Dennoch überreichte er sie dem Major der Unionstruppen.

»Hier! Das ist das Einzige, was Sie von uns außer dem Fort freiwillig bekommen. Und nun wäre ich Ihnen dankbar, wenn Sie draußen warten könnten, bis wir das Fort geräumt haben.«

»Ich würde gerne mit unseren Verwundeten sprechen, ob sie auch gut behandelt wurden«, wandte er Unionsmajor ein.

»Das steht Ihnen frei«, erklärte Thierry und befahl John O'Corra, den Mann zu ihren Gefangenen zu bringen. Er selbst blickte nach Osten und hatte mit einem Mal Angst vor dem, was ihn in der Heimat erwarten mochte.

2.

Waldemar Fitchner trat in General Shermans Zimmer und salutierte. »Mit Ihrer Erlaubnis würde ich gerne aufbrechen, Sir!«

Mürrisch sah Sherman von den Papieren auf, in denen er gelesen hatte. »Ich verstehe, dass Sie nach Hause wollen. Aber Sie sind Soldat genug, um zu wissen, dass nur eine gut geplante und vorbereitete Attacke Aussicht auf Erfolg hat. Ich kenne diesen Spencer. Der Mann hat als Heereslieferant einigen Herren an entsprechender Stelle zu Reichtum verholfen. Diese werden daher alles tun, um sich erkenntlich zu zeigen, und sei es auf Kosten Ihres Vaters. Um Spencers Lügen zu parieren, brauchen Sie schwere Artillerie und keine Kinderpistolen. Daher warten Sie gefälligst, bis wir alles zusammenhaben. Ich werde dafür sorgen, dass Sie anschließend bevorzugt nach Texas gelangen können.«

»Danke, Sir!« Waldemar atmete tief durch, um seine Anspannung zu verbergen.

Obwohl er wusste, dass Sherman recht hatte, drängte ihn alles, so schnell wie möglich nach Texas zu kommen. Er hatte nicht vergessen, wie Spencer Nizhoni, Gretel und ihn hatte entführen lassen. Hätte einer von Spencers Leuten damals mit dem Messer besser getroffen, wäre Josef jetzt tot – und sie drei wahrscheinlich auch.

»Sie sagten, Ihr Vater sei von General Montgomery zum Duell gefordert worden, weil jener für die Sezession eintrat und Ihr Vater nicht!«

»Das stimmt, Sir.«

»Montgomery ist noch immer unser Gefangener. Ich habe nach ihm schicken lassen. Sollte er bereit sein, Ihre Aussage zu bestätigen, hätten wir schon einiges gewonnen. Außerdem will ich von zehn aus Texas stammenden Offizieren unserer Armee eine beeidigte Erklärung, dass Ihr Vater für den Erhalt der Union eingetreten ist. Damit kann ich zum Präsidenten gehen und ihn bitten, sich für Ihre Familie einzusetzen. Ich hoffe, das alles dauert nur ein paar Tage. Ich habe nämlich auch noch anderes zu tun, als mich um ungeduldige Offiziere zu kümmern!«

»Selbstverständlich, Sir!« Waldemar schluckte.

Doch da huschte ein Lächeln über Shermans Gesicht. »Nur keine Sorge! Wir werden Spencer und seinen Freunden schon die Zähne ziehen. Diese Kerle haben sich bereichert, während wir im Dreck gelegen sind und uns die Kugeln der Rebellen nur so um die Ohren pfiffen. Ich werde auch mit General Grant darüber reden. Der mag diese Kriegsgewinnler ebenso wenig wie ich! Und nun reiten Sie aus, gehen in eine Taverne oder in ein Bordell, wenn Ihnen danach ist, und kommen Sie erst wieder, wenn ich Sie rufen lasse!«

»Ich bin verlobt, Sir, und will die Häuser der Sünde daher lieber meiden!« Waldemar fragte sich, warum ihm das ausgerechnet jetzt wichtig genug erschien, um es zu sagen.

»Fangen Sie mir etwa auch zu frömmeln an, General? Von solchen Typen habe ich genug! Eine Armee kann nun einmal nicht nur mit Bibelsprüchen gewinnen, sondern braucht Gewehre, Kanonen und vieles andere.«

»Jawohl, Sir!«, antwortete Waldemar und fragte sich, ob er sich jetzt vor Sherman blamiert haben mochte. Er verließ den Raum und kehrte in sein Quartier zurück, das er mit Meinrad teilte. Dort setzte er sich auf sein Bett.

»Du ziehst ein Gesicht wie sieben Tage Regenwetter. Will Sherman dir nicht helfen?«, fragte sein Freund besorgt.

Waldemar schüttelte den Kopf. »Ganz im Gegenteil! Aber ich mache mir Sorgen um meine Leute. Spencer ist ein Schuft, und ich traue ihm jede Gemeinheit zu.«

Noch während er redete, klopfte es an die Tür. »Herein!«, rief er rasch und sah einen Captain der Unionsarmee eintreten.

»Sie wünschen?«, fragte er, doch Meinrad stieß einen Jubelruf aus.

»Andy, bist du's wirklich?«

»In eigener Person!«, grinste der Captain. »Habe gehört, dass du in der Gegend bist, und wollte mich sehen lassen!«

»Das ist Andrew Slater, einer meiner Kameraden aus Westpoint«, erklärte Meinrad Waldemar.

»Angenehm!«, sagte Waldemar und streckte Slater die Hand hin. Dieser ergriff sie, ließ sie dann aber wieder los und salutierte.

»Würde mich freuen, wenn ich eine gewisse Zeit bei Ihnen und Maynard bleiben könnte, Sir. Mein Regiment ist aufgelöst, und ich weiß nicht so recht, was ich jetzt tun soll.«

»Du könntest zum Beispiel nach Hause gehen. Deine Familie würde sich sicher freuen«, sagte Meinrad mit einem gewissen Spott.

»Das würde sie – und Vater mich gleich aufs Feld hinausschicken, um die Rüben zu ziehen, die einmal mein Bruder erben wird!«

»Die Rüben?«, fragte Meinrad.

»Nein, die Farm. Ich will aber lieber auf eigenen Beinen stehen, als der Knecht meines Bruders zu werden«, erklärte Andrew und sah Waldemar treuherzig an. »Das verstehen Sie doch, oder?«

»Wir bleiben nicht mehr lange hier, sondern werden bald nach Texas reisen«, wandte Waldemar ein.

Damit konnte er Andrew Slater nicht abschrecken. »Würde

mich trotzdem freuen, mich Ihnen anschließen zu können. Maynard war mein bester Freund in Westpoint, und ich möchte nicht, dass wir einfach so auseinandergehen. Würde außerdem gerne wissen, wie er es geschafft hat, Major zu werden. Dachte schon, ich hätte es als Captain weit gebracht.« Andrews Grinsen zeigte, dass er es nicht so ernst meinte.

»Ich wurde vor Shermans Augen verwundet und hatte dann das Glück, unter General Fitchner dienen zu können«, antwortete Meinrad. »Aber wie ist es dir gegangen?«

»Ich war am Antietam, bei Fredericksburg, Chancellorsville, Gettysburg und etlichen anderen üblen Schlachten dabei, habe aber keinen Kratzer abgekriegt. Und du?«

»Pittsburg Landing – oder Shiloh, wie es die Rebellen nennen. Danach Guerillabekämpfung in Tennessee und Georgia.« Für Augenblicke verlor Meinrad sich in der Erinnerung, kam aber rasch wieder in die Gegenwart zurück. »Weißt du, was aus Horace McLintock geworden ist, Andy?«

Andrew Slater senkte den Kopf. »Hat's leider nicht geschafft. Erwischte ihn bei der zweiten Schlacht am Bull Run.«

»Schade um ihn! Es sind so viele gefallen in diesem Krieg.«

»Es hätten nicht so viele sein müssen«, antwortete Slater düster. »Aber mit lauter Amateuren als Generäle mussten wir bluten. Drei Grants hätten die Rebellen innerhalb eines Jahres geschlagen.«

»Drei Shermans ebenso«, erwiderte Meinrad und stupste Waldemar an. »Der General tut auch jetzt einiges, um dir zu helfen!«

»Helfen? Das hört sich nach einer interessanten Sache an. Glaube, habe es richtig gemacht, mich Ihnen anzuschließen, Sir!« Andrew Slater grinste, und Waldemar begann, von Nicodemus Spencer zu erzählen.

Kaum hatte Andrew Slater dessen Namen gehört, fuhr er

wütend auf. »Spencer? Diesen Schuft würde ich gerne zwischen die Finger bekommen. Er hat unserem Regiment neue Uniformen geliefert, die bereits beim ersten Regen abgefärbt haben. Unsere Jungs sahen aus, als hätten sie in Tinte gebadet. Dafür waren die Uniformen danach so grau, dass uns die eigenen Leute beinahe für Rebellen gehalten und auf uns geschossen hätten.«

Waldemar und Meinrad begriffen, wie ernst die Sache gewesen sein musste. Etliche Milizregimenter des Nordens waren zu Beginn des Krieges mit grauen Uniformen in die Schlacht gezogen und einige Rebellenregimenter mit blauen. Im Wirrwarr der Kämpfe war es zu Verwechslungen gekommen. Einzelne Truppen hatten auf eigene Leute geschossen und feindliche Einheiten zu ihrem eigenen Schaden unbehelligt gelassen.

»Auch dafür wird Spencer bezahlen!«, erklärte Waldemar und fuhr in seinem Bericht fort.

Andrew Slaters Anwesenheit erwies sich als Vorteil, denn es gab so viel zu erzählen, dass Waldemar seine Unruhe fast vergaß. Zwei Tage später erschien Edward Montgomery bei ihnen, etwas besser genährt als bei ihrer letzten Begegnung und in eine neue, strahlend silbergraue Uniform gekleidet.

Er salutierte lässig mit dem linken Arm und lächelte. »Sir, wie es aussieht, verdanke ich Ihnen nicht nur meine Gefangennahme, sondern auch meine Freilassung. Auf General Shermans Befehl soll ich Sie nach Texas begleiten und dort abmustern.«

»Sie tragen ja eine stattliche Uniform, Sir«, antwortete Waldemar mit leicht verwundert klingendem Spott.

»Eine Dame aus Maryland fand, dass ein General der Armee der Konföderierten Staaten von Amerika nicht wie eine Vogelscheuche aussehen sollte. Sie hatte die Uniform für ihren

Sohn genäht, doch zu ihrem Leidwesen schloss dieser sich der Armee der Nordstaaten an.«

»Die Uniform steht Ihnen ausgezeichnet!«, fand Meinrad. »Wenn Sie Hilfe brauchen, Sir, wenden Sie sich bitte vertrauensvoll an mich.«

Montgomery sah ihn kurz an und nickte. »Das werde ich tun. Zwar habe ich gelernt, mit einem Arm zurechtzukommen, aber bei einigen Dingen könnte ich Hilfe gebrauchen. Ich habe meinem schwarzen Burschen zwar angeboten, bei mir zu bleiben, aber er will unbedingt wissen, wie die Freiheit schmeckt, und meinte, das könnte er nicht, wenn er weiterhin die gleiche Arbeit machen würde wie vorher als Sklave.«

»Willkommen, Sir!«, meldete sich nun Andrew Slater zu Wort. »Werde zusehen, dass ich ein Bett für Sie organisieren kann. Wird zwar langsam etwas eng hier, aber wir hoffen alle, dass wir bald aufbrechen können.«

»Danke!« Die Bitterkeit der Niederlage war noch zu groß, als dass Montgomery die drei jungen Offiziere als Kameraden hätte ansehen können, dennoch war er erleichtert, dass man ihn so freundlich aufgenommen hatte.

Zwei Tage später überbrachte Shermans Adjutant Waldemar ein dickes Bündel Papiere. »Sir, mit den besten Empfehlungen des Generals!«

»Danke!« Waldemar nahm den Packen entgegen, doch Shermans Bote hatte noch etwas zu sagen.

»Die Dampfkorvette *Parramore* wird morgen früh mit Ziel Corpus Christi auslaufen. Sie können als Passagiere mitfahren. In Texas angekommen, übernehmen Sie das Kommando in jenen Countys, die in Ihren Befehlen aufgezeichnet sind, und sorgen dort für Gerechtigkeit. Außerdem sollen Sie verhindern, dass Rebellen sich wegen ihrer Niederlage an Anhängern der Union rächen.«

Mit drei Mann?, wollte Waldemar schon fragen, da erklärte der andere ihm, ihm würden dafür zwei Kompanien mit gebürtigen Texanern zur Verfügung gestellt, die er in Austin übernehmen könne.

»Ich danke Ihnen, Major!« Waldemar berührte mit der Rechten kurz die Hutkrempe und wandte sich zu den anderen um.

»Ihr habt es gehört, meine Herren! Begeben wir uns auf die *Parramore*. Texas wartet auf uns!«

3.

Der Heimweg von Brownsville begann für Gretel, Diego und ihre Begleiter recht fröhlich. Larry und die anderen abgemusterten Soldaten hielten die beiden zunächst noch für Hinterwäldler, begriffen aber bald, dass sie es mit einem Sohn und der Tochter des früheren Generals und Senators Walther Fitchner zu tun hatten, und wurden kleinlaut.

»Entschuldigen Sie, Miss, aber wir wollten nicht unverschämt sein«, meinte Larry, der bislang geredet hatte, wie ihm der Schnabel gewachsen war.

»Ich finde nicht, dass du und deine Freunde unverschämt gewesen sind. Du etwa, Diego?«, antwortete Gretel.

Ihr Bruder schüttelte den Kopf. »Ganz und gar nicht!«

Unterdessen stupste Mike Larry an. »Vielleicht können wir doch fragen?«

»Was?«, wollte Gretel wissen.

Der Bursche drackste ein paar Augenblicke herum, entschloss sich dann aber, mit der Sprache herauszurücken. »Keiner von uns hat Geld oder eine Aussicht auf Arbeit, um sich welches verdienen zu können. Wir könnten höchstens zu Hause auf den Farmen unserer älteren Brüder mithelfen, aber ehrlich gesagt, das will keiner von uns. Wenn General Fitchner ein paar Cowboys brauchen könnte, wäre uns sehr geholfen.«

Gretel musterte die vier jungen Männer, dachte daran, wie diese sie und Diego dabei unterstützt hatten, Bessie und die anderen Schwarzen von der Coureur-Plantage zu befreien, und nickte. »Ich werde mit meinem Vater reden. Ein paar unserer Leute sind schließlich doch zur Armee eingezogen worden oder haben sich freiwillig gemeldet. Deshalb gibt es sicher Arbeit für euch. Zunächst wird mein Vater aber nicht viel zahlen können. Eine Kuh, die nicht verkauft werden kann, bringt eben kein Geld.«

»Das wird schon wieder«, meinte Larry optimistisch und sah seine Kameraden an. »Was meint ihr? Sollen wir es bei General Fitchner versuchen?«

»Warum nicht?«, sagte Mike. »Eine bessere Arbeit werden wir in ganz Texas nicht finden.«

»Dann ist es abgemacht!« Gretel reichte jedem der vier jungen Männer die Hand und half dann Bessie, die am Lagerfeuer Kaffee kochte und Pfannkuchen buk.

Am nächsten Tag erreichten sie die Südranch ihres Vaters. Benito, der Verwalter, nahm sie und Diego erfreut in die Arme. »Schön, dass ihr euer Abenteuer gut überstanden habt. Euer Vater hat sich furchtbar Sorgen um euch gemacht!«, sagte er tadelnd.

Gretel senkte den Kopf. »Das tut uns leid, aber wir haben es zu Hause einfach nicht mehr ausgehalten.«

»Sag ruhig, dass ich es nicht mehr zu Hause ausgehalten habe«, meinte Diego grinsend. »Es war zwar nicht mehr viel los, aber wir haben den Yanks noch einmal kräftig eins über die Löffel gegeben.«

»Das haben wir!«, stimmte ihm Larry zu. Dann sah er sich die Gebäude an, die Benito hatte errichten lassen, und pfiff anerkennend. »Da lässt es sich aushalten, was meint ihr, Freunde?«

»Nichts dagegen!« Wie die anderen dachte auch Mike, sie hätten die Fitchner-Ranch erreicht.

Gretel schüttelte lächelnd den Kopf. »Wo ihr einmal arbeiten werdet, muss Vater entscheiden. Von hier sind es bis zur

Hauptranch noch zwei Tage zu reiten. Benito wird uns sicher genug zum Essen mitgeben.«

»Selbstverständlich, Señorita. Aber da ihr vom Essen redet: Es gibt Steaks. Wenn keiner unsere Rinder kauft, müssen wir sie selber verspeisen.«

»Gegen ein saftiges Steak habe ich nichts. In der Armee gab es meistens Eintopf mit altem Ochsen als Beilage. Der war so zäh, dass man sich die Zähne daran abgekaut hat!« Mike zwinkerte seinen Kameraden zu, als wolle er sagen, dass sie es richtig gemacht hatten, bei Gretel um Arbeit anzufragen.

Ihre gute Stimmung hielt auch nach dem Essen an, und als sie am nächsten Morgen aufbrachen, fühlten sich Larry und seine Freunde schon ganz als Teil der Fitchner-Mannschaft.

Jeder Schritt ihrer Pferde brachte Gretel, Diego und Dave ihrer Heimat näher. Während bei ihnen die Freude überwog, hatte Bessie Angst vor ihrer Herrin. Zwar rief sie sich immer wieder ins Gedächtnis, dass sie jetzt ja frei war, trotzdem träumte sie in der Nacht immer wieder von Rachel und von den Peitschenhieben, die diese ihr versetzt hatte.

Als endlich die Gebäude der Ranch am Colorado River vor ihnen auftauchten, klammerte sie sich wie ein Äffchen an Gretel. »Bitte lassen Sie nicht zu, dass Missus Rachel mich schlägt, Missi«, flehte sie.

»Dem alten Drachen würde ich heimleuchten, dass es nur so kracht!« Gretel erinnerte sich an die vielen Gemeinheiten, die sie und ihre Familie sich von Rachel Coureur hatten anhören müssen, und zeigte die Zähne.

Entschlossen, diesem ein Ende zu setzen, ließ sie ihre Stute antraben und ritt trotz Bessies ängstlichen Rufens im vollen Galopp auf den Hof ein. Dort zügelte sie das Pferd und sah sich um.

»Wir sind wieder zurück!«, rief sie, so laut sie konnte.

Ein Schwarzer kam auf sie zu. Zuerst glaubte Gretel, es würde sich um Jones handeln, da rief Bessie hinter ihr überrascht. »Samuel!«

Jetzt erkannte Gretel Rachels Kutscher ebenfalls. »Wie es aussieht, hat auch er die Nase voll von dem Coureur-Drachen und ist hierhergekommen«, meinte sie, während Bessie hoffnungsvoll nach Joshua Ausschau hielt.

Zu Bessies und Gretels Verwunderung kam nun Thamar aus dem Haus. Ihr Gesicht war bleich, und in ihren Augen spiegelte sich Leid. Erschrocken sprang Gretel aus dem Sattel und eilte auf das Mädchen zu.

»Ist etwas geschehen?«

Thamars Lippen zuckten, als sie Antwort gab. »Mama ist tot! Joshua hat sie umgebracht, weil sie Bessie verkauft hatte.« Dann sah sie die junge Schwarze und umarmte sie weinend. »Bessie! Gott sei Dank, du bist entkommen. Was ist mit den anderen, die Mama verkauft hat?«

»Sie sind in Freiheit und werden dort, wo sie jetzt sind, auf jeden Fall glücklicher sein als auf der Plantage.« Bessies Stimme klang dunkel, und ihr Blick suchte Samuel.

»Stimmt es, dass Joshua die Missus umgebracht hat?«

»Ja, das hat er getan. Er war sehr zornig, als er hörte, dass du verschleppt worden bist. Danach wollte er dir folgen, kam aber mit dem Pferd nicht zurecht und wurde abgeworfen. Er hatte ein Leben genommen und musste mit dem seinen dafür büßen«, antwortete Samuel mit einem mitleidigen Blick.

»Er hat es verdient!«, rief die frühere Köchin der Plantage. »Er wollte uns alle umbringen und hat das Haus angezündet!«

»Bitte, Suzie«, rief Samuel. »Bessies Herz ist schwer genug.«

Suzie nickte und fasste Bessie unter. »Gott gebe ihm und der Missus die ewige Ruhe, Amen!«

Unterdessen waren auch Walther und Nizhoni aus dem Haus

getreten, hatten aber Thamar und Suzie nicht unterbrechen wollen. Nun kam Walther auf Gretel zu und schloss sie in die Arme. »Da seid ihr ja wieder, ihr Zugvögel!«

Gretel spürte, wie erleichtert er war, sie, Diego und Dave gesund wiederzusehen, und schämte sich plötzlich, ihm Kummer bereitet zu haben. »Es tut mir leid, Papa, ich …«

»Schon gut!«, unterbrach ihr Vater sie und strich ihr über das Haar.

Auch Nizhoni schloss die Tochter in die Arme und wandte sich dann Diego zu. Sie sah ihm lange in die Augen und nickte beifällig. »Dóitsoh ist dabei, ein Mann zu werden.«

Diego errötete vor Stolz, denn für ihn war es die größte Anerkennung, die er sich wünschen konnte.

Jetzt umarmte auch Walther ihn. »Und? Habt ihr etwas erlebt?«, fragte er.

Gretel entfuhr ein Lachen. »Ihr werdet euch heute Abend genug anhören müssen.« Dann wies sie auf die abgemusterten Soldaten. »Diese braven Burschen haben uns geholfen, Bessie und die anderen Sklaven der Coureurs zu befreien. Daher habe ich ihnen versprochen, dich zu fragen, ob sie bei uns arbeiten können. Sie haben kein Geld und wissen nicht, wohin sie sich wenden sollten.«

Zwar hätten Larry und seine Freunde auch zu Verwandten gehen können, doch Gretel wollte verhindern, dass ihr Vater von vorneherein nein sagte.

Walther musterte die vier jungen Männer, die verlegen vor ihm standen, und nickte schließlich. »Ihr könnt erst einmal hierbleiben! Ich werde später entscheiden, wo genau ihr arbeiten werdet.«

»Danke, Sir! Sie werden es nicht bereuen«, versprach Larry und sah sich dann dem alten Pepe gegenüber, der ihn und seine Kameraden in das Schlafhaus der Rancharbeiter führte.

Walther schlang je einen Arm um Gretel und Diego und ging mit ihnen ins Haus, während Nizhoni Thamar bat, ihr zu helfen, die Zimmer der beiden herzurichten.

Für eine gewisse Zeit blieben die drei Schwarzen allein auf dem Vorplatz. Bessie hatte sich zu Boden geworfen und schluchzte herzzerreißend. »Ich wollte, ich wäre tot wie Joshua!«

Dafür erhielt sie von ihrer Freundin eine Ohrfeige, die sich gewaschen hatte.

»Du bist ein junges Blut und wirst es überstehen«, erklärte Suzie bissig. »Außerdem gibt es andere Männer, die nicht schlechter sind als Joshua!«

Ihr Blick streifte Samuel, der Bessie mit einem so liebevollen Blick betrachtete, dass Suzie sich wünschte, sie könne an Bessies Stelle sein.

4.

Nicodemus Spencer betrat das neue Hauptquartier der
Unionstruppen in Austin mit dem Gefühl seines bevorstehenden Triumphs. Vor mehr als dreißig Jahren hatte Walther Fitchner oder Fichtner, wie er ursprünglich hieß, ihn
zum ersten Mal aus Texas vertrieben. Auch seine späteren
Versuche, sich hier anzusiedeln und zu Reichtum zu kommen, hatte Fitchner verhindert. Nun endlich würde er dem
Mann alles heimzahlen können.

Einen Augenblick lang erinnerte Spencer sich daran, wie man
ihn damals auf dem Schlachtfeld von Waterloo hatte hängen
wollen. Auch das hatte er diesem verdammten Kerl zu verdanken. Obwohl Walther Fichtner mehr als fünf Jahre jünger
als er und damals noch ein Kind gewesen war, hatte dieser
seine Flucht vereitelt und es den deutschen Musketieren er-
möglicht, ihn gefangen zu nehmen.

Entschlossen, die Angelegenheit zu Ende zu bringen, klopfte
Spencer an die Tür des vorläufigen Stadtkommandanten und
trat ein. Als er den Mann erkannte, lächelte er zufrieden. Sie
hatten im Krieg gute Geschäfte miteinander gemacht, und so
konnte er mit dessen voller Unterstützung rechnen.

»General Spencer! Was für eine Freude, Sie zu sehen!« Der
Offizier stand auf und streckte seinem Gast die Hand hin.

»Die Freude ist ganz meinerseits, Colonel.« Spencer ergriff
die dargebotene Hand und drückte sie.

»Was führt Sie hier in dieses abgelegene Land voller wütender
Rebellen?«, fragte der Oberst.

»Das hier!« Spencer zog das Schreiben des Kriegsministeriums heraus und sah zufrieden, wie der Oberst angesichts des amtlichen Briefkopfs ehrfurchtsvoll erstarrte.

»Ich bin bevollmächtigt, einen dieser wütenden Rebellen, wie Sie es nennen, verhaften zu lassen und seinen Besitz mittels dieses Vertrags, den ich mit dem Kriegsministerium abgeschlossen habe, zu übernehmen«, erklärte Spencer.

»Und wie kann ich Ihnen dabei helfen, General?«

Spencer reichte dem Colonel das Papier und grinste. »Indem Sie mir eine Abteilung Soldaten zur Verfügung stellen, mit denen ich diesen Mann festnehmen kann. Es sollten aber nicht zu wenige sein, denn der Kerl ist ein wüster Totschläger und hat eine Mannschaft aus hartgesottenen Lumpen um sich versammelt.«

»Das hier genannte County liegt außerhalb meines Amtsbereichs. Dort kann ich nicht einfach jemanden festnehmen lassen«, wandte der andere ein.

»Vielleicht geht es jetzt!« Mit diesen Worten griff Spencer in seine Jackentasche, zog ein Kuvert hervor und schob es dem Colonel hin. Dieser griff instinktiv danach. Als er den Umschlag öffnete, lag ein Bündel Zwanzigdollarnoten darin.

»Eigentlich müssten Sie warten, bis dort ein eigener Militärgouverneur eingesetzt worden ist, General. Aber ich will Sie nicht warten lassen, bis Washington endlich eine Entscheidung getroffen hat. Daher gebe ich Ihnen eine halbe Kompanie mit, alles Veteranen. Die müssten für diesen – wie heißt er gleich wieder, ah, Fitchner! – genügen.«

»Das schätze ich auch!« Mit vierzig oder fünfzig Soldaten sah Spencer sich ausreichend gewappnet, um gegen Walther Fichtner vorgehen zu können.

»Es sollten aber wackere Kerle sein, die nicht zögern, einem Gefangenen, der fliehen will, eine Kugel zu verpassen«, setzte er hinzu.

Der Colonel ahnte, was sein Gegenüber damit meinte, und dachte kurz nach. »Ich werde Ihnen Lieutenant Norris mitgeben, General. Sein Bruder ist im Konföderierten-Gefangenenlager Andersonville umgekommen. Daher wird er nicht zögern, den Feuerbefehl zu erteilen.«

Spencer reichte dem Oberst die Hand. »Ich danke Ihnen, Colonel! Lieutenant Norris findet mich in dem Hotel dort drüben. Ich hoffe, er ist morgen um acht Uhr zum Abmarsch bereit.«

»Er wird es sein!«, versprach der Colonel und zählte, nachdem Spencer gegangen war, die Geldscheine in dem Kuvert. Anschließend rief er einen seiner untergebenen Offiziere zu sich und erteilte ihm den Befehl, Lieutenant Norris davon in Kenntnis zu setzen, dass er am nächsten Tag mit General Spencer zusammen aufbrechen solle, um den Rebellengeneral Fitchner zu verhaften.

»Sagten Sie wirklich Fitchner?«, fragte der Mann verwundert. »Tut mir leid, Sir, aber da muss ein Irrtum vorliegen. Wenn Sie wirklich Walther Fitchner, den früheren Senator, meinen, haben Sie aufs falsche Pferd gesetzt. Der Mann hat gar nicht in der Rebellenarmee gedient, sondern sich im Gegenteil vehement gegen die Sezession ausgesprochen. Dafür wurde er von den führenden Leuten in Texas stark angefeindet. Ich selbst verdanke General Fitchner sogar mein Leben. Er hat mich aus den Händen von Rebellen befreit, die darauf aus waren, mich zu erschießen, weil ich nicht in der Rebellenarmee dienen wollte.«

Der Colonel wurde für einen Augenblick unsicher, dachte dann aber an den Mann, der Fitchners Haftbefehl unterschrieben hatte, und sagte sich, dass die Verantwortung nicht bei ihm, sondern bei Spencer und dessen Freunden lag.

»Vergessen Sie es, Lieutenant. Diese Sache geht weder Sie

noch mich etwas an. Washington wird schon wissen, warum es diesen Befehl erteilt hat!«

»Jawohl, Sir!«, antwortete der Offizier und überlegte, ob es eine Möglichkeit gab, Walther Fitchner zu warnen. Aber er selbst konnte Austin nicht verlassen, und unter seinen Kameraden gab es keinen, der bereit war, einem Rebellen zu helfen, gegen den ein Haftbefehl vorlag.

In der Hoffnung, dass bei einem Kriegsgerichtsprozess die Wahrheit ans Licht kommen würde, verabschiedete er sich von seinem Kommandeur und eilte davon.

5.

Waldemar war mit seinen Begleitern gut nach Corpus Christi gekommen und betrat Texas so, wie er es verlassen hatte, nämlich mit seinem Sattel über der Schulter. Kaum an Land, fragte Waldemar einen in der Nähe herumlungernden Jungen, wo man Pferde kaufen könne.

»Gibt keine zu kaufen«, antwortete das Bürschchen mit einem schiefen Blick auf seine blaue Uniform.

»Dann muss ich die Pferde eben beschlagnahmen«, fuhr Waldemar ungerührt fort.

Der Kleine erschrak, versuchte aber zu grinsen. »Wenn ich mich recht erinnere, wollte mein Onkel ein paar Gäule abgeben! Sind aber sehr gute Pferde, die einiges kosten.«

»Wir sollten es beim Konfiszieren belassen«, schlug Andrew Slater fröhlich vor.

»Nein, bitte nicht, Sir! Mein Onkel braucht das Geld dringend.« Nun bekam der Junge wirklich Angst.

Daher ging Waldemar auf ihn zu und klopfte ihm auf die Schulter. »Bring mich zu deinem Onkel! Wenn wir uns mit ihm über den Preis für die Gäule einigen können, bekommst du einen Dollar von mir.«

»Einen ganzen Dollar?«, fragte der Junge erstaunt und war dann wie ausgewechselt. »Kommen Sie, Sir! Sie werden es nicht bereuen. Die Pferde sind wirklich gut.«

Waldemar folgte ihm und spürte mit einem Mal die Freude, wieder in der Heimat zu sein. Illinois war schön, aber wenn es darauf ankam, wollte er lieber in Texas leben. Hoffentlich ist

Wigburg damit einverstanden, dachte er besorgt. Sie hing an ihrer Familie, und es würde ihr schwerfallen, so viele Meilen zwischen sich, ihren Eltern und ihrem Bruder zu wissen.

Der Kleine hatte nicht zu viel versprochen. Eine halbe Stunde später besaßen Waldemar, Meinrad und Andrew brauchbare Pferde. Als Waldemar Edward Montgomerys traurige Miene bemerkte, streckte er dem Farmer weitere sechzig Dollar hin.

»Wenn Sie noch einen Gaul zu verkaufen haben, geben Sie diesen General Montgomery.«

»Ich nehme keine Geschenke an«, rief Montgomery mit dem Rest seines Stolzes.

»Das ist kein Geschenk«, antwortete Waldemar lachend. »Ich hoffe doch, dass Sie mir das Geld für den Gaul irgendwann einmal zurückzahlen werden. Außerdem brauchen wir Sie in Austin, damit Sie beschwören, dass mein Vater ein strikter Gegner der Abspaltung Texas' von den Vereinigten Staaten war! Da wollen wir nicht hinter Ihnen herreiten müssen, während Sie zu Fuß gehen.«

»Danke!« Montgomery war erleichtert, aber auch beschämt. Doch auch Waldemar war zufrieden. Trotz des einen Arms war Montgomery ein guter Reiter, und während der Reise auf der *Parramore* hatte er den Mann zu seinem eigenen Erstaunen sympathisch gefunden.

Da sie von dem Farmer auch einige gute Sättel zu einem annehmbaren Preis erhielten, machten sie sich noch am selben Tag auf den Weg. Jede Meile, die sie ritten, brachte Waldemar der Heimat näher. Bald musste er sich dazu zwingen, seinen Begleitern nicht vorauszueilen, so sehr sehnte er sich nach seinem Vater, Nizhoni und den Geschwistern.

Nach vier Tagen lag Austin vor ihnen. Waldemar und Montgomery kannten den Ort als blühende Stadt voller Leben. Nun aber wirkte er grau, und die Bewohner blieben nicht länger im Freien als unbedingt notwendig. Dafür trafen sie auf Soldaten der Union, die allzu deutlich demonstrierten, wer hier der Sieger war. Als einige von ihnen Montgomery in seiner grauen Uniform entdeckten, kamen sie johlend näher.

»Was soll das?«, fuhr Waldemar sie an.

Die Soldaten bemerkten erst jetzt seine Rangabzeichen und standen stramm. »Nichts für ungut, Sir, sollte nur ein Scherz sein!«, antwortete der Mutigste von ihnen.

»Das war ein schlechter Scherz«, antwortete Waldemar. »Aber ich werde ihn vergessen, wenn ihr mir sagen könnt, wo wir hier Quartier nehmen können.«

»Das wird nicht einfach sein, Sir. Ein paar der Hotels sind geschlossen, die anderen proppenvoll. Es ist am besten, wenn Sie sich in einem Privathaus einquartieren. Die Rebellen mögen es zwar nicht, aber schließlich haben sie den Krieg verloren!«

»Danke! Abtreten!«

Das ließen die Kerle sich nicht zwei Mal sagen. Waldemar sah ihnen nach und überlegte. Sam Houston, bei dem er jederzeit hätte unterkommen können, war vor zwei Jahren gestorben. Das war vielleicht auch besser so, dachte er. Es hätte dem alten Mann das Herz gebrochen, zu sehen, wie stark sein geliebtes Texas durch den Krieg heruntergekommen war. Noch während er an den ehemaligen Präsidenten und Gouverneur von Texas dachte, sah er ein Stück weiter eine Frau, die ihm bekannt vorkam.

Es handelte sich um Lucretia Ransom, die vor dem Krieg zur besseren Gesellschaft in Austin gezählt hatte. Jetzt aber war sie abgemagert und ihr Kleid mit Sicherheit bereits einmal gewendet worden. Als Waldemar auf sie zuritt, verhärtete sich ihre Miene noch mehr.

»Entschuldigen Sie, Madam, aber wäre es Ihnen möglich, uns Unterkunft für eine Nacht zu gewähren?«

Es lag Lucretia Ransom auf der Zunge zu sagen, dass sie keine Yankee-Rüpel in ihrem Haus haben wolle. Die harten Kriegsjahre hatten sie jedoch nicht nur ihr gesamtes Geld, sondern auch einen großen Teil ihres Stolzes gekostet, und so sah sie Waldemar zweifelnd an.

»Ich führe kein Hotel, Mister, und bin auch nicht in der Lage, mehrere Herren zu verköstigen!«

»Wir werden für die Unterkunft bezahlen, Madam, und es ist ja nur für eine Nacht.«

Lucretia Ransom focht einen Kampf mit sich selbst aus. All die Jahre hatte sie die Männer in den blauen Uniformen gehasst. Doch vom Hass allein wurden sie und ihre Tochter nicht satt. Mit aller Selbstüberwindung, die sie aufzubringen vermochte, nickte sie schließlich.

»Die Herren müssen mir aber versprechen, sich manierlich zu benehmen!« Der Blick, den sie dabei den Soldaten nachsandte, mit denen Waldemar eben gesprochen hatte, zeigte deutlich, dass sie diese nicht als wohlerzogen ansah.

»Ich verbürge mich für die Herren!«, versprach Waldemar.

Nun entdeckte Lucretia Ransom auch Edward Montgomery und wollte schon zu ihm hin, um ihn zu begrüßen. Dann aber sagte sie sich, dass ein verarmter Plantagenbesitzer, der zudem einen Arm verloren hatte, kein geeigneter Ehemann für ihre Tochter war, und ignorierte ihn.

»Ihre Pferde müssten Sie im Mietstall unterstellen. Sie finden mich dort!«, erklärte sie und wies auf ihr Haus, das dringend einen neuen Anstrich nötig hatte.

»Danke!« Während Waldemar zum Mietstall ritt, dachte er daran, dass sein Vater und er vor dem Krieg um nichts in der Welt von Lucretia Ransom eingeladen worden wären. Daher empfand er eine gewisse Genugtuung, dass sie ihm ihr Haus nun für Geld öffnen musste.

6.

Lucretia Ransoms Haus war weitaus leerer, als Edward Montgomery es in Erinnerung hatte. Einige der wertvolleren Möbel fehlten, und es gab keinen schwarzen Portier mehr, der den Gästen die Tür öffnete, kein Hausmädchen und keinen Diener in Livree. Durch eine Tür sah er Lucretias Tochter Julia mit einem Besen hantieren und dachte mit einem tiefen Seufzer, dass die Zeit des alten Südens endgültig vorbei war. Auch er würde, wenn er nach Hause kam, ein leeres Gebäude vorfinden. Der Gedanke schmerzte, doch er sagte sich, dass es irgendwie weitergehen musste.

Andrew Slater entdeckte Julia Ransom ebenfalls und musste sich einen anerkennenden Pfiff verkneifen. Auch wenn der jungen Frau ein wenig mehr Fleisch auf den Rippen nicht geschadet hätte, fand er sie weitaus anziehender als die Krankenschwestern in den Hospitälern der Armee. Auch berührte ihn ihre traurige Miene. In den letzten Jahren hatte der Krieg all seine Gedanken beherrscht. Aber nun wünschte er sich ein normales Leben mit einer Frau, die ihm den Kaffee auf den Tisch stellte und ihm beim Abendessen aus der Zeitung vorlas, dazu Kinder, mit denen er spielen konnte, und ein Heim, das nicht aus einem Zelt bestand, in dem es im Sommer fürchterlich heiß wurde, während man im Winter darin fror wie ein Schneider.

»Entschuldigen Sie, Miss, aber können Sie mir sagen, wo ich meine Sachen abstellen kann?«, fragte er, nur um eine Antwort zu erhalten.

Julia blickte auf, sah seine blaue Uniform und antwortete bissig: »Was machen Sie denn hier?«

»Ihre Frau Mama war so freundlich, uns Obdach zu gewähren«, sagte Andrew mit sanfter Stimme.

Julia wusste nicht, was ihre Mutter dazu getrieben haben mochte, strich aber ihre Stacheln glatt. »Oben unter dem Dach sind alle Zimmer frei!« Um aber nicht als zu zuvorkommend zu gelten, setzte mit einer gewissen Bitterkeit hinzu, dass es die Kammern ihrer Sklaven gewesen seien.

»Ihr Yankees habt dafür gesorgt, dass wir sie verloren haben. Also könnt ihr nun selbst darin wohnen!« Damit wandte sie Andrew Slater den Rücken zu und arbeitete weiter.

Der junge Mann dachte nicht daran, zu gehen, sondern sah ihr zu und stellte gelegentlich eine Frage, die Julia knapp und gerade eben noch höflich beantwortete.

So traf Lucretia Ransom die beiden an. Im ersten Impuls wollte sie Andrew sagen, er solle ihre Tochter in Ruhe lassen. Dann aber erinnerte sie sich, dass Julia bereits das dreiundzwanzigste Jahr überschritten hatte und angesichts der vielen Verluste, die die Südstaatenarmee erlitten hatte, kaum mehr auf einen passenden Verehrer hoffen konnte.

»Julia, wärst du so lieb, Kaffee zu kochen?«, forderte sie ihre Tochter auf.

»Gerne – wenn wir welchen hätten!«, antwortete Julia in gereiztem Tonfall. »Die Brühe aus gerösteter Gerste werden die Herren Yankees wohl kaum trinken wollen.«

»Ich besorge Kaffee!«, rief Andrew und eilte aus dem Haus.

Lucretia sah ihm nach und nickte anerkennend. »Ein höflicher junger Mann! Seiner Aussprache nach stammt er aus dem Süden, auch wenn er die falsche Uniform trägt. Du solltest klug sein und herausfinden, ob er ein Vermögen zu erwarten hat. Wenn ja, darfst du seine Avancen nicht zurückweisen.«

»Da meinst, ich soll einen Yankee heiraten?«, rief Julia empört.
»Du hast nicht zugehört! Ich sagte, er stammt aus dem Süden. Auch wenn er für die Union gekämpft hat, ist er noch lange kein verknöcherter Handelsgehilfe aus dem Norden.« Ein warnender Blick unterstrich Lucretias Worte.

Auch Julia war klar, dass die Auswahl an passenden Verehrern sehr gering war, und so beschloss sie, sich den jungen Offizier wenigstens anzusehen.

Weit davon entfernt zu ahnen, dass Andrew Slater zwar sämtlichen Kugeln der Rebellen entgangen war, hier aber einer hübschen Rebellin zu erliegen drohte, bezog Waldemar die Kammer, die Lucretia Ransom ihm überließ, und blickte durch das Fenster auf die Straße hinab.

War es wirklich erst gut vier Jahre her, dass er von hier fortgegangen war? Ihm erschien es wie eine Ewigkeit.

Die Sehnsucht, seine Familie wiederzusehen, wurde übermächtig. Er schloss das Fenster wieder und drehte sich zu Meinrad um, der ihm ins Zimmer gefolgt war.

»Ich sehe mich draußen ein wenig um.«

»Sollte ich nicht besser mitkommen für den Fall, dass einige Rebellen glauben, sie müssten den Krieg fortsetzen?«, fragte sein Freund.

»Gerne! Wo ist eigentlich Andy?«

»Der ist im Erdgeschoss geblieben. Nein, halt, ich sehe ihn eben mit einer großen Tüte kommen. Anscheinend hat Mistress Ransom ihn einkaufen geschickt«, antwortete Meinrad schmunzelnd.

Die beiden verließen das Haus und wandten sich dem Hauptquartier der Unionstruppen zu. Auf dem Weg dorthin trafen sie auf einen Leutnant, der so in Gedanken war, dass er beinahe in Waldemar hineingelaufen war. Im letzten Augenblick hielt er an und wich einen Schritt zurück.

»Verzeihung, Sir!«

»Schon gut!«, meinte Waldemar mit einer beschwichtigenden Geste. »Aber da Sie schon einmal hier sind, können Sie mir sagen, wo ich den Colonel finde.«

»Ich bin einer seiner Adjutanten, Sir. Wenn Sie wollen, bringe ich Sie zu ihm. Wen darf ich melden?«

»General Fitchner«, antwortete Waldemar.

»Fitchner!« Der Leutnant starrte ihn verwirrt an. »Sind Sie mit General Fitchner aus Texas verwandt?«

»Er ist mein Vater! Warum, was ist mit ihm?«, fragte Waldemar besorgt.

»Nun, Sir, es ist ganz eigenartig, wenn ich so sagen darf. Gestern kam ein Fremder mit einem Haftbefehl für General Fitchner.«

»Spencer!«, brach es aus Waldemar heraus.

»Ja, Sir, so heißt er. Er forderte eine Kompanie als Begleitschutz. Deren Kommandeur ist Lieutenant Norris, ein Mann, der alle Rebellen hasst, weil sein Bruder in Andersonville umgekommen ist. Sie sind heute Morgen aufgebrochen!«

»Danke! Sie brauchen mich nicht anmelden.« Waldemar sah auf seine Uhr, deren Zeiger bereits den späten Nachmittag anzeigten. »Da ist eine Teufelei im Anzug. Ich breche sofort auf! Meinrad, du kannst mit Andrew nachkommen.«

»Ich reite mit dir!«, erklärte Meinrad mit entschlossener Miene.

»Es wird ein harter Ritt, und du bist kein so guter Reiter«, warnte Waldemar.

Sein Freund schüttelte den Kopf. »Ich halte schon durch. Nach alledem, was du mir über Spencer erzählt hast, brauchst du jemanden, der dir den Rücken frei hält.«

»Dann hol unsere Sachen und sag Andrew Bescheid. Ihr findet mich im Mietstall. Ich werde die Pferde satteln!«

Waldemar eilte los, ohne sich noch einmal umzusehen. Auch Meinrad setzte sich in Bewegung und erreichte kurz darauf das Haus der Witwe Ransom.

»Andrew! Wo bist du?«, rief er laut.

Sofort kam Lucretia Ransom aus ihrem Salon und bedachte ihn mit einem missfälligen Blick. »Könnten Sie sich vielleicht eines leiseren Tonfalls befleißigen, Sir!«

»Wo ist Captain Slater?«, fragte Meinrad mit einer gewissen Schärfe.

»Captain Slater, übrigens ein weitaus höflicherer junger Mann als Sie, Sir, ist in Besorgungen unterwegs!« Lucretia Ransom verschwieg, dass Andrew nach einem entsetzten Blick in ihren leeren Vorratsschrank aufgebrochen war, um weitere Lebensmittel aufzutreiben.

Meinrad fluchte und zuckte schließlich mit den Schultern. »Dann muss er eben nachkommen. Sagen Sie ihm, dass General Fitchner und ich zu General Fitchners Colorado-Ranch unterwegs sind!« Damit ließ er die Frau stehen und eilte nach oben, um seine und Waldemars Sachen zu holen.

Als er kurz darauf in den Mietstall stürmte, sah er Waldemar fragend an. »Andy ist in der Stadt unterwegs. Wollen wir warten, bis er zurückkommt?«

Statt einer Antwort schwang Waldemar sich in den Sattel und ritt an.

7.

Auf der Ranch am Rio Colorado war das Leben unterdessen weitergegangen. Da die bedrückende Allgegenwart des Krieges endlich gewichen war, machte Walther die Arbeit wieder mehr Freude. Zwar sah er noch keine Möglichkeit, in absehbarer Zeit durch den Verkauf von Vieh Geld zu verdienen, aber er wollte wenigstens seinen Handel mit den Komantschen wieder aufnehmen. Noch während er überlegte, was er an Tauschwaren mitnehmen sollte, erschienen mehrere Reiter auf der Ranch. Sie trugen die grauen Uniformen der besiegten Konföderationsarmee sowie ihre Abzeichen als Offiziere. Der erste Reiter im Rang eines Majors grüßte noch im Sattel.

»Es freut mich, Sie bei bester Gesundheit anzutreffen, Sir!«
Walther kniff die Augen zusammen, um den Mann zu betrachten, und lächelte erfreut. »Herr Belcher! Willkommen! Es freut mich sehr, dass Sie den Krieg gut überstanden haben.«

»Zwei Kugeln haben mir die Yankees aufgebrannt, aber unser Regimentschirurg hat sie gut herausgeholt«, antwortete Michael Belcher, der Sohn seines alten Freundes Andreas Belcher, der während des Krieges verstorben war.

»Kommen Sie doch herein! Sie haben sicher Hunger – und Ihre Kameraden gewiss auch.« Walther wies einladend auf die Haustür. Sofort stiegen die anderen ab, schienen sich aber zu wundern, als mit Dave Jones und Samuel zwei dunkelhäutige Knechte erschienen, um ihre Pferde entgegenzunehmen.

Vollends verblüfft waren sie, als Walther ihnen eine Indianerin als seine Ehefrau vorstellte. Sie blieben aber höflich und langten, als Ellen Singender Mund und Bessie ihnen auftischten, kräftig zu.

»Die Gentlemen hier sind meine Nachbarn. Wie ich sind es Rinderzüchter, die ihre Ranches auf Regierungsland eingerichtet haben«, erklärte Michael Belcher, nachdem der erste Hunger gestillt war.

»Ich habe es stets vorgezogen, auf eigenem Land zu leben«, antwortete Walther.

»Ein wenig eigenes Land haben wir auch«, warf einer der Gäste ein. »Aber um mehr zu kaufen, braucht man Geld. Das aber läuft jetzt auf vier Beinen herum und wartet darauf, dass wir es an den Mann bringen.«

Walther nickte mit zusammengekniffenen Lippen. »Ich stehe vor den gleichen Problemen. Hier in Texas ist ein Rind derzeit nicht einmal die Haut wert, die man ihm abziehen kann.«

»Aber im Norden würde das Fleisch dringend gebraucht, um die Menschen in den großen Städten zu ernähren«, erklärte Michael Belcher.

Walther schüttelte den Kopf. »Dazu müsste man die Tiere dorthin treiben, und das ist unmöglich.«

»Nicht ganz!«, wandte Belcher ein. »In Kansas wird eine Eisenbahn gebaut. Man müsste die Rinder nur bis dorthin bringen!«

»Das sind immer noch über fünfhundert Meilen durch Texas, das gesamte Indianerterritorium und halb Kansas«, wandte Walther ein.

»Es ist unsere einzige Chance!« Einer der Rancher wies mit einer weit ausholenden Geste nach Norden. »Wir haben vor, dem Weg zu folgen, den Jesse Chisholm für seine Warentransporte benutzt.«

»Chisholm ist ein Halbindianer und kommt mit den einzelnen Stämmen gut zurecht.« Obwohl er noch ablehnend klang, gingen Walthers Gedanken bereits in dieselbe Richtung. Der wichtigste Stamm auf dieser Strecke waren die Komantschen, und mit diesen würde er sich einigen können.

»Wie wollt ihr es machen?«, fragte er.

»Da die meisten Rancher und Cowboys im Krieg waren, haben sich die Herden vermischt und die Jungrinder keine Brandzeichen mehr erhalten. Um Streit zu verhindern, wollen wir die Tiere einfangen und aufteilen«, erklärte Michael Belcher.

»Meine Leute haben die Rinder, soweit es ging, zusammengehalten. Ein paar mögen weggelaufen sein, aber ich glaube nicht, dass meine Verluste groß sind«, antwortete Walther nachdenklich.

»Sie hatten Glück, weil Sie vor allem Schwarze und Mexikaner als Cowboys haben. Unsere Jungs hingegen wurden eingezogen«, meinte einer der Rancher neidisch.

»Es sind keine Mexikaner, sondern Tejanos, von denen sich einige freiwillig gemeldet haben oder eingezogen worden sind.« Walther wollte keinen Zweifel daran lassen, dass seine Männer in dieses Land gehörten.

»Wir wollten fragen, ob Sie bereit wären, uns bei unserem großen Round-up zu helfen? Von uns hat keiner die Erfahrung, Rinder über mehrere hundert Meilen zu treiben. Aber Sie haben doch 1846 fast tausend Rinder bis nach Mexiko gebracht. Wenn Ihre Leute den Unseren sagen könnten, was dabei zu berücksichtigen ist, wäre es für uns eine große Hilfe.« Michael Belcher sah Walther so hoffnungsvoll an, dass dieser aus Stein hätte sein müssen, um ihn und die anderen unverrichteter Dinge wieder fortzuschicken.

»Ich werde Ihnen den Verwalter meiner Rinderranch und

einige seiner Vaqueros schicken«, versprach Walther. »Wenn
es jemanden gibt, der etwas von Rindern versteht, dann er.«

»Danke!« Michael Belcher ergriff Walthers Hand und drückte sie. Auch wenn er selbst kein so enges, nachbarschaftliches
Verhältnis zu ihm pflegte wie sein Vater, so freute er sich doch
über dessen Beistand.

»Es wird bald dunkel«, meinte Walther nach einem Blick
durch das Fenster. »Sie sollten über Nacht bleiben. Ich werde
gleich einen Brief für Mister Azor schreiben, den Sie ihm
überbringen können. Die Rinderranch liegt ja auf Ihrem
Weg!«

Seine Gäste waren erleichtert, denn sie hofften auf ein angenehmes Gespräch am Abend und einige weitere Tipps, wie
der Transport einer großen Zahl Rinder am besten zu be-
werkstelligen war.

8.

Am nächsten Morgen verabschiedeten Belcher und die anderen Rancher sich von Walther und ritten weiter. Walther sah ihnen lange nach und sah dann plötzlich Gretel vor sich.

»Wir müssten es schaffen!«, meinte sie lächelnd.

»Was?«, fragte ihr Vater verwirrt.

»Zwei- oder dreitausend Rinder nach Kansas zu treiben! Wenn wir den roten Stämmen unterwegs ein paar Kühe abgeben, werden wir mit ihnen zurechtkommen. Gelingt uns das, hast du genug Geld, damit wir uns keine Sorgen mehr machen müssen.«

»Leicht wird es nicht werden.«

Trotz seiner Bedenken hatte Walther sich entschieden. Wenn Herden nach Kansas getrieben wurden, würde seine dabei sein. Zufrieden, dass er ein neues Ziel vor Augen hatte, kehrte er ins Haus zurück und suchte den Atlas heraus, mit dem er seinen Kindern Geografie beigebracht hatte. Es war ein langes Stück Weg nach Kansas, und sie würden dabei jenes Gebiet durchqueren müssen, in das die Regierung viele indianische Stämme deportiert hatte. Aber wie Gretel schon gesagt hatte, würden ihnen einige verschenkte Rinder den Weg durch das Indianergebiet öffnen.

Der Gedanke an den Herdentrieb erfüllte ihn den ganzen Tag. In diesem Jahr war es bereits zu spät zum Aufbruch, doch im nächsten Frühjahr wollte er aufbrechen und zu den Ersten gehören, die Kansas erreichten, so dass er die besten Preise erzielte.

Nizhoni hörte ihn leise vor sich hinreden und lächelte erleichtert. Nach den lähmenden Jahren des Krieges gefiel es ihr, dass Fahles Haar, wie sie ihn noch immer liebevoll nannte, wieder Freude am Leben fand. Wenn jetzt auch noch seine beiden Söhne heil aus dem Krieg zurückkämen, wäre ihr Glück vollkommen.

Am späten Nachmittag meldete Dave Jones eine Reiterschar, die sich der Ranch näherte. »Es sind sehr viele, Mister Fitchner, mindestens fünfzig Leute, vielleicht sogar mehr.«

»Los, laden wir die Waffen!« Gretel hatte den letzten Überfall auf die Ranch nicht vergessen und machte sich sofort ans Werk. Diego half ihr mit ernster Miene, während Dave wieder hinauseilte und auf die Aussichtsplattform stieg, die sich oben auf dem Schuppen befand. Als er wieder zurückkam und erklärte, es handele sich bei dem Reitertrupp um Unionssoldaten, entspannte Walther sich.

»Gewiss eine Patrouille, die hier ihre Pferde tränken will. Gehen wir hinaus, um sie zu begrüßen!«

Während er mit Nizhoni das Haus verließ, steckte Gretel aus einem Gefühl unbestimmten Misstrauens heraus ihre Remington Rider in den Gürtel und folgte dann erst ihren Eltern.

Walther schätzte den Trupp auf etwa sechzig Leute. Ein Leutnant führte diese an. Bei ihm befand sich ein Mann in einem dunkelroten Zivilrock, der ein wenig an eine Uniform erinnerte. Zunächst dachte Walther sich nichts dabei, doch als der Mann keine zehn Schritte vor ihm sein Pferd anhielt und ihn triumphierend musterte, spürte er eine eisige Hand auf seinem Rücken.

»Spencer!« Obwohl seit ihrer letzten Begegnung fast zwei Jahrzehnte vergangen waren, erkannte er den Mann sofort.

»Ja, ich bin es, Fitchner oder, besser gesagt, Fichtner! Nun werde ich die alte Sache zu Ende bringen. Lieutenant Norris hat einen Haftbefehl für dich! Du bist festgenommen und wirst bald genauso hängen, wie du mich vor fast auf den Monat genau vor fünfzig Jahren hast hängen sehen wollen.«

»Was heißt hier festgenommen?«, rief Walther empört. »Ich …«

»Maul halten!«, fuhr Lieutenant Norris ihn an. »Wenn du noch ein Wort sagst, lasse ich dich krummschließen!«

»Ich bin noch nicht fertig«, fuhr Spencer höhnisch fort. »Diese Ranch hier und alles, was du besitzt, gehört jetzt mir. Deine Indianerin und deine Blagen werden morgen früh von hier verschwinden, und zwar mit nicht mehr auf dem Leib, als sie jetzt tragen. Hast du verstanden?« Spencers Blick glitt über Nizhoni und Diego hinweg und blieb auf Gretel haften. Auch wenn er die Siebzig bereits vor zwei Jahren überschritten hatte, ließ ihn der Anblick eines hübschen Mädchens noch immer nicht kalt, und das hier war ein besonders hübsches Mädchen. Er überlegte, ihr den Vorschlag zu machen, dass ihre Mutter und sie hierbleiben könnten, wenn sie sich mit ihm einließe. Für ihn wäre dies der endgültige Sieg über Walther gewesen. Ihre vor Wut blitzenden Augen und der Gedanke, dass sie eine halbe Wilde war, brachten ihn jedoch dazu, es nicht zu tun. Er traute ihr zu, ihm in der Nacht die Kehle durchzuschneiden, und wollte nicht gesiegt haben, um dann auf eine so jämmerliche Weise zugrunde zu gehen.

Walther starrte den Mann fassungslos an. Das kann doch alles nicht wahr sein, durchfuhr es ihn. Er hatte sich nicht das Geringste zuschulden kommen lassen, was eine Verhaftung rechtfertigte. Doch als er in das hasserfüllte Gesicht des Lieutenants blickte, begriff er, dass es diesem vollkommen ernst war. Zwar wusste er nicht, auf welche Weise Spencer die Behörden der Nordstaaten auf seine Seite gebracht hatte, doch er hoffte, dass sich das Ganze während der Gerichtsverhandlung auflösen und er die Intrigen seines Feindes würde aufdecken können.

Im Gegensatz zu ihrem Vater begriff Gretel, in welcher Gefahr er schwebte. In diesen Zeiten wurde man sehr leicht auf der Flucht erschossen, und sowohl Spencer wie auch Lieutenant Norris sahen ihr nicht so aus, als wollten sie es auf ein Gerichtsverfahren ankommen lassen.

Da niemand auf sie achtete, hielt sie ihren Revolver in der Hand, bevor einer der Soldaten reagieren konnte. »Wenn Sie es wagen, Hand an meinen Vater zu legen, schieße ich Sie nieder!« Gretel richtete die Waffe dabei nicht auf Spencer, sondern auf den Leutnant, den sie für den gefährlicheren Feind hielt.

Norris starrte auf die Mündung der Waffe, die genau auf seine Stirn zielte, und begriff, dass es der jungen Frau todernst war. Wenn er seinen Männern befahl, auf sie zu feuern, würde er als Erster sterben.

»Legen Sie die Waffe weg, Miss! Sie machen die Sache nur noch schlimmer!«, sagte er, um sie zur Besinnung zu bringen. Gretel schüttelte den Kopf, ohne dass sich der Lauf des Revolvers auch nur um einen Zehntelzoll bewegte. »Ich weiß nicht, welche Rolle Sie dabei spielen, Mister, aber das hier ist eine Sache, die nur Spencer und uns etwas angeht. Nehmen Sie Ihre Leute und verschwinden Sie. Meine Familie ist mit Indianern, mexikanischen Dragonern, Banditen und Südstaatenguerillas fertiggeworden. Glauben Sie, wir würden uns vor ein paar Yankees fürchten?«

Für einige Sekunden, die sich wie eine schiere Ewigkeit anfühlten, herrschte ein fragiles Patt, in dem jede Seite für sich nach einem Vorteil suchte. Dann verschwand Nizhoni im Haus und kehrte mit ihrer alten Doppelpistole und einem Revolver zurück, den sie ihrem Mann in die Hand drückte. Jones und Dave kamen mit einer Schrotflinte und einem Revolver heran, ebenso Larry und seine Kameraden. Auch der alte Pepe und die Rancharbeiter traten bewaffnet auf den Vorplatz, und Norris begriff, dass er seinen Auftrag ohne Kampf nicht würde erfüllen können.

»Dies hier ist unser Land, das wir der Wildnis abgerungen und fruchtbar gemacht haben«, erklärte Walther mit fester Stimme, »und wir lassen uns von hier nicht vertreiben! Das sollte Spencer wissen! Er hat schon dreimal versucht, uns um unseren Besitz zu bringen, und schließlich auch, uns zu ermorden. Aber er ist jedes Mal an uns gescheitert.«

»Nun wird es ein viertes und letztes Mal sein«, setzte Nizhoni hinzu und zielte mit ihrer Waffe auf Spencer.

Dieser spürte ihren festen Willen abzudrücken und fuhr Norris an. »Tun Sie endlich etwas, Lieutenant! Glauben Sie, ich habe Sie mitgenommen, damit Sie und Ihre Leute hier Maulaffen feilhalten?«

Norris hatte sich die Sache einfacher vorgestellt, doch diese Rebellen waren eine besondere Rasse. Sie wussten nie, wann es Zeit war aufzugeben. Mit einem schiefen Blick auf Gretels Revolver wandte er sich zu seinen Männern um.

»Los jetzt! Macht sie nieder!« Gleichzeitig zog er den rechten Fuß aus dem Steigbügel, um sich aus dem Sattel fallen zu lassen.

»Sollten wir nicht besser abwarten und verhandeln, Lieutenant?«, fragte sein Sergeant. »Die Leute hier im Süden werden verdammt sauer sein, wenn wir Frauen erschießen. Außerdem wäre es kein Ruhmesblatt für unsere Armee, wenn wir die gesamten Bewohner dieser Ranch niedermachen!«

Der Einwand war berechtigt, doch Norris ging nicht darauf ein, sondern fluchte wild. »Was kümmert mich, was die Rebellen von uns halten? Sie haben diesen Krieg verloren und müssen jetzt dafür bezahlen. Raus mit den Karabinern und feuert!«

Ein Teil seiner Männer zog die Waffen aus den Sattelholstern, doch nur ein paar richteten sie auf Walther und dessen Leute. »Vielleicht sollten wir wirklich erst verhandeln«, meinte einer. »Ich würde ungern eine Frau töten, und mir liegt auch wenig daran, auf Menschen zu schießen, die nur ihren Besitz verteidigen.«

Anders als Norris, dessen Bereitschaft, Walther unterwegs niederzuschießen, Spencer mit fünfhundert Dollar erkauft hatte, waren die Soldaten unvoreingenommen. Zudem hatten sie im Krieg oft genug unter schlechter Ausrüstung gelitten und hassten daher Kriegsgewinnler wie Spencer beinahe noch mehr als die Südstaatler.

»Es gibt keine Verhandlungen!«, stieß Norris wutentbrannt aus. »Entweder ergibt sich dieses Gesindel, oder es wird vernichtet.«

Walther wollte nicht, dass seiner Frau, seinen Kindern oder sonst jemand auf der Ranch etwas geschah. Doch in Nizhonis und Gretels Gesichtern las er den festen Willen, diesen Kampf bis zum bitteren Ende auszufechten. Auch Diego und die Peones sahen nicht so aus, als wollten sie die Waffen niederlegen.

»Sir, da kommt jemand!«, rief da einer der Soldaten und wies nach Südosten. Dort waren zwei Reiter zu erkennen, die im vollen Galopp heranfegten.

Norris kniff die Augen zusammen, als er das Blau der Uniformen erkannte. Es waren höherrangige Offiziere, und vor denen wollte er nicht als der Trottel dastehen, den eine junge Frau mit einem Schießeisen in Schach halten konnte.

»Feuer!«, befahl er und ließ sich aus dem Sattel gleiten. Im Fallen griff er nach seinem Revolver und wollte ihn auf

Gretel richten. Aber als er auf den Boden prallte, verlor er die Waffe. Bevor er wieder nach ihr greifen konnte, sah er Gretels Lauf wieder auf sich gerichtet.

Von seinen eigenen Leuten hatte kein Einziger geschossen. Die Männer warteten, bis die beiden Reiter herankamen, und waren sichtlich erleichtert, dass nun ein höherer Offizier die Sache in die Hand nehmen würde.

Während Walther, Nizhoni, Gretel und Diego den vorderen Reiter mit großen Augen anstarrten und kein Wort herausbrachten, wandte Spencer sich mit einer ärgerlichen Bewegung an ihn.

»Gut, dass Sie kommen, General! Lieutenant Norris ist ja eine Schande für die Armee! Ich habe hier einen Haft- und Räumungsbefehl für den Rebellen Walther Fitchner, der unverzüglich durchgeführt werden muss.«

»Das stimmt, Sir«, sagte Norris, der sich nun wieder auf die Beine kämpfte und dabei zusah, dass sein Pferd zwischen ihm und Gretel stand. »Diese Rebellen sind unbelehrbar. Man muss erst ein paar von ihnen erschießen, bevor sie Vernunft annehmen!«

»Sie werden hier niemanden erschießen, Lieutenant!«, antwortete Waldemar eisig. »Was den Haftbefehl angeht, so habe ich hier einen für Mister Nicodemus Spencer wegen Betrugs bei den Armeelieferungen und Bestechung von Beamten des Kriegsministeriums. Tun Sie Ihre Pflicht und verhaften Sie den Mann!«

Statt den Befehl zu befolgen, stierte Norris Waldemar nur ungläubig an.

Spencer hingegen platzte fast vor Wut. »Wer sind Sie eigentlich, dass Sie hier das Maul so aufreißen? Das wird Ihnen noch leidtun. Ich habe Freunde in Washington, die …«

»… wahrscheinlich längst wegen Bestechlichkeit verhaftet

worden sind«, unterbrach Waldemar den alten Feind lächelnd. »Was mich betrifft, so bin ich Waldemar Fitchner, Brigade-general der Armee der Vereinigten Staaten und ab heute für die Sicherheit in diesem County verantwortlich. Lieutenant, Ihre Truppe untersteht ab sofort meinem Kommando!«

Spencer wollte nicht glauben, was er hörte. Der Sieg, den er bereits errungen glaubte, wurde ihm im letzten Augenblick aus der Hand geschlagen. Seit Walther ihn vor dreißig Jahren zum ersten Mal aus Texas vertrieben hatte, hatte er diesen Mann mit seinem ganzen Hass verfolgt. Während alle Augen auf Waldemar gerichtet waren, griff er unter seinen Rock und spürte den Griff des doppelläufigen Derringers unter den Fingern. Er zog die Taschenpistole heraus und verdeckte sie mit der linken Hand.

Aus den Augenwinkeln sah Gretel die Bewegung und ver-setzte ihrem Vater einen Stoß. Prompt schlug die Kugel, die diesem gegolten hatte, in ihren rechten Oberarm ein. Trotz-dem richtete sie ihre Waffe auf Spencer und wusste gleichzei-tig, dass sie ihn nicht daran hindern konnte, ein zweites Mal zu schießen.

Da vernahm sie den Schuss aus einem anderen Revolver. Spencer schwankte einen Augenblick wie betrunken im Sat-tel. Als er erneut auf Walther anlegen wollte, zog Gretel durch und sah mit grimmiger Zufriedenheit, wie der Mann, der sie und ihre Familie so lange Zeit bedroht hatte, aus dem Sattel kippte und zu Boden rutschte.

Dann erst begriff sie, wer Spencer als Erster getroffen hatte. Es war der junge Offizier in Waldemars Begleitung, nur we-nige Jahre älter als sie selbst und, wie sie fand, recht gut aus-sehend. Dies hinderte sie jedoch nicht, ihn zu kritisieren.

»Ihr Schuss, Mister, war erbärmlich! Beinahe hätte dieser Schuft noch ein zweites Mal abdrücken können.«

Meinrad Freihart starrte die junge Frau an, die trotz ihres blutenden Armes stolz aufgerichtet vor ihm stand, und lächelte verlegen. »Es tut mir leid, Miss Fitchner, aber ich habe zu spät gesehen, dass die Spencer-Ratte einen Derringer in der Hand hielt.

»Spencer-Ratte?« Es wunderte Gretel, dass der Major den Begriff verwendete, den sie und ihre Brüder dem Feind gegeben hatten, und sie sah ihren Bruder fragend an.

Waldemar stieg ab und trat langsam auf ihren Vater zu. Sagen konnte er zunächst nichts, sondern schloss ihn wortlos in die Arme.

»Du bist zu einer guten Zeit gekommen, Náshdóítsoh«, sagte Nizhoni und umarmte ihren Stiefsohn ebenfalls. Danach sah sie sich zu ihrer Tochter um, die immer blasser wurde und sich kaum mehr auf den Beinen halten konnte.

»Ich danke Gott und den Geistern meiner Ahnen, dass sie mich dich gebären ließen. Hättest du Fahles Haar nicht zur Seite gestoßen, wäre er nun tot.«

»Dafür aber sind Sie verletzt, Miss. Sie sollten ins Haus gehen und sich verbinden lassen«, schlug Meinrad vor.

Gretel nickte und wollte sich umwenden. Da gaben ihre Beine unter ihr nach. Ehe sie zu Boden sinken konnte, war Meinrad bei ihr und fing sie auf.

»Wenn mir jemand die Türe aufhält, bringe ich sie hinein«, sagte er.

Sofort war Diego an der Tür und öffnete sie. Nach einem letzten Blick auf den toten Spencer folgte Nizhoni ihnen, um ihre Tochter zu verarzten.

Walther blieb draußen stehen und begriff erst langsam, dass der Alpdruck, der ihn fünfzig Jahre gequält hatte, vorüber war. Sein Blick suchte das Grab seiner ersten Frau, die seit bald dreißig Jahre unter der Erde ruhte.

»Der Mörder deiner Mutter hat endlich seine Strafe erhalten, Gisela!«, sagte er leise und wandte sich dann seinen Leuten zu. »Bringt Spencer weg und begrabt ihn irgendwo, wo kein Kreuz und kein Grabstein an ihn erinnern soll. Tut es aber nicht auf meinem Grund, denn das könnte ich nicht ertragen.«

Dann sah er Lieutenant Norris auffordernd an. »Jones soll Ihnen zeigen, wo Sie mit Ihren Männern Ihr Biwak aufschlagen können, und sie alle mit Fleisch versorgen.«

Am liebsten hätte Walther die Soldaten von seinem Land gewiesen, doch da Waldemar sie unter sein Kommando gestellt hatte, sah er davon ab.

Während Norris froh war, sich zurückziehen zu können, betrat Walther das Wohnhaus. Als Erstes sah er mehrere Büchsen bei einem Fenster stehen und begriff, dass Thamar Coureur sich ebenfalls zum Kampf bereit gemacht hatte. Nun half die junge Frau Nizhoni, Gretels Schusswunde zu verarzten. Waldemar, dessen Begleiter und Diego standen daneben und sahen zu.

Nach einigen Augenblicken drehte Meinrad sich zu Walther um. »Herr Fichtner, ich soll Sie sehr herzlich von meinem Vater grüßen. Er sagt, Sie hätten zusammen in Göttingen studiert«, erklärte er zur Verblüffung aller Anwesenden mit Ausnahme Waldemars auf Deutsch.

»Dann freut es mich doppelt, Sie in meinem Haus begrüßen zu können«, erklärte Walther und streckte dem jungen Mann die Hand hin.

»Meinrad ist, wenn man es genau nimmt, so etwas wie ein Verwandter, oder wird es bald sein.« Waldemars Stimme klang ein wenig unsicher. Immerhin war er nach über vier Jahren das erste Mal nach Hause gekommen und musste nun beichten, dass er eine Braut gefunden hatte.

»Als Verwandter sollte er besser schießen können«, warf Gretel bissig ein.

»Sie dürfen es mich gerne lehren, Miss«, antwortete Meinrad. »Tatsächlich sind Sie das mutigste Mädchen, das ich kenne. Meiner Schwester, die im Übrigen Waldemars Verlobte ist, würde ich es nicht zutrauen!«

Waldemar warf seinem Freund einen zornigen Blick zu, denn diese Nachricht hätte er seiner Familie gerne selbst mitgeteilt.

»Du bist verlobt?« Walther klang ein wenig verwundert, lachte dann über sich selbst. »Bei Gott, das wird auch Zeit. Immerhin wirst du nächstes Jahr dreißig!«

»Wie ist sie?«, fragte Nizhoni.

Gretel schnaubte. »Wie wird sie schon sein? Eine Yankee-Frau halt, die alles besser weiß.«

»Redest du von dir?«, fragte Diego grinsend und umarmte seinen Bruder. »Es ist schön, dass du wieder da bist. Wenn nun noch Josef gesund heimkäme, wären wir alle zufrieden.« Bei der Nennung dieses Namens seufzte Thamar und rang die Hände.

Nizhoni entging das nicht, und sie machte sich so ihre Gedanken. Wohl war die junge Frau Rachels Tochter, aber auch die ihres alten Freundes Thierry Coureur. Vielleicht würde es die Wunden schließen, die sich im letzten Jahrzehnt aufgetan hatten, wenn Josef und Thamar zueinanderfanden. Immerhin war ihr ältester Stiefsohn Mitte dreißig, und da wurde es für ihn noch dringender als für Waldemar, sich ein Weib zu nehmen.

Mit einem nachdenklichen Lächeln verband sie Gretels Arm, legte diesen in eine Schlinge und seufzte. »Ich finde, es ist an der Zeit, dass das Leben langsam weniger aufregend wird. Doch so, wie ich Fahles Haar kenne, werde ich wohl vergebens darauf warten.«

Walther strich ihr sanft übers Haar und wandte sich dann Meinrad zu. »Junger Mann, ich wäre Ihnen sehr verbunden, wenn Sie mir Ihren Namen sagen würden, denn ich habe in Göttingen etliche Studenten kennengelernt.«

»Habe ich das noch nicht? Ich heiße Meinrad Freihart, und mein Vater trägt den Namen Landolf!« Meinrad spähte dabei immer wieder zu Gretel hin. Diese sah nicht mehr ganz so blass aus wie vorhin, zeigte aber deutlich, dass sie ihn für einen Wurm hielt, der zufällig menschliche Gestalt angenommen hatte.

9.

Durch Waldemars und Meinrads überstürzten Aufbruch war Andrew Slater allein in Austin zurückgeblieben. Zwar hatte Lucretia Ransom ihm ausgerichtet, dass er zu Fitchners Colorado-Ranch nachkommen sollte, es aber nicht für eilig gehalten. Daher beschloss Andrew, zwei weitere Tage zu bleiben, um seine Bekanntschaft mit Lucretias Tochter Julia zu vertiefen.

Ihr vierter Reisegefährte, Edward Montgomery, brach am nächsten Morgen auf. Zunächst hatte er sich überlegt, sofort seine Plantage aufzusuchen. Doch die Angst vor dem, was ihn dort erwarten würde, hielt ihn davon ab. Stattdessen beschloss er, zu einigen der Familien zu reiten, deren Angehörige unter ihm gedient hatten und gefallen waren. Es fiel ihm schwer, hageren alten Männern und Frauen zu berichten, dass ihre Söhne nicht mehr zurückkommen würden, und er bedauerte so manche Frau, die den Mann verloren hatte. Einige lebten so weit entfernt, dass ihm nur Briefe blieben, in denen er den Angehörigen sein Beileid ausdrücken konnte. Jim Jenkins' Frau hatte er zunächst auch nur schreiben wollen, denn der Mann hatte in seinen Augen nicht viel getaugt. Andererseits aber war Jenkins mit einer Tochter von Thierry Coureur verheiratet gewesen, und das war ein Mann, auf dessen Freundschaft er stolz war. Daher lenkte er den Gaul, den Waldemar ihm besorgt hatte, schließlich doch zur Jenkins-Farm.

Als er das Tier dort anhielt, sah er, dass die Hütte erst vor kurzem errichtet worden war. In der Nähe befand sich ein großer Brandfleck, der nur langsam zuwuchs. Es tat ihm leid, dass er einer Frau, die bereits so viel Unglück hatte ertragen müssen, nun auch noch den Tod ihres Mannes mitzuteilen hatte.

Von Abigail war zunächst nichts zu sehen. Erst nachdem er um die Hütte herumgeritten war, entdeckte er sie eine knappe halbe Meile entfernt bei einem kleinen Maisfeld. Sie erntete die reifen Kolben und steckte sie in einen Sack. Als er näher kam, bewegten sich die Maisstängel an mehreren Stellen, und er stellte fest, dass die Kinder der Mutter halfen. Der Jüngste war noch keine sechs und der Älteste gerade mal acht, und doch arbeiteten sie samt ihrer im Alter zwischen ihnen stehenden Schwester an der Seite der Mutter mit.

Es schmerzte Montgomery, dass die vier sich so mühsam durchschlagen mussten, und so klang seine Stimme belegt, als er Abigail ansprach. »Guten Tag, Mistress Jenkins. Entschuldigen Sie die Störung, aber ich möchte kurz mit Ihnen sprechen.«

Nun erst blickte Abigail auf. Zwar hatte sie Edward Montgomery etliche Jahre nicht mehr gesehen, doch der fehlende rechte Arm brachte sie auf die richtige Spur.

»Guten Tag, Mister Montgomery. Wenn Sie einen Augenblick warten, bis wir den Sack gefüllt haben, kann ich zur Hütte zurückgehen und Ihnen eine kleine Erfrischung zubereiten.«

»Ich warte gerne!« Auf Montgomerys Worte hin arbeitete Abigail weiter. Er bekam jedoch mit, dass sie mit dem Fuß einen weiteren Sack zwischen die Pflanzen schob. Anscheinend hatte sie zwei Säcke füllen wollen, dies aber aufgegeben, um ihn bewirten zu können. Aus einer gewissen Scham heraus schwang er sich aus dem Sattel, hob den Sack auf und sah die kleine Rachel an.

»Wenn du mir ihn hältst, kann ich euch helfen!«

»Aber, Mister Montgomery!«, wandte Abigail ein, doch da brach er bereits die ersten Kolben ab und stopfte sie in den Sack. Dabei kam er mit einem Arm geschickt zurecht, und so waren die beiden Säcke weitaus schneller gefüllt, als Abigail erwartet hatte. Sie wollte sich einen davon auf die Schultern wuchten, doch da hielt Montgomery sie auf.

»Wenn wir die beiden Säcke zusammenbinden, können wir sie auf mein Pferd laden. Das ist gewiss leichter!«

»Das ist es!«, stimmte Abigail ihm aufatmend zu. Geschickt wand sie eine Leine um beide Säcke und hob sie aufs Pferd. Montgomery half ihr und kam ihr dabei so nahe, dass er sie berührte. Sie roch ein wenig nach Erde und Schweiß, aber es war ein gesunder Geruch und zeugte von der Kraft, die sie besaß. Während er das Pferd zu ihrer Hütte führte, beobachtete er die Frau und freute sich, wie liebevoll sie mit ihren Kindern umging. In ihren jüngeren Jahren hatte sie als leichtfertig gegolten, doch davon war nichts mehr geblieben. Die harte Arbeit hatte zwar Spuren hinterlassen, doch erschien sie ihm immer noch als anziehend schöne Frau.

Verwundert, wohin seine Gedanken sich verirrten, band er das Pferd bei ihrer Hütte an, hob die beiden Säcke ohne ihre Hilfe herab und öffnete den Sattelgurt, um es dem Pferd leichter zu machen. Abigail trat unterdessen hinein und stellte Brot, getrockneten Rinderschinken und etwas Butter auf den Tisch.

»Das Fleisch habe ich von General Fitchners Cowboys erhalten. Sie haben mir auch diese Hütte errichtet, nachdem die alte abgebrannt war. Es sind gute Männer, auch wenn viele von ihnen schwarz und die anderen Tejanos sind«, erklärte sie.

»Mister Azor hat uns das Leben gerettet«, mischte sich da die kleine Rachel ein. »Er hat uns aus der brennenden Hütte herausgeholt, nachdem Opa uns darin eingesperrt hatte. Jetzt dürfen wir Quique zu ihm sagen, und er hat Thierry und Sammy versprochen, dass sie einmal Vaqueros auf der Rinderranch werden dürfen.«

Abigail warf ihrer Tochter einen tadelnden Blick zu, und Montgomery spürte, dass mehr hinter der Geschichte stecken musste.

»Fitchner und seine Söhne sind Pioniere vom alten Schlag. Sie helfen, wenn es nötig ist, ohne viel Dank zu verlangen«, sagte er leise und erinnerte sich dann, weshalb er gekommen ist.

»Ich muss Ihnen eine traurige Mitteilung machen, Mistress Jenkins. Ihr Mann, zuletzt Lieutenant in meiner Brigade, ist leider im letzten Gefecht gegen die Yankees gefallen.«

Abigail hatte nur noch selten an Jim gedacht. Dennoch spürte sie eine gewisse Trauer. Auch wenn sie schon eine Weile nicht mehr gut miteinander gelebt hatten, so war er doch der Vater ihrer Kinder, und sie hatte vor Gott geschworen, ihm bis zum Tod die Treue zu halten. Mit einem tiefen Seufzer zog sie ihre Kinder an sich, und Montgomery sah, wie ihr die Tränen kamen.

Sie ist eine gute Frau, dachte er, und eigentlich viel zu schade für einen Jim Jenkins gewesen. So tapfer und fürsorglich, wie sie war, hätte sie einen besseren Mann verdient gehabt. Auch fand er sie in einer Weise begehrenswert, wie er es nie für möglich gehalten hätte. Doch was konnte er ihr bieten?, fragte er sich. Ein Stück Land, das im Augenblick nichts wert war, und ein Herrenhaus, das zu erhalten ihm die Mittel fehlten. Zudem war er ein einarmiger Krüppel, und einen solchen Mann konnte keine Frau lieben.

Am liebsten wäre Montgomery sofort wieder aufgebrochen. Er hatte jedoch Hunger, und das Essen auf dem Tisch sah allzu appetitlich aus.

Als er sich gesetzt hatte, begriff Abigail, wie schwierig es für ihn war, das Fleisch in kleine Stücke zu schneiden, die er mit der Gabel aufnehmen konnte, und sprang auf.

»Entschuldigen Sie, Mister Montgomery! Sie müssen mich für eine entsetzlich schlechte Gastgeberin halten.«

Lächelnd schnitt sie ihm Brot und Fleisch zurecht und schenkte ihm ein wenig Fruchtsaft ein, den sie am Vormittag frisch gepresst hatte.

Ergriffen von ihrer Hilfsbereitschaft und ihrem Geschick fasste Montgomery nach Abigails Hand. »Darf ich Sie etwas fragen, Mistress Jenkins?«

»Gerne«, antwortete Abigail.

»Darf ich wiederkommen und Sie besuchen?«

Die Frage überraschte Abigail, und sie sah ihn nachdenklich an. Er war noch immer ein stattlicher Mann und würde sich niemals brechen lassen, dachte sie. Im Grunde verkörperte er alles, was Jim gefehlt hatte, Mut und Ehrgeiz, aber auch Mitgefühl und Liebe. Zwar hatte er nur noch einen Arm, doch auch so war er ein Mann, mit dem sich nur wenige messen konnte.

Mit einem scheuen Lächeln nickte sie. »Ich würde mich freuen, wenn Sie wiederkommen würden, Mister Montgomery.«

»Das werde ich«, sagte er aufatmend und fand auf einmal, dass das Leben doch nicht so trist war, wie er es seit seiner Kapitulation vor Waldemar Fitchner geglaubt hatte.

10.

Auf der Ranch am Colorado River galten Walthers Gedanken immer mehr dem Herdentrieb, den er im nächsten Jahr durchführen wollte, während Nizhoni sich freute, dass der Schatten, den Nicodemus Spencer so lange Jahre über sie geworfen hatte, endlich gewichen war. Unterdessen hatte sich auch Andrew Slater bei ihnen eingefunden, doch in Gedanken war der junge Mann ganz woanders.

Als er Meinrad zum vierten Mal am Tag vorschwärmte, was für ein wunderbare junge Frau Julia Ransom sei und dass er sie unbedingt wiedersehen müsse, platzte seinem Freund der Kragen. »Weißt du was, Andy? Ich schreibe jetzt einen Brief an meine Eltern, dass sie und Wigburg hierherkommen sollen. Den bringst du nach Austin zur Post und wartest dort auf Antwort.«

»Aber das dauert Monate!«, rief Andrew aus.

»Umso mehr Zeit hast du, diese Julia, oder wie sie heißt, für dich zu gewinnen. Keine Sorge, Waldemar und ich kommen auch ein paar Wochen ohne dich aus!«

Meinrad klopfte Andrew auf die Schulter und wunderte sich nicht, als dieser am nächsten Morgen mit seinem Brief und einigen Berichten, die Waldemar ihm mitgab, nach Austin aufbrach.

»Endlich sind wir ihn los!«, meinte er erleichtert. »Er ist ja ein netter Kerl, aber sein verliebtes Gesülze ging mir auf den Geist.«

»Sie waren wohl noch nie verliebt?«, fragte Gretel spöttisch.

»Das würde ich so nicht sagen«, antwortete Meinrad gedehnt. »Aber das Mädchen, das ich einmal heiraten werde, muss etwas Besonderes sein.«

»Ansprüche stellen Sie auch noch!«, spottete Gretel weiter.

»Sollten wir nicht beim Du bleiben? Immerhin sind wir so gut wie verwandt«, schlug Meinrad vor. »Waldemar will heiraten, sobald Wigburg hier ist.«

»Wie ist Ihre …, ich meine, deine Schwester so?«, wollte Gretel wissen.

»Wäre ich nicht ihr Bruder und daher voreingenommen, würde ich sagen, sie ist hübsch, lieb und nicht ganz so brav, wie manche Eltern es sich für ihre Töchter vorstellen. Außerdem ist sie ganz schrecklich in Waldemar verliebt, und das nicht nur, weil er mir das Leben gerettet hat.«

»Davon hat er bislang nichts erzählt!«, rief Gretel verwundert.

»Er ist ein bescheidener Mensch, der seine Heldentaten ungern auf dem Tablett herumträgt. Ich liebe ihn wie einen Bruder, den ich niemals hatte.«

Gretel sah, wie Meinrads Augen feucht wurden, und spürte seine innige Verbundenheit mit Waldemar, aber auch zu seiner Schwester. Einen Augenblick lang empfand sie Eifersucht, schüttelte diese aber ab und nahm ihre Remington Rider in die linke Hand.

»Du wolltest doch sehen, wie gut ich schieße. Ich werde es dir zeigen«, sagte sie und ging zur Tür.

»Aber dein rechter Arm ist verletzt«, wandte Meinrad ein.

»Ich schieße mit der Linken genauso gut wie mit der Rechten!« Gretel wollte sich nicht wie eine Kranke im Haus einsperren lassen und bat Dave Jones, fünf leere Konservendosen auf ein Brett zu stellen. Als dies geschehen war, legte sie die Waffe an und schoss. Vier der Dosen flogen in hohem

Bogen davon, die fünfte ruckte leicht, blieb aber auf dem Brett liegen.

»Willst du es auch versuchen?«, fragte sie Meinrad lauernd.

»Warum nicht?« Er zog seinen Revolver, der im Gegensatz zu Gretels Waffe mit Metallpatronen geladen war, und feuerte fünfmal. Allerdings traf er nur drei Konservendosen und zog daher den Kopf ein.

»Wie es aussieht, habe ich verloren.«

»Ich gebe dir Revanche!«, erklärte Gretel großzügig und lud ihre Waffe geschickt mit einer Hand. Danach feuerte sie ihre fünf Schüsse ab, konnte dabei aber nur drei Dosen abräumen und ärgerte sich sichtlich darüber.

Meinrad traf die beiden ersten Dosen und sah die Enttäuschung auf ihrem Gesicht. Die nächsten zwei Male schoss er vorbei und fegte erst die letzte Dose wieder vom Brett. »Diesmal habe ich zwar genauso viele Dosen wie du getroffen, aber in der Addition beider Durchgänge habe ich verloren«, erklärte er lächelnd.

Von beiden unbemerkt, hatte Waldemar dem Wettschießen zugesehen und kam nun kopfschüttelnd auf Meinrad zu. »Hast du einen Augenblick Zeit für mich?«

»Aber natürlich! Du entschuldigst?« Meinrad nickte Gretel kurz zu und folgte Waldemar, der mit langen Schritten hinter einem Schuppen verschwand.

Um festzustellen, ob jemand sie beobachtete, warf Gretel einen kurzen Blick in die Runde, huschte dann fast lautlos hinter den beiden her und blieb, als sie die Stimme ihres Bruders vernahm, hinter einer Ecke des Schuppens stehen.

»Was denkst du dir eigentlich dabei, absichtlich gegen meine Schwester zu verlieren? Du machst dich damit nur zum Trottel, während Gretel noch aufgeblasener wird, als sie bereits ist«, schalt ihr Bruder seinen Freund.

Gretel ärgerte sich darüber und beschloss, es Waldemar bei Gelegenheit heimzuzahlen. Gleichzeitig war sie auf Meinrads Antwort neugierig.

»Ich glaube, dass Brüder ihre Schwestern niemals gerecht beurteilen können«, sagte dieser mit sanfter Stimme. »Du siehst in Gretel immer noch das kleine Mädchen, das sich gegen zwei ältere Brüder behaupten musste und ihnen dabei so manchen Streich gespielt hat. Aber mittlerweile ist sie erwachsen und eine wunderbare Frau, die jeder vernünftige Mann sich als Gefährtin wünschen würde. Jetzt, da sie verletzt ist, gönne ich ihr gerne die Freude, mich beim Schießen besiegt zu haben.«

»O Gott!«, stöhnte Waldemar. »Dich hat es genauso erwischt wie diesen Narren Andy.«

»Das muss der Richtige sagen!«, antwortete Meinrad lachend. »Es gab Zeiten, da war jedes zweite Wort bei dir ›Wigburg‹, und auch jetzt sprichst du immer wieder in so warmen Worten von ihr, dass ich meine Schwester darin kaum wiederzuerkennen vermag.«

»Andy, du und ich, wir sind alle drei Narren«, gab Waldemar zu. »Aber ich warne dich! Gretel ist ein Biest, dem du nicht gewachsen bist.«

Das fand Gretel ungerecht, und sie überlegte sich, ums Eck zu kommen und ihrem Bruder die Meinung zu sagen. Da sie Meinrad nicht das Bild eines keifenden Weibes bieten wollte, zog sie sich ungesehen zurück und wartete, bis ihr Bruder hinter dem Schuppen hervorkam, sein Pferd sattelte und losritt. Dann aber konnte sie sich nicht mehr beherrschen und suchte Meinrad.

Sie fand ihn gegen die Wand des Schuppens gelehnt. Ein eigenartiges Lächeln umspielte seine Lippen, und er blickte in eine Ferne, die nur in seiner Phantasie zu existieren schien.

»Ich habe dich und Waldemar belauscht!«, erklärte Gretel ohne jede Scham. »Du hast also extra gegen mich verloren. Warum?«

Noch immer lächelnd drehte er sich zu ihr um. »Weil ich wollte, dass du dich freust.«

»Wie soll ich mich freuen, wenn ich weiß, dass es nicht mit rechten Dingen zugeht?« Gretel wurde etwas laut, musste aber zugeben, dass sie sich tatsächlich über ihren Sieg gefreut hatte.

»Es ist, weil ich verletzt bin, nicht wahr? Das ist sehr freundlich von dir. Aber ich bin mit drei Brüdern aufgewachsen und habe gelernt, mich durchzusetzen. Ich brauche kein Mitleid!«

»Es war auch kein Mitleid«, antwortete Meinrad. »Ich tat es aus Verehrung für das wunderbarste Mädchen der Welt. Weißt du, wenn man des Nachts am Lagerfeuer sitzt und die Gedanken den eigenen Lieben gelten, dann erzählt man sich gegenseitig, wie es zu Hause war. Es war für mich faszinierend, von dem kleinen Mädchen zu hören, das erst zwei Jahre alt war und sich nicht von einer Bande übler Schurken hat einschüchtern lassen. Sie war auch die beste Reiterin der Familie und mutig genug, einen Lumpen mit einem geschickt gelenkten Pferd durch die Straßen zu treiben und sich mit einer Gruppe wüster Rebellen auf ein Feuergefecht einzulassen, um dem eigenen Bruder das Leben zu retten. Wie oft habe ich davon geträumt, dieses Mädchen kennenzulernen! Jetzt sehe ich, dass dieses Mädchen noch viel großartiger ist, als ich es mir ausmalen konnte.«

»Meinrad, du bist verrückt!«, spottete Gretel und merkte, dass ihr die Bewunderung des jungen Mannes gefiel. »Wenn mein Arm wieder heil ist, werden wir noch einmal um die Wette schießen, und wehe, du lässt mich noch einmal absichtlich gewinnen! Dann sind wir geschiedene Leute.«

»Mit dieser Drohung kann ich leben«, meinte Meinrad lachend. »Aber wenn ich gewinne, bekomme ich von dir einen Kuss!«

Gretel musterte ihn und fand, dass er ein schmucker Bursche war und ihr ausnehmend gefiel. »Und was bekomme ich, wenn ich gewinne?«, fragte sie mit einem fröhlichen Lachen.

»Dann bekommst du von mir einen Kuss!« Entweder gibt sie mir eine Ohrfeige, oder …, überlegte Waldemar.

Da wurde Gretel mit einem Mal ernst und wies nach vorne. »Da kommen Reiter – und zwar verdammt viele!«

Die Erfahrungen mit Sezessionisten, aber auch mit Spencer hatte Gretel misstrauisch werden lassen. Daher kletterte sie trotz der Behinderung durch ihren verletzten Arm auf die Aussichtsplattform und spähte in die genannte Richtung. Es mussten mehr als zweihundert Männer sein, die aus dem Westen kamen. Etwa zwei Meilen vor der Ranch teilten sie sich auf, und die meisten ritten in eine andere Richtung. Nur drei kamen auf die Gebäude zu.

Gretels Herz machte einen Sprung, als sie den großen schwarzen Hengst erkannte, dem Thierry Coureur den Namen Napoleon gegeben hatte. Der Reiter auf dem unscheinbar aussehenden Braunen daneben konnte nur Josef sein.

So schnell sie konnte, eilte sie nach unten. »Josef kommt! Und Onkel Thierry!«, rief sie so laut, dass es alle in und um die Ranch hören mussten.

»Wer?«, fragte Meinrad verwirrt.

»Mein ältester Bruder und Thamars Vater! Sie haben den Krieg überstanden. Gepriesen sei Gott der Herr!«

Die Tür des Hautgebäudes sprang auf, und Thamar stürmte heraus. »Was sagst du?«, fragte sie mit zitternder Stimme.

»Dort kommen sie!«

Josef und Thierry waren nun deutlich zu erkennen. Mit ihnen ritt ein junger Schwarzer, bei dem Thamar zweimal hinsehen musste, um in ihm Jeremiah zu erkennen, der mit vierzehn ihren Vater als Bursche begleitet hatte. Ihre Blicke aber richteten sich vor allem auf Josef, und ihr Gesicht nahm einen bangen Zug an.

Thierry entdeckte nun Gretel und den jungen Unionsoffizier, zu denen sich weitere Bewohner der Ranch in immer größerer Zahl gesellten. Ein wenig wunderte er sich, auch Thamar unter ihnen zu sehen, freute sich aber, sie ohne die gehässigen Bemerkungen seiner Frau begrüßen zu können. Kaum war er aus dem Sattel gestiegen, da flog seine Tochter ihm ungeachtet seiner staubigen Uniform in die Arme.

»Papa, endlich bist du wieder da!«, flüsterte Thamar.

Dann fiel ihr Blick auf Josef. Dieser stieg ebenfalls ab und sah sich unsicher um. Aus einem Impuls heraus umarmte Thamar auch ihn und küsste ihn auf die Lippen. Als sie begriff, was sie getan hatte, wich sie erbleichend zurück.

»O Gott, ich …« Sie schlug sich die Hände vors Gesicht und wollte davonlaufen.

Nizhoni fasste sie noch rechtzeitig und schob sie Josef in die Arme. »Du brauchst ein Weib, Náshdóítsoh, und du wirst keines finden, das dich mehr lieben wird als Thamar!«

Während die junge Frau verzweifelt die Hände rang, starrte Josef zuerst seine Stiefmutter und dann Thamar an. Er erinnerte sich daran, wie diese ihm als Neunjährige bei seiner schweren Verletzung den Wasserbecher gehalten hatte, damit er trinken konnte. Damals hatte er sie nicht beachtet, weil Rachel stets Abigail in den Vordergrund geschoben hatte. Doch als er sie jetzt betrachtete, fand er sie wunderschön.

»Vielleicht ist es wirklich an der Zeit zu heiraten«, sagte er nachdenklich. »Lasst mich bei Gott aber erst einmal alle begrüßen. Wenn Thamar mag, können wir dann ein wenig spazieren gehen.«

»Spazieren gehen?« Thamar sah aus, als wolle sie doch noch davonlaufen. Da legte Josef ihr die Hand auf den Arm und sah sie lächelnd an. »Bin ich dir denn so zuwider, dass du nicht mit mir gehen magst?«

»Nein ... Ich ... Du musst mich für sehr dumm halten«, stotterte Thamar, wurde dann aber sicherer. »Weißt du, es kommt nur sehr überraschend!«

»Meine Rückkehr?«

Thamar schüttelte den Kopf. »Das Heiraten!«

»Wir Texaner zögern halt nicht lange«, meinte Josef fröhlich. »Außerdem bis du ein verdammt hübsches Mädchen. Wenn man es genau nimmt, habe ich dich schon immer mehr gemocht als deine Schwester!«

»Und trotzdem wolltest du sie heiraten!«, rief Thamar mit einem Hauch von Eifersucht.

»Gelegentlich macht ein Mann auch einen Fehler. Mir blieb er zum Glück erspart!«

Thamar musterte ihn nachdenklich. »Und du meinst, dass es diesmal kein Fehler ist?«

»Genau das meine ich!«, antwortete Josef und zog sie an sich. Einen Augenblick lang sah es so aus, als wolle Thamar sich sträuben, dann aber schlang sie die Arme um ihn und bot ihm ihre Lippen.

Nizhoni betrachtete die beide lächelnd, bemerkte dann die Freude auf Thierrys Gesicht sowie eine gewisse Erleichterung bei ihrem Mann und war zufrieden. Bald würde es hier Kinder geben und eine neue Generation heranwachsen, die das Erbe der Väter weitertragen konnte. Vorher aber galt es, Thierry zu sagen, welch schlechte Nachrichten auf ihn warteten. Sie legte ihm die Hand auf den Arm und bat ihn, etwas mit ihr zur Seite zu gehen.

»Nicht alles ist gut«, sagte sie leise, damit nur er es hören konnte. »Dein Weib ist tot und dein großes Herrenhaus niedergebrannt.«

Einen Augenblick lang schloss Thierry die Augen und nahm seinen Hut ab. »Auch wenn es zuletzt keine Gemeinsamkeit mehr mit ihr gab, so haben wir doch auch schöne Zeiten zusammen erlebt. Gott sei ihrer Seele gnädig! Ich danke dir und Walther, dass ihr euch meiner Thamar angenommen habt. Die letzte Zeit mit meiner Frau muss sehr schwer für sie gewesen sein. Ich habe mich oft geschämt, weil ich zur Armee gegangen bin und sie im Stich gelassen habe.«

»Einer eurer Sklaven hat Rachel getötet, weil sie das Mädchen, das er liebte, noch wenige Tage vor dem Ende des Krieges verkauft hat.«

»Bei Gott!«, rief Thierry erschrocken.

»Es war ihr Schicksal! Als der Weg ihres Lebens sich gabelte, ist sie dem falschen Pfad gefolgt. Möge Gott ihr verzeihen und ihr die Auferstehung am jüngsten aller Tage gewähren.«

Damit Thierry nicht in Trauer und Verzweiflung versank, deutete Nizhoni auf Waldemar, der eben heranpreschte und, kaum dass sein Gaul zum Stehen gekommen war, aus dem Sattel sprang.

»Ich habe eben Ean O'Corra, Henry, John, Marek Tobolinski und einige andere alte Bekannte getroffen. Sie sagten, Josef sei zurückgekommen!«

»Hier bin ich!«, rief Josef, der beim Aufklingen der Hufschläge aus dem Haus getreten war, und schloss ihn in die Arme.

Dann hielt er Waldemar ein Stück vor sich und sah ihn kopfschüttelnd an. »Was sagt man dazu! Der Kleine ist Brigadegeneral geworden. Wer hätte das gedacht, als Nizhoni und ich dich vor so vielen Jahren als Säugling nach Hause gebracht haben.«

Er wandte sich den Gräbern seiner Mutter und seiner früh verstorbenen Schwester Maggie zu und schlug das Kreuz.

Für einige Augenblicke herrschte Schweigen, denn alle dachten an die, die sie zu früh verloren hatten. Dann umarmte Waldemar auch Thierry und wies auf Meinrad. »Das hier ist der Bruder meiner Braut, und wenn er nicht aufpasst, kann er noch enger mit uns verwandt werden. Er lässt Gretel nämlich freiwillig gewinnen!«

»Das war jetzt nicht nett von dir, Bruder«, tadelte Gretel ihn und hakte sich demonstrativ bei Meinrad ein. »Wenn hier alle heiraten wollen, dann werde ich es eben auch tun.«

Als Diego das hörte, streckte er abwehrend die Hände von sich. »Ich nicht!«

Josef schlug ihm lachend auf die Schulter. »Dafür bist du auch noch viel zu jung, Kleiner!«

»Ich bin immerhin schon achtzehn«, antwortete Diego, »und ich war bei der letzten Schlacht hier in Texas dabei!«

»Es war nur ein kleines Gefecht«, warf Gretel lachend ein.

»Dann komm jetzt, du Veteran! Du siehst doch, dass Mama ins Haus geht, damit Onkel Thierry und Josef etwas zu essen bekommen«, rief Waldemar.

»Habt ihr euch auch mit Yankees herumgeschlagen?«, fragte Diego seinen ältesten Bruder.

Der nickte. »Allerdings! Aber davon erzählen wir lieber, wenn wir mit dem Essen fertig sind!«

… und ich mit Thamar gesprochen habe, setzte Josef im Stillen hinzu.

NEUNTER TEIL

Die Herde

1.

Walther schüttelte energisch den Kopf. »Es bleibt bei dem, was ich beschlossen habe. Keiner von euch kommt mit! Ihr seid alle jung verheiratet, und ich will nicht, dass eure Frauen sich Sorgen um euch machen. Das haben sie im Krieg lange genug getan.«

»Aber damals waren wir noch nicht verheiratet«, wandte Josef ein.

»Ihre Herzen haben trotzdem um euch gebangt. Jetzt sollen sie auch etwas von euch haben.«

Ein sanftes Lächeln, das so gar nicht zu seinen harschen Worten passen wollte, glitt über Walthers Gesicht. Er mochte Thamar und Wigburg und freute sich, dass seine Söhne so prachtvolle Frauen gefunden hatten. Keine von ihnen würde von ihm fordern, ihren Mann hierzulassen. Der Weg nach Kansas war jedoch weit und nicht ohne Gefahren. Daher wollte er nicht, dass seine Schwiegertöchter bereits nach wenigen Monaten Ehe Angst um ihre Männer haben mussten.

»Meinrad und ich könnten doch mitkommen. Ich könnte Jones beim Kochen helfen und …«, begann Gretel, wurde aber von ihrem Vater unterbrochen.

»Wenn ich euch beide mitnehme, werden auch Waldemar und Wigburg sowie Josef und Thamar fordern, mit dabei zu sein. Außerdem turtelt ihr den halben Tag miteinander, und den anderen halben Tag streitet ihr euch. Deshalb wärt ihr kaum eine Hilfe für uns.«

»Ich halte es für besser, wenn ich mitkomme, Schwiegervater.

Immerhin will Andrew Slater für den Abtransport der Tiere sorgen, und er …«, begann Meinrad, wurde aber ebenfalls von Walther unterbrochen.

»Ich werde jetzt mit der Herde aufbrechen, und ihr tut das, was ich euch gesagt habe. Josef bleibt hier auf der Rinderranch, Gretel und Meinrad verwalten die Ranch am Colorado River, und Waldemar soll sich um die Südranch kümmern! Und damit auf Wiedersehen!« Walther atmete tief durch und umarmte dann Nizhoni.

Seine Frau sah ihn lächelnd an. »Fahles Haar ist ein großer Häuptling und hat auch diesmal weise entschieden!«

Ihre Stiefsöhne und ihre Tochter sahen das zwar anders, doch Nizhoni verstand ihren Mann. Er wollte beweisen, dass er einer solchen Aufgabe noch gewachsen war. Während Walther sich von den anderen verabschiedete, trat sie zu Diego und strich ihm über das Gesicht. Im Gegensatz zu seinen Halbbrüdern würde er mit nach Kansas reiten, und sie sah ihm an, wie stolz er darauf war.

»Dóitsoh wird auf dieser Reise zu sich finden und als ein anderer zurückkehren«, sagte sie und küsste ihn auf beide Wangen.

Diego und seine Halbbrüder lächelten über Nizhonis prophetische Worte, die sie als weiblichen Gefühlsüberschwang ansahen. Im Gegensatz zu ihnen nickte Gretel. Nach den Erfahrungen dieses Viehtriebs würde ihr jüngerer Bruder über vieles anders denken als bisher. Auch sie umarmte ihn, während Josef ein letztes Mal versuchte, seinen Vater davon abzuhalten, ohne Rücksicht auf seine fünfundsechzig Jahre für eine so weite Reise in den Sattel zu steigen.

»Sollte nicht besser Thierry den Trail für dich führen?«, fragte er. »Er ist doch einige Jahre jünger als du.«

Walther schüttelte den Kopf. »Thierry war mehrere Jahre

fern von zu Hause, und ich will nicht, dass er erneut unterwegs sein muss. Außerdem hat Po'ha-bet'chy erklärt, dass er jetzt wisse, wo Hernando de Gamuzanas Enkelin zu finden ist. Ich will sie bei ihm holen.«

Thierry weilte zurzeit oft in Austin bei Lucretia Ransom, die nach der Heirat ihrer Tochter allein lebte und deutlich erkennen ließ, dass sie nichts dagegen hätte, schon in Bälde Mistress Coureur genannt zu werden. Nach den Jahren, in denen Rachel ihrem Mann das Leben zur Hölle gemacht hatte, vergönnte Walther seinem alten Freund ein neues Eheglück.

Mit großer Anspannung, aber auch mit einer gewissen Vorfreude auf das Viehtreiben verließ er das Haus und stieg in den Sattel.

Ganz in der Nähe stand der vollgepackte Küchenwagen. Jones saß auf dem Bock und war stolz darauf, ebenfalls mitkommen zu dürfen. Nun winkte er Nizhoni zu.

»Keine Sorge, Mistress Fitchner! Ich sorge schon dafür, dass der Boss oft genug neben mir auf dem Bock sitzen wird!«

»Rede nicht so viel, sondern fahr an! Anders als vor zwanzig Jahren auf dem Trail zum Nueces River wird der Küchenwagen diesmal vorausfahren«, befahl Walther ungewohnt barsch, doch alle begriffen, dass sein Tonfall seiner Anspannung geschuldet war.

»Jawohl, Boss!« Jones schwang gut gelaunt die Peitsche, und sein Vierergespann zog an.

Walther ritt vor dem Wagen her, drehte sich aber mehrmals um und sah seine Familie noch immer vor dem Haus stehen. Diego war bei ihnen und versicherte seinen Gesten zufolge allen, auf seinen Vater aufpassen zu wollen.

Ein Lächeln stahl sich auf Walthers Lippen. Ich habe prachtvolle Söhne, dachte er, eine ebenso prachtvolle Tochter und drei Schwiegerkinder, die sehr gut zu ihnen passen. Trotzdem mussten sie begreifen, dass er noch lange nicht so alt und klapprig war, wie sie anzunehmen schienen.

Nun stieg auch Diego auf sein Pferd und folgte ihnen. Walther lächelte, als er nun das Brüllen der Rinder vernahm, die sie nach Kansas schaffen wollten. Kurz darauf sah er Quique, der seit mehr als fünfunddreißig Jahren für ihn arbeitete, und ritt zu ihm hin.

»Ist alles in Ordnung, mein Freund?«

»Das ist es, Señor. Die Herde ist bereits unterwegs! Sie muss sich daran gewöhnen, über Tag zu laufen und nur am Abend und am Morgen zu grasen. Es sind viertausend Stück Vieh, weil ein paar Nachbarn uns gebeten haben, ihre Tiere mitzunehmen.«

»Sind wir überhaupt genug Leute für so viele Rinder?«, fragt Walther besorgt.

Quique nickte eifrig. »Mit Ihnen und Jones zusammen sind wir zwei Dutzend Männer. Wenn es wirklich eng werden sollte, können Sie die Remuda übernehmen, für die ich Dave eingeteilt habe, und dieser uns beim Treiben helfen.«

»Das mache ich gerne«, erklärte Walther, der alles begrüßte, was ihn nicht als schlichtes Anhängsel des Viehtriebs erscheinen ließ.

»Wir werden die dritte Herde sein, die von Texas aufgebrochen ist«, fuhr Quique in seinen Erklärungen fort. »Ich wäre gerne die zweite Herde gewesen, aber Michael Belcher ist uns zuvorgekommen.«

»Vielleicht hätten wir doch schon letzte Woche aufbrechen sollen«, sagte Walther in bedauerndem Ton.

Quique schüttelte den Kopf. »Das wäre nicht gut gewesen, Señor, denn damit wären wir als erste Herde aufgebrochen, und das überlasse ich lieber anderen. Es gibt auf diesem Weg noch andere Indios als Komantschen. Die werden Hunger haben und sich einige Kühe schnappen wollen. Daher wird es zu Schießereien kommen, und das ist nicht gut. Wenn die zweite Herde vorbeizieht, sind die Indios noch satt und werden sie wahrscheinlich in Ruhe lassen. Bei der dritten könnte ihr Hunger schon wieder erwachen.«

»Wie weit ist die zweite Herde uns voraus?«, wollte Walther wissen.

»Zwei Tagesstrecken, Señor. Das ist wenig genug, so dass wir aufholen könnten. Wenn wir als Zweite in Kansas ankommen, erzielen wir gewiss immer noch gute Preise. Als Dritte müssten wir damit rechnen, dass es ein paar Dollar weniger pro Kuh gibt.«

»Dann sollten wir die beiden Tage aufholen und noch einen weiteren Tag gewinnen, um die zweite Herde zu sein.« Walther zwinkerte Quique zu und ritt weiter.

Der Cowboy, der ihm am nächsten war, winkte ihm zu. Es war Larry, der Kanonier aus Lieutenant Gregorys Mannschaft, der Diego und Dave gezeigt hatte, wie man eine Kanone lädt. Das war nicht einmal ein ganzes Jahr her und schien sich bereits vor einer Ewigkeit abgespielt zu haben.

Fröhlich grüßte Walther zurück und nahm sich vor, bereits in den ersten Tagen ihres Trecks alle Männer kennenzulernen. Gut die Hälfte stammte wie Larry und seine drei Freunde von den eigenen Ranches, und die anderen hatten sich für diesen Treck anheuern lassen. Zumeist waren es Schwarze, die nicht mehr auf den Plantagen arbeiten wollten und für die die dreißig Dollar, die ihnen als Monatslohn versprochen worden waren, eine Menge Geld bedeuteten. Außerdem hatte Walther zugesagt, jedem eine Prämie auszuzahlen, wenn sie Kansas mit nur geringen Verlusten an Tieren erreichen würden.

Der Beginn war auf jeden Fall schon einmal gut, dachte Walther, als er die Spitze der Herde erreichte und zusah, wie Benito, der von der Südranch hinzugekommen war, den Leitbullen zum San Saba River führte und das Tier ohne Zögern den Fluss durchquerte.

2.

Während Walther und andere Viehzüchter ihre Rinder, die in Texas gerade mal zwei Dollar wert waren, nach Norden trieben, um dort ein Vielfaches für ihre Tiere zu erzielen, fuhr Edward Montgomery mit einem leichten Wagen auf die Hütte der Jenkins-Farm zu. Er hatte Abigail in den letzten Monaten mehrfach besucht und wollte sie und die Kinder nun zu sich holen.

Mit einem gewissen Lampenfieber hielt er das Gespann vor der Hütte an und stieg ab. Abigail öffnete die Tür, und er sah, dass sie nur ein einfaches Kleid trug. Dennoch zitterte er innerlich, als er die Zügel mit seiner einen Hand festband.

Dann trat er auf sie zu und fasste nach ihrer Rechten. »Du kannst immer noch sagen, du willst mich nicht.«

Abigail lachte leise auf. »Der Ehemann einer meiner Nachbarinnen ist im letzten Herbst mit einem Bein und einer zerschossenen Hand aus dem Krieg zurückgekehrt. Jetzt ist sie im vierten Monat schwanger und liebt ihren Mann mehr denn je. Er braucht sie nämlich, und sie kann ihm beweisen, dass sie seiner wert ist.«

»Willst du mir auch beweisen, was du wert bist?«, fragte Montgomery.

»Natürlich!«, antwortete Abigail mit einem leisen Lachen. »Jede Frau wünscht sich das. Aber komm jetzt herein. Es gibt gleich Abendessen. Thierry wird sich derweil um deine Pferde kümmern.«

»Das kann ich schon selbst, aber ich würde mich freuen, wenn der Junge mir helfen könnte!« Montgomery sah Thierrys braunen Haarschopf in der Tür und winkte ihm zu.

Der Junge kam heraus und musterte die Tiere mit einem Kennerblick. »Sie haben schöne Pferde, Mister Montgomery. Die traben sicher ganz schnell.«

»Das tun sie, Thierry! Würde es dir Spaß machen, damit zu fahren?«

»Glaub schon!« Für sein Alter war Thierry gewitzt und wusste, dass Montgomerys Erscheinen mit seiner Mutter zusammenhängen musste. Da in der Nachbarschaft einige Ehepaare lebten, konnte er sich auch vorstellen, dass ihr Gast sich ebenfalls eine Frau wünschte, und da gab es für ihn keine bessere als sie. Thierry war stolz auf seine Mutter, die sich nie hatte unterkriegen lassen, und er mochte auch Montgomery, der ihm vom Krieg erzählte und auch von ihrem Vater, an den weder er noch seine Geschwister sich erinnern konnten.

Die beiden versorgten die Pferde, wuschen sich am Brunnen Gesicht und Hände und traten in die Hütte. Dort war Abigail schon dabei, den Tisch zu decken. Die kleine Rachel half ihr und blickte zwischendurch scheu zu ihrem Gast hin. Ihr älterer Bruder hatte ihr im Geheimen erzählt, dass Montgomery vielleicht ihr neuer Papa werden könnte, doch sie wusste mit diesem Begriff noch nichts anzufangen.

Das Essen war einfach, aber es schmeckte Montgomery. In der Hinsicht war Abigail doch mehr die Tochter einer schlichten Farmerin als einer Lady des Südens, die das Kochen ihren schwarzen Sklavinnen überlassen hatte.

»Ich werde weiterhin Baumwolle pflanzen«, sagte er, nachdem Abigail den Tisch abgeräumt hatte. »Zum Glück will ein Teil meiner ehemaligen Sklaven wieder für mich arbeiten. Ich werde zwar in der nächsten Zeit nicht mehr so viel ernten können wie vor dem Krieg, aber es wird ausreichen, um die

Steuern zu zahlen, die uns die Yankees aufhalsen, und um halbwegs angenehm leben zu können.«

Abigail nickte anerkennend. »Du bist ein Mann, der sich durchzusetzen weiß.«

»Ich hoffe, auch bei dir! Die Farm hier kannst du verpachten, und wenn einer der Jungs sie mal übernehmen will, werde ich ihm dabei helfen.« Es war eigenartig, dachte Montgomery, dass bei diesem Gespräch viel über solche Dinge geredet wurde, aber kein einziges Wort über Liebe fiel.

»Das hat noch ein wenig Zeit. Jetzt sollten wir erst einmal dafür sorgen, dass unser Leben so verläuft, dass keiner von uns je bereut, diesen Schritt getan zu haben.«

»Das hast du schön gesagt, Abigail! Das wünsche ich mir ebenfalls, und ich werde alles für dich und die Kinder tun, damit ihr glücklich sein werdet.«

Montgomery fasste nach ihrer Hand und führte sie an die Lippen. Es war keine der zarten Frauenhände, wie er sie vor dem Krieg geküsst hatte, denn sie wies Spuren harter Arbeit auf. Doch in dieser Zeit, dachte er, war eine Frau, die mit anpacken konnte, mehr wert als jede andere.

»Ich wünschte, ich könnte dir einen Whiskey anbieten. Aber den Fusel, den mein Nachbar Ruffin brennt, will ich dir nicht zumuten, und nach Austin bin ich nicht gekommen«, sagte Abigail, als das Gespräch etwas zu versanden drohte.

»Ich kann gut ohne Whiskey leben«, beteuerte Montgomery. Mittlerweile wusste er, weshalb die Hütte damals abgebrannt war, und wünschte sich, den alten Jenkins in seine Hände zu bekommen oder, besser gesagt, in seine eine Hand. Die würde reichen, um den Kerl fertigzumachen.

»Ich mag keine Männer, die viel trinken. Jim wurde arg rauh, wenn er es getan hatte, und sein Vater … nun, den hat hoffentlich schon der Teufel geholt!« Einen Augenblick lang verdüsterte die Erinnerung Abigails Stimmung, dann aber winkte sie ab.

»Er ist es nicht wert, über ihn nachzudenken. Und nun ist es für die Kinder Zeit, ins Bett zu gehen! Wir beide können uns danach noch ein wenig unterhalten. Ich muss wissen, was mich in deinem Heim erwartet, um deinen Ansprüchen gerecht zu werden.«

»Das wirst du gewiss!« Montgomery war zuversichtlich, dass Abigail sich in seinem Haus zurechtfinden würde. Natürlich wartete dort viel Arbeit auf sie, doch so abplagen wie hier auf der Farm musste sie sich dort nicht mehr.

Während er über die Zukunft nachsann, sah er zu, wie Abigail die Kinder zu Bett brachte. Als sie zum Tisch zurückkehrte, wies sie auf ihr Bett. »Du kannst heute Nacht dort schlafen. Ich lege mich mit einer Decke vor den Herd!«

»Als wenn ich dir dein Bett wegnehmen würde!«, rief er aus, warf dann aber doch einen Blick darauf. Da Jim Jenkins' Tod noch nicht bekannt gewesen war, hatten Quiques Leute das Bett so breit gemacht, dass zwei Leute darin Platz finden konnten.

»Reicht es nicht für uns beide?«, fragte er, denn er wünschte sich, sie endlich ganz nahe bei sich zu spüren.

Abigail überlegte kurz und nickte. »Es reicht für uns zwei! Aber wenn wir das tun, werden wir, sobald wir bei dir sind, das Aufgebot bestellen.«

»Es gibt nichts, was ich lieber täte«, antwortete Montgomery sanft und legte den Arm um sie. Ihr Körper fühlte sich warm und fest an. Auch roch sie gut, und er spürte, wie ihm das Blut in die Lenden strömte. Da er sie fest an sich gepresst hielt, spürte sie es auch.

»Du scheinst sehr hungrig zu sein, Mister Montgomery. Aber ich habe ebenfalls lange warten müssen. Gott wird uns gewiss verzeihen, wenn wir bereits vor unserer Hochzeit ein Paar werden«, flüsterte sie und suchte mit ihren Lippen seinen Mund.

Jim hatte sie nur selten und dann meist rauh geküsst. Bei Montgomerys Kuss aber schmolz sie dahin, und sie konnte es kaum erwarten, ihn in sich zu spüren.

Sie wollte nicht einfach die Röcke raffen und es geschehen lassen wie früher bei Jim, sondern löste sich sanft aus Montgomery Umarmung, öffnete die Knöpfe ihres Kleides und zog es samt dem Unterhemd über den Kopf. Rasch blies sie die Lampe aus, so dass nur noch die Glut auf dem Herd einen rötlich angehauchten Lichtschein spendete, und drehte sich zu dem Mann um.

Eine ätherische Schönheit war sie nicht, aber gerade deswegen fand Montgomery sie begehrenswert. Er wartete, bis sie sich hingelegt und die Beine gespreizt hatte, dann glitt er zwischen ihre Schenkel. Mit einem Arm fiel es ihm jedoch schwer, über ihr zu bleiben, ohne sie mit seinem Gewicht aufs Bett zu pressen. Abigail bemerkte es, hob ihre Arme und fasste ihn bei den Schultern.

»Geht es so besser?«, fragte sie, während sie seinen Oberkörper abstützte.

Einen Augenblick empfand er Scham, weil er ihre Hilfe benötigte, dann aber durchzuckte ihn der Gedanke, dass sie tatsächlich die Gefährtin war, die er sich immer gewünscht hatte. Sogar für dieses Problem wusste sie eine Lösung, die ihnen beiden zugutekam.

»Ja, so ist es gut«, flüsterte er mit mühsam unterdrückter Leidenschaft und schob sein Becken nach vorne.

Abigail keuchte, als er in sie eindrang, und stemmte sich ihm entgegen. Wie lange hatte sie darauf warten müssen, sich wieder als Frau fühlen zu können!

Dennoch hatte sie sich weder ihrem Schwiegervater ergeben noch auf die Anzüglichkeiten des einen oder anderen Nachbarn reagiert. Es hat sich gelohnt, sich aufgespart zu haben, sagte sie sich, während Montgomery sie mit sanften Bewegungen liebte. Es war so ganz anders als bei Jim. Zwar hatte es ihr auch mit ihm gefallen, doch das war nur ein Hauch gegen das gewesen, das sie nun empfand. Von diesem Tag an würde ihr Leben anders verlaufen und den Fehler, den sie einst begangen hatte, vergessen machen. Allein schon dafür liebte sie Edward Montgomery, und sie schwor sich, alles zu tun, damit er die Heirat mit ihr nie bereuen würde.

3.

Den ersten Teil der Strecke kamen Walther und Quique mit ihrer Herde gut voran. Von Reitern, denen sie unterwegs begegneten, erfuhren sie, dass Charles Goodnight und Oliver Loving eine andere Route gewählt hatten, weil es hieß, einige Countys in Kansas wollten den Durchzug texanischer Rinder verbieten. Daher überlegten auch sie, ob sie ihre Herde nicht besser ebenfalls nach Westen treiben sollten. Schließlich schüttelte Walther den Kopf.

»Es ist nicht sinnvoll, unsere Pläne jetzt noch umzustürzen. Wir müssten den Llano Estacado in seiner ganzen Breite durchqueren und würden dabei zu viele Rinder verlieren. Außerdem wird im Westen nicht so viel Schlachtvieh gebraucht, und Goodnight und Loving sind uns schon zu weit voraus, um sie noch überholen zu können. Daher werden wir weiter nach Norden ziehen und uns dabei etwas westlicher als die anderen Herden halten. Damit haben wir zwar den längeren Weg, gehen aber den dichter besiedelten Teilen von Kansas vorerst aus dem Weg.«

Quique nickte mit angespannter Miene. »Es wird wirklich das Beste sein, wenn wir nicht versuchen, als erste oder zweite Herde in Abilene ankommen, sondern uns darauf konzentrieren, es überhaupt zu schaffen.«

»Das finde ich auch«, antwortete Walther. »Auf dem Weg, den wir nun einschlagen, geraten wir tiefer in das Komantschengebiet hinein. Sobald wir einen ihrer Krieger sehen, werden wir ihm ein paar Geschenke überreichen und ihn bitten,

Po'ha-bet'chy mitzuteilen, dass wir mit ihm sprechen wollen. Da die Herde nicht so schnell zieht, kann er uns einholen.«

»Sie hoffen immer noch, die kleine Juana de Arranza zu finden?«, fragte Quique.

»Allerdings! So klein aber wird sie nicht mehr sein. Sie müsste heuer sechzehn Jahre alt werden«, antwortete Walther.

»In dem Alter kann sie bereits das Weib eines Komantschen sein. Werden ihre Großaltern sie in dem Fall zurückhaben wollen, noch dazu, wenn sie bereits ein Kind geboren hat?«

So ganz war Quique nicht von einem guten Ausgang überzeugt, denn er kannte den Stolz der führenden Familien Mexikos, die ein Mädchen mit diesem Schicksal als befleckt ansehen und es nicht mehr bei sich aufnehmen würden.

Auch Walther wusste nicht so recht, wie Hernando de Gamuzana in dem Fall reagieren würde, und ritt mit einem Schulterzucken weiter. »Dann behalten wir die Kleine eben auf der Ranch. Irgendetwas wird sich für sie finden.«

»Möge die Heilige Jungfrau von Guadalupe uns beistehen«, antwortete Quique mit einem tiefen Seufzer und wies nach vorne. »Ich werde vorreiten und Benito sagen, dass wir uns westlich der anderen Treibherden halten werden. Möge uns die Heilige Jungfrau auch hier beistehen!« Er schlug das Kreuz und trieb seinen Wallach an, um wieder an die Spitze der Herde zu gelangen.

Walther hielt sich seitlich der Herde und überlegte, auf welchem Weg sie am besten vorwärtskamen. Leider kannte er die Gegend, durch die sie ziehen mussten, nur aus Erzählungen. Sie hatten über fünfhundert Meilen vor sich, und wenn er die Tiere gut verkaufen wollte, durften sie unterwegs nicht vom Fleisch fallen. Als Erstes musste die Herde sicher durch das Indianergebiet gelangen, und er hoffte, dass die Stämme mit sich reden ließen und er sich das Wegerecht mit ein paar

Rindern erkaufen konnte. Die nächste Schwierigkeit war, dass sie bereits hier in Texas darauf achten mussten, dass die Tiere nicht das Gras oder – schlimmer noch – die wachsende Saat der Farmer fraßen, denn sonst gerieten sie in Auseinandersetzungen, die sie letztlich nur verlieren konnten. In Kansas aber würden sich die Farmer und Viehzüchter noch weniger freuen, wenn plötzlich große Herden aus Texas auftauchten und die Viehpreise dort sanken.

Doch welch andere Chancen hatten sie, fragte er sich und gab sich auch gleich die Antwort: keine! Entweder gelang es ihm, das Vieh zu einem halbwegs akzeptablen Preis zu verkaufen, oder er war nicht einmal mehr in der Lage, die nächsten Steuern zu bezahlen, mit denen die siegreichen Nordstaaten den Süden bestraften. In dieser Sache half es ihm leider wenig, dass Waldemar für den Norden gekämpft hatte und bis zum Brigadegeneral aufgestiegen war.

»Wir werden es schaffen!«, schwor er sich und ließ sich wieder etwas zurückfallen, bis Dave Jones, der als Wrangler für die Remuda der Ersatzpferde verantwortlich war, zu ihm aufgeschlossen hatte.

»Ist alles in Ordnung?«, rief er dem jungen Burschen zu.

»Alles gut, Mister! Wenn Sie ein anderes Pferd brauchen, würde ich Ihnen den Fuchs empfehlen«, antwortete der junge Bursche fröhlich.

»Nein, danke! Mein Brauner ist noch frisch.«

Walther winkte kurz und zügelte sein Pferd. Während die Herde an ihm vorbeizog, dachte er an Michael Belcher. Dieser hatte zunächst auch mit ihm ziehen wollen, sich dann aber anders entschieden. Ein wenig tat es ihm leid, weil er die Freundschaft, die er zu dessen Vater gehegt hatte, auch gerne auf den Sohn übertragen hätte. Doch der junge Belcher hatte eigene Freunde, auf deren Wort er mehr gab als auf das seine.

»Auch gut!«, murmelte Walther und wurde aufmerksam, als Diego, der immer dort einsprang, wo Not am Mann war, auf ihn zu galoppierte.

»Links vor uns sind Indianer, Vater!«, meldete er. »Ich halte sie für Komantschen.«

»Danke!« Walther ließ seinen Braunen wieder schneller laufen und überholte die langsam ziehende Herde. Schon bald entdeckte auch er die Indianer. Es waren tatsächlich Komantschen. Er zählte zehn Krieger, einen alten Mann und ein junges Mädchen.

Die harten Jahre in der Prärie und der Kampf mit den weißen Männern hatte tiefe Furchen in Po'ha-bet'chys Gesicht gegraben, doch er saß noch immer wie ein Junger zu Pferd. Er wartete, bis Walther und Diego heran waren, und hob dann die Hand zum Gruß.

»Meine Augen freuen sich, dich wiederzusehen, Fahles Haar.«

»Auch ich freue mich, dich zu sehen, großer Häuptling!«

»Einen großen Häuptling kannst du Quanah nennen, dem die meisten Krieger der Komantschen folgen. Ich bin nur der Anführer einer kleinen Gruppe.« Po'ha-bet'chy lächelte, so dass Walther nicht erkennen konnte, ob ihm dies leidtat und er nicht lieber selbst der große Kriegshäuptling der Komantschen gewesen wäre. Doch im Augenblick war anderes wichtiger als diese Frage.

»Ich bin mit meinen gefleckten Büffeln aufgebrochen, um nach Kansas zu reiten. Um den Stamm der Komantschen zu ehren, bin ich bereit, euch zwanzig Rinder zu überlassen und jedem Stamm, der uns über sein Land in Frieden ziehen lässt, jeweils zehn.«

»Fahles Haar ist ein Mann mit einem großen Herzen und keiner jener Männer, die die Büffel schießen und auf der Prärie verfaulen lassen, nur um unserem Volk das Fleisch wegzunehmen. Das Volk der Komantschen wird die zwanzig gefleckten Büffel nehmen und Boten zu den anderen Stämmen schicken, die ihnen sagen werden, dass Fahles Haar ein Mann des Friedens ist und ihnen Fleisch geben wird.«

»Ich danke dir, Medizinträger!« Walther atmete auf.

Auch wenn die Komantschen mit einigen anderen Stämmen verfeindet waren, würde diese Nachricht über andere Völker auch bis zu diesen dringen. In einer Zeit, in der die Büffel seltener wurden, stellten zehn Rinder einen Wert dar, der umso mehr zählte, weil er nicht mit Blut erkauft werden musste.

Po'ha-bet'chy war jedoch noch nicht fertig. »Vor langer Zeit hat Fahles Haar mich gebeten, nach einem Mädchen Ausschau zu halten, das bei einem der roten Völker leben soll. Ich habe es getan und kann es dir nun geben. Ich habe neun Pferde dafür bezahlt!«

Er nahm seiner jungen Begleiterin die Zügel einer zierlichen Mustangstute aus der Hand und reichte sie Walther.

Das Mädchen zuckte erschreckt zusammen und sagte etwas in der Sprache der Komantschen, das Walther nicht verstand. Der Häuptling wies bei seiner Antwort auf Walther und wandte ihr dann den Rücken zu.

»Halt!«, rief Walther. »Ich bin dir noch neun Pferde schuldig – und ein gutes Geschenk für deine Hilfe!«

»Po'ha-bet'chy hat viele Pferde. Gib mir noch fünf gefleckte Büffel und …«, der Blick des Häuptlings saugte sich an der Henry-Rifle in Walthers Sattelholster fest, »… und diese Büchse, die immer schießt! Ich gebe dir dafür diese Waffe zurück. Sie trifft noch immer ihr Ziel!« Dabei hob er die alte Doppelbüchse mit dem Kugel- und dem Schrotlauf, die Walther vor sechsunddreißig Jahren gegen Nizhoni eingetauscht hatte.

Einen Augenblick lang zögerte Walther, dann zog er die Henry-Rifle aus dem Sattelholster und zeigte Po'ha-bet'chy, wie das Gewehr zu bedienen war. Auch überließ er ihm seinen gesamten Munitionsvorrat. Zwar wusste er, dass sein indianischer Freund die Waffe einem seiner Krieger geben würde, da er selbst zu alt war, um noch in den Kampf zu ziehen. Durch sie würden Menschen sterben. Doch da die Amerikaner immer tiefer in die Jagdgründe der roten Stämme vordrangen und sie von ihrem Land vertrieben, sollten diese wenigstens im Kleinen die Chance haben, sich zu verteidigen.

Po'ha-bet'chy sah ihn lange an und hob dann die Hand zum Gruß. »Vielleicht ist es uns nicht mehr vergönnt, uns wiederzusehen. Lebe daher wohl, mein Freund. Es gab wenige, die meinem Herzen näher standen als du.«

Nach diesen Worten zog er sein Pferd herum und ritt fort. Seine Begleiter warteten, bis Diego und Larry einige Rinder aussortiert hatten, und trieben diese mit sich.

Zufrieden sah Walther, dass es achtundzwanzig Stück waren, drei mehr als besprochen. Auch Diego würde einmal ein Mann mit einem großen Herzen werden. Nun wandte er sich dem jungen Mädchen zu, das mit weit aufgerissenen Augen auf ihrem Mustang saß und die Welt nicht mehr zu verstehen schien. »Keine Sorge, es wird alles gut!«, sagte Walther, um sie zu beruhigen.

Dabei versuchte er, Ähnlichkeiten zu ihrer Großmutter und Mutter zu finden. Hübsch war sie ja, dachte er, auch wenn Gesicht und Hände von der Sonne gebräunt waren. Ihr Haar wurde von einem blauen, mit Glasperlen bestickten Band gehalten und fiel ihr in dunklen Wellen auf den Rücken. Auch deutete der Schnitt ihres Gesichts auf eine mexikanische Herkunft hin. Ob sie jedoch tatsächlich die gesuchte Juana de Arranza war, hätte er nicht zu sagen vermocht.

Das Mädchen sah den Komantschen nach, die ihre Rinder rasch davontrieben, und wimmerte.

Begütigend hob Walther die Hand. »Du brauchst keine Angst zu haben. Wir tun dir nichts!«

Noch während er es sagte, entriss sie ihm mit einem heftigen Ruck die Zügel, stieß ihrer Stute die Fersen in die Flanken und sprengte davon.

»Verdammt!«, rief Walther und trieb seinen Hengst an. Er merkte jedoch rasch, dass er die flinke Mustangstute nicht würde einholen können. Da schob sich Diego auf seinem Wallach an ihm vorbei und machte sich an die Verfolgung. Das Mädchen bemerkte es und schlug mit ihrer Stute Haken wie ein Hase. Da er sie so nicht einholen könnte, löste Diego sein Lasso vom Sattel und ließ die Schlinge über seinen Kopf kreisen.

Walther glaubte schon, sein Sohn wolle das Mädchen fangen, und befürchtete, es würde sich beim Sturz vom Pferd verletzen. Doch da senkte sich die Lassoschlinge über den Hals der Stute und fing diese ein. Einen Augenblick später war Diego bei dem Mädchen und wollte ihr die Zügel wieder abnehmen. Sie schlug mit beiden Fäusten auf ihn ein und bedachte ihn mit allen Verwünschungen, die die Komantschensprache kannte.

Es dauerte einige Augenblicke, bis Diego mit ihr fertigwurde und fröhlich grinsend zu Walther zurückkehrte.

»Du solltest beim nächsten Mal besser achtgeben, Vater! Das ist ein kleines Biest und hat mich ganz schön gekratzt.«

Jetzt erst entdeckte Walther die blutigen Risse auf Diegos Wange und sah das Mädchen an. Sein Sohn hatte ihm die Hände mit einer Leine zusammengebunden und diese so um den Hals der Stute gelegt, dass es, wenn es absteigen wollte, das Seil über den Kopf des Tieres streifen musste.

»Du bist doch Juana«, sprach Walther sie an.

Ein trotziger Blick antwortete ihm.

»Wir tun dir nichts!«, fuhr er fort.

»Hund von einem Bleichgesicht!«, zischte die Kleine.

»So wird das nichts, Vater. Bei der musst du schon andere Saiten aufziehen«, warf Diego grinsend ein.

»Du wirst sie doch nicht verprügeln wollen?«, fragte Walther streng. »Sie würde uns danach nur noch mehr hassen.«

»Daran habe ich nicht gedacht, obwohl ihr ein paar kräftige Klapse auf das Hinterteil nicht schaden würden. Aber wir sollten ihr zumindest am Anfang die Hände fesseln und sie in der Nacht anbinden, sonst ist sie am nächsten Morgen verschwunden.«

Walther fühlte sich dem rebellischen Mädchen nicht gewachsen und sah seinen Sohn Hilfe suchend an. »Du wirst dich um Juana kümmern, Diego. Behandle sie aber gut!«

»Keine Sorge, Vater! Ich bringe sie schon zur Räson, ohne ihr den Hintern zu versohlen.« Diegos Blicke warnten dabei das Mädchen, es nicht zu übertreiben.

»Komm, Juana. Du hast sicher Hunger. Schauen wir mal, was Jones Schönes für uns hat!«, setzte er hinzu.

Er trabte an, und da er die Zügel der Stute an sein Sattelhorn gebunden hatte, musste diese mitlaufen.

»Ich nicht Juana, ich Wer'se-pappy!«, gab das Mädchen zornig zurück, verriet damit aber, dass es Englisch verstand.

»Lockenkopf ist ein hübscher Name«, meinte Diego lächelnd. »Er passt zu dir, denn du hast wirklich schöne Haare!«

Wer'se-pappy schob die Unterlippe vor und blieb stumm, bis sie den Küchenwagen erreichten. Dort hatte Jones sie bereits erspäht und musterte das Mädchen neugierig.

»Ist das die kleine Gamuzana?«, fragte er.

»Vater hofft es! Auf jeden Fall ist es keine Komantschin.«

»Ich Komantsche!«, protestierte Wer'se-pappy vehement.

»Wenn sie es wirklich ist, hat sie keine Erinnerung mehr an ihr früheres Leben«, sagte Jones. »Wird schwer sein, ihr beizubringen, dass sie eine Mexicana ist.«

»Das schaffen wir schon. Hast du eine Kleinigkeit zu essen für sie? Wenn ihr Magen gefüllt ist, wird sie begreifen, dass wir es gut mit ihr meinen.« Diego sah zu, wie der alte Mann nach hinten griff und ein Stück getrocknetes Rindfleisch abschnitt.

»Hier, das ist für dich«, sagte er zu dem Mädchen.

Wer'se-pappy sah ihn an, dann das Fleisch und schnaubte. »Hände an Hals von Pah gefesselt. Kann so nicht essen!«

»Doch, das kannst du«, antwortete Diego ungerührt. »Du musst dich nur ein wenig nach vorne beugen!«

Bei dem Blick, der ihn nun traf, zog sogar Jones den Kopf ein. »Ich weiß nicht, Diego! So behandelt man eigentlich keine junge Dame.«

»Juana ist auch noch keine! Dazu müssen wir sie erst erziehen.« Diego wartete, bis Jones dem Mädchen das Stück Fleisch gegeben hatte, und ritt dann fröhlich pfeifend weiter. Gezwungenermaßen lief Wer'se-pappys Stute nebenher, während ihre Herrin hungrig von dem Trockenfleisch abbiss.

Walther wusste nicht, ob er erleichtert sein sollte, weil Po'habet'chy ihnen ein Mädchen gebracht hatte, das Juana de Arranza y Gamuzana sein konnte, oder es bedauern, weil es bereits bei der Hinreise geschehen war. Vielleicht wäre es besser gewesen, das Mädchen bis zu ihrer Rückkehr bei den Komantschen zu lassen. Unsicher sah er zu, wie Diego ein paar ausbrechende Rinder zurücktrieb. Die Mustangstute lief wie ein gefleckter Schatten neben seinem Wallach her, und so musste deren Herrin ihm folgen.

Nach einer Weile wurde es Wer'se-pappy zu dumm. »Warum

du nicht binden Pahs Zügel an Wagen, müssen dann nicht immer hin und her laufen!«

»Vater hat gesagt, ich soll auf dich aufpassen! Dir traue ich nämlich zu, auch unserem guten alten Jones ein Schnippchen zu schlagen«, gab Diego gut gelaunt zurück.

»Mann mit schwarzem Gesicht gut. Du nicht!«, schnaubte das Mädchen und ruckte unruhig auf ihrem Pferd hin und her. »Ich muss in Büsche! Wenn nicht bald, ich mache auf Pferd!«, fauchte sie, als Diego sie verwundert ansah.

Dieser blickte sich suchend um und hielt dann auf eine Buschgruppe zu, die etwa eine halbe Meile entfernt stand. Dort zügelte er seinen Wallach, sprang aus dem Sattel und löste Wer'se-pappys Fesseln. Bevor diese jedoch einen Vorteil daraus ziehen konnte, hob er sie von ihrer Stute und hielt sie mit einer Hand fest.

»Nur, damit du mir nicht verlorengehst«, meinte er, während er ihr das Lassoende um den Leib band. »Das Gebüsch ist dicht. Zehn Schritte werden daher reichen!« Er zählte diese Strecke ab und bedeutete ihr, zu gehen.

Während Wer'se-pappy mit vor Wut funkelnden Augen zwischen den Büschen verschwand, hielt Diego das Seil fest. Nach kurzem Überlegen aber wickelte er es um einen Zweig und schlich auf Zehenspitzen um das Gebüsch herum.

Wer'se-pappy hockte sich zwischen den Büschen hin, um sich zu erleichtern. Gleichzeitig fingerte sie den Knoten ab, mit dem Diego das Seil um ihre Taille festgebunden hatte. Es war ein guter Knoten, das stellte sie mit widerwilliger Anerkennung fest. Dennoch gelang es ihr, ihn zu lösen. Mit einem spöttischen Lächeln band sie das Ende um einen jungen Baum und huschte dann leiser als eine Maus zum anderen Ende des Gebüschs.

Nun musste sie nur noch ihre Stute holen. Wer'se-pappy

schlug einen Bogen um die Büsche und sah kurz darauf Diegos Wallach und ihre Pah stehen. Der junge Mann hingegen war verschwunden. Wahrscheinlich hat auch er in die Büsche müssen, dachte sie spöttisch, während sie zu ihrer Stute lief und sich auf deren Rücken schwang. Doch als sie deren Zügel von Diegos Sattel losbinden wollte, hielt plötzlich jemand ihre Hände fest.

»Dachte mir doch, dass du das versuchst«, meinte Diego freundlich, fesselte ihre Hände erneut und schlang die Leine um den Hals der Stute. Anschließend zupfte er am Lasso und drang, da es sich nicht löste, in das Gebüsch ein, um es loszubinden. Als er wieder herauskam, zwinkerte er Wer'se-pappy anerkennend zu.

»Du bist ein kluges Mädchen! Wenn meine Mutter mir nicht einiges beigebracht hätte, hättest du mich überlistet.«

Wer'se-pappy zog es vor, nicht zu antworten. Aufgeben würde sie jedoch nicht. Irgendwann würde sie diesem ewig grinsenden Kerl eine lange Nase drehen und zu ihrem Volk zurückkehren. Doch dafür musste sie mehr über die Männer mit ihren gefleckten Büffeln erfahren und herausfinden, wo Diegos Schwachstellen lagen.

4.

Quique und Jones hatten den beiden eine Weile zugesehen. Grinsend wandte der Vormann sich schließlich an den Koch. »Was sagst du zu Diego und seinem Fang?«

»Gab es so etwas nicht schon einmal auf der Ranch? So ähnlich jedenfalls?«, fragte der Schwarze lachend.

»Du meinst den Señor und seine jetzige Esposa? Stimmt, da war auch ein Lasso mit im Spiel. Warum fragst du? Glaubst du etwa, es könnte hier ähnlich enden?« Quique lachte zunächst darüber, schüttelte dann aber den Kopf.

»Hernando de Gamuzana ist ein stolzer Mexicano und würde seine Enkelin nie einem Mestizen überlassen.«

»Dann wollen wir nur hoffen, dass die Kleine nicht die gesuchte Juana ist.« Jones klang nachdenklich, denn die Liebe war ein eigenartiges Ding. Auch wenn Diego und die Kleine sich jetzt noch wie Katz und Hund benahmen, so konnte das in ein paar Tagen schon ganz anders aussehen.

Quique schob den Gedanken an die jungen Leute beiseite, denn es gab Wichtigeres. Sein Blick wanderte zum Himmel, und in sein Gesicht gruben sich tiefe Sorgenfalten. »Diese Wolken dort vorne gefallen mir gar nicht. Ich muss sofort mit dem Señor sprechen!« Er trieb seinen Wallach an und schloss zu Walther auf, der weiter vorne darauf achtete, dass kein Rind ausbrechen konnte.

»Señor!«, rief Quique ihm zu. »Sehen Sie sich die Wolken dort an. Wenn das nicht auf viel Regen hindeutet, dürfen Sie mich einen alten Narren schimpfen.«

Walther blickte hoch und krauste angesichts des immer dunkler werdenden Himmels die Stirn. »Es war ja zu erwarten, dass es unterwegs Regen gibt! Aber das da sieht schlimm aus.«

»Wir sollten zusehen, dass wir über den Red River kommen, auch wenn wir die Kühe die ganze Nacht laufen lassen müssen. Falls es Hochwasser gibt, sind wir auf dieser Seite gefangen, denn bei einer Überquerung würden wir zu viele Rinder verlieren.«

Walther nickte angespannt. »Es wird das Beste sein! Ich will nicht südlich des Flusses hängen bleiben und warten müssen, bis das Hochwasser wieder zurückgeht. Sonst holen wir die beiden anderen Herden nie mehr ein, vorausgesetzt, sie haben den Red River bereits überquert. Stattdessen werden jene Herden, die jetzt noch hinter uns sind, zu uns aufschließen.«

»Das würde mir ebenso wenig gefallen wie Ihnen, Señor!« Quique ritt nach vorne, um Benito zu erklären, dass sie schneller werden müssten.

In den nächsten Stunden dachte niemand mehr an Rast. Sogar die Rinder liefen eilig und ohne Ärger zu machen. Noch ehe die Nacht anbrach, färbte sich der Himmel über ihnen so schwarz, als wolle sich die Hölle öffnen.

Larry ritt zu Quique und wies in die aufziehende Dunkelheit. »Wenn wir nicht bald lagern, sehen wir die Kühe nicht mehr!«

»Lasst sie laufen!«, antwortete dieser in einen Donnerschlag hinein. »Zwei Vaqueros sollen um die Herde kreisen und zusehen, dass sie alle Ausbrecher erwischen.«

»Sollten wir nicht besser Fackeln nehmen?«, fragte Larry.

»Um Himmels willen, nein! Es würde die Tiere erschrecken und in die Stampede treiben. Singt lieber und betet, dass sie eure Stimmen gut genug finden, um bei uns bleiben zu wollen.«

Zwar lachte Larry über den Rat, doch als seine sanfte Baritonstimme erklang, fiel der alte Jones mit seinem Bass ein, und selbst Walther ertappte sich dabei, wie er die Melodie mitsummte.

Der Gesang hatte tatsächlich eine beruhigende Wirkung auf die Rinder. Sie liefen nun langsamer als am hellen Tag, und die Cowboys hörten immer wieder, wie ihre Hörner gegeneinanderschlugen. Doch weder Walther noch einer der anderen hatte das Gefühl, als würden viele Tiere ausscheren und sich davonmachen.

Irgendwann fielen die ersten Tropfen. Sie waren so schwer, dass Walther zuerst an Graupelkörner glaubte. Nach den langen Stunden im Sattel fühlte er sich müde und erschöpft. Er bedauerte nun, sich auf dieses Abenteuer eingelassen zu haben. Ich hätte doch Josef schicken sollen, dachte er reumütig. Aber dafür war es zu spät. Er musste diesen Treck durchhalten, wenn er nicht wollte, dass er zu einer Belastung für die anderen wurde.

Etwa drei Stunden nach Mitternacht regnete es wie aus Kübeln, und Jones suchte in seinem Wagen fluchend nach den wasserdichten Reitermänteln, die Waldemar ihnen aus Armeebeständen besorgt hatte. Bis jeder Cowboy einen übergeworfen hatte, waren die meisten bereits nass bis auf die Haut. Walther erging es nicht besser, und er sehnte sich nach seinem warmen Bett und nach Nizhoni an seiner Seite. Kurz darauf wurde es heller, und er hörte in der Ferne bereits das Rauschen des Red River.

Da schob sich Quique an seine Seite. »Señor, können Sie nachsehen, ob der Fluss noch zu passieren ist?«, fragte er.

Statt einer Antwort trieb Walther seinen Braunen an und gewann rasch einen kleinen Vorsprung vor der Herde. Der Fluss war näher als erwartet, und als er am Ufer anhielt und hinunterblickte, strömte das Wasser bereits mit großer Geschwindigkeit dahin. Um zu erkennen, wie tief es war, lenkte Walther sein Pferd hinein und sah erleichtert, dass es noch nicht schwimmen musste. Rasch machte er kehrt und galoppierte zu Quique zurück.

»Wir können noch hinüber, sollten die Herde vorher aber nicht mehr anhalten!«

»Das habe ich auch nicht vor«, rief Quique und brüllte Larry und die anderen Cowboys an. »Vorwärts, Muchachos! Treibt die blöden Biester über den Fluss. Sagt ihnen, sie können sich drüben ausruhen. Aber jetzt müssen sie noch einmal tüchtig laufen.«

Die Rinder waren müde, aber auch durstig, und so liefen sie schneller, als sie das Wasser rochen, und verteilten sich im Fluss, um zu saufen.

»Verdammt, wollt ihr weiter!«, brüllte Larry und schlug mit dem Lassoende zu. Doch die Tiere blieben stur, und nur ein paar einzelne, die sich satt getrunken hatten, liefen gemächlich hindurch und kletterten am anderen Ufer hoch.

»Lasst sie saufen!«, rief Quique. »Aber treibt sie dann rasch hinüber. Das Wasser steigt mir viel zu schnell.«

So einfach, wie er gehofft hatte, ging es jedoch nicht. Die Tiere waren störrisch und wollten in die Richtung zurück, aus der sie gekommen waren. Quique, Larry und die anderen Cowboys schlugen mit Lassoenden und Peitschen zu, um die Tiere aus dem Wasser zu treiben. Zuletzt musste selbst Walther trotz seiner Erschöpfung mithelfen.

Diego begriff, dass auch er gebraucht wurde, und brachte Wer'se-pappy zu Jones' Küchenwagen, der den Red River ein Stück weiter flussaufwärts überquert hatte.

»Gib gut auf sie acht!«, rief er dem Schwarzen zu und wand die Zügel der Stute um einen Holm am Wagen. Dann riss er

seinen Wallach herum, ritt laut schreiend durch das aufsprit-
zende Wasser zu den Rindern und trieb sie an.

Mit gefletschten Zähnen sah Wer'se-pappy ihm nach und
wünschte, die gefleckten Büffel würden ihn in den Grund des
Flusses stampfen. Echte Büffel hätten es getan, aber die Tiere
der weißen Männer waren die gleichen Feiglinge wie ihre
Herren. Sie brüllten zwar, als ihnen die Lassoenden um die
Ohren klatschten, setzten sich jedoch in Bewegung und kletterten müde das Nordufer des Red River hoch.

Eine gute Stunde später lag die ganze Herde etwa eine Meile
vom Fluss entfernt am Boden und hätte sich selbst durch einen Kanonenschuss nicht mehr aufscheuchen lassen. Walther,
Quique und die anderen Reiter waren kaum weniger erschöpft als ihre Rinder, doch sie hatten den Red River über-
wunden. Allein das zählte.

Diego stieg von seinem Pferd und legte den Sattel einem anderen Gaul auf. »Dave, Larry und ich reiten noch einmal hinüber und sehen nach, ob wir in der Nacht viele Rinder verloren haben«, erklärte er seinem Vater.

»Tut das! Aber beeilt euch, sonst kommt ihr selbst nicht mehr
über den Fluss«, warnte Quique sie.

»Das machen wir!« Diego schwang sich auf das frische Pferd
und ritt los. Kurz darauf hatten auch Larry und Dave ihre
Reittiere gewechselt und folgten ihm.

»Wenn man die drei sieht, wünscht man sich direkt, noch einmal jung zu sein«, entfuhr es Walther.

Der alte Jones schüttelte den Kopf. »Wenn ich daran denke,
was wir alles erleben mussten, bin ich froh, es hinter mir zu
haben. An die guten Stunden kann ich mich auch so erinnern!
Zudem ist es schön, eine junge Generation aufwachsen zu
sehen.«

»Da hast du recht!« Walther klopfte Jones auf die Schulter

und half ihm, eine Zeltleinwand aufzuspannen, unter der sie vom Regen geschützt waren. Als sie jedoch mit dem nass gewordenen Holz ein Feuer anzünden wollten, qualmte es so, dass sie hustend zurückwichen.

Wer's e-pappy schnaubte verächtlich. Da sie bislang noch niemand losgebunden hatte, saß sie noch immer bei strömenden Regen auf ihrer Stute. Jetzt endlich kam der schwarze Mann, wie sie Jones für sich nannte, zu ihr her und löste ihre Fesseln.

»Wirst bei dem Wetter wohl kaum davonlaufen«, meinte er bärbeißig.

Wäre Wer's e-pappy nicht so erschöpft gewesen, hätte sie es vielleicht doch versucht. So aber schlüpfte sie unter das Regendach und schob Jones beiseite, der erneut versuchte, das Feuer anzufachen. Wie dumm die Bleichgesichter doch sind, dachte sie, während sie sich selbst um das Kochfeuer kümmerte. Kurz darauf brannte es, ohne dass es noch einmal qualmte, und Jones konnte seinen Wasserkessel darüber aufhängen.

Walther reichte dem Mädchen eine Decke und sagte ihr, dass sie sich unter die Plane des Wagens setzen könne. Dankbar nahm Wer's e-pappy das Angebot an, kuschelte sich auf engstem Raum zusammen und schlief rasch ein. Kurz darauf verteilte Jones frischen Kaffee, um den die Cowboys sehr froh waren.

Nach einer Weile kehrten Diego, Dave und Larry mit etwa zwanzig Rindern zurück, die müde zur Herde trotteten und sich zu den anderen Tieren legten. Anschließend ließ Diego sich eine volle Kaffeetasse geben und trank sie in einem Zug leer.

»Das habe ich gebraucht«, meinte er und sah sich um. »Wo ist unsere kleine Komantschin?«

»Die schläft im Wagen«, erklärte sein Vater.

Diego rieb sich stöhnend über die Stirn. »Ich bin verdammt müde. Aber zwei von uns müssen Wache halten. Das übernehmen Larry und ich. In vier Stunden sollen uns zwei andere ablösen. Und noch was! Heute wird keine Herde mehr den Red River überqueren und in den nächsten Tagen auch nicht. Das Wasser steigt sehr schnell. Wir können froh sein, dass wir es geschafft haben.«

»Das sind wir auch, mein Freund!« Quique klopfte Diego anerkennend auf die Schulter und holte seine Schlafsachen. Ein paar Cowboys hatten ein weiteres Stück Zeltplane als Regendach aufgespannt, und so fanden die meisten ein halbwegs trockenes Plätzchen. Sie lagen zwar so eng aneinander wie Heringe in der Dose, wärmten einander aber gegenseitig und schliefen daher rasch ein.

Vier Stunden später übernahmen Benito und Larrys Freund Mike die Wache, und so konnte Diego endlich ans Schlafen denken. Vorher aber suchte er sich eine feste Leine, kletterte damit auf den Wagen und band ein Ende um Wer'se-pappys rechtes Handgelenk. Das andere Ende befestigte er an einem Holm des Wagens. Zufrieden mit dieser Konstruktion legte er sich zu seinen Kameraden.

5.

Wer'se-pappy war jung und kräftig, doch die Erschöpfung und die Aufregung forderten ihren Tribut. Nach einem wirren Alptraum, von dem in ihren Gedanken nur Soldaten in dunkelblauen Uniformen übrig blieben, die wild um sich schossen, wachte sie wieder auf. Zuerst begriff sie nicht, wo sie war, und starrte verwirrt zu der Plane hoch, die den Wagen überspannte. Dann aber kam die Erinnerung mit erschreckender Wucht. Vor etlichen Monaten hatte ihre eigene Stammesgruppe sie anderen Komantschen überlassen und diese sie an weiße Männer verkauft.

Ich muss fliehen!, durchfuhr es sie. Doch als sie aufstehen wollte, bemerkte sie die Leine um ihre Hand und versuchte sofort, den harten Knoten mit Fingern und Zähnen zu lösen. Erst nach einer Weile bemerkte sie, dass der junge weiße Krieger, der sie bereits gestern bewacht hatte, sie beobachtete. Enttäuschung und Wut trieben ihr die Tränen in die Augen, und sie sehnte sich nach den Menschen, bei denen sie aufgewachsen war.

»Es wird alles gut!«, sagte Diego mit sanfter Stimme. »Du brauchst keine Angst vor uns zu haben. Von uns tut dir keiner etwas.«

»Doch!«, antwortete Wer'se-pappy schniefend. »Ihr mich binden an wie Pferd.«

»Wenn du mir versprichst, nicht davonzulaufen, tue ich es nicht mehr«, bot Diego an.

»Ich verspreche!« Wer'se-pappy senkte den Kopf, damit er

ihr Gesicht nicht sehen konnte, denn sie dachte nicht daran, dieses Versprechen zu halten. Die weißen Männer waren Feinde, und gegen solche war jede List erlaubt. Zufrieden sah sie, wie Diego sie losband und die Leine einfach liegen ließ. Doch als sie vom Wagen herabstieg, goss es noch immer wie aus Kübeln und sie zog es vor, erst einmal im Trockenen zu bleiben.

Wenig später reichte Jones ihr einen Becher Kaffee. Das Getränk war so heiß, dass sie sich beinahe die Lippen verbrannte. Zwar schmeckte es seltsam bitter, wärmte sie aber innerlich auf. Sie erhielt auch mehrere Pfannkuchen, die mit einem süßlichen Brei beschmiert waren. Da sie Hunger hatte, aß sie ihre Portion auf und leckte sich hinterher die Lippen, damit der Geschmack länger auf der Zunge blieb.

Noch kauend trat Quique zu Walther und schüttelte den Kopf. »Die Tiere haben sich jetzt einen halben Tag und eine ganze Nacht ausgeruht. Trotzdem wäre es besser, wenn wir noch einen oder zwei Tage warten, bevor wir weiterziehen. Der Boden ist durch den Regen aufgeweicht und zu einem Sumpf geworden, und das Einzige, was wir tun können, ist, die Kühe in Ruhe grasen zu lassen. Außerdem schätze ich, dass bald die ersten Indios kommen. Daher sollten wir die Waffen bereithalten – für den Fall, dass sie nicht friedlich bleiben.«

»Ein guter Rat!«, stimmte Walther seinem alten Freund zu. Er selbst fühlte sich trotz des langen Schlafs wie zerschlagen und war froh, dass er an diesem Tag nicht in den Sattel steigen musste. Nachdenklich drehte er sich nach der jungen Mexikanerin um. Diese saß, die Arme um die Knie geschlungen, unter dem Regendach und blickte traurig nach Süden. In ihrer Nähe stand Diego und ließ sie nicht aus den Augen.

»Es ist gewiss nicht leicht für die Kleine, so plötzlich den

Leuten, die sie für ihr Volk hielt, entrissen zu werden«, meinte er leise zu Quique.

Dieser nickte mitleidig. »Sie ist wie ein Kalb, das die Mutter verloren hat. Diego sollte sie nicht zu rauh behandeln. Immerhin ist sie eine Señorita von Stand.«

»Ich werde ihn daran erinnern!« Walther dachte an jene Tage vor gut sechsunddreißig Jahren, als er Nizhoni von den Komantschen geholt hatte. Damals hatte er sich nicht um deren Gefühle gekümmert und auch nicht begriffen, welche Angst sie ausgestanden hatte. Diese Angst wollte er Juana ersparen. Er ging zu ihr hin, setzte sich neben sie und fragte, ob sie etwas benötige.

»Ich müssen in Büsche, wollen aber nicht angebunden werden wie Pferd«, fauchte sie.

»Das verstehe ich!« Walther lächelte und reichte ihr einen der Regenüberwürfe. Diese waren für Reiter gemacht und hatten sich bereits am Vortag bewährt. Er musste dem Mädchen helfen, das Ding anzuziehen, warf sich dann selbst einen über und begleitete Juana bis zu einem nahen Gebüsch. Während sie darin verschwand, blieb er draußen stehen. Gleichzeitig umrundete Diego das Buschwerk, denn so ganz traute er ihrem unfreiwilligen Gast nicht.

Wer'se-pappy sah es und verzog spöttisch die Lippen. Die Bleichgesichter waren wirklich dumm, denn sie würde niemals ohne ihre Stute fliehen. Doch Pah befand sich ein ganzes Stück von ihr entfernt und graste. Selbst wenn sie so schnell zu ihr rennen würde, wie sie es vermochte, würde sie den weißen Männern nicht entkommen. Das konnte nur mit einer List geschehen.

Als sie aus dem Gebüsch kam, wies sie nach Süden. »Wollen Fluss sehen!«

»Gerne«, antwortete Diego und reichte ihr den Arm.

Instinktiv wich sie vor ihm zurück. Da hob er seufzend die Arme. »Ich will dich weder festhalten noch festbinden. Es ist nun einmal bei uns so Sitte, dass man Arm in Arm geht!«

»Dumme Sitte!«, spottete Wer'se-pappy, hängte sich dann aber doch bei ihm ein, um ihm vorzugaukeln, dass sie ihren Widerstand aufgegeben hatte.

Als sie nach einer kurzen Wanderung zum Red River kamen, war es für sie ein Schock. Das Wasser des Flusses strömte schäumend und gurgelnd unter ihr vorbei und riss Büsche und sogar einzelne Bäume mit sich. Auch ertrunkene Tiere sah Wer'se-pappy vorbeitreiben, und sie begriff, dass sie weder an diesem Tag noch an den folgenden in die Heimat zurückkehren konnte.

Enttäuscht wandte sie dem Wasser den Rücken zu und ließ sich von Diego zum Lager führen. Er versuchte, mit ihr zu reden, und gelegentlich gab sie Antwort. Ein paarmal lächelte sie sogar, um ihn in Sicherheit zu wiegen.

Im Lager hatten sich unterdessen Indianer aus verschiedenen Stämmen eingefunden und verhandelten mit Walther. »Wir gehört, du geben dreißig gefleckte Büffel für jeden Stamm«, erklärte einer.

Walther schüttelte den Kopf. »Ich sagte zehn Rinder! Und die erhaltet ihr, wenn wir durch euer Gebiet ziehen, und nicht vorher.«

»Du geben zwanzig gefleckte Büffel jetzt!«, schraubte der andere seine Forderungen ein wenig herunter.

»Zwölf, aber nur auf eurem eigenen Land!«

Damit wollte Walther verhindern, dass Gruppen, deren Gebiet die Herde nicht berührte, Rinder erhielten. Die Indianer würden die Tiere gewiss nicht mit jenen Abteilungen ihrer Stämme teilen, denen er und seine Leute auf ihrem Weg begegnen würden.

Weitere Indianer mischten sich in die Verhandlungen ein, und zuletzt kamen sie überein, dass jeder Stamm fünfzehn Rinder erhalten würde, sobald sein Gebiet erreicht worden war. Um die anderen nicht zu verärgern, ließ Walther ein Dutzend Tiere aussondern, von denen anzunehmen war, dass sie den weiten Weg nicht überstehen würden, und schenkte sie den Abgesandten der Stämme, so dass diese jeweils zwei bis drei Tiere mitnehmen konnten.

»Ich hoffe nur, dass die Brüder auch zu ihrem Wort stehen«, sagte Quique misstrauisch.

»Wenn nicht, werden sie merken, dass unsere Henry-Rifles und unsere Colts auch ein gewichtiges Wörtchen mitreden werden!« Larry grinste, als wäre alles ein Heidenspaß. Immerhin waren sie über zwanzig gut bewaffnete Männer und damit ein harter Brocken für jede angreifende Indianerschar. Allerdings würde ein Kampf die Herde in die Panik treiben, und so hofften alle, das Indianerterritorium in Frieden durchqueren zu können.

6.

Vor ihrem Aufbruch hatten sie die Indianer als die größte Gefahr betrachtet, aber sie kamen ungeschoren durch deren Land. Walthers Angebot, sich das Wegerecht mit Rindern zu erkaufen, hatte bei den Stämmen Eindruck gemacht. Irgendwann passierten sie die Grenze zu Kansas und hatten zunächst auch dort keine Probleme. In dieser Gegend gab es wegen der Nähe zu den Indianergebieten nur wenige Siedlungen, und die wurden nur von einem einzigen Fort geschützt. Dessen Quartiermeister kaufte ihnen sogar fünfzig Rinder zu je fünfundzwanzig Dollar ab, um seine Soldaten mit Fleisch versorgen zu können.

Da die Herde nur langsam ihres Weges zog, eilte ihnen die Nachricht von ihrem Treck voraus. Mehrfach kamen Farmer zu ihnen und forderten sie auf, weite Bögen um ihr Land zu schlagen. Andere Farmer, die selbst Rinder züchteten, schimpften, sie würden die Preise kaputtmachen. Außerdem mochten sie keine Texaner, die in ihren Augen alle wüste Rebellen gewesen waren.

»Lauter Idioten!«, schimpfte Quique, nachdem wieder ein empörter Farmer davongeritten war. »Dabei gibt es noch viel freies Land zwischen den einzelnen Siedlungen und Farmen. Unsere Kühe fressen daher niemandem das Gras weg.«

Walther nickte mit verbissener Miene. »Irgendwie hatte ich mir das anderes vorgestellt. Es hieß doch, dass die Städte im Osten unbedingt Fleisch brauchen, damit ihre Bewohner ernährt werden können. Doch hier hat man das Gefühl, als wäre dies alles nicht wahr.«

»Schlimm ist auch, dass die Eisenbahn noch nicht so weit gebaut worden ist, wie man uns gesagt hat. Jetzt müssen wir unser Vieh bis an die Grenze von Missouri treiben und womöglich sogar noch ein Stück weiter.« Quiques Laune war noch schlechter als Walthers, doch beide gingen davon aus, ihr Vorhaben irgendwie zu Ende bringen zu können.

Gegen Mittag tauchten mehrere Reiter vor ihnen auf. Einer von ihnen hielt auf Quique zu, der die Spitze übernommen hatte. »Sind Sie hier der Boss?«, fragte er.

»Ich bin der Vormann. Der Besitzer der Herde ist dieser Señor«, antwortete Quique und wies auf Walther.

Der Mann wartete, bis Walther zu ihm aufgeschlossen hatte, und sprach ihn an. »Ich muss Ihnen mitteilen, dass Sie Ihre Herde nicht weitertreiben dürfen! In unserem County und den meisten anderen in Kansas wurde eine Bestimmung erlassen, die den Durchzug von texanischen Rindern verbietet, um die Ausbreitung von Viehseuchen zu verhindern.«

Seine Worte trafen Walther wie ein Fausthieb. Einige Augenblicke saß er wie erstarrt auf seinem Pferd, während seine Gedanken rasten. Dann aber packte ihn die Wut.

»Glauben Sie, ich mache jetzt kehrt und treibe das Vieh wieder nach Texas zurück?«, fuhr er den Mann an. »Mein Sohn ist Brigadegeneral der Vereinigten Staaten von Amerika und hat mich informiert, dass die Regierung in Washington beschlossen hat, Vieh aus Texas zur Versorgung der großen Städte nach Norden schaffen zu lassen. Ich erhielt den Auftrag, zu prüfen, ob dies möglich ist. Daran kann mich kein kleiner Sheriff oder Friedensrichter hindern!«

»Diese Verfügung wurde nicht von einem kleinen Sheriff oder

Friedensrichter beschlossen, sondern vom Gouverneur von Kansas«, stieß der Mann wuterfüllt aus.

»Damit stellt er sich in offenem Widerspruch zu den Absichten der Regierung in Washington!«, antwortete Walther um keinen Deut freundlicher.

Sein Gegenüber zuckte zusammen. Anscheinend wusste er von diesen Überlegungen, die nicht nur die Fleischversorgung der großen Städte verbessern sollte, sondern es den Texanern auch ermöglichen sollten, ihr Vieh zu verkaufen, damit sie ihre Steuern bezahlen konnten.

»Ich kann es nicht ändern!«, stieß der Kansas-Mann nach einer kurzen Pause hervor.

»Hören Sie mir gut zu!«, sagte Walther mit grimmiger Entschlossenheit. »Entweder lassen Sie mich mit meiner Herde weiterziehen, oder wir jagen die Rinder so auseinander, dass sie sich in ganz Kansas verteilen. Sollte es dann wirklich zu Viehseuchen kommen, ist es Ihre Schuld!«

»So können Sie nicht mit mir reden, Mister!«, rief der andere empört.

»Für Sie immer noch General!«, konterte Walther, der sich zum ersten Mal seit langer Zeit wieder auf den Rang berief, den Sam Houston ihm einst verliehen hatte. Doch in diesem Land galt ein Colonel oder General nun einmal mehr als ein schlichter Mister.

Auf diese Weise gelang es ihm, sein Gegenüber zu verunsichern. »Sie können heute noch weiterziehen, doch ab morgen müssen Sie warten, bis eine Entscheidung getroffen worden ist«, erklärte der Beamte.

»Es gibt nur eine Entscheidung«, antwortete Walther eisig. »Sie lassen uns bis zur nächsten Eisenbahn ziehen, dann sind Sie unsere Rinder los. Nach Texas nehme ich sie nämlich nicht mehr mit zurück.«

Ohne ein weiteres Wort zog der andere sein Pferd herum, winkte seinen Begleitern, ihm zu folgen, und verschwand.

Quique sah ihnen nach und wandte sich dann grinsend an Walther. »Dem haben Sie es aber gegeben, Señor.«

»Der Mann ist unwichtig. Wichtig sind die, die uns verbieten wollen weiterzuziehen«, erwiderte Walther, dem bei der Sache recht mulmig zumute war.

Er hatte zwar nicht direkt gelogen, aber doch etliches zu seinen Gunsten umgebogen und zudem einen Beamten bedroht. Wenn sie Pech hatten, stand ihnen an einem der nächsten Tage die Miliz von Kansas gegenüber, und dann war ihr Weg zu Ende.

Nun kam Diego neugierig heran. Die Zügel von Wer'se-pappys Stute hatte er erneut um sein Sattelhorn geschlungen, aber das Mädchen war nicht mehr gefesselt. Das, sagte Walther sich, war in dieser Situation auch kein Trost.

»Was wollte der Mann, Vater?«, fragte Diego.

»Uns verbieten weiterzuziehen!«

»Ist er verrückt geworden?« Diego wollte es nicht glauben, doch als Walther ihm alles erklärt hatte, fluchte er leise vor sich hin.

»Was glauben die, wer sie sind? Wir halten uns meilenweit von Ansiedlungen fern, und keine unserer Kühe frisst auch nur einen einzigen Grashalm, der einem Farmer gehört. Auch ist keines unserer Tiere krank, sonst hätten sie den Weg bis hierher nicht durchgehalten.«

»Damit hast du zwar recht, aber das hilft uns nicht weiter, wenn die Behörden von Kansas sich stur stellen!«

Walthers Kraft war verbraucht, und er sah die Zukunft schwarz in schwarz auf sich zurollen. Selbst dann, wenn sie die Herde wieder halbwegs heil nach Texas brachten, würde er dafür gerade so viel Geld erlösen, wie er benötigte, um seine Cowboys bezahlen zu können. Für die Steuern oder gar neue Anschaffungen würde nichts übrig bleiben.

Wer'se-pappy begriff zwar nicht, weshalb die weißen Männer so zornig waren, freute sich aber darüber. Vielleicht waren sie dann nicht mehr so aufmerksam, und sie konnte ihnen entkommen. Sie hatte sich den bisherigen Weg gemerkt und war überzeugt, es bis zu ihrem Stamm zu schaffen.

Es war gut für sie, dass Diego nichts von ihren Gedanken ahnte, sonst hätte er ihr nicht so viele Freiheiten gelassen. So aber durfte das Mädchen im Lager herumlaufen und wurde nur von ihm überwacht, wenn es zu seiner Stute ging. Die Cowboys behandelten Wer'se-pappy gut, und sie erhielt immer als Erste etwas zu essen. Dennoch war sie fest entschlossen, heimlich zu verschwinden, um das Leben wieder aufnehmen zu können, dass sie gewohnt war.

7.

Der Beamte kam drei Tage später zurück. Inzwischen war die Herde langsam weitergezogen und hatte dabei ausgiebig grasen können. Dies war Walther sogar recht, denn so hatten die Tiere noch einmal Kraft gesammelt, und die benötigten sie für das letzte Stück oder – im schlimmsten Fall – für den Rückweg nach Texas.

Das säuerliche Gesicht des Mannes ließ Walther Hoffnung schöpfen. So sah keiner aus, der auftrumpfen konnte.

Diego kam heran, um seinem Vater beizustehen, in seinem Schlepptau Wer'se-pappy, die nun selbst wieder die Zügel ihrer Stute führen durfte. Ein-, zweimal hatte sie bereits überlegt zu fliehen, es aber wegen der wachsamen Blicke des jungen Mannes unterlassen. Schon bald aber würde sie ihn überlisten und bedauerte nur, dass sie dann sein dummes Gesicht nicht mehr sehen konnte. Nun aber richtete sie ihre Aufmerksamkeit auf das Gespräch, das sich eben entspann.

»Ich habe Gouverneur Crawford telegrafiert und Antwort erhalten. Sie können weiter, müssen sich aber auf einem Korridor halten, der Ihnen angewiesen wird. Jede Ihrer Kühe, die diesen Korridor verlässt, wird erschossen.« Der Beamte sah aus, als würde er wünschen, dass die ganze Herde ausbrechen würde.

Da legte Diego grinsend seine Hand auf den Griff seines Colts. »Bei uns in Texas erschießen wir Männer, die unsere Kühe erschießen.«

Unwillig verzog der Beamte das Gesicht, reagierte aber nicht auf die Provokation »Ihr Treibkorridor führt im Bogen um unsere Städte herum nach Kansas City an der Grenze zu Missouri. Dort soll, wie uns berichtet wurde, bereits alles für den Weitertransport Ihrer Rinder vorbereitet werden«, fuhr der Beamte fort.

Walther hätte ihn am liebsten umarmt, denn damit hatten sie endlich die Nachricht von Andrew Slaters Aktionen. Wahrscheinlich hatten sie es sogar Meinrads einstigem Kameraden in Westpoint zu verdanken, dass sie weiterziehen durften. Wenn der Eisenbahntransport bereits organisiert war, konnte es sich auch der Gouverneur von Kansas nicht mehr leisten, die Eisenbahngesellschaft zu brüskieren.

»Ich danke Ihnen, Mister«, antwortete Walther und winkte Quique, dass alles in Ordnung war.

Der Beamte schnaubte nur »Verdammte Texaner!« und machte kehrt. Statt seiner kam ein Mann mit einem Messingstern auf der Brust heran und wies mit verkniffener Miene auf die Masse der Rinder.

»Ihr Texaner seid verrückt, mit so vielen Viechern durch das Indianerterritorium zu ziehen. Die roten Halunken haben euch sicher eingeheizt!«

»Es geht«, antwortete Diego lächelnd. »Wir haben einfach die Häuptlingstochter entführt, und da mussten sie uns durchlassen.«

Larry grinste, als er es hörte. »So ist das nun einmal bei uns in Texas! Entweder ist man auf unserer Seite oder sechs Fuß unter der Erde.«

»Ich soll Ihnen zeigen, wie Sie mit Ihrer Herde ziehen können«, sagte der Sheriff, ohne auf diese Worte einzugehen, und zog eine Landkarte aus der Tasche. Walther musterte sie und fand einige Umwege übertrieben. Im Augenblick zählte jedoch nur, dass sie weiterziehen konnten, und so nickte er dem Mann erleichtert zu.

»Ich freue mich, dass Sie uns helfen!«

»Ich war der Einzige, den sie erwischen konnten. Alle anderen haben sich verdrückt«, gab der Sheriff zu. »Jenseits unserer County-Grenze bekommen Sie einen neuen Bärenführer. Kann Ihnen aber ehrlich sagen, dass sich niemand um diesen Job reißen wird. Ihre Herde ist die erste, die durch Kansas ziehen darf. Ob noch eine andere diese Erlaubnis erhält, muss erst noch entschieden werden.«

Quique zwinkerte Walther zu. Na, wie haben wir das gemacht?, schien er fragen zu wollen. Obwohl sie als dritte Herde in Texas aufgebrochen waren und einen längeren Weg gewählt hatten als die anderen, hatten sie diese überholt. Sowohl Quique wie auch Walther waren fest entschlossen, diesen Vorteil nicht mehr aus der Hand zu geben. Das Indianergebiet lag hinter ihnen, und bis Kansas City waren es noch wenig mehr als hundert Meilen. Auf dieser Strecke, so sagten sich beide, konnte nicht mehr viel passieren.

Quique riss seinen Hut vom Kopf und schwenkte ihn triumphierend, bevor er wieder die Spitze der Herde übernahm und das Tempo vorgab. Im Gegensatz dazu ließ Walther einen Teil der Herde an sich vorbeiziehen und gesellte sich zu Dave, der fröhlich lachend ihre Ersatzpferde weitertrieb. Unweit davon sah Walther Diego und Juana Seite an Seite reiten und miteinander reden. Auch hier schien sich alles zum Besseren zu wenden, und so hoffte er nur, dass er, bevor er das Mädchen zu Gamuzana brachte, herausfinden konnte, ob es sich tatsächlich um dessen Enkelin handelte.

8.

Die Grenze nach Missouri war nicht mehr fern, als Wer'se-pappy sich sagte, dass sie endlich fliehen musste, wenn sie nicht wollte, dass die weißen Männer sie noch weiter in die Fremde verschleppten. Tagsüber ging es nicht, weil Diego es sofort merken und sie verfolgen würde. Doch in dieser Nacht würde sie ihn überlisten, beschloss sie, während sie ihn beobachtete. Eben jagte er hinter ein paar Rindern her, die aus der Herde ausgeschert waren, und trieb sie lachend zurück.

Er war ein guter Reiter und hätte ihr gefallen können, wäre er kein Weißer gewesen. Nun aber richtete sie die Gedanken auf ihre bevorstehende Flucht. Die weißen Männer hatten viele Wochen gebraucht, um so weit zu kommen, sie aber würde die Strecke auf Pah in weniger als einem Fünftel der Zeit zurücklegen. Das hieß aber, Nahrung mitzunehmen und eine Waffe, mit der sie sich verteidigen konnte.

Ihr Blick suchte erneut Diego, doch sie gab die Idee, ihm den Revolver stehlen zu wollen, sofort wieder auf, denn er erschien ihr zu aufmerksam.

Während des restlichen Tages überlegte sie, welchem Cowboy sie die Waffe am leichtesten entwenden konnte. Auch musste sie eine Decke, etwas Trockenfleisch und ein paar andere Dinge mitnehmen. Viel durfte es jedoch nicht sein, da sie schnell reiten musste.

Als die Herde am Abend graste und die meisten Cowboys zum Kochwagen kamen, um zu essen, stellte Wer'se-pappy sich in der Reihe mit auf, bedankte sich bei Jones, als er ihr den vollen Teller reichte, und setzte sich. Als ein Schatten über sie fiel, blickte sie auf.

Es war Diego. Auch er hielt einen Teller in der Hand und schien unsicher, ob er nun bei ihr bleiben oder weitergehen sollte.

»Schmeckt es?«, fragte er, um ein Gespräch in Gang zu bringen.

»Schwarzer Mann kocht gut«, antwortete Wer'se-pappy.

»Du kannst sicher auch gut kochen«, fuhr Diego fort.

»Wer'se-pappy nicht wissen. Keiner sagen, ob gut oder schlecht. Komantschen essen alles, weil Hunger.«

»Du bist aber keine Komantschin«, sagte Diego.

»Wer'se-pappy Komantsche!« Das Mädchen ärgerte sich, weil Diego ausgerechnet an diesem Abend so anhänglich war, und verfiel daher schon bald in Schweigen.

Nach einer Weile gab Diego auf und gesellte sich zu seinem Vater. »Ich werde aus diesem Mädchen nicht klug. Einmal redet sie gerne mit mir, das andere Mal erhalte ich nur patzige Antworten«, klagte er.

»Lass sie! Es wird besser werden, wenn wir nach Hause reiten. In Kansas City besorgen wir ihr Kleidung, wie sie zu einem weißen Mädchen gehört. Bis wir sie nach Mexiko bringen, hat sie sich an uns gewöhnt«, antwortete Walther.

»Wenn wir nur wüssten, ob sie wirklich Gamuzanas Enkelin ist. Die Komantschen haben viele Kinder entführt!«, wandte Diego ein.

»Ich kannte ihre Mutter, und sie sieht dieser sehr ähnlich!« Ein letzter Zweifel blieb auch Walther.

Wer'se-pappy lauschte unterdessen den Gesprächen und aß den Teller leer. Zu Beginn der Dunkelheit stieg sie in den Wagen und tat so, als wolle sie schlafen. Stattdessen aber achtete sie weiter mit allen Sinnen auf das, was sich um sie herum tat. Nach einiger Zeit war sie sicher, dass alle bis auf die Herdenwache schliefen, und erhob sich. In den letzten Tagen hatte sie genau achtgegeben, wo Jones seine Vorräte verwahrte, und sich einen kleinen Sack besorgt, in dem sie alles verstauen konnte, was sie benötigte.

Ohne dass einer der Männer es merkte, nahm sie die vorher ausgewählten Sachen an sich und stieg vorsichtig aus dem Wagen. Das Glück war mit ihr, denn einer der Cowboys hatte seinen Revolver neben sich gelegt, um ihn jederzeit griffbereit zu haben. Nun wanderte die Waffe in Wer'se-pappys Sack. Erleichtert eilte das Mädchen zu den Pferden. Diese hatten sich daran gewöhnt, dass sie zur Gruppe gehörte, und blieben daher ruhig. Nur Pah kam, von einem leisen Zungenschnalzen angelockt, zu ihrer Herrin und ließ sich das leichte Zaumzeug anlegen. Einige hundert Schritte führte Wer'se-pappy die Stute noch, dann schwang sie sich auf deren Rücken und ritt langsam davon.

Die ersten Meilen fühlte sie sich wie berauscht, weil es ihr gelungen war, die weißen Männer und vor allem Diego zu überlisten. Mit einem Mal aber mischte sich ein gewisses Bedauern mit ein. Es war schön gewesen, Diego an der Nase herumzuführen, und sie fand es schade, dass sie dies nun nicht mehr tun konnte.

»Er ist ein ganz dummer Kerl!«, murmelte sie vor sich hin und rief sich leise zur Ordnung. »Ich werde jetzt nach Hause reiten und wieder bei meinen Leuten leben.«

Noch während sie ihren Beschluss mit einem Nicken bekräftigte, roch sie Rauch. Irgendjemand hatte in der Nähe ein Lagerfeuer entzündet. Wer'se-pappy zügelte ihre Stute und sah sich um. In der Dunkelheit war nicht viel zu erkennen, doch schräg vor sich glaubte sie einen leichten Widerschein zu erkennen. Um den Leuten zu entgehen, die sich dort aufhielten, schlug sie einen Bogen, hielt dann aber bei einem kleinen Wäldchen an.

Es ist nicht gut, jemanden im Rücken zu wissen, den man nicht kennt, sagte sie sich und stieg ab.

»Du bleibst hier und gibst keinen Laut von dir«, schärfte sie ihrer Stute ein und schlich vorsichtig in Richtung des Feuerscheins.

Das Lagerfeuer war näher, als sie vermutet hatte, und um es herum saßen weiße Männer. Es waren düstere, bärtige Gestalten in abgerissener Kleidung. Jeder von ihnen hatte zwei Revolver oder Pistolen im Gürtel stecken und ein Gewehr neben sich liegen. Vorsichtig verbarg das Mädchen sich hinter einem Busch und lauschte, als einer der Männer zu sprechen begann.

»Ihr wisst alle, was ihr zu tun habt?«, fragte er gerade.

»Natürlich!«, lachte einer der anderen. »Wir reiten hin, machen die Kuhjungen kalt und reißen uns die Kühe unter den Nagel. Die treiben wir dann nach Kansas City und kassieren all die schönen Dollars, die dafür bezahlt werden.«

»Es darf keiner entkommen! Verstanden? Oder wollt ihr, dass plötzlich einer der Kerle auftaucht und behauptet, wir hätten die Herde gestohlen?«, erklärte der Mann, den Wer'se-pappy für den Anführer hielt, mit schneidender Stimme.

»Passiert schon nicht! Wir haben uns die Kerle unterwegs gut angesehen und wissen, wie sie lagern. Die sind kalt, bevor sie merken, was los ist. Die kleine Wilde sollten wir allerdings noch ein wenig leben lassen. Ist ein hübsches Ding, und es würde mir gefallen, ihr einige Zoll von mir reinzuschieben!«

»Dafür haben wir keine Zeit!«, erklärte der Anführer. »Die Herde wird bei dem Überfall unruhig werden, und wir müssen sie zusammenhalten. Meinetwegen kannst du in Kansas City so viele Huren rammeln, wie du willst. Jetzt geht die Herde vor!«

»Aber wenn die Kühe ruhig bleiben, können wir die Kleine doch durchbumsen«, sagte ein anderer.

Wer'se-pappy zog sich angeekelt zurück und fragte sich, was das für Männer waren. Rote Krieger raubten zwar auch gelegentlich Pferde und manchmal auch Frauen, aber diese Kerle waren üble Schurken ohne jeden Funken Ehre im Leib.

Als sie bei ihrer Stute angelangt war, wollte sie weiterreiten. Da musste sie an Diego denken, der gewiss nicht damit rechnete, von Männern des eigenen Volkes überfallen und getötet zu werden. Auch wenn er sie zunächst gefesselt hatte, hatte er sie später gut behandelt. Diegos Vater war immer freundlich gewesen, ebenso der Koch mit der schwarzen Haut. Der Gedanke, dass diese ohne jede Warnung überfallen würden, tat ihr auf einmal weh.

»Oh, was bin ich für ein dummes Stück!«, stöhnte sie, als sie die Stute wendete und auf ihrer eigenen Spur zurückritt.

Sie kam gut am Lager der Banditen vorbei, doch als sie sich der Herde näherte, schälte sich ein Reiter aus der Dunkelheit. Es handelte sich um Diego. Er war in der Nacht aufgewacht, hatte bemerkt, dass Wer'se-pappy samt Stute verschwunden war, und war ihnen gefolgt. Als er das Mädchen im Schein des fast vollen Mondes vor sich sah, fiel ihm ein Stein vom Herzen. Gleichzeitig aber nahm er sich vor, dass ihm das nicht mehr passieren würde.

»Na, du kleine Ausreißerin? Jetzt habe ich dich!«, sagte er zufrieden und fasste nach ihren Zügeln.

Da hielt Wer'se-pappy den gestohlenen Revolver in der Hand und richtete diesen auf Diego.

»Ich dich töten kann, wenn will! Will aber nicht.« Mit diesen Worten senkte sie die Waffe und reichte sie ihm mit dem Griff voraus.

Diego atmete auf, doch bevor er etwas sagen konnte, zeigte das Mädchen nach hinten.

»Dort böse Männer! Wollen euch überfallen und töten und rauben gefleckte Büffel.«

Zuerst wollte Diego ihr nicht glauben, doch um zu lügen, wirkte ihr Gesicht im Schein des Mondes zu ernst.

»Komm mit!«, sagte er und reichte ihr die Zügel zurück.

Sie ritten so schnell, wie sie es bei dem diffusen Licht verantworten konnten, und erreichten ihr Lager kurz nach Mitternacht. Dort legte Diego als Erstes den Revolver, den Wer'se-pappy gestohlen hatte, wieder an seinen Platz und weckte anschließend seinen Vater und Quique.

»Juana und ich haben einen kleinen Ausritt gemacht und dabei eine Bande entdeckt, die unsere Rinder stehlen will!«, erklärte er, um die Flucht des Mädchens zu verheimlichen.

Sein Vater begriff trotzdem, was geschehen war, und lächelte Wer'se-pappy dankbar zu. »Du bist ein tapferes Mädchen! Deine Großeltern werden stolz auf dich sein.«

Er wandte er sich wieder an Diego. »Hast du die Kerle gezählt?«

Sein Sohn wurde rot. »Juana hat sie entdeckt. Ich bin nicht mehr hin, weil ich nicht wollte, dass sie auf mich aufmerksam werden.«

»Gib ruhig zu, dass die Kleine ausgerissen ist, Muchacho«, meinte Quique lachend.

»Sie ist aus eigenem Antrieb zurückgekommen!«, verteidigte Diego das Mädchen.

»Sonst wäre sie auch nicht hier, mein Kleiner. Denn um mit der fertigzuwerden, hättest du schon etwas früher aufstehen müssen!« Quique zwinkere Wer'se-pappy zu.

Zwar verstand diese den seltsamen Humor der weißen Männer nicht, aber sie begriff, dass weder dieser Mann noch Diegos Vater ihr wegen ihrer Flucht böse waren. Sie berichtete nun, was sie gesehen hatte, und nannte auch die Zahl der Banditen.

Walther nickte grimmig. »Etwa dreißig Leute und alle schwer bewaffnet. Das sieht mir verteufelt nach den Bushwhackers aus, von denen Waldemar erzählt hat.«

»Aber der Krieg ist doch seit über einem Jahr vorbei«, wandte Diego ein.

»Das scheint die Herrschaften nicht zu stören. Auf jeden Fall müssen wir uns vorbereiten. Wecke die anderen und sage ihnen, dass sie ihre Waffen zur Hand nehmen sollen. Du, Juana, steigst in den Wagen und legst dich flach hin. Ich will nicht, dass dir etwas passiert.«

Zum ersten Mal korrigierte Wer'se-pappy Walther nicht, als er sie Juana nannte, sondern sah ihm zu, wie er seine Befehle erteilte. Er war ein alter Mann, aber auch ein weiser Anführer. Innerhalb kurzer Zeit waren seine Männer kampfbereit, ohne dass jemand, der das Lager beobachtete, etwas davon mitbekommen hätte. Sie selbst stieg in den Wagen, spähte aber neugierig heraus und sah Diego ganz in der Nähe. Irgendwie erleichterte sie dies. Er mochte noch jung sein, dennoch fühlte sie sich unter seinem Schutz geborgen.

Walther ärgerte sich ein wenig, weil er seine Henry-Rifle an Po'ha-bet'chy abgegeben hatte. Nun hätte er sie gut brauchen können. So lud er die alte Büchse, die in all den Jahren etliche Schrammen abbekommen hatte, und wartete auf die Angreifer.

Den gefährlichsten Posten hatten Larry und Benito übernommen, denn sie bewachten die Herde. Da sie beritten waren, mussten die Bushwhackers sie als Erste erwischen, um zu verhindern, dass sie entkamen.

Um keinen Verdacht zu erregen, sang Benito ein mexikanisches Lied, als wolle er die Rinder beruhigen. Nach einer Weile wich er vom gewohnten Text ab und fügte »Ich sehe die Schurken« ein.

Walther nickte Diego und den anderen zu und hob seine Büchse.

Blitzschnell tauchten die Banditen auf und feuerten aus allen Rohren auf die vermeintlichen Cowboys, trafen allerdings nur die zusammengerollten Decken und Säcke, die die Schläfer darstellen sollten. Im nächsten Augenblick erteilte Walther den Feuerbefehl.

Einige Banditen stürzten aus den Sätteln, andere zuckten erschrocken zusammen und schossen auf die Mündungsblitze, die sie sahen. Es war jedoch ein ungleicher Kampf. Walthers Leute hatten sich gut vorbereitet und lagen in Deckung, während die Bushwhackers gegen den heller werdenden Himmel deutlich auszumachen waren.

Nur Larry und Benito waren im Nachteil, denn sie hatten mehr als ein Dutzend dieser Kerle gegen sich. Da der Angriff auf das Lager so gut wie abgeschlagen war, rief Diego sein Pferd mit einem schrillen Pfiff zu sich, schwang sich in den Sattel und ritt los, um den beiden beizustehen.

Einer der Banditen schoss hinter ihm her, und Wer'se-pappy sah zu ihrem Entsetzen, wie Diego aus dem Sattel kippte. Der Gaul rannte jedoch weiter. Kurz darauf ragte Diegos Hand mit dem Colt über den Sattel, und er feuerte aus kurzer Entfernung auf die Kerle, die Benito und Larry immer mehr bedrängten. Innerhalb kurzer Zeit wurden die drei mit den Angreifern fertig, mussten sich dann aber um die Herde kümmern, die durch das Feuergefecht unruhig geworden war und sich in Bewegung setzte.

»Passt auf! Wir müssen eine Stampede verhindern!«, brüllte Quique und rannte ungeachtet der Schurken, die noch auf den Beinen waren, los, um sein Pferd zu holen.

Da legte einer der Bushwhacker auf ihn an. Sofort schoss Walther den Schrotlauf seiner Büchse auf den Kerl ab, und der Bandit flog im hohen Bogen aus dem Sattel. Daraufhin rissen seine letzten Kumpane ihre Pferde herum und flohen.

Es war unmöglich, die Schurken zu verfolgen, denn nun wurde jeder Mann gebraucht, um die Herde im Kreis zu treiben und dafür zu sorgen, dass sie langsamer wurde. Die Cowboys sangen, um die Tiere zu beruhigen, brauchten aber immer wieder ihre Lassoenden und Peitschen, um ausbrechende Tiere bei der Herde zu halten. Fast eine Stunde lang sah es so aus, es würde es nicht gelingen, die Herde zum Stehen zu bringen. Dann aber senkten die ersten Tiere die Köpfe und begannen zu grasen.

»Brav, brav!«, lobte Diego und atmete tief durch. »Geschafft, Vater!«

»Ja, das haben wir, dank Juana«, antwortete Walther mit einem bangen Blick in die Richtung, in der er ihr Lager wusste. Wenn das Mädchen immer noch fliehen wollte, so war die Zeit nach dem Kampf die beste Gelegenheit gewesen. Da nun vier Reiter ausreichten, um die Herde zu überwachen, ritt er mit Diego und den anderen zum Küchenwagen zurück. Dort hatten sich ein paar Einheimische eingefunden, unter ihnen war auch der Sheriff dieses Countys, der die Nacht zu Hause hatte verbringen wollen. Sie trugen die toten Banditen zusammen.

Walther fand Juana zunächst nicht, hörte dann aber seinen Sohn aufatmen. »Wie es aussieht, kocht sie gerade Kaffee, und den können wir wirklich brauchen!«, rief Diego, sprang vom Pferd und eilte zu dem Mädchen.

Der Kaffee, den sie ihm einschenkte, schmeckte etwas dünn, doch das war ihm und allen anderen egal. Sie lobten Juana, und der alte Jones, der ebenfalls mitgeholfen hatte, die Herde zu beruhigen, klopfte ihr anerkennend auf den Rücken.

»Gut gemacht, Mädchen!«

Wer'se-pappy begriff, dass er damit nicht nur den Kaffee meinte, sondern auch die Warnung, die sie überbracht hatte. »Böse Männer! Diego aber tapferer Krieger und sie besiegt.« Das unerwartete Lob ließ den jungen Burschen ein Stück wachsen. Er lächelte Wer'se-pappy zu und strich ihr sanft über das Haar. »Ohne dich hätten diese Kerle uns eiskalt erwischt. Wir stehen tief in deiner Schuld!«

Dann lasst mich nach Hause reiten, wollte Wer'se-pappy schon sagen, doch ihr Mund blieb stumm.

Unterdessen kam der Sheriff auf Walther zu. Sein Gesicht wirkte zwar verbiestert, aber auch erleichtert. »Sie haben einige üble Schurken erwischt, General. Diese Bushwhacker haben drüben in Missouri bereits während des Kriegs übel gehaust und auch danach etliche Überfälle und Morde begangen. Es war ein gutes Werk, sie zu erledigen. Der Kerl, der mit der Schrotflinte erschossen wurde, gehörte zu den schlimmsten Schurken. Drüben im Missouri sind fünfzehnhundert Dollar auf seinen Kopf ausgesetzt. Werde dafür sorgen, dass Sie das Geld bekommen.«

Walther wollte schon ablehnen, besann sich dann aber anders. »Das Geld gehört meinen Leuten. Sie sollen es unter sich aufteilen. Wir werden heute allerdings nicht wie gefordert weiterziehen können. Die Rinder sind noch zu unruhig und meine Leute erschöpft.«

»Kein Problem«, antwortete der Sheriff. »Ich werde schon vorausreiten und denen in Kansas City Bescheid sagen, dass Sie kommen.«

»Danke!«, antwortete Walther und sagte sich, dass sie einigen üblen Kerlen das Handwerk gelegt haben mussten, denn der Sheriff, der bis zum Vortag ziemlich abweisend gewesen war, war mit einem Mal sehr freundlich.

9.

Am nächsten Morgen wurden die toten Bushwhacker mit mehreren Wagen fortgebracht, und kurz darauf setzte sich auch die Herde in Bewegung. Zwei Tage später erreichte der Treck Kansas City. Die gesamte Stadt schien auf den Beinen zu sein, um die Texaner zu sehen, die mit ihren Rindern Hunderte von Meilen zurückgelegt hatten, um sie zu diesem Ort zu bringen. Andrew Slater kam Walther in Begleitung eines älteren Mannes im dunklen Rock und Zylinder entgegen.

Der Mann musterte die Tiere zufrieden und trat auf Walther zu. »Ihre Kühe sind in besserer Verfassung, als ich angenommen habe. Aber mehr als fünfunddreißig Dollar pro Stück kann ich nicht zahlen. Schließlich muss ich den ganzen Transport bis in die Schlachthöfe organisieren.«

Walther schwindelte fast, als er die Summe hörte. Bei knapp viertausend Rindern waren das fast hundertvierzigtausend Dollar. Eine solche Summe übertraf seine kühnsten Erwartungen.

»Ich bin einverstanden«, sagte er und dachte im gleichen Moment, dass er vielleicht noch einen oder anderthalb Dollar mehr hätte herausschlagen können. Er ärgerte sich jedoch nicht darüber, sondern war heilfroh, die Herde bis ans Ziel gebracht zu haben.

»Quique, übernimmst du die Sache?«, fragte er seinen Vormann.

»Si, Señor! Gerne. Vielleicht ist dieser Señor bereit, noch

einen oder zwei Dollar für jeden unserer Männer als kleine Prämie zu zahlen – für einen Drink oder zwei.«

»Eher für einen Bart und einen Barbier«, warf Larry lachend ein. »Obwohl – gegen einen Whiskey hätten wir auch nichts einzuwenden.«

»Den werden Sie bekommen«, versprach der Viehaufkäufer und rief seine Leute herbei, die Quique und dessen Männern helfen sollten, die Tiere in die vorbereiteten Pferche zu treiben.

Walther sah eine Weile zu und wies dann auf die Stadt. »Ich glaube, wir sollten erst einmal ins Hotel gehen und uns wieder in zivilisierte Menschen verwandeln«, sagte er zu seinem Sohn.

»Dagegen habe ich nichts! Nur, was machen wir mit ihr? Ich glaube nicht, dass sie es mag, wenn wir ihr beim Baden zusehen.« Diego wies mit dem Kinn auf Wer'se-pappy.

»Juana bekommt eine Wanne mit warmem Wasser in ihr Zimmer und wird schon wissen, was sie damit machen muss. Danach werden wir ihr richtige Kleidung besorgen. Vielleicht hätten wir doch Gretel mitnehmen sollen, denn die hätte sich um sie kümmern können.«

»Es ging doch auch so ganz gut!«, sagte Diego und zwinkerte Wer'se-pappy zu. »Oder besser gesagt, es war ganz gut, dass Gretel nicht dabei war. Stell dir vor, unsere Kleine hätte nicht ausreißen wollen. Dann hätten diese verdammten Bushwhackers uns völlig ohne Warnung angegriffen.«

Außerdem, dachte der junge Mann, war es angenehm gewesen, mit Juana zu sprechen und auch ein wenig seinen Verstand mit dem ihren zu messen. Dabei war er ehrlich genug zuzugeben, dass sie ihn zuletzt tatsächlich überlistet hatte.

»Wie reisen wir nach Hause?«, fragte er, um von dem Thema abzulenken. »Wieder durch Kansas und das Indianerterritorium?«

Walther schüttelte den Kopf. »Ohne die Rinder können wir durch belebtere Landstriche reiten. Ich würde sagen, wir kehren über Missouri und Louisiana nach Texas zurück und fahren dabei ein Stück mit der Eisenbahn. Quique und einige andere haben es noch nie getan und würden sich darüber freuen.«

»Ich bin auch noch nicht mit der Eisenbahn gefahren und du ebenso wenig«, rief Diego lachend.

»Ich würde mich ebenfalls freuen«, gab Walther lächelnd zu und deutete auf das erste Hotel, das auf ihrem Weg lag.

Eine halbe Stunde später lag er in der Badewanne und genoss das warme Wasser. Diego kam erst später hinzu, denn er hatte Wer'se-pappy in deren Zimmer gebracht und ihr erklärt, was es mit der Wanne auf sich hatte. Da ihre Kleider während des Viehtreibens arg schmutzig geworden waren, hatte sie auch nichts dagegen, neu eingekleidet zu werden. Diese Aufgabe übernahm die Schwester des Hoteliers, die als Näherin arbeitete und der Ansicht war, mit ihrer neuen Nähmaschine innerhalb von vierundzwanzig Stunden zwei neue Kleider anfertigen zu können.

Allerdings war sie etwas misstrauisch, als sie bei Wer'se-pappy Maß nehmen sollte. Als Diego ihr jedoch erklärte, es handele sich um ein weißes Mädchen, das bei den Komantschen aufgewachsen war, löste sich alles in Wohlgefallen auf.

Das Abendessen nahm Wer'se-pappy in eine Decke gehüllt in ihrem Zimmer ein, während Walther, Diego, Jones und Quique im Speisesaal aßen. Auch beim nächsten Frühstück fehlte das Mädchen, doch als das Mittagessen serviert wurde, tauchte es auf. Wer'se-pappy wirkte in ihrer neuen Kleidung etwas ängstlich und verwirrt, doch als sie die staunenden Blicke der vier Männer sah, begann ihr Selbstbewusstsein wieder zu wachsen.

Walther stupste Quique leicht an. »Jetzt bin ich mir sicher, dass sie Mercedes de Gamuzanas Tochter ist!«

Auch sein Verwalter nickte. »Juana ist Doña Mercedes wie aus dem Gesicht geschnitten. Solange sie ihre indianische Kleidung trug, war das nicht so zu erkennen.«

»Wir werden ihr als Erstes Tischmanieren beibringen müssen«, warf Diego ein, als Wer'se-pappy das Besteck aus Messer und Gabel misstrauisch beäugte.

»Das solltest du übernehmen«, sagte Walther lächelnd. »Immerhin hast du sie auch dazu überreden können, ein Bad zu nehmen und diese Kleider anzuziehen.«

Diego seufzte theatralisch, fand aber, dass ihm die Aufgabe, aus der kleinen Wilden ein zivilisiertes Mädchen zu machen, ausnehmend gut gefiel.

10.

Walther wurde immer nervöser, je weiter sie sich Gamuzanas Hazienda näherten. Dabei musste er sich sagen, dass sie bisher mit Glück gesegnet gewesen waren. Auf dem Rückweg von Kansas City hatte es keinerlei Probleme gegeben, und zu Hause waren die Heimkehrer mit ebenso fröhlichen wie erleichterten Mienen empfangen worden. Auch er hatte sich gefreut, zu Hause zu sein und überdies zu erfahren, dass es in der Zwischenzeit nicht den geringsten Ärger gegeben hatte.

Lange aber hatte es ihn nicht auf der Ranch gehalten. Die Gamuzanas waren alt, und er wollte nicht aus eigener Schuld zu spät kommen. Daher hatte er Nizhoni und Gretel gerade so viel Zeit zugebilligt, wie sie benötigten, um für Juana ein Kleid nach mexikanischer Tracht zu nähen. Dieses trug sie nun. Sie hatte sich unterwegs gut benommen, beharrte jedoch noch immer darauf, eine echte Komantschin zu sein. Nun saß sie missmutig auf ihrer Stute, und nicht einmal Diego gelang es, sie aufzuheitern.

Eigentlich hätte Gretel mitkommen sollen, doch sie war ebenso wie Thamar und Wigburg schwanger, und so hatte Walther beschlossen, ihr den Weg nach Tamaulipas zu ersparen. Bei dem Gedanken an seine Tochter und seine Schwiegertöchter entspannte er sich. Er hatte lange auf einen Enkel warten müssen, und nun würden es in wenigen Monaten gleich drei sein. Es schien ihm wie ein Symbol einer besseren Zeit, in der die Menschen friedlich zusammenleben würden.

Zu diesem Frieden gehörte auch, Vieh nach Norden zu treiben, um die großen Städte mit Fleisch zu versorgen. In zwei Jahren, so plante er, würde er eine neue Herde auf den langen Trail schicken. Dann aber sollte Josef der Boss sein. Er selbst wollte diesen Weg kein weiteres Mal mehr machen.

Von den anderen texanischen Treibherden hatte er bislang nur gehört, dass Michael Belcher und dessen Kompagnons wegen der für die Jahreszeit ungewöhnlich heftigen Unwetter bereits beim Überqueren des Red River viele Tiere verloren hatten. Nun wartete er gespannt darauf zu erfahren, ob es ihnen gelungen war, das Indianerterritorium ungerupft zu durchqueren, und ob die Behörden in Kansas ihnen ebenfalls Schwierigkeiten gemacht hatten.

Gamuzanas Hazienda war nun schon nahe, und Walther richtete seine Gedanken auf das, was sie dort erwartete. »Du musst keine Angst haben«, sagte er zu Juana. »Es wird alles gut!«

Wer'se-pappy schob rebellisch die Unterlippe vor, kämpfte gleichzeitig aber auch gegen die Tränen an, die in ihr aufsteigen wollten. So wie ihr musste es einem alten Gaul gehen, den keiner mehr haben wollte. Der Stamm, bei dem sie aufgewachsen war, hatte sie für ein paar Pferde Po'ha-bet'chy überlassen und der Häuptling sie diesem weißen Mann für ein Gewehr übergeben. Doch nun, da sie sich an Diego und seinen Vater gewöhnt hatte, wollten diese sie an einen fremden Mexikaner weiterverschenken, bei dem sie gewiss sehr unglücklich sein würde.

Auch Diego spürte einen dicken Kloß im Hals. Zwar hatte er sich zu Beginn ihrer Bekanntschaft etliche Male über das Mädchen geärgert, ihr später aber in der ihr fremden Welt der Weißen Hilfe und Schutz geboten. Der Gedanke, dass in Zukunft jemand anderes für sie verantwortlich sein würde und sie sich nie mehr sehen konnten, tat weh.

»Was tun wir, wenn Gamuzana Wer'se-pappy nicht als seine Enkelin anerkennt?«, fragte er seinen Vater in der Hoffnung, dass es so kommen würde.

»Dann bleibt sie bei uns«, antwortete Walther zu Diegos Erleichterung.

»Du hast es gehört«, flüsterte der junge Mann dem Mädchen zu.

Wer'se-pappy nickte mit verkniffener Miene. Das würde mir gefallen, dachte sie. Auch wenn Diegos Schwester sich ihr gegenüber recht bestimmend benommen hatte, machte seine Mutter das wett. Zu ihrer Verwunderung hatte sich herausgestellt, dass Diegos Mutter zwar keine Komantschin, aber wenigstens eine Tochter der roten Völker war.

Unterdessen hatte der kleine Reitertrupp, der durch Benito, Dave und Larry ergänzt wurde, das Tor der Hazienda erreicht. Eine zweieinhalb Yards hohe Mauer umfasste die Gebäude und den Hof und verlieh dem Anwesen ein wehrhaftes Aussehen. Das Tor stand offen, und so konnten sie es passieren.

Als sie in den Hof einritten, eilten ihnen etliche Peones entgegen, um die Pferde zu übernehmen. Gleichzeitig trat ein junger, elegant gekleideter Mann etwa in Diegos Alter aus dem Haus und musterte die Gruppe prüfend. Da Wer'se-pappy sich hinter Diego versteckte, bemerkte er sie nicht, sondern trat direkt auf Walther zu.

»Buenos días, Señores«, grüßte er mit einer gewissen Zurückhaltung. »Ich bin Ramón de Arranza y Gamuzana und Enkel des Besitzers dieser Hazienda. Meine Großeltern empfangen nur noch selten Gäste. Sie werden daher unter Umständen mit mir vorliebnehmen müssen.«

»Mein Name ist Walther Fichtner, und ich kenne Don Hernando schon seit vielen Jahren. Könnten Sie ihm bitte ausrichten, dass ich ihn gerne sprechen würde?« Wohl zum ersten Mal seit langem sprach Walther seinen Familiennamen so aus, wie es in seiner alten Heimat gebräuchlich war.

Ramón de Arranza wurde sofort freundlicher und bat sie ins Haus. »Wenn Sie bitte in diesem Zimmer warten wollen, bis ich Sie bei meinen Großeltern angemeldet habe. Ein Diener wird Ihnen und Ihren Begleitern eine Erfrischung bringen«, sagte er und wandte sich zur Tür.

»Danke!«, antwortete Walther, und sein Blick suchte Juana. Doch sie hielt sich noch immer hinter Diego versteckt.

Der Wein, den ihnen ein Diener kredenzte, war gut. Diego sorgte dafür, dass auch Wer'se-pappy ein Glas davon trank, damit sie ein wenig Mut schöpfte. Lange mussten sie jedoch nicht warten, dann kam Ramón de Arranza zurück.

»Don Hernando und Doña Elvira freuen sich, Sie, Señor Waltero, begrüßen zu dürfen!« Jetzt bemerkte der junge Mexikaner auch das Mädchen in Walthers Gesellschaft, und auf seinem Gesicht machte sich ein Ausdruck freudiger Anspannung breit. Er ging den anderen voraus, öffnete die Tür in ein großes Zimmer, in dem die alten Herrschaften auf wuchtigen Sesseln saßen. Beide waren dunkel gekleidet. Sogar das Taschenbuch in Doña Elviras Hand bestand aus schwarzer Spitze.

Mit Erschrecken erkannte Walther, wie alt und gebrechlich die beiden mittlerweile geworden waren. Don Hernando musste schon weit über achtzig sein und seine Ehefrau über siebzig. Trotzdem zeigten beide offen ihre Freude, ihn wiederzusehen.

»Willkommen, Waltero, alter Freund!«, begrüßte Gamuzana ihn.

Elvira de Gamuzana sah an Walther vorbei zur Tür, wo Diego eben Wer'se-pappy in den Raum schob. Die Hände der alten

Frau verkrampften sich, und sie stieß einen keuchenden Laut aus, der ihren Ehemann erschreckte. Mit weit aufgerissenen Augen stand Doña Elvira auf und trat auf das Mädchen zu. Dabei schüttelte sie immer wieder den Kopf, als könne sie es nicht glauben.

»Mercedes!«, murmelte sie und erinnerte sich dann erst, dass ihre Tochter seit mehr als zwölf Jahren tot war.

»Sie sieht genauso aus! O Gott, kann das sein?« Mit zitternden Händen strich sie Wer'se-pappy über die Wangen und entdeckte dann das kleine Lederbeutelchen, das diese an einem Band um den Hals trug. Als sie danach griff, wollte das Mädchen sie daran hindern, doch Diego hielt ihre Hände fest. Elvira de Gamuzana spürte unter ihren Fingern einen festen Gegenstand, holte diesen aus dem Beutel heraus und hielt ein kleines, goldenes Medaillon in der Hand. Als sie es öffnete, war darin das Bild ihrer Tochter. Mit Tränen in den Augen zeigte sie es ihrem Ehemann.

»Es ist unsere kleine Juana! Dieses Medaillon habe ich Mercedes zu ihrem achtzehnten Geburtstag geschenkt – und das Mädchen ist ihr wie aus dem Gesicht geschnitten.«

Mit einer energischen Bewegung befreite Wer'se-pappy ihre Hände und wollte nach dem Medaillon greifen. Da ging ein Stich durch ihren Kopf, und sie stöhnte auf. Gleichzeitig sah sie sich in einer Kutsche sitzen und blickte zu einer wunderschönen Frau auf, die sich zu ihr niederbeugte.

»Höre mir gut zu, Juana«, sagte Wer'se-pappy mit kindlich klingender Stimme auf Spanisch. »Du darfst diesen Anhänger niemals hergeben oder verlieren, verstehst du? Wenn du einmal einen Mexicano siehst, dann zeigst du ihm das Schmuckstück. Er wird dich dann zu deinem Opa, deiner Oma und deinem Bruder Ramón führen.«

Walther und Diego starrten das Mädchen erstaunt an, denn

bis zu diesem Tag hatte sie kein einziges spanisches Wort gesprochen und auch nicht reagiert, wenn man sie auf Spanisch angesprochen hatte. Für Doña Elvira war es jedoch der endgültige Beweis, dass ihre Enkelin vor ihr stand, und sie schloss Juana schluchzend in die Arme. Nun kam Gamuzana selbst heran und umarmte beide. Auch er konnte die Freudentränen nicht verbergen.

Mit einem schnellen Schritt war Ramón de Arranza bei Walther und streckte ihm die Hand entgegen. »Ich danke Ihnen, Señor, denn Sie haben meinen Großeltern das Glück zurückgebracht. Sie wissen nicht, wie sehr sie gelitten haben. Als Junge habe ich oft gewünscht, ich wäre an Juanas Stelle mit den Eltern gereist, und sie hätten meine Schwester hier behalten. Es hat lange gedauert, bis ich begriffen habe, dass sie in einem solchen Fall genauso traurig gewesen wären.«

Die Augen des jungen Mannes schimmerten feucht.

»Ihr Großvater hat so viel für mich getan«, antwortete Walther leise. »Daher ist es mir eine besondere Freude, dass ich seine Enkelin zurückbringen konnte.«

Wer'se-pappy begriff nun, dass sie tatsächlich Juana hieß und keine Komantschin war. Doch das war weniger wichtig als die Tatsache, dass sie jetzt zu diesen Leuten kommen sollte, von denen sie nicht das Geringste wusste und deren Art sie einschüchterte. Voller Angst löste sie sich aus den Armen ihrer Großeltern und klammerte sich verzweifelt an Diego.

»Du nicht mich fortgeben wie altes Pferd!«

Während Diego sie sanft streichelte, wandte Gamuzana sich an Walther. »Wer ist dieser junge Mann?«

»Das ist Diego, mein Jüngster.«

Auf dem Gesicht des alten Herrn erschien ein Lächeln. »Ihr Sohn, Waltero? Dann ist es gut!«

ZEHNTER TEIL

Der Zug des Lebens

1.

Die Main Street war so sauber, als hätte man sie eben frisch gefegt, und sämtliche Häuser waren mit Girlanden und Fahnen geschmückt. Vor der Town Hall stand die Tribüne für die Ehrengäste, während die Zuschauer in dichten Trauben den Weg des Festzugs flankierten. Einige zeigten nun auf die Tribüne, vor der eben drei leichte Pferdewagen anhielten, die ebenfalls blau-weiß-rot dekoriert waren. Auf einem Podest gegenüber hob der Festsprecher die Hand, um die Aufmerksamkeit auf sich zu lenken, und begrüßte die Anwesenden mit lauter Stimme.

»Willkommen, ladies and gentlemen! Heute ist ein großer Tag für unser County und für ganz Texas. Vor genau fünfzig Jahren haben wagemutige Siedler am San Jacinto River die mexikanische Armee des Generals Santa Ana geschlagen und die Freiheit für unser Land erkämpft. Aber wir gedenken auch der Helden, die bei Alamo und Goliad gefallen sind, als da sind: Colonel William Barret Travis, Colonel Jim Bowie, Colonel David Crockett und ihre Kameraden. Unsere Gedanken gelten ebenfalls Stephen Austin, dem Vater von Texas, und Sam Houston, dem ersten Präsidenten der Republik Texas.« Hochrufe klangen auf, und der Mann wurde lauter, um sie zu übertönen.

»Auch wenn wir an diesem Tag unsere Toten ehren, so freuen wir uns umso mehr, an dieser Stelle den ersten Siedler in diesem County begrüßen zu können, den Mann, der zusammen mit Sam Houston die Mexikaner besiegt und die Freiheit unseres Bundesstaats errungen hat. Begrüßt mit mir Walther Fitchner, General der Armee von Texas!«

Ein Jubelsturm brach los, und Walther, der eben von seinem Sohn Josef zu seinem Ehrenplatz geführt wurde, hielt kurz inne und winkte der Menge zu.

»Heute ist ein schöner Tag, Vater, nicht wahr?«, fragte Gretel, die Hand in Hand mit ihrer Mutter hinter den beiden herging.

»Ja, das ist er«, antwortete Walther leise und blickte auf das Schild, das ganz oben auf der Ehrentribüne hing. »1836–1886 – fünfzig Jahre Texas« stand dort.

»Bitte, setz dich, Vater! Das Stehen strengt dich zu sehr an«, bat Josef und half Walther, Platz zu nehmen. Bevor auch Nizhoni sich setzen konnte, legte Thamar ihr rasch ein Kissen hin.

»Sonst ist die Bank zu hart«, flüsterte sie, während der Conférencier weitersprach.

»Wir begrüßen auch einen weiteren Helden aus der Schlacht am San Jacinto und frühen Siedler, nämlich Terry Coureur, Colonel der Armee von Texas und General der Armee der Konföderierten Staaten von Amerika!«

Während Thierry mit seiner zweiten Frau Lucretia seinen Platz auf der Ehrentribüne einnahm, wurde er ebenfalls bejubelt. Er zwinkerte Walther zu. »Machen die ein Aufhebens um uns«, schien er sagen zu wollen.

»Nicht weniger herzlich begrüßen wir die Generals Edward Montgomery und Waldo Fitchner, die vor gut zwanzig Jahren ebenfalls dabei waren, sowie die Majors Joe Fitchner und Maynard Fryhart und natürlich deren Gattinnen sowie alle anderen Ehrengäste, die ich nun verlesen werde!«

Während der Sprecher eine Reihe von Namen nannte, setzten Josef und die anderen sich.

»Ich bin auf den Festzug gespannt«, flüsterte Thamar ihrer Schwägerin Wigburg zu. »Ich hoffe, unsere Mädels machen ihre Sache gut.«

»Das werden sie«, antwortete Gretel an Wigburgs Stelle, »und die Jungs ebenso. Sie alle wissen, dass wir nur ein Mal fünfzig Jahre Texas feiern können, und werden sich entsprechend ins Zeug legen.«

»Sind eure Kinder auch dabei?«, fragte Lucretia Coureur ihren Stiefschwiegersohn Montgomery.

Dieser nickte lächelnd. »Ja! Aber ich habe nicht erfahren dürfen, als was sie auftreten.«

»Den Mädchen und Jungen hat die Vorbereitung auf dieses Fest einen Heidenspaß gemacht, und ich bin sicher, dass es in einigen Wochen eine Reihe von Hochzeiten geben wird«, erklärte Montgomerys Ehefrau Abigail eifrig.

Thamar zupfte ein Band am Kleid ihrer Schwester zurecht und sah dann ihre Schwiegereltern an. »Hoffentlich wird euch der Rummel nicht zu viel!«

»Warum sollte es? Wir sitzen doch!« Walthers Stimme klang ein wenig dünn. Er würde noch in diesem Jahr fünfundachtzig Jahre alt werden und hatte beinahe sechzig davon in diesem Land verbracht.

»Ich habe hier eine Flasche Wasser für euch, falls ihr Durst bekommen solltet«, warf Wigburg ein.

»Bier wäre mir lieber«, antwortete Walther mit einem listigen Lächeln.

»Das gibt es hinterher im Festzelt – und dort werden wir kräftig anstoßen!« Thierry lachte und wies nach vorne. »Ich glaube, der Festzug beginnt.«

»Wo?« Walther beugte sich vor und sah nun selbst drei Reiterinnen herankommen. Sie trugen die hier gebräuchliche Tracht mit den geteilten Reitröcken und Hemden anstelle von Blusen sowie je einen breitkrempigen Hut. Ihre Pferde stammten aus der besten Zucht von Texas, nämlich der seinen, und jede trug eine Fahne in der Hand.

»Gisela Fitchner präsentiert die Fahne des Countys, meine Herrschaften, während ihre Cousine Amelia Fitchner die von Texas trägt und beider Cousine Harriet Fryhart die der Vereinigten Staaten«, erklärte der Ansager gerade theatralisch.

Walther lächelte über die Art, in der der Mann die Namen aussprach. Amelia hieß eigentlich Amalie und war ein ausnehmend hübsches Mädchen. Sie und Gisela waren etwas größer als der Durchschnitt der Frauen, hatten blonde Haare und konnten sich nicht über einen Mangel an Verehrern beschweren. Harriet war Henriette getauft worden und hatte das rotblonde Haar ihrer Mutter Gretel geerbt. Auch sie war hübsch, aber auch ein wenig wild und liebte es, den jungen Burschen zu zeigen, dass sie besser reiten konnte als diese.

»Die drei sehen prachtvoll aus, nicht wahr, Vater?«, sprach Gretel Walther an.

»Ja, das tun sie!«, antwortete er und sah seine drei Enkelinnen mit leuchtenden Augen an. »Gisela und Amalie kommen ganz nach meiner Mutter«, flüsterte er Nizhoni ins Ohr. »Ich sehe sie direkt vor mir, damals, vor dem Schloss von Renitz, als sie Gräfin Elfreda nach dem Tod meines Vaters um Hilfe gebeten hat und von dieser mit höhnischen Worten abgewiesen wurde. Das hat ihr das Herz gebrochen.«

Die Erinnerung daran trieb Walther die Tränen in die Augen, und er zog sein Taschentuch aus der Tasche, um sie trocken zu reiben.

»Gisela und Amalie sehen einander wirklich sehr ähnlich. Die Leute halten sie oft genug für Schwestern, und einige glauben sogar, es wären Zwillinge.« Nizhoni klang nachdenklich, aber auch zufrieden. Einen Augenblick lang richtete sie ihren Blick zum Himmel. Sie hatte nicht vergessen, dass Walthers erste Ehefrau immer befürchtet hatte, Josef könnte bei der Vergewaltigung durch Diebold von Renitz gezeugt worden sein. Doch das konnte Nizhoni inzwischen mit Sicherheit ausschließen, denn mit zunehmenden Alter kam dieser immer mehr nach seinem Vater.

Alles ist gut, Gisela! Josef ist Walthers Sohn, genauso wie Waldemar und Diego es sind, dachte sie und glaubte für einen Augenblick, die tote Freundin in einer der wenigen Wolken zu sehen, die am Himmel entlangzogen.

Unterdessen hatte Walther seine Gefühle wieder unter Kontrolle und betrachtete den Festzug, der die Geschichte von Texas in Bildern und Kostümen darstellte. So war Diegos und Juanas Sohn Antonio als spanischer Caballero verkleidet, während sein Zwillingsbruder Rodrigo als Komantschen-Häuptling auftrat. Bei anderen Familien gab es ähnliche Szenen. So ritt George Tobolinski in der Uniform eines Colonels der Unionsarmee mit seinen Blauröcken im Zug mit, während sein Vetter Marek O'Corra das graue Tuch der Konföderierten trug, die von Thierry Montgomery kommandiert wurden, von dem kaum mehr einer wusste, dass er als Thierry Jenkins zur Welt gekommen war.

Dessen Schwestern Rachel und Deborah gehörten ebenfalls zum Zug, wie auch viele andere junge Frauen, Mädchen und Burschen, die Walther in den letzten beiden Jahrzehnten hatte aufwachsen sehen. Für kurze Zeit schloss er die Augen und lauschte der Musikkapelle, die voller Begeisterung einen Marsch nach dem anderen schmetterte. Als er die Augen wieder öffnete, war es ihm, als würden sich Leute aus seiner Vergangenheit in den Festzug einreihen und ihm zuwinken.

Er sah seinen Vater im Grün eines Renitzschen Jägers und daneben seine Mutter und seine erste Frau Gisela, die seine und Nizhonis allzu früh verstorbene Tochter Maggie auf dem Arm trug. Ihnen folgten Giselas Eltern Josef und Walburga Fürnagl, die beide bei Waterloo den Tod gefunden hatten. Hoch zu Ross ritt Oberst Medard von Renitz an der Spitze seiner Musketiere heran, unter denen Reint Heurich marschierte und seinen Hut zum Gruß hob.

»Immer schön einen Fuß vor den anderen setzen, Walther, das darfst du nie vergessen!«

Walther glaubte, die Stimme ganz deutlich zu hören, und drehte sich verwirrt zu Josef um. Doch der erklärte gerade, dass nun Charlotte Poulain und ihr Bruder Julien in der Tracht der ersten Siedler kommen würden. Als er selbst wieder auf die Straße schaute, schien es ihm, als würden Luise Frähmke, die Beschließerin von Schloss Renitz, und deren Freundin, die Köchin Cäcilie, an ihm vorbeiziehen. Dahinter kamen der vor sechs Jahren verstorbene Landolf Freihart zusammen mit Stefan Thode und Professor Artschwager, die genauso aussahen, wie er sie in Göttingen kennengelernt hatte.

Während der Zug weiterging, glitten die Bilder seines Lebens an Walther vorbei. Er erblickte Thierrys Eltern, die auf der Überfahrt auf der *Loire* gestorben waren, Arlette und Thomé Laballe, Gertrude und Albert Poulain und die anderen Überlebenden des Schiffsbruchs der *Loire*. Ihnen folgten Hernando de Gamuzana und dessen Ehefrau sowie Diego und Rosita Jemelin. Father Patrick winkte ihm zu und bot ihm eine Flasche Whiskey an. Der mexikanische Siedler Sanchez rief, dass sein Tequila besser schmecken würde, während Tonio Scharezzani ihn fragte, ob sie die Schurken für den Mord an ihm, seiner Frau und seinen Kindern bestraft hätten.

Walther spürte erneut, wie seine Augen feucht wurden, wischte mit den Händen darüber und sah sich plötzlich Stephen Austin und Sam Houston gegenüber, die so einträchtig wirkten, wie es im echten Leben niemals der Fall gewesen war. Neben ihnen marschierte Amos Rudledge, der sich in Wahrheit zumeist nur im Sattel bewegt hatte. Dann tauchte Jim Bowie auf und hinter ihm Andreas Belcher und dessen bei Alamo gefallener Sohn Friedrich.

Er sah auch Po'ha-bet'chy als stolzen Krieger der Prärie. Dem Häuptling war es erspart geblieben, mitzuerleben, wie sein Volk, das sich so lange tapfer gegen die weißen Männer behauptet hatte, sich am Ende doch hatte beugen müssen und in ein Reservat im Indianerterritorium gesperrt worden war.

Eine Berührung an der Schulter riss ihn aus seiner Versunkenheit. »Gefällt es dir, Vater?«, vernahm er Josefs Stimme.

»Ja, es gefällt mir«, antwortete er und betrachtete den Festwagen, auf dem die Glücksgöttin Fortuna mit ihrem Füllhorn stand und daraus für die Kinder am Weg Bonbons verteilte.

Einige Augenblicke lang weilte Walthers Geist wieder in der Gegenwart. Dann aber spielte seine Erinnerung den nächsten Streich, denn er nahm die Feinde wahr, mit denen er sich in seinem Leben hatte herumschlagen müssen und die nun als düstere Schatten an ihm vorbeizogen, an der Spitze Diebold von Renitz und dessen Mutter Elfreda, die mit daran schuld war, dass er und Gisela die alte Heimat fluchtartig hatten verlassen müssen. Nicodemus Spencer schlurfte an ihm vorbei, gekleidet in die zerfetzte Uniform eines englischen Linieninfanteristen, und hinter ihm von James Shuddle bis zu Luke Dyson all die Schurken, derer Spencer sich bedient hatte. Auch Zebulon Burke gehörte zu diesem geisterhaften Zug, genau wie Jim Jenkins und etliche andere, die er alle überlebt hatte.

Während Walther die Augen zusammenkniff, weil ihn mit einem Mal das Sonnenlicht blendete, stupste ihn erneut jemand an.

Diesmal war es Gretel, die sich lächelnd über ihn beugte. »Gleich ist der Zug vorbei, Vater, und wir müssen dann rasch zum Festzelt. Du weißt doch, dass sich niemand setzen wird, bevor wir dort sind.«

»Die machen ein Brimborium, als wäre ich der Duodezfürst dieses Countys«, antwortete Walther kopfschüttelnd.

»Das vielleicht nicht, aber der Mann, zu dem viele hier seit fast sechzig Jahren aufgeschaut haben«, warf Thierry munter ein. Auch er hatte die siebzig überschritten, und es gefiel ihm, zusammen mit Walther als einer der bedeutendsten Bewohner des Countys zu gelten. Er legte eine Hand auf Walthers Schulter und fragte: »Was würdest du sagen, wenn mein Enkel Thierry dich fragen würde, ob er Waldemars Tochter Amalie den Hof machen darf?«

Einen kurzen Augenblick dachte Walther an Jim Jenkins, den Vater des Burschen, sagte sich jedoch, dass der junge Mann diesem kaum ähnelte, und nickte. »Das musst du zwar mit Josef ausmachen. Aber ich habe nichts dagegen.«

»Danke!« Ein wenig Bammel hatte Thierry doch gehabt, weil Jim Jenkins und dessen verschollener Vater Sam seinem Freund Walther lange Jahre Probleme bereitet hatten. Umso dankbarer schloss er den Freund in die Arme.

Thamar zupfte beide am Revers. »Kommt jetzt! Der Wagen, der uns zur Festwiese bringen soll, ist da.«

»Die paar Schritte werden wir wohl noch gehen können«, erwiderte Thierry.

»Natürlich könntet ihr das! Aber mit dem Wagen geht es schneller – und die Leute haben Durst«, warf Waldemar ein, um seine Schwägerin zu unterstützen.

Gemeinsam mit Meinrad half er den beiden alten Männern von der Tribüne und führte sie zu dem Wagen, den Josefs und Thamars ältester Sohn Thibaut kutschierte. Gretel und

Thamar halfen Nizhoni, die es sich lächelnd gefallen ließ. Horace Andrew Fryhart, der mit Thibaut zusammen im gleichen Jahrgang in Westpoint studierte, stieg neben seinem Vetter auf den Bock, während Waldemars zwölfjähriger Sohn Reint auf einem der wenigen Mustangs, die auf der Colorado-Ranch noch rein gezüchtet wurden, hinter dem Wagen herritt.

»Es ist ein schöner Tag, Walther. Ich bin glücklich, dass wir ihn beide noch erleben durften«, sagte Thierry mit belegter Stimme.

»Das bin ich auch!« Walther atmete tief durch und blickte nach vorne auf das imposante Festzelt.

Es war ebenfalls mit blau-weiß-roten Girlanden und riesigen Rosetten verziert, und vor ihm flatterten Fahnen im leichten Frühlingswind. Als der Wagen vor dem Eingang des Zeltes anhielt, spielte die Kapelle eine fröhliche Weise.

Die Menschen standen Spalier und applaudierten, während Walther und Thierry ausstiegen und das Zelt betraten. Selbst Gouverneur John Ireland hatte einen Vertreter geschickt, der eine Rede halten würde. Vorher aber wollten alle etwas trinken. Walther erhielt den ersten Krug Bier und teilte ihn mit Thierry. Da viele Männer kamen, um mit beiden anzustoßen, brachte Gretel Walther einen weiteren Krug.

»Wohl bekomme es dir, Vater! In wenigen Monaten werden wir wieder feiern, aber dann nur für uns.«

Ihre Tochter Harriet und einige andere hatten es gehört. »Was feiern wir denn?«, fragte jemand.

»Dann sind Papa und Mama fünfzig Jahre verheiratet. Wenn das kein Grund zum Feiern ist!«

»Das ist es wirklich!«, rief Thierry. »Bei Gott, wie die Zeit vergeht. Ist das wirklich schon so lange her?«

»Gleichzeitig feiern wir Waldemars fünfzigsten Geburtstag«, erklärte Wigburg fröhlich.

Gretel schüttelte den Kopf. »Den feiern wir bereits nächste Woche! Papa und Mama soll ihr Festtag ganz alleine gehören.«

»Streitet euch nicht!«, bat Nizhoni die beiden.

»Wir streiten uns doch gar nicht«, rief Gretel lachend. »Wir finden nur, dass wir jedes Fest so feiern sollten, wie es kommt. Das sagst du doch auch, Wigburg, oder?«

»Natürlich«, stimmte diese ihrer Schwägerin zu und fragte dann Walther und Nizhoni, ob sie ihnen ein Steak oder lieber ein Stück Kuchen bringen solle.

»Wenn du ein kleines Steak findest, gerne. Ein großes zwinge ich nicht mehr«, antwortete Walther.

»Ich werde einfach eines auseinanderschneiden. Du kannst es ja mit Mama teilen!« Mit diesen Worten verschwand Wigburg. Gretel und Thamar folgten ihr, während Juana sich kurz zu Walther und Nizhoni setzte und ihnen etwas ins Ohr flüsterte.

»Wer'se-pappy werden Fahles Haar und Schönes Mädchen in sechs Monden wieder zu Großeltern machen!« Unter Diegos liebevoller Anleitung hatte Juana nicht nur ausgezeichnet englisch sprechen, sondern auch Lesen und Schreiben gelernt. Doch gelegentlich verwendete sie wieder jenes alte Kauderwelsch mit indianischen Namen und Begriffen.

Nizhoni stand auf, um ihre Schwiegertochter zu umarmen, und fasste dann Walthers Hand. »Wir hatten doch ein schönes Leben.«

»Ja, das hatten wir!«, bestätigte er ergriffen. »Wir haben ein glückliches und erfülltes Leben gelebt, und es gibt noch so vieles, worauf wir uns freuen können.«

ENDE

Historischer Hintergrund

Im Allgemeinen herrscht die Meinung, der Amerikanische Bürgerkrieg sei wegen der Befreiung der Sklaven geführt worden. Die Gründe für diesen Krieg waren jedoch weitaus vielschichtiger, wenngleich die im Süden herrschende Sklaverei als Kernpunkt angesehen werden muss. Im Jahr 1861 wäre jedoch nur eine geringe Minderheit der Bevölkerung des amerikanischen Nordens in den Krieg gezogen, um die Sklaven im Süden zu befreien. Selbst Abraham Lincoln, der 1860 zum neuen Präsidenten der Vereinigten Staaten gewählt worden war, hätte zu Beginn seiner Amtszeit die Sklaverei im Süden hingenommen, wenn er damit die Einheit der Union hätte bewahren können.

Der Hauptgrund für die Sezession der Südstaaten war ein vollkommen unterschiedliches Verständnis von der Struktur der Vereinigten Staaten. Einst als ein Bündnis voneinander unabhängiger Kolonien gegründet, die gemeinsam ihre Freiheit von England erkämpft hatten, bestand der Süden darauf, dass man, wenn man freiwillig beigetreten war, auch wieder austreten konnte, wenn die Entwicklung der Union nicht mehr den eigenen Vorstellungen entsprach.

Nach Ansicht der Staaten im Süden gab es viele Gründe, die einen Austritt förmlich erzwangen. Der Norden hatte sich seit der Gründung der Vereinigten Staaten durch die Industrialisierung und die Einwanderung vor allem von Deutschen und Iren rasant verändert, während der Süden den überkommenen, aus England gewohnten feudalen Lebensstil beibehalten hatte, den die Großgrundbesitzer dominierten. Die Gentlemen des Südens hielten sich für die Nachkommen der englischen Ritter, die im Auftrag des Königs die Neue Welt kolonisiert hatten, und blickten mit Verachtung auf die Krämer und die in ihren Augen minderwertigen Ausländer im Norden hinab. Gleichzeitig verschaffte der Anbau von Baumwolle sowie von Kaffee und Tabak den Plantagenbesitzern einen Reichtum, der nach Luxuswaren aus Europa verlangte. Die Einfuhr dieser Güter wurde jedoch durch die hohen Zölle erschwert, die die Vereinigten Staaten auf Betreiben des Nordens zum Schutz der eigenen Industrie erhoben.

Ein weiterer Streitpunkt war die räumliche Ausdehnung der Vereinigten Staaten. Jahrzehntelang hatten Politiker und Militärs aus dem Süden eine überproportional große Rolle in der Union gespielt. Diese Männer sahen sich durch das Verbot der Sklaverei in vielen Bundesstaaten und den neuen Unionsterritorien um den ihnen zustehenden Anteil geprellt. Immerhin hatten sie im Krieg gegen Mexiko, der den USA einen gewaltigen Landgewinn gebracht hatte, den größten Teil der Soldaten und Offiziere gestellt.

Die Sklavenbesitzer des Südens sahen es als ihr Recht an, ihren Besitz und damit auch ihre Sklaven an jeden Ort in den Vereinigten Staaten mitzunehmen und dort zu behalten. Für sie waren die in Mietskasernen hausenden Fabrikarbeiter im Norden die wahren Sklaven, konnten diese doch jederzeit Unterkunft und Arbeit verlieren und auf der Straße stehen. Im Idealbild des Südens hingegen sorgte der Sklavenbesitzer wie ein biblischer Patriarch für seine Schwarzen und gab ihnen auch in schlechten Zeiten Brot und Unterkunft. Die negativen Aspekte der Sklaverei, die Grausamkeit einiger Sklavenbesitzer und deren Aufseher, das Auseinanderreißen der Familien beim Verkauf der Sklaven und die oft grässlichen

Bedingungen, unter denen die Sklaven hausen mussten, klammerte man hingegen als Einzelfälle aus.

Der Austritt South Carolinas, dem sich bald die meisten Sklavenstaaten der USA anschlossen, erfolgte nicht, um die Sklaverei in den eigenen Bundesstaaten zu verteidigen, sondern aus dem Gefühl heraus, vom Norden benachteiligt worden zu sein. Das wollte man nicht länger hinnehmen.

Im Norden hingegen hatte sich durch die Besiedlung neuer Bundesstaaten und Territorien ein anderes Verständnis der Union gebildet. Wer in Pennsylvania geboren und mit den Eltern nach Ohio gezogen war, sich schließlich aber in Illinois oder Indiana ansiedelte, sah sich nun einmal eher als Amerikaner denn als Bürger dieses Bundesstaats. Damit aber bedeutete das Verlassen der Union für diese Leute ein Verrat an gemeinsamen Idealen. Dementsprechend hatte der Beginn des Krieges nur wenig mit der Sklavenbefreiung, aber viel mit dem Erhalt der Union zu tun.

Präsident Lincolns Politik war in den ersten Monaten des Jahres 1861 mehr auf Ausgleich und Verhandlungen über eine Wiederherstellung der Union als auf einen Krieg ausgerichtet. Der Süden bestand jedoch auf seiner vollständigen Unabhängigkeit und forderte die Übergabe allen Unionsbesitzes auf seinem Territorium. Dazu gehörten neben dem Postwesen auch die Bundesfestungen vor den Hafenstädten. Bei einer dieser Festungen, nämlich Fort Sumter, fielen im April 1861 die ersten Schüsse. Damit war nach den Ehrbegriffen der damaligen Zeit der Krieg unvermeidbar geworden.

Dieser begann eher zögernd. Die Union beschloss, die Küste der Südstaaten mit ihrer Flotte zu blockieren, um die Ein- und Ausfuhr wichtiger Güter zu verhindern. In den beiden ersten Jahren erwies sich diese Blockade noch als löchrig. Erst als die Union vorgelagerte Inseln und einzelne Küstenstädte

in ihren Besitz bringen konnte, wurden die Südstaaten emp-
findlich eingeschnürt. Darüber hinaus forderte Abraham Lincoln die Bundesstaaten der Union auf, fünfundsiebzigtausend
Mann in Freiwilligenregimentern aufzustellen. Die geplante
Dienstzeit dieser Soldaten wurde mit drei Monaten veran-
schlagt. Ebenso wie der Süden glaubte die Führung des Nordens, der Krieg wäre nach der ersten, entscheidenden Schlacht
gewonnen.

Bis zum 21. Juli 1861 gab es nur einige vereinzelte Scharmüt-
zel. An diesem Tag aber erfolgte die erste Schlacht des Bürgerkriegs am Bull Run. Sie führte zu einer Niederlage der
Nordstaatenarmee, doch die Desorganisation der Sieger
machte es den Konföderations-Generalen unmöglich, nach
Washington vorzustoßen und die Unionshauptstadt einzunehmen.

Bull Run zeigte beiden Parteien, dass der Krieg härter und
länger sein würde, als man erwartet hatte. Die nächsten Monate wurden daher mehr für die Rekrutierung, Ausrüstung
und Ausbildung neuer Soldaten genutzt als für Kämpfe. Es
gab nur kleinere Gefechte, die mal die eine, mal die andere
Seite als Sieger sah.

In den ersten Monaten des Jahres 1862 begann die Strategie
des Nordens zu greifen, den Süden in einen Zweifrontenkrieg
zu verwickeln und seine Versorgung über See durch Blockade
zu behindern. Die Hauptarmee der Union bedrohte mit
Virginia den wichtigsten Staat der Konföderation, während
gleichzeitig im Westen der Kampf um die Bundesstaaten am
Mississippi begann. Der spätere Oberbefehlshaber der Unionsarmee und künftige Präsident der Vereinigten Staaten,
Ulysses S. Grant, eroberte die konföderierten Festungen
Fort Henry und Fort Donelson und schlug einen Angriff bei
Pittsburg Landing (Shiloh) zurück. Im April konnte der Uni-

onsadmiral Farragut mit New Orleans die größte Stadt der Konföderation einnehmen und den Mississippi abriegeln.

In Virginia hingegen ließ der Unionskommandeur McClellan sich von dem Südstaatengeneral Robert E. Lee ausmanövrieren und musste sich zurückziehen. Die Konföderierten gewannen die zweite Schlacht am Bull Run und marschierten in Maryland ein, wurden aber in der blutigen Schlacht am Antietam Creek gestoppt. Nach diesem Sieg veröffentlichte Präsident Lincoln die erste Befreiungsproklamation für die Sklaven in den abgefallenen Südstaaten. Obwohl die Stimmung im Norden sich wegen des Krieges immer stärker gegen die Sklaverei gewandt hatte, so hatte diese Proklamation auch politische Gründe.

Die Konföderierten Staaten hofften zu diesem Zeitpunkt auf ein Eingreifen europäischer Mächte, namentlich von England und Frankreich, deren Industrie auf die Einfuhr von Baumwolle angewiesen war. Beide Länder besaßen ein erhebliches Interesse daran, die Vereinigten Staaten zu schwächen, und so wäre ihnen deren Zerfall in zwei unabhängige Länder durchaus willkommen gewesen, um den eigenen Einfluss auf den beiden amerikanischen Kontinenten ausbauen zu können. Weder England noch Frankreich konnten es sich jedoch leisten, in einen Krieg einzutreten, der dem Erhalt der Sklaverei diente. Unter der Hand wurden die Konföderierten Staaten von Amerika jedoch so lange unterstützt, bis deren Niederlage absehbar war.

1862 wurden etliche blutige Schlachten geschlagen, die überwiegend von den Konföderierten-Truppen gewonnen wurden. Es zeigte sich aber immer mehr, dass der Süden nicht in der Lage war, seine Verluste an Menschen und vor allem an Material ausreichend zu ersetzen. Obwohl es genug Baumwolle und in Texas auch genug Rinderhäute gab, wurden mangels entsprechender Industrie Kleidung, Schuhe und Waffen knapp. Auch die Versorgung der Truppen und der Zivilbevölkerung wurde immer schwieriger, da es an Transportmitteln fehlte.

Trotzdem begann das Jahr 1863 für die Konföderation erfolgreich. General Robert E. Lee errang bei Chancellorsville einen grandiosen Sieg über die Potomac-Armee der Vereinigten Staaten und marschierte mit seinen Truppen bis nach Pennsylvania, um die Unionstruppen auf deren eigenem Territorium zu schlagen. Dass die Schlacht bei dem Städtchen Gettysburg ausgefochten wurde, lag an der schlechten Versorgungslage der Konföderierten. Diese hatten gehört, dass in Gettysburg ein Lager mit Schuhen und Stiefeln für die Unionsarmee sein sollte, und wollten sich dieses sichern.

Die Schlacht von Gettysburg ging für die Konföderierten jedoch verloren, und Lee musste sich wieder nach Virginia zurückziehen. Nur einen Tag später kapitulierte die Stadt Vicksburg am Mississippi vor General Grants Armee. Damit stand der Mississippi auf der gesamten Länge unter der Kontrolle der Union, und die Konföderierten Staaten waren in zwei Hälften geteilt.

Von nun an war klar, dass die Konföderation diesen Krieg nicht mehr gewinnen würde. Sie konnte nur noch hoffen, der Unionsarmee so lange standzuhalten, bis im Norden die Kriegsmüdigkeit überwog und ein neuer Präsident zu Friedensverhandlungen bereit sein würde. Dies hieß jedoch, mindestens bis zu den Präsidentschaftswahlen im November 1864 durchzuhalten.

Bis dorthin folgte Schlacht auf Schlacht mit horrenden Verlusten auf beiden Seiten. Im Juli 1864 versuchte der Südstaatengeneral Jubal A. Early noch einmal, bis Washington vorzustoßen, wurde aber zurückgeschlagen. Während Ulysses

S. Grant seinen Gegner Robert E. Lee in Virginia immer heftiger bedrängte, eroberte William T. Sherman Georgia und begann dann seinen Marsch zur Atlantikküste, auf dem er einen bis zu fünfzig Meilen breiten Streifen Landes verwüstete, um den Widerstandswillen der Südstaaten zu brechen.

Der Krieg dauerte jedoch noch bis in das Frühjahr 1865, als General Lee mit seiner bis auf fünfundzwanzigtausend Mann zusammengeschmolzenen Armee bei Appomattox Court House kapitulierte. Kurz darauf legten auch die Konföderierten-Truppen in North Carolina und in Texas die Waffen nieder. Das letzte Gefecht des Bürgerkriegs fand im äußersten Süden von Texas statt und endete mit einem Sieg der Konföderierten. Trotzdem war der Krieg für den Süden verloren.

Ein Wort zum Aufbau der beiden Armeen. Im Gegensatz zu den europäischen Staaten hatten weder die Vereinigten Staaten noch die Konföderierten Staaten von Amerika eine nennenswerte Berufsarmee. Die Armeen für diesen Krieg wurden zu Beginn in den einzelnen Bundesstaaten nach dem dort gebräuchlichen Milizsystem aufgestellt und durch Freiwillige ergänzt. Die Offiziere wurden bis in die mittleren Ränge von den Soldaten gewählt, die Kommandeure von den Gouverneuren der einzelnen Bundesstaaten eingesetzt. Dabei waren persönliche oder politische Erwägungen oft wichtiger als die Befähigung, den erhaltenen Posten auch auszufüllen. Etliche Regimenter auf beiden Seiten wurden auch von reichen Männern aufgestellt, die diese zumeist auch selbst kommandierten.

Selbst Präsident Lincoln musste bei der Auswahl der Kommandeure auf politische Gründe Rücksicht nehmen. Dadurch blieben oft Colonels und Generals auf ihrem Posten, obwohl sie nach Meinung vieler völlig ungeeignet waren. Erst im

Verlauf des Krieges konnten solche Offiziere abgesetzt oder wegbefördert werden. Die meisten Regimenter wurden in einem eng begrenzten Gebiet aufgestellt, und die meisten Soldaten kannten einander daher bereits von früher. Man nahm an, diese würden unter den Augen ihrer Freunde besonders tapfer kämpfen. Erlitt ein solches Regiment jedoch hohe Verluste, fehlte in ihren Heimatorten oft eine ganze Generation junger Männer.

Unter der Fahne der Union kämpften zweihunderttausend deutschstämmige Amerikaner und deutsche Einwanderer. Viele Regimenter waren rein deutsch beziehungsweise im Falle der Iren irisch, ebenso ihre Offiziere. Bei einigen deutschstämmigen Regimentern war zu Beginn des Krieges Deutsch sogar die Kommandosprache. Das Regiment, mit dem in diesem Roman Waldemar Fitchner und Meinrad Freihart in die Schlacht von Shiloh ziehen, ist einem dieser Regimenter nachempfunden.

Iny und Elmar Lorentz

Personenliste

Azor, Quique – Vormann auf Walthers Rinderranch

Bailey – Major der Nordstaatenarmee

Belcher, Michael – Rancher in Texas

Benito – Vaquero auf Walthers Rinderranch

Bessie – Rachel Coureurs schwarze Zofe

Brooks – Plantagenverwalter

Burke, Zebulon – Offizier des US-Armee

Coureur, Rachel – Thierrys Ehefrau

Coureur, Thamar – jüngere Tochter der Familie

Coureur, Thierry – Rancher in Texas

de Arranza y Gamuzana, Juana – Hernando de Gamuzanas Enkelin

de Arranza y Gamuzana, Ramón – Hernando de Gamuzanas Enkel

de Gamuzana, Elvira – Hernando de Gamuzanas Ehefrau

de Gamuzana, Hernando – Alcalde von San Felipe de Guzmán

Gabler, Theobald – Oberst des deutschen Freiwilligenregiments

Grady – Plantagenbesitzer

Father Patrick – Priester aus Irland

Fichtner, Diego – Walthers und Nizhonis Sohn

Fichtner, Gretel – Walthers und Nizhonis Tochter

Fichtner, Josef – Walther Fichtners ältester Sohn

Fichtner, Maria Amalie – Nizhoni

Fichtner, Waldemar – Walther Fichtners jüngerer Sohn

Fichtner, Walther – Rancher in Texas
Freihart, Herlind – Landolf Freiharts Frau
Freihart, Landolf – deutscher Revolutionär
Freihart, Meinrad – Landolf Freiharts Sohn
Freihart, Wigburg – Landolf Freiharts Tochter
Jenkins, Abigail – ältere Tochter der Coureurs
Jenkins, Jim – Ehemann von Abigail
Jenkins, Sam – Jim Jenkins' Vater
Jeremiah – Thierry Coureurs schwarzer Bursche
Jones – Vaquero und Koch afrikanischer Herkunft
Jones, Dave – Jones' Sohn
Jones, Ellen – Jones' Ehefrau (Singender Mund)
Joshua – Haussklave der Coureurs
Ka'sa-na'vo – Komantschenkrieger
McLintock, Horace – Kadett in Westpoint
Montgomery, Edward – texanischer Politiker
O'Corra, Ean – Farmer in Texas
O'Corra, Letta – Ean O'Corras Frau
Pepe – Walthers Knecht
Per'na-pe'ta – Komantschin
Po'ha-bet'chy – Häuptling einer Komantschengruppe
Po'ko-a-too'ah – junger Komantsche
Poulain, Albert – Farmer in Texas
Poulain, Gertrude – Poulains Ehefrau
Ransom, Julia – Lucretia Ransoms Tochter
Ransom, Lucretia – Dame aus Austin
Rudledge, Amos – Scout
Samuel – Sklave der Coureurs
Simpson, Augustus – Arzt
Slater, Andrew – Kadett in Westpoint
Suzie – schwarze Köchin der Coureurs
Spencer, Nicodemus – Spekulant

Tobolinski, Leszek – Farmer in Texas
Tobolinski, Marek – Farmer in Texas
Wer'se-pappy – Juanas Name bei den Komantschen

Geschichtliche Personen

Ford, John Salmon – Kommandant von Fort Brown
Grant, Ulysses Simpson – General der US-Armee
Gregory, William – Lieutenant der Artillerie
Houston, Sam – Gouverneur von Texas
Lincoln, Abraham – Präsident der Vereinigten Staaten
Sherman, William Tecumseh – General der US-Armee
Quanah Parker – Kriegshäuptling der Komantschen

Glossar

Abolitionisten – aktive Gegner der Sklaverei

Amigo – spanisch: Freund

Brevet-Rang – spezieller Offiziersrang, der nur im Krieg verliehen wurde, um genügend kommandierende Offiziere zu erhalten. Nach dem Krieg wurden diese Offiziere wieder auf einen niedrigeren Rang herabgestuft

Cantina – Gasthaus

Capitán – spanisch: Hauptmann

Colonel – Oberst, Kommandant eines Regiments

Diné – Eigenname der Navajo

Dóitsoh – Beiname Diegos, auf Navajo: Wildkatze

Dollar – nordamerikanische Währungseinheit zu 100 Cent

Esposa – spanisch: Ehefrau

Grant – Bezeichnung für Siedlungsland, das einer Gruppe von Siedlern zugestanden wird

Hacienda – mexikanisches Landgut

Kompanie – militärische Einheit, ca. 100 Mann stark

Ma'iitsoh – Beiname Josefs, auf Navajo: Wolf

Meile – ca. 1,6 km

Muchachos – Jungs

Náshdóítsoh – Beiname Waldemars, auf Navajo: Puma

Nemene – Eigenname der Komantschen

Peones – mexikanische Knechte

Regiment – militärische Einheit, zwischen sechs und neun Kompanien stark

Remuda – Ersatzpferde auf dem Viehtreck

Rio Colorado – Fluss in Texas
Señor – spanisch: Herr
Sergeant – Feldwebel
Tamaulipas – mexikanischer Bundesstaat
Tejanos – mexikanische Texaner
Tequila – starker Schnaps
Tortillas – mexikanische Maispfannkuchen
Vaqueros – berittene Hirten
Wrangler – der für die Remuda verantwortliche Cowboy

Der Beginn der großen Auswanderersaga!

INY LORENTZ

Das goldene Ufer

Roman

In der Schlacht von Waterloo rettet der junge Walther seinem Kommandeur das Leben. Zum Dank nimmt dieser sich des Waisenjungen an – ebenso wie der kleinen Gisela, deren Vater im Kampf fiel. Beide wachsen von nun an im Schoße der Grafenfamilie auf – sehr zum Unwillen des Grafensohnes, der sie aus tiefstem Herzen verachtet. Jahre später wird aus der Abneigung Hass, denn der Erbe des Grafen will die schöne Gisela für sich. Doch deren Herz schlägt schon lange für Walther – und er erwidert ihre Liebe.
Am Ende scheint es für das Paar nur einen Ausweg zu geben …

Die große Auswanderersaga geht weiter!

INY LORENTZ

Der weiße Stern

Roman

Amerika im 19. Jahrhundert: Gisela und Walther hat es bei ihrer Flucht aus Preußen in die mexikanische Provinz Tejas verschlagen. Gisela erwartet ihr erstes Kind, während ihr Mann bald schon Bekanntschaft mit den gefürchteten Komantschen macht.

Als Gisela einen Sohn zur Welt bringt, erweist sich der friedliche Kontakt mit diesem Stamm als höchst hilfreich, denn Walther kann den Komantschen die junge Nizhoni abkaufen, die den kleinen Josef stillen soll. Die junge Indianerin fürchtet sich vor Walther, mit Gisela aber verbindet sie bald eine tiefe Freundschaft, die sich in vielen Schwierigkeiten bewährt.

Als der Diktator Santa Ana die Siedler von Tejas in einen mörderischen Krieg verstrickt, erweist sich Nizhoni wiederum als Segen für das junge Paar …

Der dritte Teil der mitreißenden Auswanderersaga!

INY LORENTZ

Das wilde Land

Roman

Nach dem texanischen Unabhängigkeitskrieg von 1836 ist
Walther Fichtner ein einflussreicher Mann in Texas geworden. Als seine zweite Frau, die Indianerin Nizhoni, ihre
Tochter zur Welt bringt, scheint das Glück vollkommen.
Bald aber ziehen Schatten über Texas auf, denn der Nachfolger von Präsident Sam Houston will die Komantschen aus
ihren Jagdgründen vertreiben und betreibt im großen Stil
Spekulation auf das Land der Indianer. Walthers Todfeind be-
teiligt sich daran und beginnt die Fehde gegen ihn mit einem
Überfall auf dessen Ranch. Zwar kann der Angriff abgewehrt
werden, doch fortan müssen Walther und seine kleine Familie
um ihr Leben fürchten …